作者近照

左起：陈美林、夏承焘、应启后、虞鉴青
1950年左右摄于紫来洞

左起：唐圭璋、陈美林

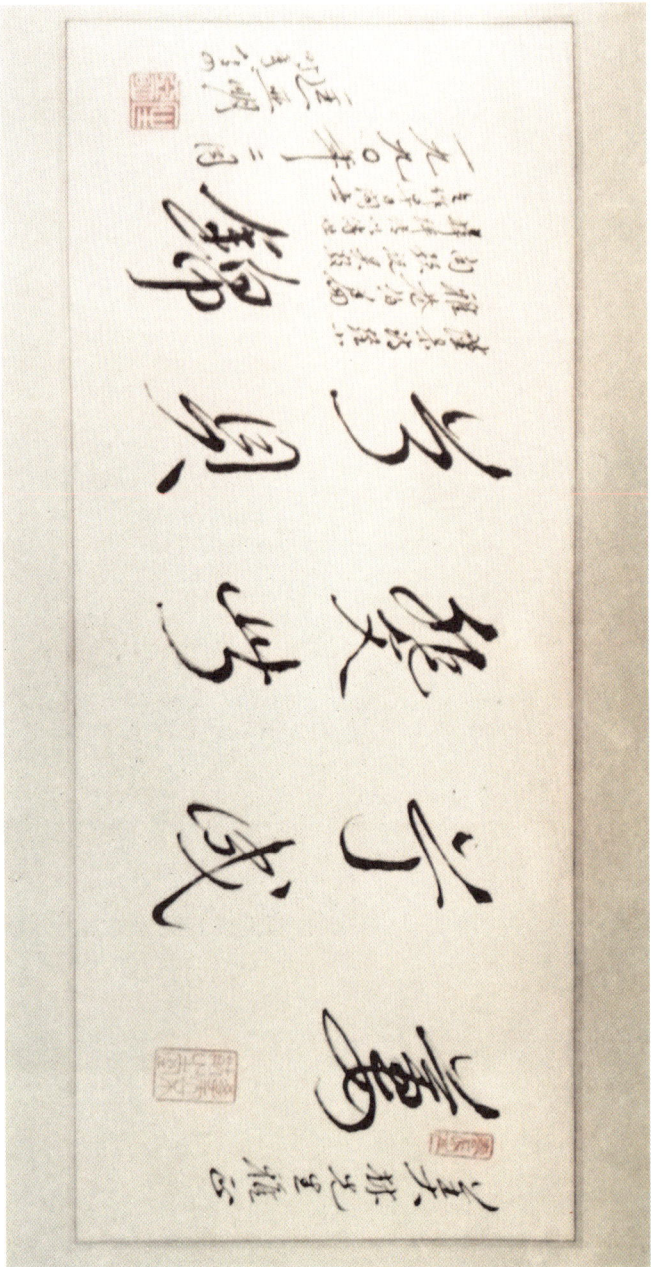

匡亚明先生题赠作者书法作品

学林忆往

学林忆往

陈美林 著

增订本

浙江大学出版社
ZHEJIANG UNIVERSITY PRESS

图书在版编目（CIP）数据

学林忆往/陈美林著. — 增订本. — 杭州：浙江
大学出版社，2022.11
ISBN 978-7-308-23072-8

Ⅰ.①学… Ⅱ.①陈… Ⅲ.①回忆录—作品集—中国
—当代 Ⅳ.①I251

中国版本图书馆CIP数据核字（2022）第172980号

学林忆往

陈美林　著

责任编辑	王荣鑫
责任校对	吴　庆
责任印制	范洪法
封面设计	项梦怡
出版发行	浙江大学出版社
	（杭州天目山路148号　邮政编码：310007）
	（网址：http://www.zjupress.com）
排　　版	浙江时代出版服务有限公司
印　　刷	杭州高腾印务有限公司
开　　本	880mm×1230mm　1/32
印　　张	18.25
字　　数	410千
版 印 次	2022年11月第1版　2022年11月第1次印刷
书　　号	ISBN 978-7-308-23072-8
定　　价	88.00元

目　录

目录

词坛巨星的陨落

——缅怀瞿禅师哀悼圭璋老

一九九〇年十一月二十八日，词学大师唐圭璋先生病逝南京，一九八六年五月十一日，当代词宗夏承焘（瞿禅）先生病逝北京。不足五年，词坛两颗巨星先后陨落，这是我国词坛的巨大损失。

瞿禅师虽已逝去数年，但他对我的关怀、教诲，至今难忘；圭璋老近日委化，音容宛在，也令人悲思不已。成此小文，以为缅怀哀悼。

夏承焘先生

两位大师的结识，乃由切磋学问而始。圭璋先生自言"与瞿禅兄先通信于一九三一年，至一九三四年始会晤于南京。历经半个多世纪，函札往还，过从甚密，共同切磋词学，获益良多"（《瞿禅对词学之贡献》）。瞿禅师在《天风阁学词日记》中更有翔实记载：一九三一年十一月二十二日："接南京女子中学唐圭璋函，辨予白石石帚说，以随隐漫录、梦窗词外，不见白石有石帚之号，疑为非一人，但亦无确证。唐君由任君敏介，不悉何许人。"非常清楚，两位先生原先并不相识，为了共同研治词学才信函往返的。至于晤面缔交，已在三年之后即一九三四年。这年十一月二十四日，瞿禅师到南京，次日晨即往利济巷六十三号访问圭璋先生。在瞿禅师眼中，唐先生虽然"所居颇陋"，但"人甚诚朴"。此后五日，在圭璋先生陪同下，瞿禅师遍访当时在南京的陈匪石、汪辟疆、汪旭初、蔡嵩云等学者词家；又在圭璋先生引导下，同游雨花台、莫愁湖、灵谷寺、中山陵、明孝陵等名胜古迹。此次南京之游，瞿禅师还作有《台城路》一词，返杭之后于十二月六日将此词寄给圭璋先生。从此，如同唐老所言，历经半个多世纪，两位大师的交谊日益深厚。仅以70年代以后瞿禅师给我的信来看，几乎每封信都叮嘱我问候唐老。有一年，圭璋先生伤足，瞿禅师闻知后，在"头晕手战"的状况下，还写来片纸，要我"代候"。唐老对夏老的学术活动也大力支持，一九八〇年六月，瞿禅师来信，要我请唐老做韵文学会的发起人，圭璋老随即表示赞同。瞿禅师闻知后十分高兴，给我的信中说"弟能与诸老联系，甚好甚好"，并要我将唐老的签名纸"本月底前寄来"。一九八〇年初，瞿禅师来信说："拟今年春秋佳日，再南游访旧。"我将此意向唐老提起，并向中文系领导汇报。唐老十分高兴，系领导也表欢迎。可惜瞿禅师却因健康不佳，未能南下，唐老颇以失去这次晤面机会而遗憾。一九八三年我去大连开会，要路过北京。唐老嘱我"代候"夏老。五月，我与翔华、战垒兄去医院探望瞿禅师。他十分高兴，吩咐吴闻先生取出三部刚刚印好的《金元明清词选》，分别题赠唐老、千帆先生及我各一部，并且不断询问唐老及千帆先生近况。夏老病逝后，唐老有《浣溪沙·悼瞿禅》之作，词云：

噩耗惊传怎禁哀，奋飞无翼到燕台，泪珠自落梦桐斋。

海雨天风酬素志，龙川白石出新裁，名扬寰宇仰高才。

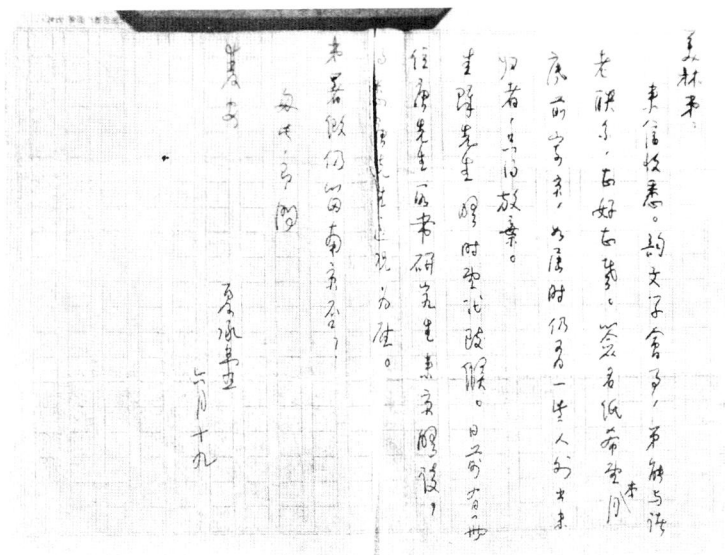

夏承焘先生致作者书札

词中对词友的逝去，表示了深沉的哀悼，对老友的成就，表示了极高的钦敬。自然，也表现了唐老本人的谦逊。的确，唐老不仅对我，也一再对他的研究生说，他的学问不如夏老。在《瞿禅对词学之贡献》一文中，唐老还郑重地表示："最后我想说一下，我在编纂《全宋词》、《全金元词》和《词话丛编》的过程中，曾得到瞿禅兄的大力帮助，热心指导，亲切鼓励，这也是我终生难忘的。"夏老与唐老，共同研治词学，各自有巨大的建树，在几十年的交往中，彼此切磋，相互增益，虚怀若谷，互相推重。二老这种友谊不是一笔巨大的精神财富么？不是学界后辈所应仰止的么？

——原载《人民日报·海外版》1991年1月15日

3

"我亦有孤剑，植发望燕云"

——夏承焘先生的爱国情操

一九三七年日本军国主义发动全面侵华战争、大举进犯我国北方疆土之际，夏承焘（瞿禅）先生写有《水调歌头》一词。本文题目即词之末二句。此词虽为赠朝鲜志士而作，但也表露了瞿禅先生喷薄而出的投笔从戎、收复国土的爱国情操。

前数年，《夏承焘词集》、《天风阁诗集》与《天风阁词集》先后出版，重新细读夏承焘（瞿禅）师的诗、词、日记，使我感到，夏老不仅是一代词宗，而且是爱国学者。

瞿禅师的爱国情操表现在以下几个方面：首先是彰善瘅恶。彰善，不惜辞费；瘅恶，不假宽贷。凡是抗敌活动，予以表彰；凡是降敌行为，则予以斥责。"九一八"事变以后，任黑龙江省代理主席的马占山，率部抗日，嫩江告捷时，瞿禅师于一九三一年十一月十九日写有《贺新凉》词，说："比伏波、铜柱尤奇绝。"将他比做汉代伏波将军马援。一九三二年二月，马占山一度降日。瞿禅师对他的态度立即改变，在一九三二年二月二十三日日记中写道："闻马占山已软化，可恨可恨。"二月二十五日日记中又说："此人乃末节不终，堪浩叹矣。"夏老还写有七绝《闻马氏变节后题》，准备将先前为其所作的《贺新凉》词删去。诗云："传檄初看涕泪倾，临危何意堕家声。少卿降虏终非计，三叹重删苦战行。"此诗大意是说，马占山率部抗日之初，通电全国，有"谨以边荒一旅，先邦人而殉国"之语，辞气慷慨，催人泪下。而后来并未像马革裹尸的马援那样，反倒成为投降匈奴的李陵一类人，自堕家声。

因此，作者颇以先前为之作《贺新凉》一词而懊悔，准备弃而不存。从这一词一诗当中，可以见出瞿禅先生即使对于同一个人，有善则彰之，有恶则瘅之。

其次是取舍正确，是照顾故旧情谊，还是坚持民族气节，瞿禅先生了然于心而得宜于行。早在一九三四年，即"一·二八"事变后两年，一个词友邀瞿禅先生去上海一游，夏老在答诗中委婉地写道"娉婷不嫁名原赘，糠核能肥念莫灰"，劝其注意节操，不要因生活困苦而丧失意志。

到了一九四一年，在为友人《春申避地图》题诗中，瞿禅先生更明确表示"祈死谁无分，偷生各有辞"，一面表明国家兴亡、匹夫有责，一旦需要，应慷慨赴义；一面斥责一些友人，为自己的堕落变节，找出种种借口，开脱罪行。一九四二年又写有《水龙吟·皂泡》一词，直言斥责觍颜事敌的词友绝无好下场。尽管瞿禅先生与某词友交谊深笃，但在民族大节方面却不含糊，一九四二年写的《洞仙歌》词中表示要与之决绝。在友谊与气节两者间，瞿禅师总是先民族气节后友人情谊，将友情从属于气节。

再次是痛打落水狗，不讲无原则的忠恕之道。如对于公然投降伪满洲国的郑孝胥，瞿禅先生在一九三二年三月二十三日的日

诗人作道江南好 江南人却天涯老 空路秀
青峰千峡烟霭中 绿杨芳草地 佳作寻丰计
回唱辞花阴花深 杯更深 己未春北京词友邀游
西山大觉寺作菩萨蛮 美林弟笑正 夏承焘八十寄

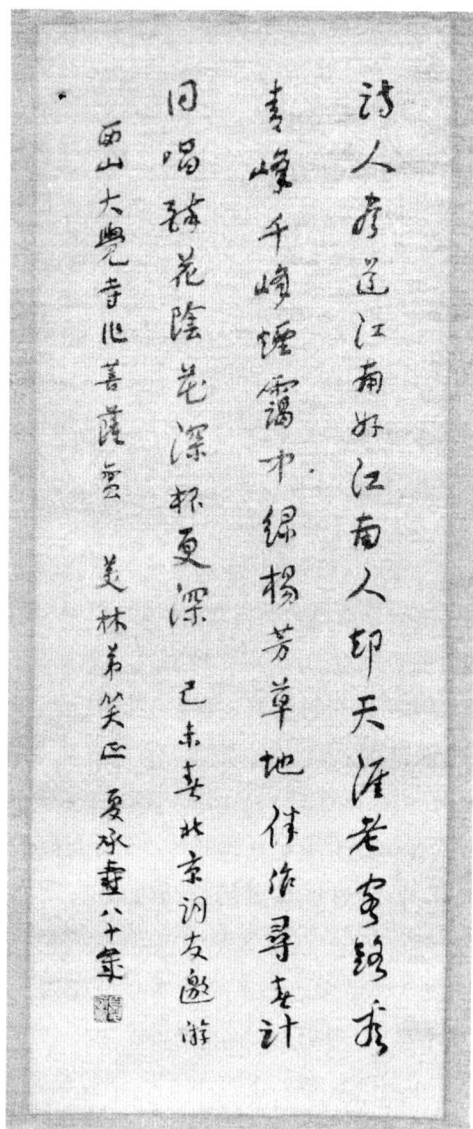

夏承焘先生赠作者手迹

记中即以史笔记其丑行："中日皆备战甚亟，东省伪迁都长春，郑孝胥行三拜九叩礼。"寥寥几笔，即将他的丑恶灵魂剥露无遗。而在一九三九年作的《挽陈石遗翁二首》中又对之讥讽有加，"平生辽海鹤，出处莫相怜"，对郑孝胥"飞"到敌伪怀抱中的汉奸行为不屑一顾、不足齿数。至于对著作《花随圣人庵摭忆》的汉奸黄秋岳及其子黄晟，瞿禅师对他觍颜事敌、为虎作伥的汉奸行径更是深恶痛绝，嫉之如仇。黄秋岳颇能诗，瞿禅师曾拟选其诗之佳者印为一册，以秦桧墨迹为封面，题《黄汉奸诗钞》。夏老认为"骂此等人，使此等人遗臭千古，是忠厚之道，浑非刻薄"。

最后是身体力行，积极参加抗日活动。"一·二八"事变后，在一九三六年六月六日日记中，瞿禅师写道："世变若此，恐无闭户读书之日矣。"此后，曾"拟舍词学而为振耻觉民文字"（一九三五年七月八日日记），感到"内忧外患如此，而予犹坐读无益于世之书，问心甚疚"，想"以俚言著一书，期于世道人心得裨补万一"（一九三五年七月十六日日记）。及至抗日战争全面爆发，瞿禅先生又考虑"国难日亟，惟有与敌人拼命一途，思从郑教官学放枪"（一九三七年九月二十二日日记）。

自然，瞿禅师并未投笔从戎，然而他毕竟以他力所能及的方式参加了抗日斗争。在教学中贯彻抗日内容，如一九三六年四月三十日上课时，以冀东殷汝耕伪政权为题，让学生作诗讨伐，夏老先成一首以示范："不归成逝水，东去尔何心。浴日天先压，回澜陆已沉。待摩斩蛟剑，相和渡辽吟。辛苦家山恨，鸥夷怒至今。"

除此以外，瞿禅师还以他的笔为抗日斗争出力，如一九三七年八月二十五日，为浙江抗敌后援会写有《抗敌歌》，通俗易懂，可谓贯彻了以"俚言"作抗日文章的主张。一九三七年十一月七日又写了《军歌》："不战亦亡何不战？争此生死线。全中华人戴头前，全世界人刮目看。战！战！战！"表现了瞿禅先生抗战到底的坚决心情。

——原载《人民日报·海外版》1991年2月28日

陪瞿禅师访汤国梨

　　词学大师夏承焘（瞿禅）先生于 1961 年 4 月在沪上与郭绍虞诸先生共同编选《中国历代文论选》。10 月，应南京学界之邀，赴宁讲学，先后在南京大学讲《词的特点、诗眼与词眼》，在江苏省作协讲《南唐词在词史上之地位》。当时我正执教江苏师范学院（今苏州大学）。奉领导之命，赶赴南京，邀瞿禅师赴苏州讲学。

　　10 月下旬，瞿师来苏州，为江苏师院师生做《宋词》报告。讲学之余，瞿师向我讲起往事，说早年曾数度来游苏州。1920 年之游，还写有《苏州游记》。1934 年 11 月再来苏州时，原想去拜访太炎先生，因听黄云眉说太炎先生"怪僻难近"而未果。此次来游，太炎先生早已作古，想去拜访太炎先生夫人汤国梨。

　　章寓在锦帆路，离江苏师院所在地天赐庄不远，乃与瞿师缓步前往。抵章寓后，瞿禅师与汤国梨谈及太炎先生往事，余生也晚，多不知晓，但听前辈学人道来，也饶有兴味。分手之际，约定同游灵岩、天平。

　　次日为重阳，天气晴和。由学院派车，先去锦帆路接了汤国梨，

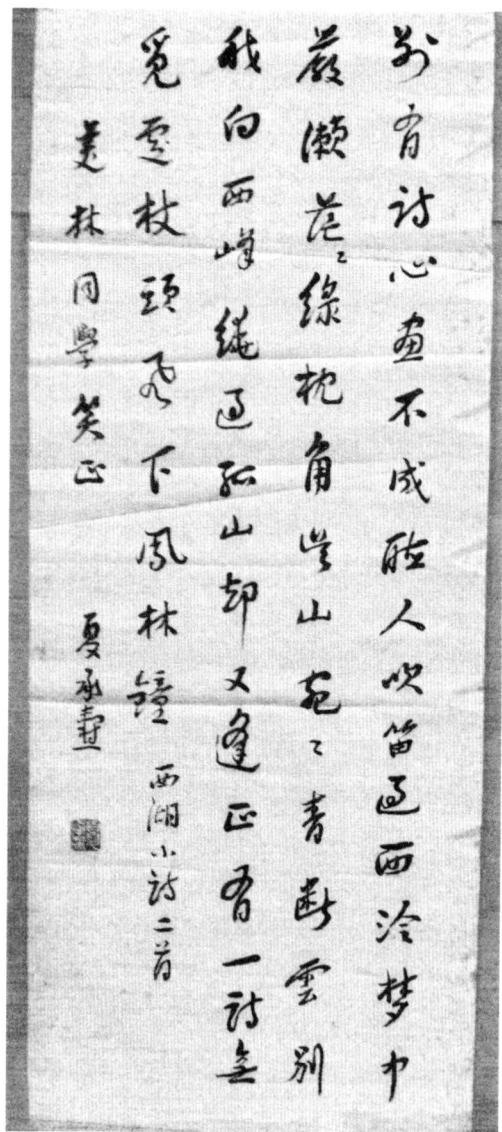

夏承焘先生赠作者手迹

然后驱车直奔灵岩、天平而去。满山红叶、万笏朝天，与两位老人缓步登山，一路闲淡，一路吟赏，徘徊久久，始下山来。归途中，瞿禅师说回去后每人仿吴文英《八声甘州》游灵岩之作，各填一首以记今日之游。事后，未见瞿禅师提及，我也就未曾动笔。今检瞿师晚年编选的《夏承焘词集》、《天风阁词集》，均未见有此词，大约瞿师返沪后，百务丛集，一时未及吟作，如今想来，倒成为一件憾事了。

在这短暂的几天活动中，我亦有所得：

一是瞿师在南京讲学，选题极佳，在南唐都城讲南唐词，极易唤起听众兴趣。1985 年，笔者从南京应邀去杭州大学讲学，也效法瞿师，在我讲的几个题目中，有一个是关于陈妙常与潘必正故事的小说、戏曲作品，故事发生在建康（南京），杭州人高濂将这一故事写成传奇《玉簪记》。当我点出这一层时，听众情绪立即活跃起来。后来还据此讲稿写成《论杂剧〈女贞观〉和传奇〈玉簪记〉》一文，发表在《文学遗产》1986 年第 1 期上。

一是借陪同瞿禅师访汤国梨之便，与其结识，曾在她的书房中读书一周。当时中华书局约我撰写有关李玉的书稿，为了寻找李玉的生平资料，闻知汤国梨先生收藏有海内孤本康熙三十年《吴县志》，便去借阅。汤先生极为热忱，当我去她书房时，已放好藤椅、泡好了茶，每日如此。前辈学人对后学的奖掖，令人感动。虽然，在这部志书中也未寻到李玉的资料，但亲睹了这一孤本的面貌，对读书人来说，也未尝不是眼福。

时光易逝，三十年前的这段往事，不时萦回脑际，每当想及这意外的收获，自不能不感激瞿禅师所赐。

注：汤国梨系章太炎夫人，原苏州市民革主委，已作古。

——原载《江苏统战》1993 年第 1 期

《天风阁学词日记》中的章太炎、汤国梨

　　章太炎（1869—1936），名炳麟，浙江余杭人；夫人汤国梨（1883—1980），字志莹，号影观、苕上老人，浙江吴兴人；夏承焘（1900—1986），字瞿禅，为笔者业师，浙江温州人。章氏为一代儒宗，夏氏为一代词宗，汤氏亦擅诗文，三人同为浙江人，分处苏、杭两地，汤氏与夏氏常在杭州聚首，章氏最后长眠于杭州，夏师病逝北京后，也归葬于千岛湖。夏氏与太炎先生并无直接交往，但夏师《天风阁学词日记》中记有其他学人对太炎先生的评说，而汤氏与夏师的唱酬在《日记》中也有所反映，现略予辑录，以飨读者。

　　先叙太炎先生。夏师是有机会与章氏会面的，却未果行。

　　1934年11月24日，夏师"侍父游南京"，"夜达南京"后，次日即"往利济巷六十三号访圭璋"，在南京"住五日"，出游、访友全由唐圭璋先生引导。11月29日离开南京，"午到苏州"，在苏州的活动大多为供职于世界书局的黄云眉（1898—1977）先生陪同。云眉字子亭，号半坡，浙江余姚人，新中国成立后任山东大学教授，研治经学、文学、版本目录学，尤精于《明史》。

夏师与云眉先生一见如故，谓之为"真予友也"——此语见12月2日日记。此乃夏师在苏州最后一天，当晚"原欲与云眉访太炎，云眉恐其怪僻难近"而未果行，改为"观电影"而去。12月3日"早七时首途回沪"，终未能面谒太炎先生。不过，《日记》中却记有他人对太炎先生之评说。

在苏州期间，夏师欲访太炎先生之前几天，曾在11月30日由云眉陪同先访吴梅，再访金松岑（苏州学者金天翮字松岑，号鹤望）。在濂溪坊104号金宅书房谈学时涉及太炎先生事，该日《日记》记有："谈国学会刊，谓会员已逾三百人。……谓某翁近颇宽裕，为杜月笙撰杜氏祠堂记，得润笔五千金，其余数千一千不等。为段祺瑞寿序，比之郭汾阳，似亦得三千金。其近所为文，甚不经意，一如笔记，与旧作大异。"并将其与陈石遗相比，《日记》写道："石遗润笔，一文仅数十金，两百金为最高价。……家况甚窘。以七十八九老人，犹仆仆赴无锡国学专修学校讲课，所获亦甚菲，与太炎菀枯大异也。"先言"某翁"，犹若为之讳，行文至末即明说"太炎"。情况确实如此，章氏之《高桥杜氏祠堂记》一出，引出多篇"记"、"颂"文字来，其中也有汪精卫之流的手笔。就这一具体事件而言，章氏招人非议也可理解。对于陈石遗，《日记》字里行间充满了同情。石遗为福建诗人陈衍字，著有《石遗室诗话》，书中论及夏师《白石歌曲旁谱辨》，有"于歌曲之学，至为深精"之语。陈衍逝世后，夏师于1939年作有《挽陈石遗二首》，内有"青山犹浩荡，白旒忽翩跹"等句，充满哀伤之情。

太炎先生逝去十余年后，《日记》中犹录有当代学人对其加以评述的言论。如著名书画家黄宾虹（1865—1955）曾于1948年11月21日对来栖霞岭19号相访的夏师"谈清季上海革命党旧闻及太炎、申叔、朱少屏轶事"，又言"太炎不信龟甲文，由已老无精力习此，故意诋之"。黄宾虹，名质，字朴存、朴人，中年更号宾虹，原籍安徽歙县，出生于浙江金华，定居杭州，曾为夏师作《月轮楼校词图》，夏师则作《摸鱼儿》词一首相谢，有"丹青事，多谢殷勤黄九"等语。黄九，谓黄山谷，借指黄宾虹。月轮楼为夏师在之江大学任教时的宿舍，在月轮山上。

1949 年 2 月 6 日又转述伯尹所言"马湛翁不满章太炎学问，以太炎时骂程、朱，并谓太炎史学亦不及王壬秋"。马湛翁即马一浮（1883—1967），与梁漱溟、熊十力齐名的儒家学者，号湛翁、蠲叟，浙江绍兴人，于哲学、文学、佛学均有精湛研究，蒋介石曾予其官职而不就。新中国成立后，陈毅副总理在浙江文教厅厅长刘丹的陪同下去杭州蒋庄拜访，马乃出任浙江文史馆首任馆长。夏师对马先生十分钦仰，1936 年作《鹧鸪天·呈马湛翁》一词，有"弥天一老闲无事，坐替雷峰管夕阳"句；1937 年作词《玉楼春·呈湛翁》，有"一编来就北窗风，翁与红暾同起早"之句。湛翁曾自署"蠲叟"，为夏师《唐宋词人年谱》题签，1950 年湛翁有《西江月》词，首句"吹皱一池春水"，夏师和作则云"暂与湖光作主"，二人同住西湖之滨。夏师于 1975 年夏移居北京后某次路过政协礼堂，想起当年陈毅曾邀请马一浮、熊十力、沈尹默夫妇、傅抱石及夏师所谓"六客"，"今存者惟尹默夫人及予耳"，不胜感慨。

1950 年 12 月 24 日《日记》又记张冷僧所言"太炎平生，文第一，小学第二，形义比声韵好"，"又谓太炎风趣第一，口无择言"，"能得太炎之学者，惟沈兼士"，"世称钱玄同音韵之学，实得于家传，受之太炎者不多"。冷僧为张宗祥（1882—1965）号，《日记》中亦时称"冷翁"，浙江海宁人，通医学、戏曲、音律、绘画、书法，曾任浙江图书馆馆长、省文史馆副馆长、西泠印社社长。

太炎先生为浙江人而晚年定居苏州，《日记》中所录评述太炎者，除松岑为苏州学者外，余均为浙江学人，此亦可注意者。

再说太炎夫人。汤国梨《影观集》有自称"小门人武进徐复"所作的《前言》，其中说到"一次堂前侍座"时，"太师母（即汤国梨）娓娓说往事"，曾言："老先生（即章太炎）名声盖世，虽擅诗文而不屑于词曲，我之习倚声，亦有意以示非依傍老先生者！"夏师在序其《影观集》中亦有回忆，说"往客上海，与影观章夫人论词，夫人谓太炎先生尝笑词人为词，颠倒往还不出二三百字，故其体视诗为卑"。章夫人不以"老先生"所论为然，认为"二三百字颠倒往还，而无不达之情，岂非即其圣处？"对于夫人如此反诘，"太炎无以难"。夏师亦以太炎夫人所论为是，并进一步申说："词承诗流，令词尤与绝句近。其始也，皆以体出应歌，不许着难字僻字。五季以还，益以空灵绵邈，与唐绝竞爽，拟之艺事之有书，殆皆蜕糟去粕，几乎无待之境矣。"说明词之为体自有其需求，当然也自有其价值，不可卑视。早在1944年夏师即写有《鹧鸪天·影观夫人惠词，效其体答之》，可见夏师与太炎夫人之间唱酬历有年所。1950年1月18日，夏师还将《白石词谱说笺证》寄赠太炎夫人，并附去黄宾虹所绘《月轮楼校词图》的题词。

1951年2月17日，午后3时，太炎夫人在夏师及沙师孟海先生陪同下去蒋庄访蒋苏庵。辞别时，汤氏在"蒋庄门口写新作浣溪沙词一首见示"，并云"少与人谈词，前印词集，仅廿八本"。夏师除"劝其早写一定本"，还将汤氏新作录入《日记》中。汤国梨接受夏师建议，编完词集寄给夏氏。1952年6月20日，夏师于"灯下阅太炎夫人影观词，为重录旧作题辞一篇于卷首。其词中涉及予者数首，逐写于此"，并将汤氏词集于1952年7月22日"挂号寄还"。

夏师所作《题汤国梨影观词》附于7月21日《日记》后，题词云：

> 影观词皆眼前语，若不假思索者。而幽深绵邈，令人探
> 绎无穷，又十九未经人道。清代常州词人论词，谓若近若远，
> 似有意似无意，此词家深造之境，庶几姜白石所谓自然高妙。
> 洛诵再过，乃自悔早岁摹清真、拟稼轩为徒费气力。壬辰闰
> 五月，夏承焘题于秦望山中。

夏师谓之"迻写"的几首词为《水调歌头·读瞿禅游夜湖词后作》
一首、《菩萨蛮·癸未寒食·寄夏君瞿禅浙东》二首、《鹧鸪天·病
中得瞿禅寄词，有和》二首（《影观集》中作三首，《日记》未
录第三首"旅怅羁愁一例删"）、《鹧鸪天·读瞿禅词后作》二首、
《浣溪沙·辛卯重过湖上作》二首。《日记》所记时间截至1965
年8月31日，夏师在"迻写"上述几首词作后，未见再有"迻写"者。
如《影观集》中有《临江仙·过湖上，几访夏君瞿禅，每不遇》一首，
《补遗》中尚有诗一首《乙卯春，携导儿到杭扫墓，便道访夏君
瞿禅不遇》，均未见夏师提及。《夏承焘词集》（湖南人民出版社）
中有一首《平韵满江红·飞花一首和汤影观夫人》系1976年所作，
夏师已于1975年夏定居北京，《天风阁诗集》（浙江人民出版社）
中有一首《答汤夫人影观》，未署年月。

笔者还曾陪同夏师、太炎夫人同游灵岩、天平，那是20世纪
60年代初之事。江苏师范学院（今苏州大学）于1958年重办中文系，
钱仲联先生与笔者从南京分别奉调前去，被任命为古典文学教研
组正副组长，当时钱先生51岁，笔者26岁。1961年钱先生去上
海参加有郭绍虞、夏师等学者参与的编选《中国历代文论选》工作，
其间与南京大学陈瘦竹教授邀请夏师来南京、苏州讲学。钱先生
当时留沪未返，前期接待工作我自然责无旁贷。1961年10月17
日《日记》记有"上午陈美林陪游网师园"，18日"上午八时美

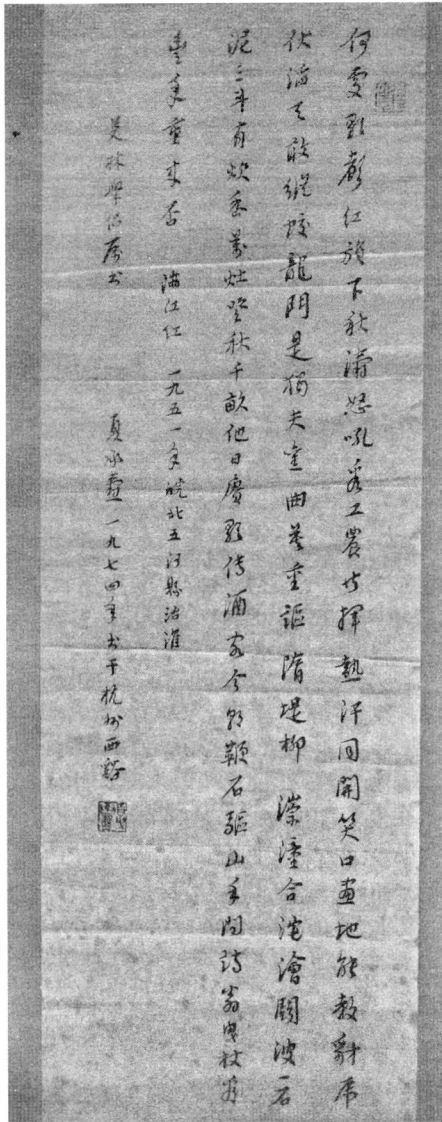

夏承焘先生赠作者手迹

林陪游灵岩，小轿车半小时到，山高三百六十丈，满山松林，山径甚宽坦"，"下山命车行小径至天平"，夏师心情极为愉悦，"平生重阳登高为最胜矣"。

一般说来，夏师《日记》记事详尽，少有遗漏，这两天日记却有失记之事，均与汤国梨先生有关。17日上午游览过网师园后，时间尚早，便与夏师步行到相距不远的锦帆路章宅访问汤国梨，稍坐片刻，约定明日同游灵岩后便辞别。18日晨，小车先到锦帆路，接了太炎夫人一同去灵岩、天平。夏师谈及吴文英有一首《八声甘州·灵岩陪庾幕诸公游》词，也是这个季节写的，一时兴起，便提议"我们每人何妨也作一首"，国梨先生欣然同意。访汤、与汤同游，在这两天的日记中无一字涉及，而所提及的《八声甘州》一词，在夏、汤二人词集中均未见有。《夏承焘词集》中有一首作于1961年的《玉楼春·听苏州评弹》，内无一字涉及。《影观诗集》中有一首《登灵岩山诗》，未署年月，但诗的首联为"为登灵岩山，八十始扶杖"。汤氏生于1883年，八十岁当在20世纪60年代初，但诗中亦无一字涉及那次与夏师同游之事。

笔者在这次与汤夫人见面后不久，又由时任历史系主任的柴德赓教授之夫人陪同去章宅读书一周，汤国梨先生热情接待，所以陪同夏师访问汤国梨先生以及同游灵岩、天平之事不会误记。至于《日记》中何以有此缺失，不能妄加揣测，仅如实录出。

注：《天风阁学词日记》第一册（1928—1937）由浙江古籍出版社于1984年12月出版；第二册（1938—1947）由同一出版社于1992年7月出版；第三册（1948—1965）则作为《夏承焘集》第七册，由浙江古籍出版社、浙江教育出版社联合出版。前两册也分别收入全集为第五、六册，版权页未注明出版年月，陈庆惠的"编后记"则写于1997年初夏。

——原载《钟山风雨》2009年第4期

"一代词宗"夏承焘四游江苏

新华社1986年5月21日电："'一代词宗'，缀有这四个大字的一面红旗，覆盖在我国著名词学家夏承焘教授遗体之上。"

夏承焘字瞿禅，浙江温州人，1890年出生。1918年毕业于温州师范学校，先任小学教师，继而在中学任教。1930年秋入之江大学任国文系讲师，此后在之江大学、浙江大学、杭州大学任教授、系主任。

笔者于1950年秋考入浙江大学，曾与夏师一同参加土改、"三反""五反"、思想改造运动，1953年提前毕业后与夏师失去联系。直到1961年秋，夏师来南京、苏州等地讲学，当时我在江苏师院（今苏州大学）任教，与钱仲联先生分任古代文学教研室正、副主任，参与接待夏师工作。之前，夏师曾多次来游江苏，除1961年以外，值得追叙的尚有1931年、1934年、1955年三次，兹分述如次。

一

1931年4月，夏师从杭州来苏州、无锡游览。在任之江大学讲师之前，夏先生已开始创作和研治古代诗词，颇有所成。入之江后，更结识了马一浮、金松岑、钟钟山等杭城学界名流，继而就有江苏之游。

夏师多次来江苏游历不是无因的。江苏历来人文荟萃，且是词学重镇。中国词史上几个重要的流派均与江苏有不解之缘，如早期的南唐词派（南京）、明末的云间词派（松江）、清初的阳羡词派（宜兴）、清中叶的常州词派等。不但历朝历代有许多著名词人，近现代也是词家辈出，如南京有许宗衡、端木埰、蒋师辙、王伯沆、仇埰、唐圭璋、卢前、陈匪石等；苏州有沈起凤、宋翔凤、吴梅、汪东等；常州有洪亮吉、张惠言、谢玉岑等；其他如宜兴周济、如皋冒广生、扬州任仲敏、兴化刘熙载、江阴蒋春霖、丹徒陈廷焯等辈。还有些词家虽非江苏籍，但曾在江苏活动过，最著名者莫若晚清词学四大家：王鹏运（1848—1904），号半塘，曾寓扬州，主办仪董学堂；郑文焯（1856—1918），号叔问、大鹤道人，在苏州寓居三十年；况周颐（1859—1926），号蕙风词隐，曾在武进、南京等地讲学；朱祖谋（1857—1931），字古微，号彊村，曾寓苏州，又被聘为江苏法政学堂监督。虽然夏师来游江苏时，他们已先后逝去，但影响仍在。尤其是朱祖谋，夏师于来江苏游历之前的1929年10月27日，将其所作《梦窗年谱》寄给朱祖谋，请其指正。当时夏先生在严州中学任教，信中有云："客处僻左，无师友之助。海内仰止，唯有先生。"信末又云："惟念半塘、蕙风、静安诸公先后凋谢，先生亦垂垂老矣。绪风将坠，绝学堪忧，承蒉虽非其人，而蚊虻负山，旁礴而出，不自量其力之不任，先生倘亦怜其向学之殷，不以为不可教而终靳之乎？"

朱祖谋当时寓居沪上，于12月11日复信盛赞夏师，信中云："我兄修学之猛，索古之精，不朽盛业，跂足可待，佩仰曷极！"

此后，夏师曾于1930年4月、7月两次过沪拜见朱祖谋。

夏先生1931年4月2日从杭州出发，在上海稍事停留，拜访词人龙榆生、夏敬观，3日下午抵达苏州，住大陆饭店。此次江苏之游主要由金松岑陪同，抵苏州当晚，金松岑便"招饮市楼"。夏师与金氏3月2日才在杭州邵潭秋招宴时相遇相识，在夏先生眼中，金翁"瘦晳近视，喜辩诘，举止时有仕途气。闻甚好游，授予名刺，自署壮游"。是年夏师虚龄四十二岁，金氏长夏师二十余岁，生于1874年，卒于1947年，名天翮，又名天羽，松岑为其字，号鹤望、天放楼主人、鹤舫老人，吴江人，寓居苏州。民国初年曾为江苏省议员，1932年与章太炎主讲苏州国学会，著有《天放楼诗集》、《续集》、《遗集》。此次他对来游苏州的夏承焘说："平生留词止六七首。"

在苏州，金翁陪同夏先生游历了狮子林、虎丘等名园，又去双林巷27号拜访吴梅。此前夏师曾于1929年10月2日托友人向吴梅问学，可惜此次吴梅不在苏州，未能见到。吴梅（1884—1939），字瞿安，晚号霜厓，苏州人，先后任东吴大学、北京大学、东南大学、中山大学、中央大学教授，卢前、任二北、唐圭璋等词曲名家皆出其门下。

4月5日金氏夫妇陪同夏师前往无锡，住无锡饭店，时在无锡国学专科学校任教的冯振心来会，同游惠山、寄畅园，次日又游太湖鼋头渚、蠡园。当时冯振心写诗记游，金翁有和作，命夏师写词。夏先生在畅游太湖山水后，于7日离开无锡返回杭州，结束了此次江苏之行。

二

1934 年 11 月，夏师再游江苏，先到南京，再往苏州。在南京期间，主要由唐圭璋先生陪同。夏师 24 日"夜达南京"，次日晨便"往利济巷六十三号访唐圭璋"。夏、唐二人于 1931 年 11 月 22 日开始通信，夏师"接南京女子中学唐圭璋函"后，次日即给唐先生复信，但直到三年后双方始见面。

夏师对唐先生第一印象是"人甚诚朴"。在唐宅少坐片刻，即由唐先生陪同"先步往鸡鸣寺，坐豁蒙楼茗话，下山看胭脂井，过中央大学梅庵、随园遗址"，"午后游后湖及第一公园。后湖雄伟胜西湖，至可徘徊"。

11 月 26 日大雨，不可出游，乃由圭璋先生陪同"访客"，先去实业部访陈匪石，"四十余岁"，与之"谈白石板（版）本"问题；继而去"晒布厂五号访汪辟疆（疆），年纪少于匪石，短矮如之，江右乡音，十可辨七八"，汪先生赠夏师"近著《目录学研究》一册"；再去访胡小石，"不值"；又去"大石桥十号访林公铎"，"值其酒后"，"狂态犹如昔"；再访吴梅，已返苏州，"圭璋导入室，见其照片，今年方五十岁"；又"过中央大学公寓访汪旭初"；午后 2 时去"王府园五号访蔡嵩云，偏风初愈，颇能健谈，年四十以外，魁梧如武夫"；当晚又"与圭璋访曹纕蘅于四条巷良友里，丰腴如嵩云"。一日"连访六客，而态度性格各有不同"。

11 月 27 日，曹纕蘅、蔡嵩云到夏师下榻处回访。当晚由曹纕蘅设宴，"同席有柳翼谋、曾小鲁、冒鹤亭（即冒广生，鹤亭为其字）长嗣君、林山腴嗣君及圭璋诸人"。晚宴前，还由圭璋先生陪同游览了雨花台、莫愁湖。

28 日也是由圭璋先生陪同，游览灵谷寺、中山陵、明孝陵等景点，当晚由唐先生设宴为夏师饯行。

夏师在南京"住五日"，除游览南京胜迹外，主要是切磋学问。被访问者有的初次见面，有的曾有往还，但都是名噪一时的学者名流。

离开南京后，夏师于 11 月 29 日中午抵苏州。夏师此次来苏州，主要由其时任职于世界书局的黄云眉陪同。云眉，字小亭，号半坡，浙江余姚人，新中国成立后任山东大学教授。下午由云眉陪同访吴梅，"不值，约明早再访"。次日即 11 月 30 日，依旧由黄氏陪同，终于与吴梅晤面，夏师记道："此为予与瞿安初面，瞿安今年五十一，微须瘦颊，和易近人。"夏师向其询问"子庚事"。子庚，即刘毓盘，著有《词史》，吴梅以为此书"实非其杰作"，又问及吴氏藏曲事，"十时辞出，瞿安约晚间会宴。坚谢不可"。

接着又去濂溪坊 104 号访金松岑。上次来游苏州，主要由金氏陪同，今次再到金宅，依旧"小楼明净，叠书如山"。金氏谈及章太炎收入颇丰而陈石遗困窘不堪。金松岑中午在青年会食堂宴请夏师，并邀来陈石遗与宴。石遗名衍，时在无锡国专任教，著有《近代诗钞》、《石遗室诗话》、《朱丝词》。在夏师眼中，陈氏"长身鹤立，瘦颧短须，貌悴而神犹健"。金松岑为两人作了介绍，"欢然相揖"。陈氏告知夏师，已将其作品"入其诗话"，并邀约夏师"后日午餐"。当晚，吴梅来"邀往松鹤楼"，同席有黄云眉、金松岑等。席间，"瞿安谈叔问、蕙风遗事"。

12 月 1 日，游沧浪亭、可园、报恩寺、拙政园。

12 月 2 日"早访瞿安辞行"，吴氏又谈况周颐于 65 岁时娶妾遗事。夏师离开吴宅，在范烟桥陪同下去王长河头游赏周瘦鹃

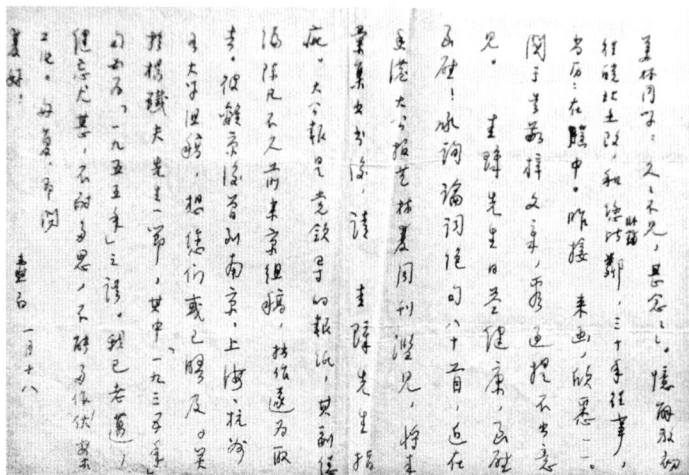

夏承焘先生赠作者手札

之紫罗兰园。"下午一时，方同赴石遗先生之约"，同席有金松岑、黄云眉、范烟桥、诸祖耿等人，"石遗家庖甚美"，主人"殷殷劝客"。夏师在苏州期间，一直由黄云眉陪同，直到最后一日晚间"七时半殷殷而别"，给夏师以难忘印象，赞叹道："此君一见如故，真予友也。"

12月3日晨离开苏州，过上海稍事停留，4日返杭州，结束了此次江苏之游。

三

夏师再游江苏已是二十年以后的事了。前两次来游江苏，夏师刚过而立之年，目的主要是拜访词学前辈、交结同辈学人。

二十年后再游江苏，词坛情况大为不同，前辈大都凋零，同辈经历抗日战乱，沉浮不一，且都进入暮年。夏师1955年再游江苏时年56岁，已是名扬海内外的词学大家，这次主要是率弟子来南京访学，以增进弟子识见，培养其学习古代文学的意趣。

1953年教育部曾委托少数高等院校举办研究生班。夏师当时所在的学校被指派举办古典文学研究生班，由东北师范大学中文系应届毕业生中选派10人来杭州学习，两年结业。结业前夕，夏师带领他们赴上海、南京等地访学。1955年4月2日，"南京参观之行，今日首途。同行者助教蔡义江及研究生樊维纲、唐德等9人，杨芷华以体弱多病不往"。在沪参观访问两日后，乃于4月5日下午2时抵达南京，即雇马车至南京师范学院住下，"系主任孙望来，副主任刘开荣来，副院长纵瀚民来"，当晚"纵院长招饮，席散开座谈会"。

夏师一行在南京逗留三日。4月6日游明孝陵、梅花山，参观博物院，下午往雨花台"谒死难烈士墓"，"五时归途过小仓山，凭吊袁随园墓。随园遗址三十年前来时尚仿佛可见，今尽改观矣"。4月7日上午游玄武湖，"午后二时访（唐）圭璋于其寓舍，孙望主任已先在"，乃同去颐和路参观南京图书馆，先看八千卷楼藏书，继而参观医书资料室、地志室。晚由孙望、唐圭璋宴请，同席者有胡小石、陈中凡、黄药眠等。4月8日，访孙望辞行，又访高觉敷、纵瀚民，均未见到，却遇陈鹤琴院长，继而"圭璋来送行"，11时离开南京。

4月8日"下午四时到苏州，寓平门内泰安旅馆"，在苏州未曾与有关院校联系，是自行安排。二十年前夏师来游时所交游者大都谢世，尚健在者唯有章太炎夫人汤国梨。当晚夏师与研究生步行至观前街，欲去锦帆路拜访汤国梨。路遇"太炎先生寄女"

郁钟慧，告知太炎夫人还在上海，乃作罢。"九时归寓，即就枕。诸生皆打地铺，有臭虫"。

4月9日整天出游苏州园林，举凡拙政园、怡园、狮子林、虎丘、西园、留园，无不游览，直到下午"六时返城，午夜乘车离苏州"，次日晨由沪转车，"午到杭州，午后一时返校"。

此次南京、苏州之行，让其研究生得以拜见南京的著名学者，如南京大学的胡小石、陈中凡，南京师范学院的唐圭璋、孙望；参观南京图书馆，了解到杭州丁氏八千卷楼藏书如今安身于南京；又让来自北方的学子领略到以苏州为代表的江南风光，研究生们在游览过苏州后都说"到此乃能体会古典文学"。

四

六年后，夏老又于1961年秋再游江苏，此行则是专门应邀为讲学而来。20世纪60年代，周扬请复旦大学郭绍虞教授组织力量编选《中国历代文论选》，作为高校教材。郭绍虞先后邀请夏承焘、钱仲联、马茂元等人参加这次工作，夏、钱二人分别已十九年，此次方得相聚。马茂元乃邀请夏老于1961年6月5日"过中国照相馆，与仲联、绍虞同摄一影"。笔者自1953年毕业以后与夏师一直未有联系，夏师从钱先生处得知我与其同在江苏师院任职。

夏师在上海参加此项工作期间，曾被上海作协、文汇报社、复旦大学、华东师范大学、上海戏剧学院、上海师范学院、电影局等单位邀去讲学。南京大学中文系陈瘦竹教授此时正在上海，也邀请夏先生到南京为该校中文系五年级学生（20世纪50年代后期，个别学校部分系科一度将本科四年改为五年）讲词学专题。

夏师应允后，陈瘦竹教授便返宁安排，隔日又有信给夏先生，说江苏作协也拟邀夏师作一场报告。钱仲联先生与学校联系后，持江苏师院邀请函，请夏师也来苏州讲学。

夏师与从杭州赶到上海的师母二人于1961年10月10日中午抵达南京。陈瘦竹教授和江苏作协章品镇先生从车站将其接至五台旅社。三方商定，在南大讲两次，参加座谈会一次，在作协讲一次，参加座谈会一次。在南大第一次讲词的特点，第二次讲诗眼与词眼。作协的报告安排在南京会堂（即东风剧场原址），讲南唐词在词史上的地位。据夏师所记，在南大的第二场报告，听众虽为四、五年级学生，却感到"甚吃力"。在作协所作报告，尽管"门票限制，到者亦千人左右，词学讲座此为大规模矣"。作协的座谈会安排去总统府西花园召开，与会者有陈彦通、陈中凡、唐圭璋、孙望、顾尔钥、章品镇等二十余人。南京师院孙望主任也邀夏师去该校作报告，夏先生辞谢，仅允参加一次座谈会。

此次来南京，夏师讲学活动频繁，还要接待友人来访、回访友人，游览活动很少，仅去明孝陵、中山陵、灵谷寺东郊风景区一行，在南京停留五日后便匆匆赶赴苏州。

当时，古代文学教研室主任钱仲联先生在沪未返，接待的具体工作便由我负责，再说我又是夏师弟子，自然责无旁贷。我先于10月12日从苏州赶往南京，与夏师商定16日来苏州后便先行回校准备。

16日中午，我与学院党办副主任赵某从苏州站将夏师接到天赐庄，安排住在校内招待所最好的一间。夏师在苏州作了两场报告：17日下午在图书馆谈治学方法，听众为校内师生；19日下午在礼堂讲词的特点，听众除师院师生外，尚有苏州文联、苏州师专及部分中学教师，达数百人。

夏师除讲学外，由笔者陪同游览、访友。17 日上午去游网师园，又步行至锦帆路章宅访太炎夫人，约定次日同游灵岩、天平。18 日上午小车先到锦帆路，接汤国梨女士同去。此游给夏师留下美好印象，日记中说"平生重阳登高为最胜矣"。他在归途中还说："吴文英有一首《八声甘州》，是陪庾幕诸公游灵岩、天平而作，也是这个季节写的。我们不妨步其韵，每人一首，以为今日之游纪念。"汤国梨夫人连声叫好，可惜在《天风阁词集》和《影观集》中均未见有，笔者自然也未作。

10 月 20 日上午，夏师离开苏州回上海，我与中文系总支书记陆士南送去车站，挥手而别。这次短暂相聚后，又是十三年没有任何联系。1974 年 10 月，夏师通过唐圭璋先生找到我，从此音讯不断，直到 1986 年夏师病逝。1975 年夏，夏师去北京寓居，曾在 1979 年 1 月 6 日及 19 日两次来信表示有重游江南之意，前信云"叇拟今年春秋佳日，再南游访旧"，后信云"今年身体如转好，很想重游江南"。我将夏先生此意向唐圭璋、孙望等先生提及，他们都极表欢迎，嘱我写信郑重邀请。夏师乃于 6 月 21 日复信说："承邀重游石头城，此事亦可考虑，只是八十老人，不能预定时日，一切视健康情况及客观条件而定。"此后，夏师身体一直未能康复，重游江南访旧的心愿竟未能实现！

——原载《钟山风雨》2008 年第 6 期

和夏承焘老师同在"运动"中

我于1950年秋季考入浙江大学文学院中文系，当时的校长为马寅初，教务长是苏步青，文学院院长为孟宪承，中文系主任郑奠（石君）。古典文学课程主要由夏承焘（瞿禅）教授负责。根据国家建设需要，1950年入学的大学生提早一年，即于1953年毕业。毕业后离开学校，离开瞿禅师，直到八年后的1961年，夏师应邀来南京、苏州讲学，我陪侍在侧，方得重聚。1950—1953年、1961年的《天风阁学词日记》（下称《日记》）中，在这两段时间内，我与夏师一起参加的有关活动，夏师都有记叙，并出现了我的名姓。1961年与夏师分别后，又一直未曾联系，直到1974年秋，瞿禅师通过唐圭璋先生找到我，方给夏师写信。瞿禅师收到我的信后，随即于11月7日复信，首先言及"十余年不见，得书快慰，忆解放初在嘉兴参加土改时，一日与你席地睡一处"云云，可见土改运动给夏师留下的深刻印象。至于夏师的《天风阁学词日记》出版的部分至1965年8月为止，晚年与我的联系，不可能再从《日记》中得到印证，但夏师给我的十余封信及三帧墨宝，却全是1974年恢复联系后到1986年夏师逝世前所写，亦可参证。

本文拟以 1950—1953 年期间夏师的《日记》为线索，对我与其一同参加的土改、"五反"、思想改造运动略作回顾。夏师的《日记》不仅"反映了夏承焘先生在这一时期的教学、科研、社交活动和思想生活情况，还直接或间接地折射出周围许多知识分子的思想生活面貌"，《日记》所反映的"心路历程，在经历新旧两个社会的高级知识分子中具有一定的典型性"，而且所记"历次运动中的见闻"，"均出于当时据事直书"，"既是一份珍贵的史料，又具有高度的学术价值和文学价值"（吴战垒《编后记》）。文中凡注明年、月、日并加引号者，均见该日《日记》，不再反复注明。

一

1950 年下半年学期行将结束时，传来中共浙江省委意见，文科师生要关心社会，接触实际，当时嘉兴地区正在轰轰烈烈地开展土改运动，建议中文系师生前往参观，体验农民疾苦，关心阶级斗争。1950 年 12 月 2 日，夏师在《日记》中记道："午后中文系开系会，商下乡参观土改日期。"12 月 27 日又记道："理行装，预备明早赴嘉兴参观土改。"这两则日记都明白无误地写作"参观"，而《天风阁诗集》中有关嘉兴参观土改的诗作，则作"参加"，显然是误记，因为去嘉兴仅仅十余天，是不可能完成一期土改工作的（据此后去皖北五河参加土改的实际情况看，完成一期土改工作大约需要一个半月），《日记》中有记："（12月 28 日到 1 月 10 日）在嘉兴真西乡参加土地改革，另有日记，已佚。"可见在嘉兴时日不多，不可能参加土改，只能参观土改。

1950 年 12 月 28 日，由系主任郑奠先生率领，师生同赴嘉兴。

由于二、三年级同学已在各地参加土改,此次赴嘉兴的同学全为一年级学生,加上夏承焘、沙孟海、蒋祖怡、王荣初等几位老师,总数不过十余人。下午抵达嘉兴后直奔县委机关而去。当时县委领导见到省委的介绍信,来者又是大学教授、学生,极其重视,主要领导正在主持会议,便命办公室同志安排好住处,我等便在机关院内闲走,见到厨房中杀鸡烹鱼,不知有什么宴请,岂知到了晚餐时,县委领导与几位老师重新见礼,将我们一齐邀进餐厅,才知道原来是招待我们的。当县委书记听说郑奠老师曾与鲁迅先生在女师大同事,而且郑老师当时还是系主任,鲁迅先生是兼任讲师,于是倍加敬重,频频敬酒,以致善饮的石君先生也酩酊大醉,不得不被扶进卧室。

次日上午,在县委会议室内由有关领导向我们介绍了嘉兴县的历史、现况以及自然条件,重点介绍了正在进行的土改运动,县委负责同志特别强调,此地解放不久,反动残余势力尚未完全肃清;更由于河港交错,交通不便,偏僻村庄尚有零星匪徒活动,会在夜深人静时加害乡村干部和革命群众,因此反复叮嘱我们下乡后要特别注意安全,集中住宿,不要单独活动,以策安全。

下乡前,县委负责同志又仔细检查了安全措施,十几人分乘几条小木船,每船只能乘五六人,其中有两名持有武器的解放军战士,一在船头,一在船尾,保证我们的安全。这是县委根据省委的指示,一定要保证浙大下乡师生的安全所采取的有力措施。不过,也闹了一个小小的"误会"。因为刚刚下过一场雪,两岸白雪皑皑,河道中寒风刺骨,木船无篷,没有任何遮挡。个别老师依旧是城里的穿戴:长袍或大衣,羊皮帽子,又长又宽的围巾,只露出半张脸来。两岸农民哪见到大学教授下乡来向他们学习的事,又见到持枪的战士同船,便很自然地把我们当作逃亡的地主豪绅了，拍手欢呼道："逃亡地主捉回来了！"弄得几位老师好不尴尬，一时间内成为谈笑的资料。为时不久，就到了乡政府，这场面也就很快过去了。

我们被安排在一所小学里，全体师生十余人都住在一间教室，只有一张课桌，别无椅凳，沿着墙角，铺上厚厚的稻草，师生相对而卧，睡成两排。白天常有附近的小孩来看我们这些"奇装异服"的"城里人"，渐渐熟悉后，也有大胆的小孩坐到我们的地铺上来，摸我们的被褥，搜我们的衣服，问我们吃什么，睡得惯否。我们"城里人"两两三三地去附近农民家"做客"，也问问他们的生活，老乡们从有些拘束到无拘无束地与我们交谈起来。一旦见天色暗淡，大家便一齐回到学校中来。晚饭后整个教室只有一盏煤油灯，大家就半躺半靠地在各自铺位上，随意地交谈白天所见所闻，从各自的生活经历出发，去感受这些对我们全然是陌生的又是新鲜的生活。

瞿禅师在嘉兴真西乡的生活，"另有日记"，可惜"已佚"，今不得见。但他写了不少诗，表述了这次参观土改的感受。浙江人民出版社于1982年1月出版的《天风阁诗集》中收有《一九五〇年十二月偕浙江大学中文系友生参加嘉兴土地改革，居乡见闻，皆平生所未有，作杂咏十二首》，首先认定这场土地改革的运动是"人群新史破天荒"，为人类历史上从未有过的创举，因而表示要用自己的"秃笔"来"写春光"（之一）；诗中写到土改工作组的组长、箍桶匠出身的姜师傅，懂得政策、明白事理，以"一语令人心眼开"赞之（之二）；又写到诗人自己如何挨门挨户去访贫问苦，有"一家当作一书读"的比喻（之三）；村中牧童都"能唱'是谁养活谁'"的向地富讲理斗争的歌曲（之四），以及向我们参观土改的人员靠拢的情景，"日日村童坐满床"（之五）；"无父"的"梁郎"（之六）、"孤栖"的"董叟"（之七）都有人"陪护"、也有人代耕；庄稼收成好，"亩亩青秧比昔青"（之八），种田人高兴，"不知笑口为谁开"（之九）；最后又述说诗人自己"写到黎元笔有神"（之十），努力做到"稍稍民间阅苦辛"（之十一），只要"能同大众共生涯"，就"自有吟情出好怀"（之十二）。这十二首杂咏，正表明一位大学教授在参观土改运动中的亲身体验，反映了高级知识分子在那个翻天覆地的剧烈变化的时代中的感受。夏师这种体验和感觉具有非常典型的意义。

二

1951 年下半年，国家规定全国文法学院二、三、四年级师生要参加一期土改。我刚刚升入二年级，自当参加。中文系老师在 9 月 22 日开会"谈参加皖北土改"，夏师记道"同人自愿参加者，有刘操南、薛声震、张仲浦、蒋祖怡及予五人"，也列出明确表示不愿参加者、尚未决定者的老师姓名，并反映"舆论对院长、系主任不参加殊不满"，可见当时高校教师对参加土改运动的不同态度。针对这一情况，中共浙江省委宣传部部长林乎加于 9 月 25 日作动员报告，"讲土改，谓大学知识分子对此国家大事而无知识，老去时何以对儿孙问，留学外国时何以对外国人问。又谓当认识参加土改工作是改革课程方法之一，是业务必修课之一。又谓乡村生活自甚苦，然农人生活已数千年，我们当去体验三个月"云云。报告结束之后立即分组讨论，瞿禅师在小组会上"报告嘉兴土改经验"。次日在分组学习时，夏师再"讲嘉兴土改归来后，对教古典文学之影响"。由此可见，年前参观嘉兴土改的活动，对夏师是产生了积极影响的。9 月 26 日再次开会讨论，意见还不能一致，"陈卓如与戚叔含、郑石君、马长寿言语抵牾"，有所争论。陈卓如即陈立，继孟宪承为文学院院长；戚叔含，外文系教授；郑石君即郑奠，中文系主任；马长寿，人类学系教授。到10月3日止，文学院"同事加入者有陈卓如、方重夫妇、陈乐素、吴定良，共有二十七人矣"。方重夫妇，均为外文系教授；陈乐素，历史系教授；吴定良，人类学系教授。

起初听说是在皖北宿县参加土改，夏师为此还进行了一些准备，于10月4日上午"与马长寿往浙江图书馆，查《安徽通志》及《读史方舆纪要》"，了解宿县的历史、地理概况。其实，确切的目的地应是五河县。10月5日上午，浙大文学院参加土改的师生百余人聚会，进行分队，每队十二三人，共分九队，每队有"教师三人，女同学三人，男同学六人"。夏师分在第九队。下午，听皖北来的"孙学友同志报告五河地方情况"，然后进行分队讨论，订立公约，有"服从组织领导"、"严格遵守土改干部八项纪律"等七条。

1951年10月7日"五河土改今日出发"，经沪、宁两地，于8日抵达临淮关，9日换船，抵达五河县时，"五河民众列队欢迎，腰鼓杂以笙管、花炮。地方同志导入大戏院中，乃指派与浙大者苇秆盖新房，尚明敞。席地开铺，可容百五六十人"。绝大部分师生齐臻臻排成两行地铺，垫以厚厚的麦秸。舞台后有数间小房，"安置女生及年老教师"。夏师当时年逾五十，领导让其住小房，但遭瞿禅师辞谢，与大部分师生共睡大地铺。

复旦大学土改工作队由周予同教授任领队，也来五河参加土改，但与浙大不在一个区。此际却同住县城共同参加学习，有县长陈雪介绍五河县现实情况，钱政委介绍五河历史沿革，县土改工作队负责人朱玉林布置土改工作等四个步骤。在下乡之前，浙大与复旦还进行联欢，周予同代表复旦、陈立代表浙大分别讲话。

浙大工作队被分派在离县城最近的五北区，"有乡十四、村八十余"。10月14日夏师记道，"各同志惧学习不够，又无经验，下乡以后，不能独立作战"，因为可能一村只有一人负责，但夏师下定决心迎难而上："临睡自念，一生碌碌，当寻事自振。新中国成立以来，我国出了许多奇迹，予独不能勉自请献、为生命吐一光芒耶？此番如被派掌握一村，当不畏难，不自馁，虚心学习，奋力从事，不负此千载一时之机会。"次日在学习会上，夏师即发言，"说如何克服怕陌生与恐惧工作不胜任之顾虑"。

当时五北区部分乡村已进行过土改，尚未进行者仅有七个乡，便于10月18日"并九队为七组"。瞿禅师从第九队调入第四组，"四组组长是陈美林（中文系学生），同组有薛声震、管佩韦、陈立、柴崇茵、马娟尚、姚吉昌诸君，十五人"。管为历史系老师，柴、姚为教育系同学，马为外文系同学。当时七个组的组长除第四组外，都是当地干部，由浙大派一位老师或同学任副组长，唯独第四组组长则由当时非党非团的我担任，当地干部却任副职。据说这是区教导员刁乃琴同志的意见，作为培养知识分子干部的试验。

四组分在訾湖乡工作，该乡当时有地主二十余人，富农三十余人，人口逾三千，地一万七千余亩。四组组员二十五人（包括浙大师生、当地干部），要负责十三个村子的土改，每村有二人。瞿禅师10月18日睡在床上还考虑："此次工作艰巨，当以往日作诗、作考据文字的精神去做，一字不放松。"中文系的老师碰头时也都表示既然来了，就要做好，石君师在10月20日曾戏对瞿禅师说："今日义理之学是站稳立场，考据之学是调查情况，词章之学是宣传。"虽为戏语，倒也反映了当时高级知识分子对土改工作的体认。在具体分工时，考虑到夏师年事已高，便留在乡政府所在村，夏师于10月23日记道："予得组长照顾，派住乡公所所在村，并以杨生纯仁照顾予，此陈生美林好意也。"未曾想到当年的自然安排，却让夏师念念不忘，直到1974年秋季给我的信中还提及此事。

不过，夏师在訾湖乡并未多留，因母病加剧，不得不赶回家乡浙江温州。不几日，夏师在母亲病逝后，又于11月15日匆匆返回五河，当晚"留宿土改委员会"，次日赶到区大队，大队负责人田汝康、王西彦都感到"五十以上人，尚能行数千里，重返原岗位，可为工作者矜式"。此时正值土改运动后期，区人民法庭需要有文化的工作人员，夏师便被留下参与区法庭工作，偶或外出调查案情，更多的工作是书写判词。不久，整个一期的土改工作结束，根据上级命令，全体师生返回杭州。

如同赴嘉兴参观土改写有诗文作品一样，此次参加五河土改，瞿禅师同样留下了一些诗词创作。在1951年12月16日《日记》后附有《归途五首，自皖北五河县归省，温溪舟中作》，但在1982年出版的《天风阁诗集》中仅录一、二两首，诗题也略有改动，为《一九五一年自五河归省母病，承浙大诸生远送，为予荷行李至蚌埠两首》，两相对照，文字也略有修饰。在一、二两首诗中表示参加土改运动是"千载不再遇"的难得机会，表示要"绵力奋所任"，只是由于"亲年迫崦嵫"，才不得不如"乌鹊"一般"归飞各匆匆"。在同一天日记后，还附有《五河客次赠戚叔含》七绝一首。另有《满江红·五河县看治淮，汝康、西彦属为此曲》一首，热情歌颂"千年奴隶翻身后"，成为"今朝鞭石驱山手"，广大群众坚决根治淮河水患的斗争精神。

正如参观嘉兴土改时的表现一样，瞿禅师在参加皖北五河土改中的表现同样是积极的，也是有收获的。返回浙大以后，进行总结，在1951年12月26日的分组讨论上他被推为作典型报告的代表；12月28日还应邀对理学院一年级学生做讲演；12月29日召开的鉴定会上，大家都肯定夏师的进步，当然也指出其不足："各同志评予者三事：一（王）西彦谓予往时于会场中多不开口，五河归后，乃能批评人。此次小组会，大家且都愿闻予意见。此为显著之进步。二提意见能顾到全局。三（陈）卓如嫌予以旧文学诗词修养深，在革命热情上勇敢不够。"不仅思想上有收获，参加土改、深入农村后，对夏师的治学也有积极的影响。1952年1月2日记云："札稼轩词毕。欲为稼轩之农村词撰一小文。前月在皖北土改有此意。"夏师的确写出此文，在《夏承焘集》第二册之《唐宋词欣赏》一书中就收有《辛弃疾的农村词》一文。

三

从皖北五河土改归来不久，全国范围内又开展了"三反"、"五反"运动。所谓"三反"，是指反贪污、反浪费、反官僚主义；所谓"五反"，则是指反行贿、反偷税漏税、反盗窃国家资料、反偷工减料、反盗窃国家经济情报。这场运动当然是在党领导下进行的。按当时的说法，是发动广大的工人阶级打退资产阶级猖狂进攻的群众性的政治运动，是一场激烈的阶级斗争。

"三反"运动主要是在机关、事业单位进行，"五反"运动则在工商企业展开。从时间上来看，全国从1951年12月开始发动，大约到1952年春季结束。而夏师与我参加的"三反"运动则略迟。因为从五河归来后，浙江省率先进行高校院系调整。寒假中浙江大学文学院就与之江大学文理学院合并成立浙江师范学院，以应师资之急需。之江大学财经学院暂时仍与师院在一起，浙大理学院不久并入复旦，农学院与医学院独立。浙江师范学院于20世纪50年代后期又改为杭州大学，90年代又回归浙江大学。

正由于此，瞿禅师与我参加的"三反"运动从1952年2月开始，9日"上午九时开"三反"运动动员会。焦梦晓院长、陈立院长、黎照寰（之江校长）、胡寄窗（财经学院院长）、刘丹厅长讲话，十二时散"。焦、陈为新成立的师范学院院长，刘丹为省教育厅厅长。据夏师2月7日所记，原来计划运动"至三月十日止，共十八日"，但实际上一直进行到五月底方结束，历时三个多月。

动员之后，运动按下列程序进行：学习文件，端正态度，对照检查，开展批评与自我批评，小组总结并对每人做出鉴定。上午学习，下午工作。检查阶段则整日开会，教学工作暂停。在学生中也选出若干代表，除参加老师的学习会议以外，还要分工与老师个别交谈，进行所谓的"帮助"。我也被推选为代表之一，所以得与包括夏师在内的中文系老师一起参加运动。

运动初期，个别老师颇有抵触情绪，认为贪污、浪费、官僚主义与己无关。有一位教授在讲课之前，先说："请允许我再抽两口，将它抽完，否则岂不是浪费了么？"说着，举起夹着的半截雪茄，引得哄堂大笑。但大多数老师还是认真对待的，只不过认识比较肤浅，如瞿禅师的自我检查，说"治学数十年，于劳苦大众了无益处，而食稻衣锦，养尊处优，岂非浪费贪污"，全盘否定自我；对他人的批评也抓不住问题本质，如说"石君在嘉兴土改时，自己不肯劳动，依赖他人打铺盖"，"微昭浪费精力于家庭琐事"等等（2月11日）。为了提高大家的认识，推动运动的健康发展，运动的领导者还邀请"店员工会一会员报告店员'三反'情况，举具体事件甚多"，对"一店员而能来大学讲演"，瞿禅师极为感叹，认为"此解放前所未有者"（2月18日）。

在学习了一个阶段后，领导再次动员，并布置运动将转入检查阶段的工作。3月20日"上午刘丹厅长作"三反"运动二次动员报告"后，"即酝酿对领导人员的检讨"。自此，"终日开'三反'检查会，中文系石君、驾吾自作检查，各同事加以批评"（3月21日）。石君即郑奠，原浙大中文系主任；驾吾即王焕镳，原之江大学中文系主任，二人作为系一级领导人先行检查。而校一级领导早在2月4日上午就由"心叔、陈立、王绮带头自我检讨"。心叔，即任铭善，时任教务长；陈立，时任院长。"心叔所说甚严肃诚恳，陈立尚多饰词。午后中文系小组会对彼大不满意，提出意见甚多，且要求其重作检讨。闻历史、教育两系亦然。"而通过这一系列的学习、检查、批评，瞿禅师感受到"此次'三反'运动，教育意义甚大，初谓与教育界中人无关，不谓成效如此"（3月24日）。

在领导带头检讨之后，每位老师逐个检查，人人过堂。3月1日夏师"作交代，发言一小时，对从前教学不负责、政治学习不关心、脱离群众、做滥好人等等恶习，痛下砭针"，并表示"土改与'三反'运动，为予此生能否翻身关键"，要过好这一关。在瞿禅师检查后，张仲浦、王西彦、蒋祖怡、胡宛春、王驾吾、胡永椿、蒋云从、陆微昭、薛声震等诸位老师一一向夏师提出意见，学生代表文心慧及我也提出意见，夏师记道"陈美林望予更增强新观点教学"。

《日记》中还记述了其他老师的检查情况，以及师生所提出的意见。至于兄弟院校以及省、市其他机构的"打虎"情况，也偶有记载。如2月20日记："闻浙大沈学植（图书馆馆长）、沈学年（农场主任）、苏步青（教务长）皆有问题。刘厅长谓浙大医院有大老虎。"2月27日记："刘丹厅长谓杭州老虎越打越多，有些机关中打出成群老虎。浙大教职员有被打得痛哭流涕者。浙大医院院长王季午亦甚狼狈。"3月21日记："西彦报告昨夕人民大会堂打虎情况，文教、卫生、新闻、出版四部分，当场打出老虎七十四只。王某贪黄金二千五百两，朱某以不肯彻底坦白，捕送法院。浙大顾某已交出黄金一千二百两，当场释放，加入打虎队。"所谓"虎"，是指"三反"分子，主要是贪污犯。至于瞿禅师所在的浙江师院的打虎情况，4月19日有记："昨焦院长报告师院大小贪污犯一百九十余人，款项约二十亿左右，学生十人中有一人犯贪污。"在运动中，有子女揭发父母者，3月28日记："听男女两生检讨包庇资产阶级家庭舞弊经过。"有妻子揭发丈夫者，3月3日记："陈立作第二次交代，自承囤米为不法商人行径，词色极懊丧。予疑此事是文锦主动，虑其夫妇为此不睦。"

1952年5月下旬，运动进入尾声，进行处理、总结。5月24日"全体师生开会，坦白之江黄金案及盗窃物资案。黄金案共一千五百两……数目之巨，令人咋舌。且钱某至今仍任总务长，仍未坦白"。当时，可由本单位组成法庭处理案件。就在师生大会召开的当天下午，"师院、财经学院人民法院成立。焦梦晓为审判长，陈立、胡寄窗为副审判长，心叔、沈镜如诸君为审判员，宣判之江黄金案及盗窃案"。焦为学院书记，陈为院长，胡为财经学院院长，心叔（任铭善）为教务长，沈镜如为教授代表，对案犯分别处以徒刑、记过、察看等不同惩罚，大抵从轻处理，夏师感叹"政府对教会学校，宽大如此"。之江大学，原为教会大学。不仅对教会学校人员处理从轻，对教授也宽大处理。5月26日记，"各系科同事开会，讨论贪污案"，"多谓领导处理太宽"。但"刘丹厅长谓管制教授，须请示中央，国家需才孔亟，对高级知识分子须爱护争取"。

当然，运动初期不免有扩大化倾向，5月25日"沙文汉在浙

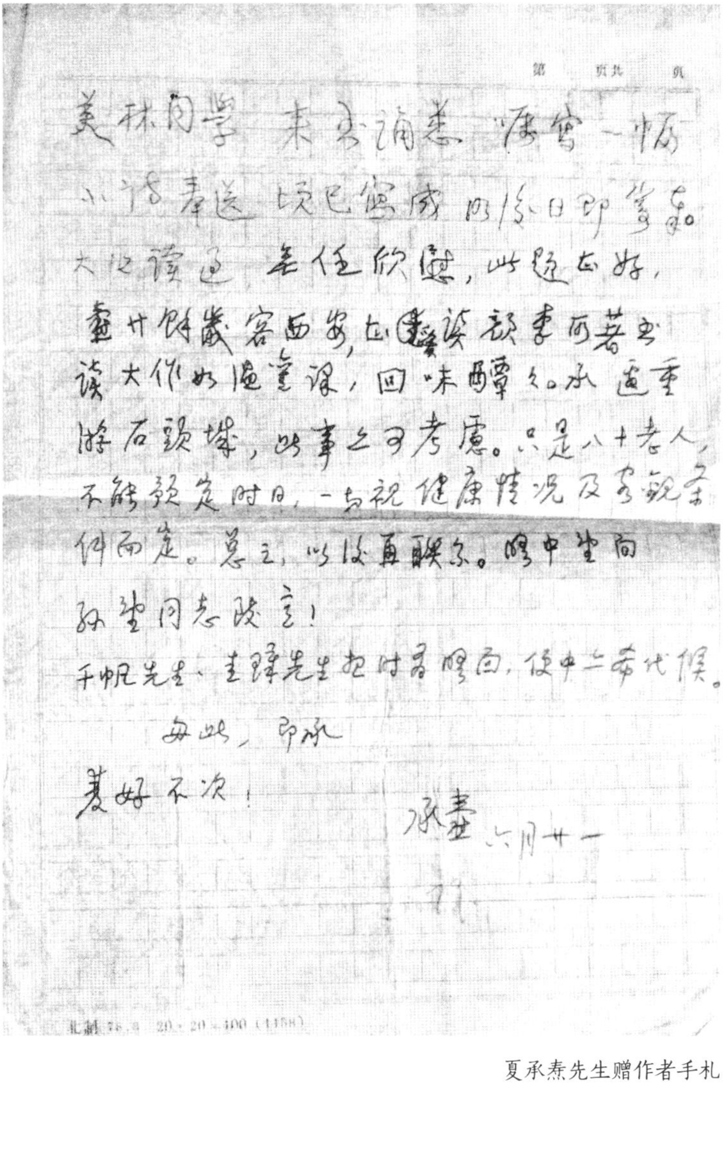

夏承焘先生赠作者手札

大报告，亦明白说有偏向"，但后期逐步得到纠正。对广大知识分子来说，参加这场运动还是受到很大教育的，瞿禅师在4月25日的小组讨论会上便说："'三反'开始时，以为必与我自己无关，不谓在此运动中竟受大教育。最显著一事即'三反'后对业务之尽心。解放前以著作为正业，以教书为副业，看不起学生，以为学生不能领会我之学问。上课以前从不作准备。近日教书，往往一小时课，须预备一二日工夫，却心安理得，不复杂用心，错用心。"从夏师这番话语，可以看出大多数老师的认识得到了提高，工作更加负责尽力。

四

早在"三反"运动期间，就传来要进行思想改造运动的消息。1952年3月30日，王西彦老师对夏师说："不日展开思想改造，须早作准备。闻北大、清华、燕京打思想老虎，甚激烈。"果然，浙江高校的思想改造运动，从5月底即开始，5月30日"传达饶漱石主席演讲"。6月3日"听林乎加部长作思想改造动员报告"，随后各系教师分别开小组会表态，夏师在6月6日的小组会上就"述曩年教小学比教大学好，今知十年来教大学，皆为个人名利出发，专心著述，与学生脱节，不似教小学时能与学生接近"，表示要积极参加运动，接受教育。

为了减轻教师交谈的顾虑，运动领导者又将教师划分为若干互助小组，三五人聚合在一起，夏师与"孝宽（薛声震）、伦清（胡永椿）、微昭（陆维钊）"共四人为一互助组。彼此"随意讨论，颇亲切有益"（6月12日），"孝宽谓予不问政治，与笃好旧诗词有关，因为深居象牙塔，遂与世隔远，不谙人事。诗之失愚，可如此解释"（6月28日）。学生代表也参加互助小组活动。夏师记道："夕陈美林、周玉华二生来，助予检查思想。大病在不关心万事。陈生谓若从危害性上多着想，可引起警惕。此语甚好。"（6月27日）"夕陈美林、周玉华来，劝予对人提意见勿保留。"（6月29日）

在同事、学生的帮助下，夏师于7月9日开始"写思想总结初稿"，次日"在互助组讲一小时，共分五部分：（一）家庭成分与主要经历。（二）生活态度与思想状况。甲、自由主义，乙、宗派主义，丙、名位观念，丁、旧伦理观念。（三）政治认识与教学建设。（四）思想根源及批判。（五）今后努力方向"。瞿禅师检查之后，王西彦老师、周玉华同学等人都提出意见。7月12日傍晚学生代表"詹尔堃、陈美林、周玉华三生来谈，谓依历史谈下去较有联系，且能全面，勿分片段谈，兹依之改作"。此后连续几天，夏师都在忙于写检查，16日写"初稿毕"；17日"改思想检查文"。学生代表提了意见后，夏师又于2日"晨改写思想检查文"，直到21日"上午改写思想检查文毕"，"午后以检查文交詹、周诸生携去"，夏师的检查方告一段落。

在这过程中，夏师对于学生代表参加甚表欢迎，并且认为"予觉同学帮助比同事大"（7月21日）。瞿禅师如此感受并非无因。从《日记》前后所记看来，教师之间由于种种复杂原因，在互相展开批评、帮助时，难免夹杂一些人个成见，而学生代表则无此局限。当然，个别学生代表受极左思潮影响，对老师态度粗暴，也是不妥的，同时也引起了老师的不满。这种情况，在"三反"运动时就已发生，如人类学系教授马长寿就曾对夏师说"帮助师长不应用斗地主态度"，马长寿因此语而"被评为右倾思想者，交代两次始通过"（1952年3月4日）。有位中文系学生代表在"三反"时对老师提意见"出言甚激",夏师叹道:"若在解放前,将激为风潮矣。"(3月2日)这一学生代表在思想改造时的表现依旧,对老师提意见"颇多近于训斥"(7月8日),可见学生代表中亦有不同角色。

夏师在互助小组交代通过后,我被派去帮助其他老师,联系夏师的工作则由詹尔垫、周玉华二人负责。7月22日晚,詹、周二人又找夏师交换意见,夏师又对检查作了修改,被选定为大组第一个交代的老师。大组会在7月25日下午召开,"到中文系同事及学生代表二十余人","交代费时一小时半",大家提的意见"共五十条左右",夏师予以"总括","共十五条",如薛孝宽提"不顾问政治,解放前与解放后不应混为一谈";王驾吾提"不肯得罪人,喜为人捧场";陆微昭提"救汉奸,谓是旧伦理观念不妥"等。大家除要求夏师进一步补充检查外,还希望他也要去帮助其他老师作检查。7月31日晚"陈美林、蒋祖怡来,邀同薛孝宽,过王家山,帮助刘操南思想改造,十一时方归"。蒋、薛、刘,均是中文系老师。

夏师遵照大家的意见,于8月2—3日在写思想检查清稿。8月10日继续"写补充交代稿"。于8月13日作补充交代,夏师在交代中"举皖北土改表现不积极,作文颂扬施德福,谈龙榆生出狱三件事"为例,"讲半小时"之久,"同事提意见六七条",其中有一条即7月25日陆维钊老师所提出的"救汉奸"事,大家认为夏师"谈龙榆生事太轻松,不深刻,民族气节须检讨"。其实,夏师与已投敌之人有书信往还,早就有人议论。1942年1月9日,瞿禅师收到友人吴天五信,"论龙丁出处,嘱予当此风色,须有岩岩气象方得",夏师坦承"对人濡忍不能刚决,□□(作者注:原文如此,下同。)西行后,予仍与书札往复,颇来友朋之讯"。

信中所云"龙丁"当指已"西行"附敌之龙榆生、丁怀枫二人。
龙榆生即龙沐勋，词人。至于夏师如何"救"他，我原先不甚了解，
直到1992年《天风阁学词日记》第二册（1938—1947）出版后，
检阅有关日记，方始了解一点眉目，不妨摘录如下。

1946年3月15日"夕见上海小报，榆君近自南京移押苏州"，
榆君，即龙榆生，此后有关日记中或直书"榆生"，或以"□□"
代称。4月6日及18日都记有其在"苏州狱"服刑的情况，"予
闻之恻然，恨无法相顾，以万元托仲连买蔬肴馈之"。4月20日
又"贻万元，托人时时买饼饵馈之"。龙榆生于5月12日在狱中
给夏师写信，夏师次日作复，"劝其患难中发心读佛书"。6月
12日夏师"阅报，□□判刑十二年，虑其体弱不能支。一念之误，
奈何奈何"。8月3日，徐澄宇告诉瞿禅师，说"在南京（卢）
冀野座上，遇□□夫人……见人即哭，求冀野诸人设法为□□减
刑"。而龙榆生对其附逆一节犹自狡辩，"谓三男五女外，又须
抚其兄弟一家，不得已入白门"（1947年5月19日），即投靠"白
门"（南京）汪伪乃因生活所迫。当夏师从陆微昭老师处得知龙
榆生已获减刑，乃于10月9日"发□□苏州书，昨闻之微昭，报
载减刑为五年，明后年可出狱矣"。数日后，夏师于10月13日"得
□□苏州函，谓今年可望出狱，约买醉西湖"。大约正是在这种
形势下，夏师乃伸出援手，于12月9日"发希真苏州高等法院一
函，由心叔转，恳其相机照料□□，如有开脱机缘，多与方便"。
12月16日夏师便收到希真的复信，"谓□□保释事，俟郑院长
回苏州时即可设法，似不甚难"。希真，潘姓，夏师在之江大学
任教时学生，1941年毕业后，旋即被夏师聘为助教，后随其父执
郑文礼在高等法院工作。郑字烈孙，浙江东阳人，能诗。曾通过
希真与夏师结识，1946年1月21日还以车载夏师去西泠印社茗坐。

曾有和夏师《洞仙歌》词作。1947 年 4 月 3 日，夏师因"视希真病"而"晤郑文礼夫人"。有此关系，夏师方能为龙伸出救援之手。这些活动，我当年并不知晓，而与夏师共事之中文系一些老师当有所闻，因此认为夏师检讨此事"太轻松，不深刻，民族气节须检讨"云云，也就不为无因了。

不过，从夏师的诗词作品以及 1984 年出版之《天风阁学词日记》（1928—1937）有关记述来看，夏师在民族矛盾的紧急关头，还是能坚持民族气节的，其诗词创作中也饱含着爱国热情，可参见我发表于 1991 年 2 月 28 日《人民日报·海外版》《"我亦有孤剑，植发望燕云"——夏承焘先生的爱国情操》一文，兹不赘叙。

在夏师于 8 月 13 日作补充交代之后，运动已进入尾声，8 月下旬开始总结、填表、鉴定。8 月 27 日夏师自己填写的优缺点为："一、求进步心迫切。二、尚能虚心听取他人意见，但只求完成自己工作，帮他人不热心。三、对业务学习尚努力，但不肯多负教学以外责任。四、政治热情不够。五、好逸恶劳。六、缺乏斗争性。"小组的意见是："同意夏同志这个检查，并希望依努力方向，克服以往缺点，尤其是名士派作风，宗派主义思想，对帝国主义仇恨心不够这几点。"至此，思想改造运动基本结束。8 月 29 日夏师写道："今日休息，思想改造三个月来，甚感劳矣。"

我也从此专心学习，1953 年暑期提早一年毕业后，虽然仍有"运动"，但未再与瞿禅师同时同地参加。与夏师再次聚首时已是八年后的 1961 年 10 月，那又是另一篇文章的内容了。

——见山东人民出版社出版之《历史学家茶座》2008 年第三辑

记夏承焘老师一次讲学活动的前前后后

　　"一代词宗"夏承焘（瞿禅）老师在20世纪60年代初，往来于上海、南京、苏州做学术讲演，不下十余次。笔者有幸参加了其中一次的接待工作。现据夏师《天风阁学词日记》所记，结合自己的亲历，对那次讲学活动的前前后后略作回顾。

一

　　夏承焘先生在20世纪30年代后期执教于之江大学，40年代前期起任职于浙江大学。笔者于1950年秋季考入浙江大学文学院中国文学系，古典文学课程主要由夏承焘老师讲授。50年代前期，浙江大学文学院与之江大学文理学院合并成立浙江师范学院，后期又改为杭州大学，90年代又回归新组建的浙江大学。夏师于1961年初夏被借调到上海（时为杭州大学教授），任务是参加编选《中国历代文论选》。

　　对中国历代文论进行选注，这一课题是由周扬同志提出的。复旦大学郭绍虞先生在给夏师的信中说："周扬同志过沪，属其组织华东力量四月内编就《中国历代文学理论》初稿，六月底完成。初稿付印，做各大学教材。"郭绍虞先生接受这一任务后，考虑到"上海人力不够"，便遵照周扬指示在华东地区，尤其是江、浙两省罗致专家参与此项工作，并将拟请专家名单报请上级批准，"高教部已同意邀"请夏师去沪"任宋元部分及明清论词一部分"的编选工作（《天风阁学词日记》1961 年 3 月 29 日。凡括号中注明年、月、日者，引文均见该日记，不另标明）。在接到郭绍虞先生此信后不几天，杭州大学"校长室得上海市委宣传部电话，邀往上海参加作协研究编写古典文学理论批评文选会议"（1961 年 4 月 6 日），便及时通知夏师。夏师原定次日赴北京参加教育部召开的高等学校文科教材编选计划会议，路过上海时临时在沪小留。当日下午，郭绍虞先生便赶往锦江饭店拜访夏师，"谈编中国古典文学理论批评文选"事，并约定夏师"与陶秋英任宋元部分"（1961 年 4 月 8 日）编撰者。夏师从北京返杭州不久，即去上海参加此项工作，5 月 24 日就"在上海图书馆写词话论"。

对这项工作，有关领导相当重视。8 月 3 日，华东局宣传部副部长俞铭璜来到专家下榻的国际饭店召开会议，"谓编写时间可勿亟亟。对古人勿浪作批判，应以事实比照事实，勿以概念比照事实"。半月后，国务院陈毅副总理因公赴沪，也抽暇去看望专家组。陈毅副总理见到夏师便说读过"《唐宋词人年谱》诸书"，并对大家说"编文论工作"很有意义，"此工作甚重要"，提醒大家不能"只重政治而忽略艺术"（1961 年 8 月 21 日）。

除夏师以外，华东地区参加这项工作的尚有江苏的钱仲联、安徽的马茂元。夏师与钱仲联很早就彼此相知，但识面却很迟，直到 1940 年 1 月 2 日，夏师参加唐文治的宴请，与宴者有"国学专修学校同事廿余人。钱仲联新自北流归，渴慕十年，方得握手"。

彼时夏师执教于已迁沪的之江大学，任国文系主任，并被太炎文学院和国专聘请兼课。1940 年 3 月，汪伪政府成立于南京，沪地文人在汪逆罗致、利诱之下有趋附"白门"者，如夏师与钱仲联共同熟人龙榆生即是著名者。夏师于 3 月 31 日午社集会时"闻□□（即榆生）将离沪，为之大讶，为家累过重耶，抑羡高爵耶。枕上耿耿不得入睡。他日相见，不知何以劝慰也"。据《龙榆生年谱》，1940 年 4 月 2 日，汪伪政府任命龙榆生为立法委员。夏师见同一日"中华日报，果有□君名单"。除龙榆生外，前往白门投靠者尚亦有人，夏师记道，"上海熟人颇有为党派离去者"。

在沪上一些文人"落水"之后，夏师连续创作了一些词作，如《玲珑四犯·过旧友寓庐感事》、《水龙吟·皂泡》、《菩萨蛮·百年作计归来早》、《木兰花慢·题嫁杏图》、《虞美人·感事》、《鹧鸪天·万事兵戈有是非》、《临江仙·古津席上……》、《虞美人·自杭州避寇过钓台》等，或讥讽或惋惜或感叹，将他们视为"夭斜人物"，"只道青冥易到"，岂知"未容着地，已随零落"（《水龙吟·皂泡》）；并且向他们表示，人各有志，不要招惹自己，"故人出处幸相忘，容我五更伸脚过桐江"（《虞美人·自杭州避寇过钓台》）。

夏师与钱仲联先生于 1940 年在沪上相聚不久，旋即分开，乃因"钱萼孙（仲联）来南京，任教中央大学"（见《同声月刊》2卷 8 号《词林近讯》），时在 1942 年 8 月。从此未曾见面，直到此次在沪上共同参加编选中国古代文论选工作时，方始重新相见。夏师在 1961 年 5 月 26 日记道："钱仲联自苏州来，十九年不见矣。今年五十四，两鬓皤然。"从 1942 年至 1961 年整整十九年。虽然十九年未曾相聚，但夏师对钱先生的生活、出处，还是相当关心的。新中国成立初期，1950 年 2 月 11 日见到钱仲联托人捎来的两首诗，"念其困窘，无从相助"，当得知东北地区来招聘教师时，夏师于2月13、16日两次写信给钱仲联，劝其"往东北任教"、"来杭考东北中学教师"。钱仲联未来杭州应聘，夏师依然关心他的出处，后"从常熟女生宓莲芬处，知钱仲联解放前在常熟乡间一师范学校任教务主任，近似在常熟文化宫"(1953年3月22日)，旋又从友人处得知"仲联在大南中学任教"(1953年11月5日)。1956年8月，夏师赴京参加高校教学大纲讨论会，会议间隙，还"与柳湜部长说钱仲联事"(8月17日)。两个月后，"得仲联函，已调往扬州江苏省干部文化学院师资训练班任教"(10月15日)，后又调至南京师范学院中文系，专事编写函授教材。1958年暑期，江苏师范学院重办中文系，从南京师院选调刘开荣等五位先生去工作，仲联先生也在其中，并写信告诉夏师，"已调至苏州天赐庄江苏师范学院"(9月7日)。这期间，我也被江苏师范学院新任院长刘烈人同志从南京调至苏州。江苏省人民政府任命刘开荣副教授为中文系副主任(正职缺)，学院则任命钱仲联先生与笔者为古典文学教研组正、副组长。当年钱先生五十一岁，笔者二十六岁。因钱先生去沪上参加《历代文论选》的编选工作，分手八年从未有过联系的夏师，方始知道我在苏州工作。而夏师与钱仲联未曾见面的时间更长，因此他们二人这次聚会十分高兴，叙谈(1961年6月2日)、拍照(6月5日)、游园(7月23日)，当然，更重要的内容则是一同编选《中国历代文论选》。

二

在沪期间，夏师不断地被一些单位邀请去做学术演讲。如1961年8月7日"作家协会诗歌组本月下旬邀予讲词"，于8月

16日晚"七时开讲，十时一刻方毕"；8月14日"《文汇报》送来讲演费十五元，并约再讲一次"；8月19日上午赴戏剧学院，"九时开讲，本定十一时毕，以听者要求延长，讲至十二时"；8月23日，上海电影局邀请，下午"二时半报告开始，五时半毕"。据夏师自为统计，"在沪共作报告八次（《文汇报》、上海师院、复旦大学、华东师大、作协诗歌组、戏剧学院）"，其中《文汇报》社为二次，上海电影局则"为最后"一次。

在此种背景下，正在沪上的南京大学中文系陈瘦竹教授，乃于9月17日邀请夏师"往南大为五年级生（按，20世纪50年代后期，个别部属大学部分系科，本科改四年为五年）讲词学专题，为南大有迫切需要，望予勿却"。陈瘦竹回宁后，又有信给夏师，"谓江苏作协亦欲予作一次公开报告"（9月30日）。隔了一天，"仲联持江苏师院函来，亦要予往讲二日"（10月1日）。于是，夏师乃有来江苏之行。

夏师夫妇于1961年10月10日晨从上海乘车赴宁，中午"十二时五十分到南京，陈瘦竹、栾景芳及江苏作协章品镇到站来迓，同上汽车，至五台旅社。与陈、章诸君拟定南大讲二次，作协讲一次，作协开座谈会一次，南大文论选座谈会一次，星期日往苏州"。次日晨，"南大古典教研组主任王气中偕助教王立兴来，南京师院中文系主任孙望来，同出访袁子才墓，知予所居五台旅社实随园故址，下有汽车站名随家仓，即小仓山也。气中，合肥人。午后在南大中文系讲词的特点。晤（钱）南扬夫妇，晚陪予夫妇往百花书场听评弹《三笑》"（10月11日）。10月12日，"孙望来，邀予在南京师院对学生作大报告，辞之"。同日，"上午对南大中文系四、五年级生作第二次报告，甚吃力，讲题为《诗眼与词眼》。赵瑞蕻来晤。……夕高觉敷来，今年六十六矣"。高为南京师院教育系教授，著名心理学家。10月13日，"上午江苏作协章品镇、顾尔钥来迓往南京会堂作报告，题为《南唐词在词史上之地位》，门票限制，到者亦千人左右，词学讲座此为大规模矣。诸祖耿（教育学院）、王定安（工学院）、刘钱熙及浙大诸同学来晤。午后在南京师院中文系古典组开座谈会，晤唐圭璋……等数十人"。10月14日，"晨，作协在旧天王府西花园召开词学专家座谈会，到陈彦通（七十一）、陈中凡（七十四）……唐圭璋、孙望、顾尔钥、章品镇等二十余人，谈词学普及与提高以及江浙两省词学研究者如何分工合作问题"。旧天王府即国民党总统府，颇有园林之胜。会后，与会者陪同夏师在西花园游览。10月15日，又在南京友人导引、陪同下，游览了明孝陵、中山陵、灵谷寺等东郊风景区。除游览以外，还拜访友人、接待友人来访，活动十分频繁。

笔者奉领导之命，10月12日从苏州赶到南京，住在老家中。当时也不知道夏师被安排在何处住宿，只知道13日上午将在南京会堂（实即东风剧场）作报告。老家在中山南路，距离会场不远，步行十分钟可到。乃于13日上午直接去会场。当我进入会场时，报告已经开始，听众很多，为便于与夏师接触，乃向会场前面走去，见到第一排两边尚有空座，便随意找了个空座位坐了下来。夏师在主席台上大约已看见我，便在休息时走下讲台向我走来，连呼："陈美林，陈美林。"我乃迎上前去。第一排中间的几位贤达不知我为谁何，投来诧异的目光。我见急于招呼夏师的人颇多，便问明下榻处，约定晚间再去后便闪在一旁。此时，原先坐在我身边、佩着南京大学校徽的一位先生向我伸出了手："我，赵瑞蕻。"我也通报了自己名字，从此便与其相识，但彼此偶有往来已是60年代后期我调到南京师院工作时的事了。

晚间，我便及时赶到位于广州路的五台旅社。那是位于小山坡上的一座花园旅社，登上二十几级台阶进入旅社大门，几幢民国时期前建筑的二三层的小洋楼，散布在院子中，花草也不多，但在当年也称得上是比较好的旅社了。与我现在的住处有五分钟步行的距离，但如今不但旅社已不存在，连小山坡也已削平，矗立起高层的古南都大厦。当时问了服务台，找到夏师所住的房间，已有客人在，仍然没法细谈，在商定赴苏州的日期、车次后，便告辞出来。次日赶回苏州，向领导汇报，以便安排接待事宜。

夏师于 10 月 16 日"午十二时到苏州，陈美林、赵年荪（党委办公室副主任）来迓，谓院长及党委书记、中文系主任刘开荣皆不在校"。我们将夏师夫妇接回天赐庄，安排在校内招待所，那是一座东吴大学时代的建筑，楼东一条河，河的对岸是城墙，十分幽静。夏师住房是二楼向南的大间，很是宽敞。阳台也很大，洒满秋日的阳光。夏师还是比较满意的。午餐后，由赵年荪主任陪同去拙政园游览。

夏师在苏州讲学两场。一场安排在 10 月 17 日下午"在师院图书馆讲治学方法"，一场是 10 月 19 日"午后二时对师院学生讲词"。第一场范围限于校内师生；第二场除师院学生外，"文联、师专、中学各单位亦有人来听"，以致不少听众"坐大礼堂楼上"，甚至"门外场地"也坐有听众。

除讲学活动外，就是游览园林。钱仲联先生仍留在沪上编注文论选，一直到夏师返沪的前一天即 19 日方从上海回到苏州，因此接待工作主要由我承担。如 17 日"上午陈美林陪游网师园"；18 日"上午 8 时美林陪游灵岩，小轿车半小时到。山高三百六十丈，满山松林，山径甚宽坦……下山命车行小径，至天平山……上山往云泉晶舍……品茗小座……下山过高义园燕来榭，其前为宛转桥，旁即范坟，乃仲淹先人墓，三面高山，石笋无数。真如万笏朝天，此他处少见……平生重阳登高为最胜矣"。10月20日夏师夫妇要离开苏州回上海去，"上午仲联、启后、美林、徐永端来送行"，聚谈一会儿即退出，让夏师整理行装。午后，由"美林、启后、陆士南附车送行"至苏州站，陆士南为党总支书记。夏师夫妇登车后，我们始返校。

三

　　夏师在苏州的友人不多，讲学活动也只有两场，与我叙谈的时间较多。除游览活动由我陪同外，拜访友人也由我陪同。

　　夏师在20世纪30年代曾来过苏州，当时友人较多。此次来苏州，夏师只去拜访过汤国梨女士一人，并与之同游。夏师原先在之江大学任教，1938年夏，之江大学迁沪，夏师也随之赴沪继续执教。不久，又接受迁沪的无锡国专和太炎文学院的聘请，在两校兼课。因之与太炎夫人汤国梨多有往还，汤夫人亦喜诗词，与夏师有所唱酬。有一次夏师去"答访"汤夫人，在其舍间"聆其滔滔谈至七时半"，自述学诗词经过，"谓少失学，廿三岁始自乌镇来沪，入务本女学师范科"，并"出示所作影观诗稿词稿两册，自拈出数首"，夏师读罢，十分赏识，"皆大佳，小令雅近永叔，长调似玉田、碧山"。汤夫人还说"平生所作，未尝示太炎。太炎雅不好词，谓词之字面仅此数十百字"，夏师则以为"汤夫人则由数十百字而能颠倒变化无穷，正词之胜诗处"。汤夫人还"坚嘱"夏师为其所作"题辞，指其利病"。夏师感到"其健谈，其好为谦词，直使人无以置答"，情不可却，夏师乃作《题汤国梨影观词》，附于1952年7月21日日记之后。新中国成立之初，汤影观又为太炎先生治葬事,多次求助于夏师,笔者另有文叙说,此不赘。

此次夏师来苏州,在 10 月 17 日上午游览过网师园后,提议去拜访汤国梨。网师园距汤宅所在锦帆路不远,便与夏师步行前往。汤夫人见到夏师高兴异常,迎进室内,彼此寒暄一番,因时近中午,夏师乃约定明日同游灵岩,汤夫人欣然同意,我们便告辞出来。次日,小车先到锦帆路,接了汤夫人便一齐往游灵岩、天平。国梨夫人年事虽高,脚力犹健,与夏师边谈边登上山。夏师心情也很愉快,对她说吴文英有一首《八声甘州》,是陪庾幕诸公游灵岩而作,也是这个季节写的。我们不妨步其韵,每人一首,以为今日之游记念,汤影观夫人极表同意。可是在《天风阁词集》和《影观集》中均未见有。尤其是这两日的活动,在《天风阁学词日记》中也失记,不知何故。但经此一会,我终于认识了汤国梨夫人。此后不久,在江苏师院历史系主任柴德赓教授夫人陈老师的陪同下,我曾去章府读书一周,查阅有关资料,得到汤夫人的热情接待。

夏师在南京、苏州学术演讲的题目,也予我以启迪,如在曾经是南唐都城的南京,讲《南唐词在词史上的地位》,我便联想到夏师在杭州讲过《西湖与宋词》。这种联系地域特色的讲题,充分体现了演讲人对当地学术和学人的充分尊重,听众会感到亲切,效果自然良好。1985 年,笔者从南京应邀去杭州大学讲学,便效法夏师所为。讲题之一是将以潘必正与陈妙常故事为题材的笔记、话本、杂剧、传奇乃至弹词作纵横比较。开讲之前,我首先说明我从南京来,讲一个发生在建康(南京)的故事,而以这一故事进行创作的作品很多,尤以杭州文人高濂所作的传奇《玉簪记》为优,堪称这一题材的代表作。经此说明,会场气氛立时活跃起来,听众反应积极。返宁之后将讲稿加以整理,写成《论杂剧〈女贞观〉和传奇〈玉簪记〉》，寄往《文学遗产》，很快就在 1986 年第 1 期刊出。对于文学创作的"地域"因素，在我的研究工作中一直予以相当的重视，进入新世纪后，仍然发表了一些从地域特色来研究古代小说、戏曲的论文，如《清代三部以南京为主要场景的传奇》（《艺术百家》2004 年第 1 期）、《论吴敬梓的生活环境与〈儒林外史〉的地域特色》（《江苏社会科学》2004 年第 6 期）等等，这些都是受夏师演讲题目的启发。

在闲谈中，夏师还问到我近年的教学和研究情况，当他了解我在编写古代戏曲讲义的同时，还在改写古代戏曲作品为小说，他极表赞同，并问我何以这样做，我便告诉夏师，由于学校图书馆所藏古代戏曲作品不多，同学难以读到原作，上课时讲授不便，自己年轻时读过英国作家玛丽·兰姆和查尔斯·兰姆姊弟二人合作改写的莎士比亚戏剧，便想效法他们，一则练习文笔，不忘年轻时想当作家的念头，借此另种"创作"来圆梦想；二则也是为了当前教学的需要。夏师听了之后予以肯定，并且说自己也喜欢读小说，也曾练习写过小说。当年我改写的作品，在 20 世纪 70 年代中期被一刊物发表多篇，后来结集用不同的笔名出版了几种，80 年代中期又被外文出版社选中，陆续译成英、法、德文本在海外发行，新世界出版社还出版了几种中英文对照本。

夏师喜读小说、创作小说的事，当年没有时间细问，近年读《天风阁学词日记》方有知晓。夏师不但读过大量的中国小说，还喜读外国小说，如狄更斯、雨果、大仲马等名家的名著，而且写有笔记，并一度尝试创作小说，1947 年 2 月 23 日记道："上午试写一小说，……灯下写小说毕，殊劳心。"隔了两天，"学校试事毕"，夏师又"坐写小说，至夕才成半篇，觉此事与作画作诗同理，又恨生活阅历不透，不能深刻。此与人生大学问之关涉，尤密于诗词，最可觇性情襟抱。自己做过数篇，乃能读懂他人之作。予盖为欣赏而创作。此理可推之为处世也"（2月25日）。可见夏师之襟抱，确有常人不可及处。夏师虽以治词名世，但并不如传统文人那样卑视小说，而是充分评估小说之功用。因此夏师乐此不疲，又于"灯下写小说三四页，甚倦，然殊有味，几欲为此废寝馈。此于予为外行之业。可作七八篇，编一册曰外行集"（2月26日）。这几天所写的小说终于在2月27日写完，并"改名曰：秘密上帝"，"共五六千字，略知此道甘苦，乃能欣赏名作，不望于此有成业也"（3月2日）。夏师被誉为"一代词宗"，然而少有人知其曾经创作过小说，乃借此文表而出之，以见大家不为一格所拘，于我们后学当有所启迪。我虽未随夏师治词，但也受到他的熏染。夏师研治词学的同时又创作小说，也坚定了我的教学和研究的思路。笔者在研究小说、戏曲的同时，对诗、文、理论乃至文学史、文化史诸领域的知识同样注意学习，偶有所得也著文发表，努力在教学和研究中既注意古今纵贯，也考虑横向沟通。当然，至于做到何程度，那是另一回事了。

此聚之后，再恢复联系则是十三年之后的1974年秋，那又是另一篇文章的内容了。

——原载《文史知识》2009年第5期

"生荣死哀，身没名显"

——"一代词宗"夏承焘的晚年

夏承焘（瞿禅）老师生于 1900 年，至今整整 110 周年；1986 年病逝，至今人天永隔也近四分之一世纪。近读夏师《天风阁学词日记》，1950 年 9 月 2 日有对我们新生进行面试的记叙，至今也已整整一个甲子。60 年前投入夏师门墙，在校期间，与夏师朝夕相处，毕业八年后即 1961 年，方始与夏师重聚数日，对这两段岁月，我分别写有《和夏承焘老师同在运动中》、《记夏承焘老师一次讲学活动的前前后后》。1961 年分别以后，直到 1974 年才恢复联系，从此至夏师仙逝为止，未曾中断，其间我还曾去北京拜见夏师一面。对于夏师的晚年生涯，现据我所知，略作追叙。

一

1974 年"文革"期间，一次政治学习间隙，唐圭璋先生低声对我说："你的老师来找你了。"说完，掏出一封信递给我，原来是瞿禅师的信。信上说，他有一个学生陈美林，50 年代曾在江苏师范学院工作，现在不知在何处，盼圭璋先生代为打听。"文革"初期就听说夏师是首批被批斗的资产阶级反动学术权威，一直靠边。此时仍身处逆境，却主动寻找一个多年未联系的学生，令我十分激动，当晚就给夏师写了信。不几日，收到夏师于1974年11月7日从杭州道古桥杭州大学宿舍寄来的复信。瞿禅师在复信中首先叙及往事，说"十余年不见，得书快慰。忆解放初在嘉兴参加土改时，一日与你席地睡一处。当时同一队者，王西彦亦十余年未见，只沙孟海兄在杭州博物馆任事，住西湖滨，时常见面"。接着叙说近年生活情况，"三年前丧偶，今与吴闻（字无闻，雁宕山人）共生活，乃老友吴天五之妹，任文汇报记者廿余年，近新退休"。多年未见老师手迹，捧读此信，十分兴奋，反复读了几遍，发觉夏师毕竟已是75岁高龄老人，虽然念念不忘往事，但记忆却有些模糊了。1950年冬浙江大学中文系师生奉浙江省委之命去嘉兴参观土改，1951年秋华东教育部又通知国立大学文法学院师生要参加一期土改，浙大文学院师生便去安徽五河参加土改，夏师将这两事相混。嘉兴之行，有沙孟海老师而无王西彦老师，沙师《决明馆日录·土地改革篇》后来影印出版，记参观土改的师生名单很详；而五河土改方有1951年春调入浙大中文系的王西彦老师，并无沙师，因嘉兴归来不久，沙师即调浙江省文物管理委员会工作。

从此与夏师信函不断，夏师来信大都叙及往事，流露出浓郁的思旧之情。特别是嘉兴、五河之行。如1977年12月7日信中说"回忆土改时联床，忽忽如数十年"；1978年1月8日信中又说"久久不见，甚念甚念。忆解放初往皖北土改，和您卧铺比邻，三十年往事，尚历历在脑中"。此信与上封来信相距不过月余，就联系而言，不能说"久久"，但从晤面而言，则是自1961年相聚以来已十七八年，"久久不见"确非虚言。收读此信后便想寻机会去拜见夏师，但直到1983年5月方有此机会，其时夏师已定居北京，我乃趁赴大连参加学术会议之便，特地在北京逗留数日，在陈翔华兄陪同下前往卫戍区医院探视，此时夏师已84岁高龄，夫人吴闻先生陪侍在侧，夏师乍见我去，还大声呼道："陈美林来了，陈美林来了。"显得无比高兴，拉着我的手，絮絮叨叨地说及往事，但说着说着又岔到不相干的事上。吴闻先生便说："老先生又犯糊了。"病房不能久留，我便与翔华兄退出。翔华兄是夏师60年代弟子，长期在北京工作，随时可与夏师见面。他对我说，我给夏师的信，夏师都交他看过，而且叮嘱他不要中断与我的联系，夏师告诉他说，陈美林是值得保持联系的他的弟子之一。

总之，自1974年以来夏师给我的信中经常提起一同参加土改的情景，如1979年1月19日来信说"久别得书，如接谈笑。回忆数十年前一次下乡土改，与君打地铺在一起，并同行访农民作诗写斗地主"，"他日寻觅有得，当写出赠你作纪念"。不久，果然收到夏师手书的条幅《满江红·皖北五河县治淮》。当年土改与治淮同时进行，在土改间隙，还去治淮工地参观。夏师何以再三回忆起土改时的相处，当时还不理解，后来读到《天风阁学词日记》方有所悟。《日记》1951年10月23日记道："予得组长照顾，派往乡公所所在地，并以杨生纯仁照顾予，此陈生美林好意也。"土改时，我被任命为五河县五北区訾湖乡土改工作组组长。当时夏师已年过半百，便留他在乡政府而不下村，并嘱教育系同学杨纯仁多加照顾。其实这是任何人作组长都会做的事，未想到给夏师留下如此深刻的印象。

夏师晚年给我的信中，经常怀念他的友人。即如未曾与夏师中断过联系的唐圭璋先生，也时时在他念中，几乎每封给我的信中都要我代向唐老问好，并询问唐老的健康情况。其他如钱南扬先生，也是夏师老友，1980 年 4 月 3 日给我的信中说："月前接钱南扬先生惠赠新著，欲报以拙著二册，忘其地址，盼弟即示详址。如晤及请先致谢。"除老友之外，1961 年夏师来南京讲学时结识的友人，也有在其念中的，如 1975 年 2 月 6 日来信说："南京有于北山同志，著《陆游年谱》甚好，十余年前曾与我在南京晤见，近仍在南京否，请代打听。"据《天风阁学词日记》1961 年 10 月 13 日："午后在南京师院中文系古典组开座谈会，晤唐圭璋、金启华、杨白桦、于北山（师专）等数十人。于君新著放翁年谱，谈放翁事甚多。"于北山同志当时任职于淮阴师专。

除思念南京友人外，夏师还思重游南京访友，1979 年 1 月 6 日从北京来信说："焘拟今年春秋佳日，再南游访旧。"数日之后，1 月 19 日来信再次说及"今年身体有好转，很想重游江南"。夏师曾多次来游南京、苏州、无锡等地，结识了许多著名学者，如金天翮、吴梅、汪旭初、汪辟疆、胡小石、陈中凡、柳翼谋、陈石遗、范烟桥等，但此时除圭璋先生外，大都已先后辞世。我将夏师南游之意向唐老等几位先生说及，他们要我写信郑重邀请，夏师乃于 6 月 21 日复信说："承邀重游石头城，此事亦可考虑，只是八十老人，不能预定时日，一切视健康情况及客观条件而定。"此后夏师终因健康不佳而未能重游江南。

在夏师欲重游石头城时，我曾问及何时南返，夏师于 1979 年 5 月 12 日来信中说："焘来京五年，初为养病，自去年起，文学研究所办了借调手续，今后拟长期住北京。"又云："近日与北京诸词老游大觉寺，作菩萨蛮小阕，录奉博笑。"不数日即收到夏师手书条幅，词云：

诗人尽道江南好，江南人却天涯老。客路看青峰，千峰烟霭中。　　绿杨芳草地，伴作寻春计。同唱醉花阴，花深杯更深。

美林弟笑正

夏承焘八十岁

读罢此信、此词，知夏师不复南返矣。但思乡念旧之情并未稍减，半年后又来信云："焘在京如常，勿念。日前书就小幅，随函附去（1980年2月1日）。"条幅所写为《西湖杂诗》中之第十三首、第六首，诗云："别有诗心画不成，听人吹笛过西泠。梦中严濑茫茫绿，枕角吴山宛宛青。""断云别我向西峰，绕过孤山却又逢。正有一诗无觅处，杖头飞下凤林钟。"我知道，吴山、西泠仍时时在夏师念中，不能忘却。果然，夏师病逝京华后仍然归葬千岛湖之羡山，一代词宗依旧魂归故土。

二

夏师晚年体弱多病，但著述未曾中辍，即使在"文革"期间，夏师也继续研治学问，1975年2月6日自杭州道古桥来信即要我"遇唐圭璋先生，请代问《全宋词》有法代购一部否"。同年5月赴京之后，在夫人吴闻先生协助之下，不断有著述面世。夏师主要著述约25种，其中13种是在1979年以后所出，主编书5种，全部是1980年以后出版。1978年5月，夏师在《月轮山词论集》的"前言"中写道："自粉碎'四人帮'以来，我国文化事业又呈现出'百花齐放、百家争鸣'的繁荣景象。我这本集子，也趁此东风，将和读者见面。今天就我个人来说，已经'垂垂老矣'，因而更加恳切地希望得到读者的帮助和指正，使我还有'一个新的开始'。"

这本《论集》于 1979 年 9 月由中华书局出版后，寄我两本，一本嘱转圭璋先生。

在这本《论集》面世前，《瞿髯论词绝句》即已发表，1978 年 1 月 18 日夏师来信说："论词绝句八十首，近在香港大公报艺林双周刊滥见，将来汇集出书后再寄奉。"1979 年 3 月中华书局出书，其中有写于 1979 年春的"前言"，说"回溯初着笔时，予客钱塘江上，方在壮年。今葳事于北京之朝阳楼，则垂垂老矣"。后又在 82 首基础上增加 18 首，于 1983 年 2 月再版，一、二两版均承夏师题赠。

年逾八句高龄的夏师不断出书，如 1954 年出版之《唐宋词人年谱》，又于 1979 年 5 月由上海古籍出版社出版"新 1 版"。《唐宋词欣赏》于 1980 年 7 月由百花文艺出版社出版。1981 年 3 月，湖南人民出版社出版了《夏承焘词集》；1984 年 7 月天津百花文艺出版社出版之《天风阁词集》是此书的续编。

此外，他还常常指导帮助后辈学人。或为之审订即将出版的著述，如中国社会科学出版社 1981 年 4 月出版之《韦庄词校注》，乃由邓金城校注，夏师审定；或与他们合作出版著作，1981 年 6 月，上海古籍出版社出版之《放翁词编年笺注》，乃是吴熊和与夏师合作而成，在"后记"中夏师还特地说明，此前先有苏州彭重熙、四川刘遗贤二君从事此项工作，"不可没二君前导之功"。书目文献出版社于 1981 年出版了《域外词选》，夏师在"后记"中自叙此选乃"数十年来"之"搜求"所得，"经历沧桑，幸未坠失。近年检得此稿，以为稍加理董诠释，交付剞劂，将有助于中外文化交流"，至于此选的注释，则由张珍怀、胡树淼二人为之。《天风阁诗集》则由浙江人民出版社 1982 年 1 月出版，吴闻为之作注。1983 年 1 月，人民文学出版社出版了《金元明清词选》，包括金词 50 首，元词 81 首，明词 120 首，清词 214 首，此选由夏师和张璋主编，参与编注者有吴闻、黄畲和周笃文等人。

夏师晚年根据毕生治词之经历，认为词籍整理工作，自明季毛晋以后，丛刻渐兴，有《宋六十家词》、《四印斋所刻词》、《灵鹣阁刻词》、《双照楼景刊宋元本词》、《彊村丛书》五大丛刻，搜求虽广、辨审亦精，但皆限于宋元，不及明清。自陈乃乾《清名家词》后，有叶遐庵《全清词钞》，虽有筚路蓝缕之功，但校勘略疏，存词过少，而"有清一代，词学昌隆"，如能整理清人词籍出版，以"鉴古酌今，尤有意义"。夏师在京养病之余，常有词友"风雨过从，议论纵横"，"乃思衷集清人词集，稍加理董，试为《四印斋所刻词》、《彊村丛书》之继"。以此，便"与周笃文、冯统一、吴无闻诸同志粗定凡例"。不久，由夏师主编的《天风阁丛书》由广东人民出版社出版，但仅出版四种，即《饮水词》（冯统一校，1984 年）、《梅村词》（李少雍校，1985 年）、《衍波词》（李少雍校，1986 年）和《曝书亭词》（吴肃森校，1987 年）。

以上诸书均由夏师题赠寄下，《曝书亭词》则为吴无闻先生题赠寄来，唯《金元明清词选》则是 1983 年 5 月去京时，夏师所当面赠与，另有赠给圭璋老、千帆先生的二部亦交我转致。如今夏师逝去二十余年，十余部著作仍在，不时翻检拜读，犹记往昔耳提面教之情景，可是再也不能与夏师互通音问、促膝交谈，思之泫然。

瞿禅师晚年除潜心著述外，还积极参加一些学术活动，在与北京词友聚会唱酬、研讨学问之余，还参与发起组织韵文学会。早在 1956 年，章士钊、叶恭绰、张伯驹等学者经周恩来总理同意筹建中国韵文学会，但不久因反右派斗争而未果。1980 年，夏师在京与当时仍健在的张伯驹联名重新提出组织韵文学会。他们拟定了《韵文学会缘起》，分致有关学者签名附议。夏师曾于1980年6月19日给我一信，说"韵文学会事，弟能与诸老联系，甚好甚感。签名纸希望本月底前寄京。如届时仍有一些人外出未归者，只得告罢"。我找了圭璋老和千帆先生，他们欣然签名，1984年中国韵文学会终于成立，夏老被推为名誉会长，圭璋曾对我说："夏老身体不好，但名誉会长还是要他来担任的，否则我就不能任会长。"充分表现了唐老对夏老的尊重，也显示了圭璋先生的谦虚胸怀。

夏师对我的学术研究也很关心，早在1961年相聚苏州时，他已了解我的研究重点在于古代小说和戏曲，但不时也有论及诗文的文章发表。晚年与我恢复联系后，让我将近来发表的论文寄他一阅，我就将1977年以后发表的有关小说、戏曲以及杜诗的文章陆陆续续寄给夏师，每每得到他的鼓励和肯定，如对《吴敬梓修先贤祠考》一文，夏师1979年1月6日来信有"读过甚佩"之语。《颜李学说对吴敬梓的影响》一文发表后寄给夏师，引起了夏师回忆，他在1979年6月21日信中说："大作读过，无任欣慰。此题甚好。焘廿余岁客西安，甚爱读颜李所著书，读大作如温旧课，回味醇醲。"夏师曾于1925年任西北大学讲师，在陕期间，对清初思想家如唐甄（1630—1704）等人做过研究，发表了《唐铸万学考》，自然也会涉及对颜李著作的探讨。

1978年1月18日夏师来信说香港《大公报》"副总编陈凡不久前来京组稿，拙作（指论词绝句）遂为取去。彼离京后曾到南京、上海、杭州各大学组稿，想你们或已晤及"。我未曾见到陈凡先生，但当年段熙仲、吴调公两位先生曾先后对我说及"艺林"副刊组稿事，让我给他们写稿。此后便在《大公报·艺林》发表了几篇有关古代文史的文章。1985年1月，"艺林"负责人马国权先生来信，让我为该刊主持一个"专栏"，每月提供1—2篇文章，因当时除了指导研究生外，还忙于学术专著的撰作，一时无暇顾及，便婉言辞谢。总之，我虽然未随夏师研治词学，但我在学林寻步中，也曾得到他的关注，如同另一位词学大师唐圭璋先生对我的关注、支持一样，是不能也不会忘记的。

三

夏师于1918年从浙江温州师范学校毕业后一直从事教育工作，先后任小学、中学教师。1930年起入之江大学任讲师、教授，20世纪40年代起任浙江大学教授，直至1986年5月11日病逝于北京，从教逾半个世纪，是一代名师。从1925年在温州中学任教时起，夏师即专攻词学，不断有论著发表，一生著作等身，成为一代词宗。由于瞿禅师在教育和学术上的杰出贡献，中国韵文学会、杭州大学、中国社科院文学所、中华书局、浙江省作家协会、岳麓书社、湖南人民出版社、浙江古籍出版社于1984年联合举办"夏承焘教授从事学术与教育工作六十五周年庆祝会"。陈翔华兄寄来"请柬"数份，让我分送南京几位老先生。次年为唐圭璋先生举办的庆祝会"请柬"，即以夏师庆祝会的"请柬"为范式印制。这两份"请柬"正是当代词坛双子星的标志物。

夏师庆祝会于12月5日在京举行，新华社当天作了报道："被词学界誉为'当代词宗'的夏承焘教授从事学术与教育工作六十五周年庆祝会今天在政协礼堂举行。"接着是介绍夏师生平，继而报道了赠送贺辞、贺诗的盛况："胡乔木在托人送来的贺辞中称他为'文坛先进，词学宗师'，叶圣陶先生也赋诗四首作贺。"最后介绍了参加庆祝会的各界代表，"首都文化界有关负责人贺敬之、夏鼐和邓广铭、任继愈、余冠英、蔡若虹、姚雪垠等专家学者参加了庆祝会。日本早稻田大学的稻烟耕一郎教授也到会祝贺"。12 月 6 日中央电视台《新闻联播》中还播放了庆祝会实况，参加庆祝会的各界人士有 300 余人。

庆祝会收到贺诗、贺联、贺词、贺画、贺函数十件。夏师老友缪钺教授贺诗二首，有云"词坛今日推宗匠，天下英雄惟使君"，"头白著书神益健，名山大业足千秋"，充分肯定瞿禅先生学术研究上的成就与贡献。叶圣陶先生贺诗第三首云："欣闻嘉偶是吴闻，体贴惟周凤擅文。诗集重编吴作注，词心毕达至精勤。"则是肯定吴闻先生成为夏师从事著述的得力助手。苏步青教授的贺诗云："词笔中华第一流，祝公京邑日悠悠。"夏鼐先生贺诗云："一代词宗推巨匠，遗编校理亦千秋。"王季思教授的贺联则为："海内论词风，惟临桂吴兴，差堪伯仲；天涯怀旧雨，记山楼水阁，曾共晨昏。"沙孟海先生贺联是："寿同金石固，气与霜天高。"这些贺词贺联，都充分赞扬了夏师的非凡成就，可谓"其生也荣"了。

夏师毕竟年老多病，此会之后，健康逐渐恶化。1986 年 5 月 11 日因心肌梗塞而病逝，享年八十有七。对于瞿禅师的病逝，新华社于 5 月 21 日作了长篇报道，略为摘录如下：

> "一代词宗"缀有这四个大字的一面红旗，覆盖在我国著名词学家夏承焘教授遗体之上……告别仪式，今天上午在八宝山革命公墓礼堂举行……四周陈放着的花圈，分别是习仲勋、乔石、胡乔木、邓力群、张劲夫、张爱萍、赵朴初、叶圣陶等同志，以及中央国家机关一些部委、杭州大学和文化界、学术界人士送的……四百多位各界人士今天向夏承焘先生遗体告别。近六十副挽联悬挂于礼堂大门周围，表达了人们对于著名学者夏承焘教授的仰慕与悼念之情。

真可谓"其死也哀"。

夏师词友唐圭璋先生挽词为《浣溪沙·瞿禅词宗千古》："噩耗惊传怎禁哀，奋飞无翼到燕台。泪珠自落梦桐斋。海雨天风酬素志，龙川白石出新裁。名扬环宇仰高才。"同时唐老又写有《瞿禅对词学之贡献》一文，说夏师"继往开来，为发扬祖国优秀的文学遗产做出了巨大的贡献"。王季思先生除写有《金缕曲》一词表示哀悼之外，又在香港大公报发表《一代词宗今往矣》一文，记叙了 60 多年来与瞿禅师的交往历程，文中有"一代词宗，芳流海外；等身著作，光照人间；人生到此，可以无憾"之语。的确，夏师与另一位词学大师唐圭璋先生一样，他们的业绩直可"光照人间"，两位大师均可谓"生荣死哀，身没名显"。

笔者于 1991 年 1 月 15 日在《人民日报·海外版》发表《词坛巨星的陨落——缅怀瞿禅师哀悼圭璋老》后，又在 1991 年 2 月 28 日同一版面发表《"我亦有孤剑，植发望燕云"——夏承焘先生的爱国情操》，以示追念。如今唐老逝去已 20 年，夏师仙去也近 25 年，在为文追怀唐老之后，再做此文以追思瞿禅师。

——原载《世纪风采》2010 年第 12 期

从夏承焘老师的一首诗谈学位和职称

　　先师夏承焘（瞿禅）教授被胡乔木同志誉为"文坛先进，词学宗师"，生平有词学专著近 30 种，还创作了大量诗词，先后有《夏承焘词集》（湖南人民出版社 1981 年 3 月出版）、《天风阁诗集》（浙江人民出版社 1982 年 1 月）和《天风阁词集》（百花文艺出版社 1984 年 7 月）出版，但还有不少诗词创作并未收入以上三书，在《夏承焘集·天风阁学词日记》中还保存许多篇什，颇有反映时事之作，如今读来自可引发对史实的记忆，从而产生对现实状况之联想，《脱下黄马褂》一诗即有如此作用。

　　在 1958 年 10 月 19 日日记中，瞿禅师记道：

　　　　午后全系讨论人民公社。予发言二次，说数十年来，在学校教学中，对等级制度的感想及工资制的看法，向党委请求取消予之教授头衔，并降低待遇。继起响应者有王驾吾、姜亮夫、孙席珍、陆维钊、胡宛春诸君。夕席珍邀同胡、姜诸君共贴出大字报一张，推予署首。闻北京师范大学亦有此请求。作一诗。

　　此诗即《脱下黄马褂》，诗云：

教授教授做久了，

暮气沉沉朝气少。

黄马褂上插白旗，

镜子照照自发笑。

脱下马褂拔白旗，

轻装前进多么好。

瞿禅师及其他诸位老师，在新中国成立前即被不同高校聘为教授，所以诗云教授"做久了"，实为纪实之辞。新中国成立后全国统一评审过学衔，20 世纪 50 年代中期，党中央提出对从事教学、研究工作的知识分子评定学衔，按学衔发工资，教学系统分教授、副教授、讲师、助教四级；研究系统划为研究员、副研究员、助理研究员、研究实习员四级。周扬等同志曾于 1955 年 4 月 15 日去中国科学院文学研究所召开座谈会，"提出培养院士、博士，建立学位、学衔制度"（王平凡《文学所往事》"纪年"，金城出版社 2013 年 3 月）。及至 1956 年 "1 月 14 日—20 日，党中央召开了关于知识分子问题会议，会上周恩来代表中央作了报告，他强调要在政治上、生活上关心知识分子，改善他们的生活条件，调整工资，修改制定合理的升级制度，以及学位学衔、荣誉称号、发明创造和优秀著作奖励等制度"。会议结束后不久，"中央政治局于 2 月 24 日举行会议，作出了《中共中央关于知识分子问题的指示》"（同上）。文件传达后，在全国引起极大反响，文学所即评定钱钟书、俞平伯、何其芳三人为一级研究员；二级有余冠英、孙楷第、蔡仪等十名，三级有陈翔鹤等六名。"三级以上研究员都享受高级知识分子待遇（即现称为副部以上待遇）"（同上）。除北京而外，各省也都在贯彻中央文件精神，积极开展这项工作，如中共江苏省委在《江苏省 1956 年到 1957 年知识分子工作纲要》中即提出"执行学位、学衔制度"(《中共江苏地方史》第二卷,江苏人民出版社2013年2月)。浙江也如此。瞿禅师所在的浙江师范学院乃由浙江大学文学院与之江大学于院系调整时合并而成,1958年改称杭州大学,1998年又回归浙江大学。该校也于1956年进行此项工作。在《天风阁学词日记》5月21日就有"四时开升等会议"的记述,经过几近半年的讨论、研究,领导于10月17日宣布结果,"全院教授第一级只王珽一人;第二级九人,中文系予与姜亮夫二人;任铭善三级;王焕镳、胡士莹、孙席珍四级;胡永声、陆维钊五级(教授共六级)"。一、二、三级为正教授,五、六两级为副教授,四级可正可副。此次评定下距《脱掉黄马褂》之作(1958年10月19日)恰恰二年。何以刚刚做了新中国评定的教授不久,即主动请求免去教授学衔、降低待遇呢?不仅浙江如此,北京师大亦有此事。这就与当年的形势有关。1958年"5月,在北京召开'八大'第二次会议。会议根据毛泽东的提议,通过了'鼓足干劲,力争上游,多快好省地建设社会主义'的总路线。毛泽东号召在各地区、各部门都要'拔白旗,插红旗'"(《文学所往事》)。拔白旗,乃是破除资产阶级法权;插红旗,乃是提出"跃进"指标。在教育系统,就要多办学校、大力培养红专接班人。例如中共江苏省委就提出"今后5年内全省要办各种大学300到400所","1958年即开始兴建16所高等学校"(《中共江苏地方史》第二卷)。当年江苏师范学院(今苏州大学)要恢复先前并入南京师范学院(今之南京师大)的文科,笔者当年正在参加筹备"成立省的科学分院",则被领导推荐给国务院新任命的江苏师范学院院长刘烈人同志,也被调往苏州。开学不久,即听了文件传达,为了破除资产阶级法权,停止实行终身制的学衔,改为与现任职务相应的"职称",

不任职则"职称"也不再保留。从此，在有关文件及实际工作中，也不再有"学衔"一说，直至今日仍只有"职称"。

虽然"学衔"改为"职称"，但20世纪50年代并未停止申报、评审工作。当年评审条件不外政治、业务二条，但凡被认为政治上有问题者，在评审中都可能被贬或取消或不授予。据《文学所往事》所记，当年因刚刚批判过俞平伯的《红楼梦》研究，即拟将其定为二级，后因何其芳坚持，并报中宣部批准，方维持一级。我所在的院校，有一位先生曾在汪伪中央大学任过职，虽然彼时已定为教授，但新中国成立后只定为不属于"职称"四个档次的"教员"，直到20世纪70年代末方始恢复；还有一位老教授，因反右派斗争中定为右派分子，乃取消教授职称，调到中文系资料室任资料员。据瞿禅师《天风阁学词日记》1958年8月23日所记，"午后党委宣读处理中文系右派分子任铭善，开除职位，下乡监督劳动，照顾其多病，留校资料室工作"。铭善（心叔）师原定三级教授，乃予开除"职位"——"职称"也。可见北京、江苏、浙江等地情况一致。至于业务条件，高校系统助教升讲师，必须能独立讲授一门基础课，且教学效果良好；而讲师升副教授、教授，除讲授基础课外，还要能开设一二门专业选修课，同时还要有学术成果。总之，对教育系统而言，教学始终是第一位的。而助教开课又有一定程序，先要随老教师听课，替老教师做辅导工作；开课前先要写出讲稿，经老教师、教研室主任认可后（必要时还要试讲）方可上讲堂，先讲二节课，反映良好后继续讲一个单元，没有差错后，方可讲授一个学期或一年，完成一门课的独立讲授，而且要经省里批准方可晋升讲师，副教授、教授则要报到教育部。如大学毕业生留校三四年仍不能独立开课，则下放到中学任教。当年笔者调往苏州，先为一年级新生开设基础课，同时编写为三四年级开设的古代文学课讲稿，院方曾举办过自编教材展览会，系里选中我所编的部分章节展出，《光明日报》1961年3月21日以头版头条报道《江苏师院积极培养红专师资队伍》（中央电视台前身北京电视台新闻同日播出）中即说，"参加科学研究和编写教材等活动，也是青年教师掌握科学知识和资料的重要途径"，并举出在下所编的教材为例说明。其时，系副主任刘开荣教授（正职缺）即与我谈话，要我积极争取在二三年再晋升一级即副教授；教研室主任钱仲联先生（笔者为副职），曾于1961年1月16日复信中华书局约稿函，在说明自己可以承担的课题后，还曾经推荐笔者，说"我院讲师陈美林同志，擅长古典戏曲，文笔生动流利，马列主义文艺理论修养较深，可以参加编写一些这方面的读物，特为介绍"。中华书局复信同意后，钱先生乃对我说及中华书局约我写《李玉和清忠谱》。当年一直以为是中华书局来人，钱先生口头推荐的，直到新世纪，网上拍卖钱先生书信（涉及推荐信有二封），为我早年的博士生孔教授见到下载送来舍间，方知是钱先生函荐的。中华书局约稿于1961年6月交稿，1963年发排，笔者又于1964年1月调回南京。此际职称评审工作业已停顿。直到1979年11月26日方收到编辑部寄来的"文革"前排样，于1980年印出书来。而笔者自20世纪70年代中期起，不断有学术成果面世，当恢复职称评审时，便由笔者所在单位南京师院中文系古代文学研究室主任唐圭璋先生推荐晋升副研究员、教授；唐老还亲笔写了推荐信，荐举在下增补为博士生导师，后由国务院学位委员会批准。

20世纪50年代晋升"职称"虽然严格，但一旦评定，只要不犯错误，一般不会取消或降低，尽管在"拔白旗、插红旗"过程中，有人主动要求降级减薪，并未见有获准者，依然穿着"黄马褂"。马褂，原为满族人骑马服装，后成一般官员的常礼服，套在长袍之外。但"黄马褂"则非一般士人所能穿服，必为高官或皇上特许方可，所谓"凡领侍上大臣、御前大臣、侍卫、乾清门侍卫、外班侍卫，班领，护军统领，前引大臣，皆服黄马褂"（昭梿《啸亭续录·黄马褂定制》），因为"教授"享受副部级待遇，所以瞿禅师以"黄马褂"喻之。

确实，周恩来在1956年知识分子工作会议上所提出的"改善他们的生活条件"，"黄马褂"们依然受益。据《中共江苏地方史》（第二卷）所记："1962年前后，正值全省经济比较困难时期，……为了改善高级知识分子的生活条件，除按居民定量供应外，又分别给予适当的副食品（大豆、食油、荤食品）供应。"笔者当年虽定为"讲师"，但也列属于高级知识分子，每月领有"高级脑力劳动者专用油票"一斤半（居民定额四两），另有大豆三斤、食糖半斤，荤食品一二斤。为此，"黄马褂"们同样受到社会尊重。尽管改"学衔"为"职称"，知识分子实际待遇并无大的改变。

至于周恩来同志提及的"学位"问题，20世纪50年代并未解决，虽然教育部指定少数有条件的高校招收研究生班，如浙江师院与北京师大被指定招收古典文学研究生班，但并非广泛招生、自由报考，如浙江师院1953年所招之研究生，全由东北师大应届本科毕业生转来，《天风阁学词日记》1953年10月20日条，就记录下这十名研究生的姓名、籍贯，学制二年，毕业时并未授予学位。20世纪50年代中后期，少数重点高校曾学习苏联招收过副博士（即硕士）研究生，但最后也只领到毕业证书，而未颁发学位证书。我国的学位制度直到20世纪七八十年代方始确定、实施，先是1977年10月国务院批转教育部《关于高等学校招收研究生工作意见》，此后于1981年1月1日起实施《中华人民共和国学位条例》，同年 5 月 20 日国务院又批准《中华人民共和国学位条例实施办法》后，方逐步在不同高校先后实行。此前，学位与学衔（职称）如何衔接、转换，并无明确规定，1958 年一位从上海某高校研究生班毕业的同志分配至笔者当年任教的高校，职称定为助教，工作几年也未能晋升讲师，一度下放中学，数年后调回，直到 20 世纪 70 年代末方始定为讲师，而此际"讲师"这一档次已从高级职称降为中级职称。20 世纪 50 年代初次评定职称时，条件严紧，讲师要省里批，副教授、教授要教育部批，一般高校教师职称结构为宝塔形，助教最多，讲师次多，副教授再次，而教授为数甚少。20 世纪 80 年代恢复职称评审工作，条件虽较 20 世纪 50 年代为宽松，但也比较严格，所有学校正、副教授都要由省高级职称评审组审议通过。笔者曾于 20 世纪 80 年代后期到 90 年代，多次被聘为省评审小组成员参与此项工作。此后，逐步下放权限，各校大都具有审批高级职称权限，因而一些高校教师职称结构形成反宝塔形，再加上各校自订政策，非博士不进，而博士一旦进入高校即定为讲师，二三年后就晋升为副教授、教授，所以"助教"反倒成为"稀有动物"了。再说学位，20 世纪 80 年代初，硕士生导师要省批，博士生导师则要国务院学位委员会审批，要指导完三届硕士生方能申报博士生导师资格，而且指导完一届（三年）方可招收下一届。因此，当年博士生为数不多，极受社会各方面欢迎。但导师批准权限逐步下放，招生人数逐年增加，硕、博数量大增。笔者有一弟子于 1998 年取得博士学位后去宁波任教授，今年春节来电话说及当年全宁波市仅有 37 名博士，如今他任秘书长的宁波市博士联谊会有博士 4000 人，不足 20 年，剧增百倍。笔者自 20 世纪 80 年代初，被老辈段熙仲先生邀请为其所招之研究生答辩委员起，逐步招硕、招博，参加硕导、博导评议，并曾被国务院学位委员会邀请为 1997 年博士点和硕士点通讯评议专家组成员，于评审意见之后还提出几点建议，可以说，在一定程度上对学位工作的全过程有一些了解。为此曾应邀撰写《从事研究生教育工作的回顾与思考》一文（见《教育文化论坛》2012 年第4 期，又收入《清凉问学》一书，东南大学出版社 2013 年 1 月版），此不具论。

　　总之，博士是最高学位，教授是最高职称（学衔），这都是知识分子中的"黄马褂"。博士、教授如此充斥各个领域、各个部门，这表明我国学术水平的大幅度提升，应予肯定，这毕竟有利于我国的精神文明和物质文明的建设。但也有识者看出有些穿着"黄马褂"的士人，"黄"色渐淡，甚至泛色，而有些"黄马褂"自身也担心，可能有朝一日出现"文革"前属于高级职称的讲师于"文革"后变为中级职称那样，出现副教授、甚至教授也成为中级职称。如今不是又有特聘教授、资深教授等名目？在下也于 2000 年被评为资深教授，但还是做原先的工作，依旧教书著书而已。笔者从教 50 年，如今年逾八旬，退休也已 10 年以上，但仍关心我国教育事业的发展，不时也听到目前有"教授不教（不上课）、博士不博"的议论。近期母校档案馆委托江苏浙大校友会前来作视频采访，又重读先师夏承焘、沙孟海的日记以及其他老师的著作，在《天风阁学词日记》中发现《脱下黄马褂》一诗，读来别有意味，乃拉杂写些联想，谬误难免，祈请识者指正。

——原载《世纪风采》2015 年第 6 期

率先建立书法专业的陆维钊先生

我国传统的书法篆刻艺术源远流长，而将其引入高等学校，建立专业，并先后招收本科生、研究生者当为陆维钊先生。书法大师沙孟海先生认为这是陆先生对中国书法的巨大贡献。

笔者于 20 世纪 50 年代初曾受业于陆师，与其共同参加思想改造运动，听他授课，接受他的指导。近日发表回忆王驾吾老师的文章（《钟山风雨》2016 年第 3 期），编者又配发了王驾吾、陆维钊、胡士莹、向达四位先生的合影，引起我的思念，乃将陆师当年赠我的墨宝取出不断展视，往昔师生相处情景又一一呈现眼前，虽时届盛夏，年及老耄，仍勉力写此短文以为纪念。

一

陆维钊先生（1899—1980），字微昭，浙江平湖人。父早逝，自幼随祖父生活。祖父陆勋为饱学之士，诗书画无不擅长，又精通医药，教私塾二十余年，也曾挂牌行医。这对维钊先生产生巨大的潜移默化作用，正所谓"目濡耳染，不学以能"。甚至小学

陆维钊先生

读了三年，便转入祖父私塾，专心学习中国传统文化，并学习书法，诸凡行楷隶篆，乃至钟鼎，无不习学。三年后又转入学校。毕业后考入秀水学院，与徐震堮（声越）、胡士莹（宛春）同学，三人均嗜诗词，相互唱酬，有嘉兴三才子之称。著名学者浦江清在《寄题胡宛春霜红簃填词图》中有云："蕙风云殁彊村老，天下音声付年少，浙中并起有三人，宛春徐陆皆驰妙。"蕙风、彊村为老一辈词人况周颐、朱祖谋，他们或逝或老，但"天下音声"并未断绝，后继有人，乃为"浙中"之"宛春"（士莹），"徐"（声越）和"陆"（维钊）。

维钊师中学毕业后，于1918年考入杭州之江大学，其间因病休学，也因病继续研读医书。1920年考入南京高等师范文史地部，原先师从竺可桢先生学习气象地理之学，但因病足，不良于野外徒步考察，乃改学文史，师从柳诒徵、王伯沆、吴梅等大师。此际秀水同学徐声越、胡宛春亦在南京，同时师从词曲大家吴梅。胡先生于1979年病逝，陆先生有《金缕曲·悼宛春》词作，回忆早年读书南京的情景，有"记曾同谒霜厓第，正师门三吴风雅，百嘉初理"之句。霜厓即吴梅。其时吴梅另一得意弟子王驾吾也与陆、徐、胡同学，后来又同在杭州执教。陆先生晚年写有《金缕曲·赠驾吾》，开首即云："往事何堪忆！记当年台城城下，鸡鸣寺际。早岁文章期济世，寻遍天下知己。"台城、鸡鸣寺均为南高附近胜景，即今之东南大学周围。下阕又云："而今老去人同弃，……词赋从今须少作，数千秋多少彭殇例。凭珍重，会君意。"青年时代的同窗之情，至老而弥笃。

陆师因从地部转入文史，较王、徐、胡迟一年于1925年毕业。由老师吴梅推荐至清华大学国学研究所，任王国维先生助教。一年后因祖父病重南归，继而祖父病逝，因之陆先生未能再行北上，乃在杭州、秀水、松江一带任中学国文教员。抗战期间，迫于生计，一度在沪上鬻书售画为生，与吴湖帆等颇有来往，切磋技艺。1942年在圣约翰大学执教，又被叶恭绰延请，为其董理《全清词钞》。1945年应浙江大学之聘，前往龙泉分校任职，抗战胜利后随校返回杭州，便一直执教于此。

新中国成立后，由于课程改革，中文系古代文学课程只开设三门：韵文选、散文选、文学史。原先讲授国学各类专门学问的老师无课可授，各谋工作，如徐声越先生便在正课之余为我们讲授世界语。徐先生原是研究古代文史的专家，又精通外文，俄文、英文、世界语均有译作面世。不久，华东师范大学成立，首任校长便是原先浙江大学的文学院长孟宪承，徐先生乃调往华东师大。陆维钊先生则被派往设在苏州的华东革命大学政治研究院学习。期间，陆先生还曾向徐声越、夏承焘两先生通报"革大"情况，"谓学习精神是重实践，不重博闻广知，颇似宋儒工夫，特宋儒向内展多，此则内外兼重耳"（夏承焘《天风阁学词日记》1950年11月7日，下再引此书仅作《日记》）。及至学习归来，仍在浙大执教，但同样未能讲授古代文学，虽然陆师曾专心于魏晋文学研究，早年就出版有《三国魏晋南北朝文选》。

不久，高校进行院系调整，浙江大学文学院与之江大学文理学院合并组建浙江师范学院，加大师资培养力度，以满足不断发展的中等教育对师资的需求（该学院于 1958 年又改为综合性的杭州大学，1998 年并回浙江大学）。新成立的师范学院中文系系主任由王西彦先生担任。但不久，王先生调往沪上任华东文联专职作家，乃由夏承焘先生继任系主任。为了推动中文系的教学改革，由时任教务长的语言学教授任铭善先生和系主任夏承焘先生分任两个小组的组长，而副组长则由陆维钊先生和蒋祖怡先生分别担任。在这过程中，陆先生除了认真完成自身的教学工作外，积极参加系中的教改工作，颇得师生好评。

在此期间，"三反"、思想改造运动次第展开。当年由学校领导指派若干学生作为代表参加老师的学习活动，笔者也为代表之一。无论是大组会还是小组会，学生代表均须参加，有时还与相关老师进行个别交谈。这过程，增进了教师与学生间的相互了解，也加深了师生情谊，自然也有个别学生代表态度粗暴，引起了老师的反感。这在《天风阁学词日记》中有所反映。

运动告一段落后，又恢复正常的教学秩序。在第一个五年计划开始的 1953 年，我们也升入三年级。正当此际，政务院决定 1950 年入学的本科生提前一年毕业参加社会主义建设，学历依旧算本科。因此，课程必须做相应的调整，如夏承焘先生讲授的文学史元明清部分便匆匆结束，而应在四年级开设的教学法和教育实习，必须提前安排。系里决定由陆维钊先生讲授教学法并指导教育实习。这样的安排，就当年的情况而言也是适宜的。陆先生虽然精研古代文学，但也曾任过中学国文教员，有实践经验，又曾与徐声越、王季思、施蛰存等先生合编过《当代国文》12 册，作为中学国文教材出版。不过，三年级同学共八名，有六人来自浙大中文系，二人来自之江中文系，原先都没有做教师的打算，系里发表调查志愿时，"肯作人民教师者只两人"（《日记》

1953 年 4 月 27 日）。因此对教学法一课，并不认真学习；对于教育实习，也欠缺热情。面对学生如此状态，陆师一面循循诱导，说明中等教育的重要，如不能培养出合格的中学生，那么高等学校就难以培养高质量的大学生，这对祖国的建设事业是极其不利的，同时又让我们认识到做一名优秀的中学教师必须自己先受教育，培养高尚的师德。在此基础上还必须懂得教书的技能，陆师常将自己的教学体验传授给我们。与此同时，陆师又精心安排教学实习，每个同学听课、备课、试讲等环节，陆师都工作到位，还组织有教学经验的老教师来听试讲，如夏承焘老师等，征询他们的意见（《日记》1953 年 6 月 11 日）。在陆师的认真教育、精心安排下，教育实习取得很好的成绩，深得系领导的认可（《日记》1953 年 7 月 27 日）。八名毕业生全部服从分配，到教育战线上工作。

二

笔者于 1953 年秋参加工作后，与母校老师少有联系，直到 1961 年秋，夏承焘老师来苏州江苏师范学院（今之苏州大学）讲学时，由时任教研室副主任的笔者参与接待（教研室主任钱仲联先生在沪），陪同出游、访友。在三日相聚中，夏师谈了师友一些情况，说陆先生不久前被浙江美术学院潘天寿院长聘去任中国画系主任。20 世纪 70 年代中期与夏先生恢复通讯后，他先从杭州后由北京不断有信来，也告诉我不少师友情况。其间也有友人从杭州来，叙及往年种种情事。说及陆师之所以被聘去美术学院，乃由于当年中日文化交流日趋频繁，我国传统的书法篆刻艺术在日本日渐被接受并兴盛发展起来，为了弘扬祖国的书法艺术，潘天寿院长便邀约擅长丹青书艺的陆维钊等名家，积极筹设书法篆刻专业，终于在 1962 年被文化部批准成立，并由早在 1948 年就出版有《中国书法》专著的陆先生任系主任。这在我国高校中是首先设立的，并于 1963 年、1964 年连续招收两届本科生。不久，"文革"骤起，陆先生被打成反动学术权威，关进"牛棚"，接受审查，又因前列腺发炎于 1970 年住院治疗。出院后虽已过古稀之年，仍要参加劳动，接受再教育，以致 1975 年再次复发住院，经诊断已发生癌变，无从根治，住院一段时日后乃出院在家休养，并于 1975 年 11 月退休。

形势发生变化，"四人帮"倒台，各项工作在整顿的基础上不断发展，文教事业也不例外。1977 年 10 月，国务院批转教育部《关于高等学校招收研究生工作意见》发布，为了培养高端人才，有条件的学校都在申报建点招收研究生。浙江美术学院是一座新中国成立前就享有声誉的老学校（其前身为 1928 年创办之国立西湖艺专，林风眠为首任校长。1950 年更名为中央美术学院华东分院，1958 年改称浙江美术学院，1993 年更名为中国美术学院），自然要发展研究生教育，书法篆刻专业乃被批准建点招生。1978 年，80 岁的陆师又被收回退休证，敦请回校，于 1979 年招收书法研究生五人。但陆师病情不断恶化，住进浙江医院，周扬同志夫妇还去医院探视，虽经大力救治，也无法挽回，于 1980 年 1 月去世。病重时，乃将在读的研究生委托老友，也是著名的书法家沙孟海先生继续指导。

对于多才多艺的陆维钊先生，姜亮夫先生有很高的评价，说陆先生是全面、完整地精通中国传统文化，能够将文学、绘画、书法融会贯通，因此被学界尊为"诗书画"三绝。据蒋祖怡先生说，他与陆先生为多年邻居，当其尊人伯潜先生病重时，陆先生曾为其诊治，因之又有"诗书画医"四绝之称。其实，除此而外，对于古琴，陆师亦能操弄。对于他的去世，学界都认为是文化界的一大损失。

1981年笔者应邀去杭州大学讲学，在拜望昔日师友时也经常提及陆先生，自然也引起笔者的回忆和思念。自从1953年离校后也未曾与陆师有过联系，唯一一次是在1978年秋。先是在1974年秋冬之季，收到瞿禅师给我的信，说目前养病在家，不时去龙游路沙孟海先生府上闲谈，我便去信给夏师说，不知沙先生还记得我否，如记得想求他一帧墨宝。11月26日便收到瞿禅师复信，说沙先生记得你，并将赠我的墨宝寄来，写的是宋人杨万里的诗作："人间暑气正如炊，上了湖船便不知。湖上四时无不好，就中最说藕花时。"后来西泠印社寄赠他们于2005年6月出版的《沙孟海先生日记写本两种》中，确也不止一次提及拙名。得到沙师墨宝后，便又想求得陆师一帧墨宝，但夏师于1975年夏去了北京，此事只能告罢。岂知两年后有友人来宁，谈及此事。友人返杭后有机会见到陆师，便缓缓说及，陆师听到后即说：陈美林，我记得，当年他还提了我的意见，我一直记得，慨然允为作画，但迟迟未曾收到，原来邮寄时未曾挂号，不知在哪一个环节出了问题，查找不到。陆师得知此节，便写了一幅字挂号寄来，并说明因老衰患病，不能再作画了。此次付邮挂了号，并寄至办公室，打开信封展视，只见十个大字：

　　世上无难事，只要肯登攀。

　　　　书请

美林贤弟补壁

　　　　　　　　　　　　陆维钊

当时太炎先生高足诸祖耿先生在场，见后赞叹不已，并说他与陆先生相识，当直接向他求字。

友人见陆师对笔者如此厚爱，不禁问我当年提了什么意见，我也完全记不得年轻时的"狂言"。后来《天风阁学词日记》出版，未曾想到夏师倒有记叙，说当年讨论"诚恳"的性质时，"陈生美林谓为人民、为革命诚恳者，为真诚恳。此语甚精，微昭事后谓此语并指示其致力之路"（1952年3月3日）。两位老师所语，数十年后见到，令我感动不已。

陆师病逝后，挽诗、挽联颇多，仅录沙孟海老师挽联，并略作阐述：

世短意恒多，欣见词钞播域外；

笔精人俱老，不徒蜾匾足名家。

陆维钊赠送给陈美林的书法作品

"词钞"指叶恭绰主编之清词总集《全清词钞》。叶氏在"例言"中说，"是编工作，始自1929年"，在编辑过程中"多赖同好诸君之力"，并举出襄助其事者五十余人姓氏，诸如冒鹤亭、夏敬观、柳翼谋、马夷初、陈垣、吴湖帆、唐圭璋、夏承焘、龙榆生、吴梅、卢冀野、陆维钊等人，"恭绰受成而已"。在1952年6月写的"后记"中，则交代了此稿最后竣工的过程，抗战兴起，曾携稿避居香港，但书稿几乎被毁，乃决心再回沪上，"誓毕其役，延陆微昭助编次，大体粗完，而余又患病，几于不救"。可见始终其事者则为陆维钊先生。"词钞"选录词家3196人，录词8260余首，分为40卷。先于1975年由香港中华书局出版，所谓"播域外"也，陆师尚能见及，而北京中华书局于1982年始行出书，则陆师不得见矣。

"蜾匾"亦作"蜾扁"，为一种出入篆隶的书体，其特点是非篆非隶，亦篆亦隶。清人徐树丕《识小录·蜾匾篆法》引崔融《禹碑赞》云："神圣夏禹，岣嵝纪德，龙画傍分，蜾书匾刻。"康有为《广艺舟双楫·说分》云："吾邱衍曰'篆法扁者最好，谓之蜾扁'。"沙孟海师认为陆师探求十余年，其所书笔法圆熟而精湛，凝练而流动，确为蜾扁体上乘之作，足以名家。而陆师可以名家者又非仅仅"蜾扁书"而已，其诗词、丹青、书法，在其身后均有精选面世。陆师西去三十余载，而赠我的墨宝珍藏至今，见者无不赞叹，誉之为传世之珍品，笔者得此又何其幸哉。

至于陆师将书法篆刻引入高等教育，完全可以媲美其师吴梅将古代戏曲引入北京大学、东南大学之举，都是对学术史、教育史的巨大贡献，再三表而出之也不为过。

——原载《世纪风采》2016年第10期

沙孟海先生与新中国成立初期的土改

　　去冬，西泠印社出版社江兴祐编审来宁公干，特来舍间相访。该社所出版之《沙孟海先生日记写本两种》之一《决明馆日录·土地改革篇》中多次提及笔者姓名，江君乃以此相赠。读之喜不自禁，一则重睹先师手迹，二则当年共同参观土改的情景，仿佛又重现于眼前。

　　沙师是浙江鄞县人，名文若，字孟海，号决明、石荒等，又署劳劳亭长，于1992年仙逝，享年九十有二。沙师一家，多人参加革命，如三弟沙文汉，新中国成立初期曾任浙江省省长。但沙师则一直从事文化教育工作。早年曾师从吴昌硕学书法、篆刻，隶、行、草、楷无不能，尤善作擘窠大字。与朱彊村、章太炎、马一浮有往还，受益良多。著述亦丰，有《印学史》、《沙孟海书法集》、《沙孟海论书文集》及本文要介绍的《沙孟海先生日记写本两种》等。先后任过西泠印社社长、西泠书画院院长、浙江省博物馆名誉馆长、浙江省书法家协会主席、浙江省考古学会名誉主席、中国书法家协会副主席。

　　《决明馆日录·土地改革篇》（下称"日录"）从1950年

12月28日赴嘉兴之日起，止于返回浙江大学（1951年1月12日）止，共计16日日记，"记下了当时的气候变化、土改政策、风土人情"（出版者后记），尤其是对新中国成立初期浙西地区的土改实况有全面的反映。

何以有参观土改之举，"日录"中没有说明。笔者在《和夏承焘老师同在"运动"中》（见《历史学家茶座》2008年第三辑）一文中有所交待，乃因中共浙江省委的建议，浙大中文系师生便去正在进行土改的嘉兴地区体验农民疾苦，了解阶级斗争。夏师《天风阁学词日记》中仅记录了"理行装，预备明早赴嘉兴参观土改"（1950年12月27日），而在嘉兴的活动，夏师"另有日记"，但"已佚"。沙师的"日录"却正弥补了这一缺失，记录了中文系师生在嘉兴参观土改的实况。

一

沙师"日录"首篇记载了浙江大学中文系赴嘉兴参观土改的师生名单，教师有郑奠（石君），系主任，由他率队；有夏承焘（瞿禅）、徐震堮（声越）、蒋祖怡、王荣初等；沙师自然也是成员之一。学生九人，除一人为四年级学生外，其余八人均为1950年入学的一年级学生，笔者名字也在其中。

以此为始，"日录"逐日记载了师生在嘉兴的活动，从而反映了土改任务、方式、阶段、政策，以及对土改干部的生活规定和纪律要求，等等。

师生参观土改的地区为浙江嘉兴县王店区真西乡及附近之邵桥、庄清二乡。师生有时集中，有时分散，均根据工作需要而变动。土改的任务有二："一曰发动群众，提高农民之阶级觉悟；

二曰镇压反革命分子，彻底摧毁农村中反革命势力。"土改的进程，分四个阶段："一曰宣传动员，二曰划分阶级，三曰分配土地，四曰庆祝胜利。"土改方式有三："一曰联合平推，即三乡同时进行，此必干部人多乃可行；二曰重点带外围，指定一乡为重点，其余二乡为外围，以重点乡示范，获得经验带至外围乡；三曰干部轮流学习，以一乡或二乡为单位，彼此轮流学习。"

　　中共华东局规定了土改干部的八项纪律，上级也向我们做了传达，但具体内容，沙师"日录"没有写出。夏师《天风阁学词日记》中有在皖北参加土改的记录，其中也提及浙大文学院师生赴安徽五河参加土改出发前夕，曾订立公约七项，其中第二项也说"严格遵守土改干部八项纪律"（1951年10月6日），但同样没有记出具体内容，而且不论浙江的土改，还是安徽的土改都相同，因为这是华东局所规定的，只是可惜具体内容不得而知，笔者虽身历其事，但至今已全然忘却。至于土改干部的生活安排，沙师"日录"中也有记载，如伙食标准，"出差干部膳费有定例，粗粝青菜，每日一粥二饭，依米价、菜价折算"，大约"每人每日三千金左右"。三千金乃指旧人民币，折算为新人民币乃三角钱。至于在"民家具食者，亦视此例"。因为每村土改干部仅一二人，不便单独起伙，乃在农民家吃"派饭"，则将三千元全部交给代伙之农家，浙江大学中文系师生在此地参观土改，"亦仿行之"，这就是说按照这一标准就餐，不另行安排。

　　土改中一些政策界限，"日录"中也有详细记载，如地主分为五类，处理办法也不相同："恶霸地主，逮捕法办；非恶霸地主，但有破坏行为者，亦予逮捕，分别情节惩办；一般地主，开展面对面的斗争，使其低头；守法地主，自动交出田地、契约及应该没收之财产者，予以宽大；开明地主，团结他们。"沙师还在"日录"中特地说明"此为报纸所不载，故记之"。在实际工作中，也确实按照这一政策执行，如"庄清乡有恶霸地主曰曹锦丰，吃农民之鸡一千只，去年已枪决。今日午前斗争另一恶霸地主曹洪山，斗毕解送法院"，"地主中有王姓者，蓄田千三百余亩，其宅即今作乡公所者，此人宽厚，故村民不与为难"。而在与地主斗争的过程中，重要的工作就在于发动群众，向群众讲清政策，掌握火候，沙师记录了土改干部的工作经验，说"掌握政策颇不易，农民向来畏地主恶霸，如发动不够，则开会时噤不发言；如发动太过，则群情愤激，难免乱打"，这全在于干部如何掌握分寸。

"日录"中还记载了如何区别地主与富农的界限，最主要的一条是"有无主要劳动"，这是划分阶级成分工作中十分重要的一条，因为对待地主与富农的政策不同，涉及没收与征收的区别，也涉及能够分配给贫雇农土地的多寡。因此必须十分细致地加以区别，不能以感情代替政策。"日录"中还举出具体例证："有一人游手好闲，不洽舆情，但其子自耕，有主要劳动，村人有指为地主者，最后议定仍为富农。"

关于没收与征收的政策界限，也是土改成败的关键之一，"日录"中也有记载。以没收而言，有"六要五不要"的规定："一要土地"，"二要耕畜、牛棚、牛草"，"三要农具"，"四要多余粮食"，"五要多余之房屋"，"六要田契"；五不要为"一不要掘地财"，"二不要乱骂乱捉乱罚乱杀"，"三不要扫地出门"，"四不要动农村中的工商业"，"五不要六要以外的东西"。至于征收的范围以及留给地主的口粮及住房数量，"日录"中也有详细记载。

在没收、征收之后，要计算出可以分配的土地，统计出应该分得土地的人口，除必要留下的少量土地外，全部分配给应得土地的农民。以庄清乡为例，"平均每人三亩八分六厘"土地，因"须留若干亩，照顾鳏寡孤独，今定每人授田三亩五分"，"各乡大抵如此数"，唯"镇西乡则有四亩二分"地。

土地分配后要公布，让农民知晓。分配工作完成后就是开庆功会，一期土改也就结束。

"日录"真实地反映了新中国成立初期浙西地区土改的进程及政策界限，以及农民分得土地的数量，是一份极为珍贵的第一手资料。

二

《决明馆日录·土地改革篇》不仅客观真实地记录了新中国成立初期浙西地区土改的实况，而且在最后一天的日录中，还以较多的文字表述了沙师的见解，反映了一位大学教授对土地改革的感受与体认。

沙师在这篇"日录"中，首先概括地小结了浙大中文系师生赴嘉兴参观土改的全过程，说："此次参加土改工作，来去共十六日。余以流动时多，初未留住一村，故如宣传动员、分配土地皆未参加，惟斗争恶霸所见最多，划分阶级所历最详，其余诸人更历各有不同，计十五人（按，其中一位同学因病来嘉兴不二日即返杭州）共分六组"，"大约师生二、三人为一组，在一、二个村子参与工作"，而系主任郑奠在助教王荣初参与下为一组，"通观各乡村"，也就是在有浙大师生参加的有关村子巡视。而全体师生刚抵达县城时，"县委会同志曾告各乡犹有盗匪，同人咸具戒心。真西乡第十三村，有一夕果闻近处盗警，其余诸村俱平安无事"，"该乡向多盗贼，港汊旁午，郊原高低"，极利盗贼活动，再加上"土改工作发动较晚"，"乡中土匪有名可指者凡有五十三人"。正因为如此，我在《和夏承焘老师同在"运动"中》一文里曾记，当时从县城下乡时，县委曾派解放军战士护送。

其次，表述了孟海师对土地改革伟大意义的认识过程。起始，沙师认为土地改革"可以法律行之"，不必"用斗争方式"，既可免除"纷扰"，又可避免"偏差"，不致发生北方土改时"将富农阶级与地主同等待遇，所谓扫地出门者"的现象。但在沙师参加嘉兴土改的实践中，发现这种现象并未出现，而是"依靠贫雇农，团结中农，孤立富农，打倒地主"，从而消除了这种担心，倒是在"江南试办之初，愈益宽大"，甚至"几无斗争，名曰和平土改"。沙师起初以为这种做法"与余悬想可以法律行之者相去不远"。不过，这又是另一种偏向，但很快得到纠正。沙师也认识到"斗争会之意义最深长，必如此始能树立农民当家作主之信心，巩固农民之团结力量，彻底铲除数千年来之封建势力"，而"和平土改"或"以法律行之"，都是行不通的，也难以实现改革土地制度的根本目的。

再次，沙师又对历史上一些有识之士提出的改革土地制度的种种设想做了回顾和评述，说土地私有制所导致的"贫富异等，贵贱悬隔"的两极现象已有三千余年，"往昔有识之士亦有深以为非者"，如汉之董仲舒、师丹，魏之司马朗，后魏之李安世，宋之张载、朱熹，清之颜元等辈，他们提出的种种主张，"皆洞悉民瘼，语重心长"，但沙师认为他们的设想"大抵补偏救弊，仅为修正之论而已"。唯独对于刘师培在《悲佃篇》中之言论、主张，沙师则颇多肯定，认为刘氏此文，"指陈利害，大声疾呼，宜为世所重视"，但令沙师遗憾的是"未有应和之者，甚至孙中山之民生主义，亦但言平均地权而止"，而且"国民党执政二十余年，何尝见诸施行"。在回顾了这些言论、主张之后，沙师认为新中国成立后所实行的土地改革，乃是"连根带叶，全盘翻动数千年世界历史之大转折，非仅一国一时之事也"，在引用毛主席所言"文武周孔以来直至孙中山所未做的事，我们做了"之后，兴奋地表示："余生逢其会，目击其事，是何快耶！"由衷地表现了一位高级知识分子对土地改革的充分肯定。

最后，在这篇小结式的"日录"中，沙师在充分肯定土地改革的伟大意义之余，还连带地对负责土改工作的工农干部予以热情赞扬。当时主持王店区土改工作的干部是县委民运部部长马吉德。在与他多次交往接触中，沙师对他的工作能力极其赏识，说马吉德是山东日照人，年仅二十八，贫农出身，南下干部，"初未知书，后参加革命始渐识字"。当时在王店参加土改工作的干部，"多属知识分子，无不听其指挥，心悦诚服"，认为他的知识和能力，全是"从群众斗争经验中学习得来者，共产党中此类人才极多，回想往昔但以文化程度衡量人才，不知埋没几许人才矣"，充分肯定了工农干部的能力和水平。

三

《决明馆日录·土地改革篇》主要内容当然是记录土改实况，但由于沙师视野广阔、学养深厚，于记载土改进展过程中，也常寥寥几笔涉及该地区的历史地理、名胜古迹、风土人情。例如该区何以称"王店"，乃因"石晋时镇边使王逯所居，故名"，乡名"真西"，乃是因该乡有真如寺，寺有真如塔，"乡名真西即在真如寺西也"。沙师知道"王店为朱竹垞故里"，来到此地后便留心寻访，初"闻曝书亭尚在，不知在何处也"。朱竹垞为清代著名学者朱彝尊号，朱字锡鬯，清康熙十八年（1679）以布衣荐举鸿博，授翰林院检讨。曾参与修《明史》，有言"东林不皆君子，异乎东林者，亦不皆小人。作史者未可存门户之见，以同异分邪正"而为人称道（《清史稿》本传）。竹垞博通经史、考据，兼擅诗、词、文，著有《经义考》、《日下旧闻》、《曝书亭集》，又辑选唐、宋、金、元五百余家词成《词综》，创浙西词派，影响甚大。

土改工作大体完成，沙师已访知曝书亭所在，寻步而至，但因"一狗当道吠人未果"。听附近书肆主人说，"十余年前尚完好，其后楼舍尽倾，子孙秤其木石材料及林树悉以售人，故荡然都尽"。沙师感叹道："竹垞老人学问文采独步，当时是处旧迹，阮伯元修葺之，至今始废，前后将三百年，故家乔木，遗泽小远矣。"伯元为清代著名学者阮元字，乾隆五十四年（1789）进士，嘉庆朝曾任浙江巡抚，"博学淹通"，著述极丰，"主持风会数十年，海内学者奉为山斗"（《清史稿》本传）。

初访未果，于返杭之日，邀约石君师再度探访，终至亭下。亭额"曝书亭"三字为清代著名词人严荪友所题。荪友为无锡人，其人自幼即"能作擘窠大书"，与朱彝尊同以"布衣入选""试鸿博"，又同修《明史》。沙师记道，"伯元倡议修建亭苑在嘉庆元年，越岁落成"，"竹垞老人手定竹垞十二景"，但"今来垞既无竹，池上无荷，但余一亭，岿然独存"，"围墙并失，惟桑木无恙"。

此外，对于嘉兴的风俗人情，无论厚薄，沙师也秉笔直书。如说"太平军后，嘉郡各乡人烟稀少，故多客民，绍兴人最多，湖南人次之。直至今日犹是地旷人稀，妇女悉下田与男子同耕，最为此乡美俗。唯居民公德心少，入境便见耕者但知推广陇亩，不留行路，虽诸乡孔道，亦狭不容足，桥梁崩坏，亦无人兴修"，而"移风易俗，属望于土改之后矣"。沙师希望土地制度改革之后，能有助于社会风气之改良。

总之，《决明馆日录·土地改革篇》客观地记录了一位大学教授心目中的土改实况，不仅有历史文献的价值，也有启示现实之意义。

四

读罢"日录"，近60年前的往事又浮现在眼前。笔者于1950年秋季考入浙江大学文学院中国文学系，当时浙大名师辈出，校长为马寅初，教务长为苏步青，文学院长为孟宪承，中文系主任为郑奠，以古典文学教授而言，有夏承焘、徐震堮、沙孟海诸师。入学之初，尚未开设古代文学课程，震堮师虽研治古典文学，但精通多种外语，便于课外为一年级学生讲授世界语。但自嘉兴参观土改归来后不久，即去苏州华东革大学习，其后便调至新组建的华东师大任教。而孟海师未曾给我们开过课，唯一的接触就是在嘉兴一同度过的16天。返校后不久，沙师调往浙江省文物管理委员会任职，而为我们讲授古代文学课程的则是夏瞿禅老师。但大学毕业以后，与夏师也无联系。直到1961年，夏师应郭绍虞先生邀约，在上海参加《中国古代文论选》的编纂工作。其时笔者与钱仲联先生同在江苏师范学院（今苏州大学）工作，钱先生任古代文学教研室主任，我任副主任。钱先生也被邀请赴沪参与此项工作。夏师从钱先生处得知了我的下落。1961年秋，瞿禅师应邀到南京、苏州讲学，我参加了接待工作。但此后又未再行联系，直到1974年秋，夏师有信给唐圭璋先生打听我的下落，从此才恢复了联系，直到1986年夏师逝世也未曾中断。大约在1975年初，

沙孟海先生赠作者墨迹

夏师来信谈及他在杭州养病，时常去龙游路沙师府上相聚，我便写信给夏师说，不知孟海师还记得我不，如果记得，想向他求一帧墨宝。很快，瞿禅师即有复信，说沙师记得你，对与你在嘉兴的相处还有印象，并附来沙师为我写的一帧条幅，是宋人杨万里的诗作："人间暑气正如炊，上了湖船便不知。湖上四时无不好，就中最说藕花时。"至今珍藏。

将"写本"送我之江兴祐君，现任西泠印社出版社副总编，是笔者同窗邵海清教授所指导的研究生，1990年5月由我主持他的论文答辩。江君也可说是沙师的再传弟子，由他所在的出版社来出版沙师的"写本"日记，也是一种缘分，特附笔记之。

——原载《世纪风采》2009年第4期

"忠言直行"的任铭善先生

任铭善（1913—1967）先生为江苏如皋双甸镇人，字心叔，书室名尘海楼、无受室。1935年毕业于之江大学国文系，留校执教。早期专治文字音韵之学，后又拓展至经学，由《礼》及《易》而《诗》，其所著述多有发明、为人所未道者，极得马叙伦赏识，誉之为"经学江南第一"，但20世纪60年代即"郁郁以殁"。其弟子王元化在《记任铭善先生》（《文汇读书周报》特稿，2005年2月4日）文中说，任先生由于"忠言直行"以致坎坷一生而"陷入悲惨之境"，未能尽展其才，令后学惋惜不已。

一

任先生为人耿介，重视气节。之江大学是一所教会大学，读书于此、教书于此的任先生却从不为教会利用。杭州沦陷后，之江大学迁至上海英租界慈淑大楼办学，校方曾诱迫教师加入教会，而任铭善与蒋礼鸿（云从）坚决抵制，此事为他们的老师夏承焘（瞿禅）先生钦佩不已，新中国成立后两度提及，先是在抗美援朝座谈会上，"予讲在之江时，明思德胁迫蒋云从、任心叔入教会事，二君当时处境皆甚艰难，而毅然拒绝，予至今佩之"（《夏承焘集·天风阁学词日记》，1950年11月18日。下引仅称《日记》及年月日）。1964年，夏师又写文章回忆此事，说校方召集任、蒋、夏三人去会议室，先让任入内间谈话，要他加入教会，任坚决抵制，校方说："你不入，我们就开欢送会（辞退）。"任则说："那就开会吧！"接着找云从，蒋也坚决抵制，说："中国书都读不完，哪有工夫入教会读《圣经》！"明思德见二人都拒绝，也就未找第三人夏师了。夏师家乡温州当时未沦陷，"对我来说，进退裕如。但任、蒋二位家乡已沦陷，如此倔强，极可佩服"（见吴思雷编印之《夏承焘轶闻》，下称《轶闻》）。

心叔师不为美国教会所利诱，也不被日伪刺刀所吓倒。1942年2月7日，日寇封闭了之江，夏师乃于4月30日回到家乡温州；稍后任师也回到业已沦陷的如皋。夏师先在温州中学执教；任师则闭户侍奉亲人、潜心治学，岂料"寇来据其家，日与非人处"，虽"艰辱备至"，但"著述不倦"。夏师闻知其困，挂念不已，作《念奴娇》词，有"孤愤书成，八方箝动"句（《日记》1942年9月14日及19日）。任师一次外出就医，还被"伪兵所执，亟挟至营舍"，"鞭挞甚厉"，任师则表示士可杀不可辱，高诵《孟子》"以自解"，后得"邻人愤集，乃释归"。夏师获悉后，不禁感叹"心叔患难之中，不屈不迫如此，真令人敬畏，其生平谔谔不阿，在沦陷区中至可危，又有老母妻女，不能招之来温，念其困苦之状，为之心神不宁"（《日记》1942年11月6日）。不久，夏师被浙大龙泉分校郑晓沧主任聘为国文系教授，便力荐心叔，龙泉分校聘之为"教授，月薪三百元"（《日记》1943年3月27日及6月2日）。心叔师乃于6月25日抵达龙泉，从此师弟二人又在同一校执教，直到任师病逝。

抗战胜利后，浙江大学迁回杭州。对于战后国民党统治的腐败，任师极为不满，曾对夏师说"国民党政府中主管人员，家中一切开销，无不取给于国家"（《日记》1949年2月4日）。杭州解放前夕，物价腾飞，人心惶惶，每当学校发薪，教工都上市换金以保，"争先恐后"，"惟心叔澹定，耻于言利，其家累重于予数倍，夷然不以为忧，其定力可佩"（《日记》1949年4月10日）。而任师之所以"澹定"，乃由于对解放区的了解，曾对夏师说"苏北情况，谓四民皆安乐"，并断言"江南约须两年后乃能有此"（《日记》1950年2月27日）。杭州解放，任师在努力学习列宁、毛泽东著作（《日记》1950年5月1日及29日）的同时，又全身心地投入新社会的文教事业中去，如办冬学、推广新文字活动等（《日记》1950年1月15日及26日），当然教学工作也并未放松。

二

笔者是1950年秋考入浙江大学文学院中文系的。当年教育部对高校的课程开设有所改革，如"古代文学仅散文选、韵文选、文学史三门"，而"往年专书选读，有诗、易、三传、三礼、论、孟、老、荀等，……均已停开，由国学转入文学"，以致不少老师无课可开，年过半百的系主任郑奠（石君）先生，面对如此局面，"以人事不易分配，甚感为难"（《日记》1950年3月16日及6月24日）。而任师在各项工作中表现出的行政才干，颇得校长马寅初的赞许，在赴任北京大学校长前夕，曾"邀心叔任中文系主任，心叔逊谢"（《日记》1951年4月9日）。马寅初北上后，由副校长王国松（劲夫）

主事。他虽认为"石君有问题，恐不易维持"，但"又嫌心叔太粗"（《日记》1951年6月29日）。心叔师也表示不会接受此任，但又认为"任事如作战，须有必死之心，乃无不成之事"（《日记》1951年6月13日）。正当此际，之江大学来聘其为教务长，乃"决心往之江任职"（《日记》1951年7月31日）。但之江人事之复杂亦如浙大，到任方十天即感到"之江文学院殊难领导"（《日记》1951年8月12日）。如原先任职于之江的夏、任二师，抗战时入了浙大，而1937年即应竺可桢校长之聘去浙大任教的王驾吾（焕镳）师，却于抗战胜利后去之江任代理秘书长，新中国成立后则任中文系主任。在任师重返之江不到一年，浙大文学院又与之江重组浙江师范学院。人事分分合合，关系自然复杂，身为教务长的任师，特别敬业，对老师讲课、学生听课，常亲临教室检查。为一位老师"开课事"，中文系副主任与之发生争论，"几失和"。由于任师"做事太犀利、太意气"（《日记》1952年11月7日），因而招怨多多，在"三反"和思想改造运动中颇遭批评、责难，当然其中也难免不夹杂个人成见。夏师即认为在运动中"同学帮助比同事大"（《日记》1952年7月21日），乃因同学提意见大多就事论事，没有同事那样涉及往日恩怨。笔者也作为学生代表参加了老师的运动，《日记》中也不时提及笔者所提的意见。后来我还写了《和夏承焘老师同在运动中》一文（《历史学家茶座》2008年第三辑）有所回忆。在运动中，对任师的"共同意见为自高自大，脱离群众，轻作批评，战斗性胜于团结性等等"（《日记》1952年2月25日）。党委书记焦梦晓同志曾对当时的系主任王西彦师说，"心叔工作积极，而缺点亦多，今日同事提意见甚尖锐，虑其体弱动气"，请西彦师转嘱瞿禅师对其"婉言规劝，稳定其心情"（《日记》1952年8月15日），但心叔师并未能摆脱这一困窘处境，终于在数年后的反右派斗争运动中被定为"极右"。笔者于1953年毕业离校后，对任师的情况不甚了了。在王元化同志文章中，知道他被定为"右派"的"罪行"有二："一是鼓励学生走白专道路，二是因龙泉窑遗址遭到破坏，他曾提出过呼吁和批评。"一旦定为右派，便被"开除职位，下乡监督劳动，照顾其多病，留校资料室工作，监督其在本校农场中劳动，月给十五元"（《日记》1958年8月23日），直到四年后方脱"冠"。瞿禅师记其摘帽后"努力工作，得一部分党员信任，但又好臧否人物，好出主张，引出旁观者又欲揽大权之谤。六七年前故态渐渐又萌，甚以为惧"（《日记》1964年6月9日）。两年后，"文革"骤起，老"右"自然被牵出批斗，直到胃癌不治，于1967年病逝。一生忠言直行，坎坷以终。

三

任师又极富情义，此可从其与瞿禅师的相处中得知。

夏师曾说："心叔初来之江，仅十八岁，今年四十矣。与予相处二十年，中间仅二年暌隔。心叔谓与家人相处，亦不及与予之久长，谈话亦不及与予之多。"此乃1953年1月16日夏师所言（见《日记》），但此后相处亦如此，直到1967年病逝。当然，戴"帽"四年暌隔，乃形势使然，并非师弟二人所愿。

夏师被浙大龙泉分校聘去任教，一住进建于青山高松中的宿舍，"爱其萧爽"，便"欲招心叔共之"，并赋《小重山》词，有"休问武夷船，何如来抵足，宿松颠"之意（《日记》1942年12月9日）。此际，之江已在福建邵武续办，分别给夏、任二位寄了薪水及川资，力促他们回去。但浙大不愿夏师去职，而任师又因夏师"在浙大，惮于独往"（《日记》1943年2月26日），在夏师推介下，浙大亦聘心叔。任师应聘而来龙泉，夏师即与之商量之江事，表示"予决不去，心叔亦决留此"（《日记》1943年6月26日），并将之江所汇款项退回。

龙泉分校建于离县城十余里的坊下村，教师宿舍用杉木、竹竿搭成，虽十分简陋，但处青山丛中，景色可人，郑晓沧名之曰"风雨龙吟楼"，孙养癯集宋词为联：

> 凭栏久，望西北神州，东南佳气；
>
> 吾庐小，在龙蛇影外，风雨声中。

可见他们虽执教于万山丛中，却心念战乱中的"神州"。王季思回忆说："中文系教师同住集体宿舍的，除瞿禅和我外，还有嘉善徐声越、如皋任心叔、寿县孙养癯。他们家乡早已沦陷。永嘉地处沿海，敌人随时可登陆。为了抗战的胜利，我们力图以爱国思想教育学生，在诗词创作里反映国民党统治区的黑暗、腐败现象。思想上的同仇敌忾，使我们休戚相关，学问上的志趣相投，又常得文字商量之乐。"（《一代词宗今往矣》，香港《文汇报》1986年8月18日）夏"治词"，王"治曲"而任"校经"，用力极勤，夏师诗云"邻任真痴人，深灯勘豕亥"（《天风阁诗集·龙泉竹楼各友会吟》），记心叔治学半夜犹不歇。

夏、任师弟二人在治学之余，还相互砥砺名节，早年夏师就曾说过"自我识心叔，平生兼师友"（《日记》1938年7月12日）。在龙泉，生计艰难，但均能分清义利，任师自如皋赴龙泉，原可领川资及学术研究费而不支。夏师感叹道："噫，他人有妄取不义之财者，闻心叔耿介之操，能不愧死。"（《日记》1943年11月24日）。当教育部颁发任教15年以上的教授奖金1500元时，之江、浙大均为夏师领得，而夏师却辞去浙大一份，"同事有劝予不妨两领者,予念平日教人者何事,不得以此自愧于此"(《日记》1943年12月16日)。夏师还应心叔之请,摘录所读之中外典籍、中西哲人有关为人治学之警语30余条约3500余言,名之曰《贻任录》,赠给心叔,并在小序中说:"心叔郁郁多高抱,不能谐俗,幸诵此相勉。"此录最后一条,则为心叔师所自语:"心叔有二语曰,胸有成竹,目无全牛。又云,未成大方,先立小隅。皆确对,可置座右。"

当心叔戴"帽"后,处于逆境,虽师弟二人再度"暌隔",乃由形势使然,彼此感情未曾稍减。当心叔每月只领生活费15元时,生计十分艰难;文章又发不出去,夏师乃毅然在文稿上签上自己名字,发表后将稿费交心叔。为此,夏师挨过多次批评。当其脱"冠"后再来夏师府上"小坐",夏师不禁感叹道"四年不来矣"(《日记》1962年3月19日),包涵无限。此后一如往常,一齐"吃元宵"、"共午餐"(《日记》1964年3月1日及29日),讨论白石词(《日记》1964年3月15日),还一同去探视病中友人(《日记》1964年3月24日)。及至"文革"骤起,夏师首批即被定为资产阶级反动学术权威,屡遭批斗,而任则"陪斗",师弟之间的正常交往又中断矣。晚年,夏师在北京还对友人说:"当时令心叔陪斗,我自己倒无所谓,褎如充耳,任凭造反派乱说,可是心叔气傲,他受不了。"(《轶闻》)

1974年,心叔殁后七年,徐声越师访夏师于湖楼,谈及龙泉往事,乃"共伤才子早生天",心叔殁时方54岁;"临平冷月梦回车",任墓在临平,至今梦中也难忘(《天风阁词集·玉楼春》)。此际,"文革"尚未结束,夏师仍在"靠边",却思念弟子不已。"文革"结束后,1979年又写有《挽任心叔二绝》,则直言"路人都怪气纵横"、"高年厚福君无分"(《天风阁诗集》),记心叔之耿介性格和坎坷生平。心叔逝后，徐声越亦有诗云："屈指交情廿五年，中间相望隔山川。""临平此去泥涂阻，细雨清明并罔然。"王季思诗云："耿介谁能及，锋芒我独钦；龙吟风雨夜，回首泪沾巾。"心叔已殁，当年同聚者，忆及往昔，能不伤悲！

<h2 style="text-align:center">四</h2>

心叔师虽享年不永，但却成就后进不少，佼佼者有王元化、陈从周等。一如任师对夏师那样，他们对任师也是感念不已。

王元化是著名的文艺理论家，抗战时期从北京来沪，师从正在之江任教的心叔师。据其晚年回忆，心叔师执教极严，要求也高，多次指出其为文缺少"气"，再三强调中国传统文化中有关"文气"的论述，如曹丕《典论·论文》中即云"文以气为主"。王元化受其启迪、教诲，后来在自己的文论著作中特别注重"文气"的阐说。当任师被定为"极右"之际，元化同志也被打成"胡风反革命分子"，多年不能相聚。迨元化同志复出后，任师早已病逝。复出后的元化同志曾任中共上海市委宣传部部长等职，后又在华东师大指导博士生，直到20世纪90年代、年逾古稀之后，方专程去杭州探望思念不已的任师家属，坚持以弟子身份立在坐着的师母身后合影留念，并将此照收入他的画传《跨过的岁月》中。当其患病卧床时，口述《记任铭善先生》一文，由心叔师弟子黄屏记录，再经他修改后定稿。此文发表当日，他又电告黄屏，让她注意文末加写的一段"论曰"，并说过去他写过熊十力，写过郭绍虞、林淡秋，都没有在文末写过"论曰"一类的文字，此次乃学习"太史公曰"的形式，对心叔师忠言直行的性格和坎坷一生的际遇，做了深入的剖析和评价。"论曰"中云："忠言常忌于当道，直行多为社会所不容也。呜呼，任先生两者兼而有之，怎能不陷入悲惨之境。他的敬业精神是令人肃然起敬的；他以直道事人，也是无可厚非的。""要他和光同尘，与世推移，那么恐怕也会使身上那种耿介正直与敬业精神随之消失……恐怕这也就是人生产生许多困扰和悲剧的原因之一吧。任先生也难逃此数。"元化此论，极其深刻而中肯地揭示了任师的际遇和命运，使后人能正确地认识和评价这样一位杰出的学者。记录者黄屏在《吾师吾友王元化》(《上海滩》2008年6月刊)一文中介绍了元化的评论，并引用了"任先生的学生、华东师范大学的施亚西教授"和"也是任先生的学生、南京师范大学博导陈美林教授"的读后感。只是据编者说此文在编发中，元化同志即于2008年5月9日病逝。

中国建筑史专家陈从周教授，也是夏师、任师弟子，他们师弟间的交往，《日记》中多有记述。心叔师去世后，他曾以高丽笺请任师同学、同事蒋礼鸿(云从)将心叔师《尘海楼诗词》写成长卷，并请当代名家题跋，叶圣陶为之题《浣溪沙》词一首，有云"蒋钞何殊吴札剑，陈藏长托子期悲，交情生死见今时"，用"季札挂剑"、"伯牙破琴"的典故，以喻任、蒋、陈师弟间之深情，读之令人伤感不已，益增对心叔师之思念。

笔者读大学时，任师也是我的老师，但未从任师学习文字音韵之学，对经学也不甚了了，平常不敢以弟子自居，但在1977年末，却被前辈学者段熙仲先生说出："你是浙大毕业的，任铭善的弟子。"段老何以有此言，乃是他看到南师学报(1977年第4期)上我所写的《略论吴敬梓"治经"问题》一文而发。1977年安徽出版的《儒林群丑的讽刺画卷》和北京出版的《儒林外史》前言中，都认为这部小说是"反儒"的。对批林批孔、反修防修大有裨益，并断定吴敬梓是"用经学新解等曲折、隐蔽的方式进行反理学斗

105

争"的。为了学术研究的健康发展，有必要对这种歪论做些驳正。不由想到当年任师与我个别谈话时再三让我注意扩大学习范围，不能仅停留在"文学"面，又介绍我读读皮锡瑞的《经学历史》、马宗霍的《中国经学史》，因而对经学略具常识。此际，又重新细读朱熹、王先谦、魏源、姚际恒、阎若璩、毛奇龄、孙星衍等人著作，以及与吴敬梓有种种关系的程廷祚、程晋芳、金兆燕、王又曾、江宾谷等人的相关论述，予以比较分析写成此文。发表后，随即收到上海陈汝衡于 12 月 17 日的来信，认为该文"提出独到见解，征引诸书，尤见学有根柢"；次年 3 月 2 日开封任访秋来信说："关于吴敬梓的'治经'问题，我过去没有很好考虑，大作读后，觉用力勤劬，颇有发明，个人深受启发。"段老对"经学"研究有素，读到拙作后，他对我说："当时有些纳闷，建国后高校已不讲授经学了，你这个年龄的人，怎么会写出这样的文章来。我想了很久，你是浙大毕业的，任铭善的弟子。"此后，他所指导的唯一一届汉魏六朝文学研究生，20 世纪 80 年代初进行答辩时，坚邀笔者参与其中二位的论文评审、答辩；稍后，又有一位随我攻博，早年已评定为教授。回忆往事，任师让我扩大学习范围，尚未及"而冠"之年；段老对拙作的肯定，年过"不惑"；写此小文感念师长、前辈则已"老耄"，岁月悠悠，念及当年的师长、前辈，追思不已。

——原载《世纪风采》2015 年第 11 期

《首都志》编纂者王焕镳先生

王焕镳先生是著名的中国文史研究专家，著述极丰，长期从事文化教育事业，培养了许多后进。笔者于 20 世纪 50 年代初，曾受业于王师。80 年代初，应杭州大学之邀前往讲学，曾专程去王师寓所拜望，岂知返宁后不过一年，即惊悉先生已驾鹤西去，至今也已三十余载。每每回忆当年受业情景，恍如昨昔。

一

王焕镳先生（1900—1982），江苏南通人，字驾吾，号觉无、因巢。于南通读完中学，考入南京高等师范文史地部，这是一所历史悠久、影响深远的高等学府，曾先后改名东南大学、中央大学、南京大学等，改革开放后又复称东南大学。当然，该校的系科设置、专业内涵，均随着时代的发展而不断更新、拓展，在我国高等教育战线上一直占有重要位置。

驾吾师就读于南高时，名师聚集，诸如竺可桢、柳诒徵、吴梅、王伯沆等大师都曾执教于此，对先生的学术研究和人生道路都有过重大影响。1924年先生于东南大学毕业后，一度留校任助教，做过短时期的中学教员；1927年，应时任江苏省立国学图书馆馆长柳诒徵先生之召，任该馆保管部及编辑部主任。柳诒徵，字翼谋，号劬堂，江苏丹徒人，为前清优贡。历任两江师范、南京高等师范、东南大学、浙江大学、中央大学、贵州大学等校教授，新中国成立后任复旦大学教授。柳先生是著名学者，其所著《中国文化史》、《国史要义》等，资料繁富、架构宏伟，素为学人所重视。柳氏不仅是著名学者，其诗作也负盛名，有《劬堂诗录》。陈衍在《石遗室诗话续编》中赞之为"功力甚深之诗人"。竺可桢先生字藕舫，浙江上虞人，是著名的气象学家、地理学家，先后任教于南京高师、东南大学、中央大学，为中央研究院院士，新中国成立后任中国科学院副院长。1937年赴杭州任浙江大学校长，随即聘其弟子驾吾赴浙大任教。抗战期间，王师随浙大西迁，先后至建德、江西、广西，最后抵达贵州遵义，前后十年。抗战胜利，浙大为迁校返杭之需停课一年，驾吾先生即被贵州大学聘任，一年后重返杭州，被之江大学聘为秘书长，新中国成立后任之江中文系系主任。1952年浙江大学文学院与之江大学文理学院重组为浙江师范学院，1958年又改为杭州大学，可以说驾吾先生自1937年赴杭，一直执教于此校，最后终老于斯。驾吾先生读书时，除受到柳诒徵、竺可桢两位师长的教诲、重视外，还受到吴梅、王伯沆等名家的熏染陶冶。吴梅字瞿安，号霜厓，江苏吴县人，早年受蔡元培之聘任北京大学教授，讲授"古乐曲"，首次将吹笛、唱曲、订谱、制曲带入高等学校课堂，为我国高等学校开设戏曲课之始。北大任教五年后，南下任东南大学教授，成就后进甚众，1939年病逝于云南大姚。驾吾先生之古文写作，极得吴梅赏识，在《吴梅日记》（卷十二）中有云："余及门中唐生圭璋之词，卢生冀野之曲，王生驾吾之文，皆可传行后世，得此亦足以自豪。"
王伯沆，字伯谦，号冬饮，又署无想居士，祖籍江苏溧水，出生
于南京。世代业儒，家庭文化传统深厚。曾应两江师范监督李瑞
清之邀，去该校任教，继而学校更名南高、东南大学、中央大学，
伯沆先生一直执教于此。同时受该校总稽查陈三立（散原）之聘，
为其西席。陈三立是晚清最后一位大诗人，被誉为"同光体"领袖，
其诸子衡恪、寅恪、登恪、方恪均曾受业于王伯沆先生。而在两
江师范学习之唐圭璋、卢前、王焕镳、常任侠、张其昀等皆曾为
其弟子。伯沆先生治学极广，诸凡经学、理学、禅学、红（楼梦）
学等无一不精，但不轻易著述，曾研读《红楼梦》二十余年，用
五色笔批注五次。不仅学问好，人品亦极佳。敌伪时期，汪伪多
次登门威逼利诱，欲其出山，但均遭严词拒绝。1944 年 8 月病逝，
殁前嘱其家人葬于寓所后院，不可出殡中华门外，以免向守门之
敌伪弯腰敬礼。其所作所为，影响弟子甚巨。

二

　　江苏省国学图书馆前身为两江总督端方所创建的江南图书馆，
首任馆长为缪荃孙。该馆藏书以杭州丁氏八千卷楼及武昌范氏月
槎木香馆所藏为主，二十余万册，其中颇多善本。继缪荃孙之后，
柳诒徵出任国学图书馆馆长。柳氏招来弟子王焕镳任职，并指导
其将馆藏图书先行编目。首先确定分类原则，根据馆藏图书实际
情况，于传统的经、史、子、集四类以外，增设方志、丛书、舆
图三目，由四分法扩创为七分法；同时还编有《江苏省立国学图
书馆印行书书录》及《印行书提要》，分别有油印本和铅印本。
　　在编纂藏书目的同时，焕镳先生又自行编纂过一些年谱、志

书等，亦有其特殊价值和意义。例如唐宋八大家之一的曾巩，字子固，江西南丰人，人称"南丰先生"，著有《元丰类稿》等，是宋代著名的文人。历来为其作谱者甚多，如姚范有《南丰年谱》、杨希闵有《曾文定公年谱》、周明泰有《曾子固年谱》等，但均嫌过简，驾吾先生乃作《曾南丰年谱附补遗》，十分详备，远超前人所作，先行发表在江苏省立国学图书馆第三年刊，后由商务印书馆出版。

特别值得注意的是《明遗民万履安先生年谱》和《明孝陵志》的编撰。万履安即万泰，字悔庵，明崇祯举人，是复社成员。入清以后服道装，隐居不出。《明孝陵志》是为明开国皇帝朱元璋陵墓所编，朱元璋推翻蒙古族的统治，重新恢复汉族天下。驾吾先生编撰"万"谱、"明"志之际，正当日寇大举入侵我国，民族存亡危在旦夕，驾吾师此作显然有激励民众奋起抗日之用意。《明孝陵志》1934年由钟山书局出版，1970年台北文海出版社亦有刊本。

驾吾先生在国学图书馆工作期间的著述，当以《首都志》的编纂最为人称道，也最有影响。南京是江南大邦、文化名城，历史悠久，人文鼎盛。历来有关该邦的文献为数甚夥，著名者有《丹阳记》、《建康实录》、《六朝事迹编类》、《建康志》、《至正金陵新志》等等，明清两朝有关南京的史志更多达百余种，但民国定都南京七年，尚无一部反映南京历史与现状的志书，有关政要找到时任国学图书馆馆长的柳诒徵先生，柳氏是著名学者，又擅方志之学，希望柳先生能承担起编纂新的南京志书的重任。柳氏不便拒绝，但又忙于馆务，不能全力以赴，乃"爰举王生焕镳从事编辑，周生愗佐之，六阅月而成志廿四卷，都五十余万言，经以纲要，纬以图籍，循原竟委，融冶旧新"（《首都志》柳诒徵序）。确实，驾吾先生有鉴于有关南京载籍繁富，但时代发展，不能完全沿用旧志体例，"时异事殊"必有所创新，在廿四卷《首都志》中，"沿旧志之名者十之六，自立义例者十之四"，将"旧新""融冶"于一部之中。如沿革、疆域均为旧志所有，而"向之所无"者如气候、司法、外交等篇则为新创。至于人物，"旧志最详，今当表其名"而不立传"以省篇幅"等等（《凡例》），考虑周详，设置合理。该志于 1935 年由正中书局印行，至今仍有参考价值。1985 年 10 月，南京地方志编纂委员会办公室还据以翻印，内部发行，供学界参考。

驾吾先生自离开江苏省国学图书馆后，一直在高等学校任教，终生从事教育工作，几十年来培养后学多多。不但长期担任本科教学，还培养许多研究生。其受业弟子不仅限于浙大、之江、浙师、杭大等校，他所主持的"先秦文学师训班"，乃受教育部委托，有许多其他高校的教师前来学习，于古代文学的师资培养贡献良多。

在繁忙的教学之余，驾吾先生还倾心于学术研究。20 世纪 50 年代后期出版了《先秦寓言研究》，是书还被译成日文，在北海道中国哲学会《中国哲学》刊物第七、八号上刊出，颇得汉学家好评。60 年代中期，出版了《韩非子选》，该书既肯定韩非学术思想中的进步成分，也深刻指出其严重不足，多有创见，为学术界所重视。此书在"文革"期间曾经再版，有关方面要求驾吾先生按照"儒法斗争"的观念重写"前言"，王师拒绝，因此再版书中无"前言"。晚年，驾吾先生又专心研究《墨子》，完成了《墨子集诂》、《墨子校释商兑》等著述，于生前、身后陆续出版。在为教育事业做贡献的同时，也为学术研究事业提供了众多的成果。

三

笔者于 1950 年秋考入浙江大学。师辈中颇多于 20 世纪 20 年代在南京读完大学又回故土浙江执教者，如徐震堮（声越）、陆维钊（微昭）诸师。但也有江苏籍而去浙江任教的老师，如王驾吾、任铭善先生，但任先生原就在杭州之江大学读书，毕业后留校任教；王驾吾先生却是毕业于东南大学而去浙江任教，两位先生均终老于浙江。任铭善先生于抗战时期从之江去了浙大，而王驾吾先生在浙大任教多年，却于抗战胜利后去了之江。所以笔者入学之初，并不认识驾吾先生，虽久闻大名，却无由得见，只与任铭善先生相识，但一年后任先生又去之江大学任教务长，直到浙江大学文学院与之江大学文理学院合组浙江师范学院后方得见王驾吾先生。那是在浙大、之江两校中文系师生联欢会上，郑奠（石君）先生代表浙大中文系、驾吾先生代表之江大学中文系先后发言才得以认识。此后，在"三反"、"五反"、思想改造等运动中，笔者被指定为学生代表之一参加老师的"运动"，方始与诸师（包括驾吾师）有机会接触、交谈。

当驾吾师得知笔者来自南京、入学考试又是在他的母校（东南大学——中央大学）参加的，颇感亲切。我告诉他，中央大学于新中国成立初期改称为南京大学。因为定都北京，南京一些冠名"中央"的单位迅即改称，如中央大学、中央图书馆等等均改为南京大学、南京图书馆等等。他很关心母校状况，我告诉他是仅换了一块校牌，校园似乎没有任何变动。

运动告一段落，教学秩序恢复正常。驾吾先生为我们开设了"工具书使用法"一课。王先生有丰富的图书馆工作经验，所以讲授

王焕镳先生致作者书札

内容生动、实用。特别令我难忘的是驾吾先生教诲我们除要熟悉"书目"一类书外，还要"亲近"图书，平素要多在藏书室中"巡回"，只要不乱架，可随时抽出一本书出来翻翻，以后说不定能派上用场。不要等要用图书时才去图书馆、资料室。遵循驾吾先生的指导，我们逐渐养成亲近书籍、文献的习惯。记得1958年江苏师范学院（今之苏州大学）重组中文系，学校任命钱仲联先生与笔者承担古代文学教研组正、副组长，系里建立资料室时，系主任刘开荣先生则推荐笔者兼资料室主任，她认为我喜欢书。其间，还与钱仲联先生同赴常熟采购图书。这一习性伴随我大半生，直到2004年5月，在南京召开世界历史名城与文化的会议之际，还被南京图书馆特聘为首批学术顾问，由文化厅王副厅长颁发聘书。与聘者尚有齐康、卞孝萱、阮仪三、戴复东、葛剑雄等九人，笔者还作为受聘者代表在大会发言。南京图书馆包融了驾吾师工作多年的江苏省国学图书馆，虽然"顾问"云云仅是一名目，但却感到与驾吾师的精神联系更密切了一步。

驾吾师在南京编纂成的《首都志》，对我的研究工作颇有助益，所附的南京文献极多，诸如《金陵通纪》、《金陵通传》、《金陵文征》、《金陵诗征》、《金陵待征录》、《金陵见闻录》等等，对于地域文化的研究极富参考价值。20世纪70年代初，研读《儒林外史》，其作者吴敬梓虽是安徽全椒人，但中年以后移家南京，并且安居、入籍南京，病逝于扬州又葬于南京，因而有关南京的文献中保存了一些有关吴的记载，前人虽有些发现，但可补遗之资料仍有不少。笔者在这些文献中颇有所获，并撰文发表，为多人所引用。迨至80年代，省市有关部门组织南京文化、南京文学特色的研讨会，都曾邀请笔者参加，并应约在《南京史志》上写过几篇小文章，以致被白下区政府邀请参加《白下区志》审批验收会，市社联华彬清同志送来《南京社科志》请予审阅。特别是《金陵通传》等著作的编纂者陈作霖后人陈鸣钟先生通过市社联何开庸等同志找到笔者，邀约笔者与之共同研究《清代南京学术人物传》的编纂工作。迨此书出版之际，鸣钟先生已去世，但南京社科院仍继续此项工作，周直院长再三邀请在下主持明代卷的工作，因当年公私鞅掌，乃推荐沈君为之，仅允为明代卷作一序言。此后，又出版了有关南京文献的"综合目录"等，汇成《南京文化研究丛书》，周直院长任编委会主任，副主任则为笔者及张宪文，执行编委为朱未易。虽未有任何具体工作，但同意这一名义上的安排，也是昔日受到驾吾师重视史志在学术研究中作用的潜移默化影响的表现。

四

笔者于 1953 年毕业后未曾与诸师有所联系，1961 年夏师承
焘（瞿禅）在沪上参与《中国历代文论选》的编选工作，得知我
在苏州江苏师范学院工作。秋季，夏师应南京大学陈瘦竹及省作
协章品镇两先生之邀来南京讲学，笔者专程来南京请瞿禅师在返
沪途中在苏州稍作停留并讲学，因此得与夏师相聚三日。此后又
长期未曾联系，直到 1974 年深秋，夏师给唐圭璋先生写信打听我
的下落（我于 1964 年调回南京），乃立即给夏师写信，并于数日
后收到夏师 11 月 7 日从杭州大学宿舍寄来的信，从此才与母校的
诸位老师先后恢复了联系。其间，与驾吾师通讯多次，并曾向其
索取 60 年代出版的《韩非子选》，先生在寄书给我时，还附有一信，
有云"向注《韩非子选》，匆匆写就，尚需订正，望随时为改正
谬误为祷"。所寄之书即无"前言"之再版，这种坚持学术独立、
不迎合潮流的精神对我亦有启发。记得在评《水浒》高潮时，有
关方面便要求在下能有所表现，因为笔者一直从事于元明清文学
的研究工作。思索再三，乃撰写了《明嘉靖朝都察院和武定侯郭
勋为什么刊刻〈水浒〉》一文，仅就史实说明问题，不与"四人帮"
鼓吹的腔调相呼应。发表于《文史哲》1976 年 1 期，曾寄呈驾吾
先生，王师于 2 月 6 日来信云"贤'时文'刊于学报者尚未收到，
谅不为洪乔所误也"，王师函中的"时文"乃引述笔者信中自语。
收到拙作后，王师又于 3 月 31 日来信云：

美林贤友如晤：承惠书并示近作，至慰。镳于《水浒》
探索殊浅，但觉大文考证详赡，思想正确，行文无一字落空，
赞叹不置。雪克兄来，审知贵体亦有小小病患，犹能写出此文，

真非易易……

驾吾先生赞许拙作在于以史料说话，不做空论，尤其不与时论"接轨"，所以驾吾师读后不再目为"时文"，而誉之为"大文"。信末，驾吾先生又谆谆叮嘱："圭璋、诚忘诸先生均希致候，金陵旧友寥寥可数……"乃将此信呈圭璋、诚忘两位先生一阅。唐老从此知道在下不仅从夏瞿禅先生受业，驾吾先生也是笔者师尊。老辈学者十分重视师承，1985年圭璋先生在为笔者所作的一份学术鉴定中开首即言："我校陈美林教师早年受业于王驾吾、夏瞿禅两先生，对我国古代文学已打下深厚的基础。以后又经过自己的刻苦学习，遍阅我国流行的多种文学史、文学批评史、文学作品，所获的知识更广，欣赏兴趣及辨别能力也都有更大的进展。"云云。下文方始对笔者取得的成绩作具体评述。一如70年代后期，老辈学者段熙仲先生见到笔者发表的有关吴敬梓"治经"问题的论文，曾对我说："建国后高校已不讲授经学了，您这个年龄的人，怎么会写出这样的文章来？我想了很久，你是浙大毕业的，任铭善的弟子。"而任先生被学界视为"江南经学第一"。唐老一度让我做他编纂《全金元词》的助手（后因客观原因未果）、段老让我参加他所指导的研究生的学位论文评审和答辩，也就并非偶然。对于诸师及诸前辈的栽培至今令我难忘。

1981年11月，笔者应邀赴杭州大学讲学十天，终于有机会去拜望诸师。当然，驾吾先生府上也曾去过不止一次，王师见我回母校作演讲，十分高兴，表示要请我去楼外楼一聚。我不敢劳动已八十高龄的驾吾先生，坚决辞谢。虽然他再三说自己被任命为浙江省文史馆馆长，可以用车代步，笔者也再三辞却。王师表示可为我再写一幅字，返宁不久，就收到王师墨宝，写的是王安石的诗：江水漾西风，江花脱晚红。离情被横笛，吹过乱山东。

美林贤友 如见 浮书并
大作实喜适诣日深 适居友东爱而携去
此无此例也 後至见 还书细研之此次甚
吴以作叶革束 然祖我曾襟之声裹此经
来瓶之佳若抹此办 □ 而也近继偏墨
子集话告有弯热悟四倜与 贺一言权 □
春暄珍重

　　焕镳手 □年 □月 □

王焕镳先生致作者书札

117

杭州归来后，曾遵命向唐老、千帆等先生致候。千帆先生还说："可以建议驾吾先生将其所作古文汇编成册。"在下尚未及转述程先生意见，竟然传来驾吾师已于1982年末去世的消息，至今让我懊伤不已。如今，驾吾师西去已三十余年，千帆先生也去世多年，此议更无从谈起，只能于此文之末叙述这段往事，以为纪念耳。

——原载《钟山风雨》2016 年第 3 期

"诗孩"孙席珍教授琐记

鲁迅于1925年1月在《京报》副刊发表了《诗歌之敌》（收入《集外集》）一文，乃应该刊编辑"诗孩"所约而作。"诗孩"为谁何？乃我的老师孙席珍教授。

孙先生于1906年出生在浙江绍兴平水乡，参加过北伐和南昌起义，长期从事文化教育工作，于1984年逝世。今年为其诞辰110周年，乃写此文以为追念。

一

孙师名彭，学名志新，字席珍。先后在故乡绍兴及上海、芜湖等地读完小学、中学，因家道中落，其父安排他去银行做练习生，因受"五四"新文化运动的影响而未就，于1921年8月只身前往北京半工半读，一面在北京大学学哲学，同时选修或旁听经济、法律、历史、文学等课程，并努力学习英文、法文，一面由孙伏园先生介绍，在《晨报》任校对。由于读中学时即喜爱文艺，阅读了许多中外诗篇，也开始练习创作，《春风》诗为其处女作，于1922年4月24日起在《民国日报》副刊"觉悟"上连载四次，计24首，此时年方16岁。以此为始，诗作不断涌现，数年间竟然发表诗作近百首，从而在文艺圈内渐为人知。

1924年春天的一个下午，孙先生照常去《晨报》社工作，走到孙伏园先生办公室门外，只见鲁迅、陈大悲、钱玄同几位先生在座，便立在门外，不便闯入，只听钱玄同先生滔滔不绝地说：徐志摩可谓"诗哲"，谢冰心是"诗华"。说到此处，回转身来，瞥见门外的孙席珍，便扬手一指："此君可叫'诗孩'。"在座几位，均予默认。此后不久，孙先生在北大校园中遇见刘半农几位先生，刘见到他，便招呼说："喔，诗孩来了，可带来什么好诗给我们欣赏吗？"可见"诗孩"之称已逐渐传开，特别是《诗歌之敌》中如此称呼，将与鲁迅之文传之久远了。当年孙席珍先生还曾编选历年所作诗歌数十首，题名《素心兰》，已有出版社同意出版，但后来孙先生又考虑不宜过早地出版少时之作而作罢。

1924年18岁时，孙先生在《晨报》由校对升任助理编辑，同时又与焦菊隐先生合编《京报》文艺副刊。但仍在北大学习，同时不忘创作，并且从写诗拓展至写散文、作小说，并且在有影响的刊物上发表，如《东方杂志》21卷22号（1924年11月）发表了他的早期小说《槐花》，叙写一个少年漂泊者的孤独、哀愁与忧伤，颇获好评，被认为是"京华才子"。以农村少女阿娥的遭遇创作的小说《阿娥》，反映了农村少女所遭遇的侮辱、蹂躏的悲惨，同时也显示了她的抵制与反抗。美国作家、记者斯诺读后极其赞赏，写信给孙先生说："我确实极其喜欢《阿娥》，我想除了鲁迅的作品以外，比任何其他中国小说更令我喜欢。我肯定它不久就可发表。"斯诺将其译为英文，先行在《亚细亚》杂志上发表，后来又收入他所编选翻译的现代中国短篇小说集《活的中国》中，1936 年 10 月在伦敦出版。

斯诺还写有《孙席珍小传》，说孙先生"最著名的是他的三部曲：《战场上》、《战争中》和《战后》"。谢冰莹在《作家印象记》中写有《孙席珍》一文，说"他曾在战场上生活过一个时期，所以在战争三部曲里描写战争的残酷淋漓尽致，颇有雷马克的作风"。20 世纪 50 年代，孙先生在课堂也曾说起，他的战争三部曲早于雷马克的《西线无战事》在国内面世。雷马克（1898—1970）是德国著名作家，他所写的反战小说《西线无战事》，20 世纪 30 年代有中译本，孙先生的《战场上》于 1929 年 2 月由上海真善美书店出版，《战争中》于 1930 年 4 月由上海现代书局出版，《战后》则于 1932 年 1 月由上海北新书局出版。孙先生以他的创作，充分表明他不仅是诗人，也是小说作家。

孙席珍先生早年不仅当编辑，搞创作，还从事教学工作。1930 年 24 岁时即在河南洛阳第四师范学校任国文教员。半年后即去北平，在女子师范大学国文系任讲师，次年又在中国大学国学系任讲师。由于早年在北大学习时刻苦努力，兴趣广泛，选课甚多，以哲学课程而言，先后听过陈大齐、徐炳昶、胡适、梁漱溟等先生的中外哲学课；以经济学而言，则听过李大钊、马寅初等先生的课程；而文学类课程则旁听了更多先生的讲课，如黄晦闻的诗、刘毓盘的词、吴瞿安的曲、周树人的中国小说史、周作人的欧洲文学史、张凤举的文学概论等等。由于广泛学习众家之长，所以能在高校讲堂上应付裕如。1935 年 29 岁时即在中国大学升任教授，东北大学也聘之为教授。此后一直在高校任教，如河南大学、上海震旦女子文理学院等。新中国建立后，1950 年任南京大学教授，1951 年调浙江大学任教授。

孙席珍先生在教学之余，还从事学术研究，并以他的研究成

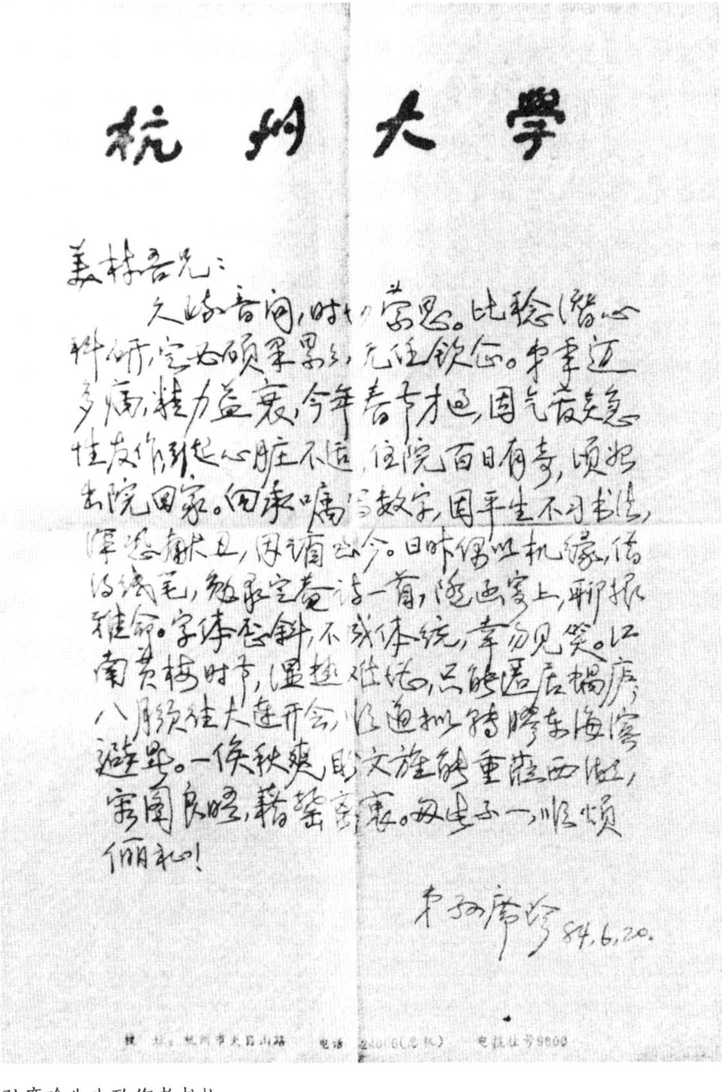

孙席珍先生致作者书札

果充实教学。上文提及的女作家谢冰莹曾在 1930 年至 1931 年间在北京女师大受业于孙先生，她在后来所写的《孙席珍》文中曾记叙孙先生当年任讲师时"不过廿四、五岁，而他已经是著述等身了。例如《辛克莱评传》、《莫泊桑的生活》、《雪莱生活》、《英国文学研究》、《东印度故事》、《近代文艺思潮》等著作"，并且表示"我很喜欢上他的课"。

二

孙席珍先生早年赴北京原就是受到"五四"新文化运动影响之举，在北大学习期间，接触到马克思主义思想，除了学习《共产党宣言》、《社会主义从空想到科学的发展》等经典著作外，还涉及马克思主义来源之一的空想社会主义者圣西门、欧文等人的著作，并阅读了《向导》、《中国青年》、《新青年》等进步报刊，从而认识到只有信仰马克思主义、走社会主义道路、在共产党领导下，才是中国的唯一出路。基于这一认识，便积极参加到反对帝国主义的五卅运动中去，并遭到北洋军阀的逮捕。释放后便参加了 C．Y（共青团）。在此之后又去长辛店参加工人运动。1926 年三一八惨案发生，北京处在白色恐怖中，在组织建议下，离开北大前往广州，加入 C．P（共产党）后，投身到北伐队伍中去。先在第六军政治部主任林伯渠领导下任连政治指导员，进而晋升为营指导员、团政治助理。攻克武汉、南昌后，调任总政治部秘书。在郭沫若直接领导下，主编《革命军日报》南昌版。不久，蒋介石、汪精卫先后背叛革命。参加南昌起义失败后，一度流亡日本，返回上海后转入地下。因无固定经济来源，乃于 1930 年春赴洛阳任教，但又为特务迫害，半年后连夜出逃北平。由师友介绍，在北师大、中国大学、女子文理学院任讲师，生活方有保障，并从此长期在北方参加进步的文化活动。

当孙先生在1930年8月从洛阳来北平方二月，潘漠华、台静农便找到他，说北方文坛冷落，最好要有一个组织，团结大家，一齐努力。此际中国左翼作家联盟在上海已成立半年，几人商量认为可成立北方"左联"，潘、台更捎来李俊民、李霁野可做发起人的信息，孙席珍乃表示同意。陆续有二三十人参加，便在年底成立北方"左联"，众推孙席珍、潘漠华、台静农、刘尊棋、杨刚等五人为执委，孙席珍兼书记，潘漠华为党、团负责人，具体事务则由杨刚负责，他是组织指定的联系人。组织还建议，孙席珍只以高校教师的身份参加活动，不亮明"左联"负责人的身份，以免暴露。北方"左联"成立后，编辑出版了《文学导报》，旋又改称《文学季刊》，限于条件和环境，未能长期出版。除"左联"自编刊物外，孙席珍先生又参与吴承仕教授主办、与齐燕铭等人合编的《文史》月刊，但也仅出版四期便被勒令停刊。在第4期上，发表了孙席珍所写短篇小说《没落》，通过一个白俄流氓的罪恶勾当揭露了特务的罪行，惹怒C.C，孙席珍先生被逮捕关押审讯达两个多月，因反动派未能找到确凿"罪证"，被许寿裳等人联名保出。北方"左联"确实团结了一批要求进步的作家，成立之初就有成员30人左右，后逐年发展、壮大，诸如林林、曹靖华、李何林、林焕平、谷牧、谭丕谟、陈沂、张致祥、张磐石、陈北鸥、端木蕻良以及欧阳凡海、梅益、刘白羽、宋之的等等，他们也自行组合编有刊物，如《文艺月报》、《文学前哨》、《泡沫》、《浪花》、《科学新闻》等等，发表进步作品，虽然限于条件，未能长期出版，但都起了不同的作用，也产生了一定的社会影响。

1935年孙席珍先生在参加了"一二·九"运动后，经北方局批准，与齐燕铭、张致祥等参加了特别党员小组，组长陈伯达。1936 年在沪的中国左联在完成历史任务后，为团结更多的文化人参加抗日救亡活动而自行解散。北方局指示，北方"左联"也应同样如此处理，成立六年的北方"左联"乃结束一切活动，并于1936 年 11 月成立了团结更为广泛的文化人的北平作家协会。据《时代文化》（1936 年 12 月）上《北平作家协会成立大会速写》所记，大会选举孙席珍、曹靖华（均为 33 票）、李何林（17 票）、顾颉刚（16 票），谭丕谟（14 票）等 11 人为执委，陆侃如（12 票）等 5 人为候补执委，孙席珍兼书记。作协成立后，在《北平新报》上编过《文学周刊》，也出版了十几期。作协的主要活动为动员作家参加抗日救亡的宣传活动。

卢沟桥事变后，北平沦陷，孙先生方始离开北京，先到天津，再转山东，继而去武汉。1938 年 3 月赴江西，先后参加组织江西文化界救国会、江西抗敌后援会，也曾做过江西经济建设委员会研究部主任等抗日救亡工作。1942 年去福建、广西，1945 年 8 月抗战胜利后返回南昌，联合国救济总署聘之为专门委员，负责编译工作。1947 年至上海，在震旦女子文理学院任教。新中国建立初，在上海参加高校联合会工作，1950 年被华东教育部派往南京大学中文系任教授。1951 年调入浙江大学文学院中文系工作，因校院调整先后在浙江师范学院、杭州大学任教。除教学工作外，仍积极参加文化事业的学术活动，于 1978 年建议成立鲁迅研究会，后任顾问；1979 年又建议成立郭沫若研究会，后任顾问。1979 年还参加第四次全国文代会；1980 年参加在北京召开的纪念左联 50周年大会。一生为祖国的文教事业作贡献，追求进步不辍，终于在晚年恢复了党的组织关系。

1984 年 12 月 31 日，孙席珍先生病逝。1985 年 1 月 9 日举行告别仪式，有300余人参加，100余个团体发来唁电、唁函。生前好友谷牧、周扬、夏衍、段君毅、林默涵、林焕平、张致祥、梅益、陈荒煤、唐弢、李何林、戈宝权、陈企霞、端木蕻良、刘白羽等均有唁电。谷牧1985年1月8日唁电云："惊悉孙席珍教授不幸逝世，深感悲痛，谨向你们并通过你们向孙席珍教授的家属表示深切哀悼和亲切慰问。"梅益唁电云："惊悉席珍同志不幸去世，三十年代战友又少一人，不胜悲痛，谨电哀悼，并望吕苹同志节哀。"余不录。

<h2 style="text-align:center">三</h2>

孙席珍先生是1951年调入浙大任教的，笔者则是1950年考入浙大读书的。在校期间，听过孙先生所讲授的两门课：现代中国诗歌和西洋文学。当时浙大学生中各种社团较多，文学院有"浙大文艺社"，主要成员是几位喜爱写作的文科学生。学校举办联欢会、营火会，常有诗朗诵的节目。我也多次应约执笔写过。因为孙先生讲授诗歌课，我曾向他请教，请他斧正。在第一次向孙先生请教时，他见到诗稿上我的名字，便说了一声："这名字，我见过。"继而他讲了经过。原来孙先生刚到浙大任教时，是自己赁屋而居的，所租之屋在庆春街上一条巷子内，到学校时要走过半条庆春街，一次走过庆春街上的杭州新华书店，见门前有告示，读书比赛结果，第一名就是"浙大中文系学生陈美林"，所以他留下这个印象。他便问我经过，我说也是路过书店，见他们举办读书竞赛，便进店去报了名，星期天就在附近的一所中学里参加考试，大约有百来人，做完试卷便自行归来，后来也是同学路过书店，见到发榜告诉我，便去领了奖券。20万元（旧人民币）一

张购书券，可随意挑选该店所出售的书籍，如此而已。后来，我每每向孙先生请教学习上的问题，他都很耐心地——回答，有时还检查我的听课笔记，甚至直到1953年毕业业已25年后的1978年7月3日还来信，说及当年的听课笔记事，信中说：

美林兄：

又有许久没有通讯了，不时有人去南京方面回来，谈起你近来潜心科研，颇有心得，我听了非常忻慰。……现在我有件小事要麻烦你：记得二十年前，在六和塔山上前浙江师范学院曾一度给同学们讲过现代中国诗歌，其时你也在场，不知你当时曾摘记其要点否？……兹以某种需要，打算翻查一下，……故特草草奉读，……烦你检出借我一阅。……

十分歉疚的是，当年所记笔记为下一届一位同学借去，此君后来调去东北，失去联系，一直未曾归还，无由寄给孙师。

虽然听课笔记未能保存，但当年孙先生的课堂讲授仍然给我留下深刻印象，而且对我此后的教学、科研产生长久的影响。孙先生讲西洋文学时经常联系中国文学进行比较，例如在分析《十日谈》时，会与《金瓶梅》联系起来，探讨各自的特点。这种比较方法予我很大启迪，在一些论文中也常将中、外文学，古、今文学，不同体裁而题材相同的文学……做综合研讨。还在《光明日报》"文学"副刊（1980年10月15日）发表了《也谈比较文学史》一文，对《书林》1980年第1期上一位老专家的《漫谈比较文学史》一文"略作补充说明"。《文史知识》编辑部曾约我写一篇"治学之道"的文章，发表于1990年第3期，文中提到当年读书时所接受的许多老师如郑奠、夏承焘、徐震堮、陆维钊、王西彦等先生的教诲，当然也提及孙先生的中外比较的特色。文章发表时，孙先生已过世，但孙师母吕苹先生却见到此文，给我美林兄：

　　又有许久没有通信了，不时有人自南方方面回来，谈起你近来潜心科研，颇有心得，我听了孔常欣慰。我金益衰迈，从去年以来，经常生病，今年春夏之交，大病一场，住了很久的医院，是冠心病复发，同时又患功性脑闭围炎，现在虽已稍愈，回家后仍在继续服药治疗中。你以宏要我给你写一件字，说来惭愧，我一无毛笔，二无宣纸，而之要由于我从未学过书法，信手涂鸦，孔颜孔柳，简直跟螃蟹爬行一般，实在难登大雅之堂，所以迟迟未克应命，殊深歉憾。不过追知你我同窗故友，你要我一线墨痕，无非是当作他日忆念，用此我考虑到今年秋后时候，无论如何要尽力设法了了此任务以报雅嘱。现在我有件小事要麻烦你：记得二十余年，在杭和塔山之浙江师范学院，曾一度给同学们讲过现代中国诗歌，当时你也在场，不知你当时曾摘记其要点否？本来是胡诌八道，不值一哂，兹以某种需要，打算翻查一下，但这份提纲，在林彪、江青之流横行猖獗之时，被当作"四旧"，连同

孙席珍先生致作者书札

我的全部藏书和贞定手稿等等，一古脑儿给抄没了，后来落实政策，部分发还，但已是腰断两残疏，此提纲则已杳无踪影。我日前曾函询蔡一平兄，回信说原来有所保存，因数度搬迁，水漏鼠啮，业已荡尽；他提到你生活比较稳定，建议我向你询问一声，故特专函奉候，倘若你尚未把这种早该抛弃的东西还放置在废品堆里，烦你检出借我一阅，为要归还，谨当为命。或若一时找不到，将来我到时再寄给我也可，但请勿转给别人。倘若业已丢掉，也就罢了，但希望从速回我一信！我因病休在家，很少到校去，来信请寄杭州道古桥杭大教工宿舍十一幢三号，较为便捷。你爱人曾到杭州来玩过吗？79日若有雅兴，你不妨旧地重游，同时陪你爱人一览湖光山色之胜，届时容图良晤。临书草草，率多摭里，不尽。顺询

俪祉！

　　　　　　　　孙席珍

　　　　　　　　78.7.3.

孙席珍先生致作者书札

打电话说："孙先生生前提到过你在《光明日报》上发表的文章，近日读到《文史知识》上你写的《学林寻步》一文，很高兴，你不愧是孙先生的好学生。"此后，便陆续收到孙师母寄给我的三部孙先生的著作：1991 年 9 月寄来的《孙席珍创作选集》（杭州大学出版社 1991 年 3 月）；1992 年 8 月寄来的《悠悠往事》（百花文艺出版社 1992 年 6 月）和 2003 年 8 月寄来的《孙席珍文论选集》（浙江大学出版社 2002 年 10 月）。这三部书均为师母吕苹整理编成，并签名题赠，殊有意义。特别是《悠悠往事》，大多为回忆早年经历，对我了解孙师生平以及撰写这篇纪念文章大有助益。记得 2003 年秋，收到《孙席珍文论选集》后，曾去信、去电话，但均未能联系上，据云是原住处拆迁。在检阅"文论"一书版权页时，见到责编张君，笔者曾被他的导师邀请参加他的论文答辩，便冒昧地将给师母的信寄他，请他代转，却石沉大海，一无回音。

孙先生晚年曾赠我与师母的合影一帧，仍妥善保存，在他逝世半年前给我信中（1984 年 6 月 20 日），还深情地写道：

美林吾兄：

久疏音问，时切萦思。比稔潜心科研，定必硕果累累，无任钦企。

信中又自道"年迈多病，精力益衰"，最后希望能谋一见。"一俟秋爽，盼文旆能重莅西湖，容图良晤，藉罄离衷。"而我却未能预知孙师已极度衰颓，到年底竟然不起，否则一定赴杭拜见。如今只见二老的合影以及不多的来信，唯有歉疚和唏嘘而已。

——原载《世纪风采》2016 年第 4 期

追念卅年代老作家王西彦教授

王西彦老师是 30 年代初就发表创作的老作家，80 年代被选为上海作协副主席。曾在湖南大学、武汉大学任教授，1951 年春应聘来浙江大学，执教两年后于 1953 年春调往上海华东文联任专职作家。在浙大执教时，笔者曾受业于西彦老师。与老师分别近四分之一世纪后，于 70 年代后期又得与西彦师及师母周雯先生于南京相聚，师生愉悦非常。如今垂暮之年，回忆往昔所受教益，犹令我感念。

一

笔者于 1950 年秋考入浙江大学，西彦先生 1951 年春来浙大工作时，我正是一年级下学期的学生。当年浙大中文系名师众多，但大都开设国学类专门课程，中国现代文学及外国文学课程的师资则阙如。在同学强烈要求下，学校便多处罗致人才，1951 年先后聘来王西彦、孙席珍二位先生分任现代文学和外国文学课程的讲授。

西彦师先为我们一年级开设写作课，当我们升入二年级时，又为我们开设中国现代文学课。西彦先生不但是著名作家，而且是多产作家。讲课中，不但引用中国著名作家的名作，而且也大量引用国外、特别是俄罗斯作家如果戈理、屠格涅夫、托尔斯泰、陀思妥耶夫斯基、契诃夫乃至高尔基的名作，扩大了我们的视野。西彦师还特别看重写作实践，要求我们多多动笔。同学所交的作业中偶有佳作，常得到他的称赞，并提出意见，要求进一步修改，达到发表水平，便推荐到有关刊物。有一位同学来自农村，写了一篇农村生活的短篇，受到西彦师的青睐，嘱其认真修改后，便推荐发表了。二十余年后，西彦师有机会与这位同学再相晤，得知在其所从事的专业研究中无可称道的成绩，便不客气地批评"你这几十年做了啥？"也不管这位同学的妻、儿正在身边，毫不假以辞色。当然，与从前任教时比较起来，虽然言辞之犀利不减当年，但语气要委婉多多。犹记当年一位同学的习作，西彦师很不满意，将其叫到办公室来训斥一通，掷还其作业，令其重新写过。据夏承焘老师《天风阁学词日记》1951 年 4 月 24 日所记（以下凡引用此书，只称《日记》），夏师召集有关老师研究基本国文及写作实习的教学工作，西彦师就提出"学生好高骛远，望不劳而获"。在日常教学工作中，为了纠正同学这种不良学风，西彦师要求十分严格，做出成绩，便予首肯、扶持；屡无成绩，便予批评，促其努力，毫不姑息。当年，浙大本科生入学也要进行面试，由系主任及几位任课老师主持，笔者参加面试考试（1950 年 9 月 2 日），西彦师尚未来浙大，而 1951 级新生入学时，9 月 27 日进行面试，而"西彦问话最多"，引起夏师注意，便在该日记中特别提及。

西彦师对学生要求十分严格，对自己同样严格。听他讲课，只要认真做笔记，课后温习便会发现原来是一篇完整的论文，不久便会在相应刊物上刊出。但西彦师对自己的成绩从不自满，而是感到不足。一次讲课之余，不禁喟然叹道："我虽然写了不少美林：

　　接到你送给我的《批评选择》和《李劼和〈情虑渡〉》二书，洲甚为高兴。这是你多年埋头研究的成绩，值以庆贺。

　　上月底我多女之进华亲，和郑晚君、陆文夫两住同志去连到宣访问。因在华亲住了一晚，天暖是君银你和诸译地地内以各时，连大年也没去下。

　　你近来身体了好？全家都安吉吧？诸译一床了好？便中请代致意。这两三年来，我的健康状况还不错，也到些地方；状是家务也多，写你也缺乏时间，心里颇为些着急。

　　匆匆，即说

　　安好

　　王西彦

　　伯荛垌处。
　　周实峥岚收亲。

六月二十七日

王西彦先生致作者书札

作品，但能留下来么？多少文人的名字都从历史上消失了。能在文学史上留下一个名字，也就不容易了！"此言给我的印象极深，至今仍不时想起。清人赵翼有言"江山代有才人出，各领风骚数百年"。如今社会发展极其快速，学术研究人才包括文学创作人才不断涌现，成果（包括文学研究和创作）日新月异，能在"数十年"内不被人忘记已非易事，岂能轻易断言"数百年"！西彦师当年的感叹，正促进我不断努力向前！

二

在不断开展的政治运动中，与西彦师有更多的接触，从而有了更多的了解。1950年寒假前夕，中共浙江省委宣传部要求浙大中文系师生前往嘉兴参观土改运动。12月28日，由系主任郑奠（石君）教授率领，包括教师沙孟海、夏承焘、徐声越等以及一年级学生十余人前去嘉兴县王店区真西乡，半月后于1951年1月12日晚返杭。其时，西彦师尚未来浙大，嘉兴之行自不可能有他参加。但在1951年秋季开学不久，华东教育部要求国立大学文法学院师生均须参加一期土改，于是浙大文学院师生一百零几人便在文学院院长陈立率领下于10月7日赴皖北五河县五北区参加土改，西彦师于是年春便已就聘浙大，此行自必参加。历时三个月，于12月21日返回杭州。不久，浙江率先进行院系调整，浙大文学院与之江大学文理学院合并组建浙江师范学院（1958年改为杭州大学，1998年又并回浙江大学）。新学院组建不久，1952年2月9日起展开"三反"运动，历时三个月，至5月底方结束。接着从5月30日起进行思想改造运动，又历经三个月，至8月底告一段落。这些运动，师生都一起参加，概不能免。

前往皖北土改前，在学校就开始动员，学习文件。其中一次活动就是请王西彦先生报告土改工作经验，从此知道西彦师在湘西老区参加过土改，正因为他有这一段经历，便参预了大队部的领导工作。浙大师生一百零几人分成七个组，每组有师生十余人，再配合当地干部十余人，负责一个乡的土改工作，七个组中有六个组组长由当地干部担任，浙大出一名副组长；唯独负责訾湖乡工作的第四组，却由区指导员决定由当时非党非团的笔者为正组长，当地干部任副职，说是作为培养知识分子干部的试验。本组中有浙大老师夏承焘、薛声震、管佩韦等，同学有柴崇茵、马娟尚、姚吉昌等。既然作为组长，不但要向区指导员汇报工作，也得向大队部反映浙大师生情况，这就与西彦师有了更多的接触。

至于对西彦师个人情况的了解，那还是在返校后开展的"三反"及思想改造运动中。当时领导指定一些学生参加老师的学习，笔者为其中之一。在学习一段落后，每位老师要检查交代，然后开展批评和自我批评，最后给每位老师做出小结。而检查交代又是由领导带头，然后是一般教师。在中文系，就由新组建的浙江师院中文系主任王西彦老师，以及原浙大系主任郑奠老师、之江系主任王焕镳老师三位先行检查。我从这些活动中了解到一些老师的基本情况。

西彦师是浙江义乌人，1914年出生，来浙江大学工作时还不到四十岁。在家乡读小学，中学是在杭州学习的，1933年去北平读中国大学。在杭州读中学时便开始练习创作，到北平读大学时更是不断写作，由于发表作品而认识了沈从文，并受到其教益多多。"一二·九"运动后，曾参与谷牧等人组织的北平文艺青年抗日救国协会工作。从国学系毕业后，正值"七·七"事变，便回到故乡浙江，一度在温州师范任国文教员。1938年去武汉参加党领

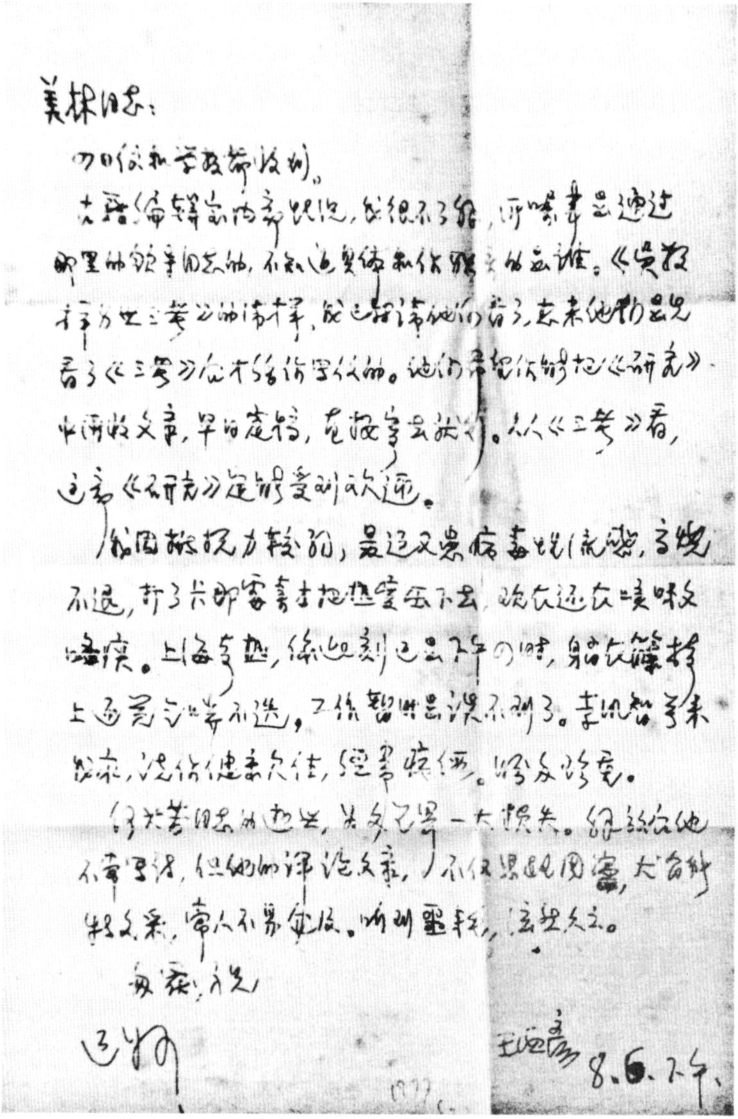

王西彦先生致作者书札

导的战地服务团工作。其后，又积极为进步报刊撰稿，参与编辑工作，宣传抗日，1948 年参加民盟。1949 年新中国成立初，曾任长沙文联副主席、中南区文联筹委会副主任。1951 年春应浙江大学之聘回到故乡工作，分外高兴，全身心地投入教学，并积极参加党所领导的各项运动。

在各项运动中，西彦师勇于参与，也勇于开展批评与自我批评，如对在皖北土改时的领队陈立教授，不顾忌其为院长，对其工作颇多批评，直责其"不负责"。这一批评颇得同时参加土改的师生赞同，夏承焘老师赞之为"直心快口"（《日记》1951 年12 月 26 日）。不仅如此，即令与其相处"投缘"之人，也能展开批评，如说夏师有"宗派作风"（《日记》1952 年 6 月 30 日），对瞿禅先生的治学也提出建议，希望夏先生"引古人文句，不应忽略其历史时代环境。治学论人，应掌握其整个思想情况"（《日记》1952 年 7 月 25 日）。被批评者，皆知西彦师言辞虽明快，而心地全为人好，所以不以为忤，相处依旧融洽无间。但西彦师此种心直口快的性格，岂能见容于别有用心的小人，在"文革"期间，自然受到"四人帮"爪牙的嫉恨而遭到严重迫害。

三

1952 年秋，西彦师被派往朝鲜慰问志愿军，三个月后返国时已是寒假临近，开学后不久即被调往上海华东文联任专职作家。1953 年 2 月赴任。临行前夕，交我去派出所代办户口迁移。户籍员接过户口簿，朝我看了几眼，便问："你就是王西彦么？"我答曰："我是王西彦老师的学生。"他便说："这就对了，你也不像四十岁的人嘛！"由此我记得 1953 年王师正当不惑之年。从此一别，直到 70 年代方始重见。

"文革"初期，夏承焘老师是杭州大学首批抛出的反动学术权威，而王西彦师则在沪上成为首批被点名批评的反党反社会主义分子。瞿禅师较早地被"冷处理"，1972 年即因病告长假在家休养；1974 年秋写信给词友唐圭璋先生找到笔者，随即恢复了联系，除告诉我现在无事时常去龙游路沙孟海老师府上闲谈，又经常告诉我当年其他老师的一些情况，如 1976 年秋告我西彦师已获"解放"，现暂时挂名在上海人民出版社等等。我乃先后与沙师、王师等恢复了通讯联系。西彦师于 1976 年 12 月 7 日来信，首先说因长期关押，宿疾复发，"许久未去出版社，你十月二十七日

王西彦（左）、陈美林 1977 年春于南京白鹭洲

信是今天转到的，你可想象，读到你的信，我十分高兴"。信末说"我的工作算是派在出版社，其实每周只去参加两个半天学习"，让我今后去信寄"复兴西路"他的家中。

不久，西彦师表示多年未离开上海，近日想到南京走走，叮嘱我此行纯然是私人活动，切不可惊动有关部门，只让我为其安排一下。终于在 1977 年暮春，与西彦师及师母周雯在南京相聚。西彦师心情十分愉悦，他告诉我在家乡读初中时即喜爱读文艺作品，如《三国》、《水浒》等古代小说，也喜欢同是浙东作家的鲁迅的作品；在杭州读高中时，又喜欢外国特别是俄罗斯的作家、作品。读得多了，便也动手写起来，在杭州时写了一篇习作《残梦》，居然在 1931 年南京出版的一个刊物上刊出，从此便开始了自己的创作生涯。这次来游南京，自然回忆起少年时代的生活。

在南京，除了到舍间便饭外，还领略我工作的校园景色，大部分时间是他们夫妇同游，个别景点则由我陪同。在游览白鹭洲时，周雯师母还为西彦师与我拍了一张合影。西彦师在南京亦有一些文友，但很少去拜访，只带我去过住在中央路上的陈白尘府上拜访。当年陈先生在南京大学任教，西彦师离开南京后，我也未再去过陈府，倒是西彦师 1979 年 1 月 12 日来信告诉我，在上海文联举行的叶以群同志追悼会上，"见到白尘同志，并约他在我们家里吃了便饭"。

在陪同游览时，自然也问起西彦师在"文革"中的遭遇。他告诉我早在 1966 年 6 月就被宣布为"专政对象"，是因为 60 年代初写了一篇散文《湖上》，文中引用了浙东俗谚"民心若不顺，皇帝下龙廷"，便被上海的"文痞"们抓住，说他别有所指，乃被认定为"反党反社会主义分子"、"反动学术权威"。既然成了黑帮分子、牛鬼蛇神，当然便被扣工资、抄家、游街、挨打，还被赶出家门，与巴金、魏金枝、师陀、孔罗荪、吴强等六人，关押在很小的一个灶间。由于始终不认罪，"文痞"们欲将其进一步打为现行反革命分子，尚未及定案，"四人帮"即被打倒，西彦师方始"解放"。西彦师是30年代的文艺战士，一直追求进步。这样的老作家却被"四人帮"加上种种罪名，予以打倒！真是妖魔横行，不可理喻。值得庆幸的是乌云终于散去，新时代已经来临，西彦师又全身心地投入创作，只是创作力最旺盛的十年却被生生扼杀，令人惋惜。

四

创作勤奋的西彦师，即使在被关押的十年中，也未曾全然放弃研究和创作。在1977年1月10日给我的信中说，"在沉重的精神压力下，借到一部《红楼梦》，就陆续写些笔记"，"整理成一篇篇文章，这样就好像可以编为一本书了。我靠边九年零两个月，倒有一半时间花在这上面"，信中还希望我能为他搜集一些有关《红楼梦》以及清史资料。西彦师在信中说："自然，我的意愿是写一部批判解放战争时期民主个人主义的长篇小说。这部作品，'文化大革命'前已写成三分之一初稿，但什么时候能专心写它，还很难说。"

天遂人愿，"四人帮"终于倒台，西彦师又创作了许多散文、小说。手边就有西彦师于1980年3月题赠的《王西彦近作》，是1979年12月四川人民出版社出版的"近作丛书"中一种，该丛书收入郭沫若、巴金、茅盾等名家在粉碎"四人帮"后的新作。1981年8月题赠的《书与生活》则是西彦师长年读书笔记的结集，由花城出版社出版。1980年江苏人民出版社出版的《王西彦散文选》，则是笔者与出版社谈及的事。1977 年 12 月 3 日西彦师信中曾说及"江苏人民出版社陈乃祥同志曾来信，说是从你处知道地址的，他要我给他们编写书稿，你见到他时，代致意"。总之，在从"牛棚"中出来后，西彦师爆发了新一轮的创作高潮，终其一生，创作了一百多部短篇，十余部中长篇，以及大量的散文和理论文章，著名者有"追梦"三部曲：《古屋》、《神的失落》、《寻梦者》，以及反映农村妇女命运的《村野的爱》、《微贱的人》，以及理论著作《唱赞歌的时代》、《论阿 Q 和他的悲剧》等等。1998 年，西彦师去世的前一年，上海作协等单位还曾举行王西彦创作 65 周年讨论会。他的创作是我国现代文学史中的宝库之一，后人是不会忘记他的。

除了创作以外，从"牛棚"出来以后，西彦师还做了许多有益的社会工作。在 80 年代终于参加了中共，作为上海作协副主席，率团出访，频繁地接待海外作家、学者的访问，国内各地邀请也不断，如 1982 年曾"和高晓声、陆文夫两位同志去连云港访问，因在南京只住了一晚，无暇去看你（1981 年 6 月 27 日来信）"。到 90 年代，江苏省作协评审高级职称，两度聘笔者为评委，1993 年太湖开评那次是由陆文夫任主任，1995 年在南京评审时主任为高晓声，高晓声还数次来舍间，我们都谈及西彦先生江苏之行。八九十年代，笔者除本职工作外，出外参加学术会议、讲学、主持论文答辩等活动也颇多，曾借去沪机会去复兴西路拜见西彦师，但彼此都很繁忙，相聚一次也殊为不易。

五

西彦师"解放"以后，对笔者的研究十分关注。在 1977 年 2

学林忆往

月 3 日来信中就说我在 1976 年发表的论《水浒》和杜甫的文章，他在刊物上见到，"写的都很好"，让我再寄几篇文字给他看看，我照办了。3 月 16 日就收到他的信，说"过去我未读过你写的文章，最近读了几篇，很为你高兴。做学问，一般总是先作较为广泛的涉猎，然后进入专精，希望你能做出很好的成绩"。因为寄给西彦师的几篇文章，既有唐宋文学方面，又有明清文学方面；既有谈诗文的，也有论戏曲小说的，所以引发了西彦师要重视专、博的意见。其时，我也注意到点与面也即是专与博的问题。在西彦师提出这一问题后，更引起我的重视。我在 2006 年 10 期《文艺研究》刊载对我的长篇访谈中还专门回顾了我的治学经历。我乃复信告诉西彦师，50 年代后期在江苏师院（今之苏州大学）任教时，由于钱仲联先生的安排，让我重点讲授戏曲和小说，当年还为中华书局撰写了《李玉和〈清忠谱〉》，戏曲研究就成为重点。近年又为江苏人民出版社作《杜甫诗选析》，只是尚未见书（80 年代初，二书终于出版，寄赠西彦师，他在 1981 年 6 月 27 日的信中说"接到你题赠的《杜诗选析》和《李玉和〈清忠谱〉》二书，非常高兴，这是你多年埋头研究的成绩，值得庆贺"）。70 年代初，人民文学出版社约请我所在的学校南京师院整理《儒林外史》，当时领导组成老、中、青三结合的四人小组负责，当我执笔的"前言"被出版社通过后，即被调出小组，"前言"落入他人之手。但我个人的研究并未中断，这就成为我所"专"的课题之一，并将新近写成的几篇选出业已发表的《吴敬梓身世三考》一文寄给西彦师，请他代询出版社是否可以出版这类选题的著作。1977 年 7 月 23 日西彦师便来信说"《三考》刚读完，写得很不错"，并表示即向社里询问。一周后在 8 月 1 日就收到出版社"沪版 77 古字 252 号"的约稿信，约我撰写《吴敬梓研究》。我乃将此信息及时函告西

142

彦师，8月6日给我回信说，"他们是先看了《三考》才给你写信的，他们希望你能把《研究》中所收文章，早日完稿，直接寄去就行。从《三考》看，这部研究定能受到欢迎"。此后出版社就直接与我联系，当我得知《吴敬梓研究》已经过三审于1983年秋发排后，便函告西彦师，他在1983年12月16日来信说"等着拜读尊著《吴敬梓研究》"。1984年8月，一得到样书，便给西彦师寄去，他十分高兴。不久，吴敬梓逝世230周年学术讨论会于11月初在南京召开，全国多地学者一百余人与会。此书作为会议赠书，受到学术界的认可和好评，也为笔者从事这一专题研究的后续之作，如《吴敬梓评传》、《新批儒林外史》、《儒林外史人物论》、《〈儒林外史〉研究史》等等铺垫了基础。而这一切，均是早年受到西彦师的助益而致，令笔者难以忘却，也不能忘却。

——原载《钟山》2016年第4期

"仿佛音容，如在昨日"

——纪念唐圭璋先生逝世 20 周年

1990 年 11 月 28 日，唐圭璋先生以 90 高龄仙逝，至今 20 年矣。回忆起与唐老相处 20 年间（1969—1990）情景，令人难忘。每读唐老为其老师吴梅写的《吴先生哀词》"遗函在箧，遗诗在壁，仿佛音容，如在昨日"，便有同样感受。追忆之余，乃将唐老对我的支持、帮助，摘其要者表而出之，以见老辈学者奖掖后进的博大胸怀。

一

20 世纪 40 年代，我在南京市第一中学读书，圭璋先生一度在该校兼课，我虽闻其大名，但未曾拜见。1950 年秋，我考取浙江大学文学院中国文学系，先师夏承焘（瞿禅）先生知我来自南京，便问及唐先生，我只能如实回答，不曾拜识。60 年代初，有两次遇到圭璋先生，但也未曾交谈，一次是 1960 年春，中国科学院文学所编著《中国文学简史》，由余冠英先生率领数位先生来

唐圭璋（左）、陈美林

南京召开座谈会征询意见。与会者有南京大学、南京师范学院等校部分老先生。笔者当年任职的江苏师范学院被邀请者，有系副主任刘开荣先生、古代文学教研室主任钱仲联先生以及时任教研室副主任的笔者。与会者大都年长于我，我便在后排入座，遥见圭璋先生，也不便唐突上前拜识。另一次是 1961 年 10 月，南京大学陈瘦竹教授、江苏作协章品镇先生邀请瞿禅老师来南京讲学，我奉学校之命前来南京接夏师去苏州讲学，在短暂的停留中也曾见到圭璋先生，同样因为在座人众，轮不到晚辈趋前晤谈，乃失之交臂。

1969 年 12 月，进入南师工作后，不数日，中文系全体师生去句容农场接受再教育，与圭璋先生同吃同住同劳动，彼此方得以相识。在食堂劳动时，圭璋先生得知我来自杭州，是夏师弟子，便对我谈起他与夏师相识、相交的过程。劳动一年后归来，各回住所，但每周两次的政治学习、一次的教研室活动，仍然在一起，中途休息时还常与先生在中大楼附近散步、闲聊。

1971年初，人民文学出版社委托我校整理《儒林外史》，并撰写前言。院、系领导都很重视，指定包括我在内四人承担此项工作，这是我来南师工作后领导分配的第一项业务工作，自然不能拒绝。关于这项工作，后来我在《文史知识》2001年11期发表了《〈儒林外史〉前言有四稿》一文以回顾此事。

完成"前言"后，领导又交给我一项新任务，让我作唐圭璋先生编纂《全金元词》的助手，我自然也不能拒绝。圭璋先生见我去接受任务，显得很高兴。他对我说当年赵万里出版《校释宋金元人词》，辑校很精，但仅收词人70余家，录词作1500余首，不够齐全，他有意重新辑录。唐老又说，多年来得师友之助，此书在20世纪60年代大体编定，后因"运动"而停顿，现今领导同意继续进行，但已年老，行动不便，要有人来帮忙做些工作。唐老给我布置的工作很具体，他取出写满词集目录的几页活页纸递给我，让我去南京图书馆查出这些词集来，每集写一二百字的提要，百来字的作者简介。领受任务后我考虑，不认真研读全集，写不好提要；介绍作者，要遍寻文献资料。这些都是很费时间的事，如下了大工夫仅出三四百字成果，未免可惜。我乃设想，每集写成三五千字的短文，从中提炼三四百字以供唐老所需，其余文字可以汇编成金元词叙录或金元词概说。圭璋先生听了我的汇报，极表赞同，鼓励我就按这一思路去做。

岂知不足一月，便有一助教来舍间，说奉系革委会之命，唐老助手要由他来做，并且要我立即交出有关资料，不容我先还给唐老。唐老不知此事，听我说后便默然不语。事后，有同事对我说：

"南师要接唐老班的有一串人，你怎能干？"但他也知道我是奉命而为。至于当年何以未从那几人中找"助手"，却要我这个"外来户"做，至今我也不明白。不久，又有一位老教授私下要我替他做助手，我再也不敢接受。后来听说这位老教师为此一直耿耿于怀。

唐老并未以我未能为他做助手而怪罪我。《全金元词》于1979年出版后，唐老还亲笔题赠我一部。细读此集，收词人282家，词作7293首，审校精到，辑录齐全。唐老以七八十岁高龄独力完成这项工程，令我钦佩不已。

除题赠此书外，唐老还以我未做成"助手"一事劝慰一位弟子说："陈美林未能做成助手，也未从我研究词学，他研究自己的学问，也很有成绩，不是也成名家了么？"当这位同志多次向我转述唐老这番话语时，我既以唐老未曾怪罪而感到宽慰，又以未曾替唐老做点实事而心怀愧疚。

二

20世纪80年代，中国社会科学院文学所主编《中国文学通史》，宋代卷委托唐老主编，研究室成员及教研室部分成员参加，我当时编制正在唐老任主任的研究室，自然要参加此项工作。唐老年高，具体编务由另一位先生主持，这位主事者找我谈话，说由潘君昭先生与笔者二人任"专职"，承担其他先生未曾认写的章节，并先行分配北宋、南宋、辽、金几章概说让我编写，我提出不做"专职"，他不同意，我便找唐老汇报，唐老对此事全然不知情。我便想到70年代初，曾在这位主事先生的领导下参加四院校、十三院校协编教材中的"教训"，决心不与之共事。在一次全体编写人员会议上，我提出不参加"宋代卷"的编写工作，主事者自然不同意，我则坚辞，最后唐老表态："我们是古代文学研究室，不是宋代文学研究室，陈同志希望继续研究元明清文学，我们就不要勉强他。"唐老如此明确表态，别人也就不好再说什么。

其实，唐老知道我辞去这项工作是迫不得已，他了解我原先是想做好这项工作的。因为在这项工作启动之初，我就发表了《重视对文学史著作的研究工作》（《南京师院学报》1980 年 3 月）。又在《光明日报·文学》（1980 年 8 月 27 日）发表了一篇谈比较文学的短文。当年学术界重写文学史的讨论尚未提出，比较文学研究也未普遍展开。这两篇文章给唐老留下一定的印象，直到1985 年为我作学术鉴定时，唐老还写道："我校陈美林教师早年受业于王驾吾、夏瞿禅两先生，对我国古代文学已打下深厚的基础。以后又经过自己的刻苦学习，遍阅我国流行的各种文学史、文学批评史、文学作品，所获的知识更广，欣赏兴趣及辨别能力也都有更大的进展。"首先肯定我对多种文学史著作的了解，其后才是对我在小说、戏曲研究中取得的成绩作出评价。

正因为此，唐老在同意我辞去这项工作后，又找我去说："你就安心研究元明清文学吧，不过，《董西厢》这章，你还是要替我完成。"我当即表示接受。此章写成交稿时，唐老已不再任主编，我也彻底与"宋代卷"的编写工作告别。我写的这一章被一刊物要去发表；我又就此文的论艺术部分进行深化研究，写成《论〈董西厢〉的艺术个性》一文投寄《文学评论》，后在其古典文学专号刊出（丛刊三十一辑，1989 年 3 月）。

我很庆幸唐老同意我辞去这项工作，一是为我继续研究元明清文学赢得了时间，二是免于卷入一场无谓的纠纷。"宋代卷"的编写工作启动于1980 年，直到1996 年方始见书，在这长达

唐圭璋先生赠作者手迹

十五六年的时间里，我出版著作 17 种（有 3 种与人合作），其中有获得省哲学社会科学优秀成果二等奖、一等奖以及首届全国高校人文社科优秀成果二等奖的著作，发表论文 180 余篇。《人民日报·海外版》（1991 年 5 月 7 日）发表了对我的学术专访和工作照片。

同时，辞去这项工作，又使我在因主编署名而引发的纠纷中能置身事外，不被卷入。此事闹得沸沸扬扬，从校内到校外，从南京到北京，甚至要对簿公堂，当时我对具体情况不甚了了，直到当事人常国武同志将其所著的《井天书庐诗文选》送我，其中有关文章对此事记叙甚详，我才明白这一纠纷乃由某人向人民文学出版社举报而引起。责编管士光同志随即就此事向丛书负责人邓绍基先生汇报，邓先生认为此人"与此事无关，不要理他"。管士光同志也认为"天下本无事，别有用心者，也许觉得太平淡了吧，故而挑起一点儿是非来，好在邪不压正"。此人也的确喜欢"挑起""是非"，不数年他又"挑起"另一件"是非"来，撰文指责老辈学者詹瑛不遵守学术规范，向詹瑛先生讨要稿酬，后被葛景春同志著文驳斥，认为不遵守学术规范者正是此人自己（葛文见《河北大学学报》1999 年第 2 期，又见人大复印资料同年第 9 期），此人并无一言可答，成为学界笑谈。我想，如果当年我被安以"专职"名分，则难免不被卷入。为此，我至今感激唐老不尽。

三

我的高级职称也是在唐老支持下得以晋升的。我 1953 年参加工作，1958 年任教于江苏师范学院时已获讲师职称，当年讲师即被视作高级知识分子。此后长期未曾进行评定工作，直到改革开放后方始恢复。1981年申报职称时，我因编制在研究室，乃由研究室主任圭璋先生推荐申请副研究员。1985年评审职称时，我已招收硕士生，系里让我改报教授。申请教授者需校内一位专家、校外两位专家推荐，三位专家均由学校聘请。在被批准后不久，参加评审的一位研究外国文学的老专家许教授与我闲聊时，谈及当时的评审情况。许教授与我原不熟悉，他告诉我80年代初在上海参加美国文学讨论会时，遇到《光明日报》一位副总编，向他询问我的情况。那位副总编说，陈某人写了一篇谈比较文学的文章，他们很重视，排在"文学"副刊的重要位置。许先生说，从此他对我便有印象了。在这次评审中，许先生说他并不懂古代文学，但三位评审专家都是著名学者，评价都很高，他便毫不犹豫地投了一票，他还告诉我校内的专家就是唐老。由此可见，晋升副高、正高，我都曾得到唐老的助力。

增补博导也得到唐老的支持。尽管有些波折，但唐老的支持却是不能忘却的。增补中的波折已是20余年前的事了，本无再提之必要，但喜爱"挑起""是非"的某人又在为《明清文人话本研究》一书作序时，将往事重新"改编"，以自高身价，贬损他人。对此，不能不略作说明，以还历史真相。

1989年初，在学校工作汇报会上，蒋副书记（兼副校长）传达学校工作安排时，提到古代文学博士点亟需增补导师，经校、系负责人与唐老研究后决定提名陈美林教授增补。我曾任省政协六、七两届委员，照例参加此会，亲聆此语。会后，即有人私下活动，我这个"外来户"则一无所知，还是唐老把我找了去，说根据校、系领导与他研究的意见，他为我写了推荐书，但近日有人找他活动，让他推荐某人，他感到此事蹊跷，让我问问领导，我便向校党委冯书记作了汇报。冯书记说，蒋副校长宣布的事，是经过研究的，他知道。至于唐老所说的事，他不了解，因为当时是校长负责制。隔不数日，冯书记对我说，确有此事，但他们已抓紧把此人上报了，既然如此，就由它去罢。

岂知1990年秋，一位副系主任来舍间说："唐老病重，上报的某人，著作不合要求，挂在那里。现在要上报明年招博计划，谈校长很着急，感到责任重大，经研究，还是以唐老名义上报计划，由你来指导元明清文学博士生。"我未同意，后在离休多年的老书记杨巩同志以保点大局为重的劝说下，我方应诺。

1991年博士招生时，唐老已病逝，系领导明确唐宋文学由某人负责，元明清文学由本人负责，各自命题、阅卷、面试、录取，互不相干。当年报考元明清文学者有校内外硕士生十余人，报考唐宋文学的考生仅有一人，而且是同等学力。为免除此人的难堪，系里在既未与我通气，又未征求考生意见的情况下，将原先报考我的程君，强行划到此人名下。结果唐宋文学只能录取程君一人，而元明清文学合格者三人，但仅有两个名额，所以录取二人，但此人却说他多招一人让我指导。事实是如果不将程君强行划去，此人第一次招生就无人可取。居然能编出这种谎言！程君事后还给我写信，说明原委。此信当时的系领导看过，目前的院领导也看过，事实俱在，岂容任意编造。在我指导二名博士生期间，第五批增补工作已经进行，虽有行政方面个别人的干扰，但学校领导体制已改为党委领导下的校长负责制，党委加强领导，召开学位委员会和学术委员会联席会议，增补者须公开述职，并提交科研成果，由与会委员无记名投票决定，笔者顺利通过后上报。在国家学位委员会组织的通讯评审中，据校领导告诉我获得全票，接着学科组自然通过，学位委员会正式批准。虽然，这已在唐老

唐圭璋先生致作者手迹

身后，但推本溯源，唐老推荐我增补，我又奉领导之命用唐老名义招收第一届博士生，凡此种种，都令我不能忘却唐老的支持和提携。

四

与唐老共事20年，感受唐老的高尚品德多多。

首先，唐老尊师重道的精神令人感佩。他自己本就是一代名师，但对老师却尊崇备至，永执弟子之礼不衰。当吴梅先生于1939年3月17日病逝于云南大姚，远在成都的圭璋先生得悉后，即于1939年11月20日写有《吴先生哀词》以为悼念。文中历数吴梅老师对他的教诲和提携，有云"计予从先生十六载，勉予上进，慰予零丁，示予秘籍，诲予南音，书成乐为予序，词成乐为予评"，念念不忘老师关怀、教诲的恩情；文末又极其沉痛地表述自己的悲伤："而今已矣，旧游不再，承教无期。千里江南，未知归旆何年？一尊蜀道，窃比心伤宋玉！"唐老对老师的维护尊崇，不仅仅表现在文字上，而且也体现在行为上。据圭璋先生女公子所记，20世纪40年代，唐老执教于中央大学，"系主任某氏"，与唐先生老师"汪辟疆先生有宿怨"，要"停发汪先生的救济金，并迫使众人举手赞成"，但圭璋先生"独不附议"，并且"毫不畏惧"地说："汪先生是我的老师，我决不举手！"（《词学大师唐圭璋》）。对于有叛老师言行者，则予斥责，程千帆先生文中曾记叙说，当唐老得知"某君背师负恩之事，则愤然曰'此真忘恩负义，丧尽天良！'"（《圭翁杂记》）。其实"背师负恩"之徒，历来都有。据一位南师60年代毕业的同学告诉我，当年有人写文章批判唐老，还在教室中面对同学，用拇指指着自己的胸口说："我就是批唐第一人！"十分得意。而当唐老仙逝后，此人又赶紧写文章借悼念之名而自重。告诉我此事的人说，他们同学都齿冷其人之行径。

其次，在治学上，唐老极其尊重他人成果，绝不掩人之长，凡得人之助者，必一一具体列出。在先师瞿禅先生《天风阁学词日记》中也每每见及此类文字。唐老在有关论著中，多次提及老师吴梅、汪辟疆先生对他的帮助；至于同学赵万里、卢冀野、任中敏、友人龙榆生、赵叔雍、夏瞿禅、王仲闻等人，也常被圭璋先生提及，肯定他们对自己的帮助。唐老与我谈话时，经常谈到夏承焘、钱仲联两位先生，因为他知道我既是夏师弟子，又与钱先生在苏州共事六年。唐老一再称道夏、钱两位先生，说他们读的书比自己多，学问比自己大。唐老的言谈，让我深深感到一代词学大师尚且如此谦虚，不断称道他人之长、不掩自己之短，实在令人钦敬！唐老自己搜集的资料和研究成果，也无私地提供给友人参阅，例如唐老从《道藏》中辑录了大量的金元道士词，曾借给先师一阅，但在夏先生"隔离"时被抄家焚毁，唐老亦无一言责怪，又以自己保存的目录重新辑抄。但自己的研究成果如被人无端侵占，唐老也态度鲜明地提出，曾有一刊物托一位先生向唐老约稿，唐老便将一篇重要讲稿交付，这位先生便将自己的名字加于文稿之上，唐老知道后，就不客气地说："这简直是反客为主！"

再次，唐老是久享盛名的词学大师，但却平等待人，绝无好为人师、盛气凌人的言行。无论是从学术上还是从年辈上讲，唐老均是我的师辈，但却以平辈待我，每每令我惶恐不安。圭璋先生先后赠我墨宝三帧，赐书十余种，均题作"美林同志吟正"、"美林老师教正"，偶或题"美林先生指正"。要说明的是"老师"一词，此处意指同事，绝非师生关系中的老师，是从职业的角度而言，如同日常共事中彼此称呼"张老师，李老师"、"张医生、李医生"一样，也是一种平等相待的称呼。老师瞿禅先生赠我的墨宝也有三帧，赐书也有十余种，全题作"美林弟"、"美林贤弟"、"美林老弟"，这是老师对学生的称呼。其实，唐老的的确确是我的师辈，完全可以如同夏师一样称呼我，唐老却不如此，实令我不安。

虽然我也以师辈事之，但却不敢贸然称之为"老师"，以免他人讥不佞拉大旗作虎皮。因之，在1985年11月唐老祝寿活动中，我只是远远地坐在会场的门边，不趋前招呼，事后方去唐府礼拜。唐老说："那天多少人与我拍照，你怎么不拍？"我说："人太多，怕您体力不支。"正好，唐老的博士王筱云也在书房，唐老便让她为我们拍了两张照片。1990年11月，我因参加一项评审活动，未能参加唐老的追悼会，但十分悲伤，事后写了一篇追悼文章《词坛巨星的陨落》，发表在1991年1月15日《人民日报·海外版》上，人大复印资料还予复印（1991年3期），据台湾友人告诉我，此文也曾被宝岛媒体转载，他是看到这篇文章才知唐老仙逝的。如今唐老已归道山20载，与唐老相处20年间的情景，依然历历在目，往事并未付诸红尘，笔者虽年近八旬，但回忆起唐老对我的提携、扶持，丝毫未曾忘却，依然感激不尽，在唐老20年忌辰将近之日，乃提笔成此短文，以为追念。

——原载《世纪风采》2011年第11期

追忆今古文经学者段、徐二老

一

　　段熙仲（1897—1987）和徐复（1912—2006）两位先生是笔者十分钦敬的老辈学者，学人咸尊二老为古代文学专家和古代汉语专家，但少有人提及二老的学术渊源。苏州女词人沈祖棻（1909—1977）先后入南京中央大学、金陵大学学习，在江苏师范学院、南京师范学院执教，后去武汉大学工作，晚年忆及江南师友故旧，乃作《岁暮忆人》四十二首，渠所念念不忘者有唐圭璋、柳定生、吴白匋、徐复、孙望、吴奔星、吴调公、张拱贵等师友，在小序中叹息"慨交亲之零落，感时序之迁流"，极盼再能与故旧相聚，"千里非遥，执手方期于来日"，篇篇洋溢着浓郁的思念之情（诗作见《沈祖棻诗词集》，程千帆先生曾题赠一部，不录）。徐老收到沈诗，出示给段老，沈作为七绝，开篇即云："久侍蕲春治典坟，旋从莉汉亦精勤。"段老读之也引发友朋之情，亦为七律一首赠徐老，前四句回味同时下放句容农场之艰辛，以及相互交流读书心得时

1982 年参加毕业论文答辩后合影，左二为段熙仲先生，右二为作者

徐老为之笔录的往事，后四句则分述一己与徐老治学之途径，也回应了沈作。诗云：

> 雅故君通今古谊，
>
> 微言我望孔刘尘。
>
> 相期不负平生愿，
>
> 攻错尊闻乐道真。

甲寅闰四月一日熙仲于金陵

（诗见南京师大编《文教资料》1987 年 6 期）

"甲寅"为 1974 年，而沈诗作于"癸丑"，为 1973 年，其时尚在"文革"运动中。两诗均述及徐老"治学"及师从古文经学大家章、黄而段老则承袭今文经学大家孔、刘。在"微言"一句中，段老还特地加注于"孔、刘"之后，所指为巽轩、申受；句末又注明"君出余杭蕲春之门，为古学；余治巽轩、申受今文之学，相从赏奇析义，不似近儒龂龂于门户之见"。所谓今文、古文，简单地说，汉代以通行的隶书为今文，以先秦所用之篆书为古文。以今文写成的经籍称今文经，学说称为今文经学，研究

作者与徐复先生（右）合影

者称今文经学家；以古文写成的经籍称古文经，学说称古文经学，研究者称古文经学家。今文经学特点是讲求微言大义，利用经书文字发挥研究者的思想见解。古文经学以六经皆史，重在文字训诂、名物考证。二老治学途径有别，但能相互尊重，彼此交流，并无门户之见。所云孔，乃指清乾隆进士孔广森（1752—1786），字众仲、扡约，号巽轩，山东曲阜人。孔子六十八代孙，袭衍圣公。为学师承戴震、姚鼐，博治诸经，尤精于《春秋公羊传》，其学以郑玄为宗，又擅长音训文字之学，著有《春秋公羊通义》《大戴礼记补注》《仪郑堂文集》等。所云刘，指清代常州人刘逢禄（1774—1829），字申受，力倡今文经学，精研《春秋公羊传》，著作极丰，有《公羊何氏释例》《尚书今古文集解》《刘礼部集》等，

是常州学派的奠基人。今文经学盛行于西汉，立为官学；东汉以后，古文经学逐渐兴盛，而今文经学逐渐没落，但清末常州学派形成，今文经学再次复兴，龚自珍、魏源、康有为等辈还借助今文经学《公羊》，宣传变法维新思想，段老沿着今文经学的研究途径治经。

徐老则得章、黄之传。章指章太炎（1869—1936），浙江余杭人，名炳麟，字枚叔，近代著名的经学家，曾师从俞樾、黄以周，早年曾参加同盟会，晚年则治经、讲学。一生研治语言学，人称朴学大师，著作极丰，有《古文尚书拾遗》《太史公古文尚书说》《说文部首均语》《菿汉昌言》《訄书》等，后人辑有《章太炎文钞》。黄，指黄侃（1886—1935），湖北蕲春人，字季刚，号量守居士，师从章太炎、刘师培，擅长音韵训诂之学，专治小学、经学，而以古音研究最有成绩，著有《说文略说》《音略》《黄季刚文钞》《黄季刚先生遗书》等，曾先后在北京大学、东南大学、金陵大学等学校任教。徐老在金陵大学读书时曾师从黄侃，专攻小学，后赴苏州，参加章太炎先生创办之国学讲习会深造，并协助工作。

二老分别研治今古文经学，都取得瞩目成绩。但新中国成立后，根据建设需要，对高等学校，包括课程设置都有一番调整。经教育部研究，以"中国古代文学"替代"经学"（又称"国学"），而中国古代文学的具体课程为中国文学史、古代散文选、古代韵文选三门，"往年专书选读，有诗、易、三传、论、孟、老、荀等"皆停止开设，从此"国学转入文学矣"（夏承焘《天风阁学词日记》1950年3月16日）。从此，从20世纪50年代初至70年代末，30年间并无教师讲授"经学"（国学），学生自然于此茫然无知。直到70年代末、80年代初，方始有学人重新提出"经学"问题，乃渐受重视。在"经学"停止开设年代，段老的著作如《春秋公羊学讲疏》《水经注疏》《礼经十论》等等，徐老的著作如《秦

会要订补》《后读书杂志》《〈馗书〉评注》等等被视为古代文
学、古代汉语的成果，也就可以理解。而沈祖棻作于"癸丑"、
段熙仲作于"甲寅"的诗篇分别为1973年和1974年，正是"文革"
期间，自然也鲜有人知，所云段、徐二老的学术渊源也就不为人
所提及。

二

　　笔者于1969年底调入南师，方与段、徐二老相识，在"劳动""运
动"中逐渐熟悉起来。70年代初，业务工作稍有恢复，便在工作
中常有交流，得到二老的鼓励、支持，教益多多。特别是在1977
年内发表的两篇文章得到段、徐二老的好评。给段老印象深的文
章是《略论吴敬梓的"治经"问题》。此文之作乃针对当时流行
的《儒林外史》反儒说。安徽人民出版社1977年1月出版的《儒
林群丑的讽刺画卷——评吴敬梓〈儒林外史〉》中说《儒林外史》"是
一部具有鲜明的反儒倾向的政治历史小说"，读读它"可以帮助
我们加深理解普及、深入、持久的开展批林批孔"，"吸取阶级
斗争的经验，把历史的斗争和现实的斗争结合起来"。而人民文
学出版社同时出版的《儒林外史》，在"前言"中说这部小说"具
有鲜明的反儒倾向"，"对我们今天反修防修、彻底批判反动的
孔孟之道并肃清其流毒的现实斗争，是有借鉴作用的"；他们还
说吴敬梓是"用经学新解等曲折、隐蔽的方式进行反理学斗争"。
　　吴敬梓果真如此认识么？笔者乃在文中申述一己的不同见解。
文章从《汉书·儒林传》论"经"说起，到今古文之争、理学与
心学乃至清初顾、黄、王的见解；然后再寻求与吴敬梓友朋如沈
大成、金兆燕、王又曾、程廷祚、程晋芳、江宾谷等人论说，以

比照当时可以见及的吴敬梓说"诗"、说"书"的言论，进行分析探讨，认为吴敬梓说"诗"，"既采汉，也不废宋，在汉学中，主治古文学毛诗，但郑笺已间采今文，吴敬梓也不摒弃"，"无论吴敬梓主治毛郑、兼采三家，还是调和汉宋，但总归结为'醇正'，也就是说在基本观点上并没有违背传统的'圣贤'之道"，"在论《诗》时有些不同于朱熹的地方，并不等于具有反对理学的进步意义"。同时，也详细地研讨了吴敬梓对《书》的见解，认为也不具有反儒倾向。

此文刊于1977年4期《南京师院学报》，距"四人帮"粉碎不久，在校园中段老见到我，便抓住我的手说："你这个年龄的人怎么会写出这种文章，多年来未见有人谈'经'了。我想了很久，你是浙大毕业的，任铭善的学生。"任先生"治经"很有成绩，马叙伦曾誉之为"江南经学第一"。我乃告诉段老，"我在1950年入浙大时，任先生已不开'经学'课程了。但课余闲谈时，也向我介绍过皮锡瑞的《经学历史》、马宗霍的《中国经学史》，建议我们也抽时间看看。这篇文章是自己胡诌的"。段老听后不断称赞。的确，此文发表后也有一些反响，如河南任访秋先生于1978年3月2日的来信说："关于吴敬梓'治经'问题，我过去没有考虑，大作读后，觉用力勤劬，颇多发明，个人深受启发。"1999年《诗说》在上海图书馆被复旦大学周兴陆发现，后在其专著《吴敬梓〈诗说〉研究》自序中还提及拙作说"陈美林先生鸿文《略论吴敬梓的"治经"问题》中曾就当时所能见到的材料给予详细的考述"，表现了实事求是的良好学风。

给徐老留下深刻印象的文章《吴敬梓身世三考》，发表在1977年第3期《南京师院学报》。此文投给《学报》，5月末通知我决定即发，让我再核对引文，我正坐在资料室中查对，徐老也在，过来看到"三考"两字，便感兴趣地问我，"你'考'什么问题啊？"我乃告知，胡适在《移家赋》中见到吴敬梓说父亲做过赣榆县教谕，便在全椒县志中查到赣榆县教谕名吴霖起，于是便断言吴霖起是吴敬梓之父。后来者皆继承胡说。但记载中有关吴敬梓父死年月有不同记载，一个父亲怎么死两次？进而又影响对吴敬梓进学年岁的判定。胡适只查到民国九年的《全椒志》，而笔者见到康熙《全椒志》以及其他文献，如《金陵诗征》《金陵通传》及程廷祚《青溪文集》等文献，判定吴霖起是吴敬梓的嗣父，另有生父吴雯延；同时因嗣子、亲子的双重身份，在宗法制度的封建家庭中，继承遗产问题极易产生矛盾，吴氏家族的"君子之泽，斩于五世，兄弟商商，宗族诟诔"的局面正是由于财产分配矛盾造成的，由此胡适断定吴敬梓家财"是他在秦淮河上嫖掉了的"，就未免失之根据。"三考"一文乃由此而作。徐老听我一说，兴趣更大，说要将此文借回去好好看看。我便将《三考》一文交给他，同时请他尽快掷还，因为《学报》等着发稿。次日，徐老就将文稿交还，微笑着对我说："你这是'治经'，以古文经的训诂之法考定吴敬梓家世，再以今文经的精神去分析《儒林外史》的微言大义。"又说："这是玩笑话，文章是写的好的。"程千帆先生后来读到，便说是文献学与文艺学相结合的好文章。上海陈汝衡先生于 1977 年 8 月 4 日来信说："大作《吴敬梓身世三考》一文，繁征博引，足令读者心悦诚服，功在艺林，不佞近在边抄边校《吴传》，获此殊感喜出望外。"他又通过我系资料室负责人赵国璋先生转告，希望我能经常提供考证文字。该年 8 月 1 日又收到上海人民出版社（后又分立上海古籍出版社）寄来的"沪版 77 古字 252 号"约稿信，约我撰写《吴敬梓研究》（于 1984 年 8 月见书）。我乃将此讯息告诉段、徐二老，他们都为我高兴。

三

段、徐二老读过两篇拙作后，对笔者颇有好印象，特别是 1978 年初，香港《大公报》副总陈凡先生来内地约稿，从北京南下宁、沪、杭，在南京拜访了唐老、段老还有吴调公先生。他并请段、吴两位先生转告在下，因安排紧凑，不能亲来专访，约请我为该报《艺林》副刊写稿。于是，不佞便在 80 年代初，先后写了几篇考证小文，段老一一读过。后来，段老于 1979 年招收了 6 名汉魏六朝文学研究生，1982 年 5 月进行答辩，请了北京曹道衡先生来主持，也聘请在下为委员，负责两位研究生的论文审查并参加全体研究生的答辩。起初，我以主攻元明清文学，对汉魏六朝文学不熟悉为辞不敢接受，段老立即说出："你在《群众论丛》（即《江海学刊》）1981 年第 5 期上发表的《魏晋六朝风尚和文学对吴敬梓的影响》，我读过，完全可以胜任，不要推辞。"由此知道，段老对笔者发表的文字还是注意的。段老过世后，他的一位研究生前来报考在下的博士生，1994 年取得博士学位后，去一所学校任教，很快就晋升教授，如今也退休几年了。渠之所以来报考在下博士生，自然与段老生前对笔者的首肯有关。

段老仙逝后，徐老仍健在，不时相遇。如此，有问题，笔者也不再拘束，直接向徐老求教，如吴敬梓《移家赋》中有云："羡延陵之鄂子，擅海内之文章。吾父于是仰而思，坐以待，网罗于千古，纵横于百代"，其中"鄂"字，一般字书未见，有人释为"季"字，因吴公子季札又称"延陵季子"，但如释为"季"，赋文释义不通。思索良久，乃向蒋礼鸿先生提出，他也同意拙说不能释为"季"字；又向徐老讨教，隔了几天，徐老告我可在甲骨文、金文中检索一试。我便查了《甲骨文编》、《金文编》、《金石索》，又将顾炎武《金

石文字记》以及《江苏金石志》、《铁桥金石跋》等文献进行比
照研究，断定为"君"字，此一考定，得到蒋礼鸿先生以及徐老、
诸祖耿（太炎先生弟子）等老辈认可。因之在《吴敬梓身世杂考》
文中列出一节"羡延陵之嗣子"，文长不过千余字，却花费大半
年的考查才得出此说。

徐老不仅在业务上以助人为乐，在其他方面也肯与人方便，
如请他为晋升做评议、为新作写序，乃至向他借阅甚至托他向他
人转借有关资料，无不尽力为之。笔者就有体会，当年安徽大学
孟同志请徐老向我借阅系列论文，包括尚未公开发表的文稿，这
让笔者非常为难，但徐老保证负责，乃将文稿由徐老转交。岂知
此人不守信用，久久不见归还，徐老乃及时告我："此人不讲信
用，最好赶紧发表。"于是原先只拟收入上海约稿《吴敬梓研究》
书中的文章，乃紧急投向《安徽师大学报》《江海学刊》《文献》
等刊物，终于在其小册子印出前刊出；而渠之小册子中凡引拙作
者均未说明，徐老为此很生气，为对我负责，徐老主动亲笔写了
一封"证明书"并加盖名章交我，原文如下：

> 我系陈美林老师精研《儒林外史》，蜚声学坛。其《吴敬
> 梓身世三考》尤脍炙人口。余友安徽大学孟醒仁先生请我向陈
> 君借阅有关文稿（包括尚未公开发表的原稿等）。我对陈君便
> 说，借给他看，由我负责。陈君便将已发表的《吴敬梓身世三
> 考》及尚未发表的《吴敬梓身世杂考》和介绍康熙《全椒志》《所
> 知集》的几篇手稿转给孟先生。孰知孟先生逾期尚未归还。我
> 乃建议陈君赶紧发表。孟先生事后向我询问《所知集》藏于何处，
> 我乃建议去找陈君询问。此一经过属实，特此证明。
>
> 徐复（名章）
>
> 1980 年 8 月 10 日

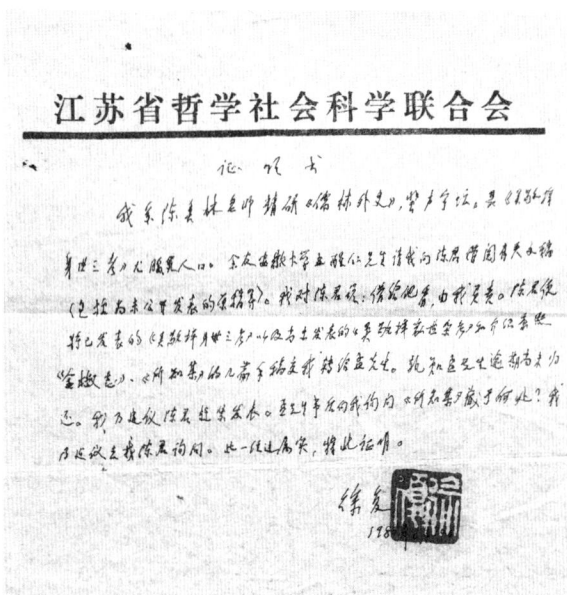

徐复先生所写的证明书

录出徐老此一证明，表明老辈学者虽乐于助人，但是非分明，敢于担当。

笔者与徐老交往时，徐老已近七旬，是享誉海内外的著名学者，但渠尊师重道的精神仍令人敬佩。当我谈及20世纪60年代初，曾陪同夏承焘老师邀约太炎夫人汤国梨先生同游灵岩、天平，并在汤府读书一周时，徐老便自称"小门人"，尊称汤先生为"太师母"，不忘其师黄侃先生（黄乃太炎先生弟子），不若某些人读了博士，就不提硕导，更不必说及其本科老师。徐老与千帆先生谈及他们的老友孙望主编的著作，孙先生身后就为自己提拔的学生谋夺主编之名，徐、程二位每提及此事、此君，无不厌恶、鄙视。徐老并乐于为人作序，在序中大都言其所长。当他听到卜孝萱教授谈起，曾被聘为一个博士生主持答辩，事后听说这个博士生曾向导师要求由他自己聘请北方一位"有权"的人来主持，导师因答辩委员会之组成已被上级批准，自然不便更改，此君还向领导告状，领导了解后自然不会同意，由于此君如此一闹，此事便传开，都认为从未听说有答辩人自己聘请答辩委员之事。卞教授事后说起，也十分生气，便告诉了徐老。徐老方明白这个博士何以将其攻博期间写成的论文汇为一书时请其作序的缘故，在序中便有所劝诫。事后徐老又听说其人不仅从此不认导师，对他的一位本科同学（也是另一所高校的教授），因彼此在某一问题上见解不同登门向他请教时，居然将同学赶出门。此事传到徐老那里，徐老连说"要不得，要不得"。但徐老业已退休多年，无可奈何，只是懊悔曾为此君之"文集"写过序。

段、徐二老仙去多年，他们继承传统并有所发扬的"治经"研究，取得斐然可观的成就，是一份珍贵的遗产，同时二老的为人亦足称道。总之，道德文章皆可为后学表率。

——原载《钟山风雨》2018 年第 4 期

追忆著名学者冯其庸和霍松林教授

中国人民大学教授冯其庸先生于 2017 年 1 月 22 日病逝，陕西师范大学教授霍松林先生于同年 2 月 1 日去世，半月内两度惊闻噩耗，令人神伤。笔者有幸，在 20 世纪 80 年代初，先后与两位先生相识，至今也已 30 余载，思念之余，为此小文以寄哀悼。

一

霍松林先生为甘肃天水人，出生于 1921 年 9 月，长笔者 11 岁，1949 年毕业于南京中央大学。次年，笔者则在霍先生读书的学校（其时已更名南京大学）参加华东地区国立大学联合招生考试，被浙江大学录取。霍先生是新中国第一届大学毕业生，笔者则可算是新中国第一届大学新生。

1958 年，笔者执教于江苏师范学院（今苏州大学），便得闻霍先生大名。当时院领导要求教师自编教材以为教学之用，笔者承担了元明清小说、戏曲部分的编写工作。为了编好教材，必须大量阅读当时可以见及的著作，而霍先生出版的《文艺学概论》

和《〈西厢记〉简说》自在参考之列。研读之后，深感霍先生既有深厚的文艺理论修养，又熟悉中国古代戏曲，极为钦佩，但一直无缘相遇、相识。

60 年代，笔者调回南京。70 年代初，人民文学出版社约请南京师范学院中文系重新整理《儒林外史》，并撰写前言。院系领导都很重视，便由四位教师组成"老中青"三结合的小组。一位副教授、一位讲师、两位助教中除副教授为老先生外，两位助教其实一人长我一岁、一人小我一岁，三人年龄相近。我们持江苏省革委会介绍信，同去安徽访人寻书。全椒县革委会对此很重视，由王郁昭主任亲自接谈，找到吴敬梓后人吴炽棨。但他对先世不十分了解，自云曾有一本据近人研究成果编印的"族谱"（草谱）也已被当作"四旧"毁去。不过，此行对全椒触动很大，在"文革"中本县的一位历史人物突然受到北京、南京有关单位的重视，便也不断派人前来咨询。不久，全椒县、滁州地区和安徽大学组成"三结合"小组前来南师"取经"，负责人为安徽大学的李汉秋同志，他还专门请我系顾复生同志带至舍间深谈。他们返回安徽后便赶在"前言"刊出前，写出《反儒的讽刺小说〈儒林外史〉》一书，先行内部印出，1976 年正式出版。1981 年秋，在滁州召开了"吴敬梓诞生 280 周年学术讨论会"。就在这次讨论会上，笔者得以与慕名已久的霍松林先生相识。

据《安徽文化报》1981 年 10 月 12 日报道："著名学者吴组缃、冯至给讨论会寄来了论文，何满子、霍松林、陈美林、何泽翰等参加了会议。"50 年代，何满子出版了《论〈儒林外史〉》，何泽翰出版了《〈儒林外史〉人物本事考略》，笔者则从 1976 年至 1981 年期间，陆续发表研究古代文学论文近 30 篇，其中有 17 篇是研究吴敬梓和《儒林外史》的文章，诸如《吴敬梓身世三考》、《吴敬梓家世杂考》等篇，厘清了吴敬梓的身世，纠正了前人考证的失误，不仅得到大多学者赞同，也得到吴炽荣的认可。上海人民出版社古籍组（后来分立为上海古籍出版社）负责人见到拙作后，便于 1977 年 8 月 1 日给我发来了"沪版 77 古字 252 号"约稿信，约写《吴敬梓研究》，"读者对象为大学文科师生"。因为《安徽文化报》点了我们几人姓名，四人间交流甚多，获益匪浅。特别是见到会议最初印发的"通讯录"上，霍先生报的题目是《〈文木山房集〉研究》，颇引起笔者重视。吴敬梓的诗、词、赋作品，基本上都收入此集，是研究吴敬梓家世、生平、思想的重要著作。笔者在研究和撰写有关吴敬梓的论文时，曾反复研读此集，特别是其中的《移家赋》，并试为注释。但霍先生此文未见会上印发，乃向松林先生询问，他说因忙于教学，未能写就，也就没有提交会议。尽管如此，我还是就《文木山房集》中许多作品的诠释，与松林先生反复讨论，受到启发颇多。但会议结束后，便各自返回，未能深入交谈。多年以后才有机会与霍先生再度聚首。

霍松林书龚自珍诗手迹

二

在再次聚首之前，与霍先生也有所联系。1988年，中国《儒林外史》学会出版了一本《儒林外史学刊》，我寄了一本给松林先生，并向其求一幅墨宝。霍先生于1989年7月4日来信说："美林兄：手书及惠赠《〈儒林外史〉学刊》均收到，谢谢。我不常写毛笔字，兄既要，勉强写了一个横幅，凑数而已，未敢与沙老等书家并提。兄既与沙孟海先生熟，能代我求一幅字否？"虽然我珍藏有沙先生一幅墨宝，但是由夏瞿禅老师代为求得，尽管在后来出版的《决明馆手写日记》中，沙师还记有拙名，但当年沙师尚未及为我们授课，便调离浙大去省文管会任职，相互联系较少，自然未能为霍先生求得，这是十分抱歉的一桩事。

松林先生为我所写的横幅，是清代杭州诗人龚自珍《己亥杂诗》中一首：

> 陶潜酷似卧龙豪，
>
> 万古浔阳松菊高。
>
> 莫信诗人竟平淡，
>
> 二分梁甫一分骚。

不数日，松林先生又寄来一帧条幅，为唐代苏州人张旭所作：

> 隐隐飞桥隔野烟，
>
> 石矶西畔问渔船。
>
> 桃花尽日随流水，
>
> 洞在青溪何处边。

近人考证此诗实为宋人蔡襄作，此处不具论，仍按霍先生所言为张旭作。《全唐诗》收张旭诗作六首，此为其一。

霍先生为西北人，却接连书写江南诗人之作相赠，可见其对江南文化的热爱，这与其曾在南方求学的经历不无关系。松林先生所培养的弟子来南方工作者尚亦有人，并有些同志声称为霍氏门人与我联系者。

1994年春，曾有李君前来应试，并持有霍先生手书，信云："闻今年招博，可喜可贺。"李君知道笔者于1991年招收的两名博士生将毕业。当时是指导完一届才能再招，1994年自然又要招生，乃请霍先生推荐前来报考。李君对我说，他是松林先生的硕士生，原欲继续跟霍先生攻博，但松林先生对他说"你是北方人，到南方陈先生那里学几年，吸取一些南方的文化，对你一辈子有好处"，于是他就前来应试了。当年我有3个名额，在近20名考生中录取3人，李君为其一。但在3年的教与学中，彼此都很辛苦，总算在1997年通过答辩，李君获得博士学位后回河北任教去了。

在送走李君后数月的1997年秋，有西安之行，乃得与霍先生再度聚首。此行乃应陕西教育出版社之邀，商讨古代小说评点丛书一事。早先他们来信、来人，希望笔者为他们主编一套古代小说评点丛书，曾为他们订出"凡例"。当笔者于1996年应北京师大陆善镇校长之邀前往接受兼职教授之聘时，该社高安、廖广洲二同志又赶来师大新松公寓，与笔者进一步落实作者。1997年又应邀赴西安商谈，出版社安排笔者下榻于陕西师大宾馆。师大中文系主任梁道理先生闻知，便热情邀约为师生做一讲座，次日又蒙赐饭，并请霍先生作陪。在师大期间，与松林先生有两次叙谈。

首先谈及的是滁州之会相识的友人情况，又重点问及李君学习情况，我乃如实相告。松林先生十分赞同我的做法，认为对博士生的指导在业务上、在做人上都绝对不能放低要求。

谈到此处，霍松林先生不禁又谈起当年在中央大学学习的往事，说当年名师很多，如陈中凡、胡小石、汪辟疆先生。特别是说到汪辟疆先生时，霍先生感情有些激动，说当年清贫，难以维持学习，汪先生见其能诗，乃将他推荐给于右任先生，于先生也爱其诗作，乃从自己的薪金中每月拨出一些支援给他，才能读到大学毕业。松林先生再三说：两位先生的恩情，至今难忘！

由此，笔者便联想到 40 年代词学大家唐圭璋先生也执教于中央大学，当时中文系主任某氏与"汪辟疆先生有宿怨"，借故要"停发汪先生的救济金，迫使众人举手赞成"，但圭璋先生"独不附议"，并且"毫不畏惧"地说："汪先生是我的老师，我决不举手！"一位老师得到学生如此的怀念和支持，定会感到无比欣慰。

汪先生早于 1966 年病逝，唐先生于 1990 年去世，如今霍先生也已西去。他们当年的故事，将久久地留给后人深思。

三

冯其庸先生是江苏无锡人，出生于 1924 年 2 月，长于笔者 8 岁。和霍先生一样，都是 1949 年毕业的，而其读书的学校则是由唐文治创办的无锡国学专修学校。该校名师众多，如王蘧常、钱宾四、钱仲联等都曾先后执教于此。该校培养的学生后来成为名家者亦甚众。笔者有幸与钱仲联先生共事 6 年（1958—1964 年），经常从钱先生闲谈中知道一些国专的教学情况以及所培养出来的杰出人才，其中也提及冯先生，但笔者迟至 1983 年方得与其庸先生相识。

那一年 11 月 23 日至 28 日，"纪念曹雪芹逝世 220 周年学术讨论会"在南京召开。此会规模盛大，全国学者有 200 余人与会。大会分成"曹雪芹家世生平"、"曹雪芹创作道路"、"《红楼梦》

评论"、"红学史和版本文物"、"《红楼》文艺的创作和改编"等七个专题讨论组，每组有二三十人，甚至三四十人。冯其庸先生在"曹雪芹家世生平"组，在该组的还有周汝昌、魏同贤、徐恭时等；笔者被安排在"曹雪芹创作道路"组，同组有冯文彬、郭预衡等。当年，笔者主要的研究课题是吴敬梓和《儒林外史》，于红学很少涉及，江苏红学会成立之初，虽被邀约，但并未加入学会，只是参加几次活动而已。虽然笔者曾应中州古籍出版社之邀，为他们校点过《红楼梦》，前两次印刷均署笔名，第三次印刷时未征求在下意见便以真名出之，乃通知他们从此不可再印，但这也是后来的事了。1983年的盛会虽也被邀请，由于忙于教学，未能始终与会，和与会的同道仅仅寒暄几句，未多交谈。与冯先生也有两次谈话，自惭于红学素无研究，言论未敢放开。冯先生善解人意，便说："你是研究《儒林外史》的，我是搞《红楼梦》的。这两部书都是极享盛名的小说，且产生的时代也相去不远，还是会有共同话题的。"以此解除我的窘态。

"红会"8年后，与其庸先生再次聚首，谈话就比较放开、深入，即是在1991年匡亚明同志主持的"中国传统思想文化与21世纪国际学术讨论会"上。会议6月27日报到，28日在南京大学中美文化中心正式召开，7月1日结束。此会规模虽小于1983年的"红学会"，与会者仅70余人，但规格却远远高于"红学会"，与会者有多位海内外名家。匡亚明同志任学术委员会主席，成员有任继愈、吴泽、陈从周等，其庸先生也是成员之一；顾问则有冯友兰、苏步青、周谷城、赵朴初；与会的人士有李慎之、张岂之、安子介、丁光训、张岱年、汪德迈等，笔者也被邀为正式代表。

除大会发言、小组讨论外，自由交谈的时间也较多。6月27日安排冷餐招待会，6月30日有纳凉晚会，7月1日又有宴会，还安排了半日游览，这都有利于代表们自由交谈。

这次会议有四部评传作为会议赠书，包括匡亚明著的《孔子评传》以及笔者的《吴敬梓评传》等。因此，与本人交流的与会者亦颇有人。其庸先生也找我谈过几次，他说来宁之前，见到《人民日报·海外版》有对我的专访《陈美林和〈儒林外史〉研究》（1991年5月7日），知道笔者一些成果，他说粗粗翻阅了会议赠送的《吴敬梓评传》，显然是笔者于1984年在上海古籍出版社出版的专著《吴敬梓研究》的深化和系统化，待回京后再仔细研读评传。其庸先生更感兴趣的是笔者1989年于江苏古籍出版社出版的《新批儒林外史》。他说未曾想到多年未见有运用传统形式以新的美学观点来整理古代小说的著作出版，而今却见到笔者所为，并且在会议前夕已经三次印刷，又在香港《大公报》（199年6月4日）和《人民日报·海外版》（1990年6月13日）等报刊上读到对《新批儒林外史》一书的好评，这显然是研究新途径的开拓。同时，冯先生认为笔者将作家吴敬梓研究和作品《儒林外史》研究同时进行，相互生发，彼此互补，与他的研究路子相同。确实，冯先生在对作家曹雪芹和作品《红楼梦》的研究中，两方面都取得丰硕的成果，令人瞩目。

冯先生还问我，《新批儒林外史》已印行三次，是否准备修订？我坦言正在不断进行中。这是因为原先交稿时有大量的注释，发稿时因篇幅太大被总编主观决定取消，其实详尽的注释正是"评点"的一个组成部分；其次夹批和回评也有进一步完善的空间。我说张文虎（天目山樵）曾四次批评《儒林外史》，近人王伯沆也多次批评《红楼梦》，随着评点者的人生阅历的丰富、审美意识的更新，再评点也很自然。冯先生颇以为然。谈到此处，我便问："先生是否有意评点《红楼梦》？"他说也有此考虑。

会议结束前夕，彼此表示虽然分居在北京、南京，但不妨碍各自对清代这两部传世名著再做深入研究。

四

9年后，又再次与冯先生相聚于南京。即是在2000年5月南京大学中国古代戏曲史博士论文答辩时。其庸先生与在下同为答辩委员，参加答辩者共有5名博士生（其中3名是韩国前来攻博的），上午由冯先生主持，下午则由笔者主持。

此次相聚，谈话时间不多，但也有所交流，重点仍在"评点"。冯先生问我："听说你在主编一套古代小说评点丛书，有这事么？如方便，请告知一二。"我说："确有此事，但已告罢。"在拙作《新批儒林外史》出版的次年，南京开过一次全国出版家会议。天津百花文艺出版社的老总徐柏容先生与会，从会议上得到赠书之一《新批儒林外史》，便来舍间相访。徐柏容先生对拙作大加称赞，如同在他稍后出版的《书评学》中所言，评点这种形式久已不见人运用，认为"倘若以新的思想观点、新的审美意识"来评点，"还不失为一种好的、有特色的书评方式"。他并表示，但愿《新批儒林外史》的出版是评点式书评重新繁荣的一个好的开始。不久，作家高晓声来舍间索取《新批儒林外史》，说漓江出版社约请几位作家评点古代小说，约王蒙评《红楼梦》，约他评"三言"。当他所评的《三言精华》见书后，还来舍间相赠。在这种形势下，陕西教育出版社先来函、后来人（编辑高安）约在下主持一套古代小说评点，再三热情邀约，不便推却。说到此处，冯先生问我《红楼梦》约请何人评点，便据实告知就请北师大一位搞小说的教授。但该教授因工作忙，一直未能交稿。后因该社总编换人，计划变更，已交稿的上海、杭州两位教授再三联系，笔者也不断催促，出版社最后退赔了事，这一计划也就未能兑现了。冯先生问我《儒林外史》重批进行得如何，乃告知我的《新批儒林外史》已印行7次，通知他们停印；重批本已有出版社愿意出版。我又反问其庸先生评点《红楼梦》有何进展，他说正在不断修改中。此次短暂的交谈后，我的第二次批本、第三次批本，于2002年和2009年先后由北京新世界出版社出版；第四次批本，则由百年前出版过天目山樵批本的商务印书馆于2014年出版了套红本。而冯先生的《冯其庸点评〈红楼梦〉》也于2004年由团结出版社出版。可谓是冯先生在北京、笔者在南京各自对清代这两部著名的小说进行评点。对我们这种尝试也有人予以关注，如2006年8月3日《社会科学报》还发表了周兴陆的文章《应该加强文学评点研究》，文中说："20世纪80年代以来，一些学者也在努力沿用评点这种传统文学批评形式而灌注以现代精神，如陈美林评点过《儒林外史》，王蒙、冯其庸、张曼菱等都评点过《红楼梦》。相信通过有识之士的共同努力，评点这种切合国人审美心理和阅读习惯的批评方式，一定会在当代文化活动中获得新生。"

除了谈评点问题外，还谈及古代戏曲研究，因为此次活动内容是古代戏曲的答辩，其庸先生也对中国戏曲有精湛的研究，虽然他以研究《红楼梦》著称，其实有关戏曲的论著亦不少见。自从1991年相聚以后，彼此有较深的印象，所以其庸先生除了解笔者对《儒林外史》的研究以外，也注意到我在其他领域的涉猎。他说前几年见到外文出版社出版的英文本《元杂剧故事集》，署名的拼音像你，后来又见到新世界出版社出版的《牡丹亭》、《桃花扇》的改写本，是中英文对照，署的名字确是"陈美林"，便问及何以有此作。我乃略略告知，50年代在江苏师院执教时，为便于学生了解每部杂剧剧情，当时原著也较少，便将其改写为短篇小说；80年代初，被江苏人民出版社王远鸿编辑见到，认为可以发表、出版，最先出版了《元杂剧故事集》，因为不是学术著作，便署了笔名。后被外文出版社文教编辑室主任周奎杰同志在图书馆见到，认为可以译成多种文字出版，便通过王远鸿同志与我联系上。我同意他们的计划，但她要求署真名，因向海外发行，为了扩大影响。此后，又出版了法、德等文本。至于几种传奇的改写，也是应周奎杰同志之约而为，其时她已调去新世界出版社主持工作，从此与她有多次合作。冯先生还提到我在《文学遗产》、《文

冯其庸《题黄龙洞》诗手迹

献》等刊物上发表的研究《女贞观》、《玉簪记》、《秣陵秋》、《息宰河》等杂剧、传奇的论文，向我索取有关论著，并给我一张名片，将原先的通信地址"北京红庙"改为"通州张家湾"。隔了一段时间，便将出版不久的《清凉文集》寄去，此为笔者的论文自选集，约 80 万字，其中选有戏曲方面的几篇论文；同时向冯先生求一墨宝，冯其庸先生也应我所求，写了一首自作的《题黄龙洞》诗：

> 人到黄龙已是仙，
>
> 劝君饱喝黄龙泉。
>
> 我生到此应知福，
>
> 李杜苏黄让我先。

从此，虽然我数上北京，冯先生也曾南下，但都忙于各自的任务，未能再见面。

如今，两位新中国成立后最早毕业的先生，在创造出丰硕的业绩后，均以高龄去世。他们的贡献无疑是一份珍贵的文化遗产，后人自当不忘。

——原载《世纪风采》2018 年第 1 期

中州名宿任访秋

任访秋先生是我钦敬的学者之一，20 世纪 70 年代末、80 年代初，有幸与他通讯、晤面，至今近 30 年矣。近日为编选论文选集，翻检往日文稿，居然检出任先生手书两通，悠悠往事并未如烟云一般消散。

我与访秋先生是通信在前，晤面在后。通信是为了讨论《儒林外史》，晤面则是座谈《歧路灯》。

70 年代初期，我所在的学校接受人民文学出版社整理《儒林外史》的任务。当时成立老中青三结合小组从事这项工作，后由我执笔写出"前言"初稿寄出。人民文学出版社将此前言印发有关单位征询意见，反馈的意见不多，拟作修改定稿。但正在此际，"评法批儒"运动轰然而起。有一天，新闻联播中播发了上海某大学工农兵学员撰写的《〈儒林外史〉是反儒尊法的作品》，虽然未播发文章内容，但仅这一题目即令"跟风"的"学人"追踪不已。因我不同意这种评价，便被以"顾问"名义靠边，让"工农兵学员"接手重写。他们写的文章自然要肯定这部小说有着"比较鲜明的反儒倾向"。第二稿印出后，也许有人认为这样的评价力度还不够，便再由个别教师接手写了第三稿,评价果然升级,认为这部小说"具有鲜明的反儒倾向",读这部小说,"对我们今天反修防修、彻底批判反动的孔孟之道并肃清其流毒的现实斗争,是有借鉴作用的"。这第三稿就作为人民文学出版社 1977 年版的"前言"面世了。安徽人民出版社也于 1977 年 1 月出版了《儒林群丑的讽刺画卷——评吴敬梓的〈儒林外史〉》,该书说什么"我们认为《儒林外史》是一部具有鲜明的反儒倾向的政治历史小说",读它"可以帮助我们加深理解普及、深入、持久地开展批林批孔","可以从中吸取阶级斗争的经验,把历史的斗争和现实的斗争结合起来"。

"四人帮"粉碎不久,《南京师院学报》1977 年 3 期(7 月 10 日付印)发表了丰家骅的《〈儒林外史〉"反儒说"质疑》,对这些所谓的评论表示不同意见;但同期又发了第三稿"前言"执笔者的文章《"秉持公心,指摘时弊"的讽刺小说——学习鲁迅对〈儒林外史〉的论述》,曲解鲁迅的论述,断言"鲁迅认为《儒林外史》是一部具有反儒倾向的小说"。对这种强词夺理的所谓"文章",我原想立即予以批评。但此文作者为本校同事,也就是前言第三稿的执笔人,公开批评他的谬论,多少有些顾忌,怕被他误以为个人情绪。但又觉得这种谬论不能任其泛滥。于是便针对他所执笔的"前言"中作为肯定这部小说具有"鲜明的反儒倾向"的"理论"根据,即他所断言的吴敬梓是"用经学新解等曲折、隐蔽的方式进行反理学斗争",从另一侧面予以批评,于是便撰写了《略论吴敬梓的"治经"问题》一文,以釜底抽薪的方式攻破其所谓的《儒林外史》"尊法反儒"的理论根据。文章写好后,交由 1977 年 11 月 15 日付印的《南京师院学报》1977 年 4 期刊出——不想,此文倒成为第一篇评论吴敬梓经学观点的论文。此文刊出后,见到《开封师院学报》1977 年 6 期上刊发的任访秋先生的大作《反儒欤？尊儒欤？——就〈儒林外史〉思想主流问题谈一点看法》，该文文末注明"一九七七年十月三十一日改定"，可见与我的文章几乎是同时撰写的。访秋先生的文章开首即明确表示："在'四人帮'所谓儒法斗争贯穿一部中国史的谬论影响下，前些年有的人片面地看问题，从形式上看问题，发表文章认为《儒林外史》是反孔的小说，这是我所不能同意的。"读到任先生这种旗帜鲜明的文章，非常高兴，顿时产生一种"我道不孤"的感觉，认为有了任访秋先生同样观点的文章面世，我对那些谬论的批评再也不是孤军奋战，也不怕有人误解为"个人情绪"。在由衷高兴的同时，也对任先生在大是大非问题前敢于亮出自己观点的无畏精神表示极大的崇敬。于是，我便将"治经"文章寄给任访秋先生。任先生便于1978年3月2日复信，信中说"关于吴敬梓的'治经'问题，我过去没有很好考虑，大作读后，觉用力勤劬，颇多发明，个人深深受启发"。从此，我们便有了书信往来。不久，我又将《吴敬梓修先贤祠考》一文（《南京师院学报》1978年4期）寄给他，此文通过考叙吴敬梓参与修祭先贤祠的活动，以揭橥他的儒家思想，作为"治经"文的支撑。任先生于1979年1月5日复信对此文又做了肯定，说："大作已拜读，觉您治学勤劬，考证精审，甚佩。"在这两封信之间，肯定还有书信往还，可惜今已不得见。因为任先生曾将有关《近代文选》的选目寄我征求意见，我也如实将意见相告，所以后一封信中方有如下的话语："您所提意见，很好。我们研究后，将依照您的意见加以改动"，"将来在工作进行中如发现问题时，当再奉函请您帮助也"。此际，任先生正忙于近代文学的研究，后来出版了有关近代文学史和近代作家的研究论著。

80年代初，终于与任先生见面了，但那次见面却是我事先未曾预料到的。1982年9月，在洛阳召开《歧路灯》学术讨论会，我收到邀请，准时赴会。报到时得知与会者还有范宁、霍松林等先生，他们的年龄均长于我。1981年秋，在安徽滁州召开的纪念吴敬梓诞辰280周年学术讨论会上得以与二位先生相识，如今又重见于洛阳，分外高兴。在同游嵩山时，还与范宁先生在少林寺门前合影。但此别以后未再能晤面。而与霍松林先生还常有联系。他曾推荐他的硕士生李君1994年来报考我的博士生，1997年获得博士学位后在河北任教。在李君获得博士学位两个月后，我应陕西教育出版社之邀曾去西安，被安排在陕西师大宾馆。中文系主任梁道理先生得知后，邀请笔者作一讲座，并蒙赐饭。又请霍松林先生作陪。因而得以畅叙别情。笔者与范宁先生有合影一张，而与霍松林先生未曾合影。但至今仍保留了他赐的墨宝两幅。

在会议报到的当晚，任先生便以东道主的身份来我所住的房间探望。通讯数年，一旦见面，分外高兴。任先生长我20余岁。但却平等待我，他谦和的态度令我感动。与我之间俨然如老友交谈，令我丝毫没有拘束。谈史论文，随意道来。当我提到上海古籍出版社陈邦彦先生来南京时，说到任先生的大著《袁中郎研究》，任先生竟然也知道上海古籍出版社约我写《吴敬梓研究》，一再称赞。

会议结束后，任老再三邀请我中途在开封下车，去河南大学一游。但因9月是秋季学期的第一个月，不便久离教学岗位，在约定今后有机会来游汴梁后分别，岂知从此也就未能再次谋面。

尽管1984年11月，王基同志在开封主办"歧路灯学术讨论会"，给我发来邀请，并来信动员我能与会，但因故未能成行。因为吴敬梓逝世230周年学术研讨会，也是在这一年11月在南京举行，所以开封方面的第二次邀请也未能前往，又失去了拜望任老的一次机会。

2005年9月，在开封召开"第五届国际《金瓶梅》讨论会"，河南大学文学院又邀请我为研究生作一学术报告，时任老已归道山，我也想去"铁塔寺街18号"任老住过的地方凭吊一番。原已允诺参会。但因前段时间赶着校读120万字的样稿，辛劳过度引发感冒，声音嘶哑，又不能成行，再次失去赴东京的机会，真是遗憾之至。至今都没有一游古都汴梁，缅怀一下新的"梦华录"。

虽然与汴梁古都"缘悭一面"，但与中州学人却交往颇多。首位的当然是中州名宿任访秋先生了。与开封师院的李春祥先生也有过不少往还。郑州大学的何均地兄，在我1953年毕业后，他曾进入研究生班，随夏师瞿禅进修，也算是同门了。《歧路灯》研讨会上结识的中州学人还有不少，此后也曾有过往还。中州是出人才的地方，1986年南京师大主办的宋元明清文学助教进修班，就有来自中州的郭振勤、齐文榜、郑延筠三君，结业后曾有过书信来往，但久矣未有信息了。冯君保善是我早期的硕士生（后又在南大获得博士学位），孔君庆茂是我90年代的博士生，他们均已成为高级人才并有累累硕果问世了。至于前来舍间问学以及在会议中专门拜访过我的中州学子亦尚有不少，而今他们已或为文艺界的领导或为博士生导师了。我的硕士、博士生中也有以反映中州生活的《歧路灯》作学位论文者，如李延年的博士论文《〈歧路灯〉研究》就由中州古籍出版社出版，由我作序，李君如今在河北师大任教授。由此可见，虽与古都汴梁"缘悭"，但与中州学人的"缘"并不"悭"。由于重读任老的手书而引起的话语就此带住。

附语

近读庆茂《忆吴奔星先生》一文，提到了他在河南读书时的老师任访秋先生。便想起自己曾写过一文纪念任先生。寻遍文篋，终于找到。此文约写于 2005 年冬秋之季，写好后束之高阁，至今已有十余年。庆茂向我约稿，乃略赘数语。

自任先生当年约我去开封一行未果，此后，终于未能再践中州之地。写此文之后尚有河南大学的几次邀请也未能成行。2007 年 10 月，在厦门集美大学召开的第七届戏曲学会，河南大学张进德、张大新两位教授邀我去该校讲座，因会议组织方安排做了总结发言之后，即被另一学校的同道接走。2010 年 7 月，平顶山学院举办"《歧路灯》学术研讨会"曾三次来电邀请，均因老迈婉辞。

虽然未成再度有河南之行，但不时总能够遇到中州学人。如2015 年 10 月，在东南大学召开的第三届戏曲年会上，当我主持完大会发言之后走下主席台，便有故人胡世厚先生来相叙。1982年召开的《歧路灯》研讨会，他也是东道主之一。分别近 40 年后再度相晤，快何如之！因年迈未能终会即回家。在匆匆交谈中，得知彼此都仍笔耕不辍。胡兄与笔者均为八十高龄的老人，他谈起任访秋先生 80 多岁时仍然著述不断，往昔情景依然浮现于眼前。

虽然与世厚兄匆匆一面就告分别，但身边仍然有不少中州友人在。特别是我的两位弟子冯保善、孔庆茂，他们在河南大学读书时都是任访秋先生的学生。保善从我读书获得学位已整整 30 年。庆茂后来跟随我读博士也已 20 年，他们在事业上、学术上也取得一定成就。冯君现为江苏第二师院文学院院长，孔君现为南京艺术学院教授、博导、图书馆副馆长。他们都是在任访秋先生执掌的河大中文系毕业的。冯孔二君与其他同门一样，在繁忙的工作之余仍不时到舍间探望，老年得此，倍感无限慰藉。

——原载《一品阅读》2018 年第 2 期

由"遗世独立，与天为徒"引起的追忆

——与程千帆先生的相识相处

1985 年，学校有新房十二套，领导分配给十二户。中文系有徐复先生与笔者入住。程千帆先生夫妇去四楼徐府祝贺乔迁，徐先生告诉他："陈美林在二楼。"于是千帆先生便来舍间，坐定之后，环顾四周，只见满地书籍、杂物，脱口而出："真是家徒四壁。"数日后便送来一副对联：

美林先生正腕：

遗世独立

与天为徒

己丑春　程千帆集古句

收到千帆先生墨宝，颇感意外，又极为高兴，乃裱好后挂在书桌两旁。来客见到，总要欣赏一番，有说，见过程千帆先生墨宝多幅，但少见对联；有说，此联有何寓意？有说，怕是为你画像，等等，众说纷纭。笔者不由不深思与千帆先生相识的经过。

187

程千帆先生所书对联

一

1978 年秋，孙望先生陪一老先生来访，说："这是千帆，特来看您。"事出突然，连忙让进屋内。当时住在南阴阳营宿舍，二十四平方米。三口之家，拥挤不堪，连忙推开堆满书籍的两张木凳让座。程先生为解除笔者窘态，忙说："随便坐坐，随便坐坐。"孙先生告诉我："千帆去年来过南京，住在我校招待所，他读过你的文章，想见见你，但未见到。现在千帆已调来南大，又提起你，我便陪他来了。"我连忙说："先生招呼一下，我自当去拜望，怎劳先生亲来寒舍。"千帆先生微笑着说："都是同道，何分彼此，你来我往，乃寻常事。"因近午饭时刻，两位先生不多坐便告辞了。

事后，我记起来之前一年曾在校园中遇到徐复先生，他从南山脚下走过来，见到我便说："千帆夫妇来了，你可去看看他们，住在招待所。我有事，不陪你了。"说罢便匆匆向校门走去。我考虑了一会，虽久仰程先生大名，但素不相识，唐突去见，难免尴尬，便未去招待所。

此次来访，固然是程先生之意，但孙先生乐意陪同，也非偶然。1969 年来南师工作之前，并不认识孙先生。当年因内子执教于重庆大学，笔者单身，学校不分宿舍，乃住在中大楼一间空教室内。笔者在杭州读大学，在苏州教大学，在南师无任何人事瓜葛，历史清白又无现实问题，乃被当时"领导"交代做"看守"，说："孙望正在检查交代，不能回家，不能自由活动，不能接待客人，放在教室中与你同住，要保证不出问题；他检查交代的事，不要你管。"为此，就与孙先生同吃同住一段时日。不时有专案组的人来"提审"："孙望，出来！"便将他带去另一间屋。时间长了，乃知道专案组三人姓名：朱、吴、郁。因为与孙先生是二十四小时在一起，不免偶有交谈。"孙望"叫不出口，无人时仍称"孙先生"。有时孙先生也走到教室另一边我的书桌前，翻翻我正在看的书籍，未免惊讶："你还在看这些老古董呀！"我则不作回答，嘿嘿一笑，彼此会意，不再深谈。有时也问问我在浙大读书时的情况，他也谈到与孙席珍先生认识，席珍先生是1951年从南大调去浙大的。

后来，孙望先生获得"解放"回家去了。我也因内子来探亲，借住在南山甲楼（即南山宾馆原址）一间十一平米的房间。孙先生念着同住的情谊，有时来学校还顺便来这拥挤不堪的小屋探望。有这一段交往，孙先生陪同老友千帆先生同来，也就很自然了。

在程先生来访次日，即去南大回访。程先生来宁之初，被安排在原先是学生宿舍的筒子楼一楼，斜对门两间。我去时，程千帆先生正在看书，还有一位年龄与程先生相仿的女士在，后来知道是陶芸女士。从此，开始了与千帆先生二十馀年的交往。

从我所住的南阴阳营向东走不几步越过上海路，继续东行，经南秀村便到汉口路。程先生所居之宿舍，即在南大汉口路大门近侧，很方便寻找。不久，程先生被安排在汉口路与南秀村接界处的一座小楼，离南阴阳营近了不少；再后来又入住南秀村的博导楼，出行三五分钟便到了南阴阳营。当年上海路没有市面，大多商铺都开在与上海路平行的宁海路。粮站、菜场、煤店、百货店、邮局、银行都在附近。千帆先生夫妇不时经南阴阳营到宁海路办事、购物，因此，在南阴阳营这一条东西向的小巷中经常能遇到程先生夫妇。一旦相遇，便立在巷子一旁叙谈起来，有时长有时短，谈长了，千帆先生或也来舍间小坐。1985年初，笔者与徐复先生同时迁入宁海路宿舍，巷中交谈不再有了，但千帆先生与徐复、孙望两先生是老友，不时来往，如迁来之初，程先生去徐先生府上，也就顺便下楼来舍间。千帆先生府上，起初几年不时去过，后来程先生弟子渐多，故友新交往来也众，专程去拜访的次数少了，但逢年节总要去拜望，或电话拜节。如此交往七八年之久，乃在1985年赠我以对联一副。

二

与程先生交谈，自然离不开治学。千帆先生是1913年出生，长于笔者多多。当然经常是程先生提出话题，我则虚心受教。犹记第一次谈话，就由拙作《吴敬梓身世三考》引起。程先生从《南师学报》1977年第三期上见到，他对我说在50年代也写过一篇《〈儒林外史〉试论》，未曾细加考辨，就将吴敬梓祖父吴旦误作其父，又将嗣父吴霖起误作其伯父。见了拙作，方知自己错了。对《三考》一文，程先生称赞不已，认为结论是建筑在扎实的考证基础上的，因而令人信服；认为"文革"以来，极少见有如此扎实的学术论文。千帆先生说从此就比较注意笔者发表的文章，如《吴敬梓"治经"问题》、《颜李学说对吴敬梓的影响》、《吴敬梓和戏剧艺术》等，他都读过，认为笔者能够将文献学与文艺学结合起来，研究的路子是对的。同时，程先生又在《光明日报》和《社会科学战线》上读到笔者有关杜诗的文章，从而知道笔者的研究不限于小说。至于在南师学报和《光明日报》发表的有关重视文学史著作研究和谈比较文学的两篇文章，则肯定笔者的学术视野比较广阔，能做到专与博的结合。总之，最初的交谈，多为千帆先生评说拙作。听其精辟的批评，颇受启发和教益。此不一一详叙。

程先生亦如老辈学者唐圭璋先生那样，很注意笔者的师承，多次谈及他与我的老师夏承焘先生的交往。他说与夏先生的交往始于 1951 年，当时王西彦先生从武大调去浙大，他托西彦师捎信给夏先生，表示对夏先生词学研究成绩的钦佩，从此开始通讯论学，直到 1953 年 10 月在北京参加高师会议期间才得以相见。而沈祖棻女士与夏先生见面则是在 1956 年夏先生随政协浙江省组团去武汉参观时的事。千帆先生还告诉我，他曾将沈祖棻所作《涉江词》寄给夏先生求题辞，夏先生为之作《一络索·题涉江词》：

> 屯溪往事鹃能话。素黛愁难画。几人过路看新婚，垂老客，无家者。　　娃乡归梦今无价。梦斗茶打马。何如写集住西湖，千卷在，万梅下。

《夏承焘词集》亦将此作辑入，惟字句略有不同。后来读到夏师《天风阁学词日记》得知，此作先后有三稿之多，可见用力之深。千帆先生对此作也极其赞赏，以"清雄"誉之，认为可与"古老晚岁之作"媲美。"古老"即词人朱祖谋，字古微，浙江湖州人，其词作初似吴文英之委婉，晚年之作又融入苏轼之豪放，形成独自风格，为晚清民初之词坛领袖人物。夏师曾向其求教，古微则赞夏师"修学之猛，索古之精，趻足可待，佩仰曷极"。

笔者于 1953 年毕业之后即离开瞿禅师，当年未曾听夏师谈起过他与千帆先生交往之事。七八十年代听程先生道来，也颇有兴味。后来又读到夏师出版之《天风阁学词日记》，其中也记有千帆先生所言之种种情事。但《日记》中称赞程氏夫妇之语，千帆先生未曾提及，如夏师初次见到千帆，即记其"英俊如其所为文"（1953 年 10 月 1 日），说祖棻词作"灵秀可佩"（1954 年 9 月 25 日）等等，不一一转叙。

瞿禅师于 1975 年移居京师后，有些事要与圭璋老、千帆先生等联系，常让我转达，如夏师与张伯驹先生于 1980 年联名发起重新组织韵文学会，于 6 月 19 日给我信说："韵文学会事，弟能与

程千帆先生手书便笺

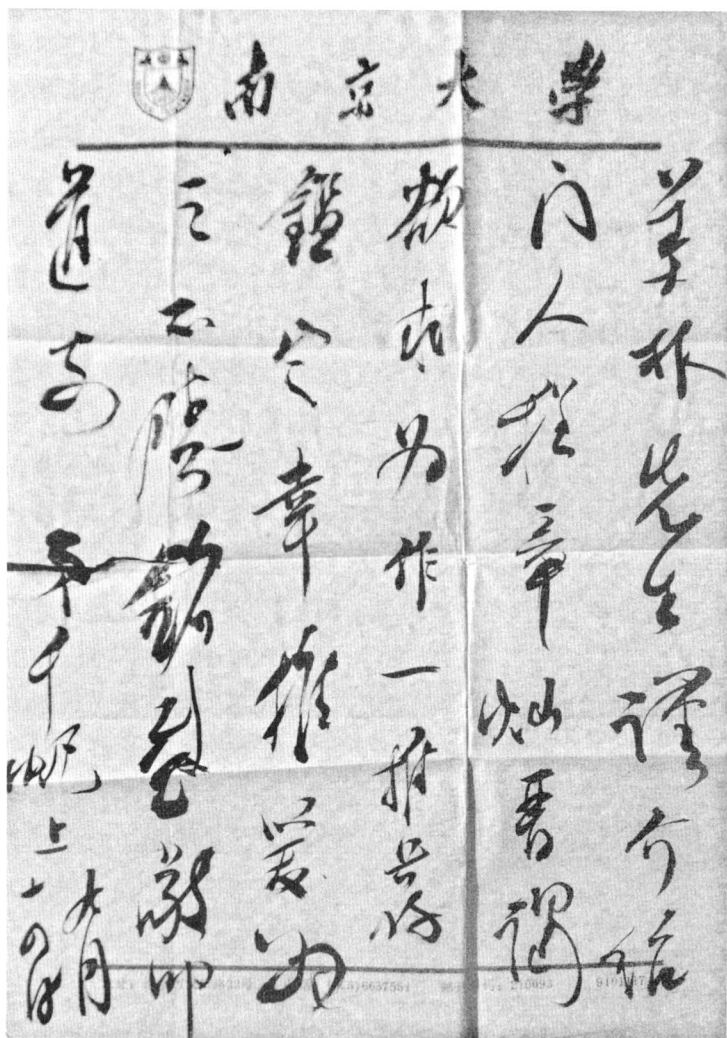

程千帆先生致作者书札

程千帆先生致作者手迹

诸老联系，甚好甚感。"又如1983年5月，我因参加学术活动曾去北京探望卧病医院的夏师，夏师即让夫人吴闻取出三部刚刚出版的《金元明清词选》，题赠唐老、程先生与笔者，赠唐、程二册交由我代转。1984年有关单位在京举办"夏承焘教授从事学术与教育工作六十五周年庆祝会"，寄来请柬数份，让我分致唐、程诸先生。而唐、程二位有事要与夏师联系，有时亦交我代办，如千帆先生曾题赠笔者墨宝三帧以及不少著作，诸如《闲堂文薮》、《古诗考索》、《被开拓的诗世界》、《两宋文学史》、《校雠广义》及《沈祖棻诗词集》等；而赠送给夏、唐二老的书籍有时亦由笔者代致，在程先生送我的《闲堂文薮》中所夹之便笺尚在，不妨录出：

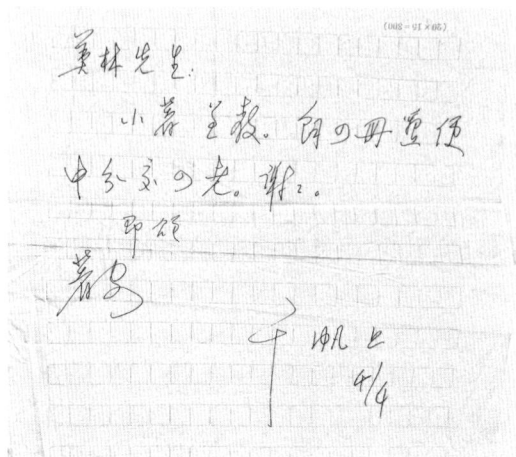

程千帆先生致作者书札

美林先生：

　　小著呈教，馀四册恳便中分赠四老。谢谢，即颂

　　著安

千帆上 4 / 4

　　如今，夏师、唐老、程先生均已先后逝去，他们的手迹尚在，更觉珍贵。

三

　　与千帆先生渐渐熟悉后，谈话也比较随便起来。除了谈治学以外，程先生有时也关心我的工作情况。有一次他曾问我为何不愿为孙望先生做助手，孙望先生对你很赞赏，也有期望。此前，孙望先生曾让人捎信让我去他家，他取出写满心得的一个本子一定让我看，每则三五行不等，让我为其整理成文，我便以无此水平、力所不逮为辞。孙先生则说，读过你的文章，可以胜任，并让我好好考虑他的建议。别后很久，未给孙先生回话，所以乃有程先生此问。如此，便不得不敞开所想，说出不愿承当的缘故。20 世纪 70 年代初，唐老要继续编纂《全金元词》，需要有助手，经校领导与唐老研究决定由我去做，并通过系和教研室层层传达如此安排。岂知接手不及一月，便有一位党员助教来舍间，不容商量地让我交出唐老给我的材料，"助手"一职由他来当，并说是"领导"决定。我不得不交出唐老给我的几页活页纸，上面写的是金元词人作品集名。我向唐老汇报，唐老并不知情，在那种氛围下，唐老只能沉默。后来有人对我说，要做唐老助手、接唐老班的人有一串，你这个外来户怎轮得上！他们也明知这不是我个人的要求，是领导的安排。我想，连组织的安排都无法贯彻，孙先生个人的要求，又怎能承当？何况，曾经整过孙先生的一个"专案组"成员正在修复与复出的孙先生的关系，急于接班。同时，70 年代初期与后期，个人的情况也有所变化，1977 年上海人民出版社古籍组（即此后的上海古籍出版社）已约我撰写《吴敬梓研究》书稿。如为孙先生做助手，自己的研究必将中断。有此考虑，所以未曾接受孙先生的建议。程先生听了我如实的陈述，也无言以对了。但亦有好心的同事说，你为自己设置障碍了。后来果如这位先生所言，但我也不后悔。

不久之后，程千帆先生又对我说，不少人争着要参加《宋代文学史》编写组，你怎么要退出？是否因为孙望接替唐先生做主编？我说，我是在唐老任主编时退出的，而且正是在唐老支持下才得以退出。千帆先生问其详，乃如实相告。当时一位教研组长实际操持着编写工作，找到我说由笔者与潘君昭二人做专职，凡无人认领的章节由我等二人承当，并先行分配北宋、南宋、辽、金概论几章给我，我立即拒绝做专职，要求与所有编写人员同等待遇。他不同意，我乃向唐老汇报，唐先生并不知情，表示应该协商，不能强派。此公早先曾经负责几所兄弟院校合编中国古代文学教材，我承当的几章被他认作自作，并回答系领导说陈某人未参加，因此我受到批评。同时参加编写工作的两位党员教师了解情况，出于义愤代向系里说明。千帆先生听我说及此事，便说他也听说一刊物请此公代向唐老约稿，他便在唐老稿件上加上自己名字，变成二人合作，"唐菩萨"（因唐老为人忠厚，极少见其发怒，所以乃有此称，千帆先生有时也如此相称）大为光火。我说，此事系里已处理。由于我在全体编写人员会议上坚决要求退出，一些人不同意，但唐老表示让我继续去做元明清文学研究，不要勉强。作为研究室主任、主编的唐老表了态，别人也不好再说，终于退出。事后，唐老找我说关于《〈董西厢〉与诸宫调》一章，你要替我写，我当然遵命。当我完成任务交稿时，唐老告诉我，他已不做主编了，让我交给他人。至于唐老何以不做主编，他未说，我也未问。接着我又将70年代初撰写《儒林外史》前言事向千帆先生细说。当时领导决定由四人组成"老中青"小组负责，第一稿由笔者执笔，当人民文学出版社征求有关单位意见后来谈，说基本认可，稍作润色即可定稿。随即就将我调出小组，交由他人负责。1977年刊出的"前言"即为他人所写。经过这几件事，我乃明白一个外来户，上下无师生，左右无同学，只有单干，自己做自己的事，只求别人不设置障碍，但这也由不得自己。千帆先生听罢也说了一句："你也不容易闯出头。"这大约是程先生所赠对联之缘由罢。

2006年春，王廷信教授接受《文艺研究》编辑部的委托对笔者进行访谈，原欲用此对联作题，认为这是程先生为我画的像，我则说：千帆先生如何说，都可以，但自己不能说，而且我何尝要"独立"不与人"为徒"？不得已耳。廷信教授乃改用书房中悬挂的匡亚明同志赠我的横幅所引用的《诗·小雅》句"萋兮斐兮，成此贝锦"为题，访谈文字于2006年第十期刊出。

四

经过几年的交往、相处，千帆先生对我也有所了解，也颇有支持；同时也交代在下代办一些事务，笔者也努力办好。

当年，请求千帆先生推荐书稿或为其著作题签写序者颇亦有人，但笔者从未提出。千帆先生知道拙作《吴敬梓研究》即将发稿时，便问我请何人题签，并说自己早年所作《文论要铨》曾得到叶圣陶先生题签，颇有影响。当时我未曾考虑及此，只能如实回答没有想到这个问题。程先生便对我说可认真考虑一下。事后回味，分明是千帆先生愿为拙作题签，但虑及业师夏承焘、王西彦等先生健在，我所在的学校老辈学者唐圭璋先生也健在，他们对笔者关心、支持多多，不请他们而请程先生题签，怕不妥当，终于未曾提出，任由出版社安排。但从此以后，笔者出书多种，均不请人题签，以此回报千帆先生当年美意。

如同未做成唐老助手而未被唐老怪罪一样，千帆先生也未因未请他题签而不愉快。1985年，学校请唐老、千帆等先生为在下做学术鉴定时，千帆先生在本人提交的多种著作中仅就《吴敬梓研究》一书作了评述，并表示仅此一种即可觇知在下水平，馀等不必赘评。程先生的评语有云："……对一位作家或一部作品进行深入研究，正确地叙述其行实，评价其思想及艺术上的成就，阐明其在文化史及文学史上的地位，从而丰富文学的整体研究，是一项相当艰苦而又非常必要的工作。"又说："陈美林先生的研究显示了近年来我国学术界在这一方面的成绩"，"他对《儒林外史》及其作者的研究是多方面和深入的，有不少方面都是前人屐齿所未及的，即开拓性的"，"显示了陈美林先生在历史、哲学、文学史、文学理论等多方面的渊博知识和精到见解"，作了高度的肯定。

由此，千帆先生还将他所指导的硕士生张宏生的学位论文《宋元之际作家的心理活动》、博士生巩本栋的学位论文《北宋党争与文学》送来评审，其实在下专攻元明清文学，于宋代文学所知不深，既然千帆先生交办，也尽力去做。他还让其弟子程章灿教授持其手书来舍间，书云：

美林先生：

　　谨介绍门人程章灿晋谒，欲求为作一推荐鉴定，幸推爱为之，不胜铭感。

　　敬叩

道安

弟千帆上

九月十四日

特别令我不安与意外的是巩本栋教授来舍间取出上海古籍出版社高克勤同志于1995年4月25日给千帆先生的信，在信之上端，有程先生手示，云：

　　敬请

美林先生为拙著两宋文学史作一评议。

　　感之

弟千帆　新雷　同上

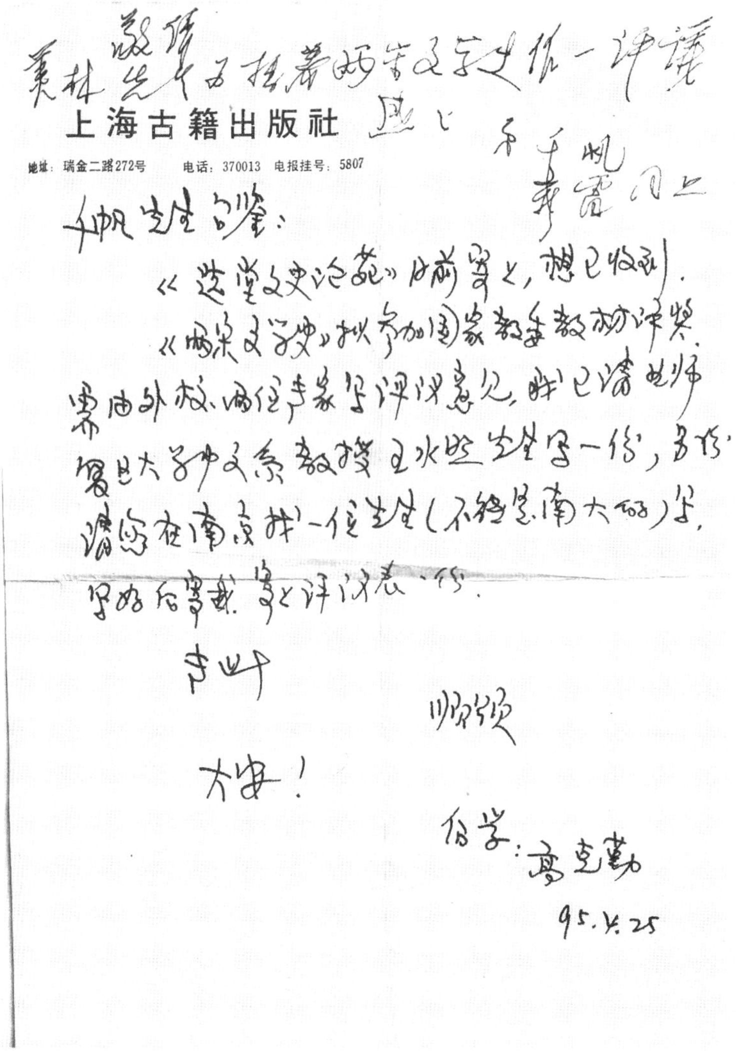
上海古籍出版社

地址：瑞金二路272号　电话：370013　电报挂号：5807

千帆先生台鉴：

《选堂文史论苑》日前寄上，想已收到。

《两宋文学史》拟参加国家教委教材评奖，需由外校两位专家写评议意见，现已请此间复旦大学中文系教授王水照先生写一份，另外请您在南京找一位先生（不论是南大的）写，写好后寄我。寄上评议表一份。

专此

顺颂

大安！

后学：高克勤

95.4.25

程千帆先生向作者转寄高克勤函

高克勤同志信云，该社拟将《两宋文学史》报请国家教委教材评奖，要由两位专家来写评审意见，上海已请复旦王水照教授为之，请程先生在南京再找一位。我校以研究唐宋文学著称，人才济济。唐圭璋先生逝世后，亦有自称为唐老之后第一人者在，千帆先生均未敦请，而找到并不专事宋代文学研究的在下，除巩教授来舍间谈此事外，程先生还亲来电话，不能不勉力为之。事后我思索再三，千帆先生的选择，可能与一事有关，那就是《宋代文学史》署名纠葛。

我校主编之《宋代文学史》启动于1980年，由中国社会科学院文学所负责人和学校领导人共同召开的会议上宣布由古代文学研究室主任、宋词大家唐圭璋先生任主编，孙望、曹济平与笔者等多人均在座，亲聆此一决定。自此，编写组的具体工作虽有金启华同志协助，但会议则由唐老主持，诸如人事进退、任务安排等问题，最后均由唐老拍板。即如在下在全体编写组成员会上提出不参加此项工作，遭到与会者多人反对，最后唐老表态：不要勉强陈同志，让他去研究元明清文学。散会后，唐老叫住我，说："《董西厢》一章，你要替我写，他们无人可写。"我自然遵命。由此可见，此项工作启动之初，唐老亲力亲为，不是挂名主编。可是1996年出版"后记"中却公然抹去这一历史事实，说"先后委托孙望、常国武主编"，不知此"后记"出自谁人手笔。在下在此郑重补出这一史实，不能掩没唐老开创之功！关于此节，可参见笔者所写《"仿佛音容，如在昨日"——纪念唐圭璋先生逝世20周年》一文（刊于《世纪风采》2010年第十期；又辑入拙作《学林忆往》一书，南京师范大学出版社2017年版）。

孙望先生任主编后，便与学报编辑部商调编辑常国武回系参加此项工作，为一己之助。常君原为孙先生弟子，在机关任职员，

1956 年通过孙望先生调入南师，但因历史问题被安排去编写函授教材，1969 年被批斗为"中统特务"下放苏北农村，1978 年落实政策调回，但中文系不予接受，便安排去学报。为让其全力投入此项工作，孙望先生又费尽心力为其解决多次申报均未获通过的高级职称。常君参加是项工作后，孙先生健康恶化，不时传出谁任"主编"的议论。及至 1990 年孙先生病逝后，"主编"问题更形突出，闹得沸沸扬扬，从校内到校外，从南京到北京，甚至有对簿公堂之呼声。但局外人并不知情，及至常君将所写的三封信复写后公开散发，外人方略知眉目。随着时间的推移，此件"公案"已淡出人们视听。但已届暮年的常君又于 2010 年 7 月 9 日写了一篇《苦难的历程——主编主撰主审国家六五重点科研项目〈宋代文学史〉纪事本末》一文，以"三主"（编、撰、审）的身份和立场回顾此事，如果注意辨别并剔除其当事人的局限，通过其叙述文字，也可探究事件的原貌。不过常君此文仅辑入其于 2011 年 6 月自行印制的《寻梦录》中，非公开出版物，难以获得。

也许正由于此事的纠缠，为了避免不必要的麻烦，程先生乃选定并不专攻宋代文学的笔者为其写评议吧。

沉痛悼念稗坛前辈吴组缃先生

　　1994 年 1 月 18 日晚 9 时参加江苏省政协历时三天的视察活动刚归家，书桌上赫然放着吴组缃先生治丧委员会发来的讣告，顿时一惊，衣帽未除，立即去电讯局拍发唁电。此时正值"四九"之际，南京城连日来大雪飞扬，似乎也在编织着一代学人凋谢的满天悲伤，使得乍闻噩耗的人心情格外沉重。

　　记得一月之前（1993 年 12 月 20 日），我还给组缃先生寄去贺年片，遥祝健康，并期冀先生所批评的《红楼梦》早日面世。后来听说他近来罹患小疾，更默祝他早日康复，不料却蘧尔长逝！

　　吴组缃先生是我的前辈，虽然未曾面聆过教诲，音信往还也极少，但在收到征集文稿的信函时，我想悼念之文一定要写。

　　我在年轻时代就知道组缃先生是位有名的作家，因为我在中学时代就喜欢文学创作，曾广泛阅读中外的名家名作，其中也包括吴先生的《一千八百担》、《差船》等等。1950 年考入浙江大学文学院时，想当作家的愿望并未改变，但毕业之后却做了一个"人之患"（——好为人师），教了几十年书。20 世纪 50 年代中后期在苏州大学（原江苏师院）承担古代文学的教学工作时，曾读过吴先生一些研究古代小说的论文，更知道组缃先生不仅是名作家，也是名学者。但认真研究组缃先生的论著，则是 70 年代初期的事。当时人民文学出版社委托我系重新整理与校注《儒林外史》，我被指定参与其事。这期间，我们常向一些老辈学者如唐圭璋、段熙仲等先生请教有关问题，从他们谈话中对组缃先生有了更多的了解。原来吴先生早在 1947 年秋季起就曾在南京师大的校园内生活和工作，那时他任金陵女子大学教授（南京师大的校址就是当年的金女大）。直到 1949 年 10 月，吴先生接受清华大学之聘后，方始离开。知道吴组缃先生这段经历后，对他就倍增亲近之感。每当讨论有关《儒林外史》的问题时，好像他就站在窗外，以亲切的目光注视着我们。

吴组缃先生为纪念吴敬梓逝世 200 周年所撰写的长篇论文《〈儒林外史〉的思想和艺术》，是我们反复认真研读的重要文章之一。他对时代思潮、作者生平的考察，给我们以极大的启迪。尤其是对《儒林外史》艺术特征的评论，更令我们叹服，文中对性格描写的重视、对白描手法的肯定、对结构特色的剖析，都是极为精辟的。而且，他的这些见解，也贯彻在他的创作实践中。创作小说的人来研究他人创作的小说，体会自当不同，不但处处为读者考虑，也必然时时为作者设想。吴先生如此治稗对我也产生影响。虽然我没有什么小说创作，但曾经想当作家，写过新诗、散文。在出版社约我批评《儒林外史》时，就规定自己在落笔之前，必须兼顾读者与作者。此书出版后不足三年就印了五次，据说反响甚好。前几年，中华书局曾约我写一篇谈治学之道的文章（《学林寻步》，见《文史知识》1990 年第 3 期），文中在提及一些老师如郑奠、夏承焘、徐震堮、孙席珍、王西彦等前辈学者的教学和研究对我的启发时，曾说："虽然我讲授和研究的元明清文学，在大学学习期间并没有听过几位大师的传授，但仍然是在他们的无声指导下进行的。"这同样可以用来对待组缃先生。我和组缃先生没有师生关系，甚至缘悭一面，但我的研究也同样是在他的无声指导下进行的。

组缃先生对后辈奖掖有加，当他收到我的《吴敬梓评传》后，不但来信予以充分肯定，而且在其他学人面前一再赞扬。1993年7月，美国加州大学Hsiao—jung Ya女士通过南京大学刘勇博士与我联系，准备来访问学。9月间她先去北京再来南京，她说，在她拜访吴先生时，组缃先生一再向她赞扬我的成果，并且对她说，研究《儒林外史》，陈某人是一定要去访问的。组缃先生是研究《儒林外史》最有影响的学人之一，却能对后辈如此肯定和赞扬，表现出前辈学者鼓励后进的崇高风范。仅就此而言，吴先生虽然去了，但他留给后人的遗产却极为丰厚，不仅仅是他等身的创作和著作，而且还有他高尚的学术道德，令人景仰不已。

1993年夏，我去避暑山庄参加首届国际元曲讨论会，事先决定南返时去拜望组缃先生。岂知会议组织者代购的车票，在京转车时间不能逾越24小时，北大又远离车站，深怕误车而未果行，终于失去了这一次面聆教海的机会，也永远失去了这样的机缘，如今追悔也来不及了，留下的只是不尽的悼念。唯一可以告慰组缃先生的是，他一再推许的《吴敬梓评传》，近日在江苏省第四届（1990年7月—1993年12月）哲学社会科学优秀成果评选中获得一等奖。这荣誉的获得，也当然与组缃先生的"无声的指导"有关。泉下有知，他也会为之欣然的。

——原载《吴组缃先生纪念文集》，北京大学出版社1995年5月

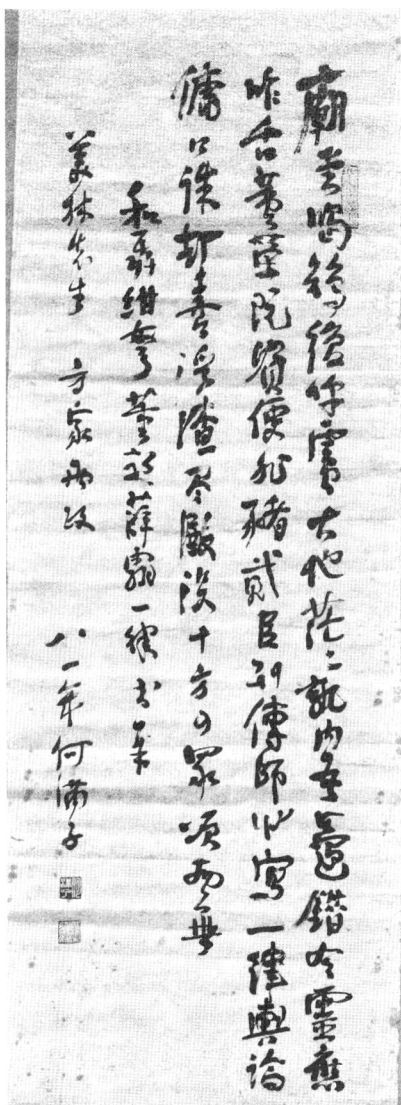

何满子先生赠作者手迹

追念何满子先生

数年前，惊闻满子先生谢世，不禁脱口而出"一声何（河）满子，双泪落君前"。笔者与何满子先生交往近三十年，陡闻此变，与悲伤一起涌上心头的还有那些枝枝蔓蔓的往事。

一

我与满子先生初识于 1981 年 10 月，彼时安徽滁州正举办纪念吴敬梓诞生 280 周年的学术讨论会，与会者有范宁、霍松林、何泽翰、何满子、章培恒、宁宗一、李厚基、平慧善等全国各地研治古代小说的专家学者数十人，其中两位何先生都是在 20 世纪 50 年代就有研究《儒林外史》专书出版的学者。尽管此前有很多论文发表，也发掘出不少资料，但以专书呈现给读者的不能不说是从两位何先生始。何泽翰先生的《儒林外史人物本事考略》于 1957 年由上海古典文学出版社出版，1985 年又由上海古籍出版社重版。而何满子先生的《论儒林外史》，更于 1954 年即由上海出版公司出版，1957 年由上海古典文学出版社再版，1981 年再由人民文学出版社出第三版。因此，会议中便与两位何先生多有交谈。因为满子先生是浙江人，而在天津任教的李厚基先生、杭州任教的平慧善先生也是浙江人，我虽是南京人，但 1950 年负笈杭州，四人常不自觉地聚在一起闲谈，于是乃有"浙东学派"的戏称。

与满子先生第二次相聚是 1984 年在南京召开的吴敬梓逝世 230 周年学术研讨会中。第三次畅游则是 1986 年在安徽全椒吴敬梓纪念馆开馆暨学术研讨会上。此后虽偶有聚晤，大都匆匆一面而已。因此可以说与满子先生的相聚都与"吴敬梓·儒林外史"这一题目有关。

不但聚首如此，连通讯也大多离不开这一题目，重检满子先生的十余封信（元旦、春节互致贺片不计），第一封信落款是 1983 年 8 月 7 日，最后一封信则是 2007 年 11 月 8 日写的。这两封信都涉及这一题目。不妨就此二信略作叙说。前者是缘于上海人民出版社负责人看到我发表于 1977 年初的《吴敬梓身世三考》，便于是年 8 月来函约我撰写《吴敬梓研究》书稿。与我联系的是该社古籍编辑室主任陈邦炎和责编邓韶玉两位先生。1982 年初夏交齐稿件。11 月，我收到总编室寄来的审读意见，对书稿做了充分肯定，"惟论艺部分"尚可再做补充。我便根据他们的意见，加以充实，于 1983 年春寄出。不久，收到满子先生于 8 月 7 日写的信，信中写道"美林兄：大作已由高章采同志交来，粗读一过，甚觉焕然一新，论据既有所充实，论断亦更符实际，争取九月发稿"云云，我方知拙作乃由满子先生审定。此稿于 1984 年 8 月印出，作为 1984 年 10 月召开的吴敬梓逝世 230 周年学术讨论会的赠书。进入新世纪后，当我将刚见书的《儒林外史研究史》寄赠满子先生时，他于 2007 年 11 月 8 日给我的最后一封信说："美林兄：蒙惠赐新撰《儒林外史研究史》，敬谨拜领，感激无既。兄真是为吴敬梓拼搏大半生，成绩卓荦可观，中国研究儒林第一家也。"

由此可见，与满子先生近三十年的交往，无论聚首还是通讯，都离不开这一"题目"，自然，悼念文字也就离不开这一"题目"。

二

满子先生做过记者，当过编辑，也任过教授；出版有学术著作，也写过不少旧诗，创作更多的则是杂文。一般说来，杂文作家必须关注现实，要抱着满腔的热情观察社会，感悟人生，而后方能写出切中时弊、发人猛省的杂文来。在《零年零墨》杂文集的"前记"中，满子先生说，"对文化的滑落、逆流的泛滥，却实在熬不住要表表态，自以为也是一种使命"。即便在他所创作的《一统楼打油诗钞》中的旧体诗，也无一不透露出满子先生对现实人生的深邃的思考。

在满子先生审读、评论拙作时，我也感受到他这种精神。如收入《吴敬梓研究》中的《论〈儒林外史〉"幽榜"的作者及其评价问题》，原是就《西北大学学报》1978 年 1 期发表的《关于〈儒林外史〉的"幽榜"》一文而写成的，发表于同一刊物 1979年第 4 期，拙作乃是针对胡适、赵景深以来的一些研究者对"幽榜"一回作者的考证做了一些探析。该文收入《吴敬梓研究》时，审读意见提出"此文可成一家之说，唯晚近对此问题及《儒林外史》回数问题，颇有新说"，并举出 1982 年《学术月刊》、《复旦大学学报》所发表的几篇文章，认为"其说如何，固可商榷，但系最新材料，又与本文相关，似可略作引述"。于是我便在该文一、二节之后增写了第三节，专就笔者原文发表之后出现的"新说"表示了一己之见，得到满子先生认可。

对社会现实予以关注，也是满子先生一贯的态度。当拙作《清凉布褐批评儒林外史》于 2002 年 1 月由新世界出版社出版后，满子先生在《中华读书报》（2002 年 3 月 27 日）发表《伟大也要有人懂》的书评，指出拙作的夹批，"表述了评者的世态评论和文化评论"；同时，他还引述吴组缃教授所说"关于中国知识分子的历史性格与命运，除了反右派斗争、'文革'、上山下乡之外，《儒林外史》里已经全有了"，进而认为"《儒林外史》迄今还有烛照世相特别是知识分子各色心态的巨大生命力"，满子先生认为对此"需要作专门的理论阐析"。文末满子先生又说不佞"是对此作出贡献的合宜人选，笔者期待其新的成果"。为不负满子先生所期望，近年除对批本于修订时有所充实外，还发表了一些专论，如《〈儒林外史〉中的师生关系》等等，这些专论大多收入三卷本《吴敬梓研究》中，于 2006 年 1 月出版后曾寄奉满子先生。至于第四次批注本去年才由商务印书馆出版套色本，已无从奉请满子先生指正了。

不过，正如满子先生在书评中所指出的，"这些评者自己的见解大抵限于对小说所描绘的时代的历史范围，并不引古喻今，这也可以看出评者严守前代评点派不离小说而旁骛的家法"。的确，在 20 世纪 80 年代作《新批儒林外史》时，即有友人建议结合现实进行批评，我未予采纳。90 年代末，我应一位教授之邀，为她主持博士生论文答辩。其间，她将自己创作的几部以当代高级知识分子生活为题材的小说赠我，并请我如同批评《儒林外史》那样为之批评，我也婉言辞谢。在我而言，批评古代小说是作为一种学术研究进行的，而不是为了写杂文；同时，我对现当代文学也只是阅读，并不拟做研究。当然，研究古代文学也必须以现代意识为观照，以时代的审美观念去评析，但只要将原著所反映的历史时代的现实批细、评深、论透，自然会引起后世读者的联想与反思，毋需特地引古喻今。

三

满子先生是多产的杂文作家，同时他在学术研究方面也取得了可观的成绩，除一些研究古代小说的专著如《论儒林外史》之外，晚年编定的三卷本《学术论文集》，就包罗了"古代小说经典谈丛"、"美学文艺学论稿"和"文史民俗杂著"等内容。他的研究以宏观的审视和理论的分析见长，但也十分重视资料的发掘，尤其注意论点和论据的统一。尽管他在给我的信中自谦地说"庶事太繁，心浮气躁，故只能作空论以酬世，通人讥为游谈，良有此也"（1984年11月25日），但他其实是对"空论"不满的。此信写于纪念吴敬梓逝世230周年学术讨论会后，信中提及两件事可以说明他的治学重视资料考据。一件事是会上有学者认为袁枚曾批评过吴敬梓，对此，满子先生写道："乍听大吃一惊，以为对吴袁关系得一突破，但据所举材料，不禁哑然。弟归来亦拣袁集一勘，乃知纯系捕风捉影之谈。"对这一问题，何泽翰先生于12月13日也从长沙来信说，有的论文谓袁枚"直接诽议文木等等，细察其引证又似不够说明此一问题，先生已考虑及之否，便中盼能赐教"。两位何先生都希望我能撰文澄清。我便在拙作《吴敬梓评传》第三章第八节中有极其简要的论说："或以为袁枚在《答鱼门》中曾论及传主（吴敬梓），将吴敬梓视作'大怪僻'、'大妄诞'一类人物；并进一步认为在《答某山人书》、《再答某山人书》中大加诋毁传主。这种看法尚难以使人确信，因为传主终其一生从来没有自命为'××山人'，他的朋友中也没有以

'××山人'称呼过他。而且,《再答某山人书》中,袁枚曾有'仆老矣'一类的语句,袁枚实小于敏轩十六七岁,似不可能用这样的语气给传主写信。至于传主与袁枚之间是否发生过什么纠葛、其纠葛又是何种性质,在目前未曾见到明白的文字记载之前,还难以论定。"

满子先生信中提及的另一件事是关于吴敬梓"嗣子嫡子一事"。因有学人对笔者发表于1977年初《吴敬梓身世三考》一文存疑,"三考"一文是笔者根据所发掘的资料,纠正胡适提出的吴霖起为吴敬梓之父的谬误,认为其生父为吴雯延,而霖起只是其嗣父。质疑拙作的《吴敬梓父亲是谁》于1985年发表,我的答辩《吴敬梓的父亲究竟是谁》发表于1987年。后满子先生在其所撰写的《中国大百科全书·中国文学卷》(1988年第二版)"儒林外史"词条文字中则采纳了笔者之说。1993年出版的《中国古代小说百科全书》中的"吴敬梓"词条,由石昌渝先生撰写,亦依拙说。直到2002年3月27日,满子先生发表的《伟大也要有人懂》的书评中,依然肯定拙说。

由此可见,满子先生治学以理论分析见长,但并非如其所自谦的只作"空论",他重视考据,讲究论据论点的统一,只是反对无谓的繁琐考据而已。

四

我对何先生早年的遭遇,原也不甚了解,在短暂的相聚中,满子先生有时会不经意地谈起几句;后来读到他七十初度时所写的《中国现代文学史上头等大事中一个小人物的遭遇》才有所了解。对照他的一生,正如张祜诗所云"故国三千里,深宫二十年",

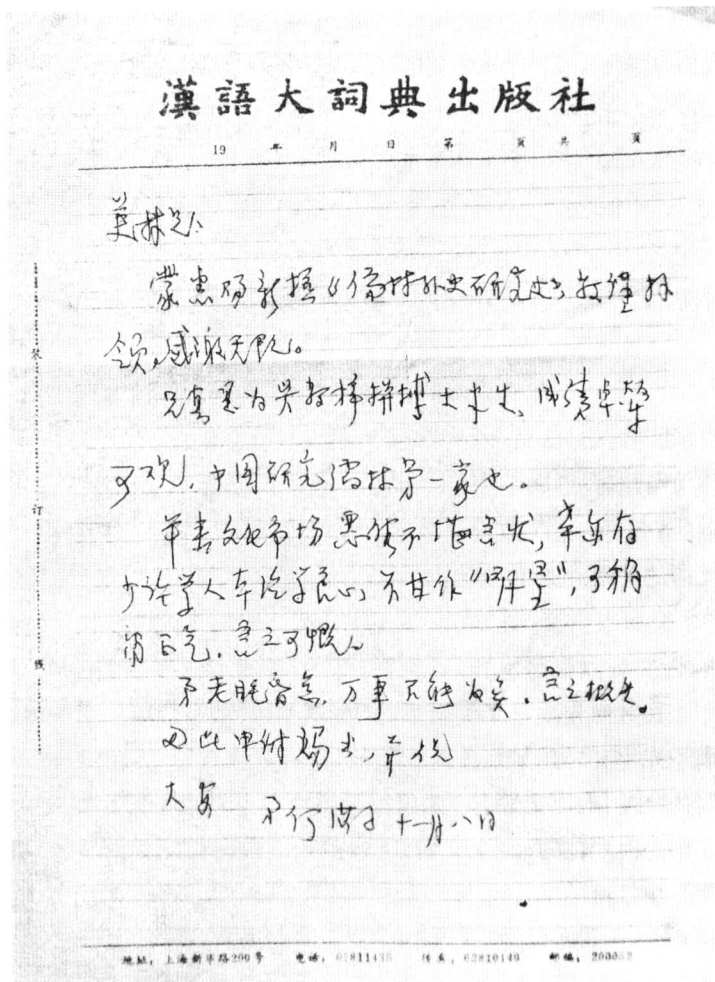

何满子先生致作者书札

由江南的文士而流放西北，可谓"三千里"了；20世纪50年代被捕，70年代平反，整整"二十年"。因此提起"一声何满子"，怎不令人嘘唏而叹！不过，70年代后期直至仙逝前这三十年间，他的晚年生活还是安定的，三十年中写了五十几本书，是值得钦敬的。因此张祜诗作的最后一句"双泪落君前"不妨仿照满子先生《一统楼打油诗钞》，径自改为"庆幸好晚年"！

当然，满子先生毕竟走了，思之令人泫然。犹记2000年4月11日，满子先生在给我的信中说："不想兄也将届古稀。记得80年代与兄、平慧善、李厚基把握时，谑称'浙东学派'，其时兄尚壮龄。岁月不居，李厚基已成故人。人生诚如梦幻泡影，静时思之，常觉怃然。"当年满子先生六十二岁，厚基兄五十整，慧善小我二岁为四十七。不料，厚基兄早于20世纪90年代中期已先逝，而今满子先生又去；慧善兄早我数年休致，我也退休多年。走了，退了，是自然规律。好在薪尽火传，尽管多寡不等，但四人都有著作存世，而且还后继有人。厚基兄曾于1990年携其弟子吴君、王君来我处申请硕士学位，由我主持答辩。其后吴君又于1998年来宁随我攻博。慧善于1991年邀我去杭州为他指导的傅君、叶君主持论文答辩，傅君于同年前来报考我的博士生，叶君也有专著《走向文史研究前沿》寄我。厚基弟子吴君随我攻博后，如今也在指导研究生。至于满子先生所指导过的顾君也有专著面世（在满子先生给我的十余封信中，有两封信专门将顾君介绍给我）。以满子先生为领军的"浙东学派"四人，虽走的走了，退的退了，但都后继有人。因此，满子先生饱经患难之后，以五十几部著作存世，以培养的弟子传承其学术，又以九十一岁高龄仙逝，虽令人叹惋，但也应是无憾了吧！

——原载《钟山风雨》2015年第6期

卅年前相识于榕城

——悼念蒋星煜先生

追忆何满子先生的文章在《钟山风雨》（2015 年 12 月 10 日出版之第六期）上刊出不几日，就传来沪上又一相识的专家蒋星煜先生于 12 月 18 日病逝的消息，就在此前（10 月 17 日）于南京召开的全国古典戏曲研讨会上，还曾与沪上友人谈及三十年前与蒋先生在榕城相识的往事，如今故人却已西去，真令人唏嘘不已。

一

那还是 1986 年的事。这年秋天，福建师范大学开办古代文学助教进修班，曾邀蒋先生及笔者前去做半个月的专题讲座。同住一座楼，居室相近，一日三餐又共一桌，因而相识并熟悉起来。

"文革"期间，高校停止招生，20 世纪 70 年代初曾招收由基层推荐的工农兵学员入学，学制三年；70 年代后期方恢复统招、统考，学制四年。连续招生几年后，在校学生人数大增，而师资严重匮乏，一则是无论三年制或四年制选留的少数业务"尖子"，并不能即刻上讲堂，而50年代后期、60年代初期毕业留校的助教，大多数尚未能独立开课便参加了"运动"，教学停顿、业务荒疏，短时间内也适应不了教学需要，而且这些人在"运动"中也有减员，少数人离开了教学岗位。为了应对日益发展的教学需要，有条件的学校便经上级批准开办助教进修班，招收各校新、老助教前来做短期进修，加大培养师资的力度和进度。各进修班都延请校外有专长的教授、学者来做讲座，以充实和提高进修班的教学质量。蒋先生是著名的戏曲研究专家，自然被邀请；笔者从1953年任教起，从教也卅余年，因而也被几所高校所办的助教进修班邀去讲课。

福建师大中文系古代文学教研室主任张文潜同志年龄略长于我，早我一年毕业，曾在南京工作，此前并不相识。1984年秋，她来南京参加由汪海粟同志主持的纪念吴敬梓逝世230周年学术活动。在会议的开幕式上，老辈学者段熙仲先生将她介绍给我，会议最后一天成立"中国《儒林外史》学会"，她被推选为理事，我虽未与会，但也被选为副会长，因此便有了一些联系。该校办班时，她便向系主任郑松生先生推荐，于是我便被邀去榕城了。也正因此，得识蒋先生，真是何幸之有。

福建师大所办之进修班，人数不算多。此前杭州大学所办之进修班，学员近百人，分甲、乙两班。尽管福州之班仅有学员十九人，但却也来自四川、西藏、宁夏、广东、湖南、江西、河南、安徽、浙江等地以及福建本省一些地市。他们的年龄从二十余岁到四十余岁，三十岁以上者过半数，有刚留校者，也有留校多年，但大都未曾独立讲过一门课。学员情况如此，讲课者必须变通面对本科生的讲授方式，包括讲授内容。蒋先生讲课非常认真，不时还与我商讨，他极其谦逊，对我说："我虽比你年长，但一直从事戏改、戏研工作，教书还是近年的事，你的教龄长，盼能多

蒋星煜先生致作者书札

提建议。"总之，由于我们都认真对待，学员还是没有什么意见的。不时还有学员前来问学。记得当年多次来访的学员有在抚州工作的邹君和在泉州工作的陈君，后者为张文潜先生高足，最初是由张先生向我特别推荐的。经过他们自己的长期努力，早年也都成为专家、教授了。邹君现供职于闽江学院，多次在学术会议上与其相遇，近日在东南大学召开的全国古代戏曲研究学术会议上还与之见面，只是笔者参加开幕式后主持完大会发言便先行离会，未能多谈，但2007年笔者受邀去海峡文艺出版社审读拙作《〈儒林外史〉研究史》清样时，他曾特地来下榻处访谈半日。陈君曾两次来宁访问，后来她去北京攻博，取得博士学位后留在北师大供职。1996年，北师大陆善镇校长邀请笔者赴京，接受客座教授之聘，她曾来下榻处探访，返宁时又送至机场。2007年在南开大学主办的中国小说史学术会议上，又与其相遇。在与他们交谈时，都回忆起在助教班之往事。我想，蒋星煜先生有知，也会为他们的成就而感到欣慰的。

二

榕城半月，隔日方有半天课程，与蒋先生接触机会极多，随时可以交谈。蒋先生似乎不抽烟、不饮酒，在下也无此嗜好，只要有清茶一杯，便可倾谈半日。

蒋先生曾介绍他的基本情况，说是江苏溧阳人，早年在上海复旦大学读书，未曾毕业便参加工作，在图书馆做过职员，又当过编辑，还在南京当过记者。当蒋先生得知我虽在浙江大学读书，却是南京人，与我谈起南京的风土人情特别有兴味。他说，新中国成立初期，一直在上海文化部门从事戏曲改革工作，进而专门

陈美林、蒋星煜（右）1986 年秋于福州

研究戏曲，接触过许多中外学者，如日本的波多野太郎，国内的王季思、赵景深、马少波、徐朔方等，获益多多。蒋先生说，除研究戏曲而外，还喜欢创作，这可能与早年当过编辑、记者有关，也曾因为创作了一篇历史小说而扬名、而遭谴。那是 20 世纪 60 年代的事，吴晗写过《海瑞罢官》，他便写了《南包公海瑞》。当姚文元批判《海瑞罢官》的文章发表后，他在沪上也被点名批判，一时有"北吴南蒋"之称，因而为广大读者所知名，也因此而遭谴，被下放劳动改造。直到"文革"后落实政策，方被调回戏曲研究所，恢复戏曲研究工作，但创作之好未曾稍减，不时仍有历史小说发表。

蒋先生也要我做点自我介绍，便向他说读中学时也喜欢写写弄弄，所以 1950 年便考入浙江大学文学院中文系。1951 年暑假，省文联陈学昭说起当时浙江尚有三种劳动群众的生活未曾在文学创作中得到反映，这便是茶农、盐民、渔民。她自己去了杭州龙井茶场体验生活，后来出版了《春茶》小说；渔民，另有作家去写；至于余姚庵东海边的盐民，便组织浙大三个学生（包括笔者）去体验。我们去海边盐民家住了一个月，归来后一字未写，问题在于无法沟通，我听不懂当地方言，他们也听不懂我的南京腔，可谓无功而返。此后，根据政务院命令，首届大学生提早一年即1953年毕业，参加社会主义建设。我被分配做教师，于是无缘创作了。1958年曾在江苏师范学院（今之苏州大学）与钱仲联先生共事，他被任命为古代文学教研室主任，笔者为副主任。钱先生当年五十出头，笔者廿余岁。他表示自己不讲授小说、戏曲，让我承担。而在读书时未曾系统学习过小说、戏曲（一般安排在四年级讲授），只能边自学边准备。在编写讲稿、讲义时，发现许多古代戏曲作品当时还很少印行，学生看不到作品，课堂讲授时便有隔阂。我便想到孔尚任的《桃花扇》和李渔的《风筝误》等传奇都曾被人改写为小说，英国莎士比亚、法国莫里哀等剧作家的作品也曾被改写为小说，而且也成为盛行一时的"名著"，不妨试试，改写一些杂剧、传奇以适应教学之需。这些改写的文稿，在80年代初被江苏人民出版社的王远鸿同志得悉，认为可以发表、出书。他认为"改写"其实也是一种"创作"。于是先行出版了《元杂剧故事集》。蒋先生说，他见过此书，不过另有署名，我乃告知是用了笔名。后来还出版了明、清两代的杂剧改写本，也都用的是不同的笔名。其后，《元》剧那本被外文出版社的周奎杰同志在北图见到，认为可以出版外文版，便通过王远鸿同志找到笔者，先后出版了法、英、德文本。此后周奎杰同志又约我将《牡丹亭》《长生殿》、《桃花扇》改写为中篇小说，由新世界出版社出版了中、英文对照本，此三种英文版又由美国纽约一家出版社合成一册出版。这可称是"另类"的创作了。当然，如同蒋先生创作的历史小说一样，有许多作品是在榕城之会后进行的；我的改写，也有许多是在与蒋先生相识以后完成的。这只能说是与蒋先生同样有写写弄弄的嗜好，并非单打一地仅做研究，对于创作，并未能"忘情"。如今想来，就此而论，与蒋先生的相识也是一种"缘分"吧。

三

蒋先生是戏曲研究专家，对学术界发表的有关戏曲的论著，都浏览无遗。在听说我的一些改写作品署笔名发表后，他便联想到一个问题。他说，在80年代初，见到我发表的《论李玉剧作题材的现实性》以及《凌厉的抨击和壮阔的斗争——读李玉〈清忠谱〉的"骂像"和"义愤"》，便问我中华书局出版过一本《李玉和〈清忠谱〉》，是否是您所写，用了笔名。我便告之：正是在下所写，那还是1961年中华书局约稿，直到1979年才据1963年排样印出。蒋先生立刻就说，那约稿时你还不到三十岁啊！在有些诧异之后也说自己在二十几岁时就出版了《中国隐士与中国文化》。从此蒋先生与我的谈话更拉近了距离。

笔者在1978年发表的《〈西厢记〉的题材、人物及其它》，1979年发表的《汤显祖和〈牡丹亭〉》等文字只能称是习作，但蒋先生在谈话时也曾提及。他说自己特别钟情于《西厢记》的研究，对《桃花扇》也研究有素。此后有一些专著面世，如《〈西厢记〉的文献学研究》，在学界极有影响。此外尚有《〈西厢记〉研究与欣赏》、《〈桃花扇〉研究与欣赏》等，蔚为大观。笔者也有一些论著，但只是零敲碎打而已。如《桃花扇》，除出版过改写本（中英文对照）外，也应台北三民书局之约，出版过校注本《桃花扇》，又应北京新世界出版社之约，出版过西洋歌剧形式的整理本，纳入《大中华文库》出版了中英文对照本。至于《西厢记》、《牡丹亭》等后来也发表过一些论文。

蒋先生还注意到上海古籍出版社于1984年出版的拙著《吴敬梓研究》，他特别提及其中一篇《吴敬梓和戏剧艺术》，认为此前尚未有论文涉及吴敬梓与戏剧之间的关系。我告诉蒋先生此文于 1979 年即发表了。他又提及 1984、1985、1986 连续三年《文学遗产》第一期都见到我的论文，前两篇是有关吴敬梓和《儒林外史》研究，而后一篇则是《试论杂剧〈女贞观〉和传奇〈玉簪记〉》，蒋先生特别指出这篇文章能将杂剧、传奇乃至话本、笔记等不同体裁而题材相同的作品放在一起加以比较、审视，很有特色。他还谦虚地说，对他很有启发，表示今后要加强联系，相互切磋。在讲座结束各返沪、宁之后未及一月，便收到蒋先生来信，开端便说："榕城见面，甚为欣慰。今后保持学术上的联系，定能使我多受教益也。"并寄来在榕城同游涌泉寺的照片"以为纪念"。

蒋先生建议的"保持学术上的联系"并非虚言，半年后又收到他的来信，云：

美林同志：

别来凡八阅月，怀念殊殷。

我和齐森华、叶长海诸同志应上海辞书出版社之约，在编《元曲鉴赏辞典》。凡王季思、隋树森、马少波等当代名家咸已承包条目，估计九月即可收齐。

阁下为行家，拟待共襄此盛举，写一条好否？如能写两条当然更欢迎。特介绍编辑同志和你直接联系。

祝

夏安

蒋星煜

7.30（1987）

在榕城时，蒋先生曾提及在下为《元杂剧鉴赏集》（人民文学出版社 1983 年）中所写的《〈倩女离魂〉的题材、情节和语言》

一文，想来方有此次约稿之举。为不拂盛情，乃为之撰写了郑光祖的《㑇梅香》和无名氏的《桃花女》两篇，于1990年7月出版。湖北辞书出版社又于2004年出版了《古典剧曲鉴赏辞典》，又将此二条收入。今日两册辞典仍在书架上，而蒋先生却归道山，令人思念不已。

四

蒋先生是年长的专家，在下一些见解，得到他的首肯，非常高兴。榕城之会后不几年，再次有此体验。那是在1990年初在石家庄召开的首届海峡两岸元曲研讨会上。

1990年2月初，筹备多时的海峡两岸明清小说研讨会在南京召开。此前两岸如此众多的学者在一起研讨学术之举尚未见有。因此江苏省十分重视，精心准备。由江苏省社会科学院副院长盛思明同志任组委会主任，笔者与省社科院文学所所长陈辽副之。台北方面组成以魏子云为团长，龚鹏程、郑向恒、林锋雄为副团长的"台北古典小说戏曲访问团"，团员包括台北公私立大学王三庆、洪惟助、曾永义、康来新等教授、副教授二十余人，包机取道香港飞宁。（南京之会，笔者已另有文回顾，此不赘）河北原欲召开元曲关、王、马、白研讨会，也邀请了笔者，当他们闻知江苏会议情况，便派了河北师范学院（今河北师范大学）王立辰副院长等两位同志来南京，并曾到舍间相访。他们回去后办了两件事：一，将"关、王、马、白研讨"更名为"首届海峡两岸元曲研讨会"，会议地点改为当年比较高档的石家庄国际大厦；二，由河北出面向上海铁路局预定一节软卧保留至南京上客。南京会议结束前夕，他们派了一位秘书前来，邀请在下与台北学者一同赴石。次日抵达河北，在报到处得知蒋星煜先生也已到会，与会者有祝肇年、洛地、袁世硕、李修生、张国光、洪柏昭等学人。

这次会议，我提交的论文是《"太平多暇"与董、王〈西厢〉的产生》。主要论述金、元两朝并非太平盛世，战争频仍、生产停滞、民生困苦、学术凋敝、士子沉沦，"大环境"并不佳，但产生"董西厢"的金章宗朝和产生"王西厢"的元成宗朝的"小环境"，政局还是趋向稳定、生产逐渐恢复，从而宇内小康、文教复兴，少数民族统治者又比较重视汉文化，对文人也较优礼，可谓时代"太平"，文人"多暇"，从而产生了这两部著名的剧作。文中还引用明人王骥德在《曲律》中所言："唐之绝句，唐之曲也，而其法宋人不传。宋之词，宋之曲也，而其法元人不传。以致金、元人之北词也，而其法今复不能悉传。是何故哉？国家经一番变迁，则兵燹流离，性命之不保，遑习此太平娱乐事哉！"拙作印发后，个别先生不以为然，仍持"时代不幸诗人幸"的观点，认为越是动乱的时代越能产生优秀的作品。当然支持拙见者并不乏人，但是我想听听研究《两厢》的大家蒋先生的意见。会议最后一天上午发言由蒋先生参与主持，下午的发言由在下参与主持。乃利用午饭后简单交谈，蒋先生同意拙说。我还进一步以当前的会议为例，说如果两岸局势不趋向缓和，彼此学者能坐在一起讨论戏曲么？更不必说创作戏曲了。蒋先生颇以为然。拙说在当时是令有些人感到"新鲜"的，到如今可谓之"常识"了。在那时，能得到蒋先生的支持分外高兴。

石家庄一聚，直到新世纪在苏州召开的国际昆曲论坛上方再次相遇，但未能有机会聚谈。如今蒋先生已归道山，思之颇以为憾，并令人泫然，乃为此小文，以寄托哀思。

——原载《艺术学界》第十五辑，2016 年 7 月

追忆与何泽翰先生的交往

孟子云："颂其诗，读其书，不知其人可乎？"对于何泽翰先生，我是先读其书，后晤其人，最后方是颂其诗。如今，泽翰先生已归道山多年，但二十几年前短暂的晤谈与稀少的通讯，至今难忘。

何泽翰先生的《儒林外史人物本事考略》于 1957 年 12 月由上海古典文学出版社出版，我在 1958 年夏便曾读到。当年，江苏师范学院（今之苏州大学）要恢复 1955 年并入南京师范学院（今之南京师范大学）的中文系，从南京不同单位调去数人重建。江苏省人民政府任命刘开荣先生为系副主任（正职缺），学院则任命钱仲联先生与笔者为古典文学教研组正、副组长，我还兼中文系资料室主任。筹建资料室之初，十分重视从各方面采购图书，在新华书店等发行部门设有专门户头，一有新书到便立即通知我们去挑选，因此近在咫尺的上海新书很快就能见到。同时，由于我担任了元明清文学的教学工作，何先生此书自然成为教学参考书，但当时也就一般性地翻阅而已，认真研读此书则始于 1971 年。那时人民文学出版社约请南京师范学院（彼时我已在该院工作）整理《儒林外史》，我被指定为"三结合"小组成员之一。关于这项工作，我已有文叙述，此处不再赘言①。在完成"前言"初稿的撰写任务后，便退出小组，接受新的任务，但吴敬梓和《儒林外史》的个人研究并未中断。为了全面、深入地进行这一课题的研究，对于《儒林外史》的各种版本及能够见及的有关研究论著和资料，都一一重新研读；泽翰先生的"考略"也就很自然地成为我重点研读的著作之一。

关于吴敬梓及其《儒林外史》的相关资料，前人也有所搜辑，如清代同治年间金和在其所作《儒林外史跋》中就曾涉及，平步青、张文虎续有补充。此后，赵景深、季羡林、钱钟书、张慧剑等人均有所发现，但未若何氏之作辑录丰富。就人物原型而论，"考略"钩稽出三十余位艺术形象的原型资料；就本事而言，"考略"也辑录有三十余条。此外，还搜求到一些有关吴敬梓生平、交游的资料以及对《儒林外史》的评论。特别值得称道的是"考略"所引资料一一注明出处，见于何书何卷。这对于吴敬梓及其《儒林外史》的研究者而言，确实是一部极为重要的参考书，其功用绝不亚于早年胡适所搜集的资料及其所作的考证、评述。笔者在浙江古籍出版社成立二十周年征文时所写的《吴敬梓研究资料的发掘和利用》②文中就说："发掘吴敬梓及其《儒林外史》的研究资料，笔者以为解放前以胡适的成绩最大，解放后以何泽翰的贡献最多。"文中还提到"20世纪70年代中期，笔者寻访得一些新的资料，乃有学人请我所在学校的资料室主任赵国璋先生传达信息：希望与我们合作编一本《儒林外史》的研究资料。我考虑

---

① 可参见《人文版〈儒林外史〉前言有四稿》，载《文史知识》2001年11月；《跋涉"儒林"三十载》，为拙作《清凉布褐批评儒林外史》跋语，新世界出版社2002年1月。

② 见《文史新澜》一书，浙江古籍出版社2003年11月。以上三文均收入三卷本《吴敬梓研究》中，南京师范大学出版社2006年1月。

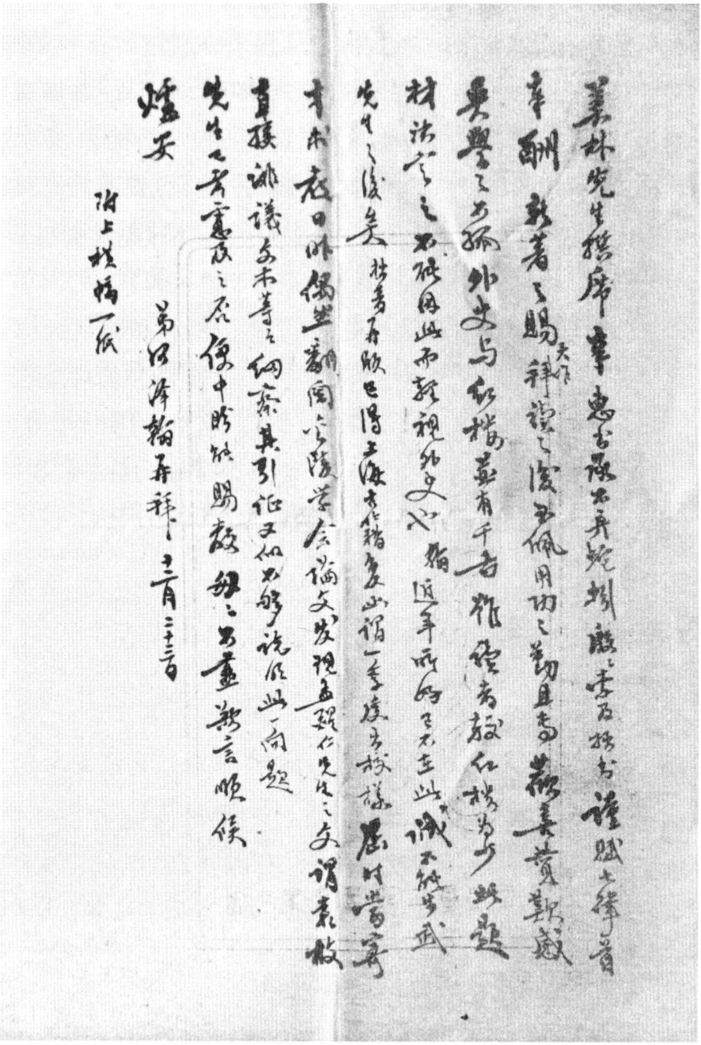

何泽翰先生致作者书札

到当时所掌握的新资料，其分量尚不足以专门辑成资料汇编一书。如果编辑成册，必然要大量迻录胡、何二氏著作，似非所宜，便婉言谢绝"。经过此事，"笔者更加强了搜集资料的力度，三十年来也发掘了不少胡、何二氏未曾称引过的资料，并且大部分都引进到我的研究论著中去"。对于这项工作，在前文申述的基础上，我又发表了《再论吴敬梓研究资料的发掘和利用》[①]，作进一步的阐说。此外，我还专门发表了几篇有关资料辑录和考证的文章，如《康熙〈全椒志〉中有关吴敬梓先世资料》[②]、《陈毅及其〈所知集〉中涉及的有关吴敬梓交游资料》等[③]。

尽管在资料发掘方面我也做了一些工作，但依然认为何氏"考略"的价值不可替代，何先生的贡献不可淹没。从再版后记中知道此书在香港早有翻印本，并且行销英、美，可见其影响之深远。令何先生不解的是，他的"再版后记"作于1983年9月，而"考略"却再版于1985年6月。在这期间，同一出版社于1984年7月出版了另一作者所编的《儒林外史研究资料》，而这本"资料"有很多内容见于何著而未注明。有人作文指出，在人物原型考证的三十一条资料中，仅有二条非"考略"所有；在情节本事辑录的四十二条中，有三十五条出自"考略"[④]。其实，"资料"一书中尚有许多资料并非该书编者所发掘，如佚诗佚文栏中所辑录的作品，大多为范宁、陈汝衡、卜孝萱、汪蔚林、周德恒、吴新雷、王孟白、竺万以及笔者等人所发掘，"资料"录入时同样未注明，似乎"资料"一书中所有的资料全系其一人所挖掘。当然，编者

---

① 见《南京师大文学院学报》2005年1月。
② 见《文献》15辑，1983年8月。
③ 见《江海学刊》1982年6月。以上三文均收入三卷本《吴敬梓研究》中。
④ 见《想望风流倍惆怅——评何泽翰先生对〈儒林外史〉史料学的贡献》，《中国文学研究》1993年3月。

将这些零星发表的资料辑录在一起，有利于读者和研究者使用，自有其出版的价值，但不应不加注明，他人爬梳搜寻之辛劳不应掩没。既然是汇编"资料"，还是以注明出处为宜。泽翰先生与程千帆先生有交往，曾有二绝句，诗题为"千帆老兄寄示近作……读之引余感旧之思，盖君昔寓珞珈山斋，余常往游也"，程千帆先生曾对笔者谈起"考略"的遭遇，颇有看法，乃为此书的再版题写书名。泽翰先生也在 1987 年 7 月 15 日所写的一封信中说及此事，认为只要"读者持再版与 × 之书对照，则庐山面目出矣。故拙著之名非 × 君所能攘夺也，只能听之任之"。

二

何先生不仅重视资料的搜寻，而且也重视理论的探索，对文学艺术的本质和特点有清醒的认识。他之所以爬梳文献、搜寻资料，目的在于更好地分析作品中的艺术形象和情节构成。在"考略"初版的前言（作于 1957 年 8 月）中，何氏明确地说："经过作家概括和典型化以后的艺术形象和原型之间有着巨大的区别，小说并非家谱和碑传，与历史上的真人真事不会完全一样。我们应该把作者所摄取的生活素材当作艺术构思的胚胎来看待，藉以窥察创作过程的本身，亦即作者将生活素材转化为艺术作品的手法，进而认识作品的整个倾向性及其社会意义。"

笔者极其赞同泽翰先生所论，在拙作《新批儒林外史》① 第一

---

① 1989 年 12 月由江苏古籍出版社出版，印行七次后，经大量增订，更名《清凉布褐批评儒林外史》，由新世界出版社于 2002 年 1 月出版，2009 年 2 月出版了修订版。2014 年 8 月再由商务印书馆出版了《陈批〈儒林外史〉》套色版，即第四次批评本。

回夹批中即云："王冕，历史上实有其人，以书画闻名于世。宋濂、朱彝尊等先后为之作传。惟《儒林外史》中之王冕乃作家所塑造之文学形象，不可处处以史实推求。"继而又发表《"隐括全文"的"名流"王冕》一文，有进一步阐说："任何一个历史人物，一旦被作家采撷到文学作品中、被塑造成文学形象之后，必然与其原来的面貌有所不同。作家总是顺从文学作品本身的规律、依照自己的意愿去塑造他；凭自己的想象力去丰富他，靠自己的判断力去修剪他。这种对历史人物事迹的增饰与芟除，正反映了作家的审美情趣，表现了作家对现实生活的理解，因而作为文学形象与作为历史人物，二者是有所不同的。"[1] 不仅对王冕这一艺术形象应作如是观，对所有文学作品中的艺术形象也都应作如是观。

何先生半个世纪前在"考略"前言中所表述的见解，可说是文学研究者的共识。岂知在 21 世纪之初见有分析王玉辉"悲剧世界"的论文，其中对王玉辉这一形象的分析多可商榷，这且不论，仅就其对艺术形象与人物原型之间关系的见解来考察，该文也完全违背这一共识。该文说："应当承认，王三姑娘绝食殉夫的心理根据和文化环境是（《儒林外史》作者吴敬梓）揭示得不够充分的，我们（'悲剧世界'一文作者）不得不发掘徽州，特别是原型人物周围的文化背景材料，加以阐释。"其所"发掘"的"背景材料"大都见于何氏"考略"一书，可是却又违背泽翰先生在"前言"中所表述的考索原型和本事的终极目的，而将原型与形象混淆在一起加以主观"阐释"，并未有从文学作品中的人物形象本身去分析它所蕴涵的意义。如此研究文学，是不足取法的。

---

[1] 发表于《文史知识》1991 年 7 期，为拙作《儒林外史人物论》中的一篇，中华书局 1998 年 5 月出版。

泽翰先生还十分重视材料与观点的统一，他认为大凡立论，不可出臆测之语、无根之论。1984 年召开的纪念吴敬梓逝世 230 周年学术讨论会后，何先生于 12 月 13 日自长沙来函，其中有云："昨日偶然翻阅金陵学会论文，发现孟醒仁先生之文谓袁枚直接诽议文木等等，细察其引证又似不够说明此一问题。先生已考虑及之否？便中盼能赐教。"对于孟先生这一见解，讨论会上就有不同意见，笔者也曾与何满子先生交换过看法，认为孟先生的见解不能成立。会上曾有人建议笔者作文商榷。我则以为孟先生这种见解，可视作一家之言，不必专门为文讨论，在有关著述中提一下即可。收到泽翰先生信后，我乃将自己的看法相告。此后在拙作《吴敬梓评传》①第三章第八节中曾表述一己之见，说："或（未出孟先生名）以为袁枚在《答鱼门》中曾论及传主（吴敬梓），将吴敬梓视作'大怪僻'、'大妄诞'一类人物；并进一步认为袁枚在《答某山人书》、《再答某山人书》中大加诋毁传主。这种看法尚难以使人确信，因为传主终其一生从来没有自命为'××山人'，他的朋友中也没有以'××山人'称呼过他。而且，《再答某山人书》中，袁枚曾有'仆老矣'一类的语句，袁枚实小于敏轩十六七岁，似不可能用这样的语气给传主写信。至于传主与袁枚之间是否发生过什么纠葛、其纠葛又是何种性质，在目前未曾见到明白的文字记载之前，还难以论定。"这可算是笔者对泽翰先生的答复。

何先生重视有根有据地评论作家的实事求是的态度，在另一个具体问题上也表现出来。关于吴敬梓是否参加博学鸿词科考试的问题，在 1981 年吴敬梓诞生 280 周年学术讨论会前夕，也发生

---

① 南京大学出版社 1990 年 12 月初版，已印行五次。

过争议。当时《艺谭》杂志为了配合会议的召开，第三期，为纪念特辑，发表了有关《儒林外史》的论文十一篇。刊物曾向我约稿，大约也给何先生发了约稿信，在这期刊物上，我与泽翰先生的两篇论文没有与那十一篇文章放在一个栏目，而是特辟了一个"百家争鸣"的栏目，编者的意图和倾向是十分明显的。何先生的文章是《吴敬梓未参加博学鸿词科考试问题的我见》，不同意一些论文作者那样说，吴敬梓具有民族思想，不受清朝统治者的笼络，所以拒绝征聘，而认为确实是因病未能赴试。此际，我与何先生尚未曾见过面，也未通过信，但我也写了一篇《关于吴敬梓应征辟问题》，因早已寄《社会科学战线》[①]，而将另一篇《关于吴敬梓身世问题》寄给《艺谭》。关于是否参加博学鸿词考试问题，我与泽翰先生的观点一致，这也许是在不久召开的学术讨论会上，与何先生很快就谈到一起的缘故。拙作关于吴敬梓身世问题，是答复一些人对我在《吴敬梓身世三考》[②]一文中提出的吴敬梓曾经有出嗣经历的批评，经过长期的讨论，我的提法已为大多数学者所接受，《中国大百科全书》、《中国古代小说百科全书》等辞书的相关词条，都采用拙说，后来吴敬梓的后人也同意拙说。但在 1981 年会议前夕，我的文章与何先生的文章，都被视作一家之言，颇可争鸣：其实这也是学术讨论中的正常情况，不足为怪。但也正因为此，此后与何先生虽然接触不多，但却彼此倾心。

---

① 直到 1984 年 2 期方行刊出；美国出版的《海内外》1985 年 4 期转载。收入拙作一卷本《吴敬梓研究》，上海古籍出版社 1984 年 8 月。
② 发表于《南京师范学院学报》1977 年 3 期，收入拙著《吴敬梓研究》中。

三

　　我与何先生只见过两次，都是在 20 世纪 80 年代。一次是 1981 年，安徽省筹办的纪念吴敬梓诞生 280 周年学术讨论会；一次是 1984 年，江苏举办的纪念吴敬梓逝世 230 周年学术讨论会。这两次会议，何先生与笔者都同时参加。1981 年的会议在安徽滁州地区召开，因为吴敬梓的家乡全椒县正属于滁州地区，从 10 月 12 日到 16 日会议进行了五天，与会代表有来自全国各地六十余名专家。何先生提交的论文是《吴敬梓生活和创作源泉的重要资料——古诗三首详注》，我提交的论文是《鲁迅和吴敬梓》，这两篇文章都收入会议论文集[①]。何先生的文章又收入"考略"的再版中，笔者的这一篇文章与另一篇发表于 1981 年 4 期《南京师范学院学报》的《略评胡适对〈儒林外史〉的研究》，同时收入《吴敬梓研究》中，成为我早期写成的《儒林外史研究史》[②] 中的两章。在滁州会议期间，笔者得与何泽翰、范宁、霍松林、何满子先生相识，同游琅琊山。此后，曾与范宁先生同时参加《歧路灯》学术讨论会，一同登嵩山，游少林；过西安时，陕西师大邀去作学术报告，宴请时，霍松林先生出席作陪，他也曾推荐弟子随我攻博，十几年前已取得学位，如今已是河北师大的教授了；何满子先生后来成为拙作《吴敬梓研究》[③] 的审稿人，当拙作《清凉布褐批评儒林外史》出版后，满子先生又在《中华读书报》（2002 年 3 月 27 日）发表题为《伟大也要有人懂》的长篇书评。而与泽翰先生滁州一别，

---

① 　《儒林外史研究论文集》，安徽人民出版社 1982 年 9 月。
② 　海峡文艺出版社 2006 年 12 月出版。2011 年清华同方出版电子版。
③ 　一卷本《吴敬梓研究》，上海古籍出版社 1984 年 8 月。

何泽翰先生赠作者手迹

直到 1984 年于南京方得再聚。

1984 年 11 月 1 日至 6 日在南京召开了有全国各地九十余位专家参加的纪念吴敬梓逝世 230 周年的学术讨论会。何先生也前来参加，但未提交论文。笔者的论文是《吴敬梓的家世对其创作的影响》，会上即被《文学遗产》编辑部同志索去，刊于次年第一期①。会议期间，得与泽翰、满子先生同游南京的名胜古迹。诸如朝天宫、水西门、夫子庙、淮清桥等处；又去扬州瘦西湖、平山堂等处游览。会议期间，还观看了由南京电视台拍摄的由笔者任文学顾问的专题片《吴敬梓和〈儒林外史〉》。会议最后一天成立中国《儒林外史》学会，我未曾与会。会后知道，会议选举吴组缃先生为名誉会长，章培恒为会长，宁宗一、李汉秋等人为副会长，何满子、何泽翰、刘世德、聂石樵、郭豫适、李厚基、袁世硕等人为理事。笔者也被推为副会长，但从不过问学会之事。

南京会议上，将同年 8 月出版的拙作《吴敬梓研究》作为会议赠书，泽翰先生颇多称许，并题诗相赠，诗云：

> 阳狂玩世秦淮客，薄俗纷纷过眼新。
>
> 著述九流甘末等，风标百代慕高人。

---

① 收入论文自选集《清凉文集》（南京师大出版社 1999 年 11 月）和三卷本《吴敬梓研究》中。

徽音愧我才难企，遗躅欣君地与邻。

更有金陵图咏在，赓歌好作盛时民。

美林先生于吴文木外史最为专精，赋赠即正

一九八四年十二月弟何泽翰

何先生还将此诗发表于 1985 年 6 月由岳麓书社出版的《湖湘诗萃》一、二期合刊上，并将这期杂志和再版于 1985 年 11 月的"考略"题赠笔者。我则将泽翰先生的赠诗与匡亚明先生的题辞一同刊于 1990 年 12 月出版的《吴敬梓评传》卷首。

此后，与何先生联系虽不多，但仍相互关心。每有湖南来客，必请代为问好。犹记 1994 年夏，泽翰先生所在之湖南师范大学有请我去该校任教之举。先是该校人事处成健同志和中文系主任彭丙戌先生之妻、教育系陆魁秀老师来舍间传达该校这一意向。不久，中文系黄钧老师又持彭主任信来舍间，说奉张楚廷校长之命，热忱欢迎我举家前往该校任教。张校长是学数学的，与内子（南京师大数学系教师）会有共同话题，并说不妨先于十月去讲学，了解一下，并游览张家界。对前后来舍间的湖南师大的老师，都曾向他们打听何老情况，并请代为问好。而我因故土难移，未能接受该校盛情邀约，即连讲学之举也因当时参加江苏省高校职称评定工作，也未能赴湘，失去与泽翰先生再聚的机会，至今憾憾。但不久，我收到长沙水电学院学报（社科版）副主编李传书先生寄来的杂志，并有信说，他是何先生弟子，从泽翰先生处知道我，邀约我为他们刊物写稿。21 世纪之初，我的一位博士返湘任教授，他在湖南师大指导的一位硕士生，前几年来南京访学，我向他询及何先生，他不清楚，但返湘后来信相告，他从系里老教师处得知何先生已归道山数年。乍闻之下，不禁怅然，一直想写一篇文字以为追念，但总因公私鞅掌，未能成篇。近日感到不能再迁延，乃决心将此前断断续续写下的文字连缀成文，希望这篇小文能引起学界对《儒林外史人物本事考略》的新的重视，这该是对何泽翰先生最好的纪念。

——原载《文献与人物》2016 年第 2 期

追忆钱仲联先生

钱仲联先生是著名的古典文学研究专家，笔者有幸自 1958 年夏起与之共事六年，1964 年春调回南京后，与之再聚已是 30 年后的 1994 年夏，此后未曾有缘再见。如今钱先生已归道山数年，近年有弟子、友人先后送来钱先生两封信的复印件，半个世纪前与先生交往的情景又涌上心头，悠悠往事并未如烟如云。

1961 年，钱仲联与马茂元（左二）、郭绍虞（左三）、夏承焘（右一）在上海合影

苏州相识

1958 年，江苏师范学院（今之苏州大学）要恢复于 1955 年并入南京师范学院（今之南京师范大学）的文科，而南京师院同样要重办同时并入江苏师院的理科。两校抽调相关教师互相支援，以中文系而言，南京师范学院派出以刘开荣为首包括钱仲联、耿某、孙某、翁某、应某几位先生去苏州。笔者当年正在南京参加筹建中国科学院江苏分院的工作，原拟在文学所成立后去所里从事研究工作，而国务院新任命的江苏师范学院院长刘烈人在去苏州履新之前，也在南京罗致人员去苏州工作，笔者便被动员去该校任职。

暑假期间我即被催去报到，到达苏州站时居然有人事处某处长来接。报到后某一日，新被任命为系副主任（正职缺）的刘开荣先生特请耿某一起陪同我游览苏州园林。饮茶之际，刘先生含笑对我说："我们有不少课程尚未有教师担任。听刘院长说，他从科学院要来一位先生，我们的期望很大呢，不曾想到你还这么年轻。"听了这番话语，我方明白何以有人事处长接站之举，如今见到人后，怕是既感意外，也有几分失望。不过，话说回来，院、系对我这样一个 1953 年大学毕业（毕业时 21 岁）的青年教师还是信任的，当时院方任命钱仲联先生为古典文学教研组组长，我为副组长，系里又任命我兼系资料室主任。当时古典文学教研组仅三名教师，钱先生与笔者之外还有一位当年从华东师大研究生班毕业分来的助教。教研组后来不断充实，人员渐多，乃升格为教研室，钱先生与笔者继续任正副主任。

当年我知道钱先生曾对黄遵宪、韩愈的诗作进行笺注、系年、集释，很有成就，但他的职衔却是未曾定级的教员，虽不知就里，也不便询问。任命后不久，总支书记把我叫了去，说："你虽是副的，有事可要找你。"我有些不解，他接着说："你知道钱仲联的历史么？"我说不明白，他也只含糊其辞地说了几句，让人感到是在民族气节方面有些问题。接着又问我："你知道金某某是什么人？"我自然不明白，他便明确地说："他是教授，但是个右派，派在资料室做资料员，你要好好督促。"经他这样"提醒"，我虽凡事要向钱先生汇报、请示，对他的学问也很钦佩，但在日常相处时不免要保持一定距离，因为民族气节问题可是大是大非的问题。我相信，凡是从那个年代过来的人对此情景都能理解。我们之间这种不亲不疏的状态一直保持到1964年春我离开苏州为止，而钱先生的"教员"则一直做到"文革"后的1979年，恢复教授职称后问题才得以彻底解决。

会朱季海

1958年秋季开学后不久，我在办公室内遇见钱先生，他说起在南京师范学院工作期间有唐圭璋、段熙仲、徐复等先生可以交往谈学，如今调来苏州，已无人可以共同探讨学问了。他说，北京友人建议他可以找章太炎弟子朱季海交往，但经友人联系，朱季海先生既不愿来江苏师院拜访钱先生，又不愿意在家中接待钱先生前去拜访，而是建议星期日在怡园见面。钱先生无可奈何地对我说："我不认识他，他也不认识我，两个不曾见过面的人，在公共园林中如何碰头呢？"当年没有可以随时联络的手机一类的工具，这的确是个难题。我立即自告奋勇地对钱先生说："不要紧，我认识朱季海先生，可以陪你去。"钱先生大喜过望，就问我是如何认识这位"怪人"的，我便一五一十地讲给钱先生听。

1956年暑期，我应大学时代外文系一位同学之邀去苏州游玩。她的家住在山塘街，前临街，后背水，房舍逼仄，不便接待，就把我安排到她的同学沈某家。据说沈某是《浮生六记》作者沈复（三白）的后人，家在学士街天官坊，所居宅第据说是同治年间状元陆润庠的一处房产，出借或让与沈三白后人居住的。前面是几进高堂大屋，后面有玲珑精致的花园，园中有一座二层的读书楼，我独自住在这座楼的二层上，早晚对着房内悬挂的对联："小楼一夜听春雨，深巷明朝卖杏花。"这是陆游《临安春雨初霁》中的名句。推开窗扉，满园青翠，夹杂着红红白白的花卉，墙外不时飘进一两句吴侬软语的市井叫卖声，让人真不知身在杭州（临安）还是苏州。正当遐想时，我的同学在沈某陪同下叫我去客厅早餐、会客，原来她们请来曾经在桃坞中学任教的朱季海先生一同早餐。餐后闲谈，朱先生便向我发问，有关中外古今的文史问题，他想到什么就问什么。面对长者不断地考问，我真有些惶惶然，难以招架。午餐后继续，直到傍晚方止，因此与朱季海先生仅此一会，已给我留下难忘的印象。事后，我有些嗔怪，但同学说："朱先生对你印象不错呢。"时过境迁，事后也就没有任何联系，想不到两年后却对钱先生与之相会起了作用。我在约定的周日早晨陪同钱先生去怡园，两人终于见面。

此际，朱先生赋闲在家，我们曾向领导汇报，建议请他来校任教。但他提出的几项条件之一，在当时形势下任谁做领导也不能同意，此事遂作罢。

常熟购书

资料室初建，藏书极少，除从院图书馆选调部分图书外，还需多方采购。有一天钱先生找我，说常熟县图书馆有不少《燕京学报》待售，可以去购来。经领导同意后，我便与钱先生去常熟。

常熟乃人文之乡，藏书楼甚多，有名者如钱谦益的绛云楼、毛晋的汲古阁、赵宗建的旧山楼等，其中特别以瞿氏的铁琴铜剑楼声名最著，与聊城杨氏的海源阁、归安陆氏的皕宋楼、钱塘丁氏的八千卷楼并称为全国四大藏书楼。去常熟购书，我们自是抱着很大期望，可是此行却空手而归，不知是早已脱手还是另有安排。

购书不成，钱先生便领我去王四酒家午餐。钱先生点了常熟名菜如该店的油鸡、黄笋豆腐之类，并向我作了介绍。餐后又去附近的兴福寺游览，钱先生介绍此寺为北齐时郴州刺史倪德光舍斋兴建，最早名叫大慈寺，梁时改名兴福寺，因位于破龙涧附近，所以又叫破山寺，有石幢、破龙桥、空心潭、日照亭等胜迹。

听了钱先生对常熟饮食、名胜的介绍，又听到钱先生地地道道的常熟话，我不免随口而出："钱先生是回家乡来了。"钱先生听了此话，颇有些激动，立即声明："我虽然生在常熟，但原籍却不是常熟，是浙江湖州。我的书室名叫梦苕庵，苕就是指吴兴的苕溪。"

于是，钱先生向我介绍了他的家世：他原籍浙江湖州府吴兴县，本是务农人家，曾祖开始读书，成为秀才，直到祖父钱振伦高中进士，家世才渐渐显赫起来。钱振伦曾任四川乡试主考，主试完毕后返京，升任国子司业，其岳父翁心存曾任国子祭酒。祖父因母病辞官返乡，以教书、著书为生，有《鲍参军诗注》等著述。祖母为常熟翁氏，其弟翁同龢为咸丰六年状元，官至协办大学士，为同、光两朝帝师，死后追谥"文恭"。翁氏在其夫振伦死后，生活无着，乃携子回到常熟母家，依弟同龢为生，未再返回吴兴。因此，仲联先生出生在虞山之畔，却常想望先世故土吴兴，用"梦苕"命名书室乃是不忘先祖乡土之情的表现。

常熟之行，虽未能购得一卷书籍，却了解到钱仲联先生的家世大略，对后来的一些传言也就能加以辨别。

推荐撰稿

建系之初，我除了担任一年级的教学外，还要准备新生升入四年级时的元明清文学的讲授工作。由于钱先生声言不治小说、戏曲，这一段古典文学的教学任务便由我承担。在新生升入三年级时，也就是1961年秋季应该讲授唐宋文学时，钱先生却于该年5月底被借调到上海去参加《中国历代文论选》的编选工作，留下的课程便由我和另一位先生承担。这一经历，笔者在《学林寻步》一文中有所交代，兹不赘述。

当年可以见到的文学史著作很少，连许多古典戏曲作品也不易借到。为了讲好课，必须自己动手编写教材、讲义，我除了上好一年级的文选、习作课外，到1962年该讲授戏曲、小说内容时还完成了百万字的编写任务。大约在1960年底，学校办了个自编教材展览会，我编写的部分教材经教研室推荐被系里选报上去公开展出。1961年3月22日的《光明日报》头版头条报道《江苏师院积极培养红专师资队伍》，其中还提到我所编写的教材。这些讲义讲稿，钱先生不可能全部看过，但起初要抽一些看看——也就是审查。大约我所编写的教材讲义，他还比较满意，后来也就不再看了。

1960年初，钱先生在教研组开会之后对我说："中华书局有约稿，你写我也写。"选题便是《李玉和〈清忠谱〉》。我在2006年五六月间接受《文艺研究》访谈时说起此事，还以为是中华书局有人来苏州约稿的，直到是年8月，我的一位已取得博士学位六七年的弟子孔庆茂君送来钱先生给中华书局的信以及中华书局复信的复印件，方知是钱先生写信推荐的。2008 年元旦前夕，《藏书》杂志主人金小明、徐雷两位先生又送来钱先生给中华书局的第二封推荐信的复印件。第一封信是 1960 年 1 月 16 日写的，第二封信是同年 2 月 8 日写的，先生不足一月连续两次写信推荐，令人既感激又难忘。特将两信有关内容摘要如下：

第一封信：

> 我院讲师陈美林同志，擅长古典戏曲，文笔生动流利，马列主义文艺理论的修养较深，可以参加编写一些这方面的读物。特为介绍，请示复为感。

第二封信：

> 介绍陈美林同志参加编选杂剧传奇一节，未蒙赐复。陈同志青壮年人，马克思主义文艺理论有一定修养，文笔流利，专攻古代戏曲，用力至勤。联意在这方面有兼擅新旧之长之陈君，如果从事编选，必能做出出色成绩。

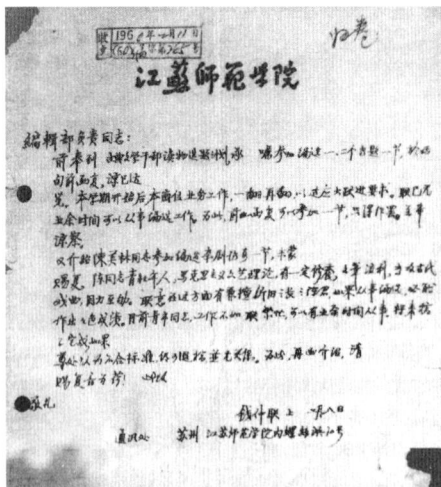

钱仲联先生致中华书局函推荐作者撰稿

《藏书》在刊出第二封信的同时，还介绍了此信的拍卖情况，说是"钢笔书写，一通一页"，"起拍价60元"，"浏览次数239"，"最高出价410元"。还有点评说："钱先生是著名诗人、词人、国学大师，这件手札既是一件珍贵的墨宝，也是一件重要的史料……钱先生连续两次推荐了青年学者陈美林参加编选杂剧传奇的工作，信中对陈美林先生在古典戏曲研究方面的能力充分肯定。如今陈美林先生以古稀之年依旧活跃在学术舞台上，确如钱仲联先生所言'做出出色成绩'了。"钱先生所推荐、中华书局所约定的《李玉和〈清忠谱〉》一稿，我在与友人合作下于1961年6月交稿，1963年发排，但由于众所周知的原因，直到1980年12月才根据1963年校样印了出来。从约稿到见书整整二十年！这正反映了那个特定年代的特色。往事已矣，但钱仲联先生不足一月的两次推荐，可谓不遗余力，是不能忘却的。

信函墨宝

仲联先生已于2003年12月仙逝，我检点书柜，有先生手札一通，著作一部，墨宝三件。

1981年夏，我将钱先生推荐之《李玉和〈清忠谱〉》以及新出的《杜甫诗选析》寄给钱先生。他于7月5日复信云："惠赐杜诗选析、李玉和清忠谱二册拜领，谢谢。"信中只说杜诗"解释得十分好"，而于他所推荐的李玉戏曲却未置一词，这可能是其时我在《光明日报·文学》、《社会科学战线·形象思维论丛》上发表了几篇论杜诗的文章予钱先生以一定印象，而钱先生又不研治戏曲、小说所致。

钱先生赠我的墨宝有三幅，其一为横幅，写的是两首《买陂塘》

词，并有题记云，"光绪戊戌冬，文恭舅祖西山墓庐落成，有《买
陂塘》词二首"，其后人"笃念世德，绘图嘱题"，钱先生便"用
文恭词韵"写了这两首词。后题"己未冬至录奉美林同志两正"，
落款为"虞山钱梦苕"。"光绪戊戌"为 1898 年，文恭指翁同龢，
"己未"为 1979 年，落款又强调"虞山"、"苕"溪，仔细揣想，
不无深意。因为当年有人误认为钱先生与由明入清之钱谦益有"远
亲关系"，钱先生在访谈录中也明说见于日人所著《金陵学记》。
该书作者坂田新于 20 世纪七八十年代曾在我国活动，虽然笔者与
之毫无接触，也未见过《金陵学记》一书，但知其曾在南师大访学。
钱先生当年赠我这一横幅，怕也不是没有原因的。

1984 年 8 月，上海古籍出版社出版了我的《吴敬梓研究》，
收到样书后我寄了一本给钱先生。不久收到他所题赠的《梦苕庵
清代文学论集》（齐鲁书社 1983 年出版）和一幅条幅，写的是钱
先生"甲子秋游嵩山中岳庙诗"，"录似美林道兄两正"，落款
为"钱仲联"，未再有"梦苕"字样。

1994 年孟夏，我应王钟陵教授之邀前往苏州大学，为其研究
生主持论文答辩。答辩委员会秘书为周秦，我从与他的谈话中知
道钱先生仍住在原处，便去螺丝滨 10 号拜望。敲门后，是先生亲
自开的门。此际我与钱先生分别后已整整三十年未曾见面，所以
我第一句话就是："钱先生，我是陈美林，还记得么？"钱先生
仍然一口地道的常熟话："记得咯，记得咯。"一边谈话一边让
进书房，我们谈起 50 年代末 60 年代初的往事，既感到亲切，也
难免有些神伤。返宁不久，便收到他寄赠的条幅，内容为"己未
滇游诗"，"录似美林方家两正"，落款为"甲戌孟夏八十七叟
钱仲联"，同样未再用"梦苕"。己未为 1979 年，甲戌是 1994 年，
"孟夏"正是我去拜望他的时日，可见在我走后他就写了这一条幅。

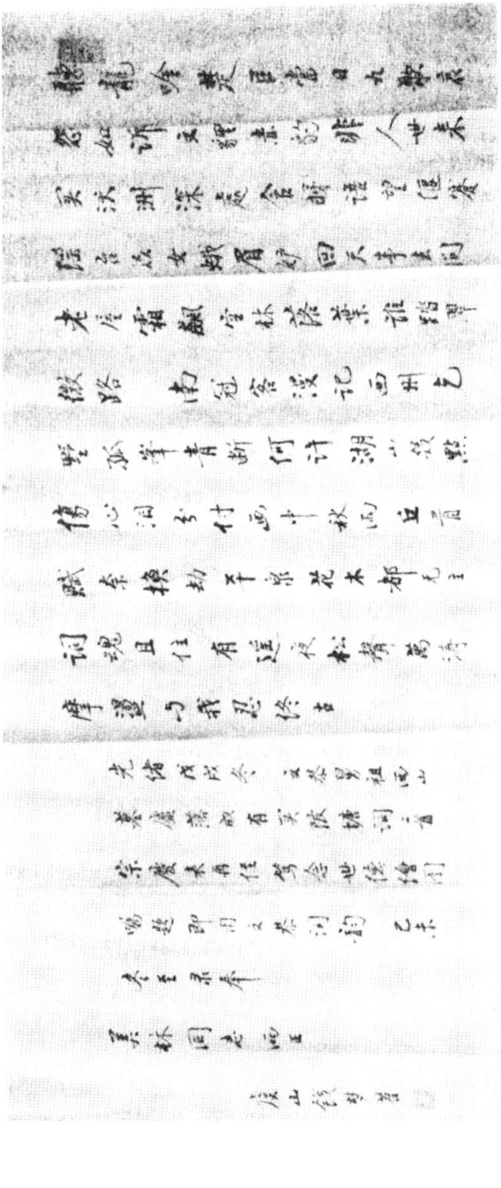

钱仲联先生 1979 年赠作者手迹，录《买陂塘》词，落款“虞山钱梦苕”

睠髮才臨日觀東　又來嵩室攬芙蓉撐胸猶帶

峥嶸气明眼俯驚駭極峯鋪海雲垂空際瀑

排衛仗列殿前松爐香瀚涌千雲會真宰中

天若可逢

美林道兄　兩正

甲子秋游嵩山中岳庙诗弟作

钱仲聯

钱仲联先生1984年赠作者手迹，录《游嵩山中岳庙》诗，落款"钱仲联"

钱仲联先生1994年赠作者手迹，录《滇游诗》，落款"甲戌孟夏八十七叟钱仲联"

此后，我未曾与先生再有谋面机缘，连他的仙逝，由于没有及时收到讣告，也是事后方知，自然不能有所表示。近年接连读到钱先生当年所写的两封推荐信，虽已过了近半个世纪，但感念之情并未稍减，乃为此文，以为追忆与缅怀。

——原载《钟山风雨》2008年第3期

附录：

钱仲联先生信札、诗词

一　给中华书局编辑部的两封信

编辑部负责同志：

编字1571号来信敬悉。嘱参加编写古典文学中级读物一节，经考虑后，当为人民事业效力。唯学校业务工作较忙，完成任务，势必要一年或壹年半。下列题目，都可以担任，请你们指定一、二种。

先秦文学小史　　汉魏六朝文学小史　　中国诗歌小史

先秦散文　　两汉的乐府和民歌　　六朝的诗和文

唐代的诗　　明清之际的爱国诗人（原题是作家，范围太广）

清代的诗和词　　宋代的词　　黄遵宪

有一些问题，还不明确。如在文学小史和概论后，是否要选作品？作品后面，是否要分析文章。（如要分析，恐三万至五万或五万至十万的字数很难容纳）统请指示。

我院讲师陈美林同志，擅长古典戏曲，文笔生动流利，马列主义文艺理论的修养较深，可以参加编写一些这方面的读物。特为介绍，请示复为感。此致

敬礼！

钱仲联

1960 年 1 月 16 日

通讯处：苏州天赐庄江苏师范学院螺丝浜 10 号

编辑部负责同志：

前奉到古典文学干部读物选题计划，承嘱参加编选一、二个专题一节，于两旬前函复，谅已达览。

本学期开始后，本岗位业务工作一翻再翻，以适应大跃进要求。联已无业余时间可以从事编选工作。为此，前函复可以参加一节，只得作罢。至希谅察。

又介绍陈美林同志参加编选杂剧传奇一节，未蒙赐复。陈同志青壮年人，马克思主义文艺理论，有一定修养，文笔流利，专攻古代戏曲，用力至勤。联意在这方面有兼擅新旧之长之陈君，如果从事编选，必能作出出色成绩。目前青年同志，工作不如联繁忙，可以有业余时间从事。将来稿已完成，如果尊处认为不合标准，尽可以退稿并无关系。

为此，再函介绍，请赐复音为荷！此致

敬礼！

钱仲联上　二月八日

通讯处：苏州天赐庄江苏师范学院螺丝浜 10 号

说明：

1960年春，在一次教研组会议后，钱仲联先生对我说，中华书局有约稿，你写我也写。让我写的是《李玉和〈清忠谱〉》，李玉是苏州剧作家，《清忠谱》的故事发生在苏州，我便以为是中华书局来人组稿的。1961年完成书稿，寄中华书局，1962年根据审稿意见稍作修改，1963年发排。此后"十年"无消息，直到1979年寄来1963年校样，要求重阅一过，1980年终于印了出来。从约稿到见书，整整二十年。

钱先生推荐书稿事，我曾多次提及，最近一次是在王廷信教授接受《文艺研究》的委托，对我进行访谈时说及的（见该刊2006年10期《蓁兮斐兮，成此贝锦——陈美林教授访谈录》）。正当访谈录刊出前夕，1999年获得博士学位的孔庆茂君送来从网上下载的第一封信，方知是钱先生写信推荐的。我便在《教学与研究、约稿与著述——戏曲研究的回顾》（载《文史知识》2007年12期）文中称引此信。及至2008年元旦前夕，《藏书》杂志主人金小明、徐雷二君又送来第二封信，并在《藏书》第四辑上报道了第二封信的拍卖情况，摘要如下："拍卖时间：2007年12月10日"；"起拍价：60元"；"最高价：410元"；"浏览次数：239"。"点评：钱仲联先生是著名诗人、词人、国学大师，这件手札既是一件珍贵的墨宝，也是一件重要的史料。……（钱仲联先生）连续两次推荐了青年学者参加编选杂剧传奇的工作，文中对于陈美林先生在古代戏曲研究方面的能力充分肯定。如今陈美林先生以古稀之年，依旧活跃在学术舞台上，确如钱仲联先生所言'做出出色成绩'了。"

　　笔者之所以从事古代戏曲、小说的研究，确是钱先生指派的结果。1958 年，钱先生与我先后从南京调去苏州，参加江苏师范学院（今之苏州大学）复建中文系的工作，并分别担任古代文学教研组正、副组长（后升格为教研室，钱先生继任主任，笔者副之）。在教学工作分配时，钱先生申言不治戏曲、小说，让我承担。当年钱先生 51 岁，笔者 26 岁，老教师的指派不能拒绝，但我于 1950 年考入浙江大学文学院中文系后，仅学习三年便根据政务院的命令，提前毕业参加第一个五年计划的建设工作，因此对元明清文学也没有认真学习过；同时，当年任教的夏承焘、徐震堮诸师中也没有专治戏曲、小说者。如今工作需要，只能自学。而自学的方法就是在讲授一年级文选、习作课的同时，为三年后要讲授的元明清文学编写讲义、讲稿。经过二年左右的自学，编写的戏曲讲稿逾百万字，并被系选送学校举办的展览会展出。《光明日报》1961 年 3 月 22 日头版头条报道《江苏师院积极培养红专师资队伍》中还提及我所编写的部分戏曲教材。这些教材，就成为此后研究戏曲、改写作品的基础。2007 年曾就这两方面的工作作了一些回顾，研究的回顾见于上述的《文史知识》12 期；改写的回顾见于《古典文学知识》2007 年 5 期。

　　此后，由于工作需要，研究重点有所转移，但对戏曲的研究并未中断，截至 2007 年，出版的戏曲著作（包括研究著作、校注、改写，以及英、法、德文版，中英文对照版）十二种，在《文学评论》、《文学遗产》、《文献》、《艺术百家》等刊物上发表的戏曲论文也近四十篇，直到近年还发表了《“通变”中的〈牡丹亭〉》、《清代三部以南京为主要场景的传奇》等论文。至于发表在 2008 年 2 期《古典文学知识》上的《以文会友、以友辅仁——第七届全国古代戏曲研讨会总结发言》，则是参加 2007 年 10 月在厦门召开的第七届全国古代戏曲学术讨论会时受会议委托而作。如果说，在戏曲研究方面稍有作为，也是由于当年钱先生指派的结果。

二　诗词

买陂塘

听龙吟、楚臣当日，九歌哀怨如诉。文狸赤豹非人世，来买沃洲深处。含睇语、望偃蹇、瑶台众女蛾眉妒。回天事去。问老屋霜飚，空林落叶，谁踏翠微路。　　南冠客，漫记西州乞墅。孤峰青断何许。湖山几点伤心泪，分付画中秋雨。丘首赋，奈换劫，平泉花木都无主。词魂且住。有遥夜松声，万壑摩荡，与我忍终古。

光绪戊戌冬，文恭舅祖西山墓庐落成，有《买陂塘》词二首。宗庆表再侄笃念世德，绘图嘱题，即用文恭词韵

己未冬至奉录美林同志两正
虞山钱梦苕

游嵩山中岳庙

晞发才临日观东，又来嵩室揽芙蓉。
撑胸犹带峥嵘气，明眼偏惊骏极峰。
铺海云垂空际瀑，排衙仗列殿前松。
炉香滃涌千灵会，真宰中天若可逢。

甲子秋游嵩山中岳庙诗录似美林道兄两正

钱仲联

滇游诗

皖赣湘黔半日游，云槎小坐过诸州。
重温十八年前话，依旧层城在下头。

南峤残樱半作尘，杜鹃又荡满城春。

人间已换昆池劫，犹有池边话劫人。

被发当时诟九天，佳人碧血葬蛮烟。

来寻马鬣崇封地，妖乱同伤十一年。

春云暖护碧瑶房，来试人间第一汤。

洗尽十年西子垢，不须上药乞神方。

己未滇游诗录似美林方家两正

　　　　　　　甲戌孟夏八十七叟钱仲联

说明：

　　横幅《买陂塘》词是钱仲联先生于 1979 年（己未）写赠的。仲联先生原籍浙江湖州吴兴，祖父振伦为清道光十八年进士，曾任四川乡试主考。晚年在淮阴、扬州一带教书。祖母为江苏苏州常熟翁心存之女，名端恩。祖父客死异乡后，翁氏携子回母家，依其弟翁同龢为生。同龢为咸丰六年状元，官至协办大学士，为同治、光绪帝师，后被追谥文恭。小记中的"文恭舅祖"即翁同龢，光绪戊戌为二十四年（1898），虞山指江苏常熟；"梦苕庵"为仲联先生书室名。亦常自署梦苕，苕，指吴兴苕溪。

　　条幅《游嵩山中岳庙诗》，作于"甲子"年（1984）秋，该年七月，仲联先生曾赴郑州参加会议，拙作《吴敬梓研究》于这年八月由上海古籍出版社出版，收到样书后便寄赠钱先生一本，不久就收到他写的这幅条幅和题赠的《梦苕庵清代文学论集》（齐鲁书社 1983 年出版）。

条幅《滇游诗》作于"己未"年（1979），该年春，钱先生恢复教授职称，赴昆明参加学术会议。这幅条幅是甲戌年（1994）"孟夏"写赠的。该年"孟夏"，我应王钟陵教授之邀，为其研究生主持答辩。期间，专门去螺丝浜 10 号拜望仲联先生。这次拜望是 1964 年离开苏州后第一次也是唯一的一次与钱先生相聚，仲联先生很高兴。归来后不久，就收到这幅条幅。

——原载《南京师范大学文学院学报》2008 年第 3 期

从一帧照片谈起

——钱仲联先生一二往事

　　笔者与钱仲联先生曾共事近六年（1958年8月—1964年1月），还写过《追忆钱仲联先生》（《钟山风雨》2008年3期）一文，因而见到《雅集》（2012年1期）广告，有范培松同志所写《我眼中的钱仲联》，便从友人处寻来杂志一阅，以期了解不同人心目中（眼中）的钱仲联先生。不期读罢该文，若有所失，事涉业师，不敢三缄其口，乃作此不识时务之文。

一

　　先扑入眼帘的是一帧四人合照，其说明文字如下："钱仲联先生与马茂元先生（左二）、郭绍虞先生（左三）、姜亮夫先生（右一）在上海合影。"以之对照合影，令笔者惊讶不已。渠所指之姜亮夫先生，其实是夏承焘（瞿禅）先生。

　　夏先生是笔者老师，早在1950年秋考入浙江大学文学院中国文学系时，于报到次日即由系主任郑奠先生主持、有夏承焘等几位老师参加的面试（见夏师《天风阁学词日记》1950 年 9 月 2 日，以下称《日记》），从而见到夏先生，至今虽已六十余年，但夏师容颜仍清晰地留在脑海中。笔者曾发表过几篇回忆夏师的文字，其中有三篇是与夏师交往的三个时段的回忆：一篇是回忆从入学后直到毕业的几年间相处情景。新中国成立初期，运动不断，从 1950 年冬季起便与夏师及沙孟海老师等人去浙江嘉兴参观土改（夏师之《日记》、沙师之《决明馆日录》中均有记载，并提及贱名）；此后又与夏师、王西彦师等去安徽五河参加土改; 返校后又参加"三反"、"五反"、思想改造运动。在安徽参加土改时，夏师与我同在一乡，笔者任乡工作组组长; 思想改造时，笔者为学生代表之一，参加教师学习。凡此种种活动，在夏师之《日记》中均有详细记载，我便撰写了《和夏承焘老师同在运动中》（《历史学家茶座》2008 年 3 期，《扬子晚报》2008 年 11 月 24 日摘录发表）以回忆这一时段的相处。一篇是回忆毕业八年后与夏师再度晤面的《记夏承焘老师的一次讲学活动》（《文史知识》2009 年 5 期）。彼时夏师正在上海参加历代文论选的编选工作，上海的高校和文化团体纷纷邀请夏师作学术报告。南京大学中文系主任陈瘦竹教授正好也在上海，便邀约夏师来宁讲演。我所在的江苏师范学院（今之苏州大学）领导则让我来南京邀请夏师去苏州作报告。我赶到新街口东风剧场时，夏师正在讲台上演讲，休息时夏师走下讲台直向我招呼"陈美林、陈美林"。可见夏师也能在众人中一眼认出我来。南京讲完后，夏师即赴苏州。在苏州逗留期间，讲学之余，就由笔者陪同游览、访友。一篇是《生荣死哀，身没名显——夏承焘老师的晚年生活》（《世纪风采》2010 年 12 期，《宋代文学研究年鉴》全文辑入）。20 世纪 60 年代别后，又是十余年未有联系。1974 年初冬，唐圭璋先生收到夏老来信，托他打听我的下落，我便于当晚作了复信。此际夏师正在"靠边"，收到我的信后，夏师立即复信，除介绍他自己的情况外，还询问我的工作、生活情况，并要我拍一张全家福给他，他也寄了一张照片给我。特别是夏师定居北京后，我于 1983 年因参加学术活动之便，曾去看望夏老。次年有关单位在全国政协礼堂为夏师祝寿，也有请柬寄来，上有夏师照片，同时收到胡乔木贺词"文坛先进，词学宗师"的复印件。1986 年夏师逝世，新华社发表了长篇报道，习仲勋、乔石、胡乔木等人送了花圈，我也收到有关文件及悼词的复印件，其中也有夏师遗照。因此，我虽没有四人合影，但却另有夏师的照片可以比对，"说明文字"确实有误。

此外，在夏师《日记》1961 年 6 月 5 日中有记："午后茂元邀请过中国照相馆与仲联、绍虞同摄一影。"同时，钱仲联也写有词作《金缕曲·辛丑秋与瞿禅共寓国际饭店十三楼，别十九年矣。仍夜联吟谈艺，同寓者郭老绍虞、马生茂元，合摄一影留念》。辛丑为 1961 年。这四位先生正在从事古代文论的编选工作，而姜亮夫先生并未参与此事。

《钟山风雨》在发表拙作《追忆钱仲联先生》一文时，也选发了这一帧四人合影，说明文字则为夏而非姜。凡此，均足以说明范文所附之照片及其说明文字，未免张冠李戴，应予辨正，以免以讹传讹。

二

除照片说明文字有误外，范文所记也偶有小疵。如说钱先生"在上海编《辞海》时与陈毅元帅以诗词唱和"。据周秦《钱仲联学术年表》，钱先生"参加《辞海》古典文学部分的审稿工作"，实为 1962 年间事，而与陈毅元帅晤面则在 1961 年。周秦所记不误，有夏师《日记》可证。同时，夏师于 1961 年 10 月来苏州讲学时，也向笔者详述了两个月前与陈毅元帅相聚一事。范文所述，不仅时间有误，而且相见时的活动也有误，并未曾有过"唱和"之举。与其由笔者来更正，不如以夏师的《日记》来说明，1961 年 8 月 21 日日记：

> 晨九时方欲下电梯，得陈毅副总理秘书来电话，说陈副总理欲邀予与郭老、钱、马诸君叙谈，因告郭老诸君，候汽车来迓。不料十时许，予方解衣据案写家片，服务员来报副总理来。去年文代会听其报告，风采依旧。谓读予所著《唐宋词人年谱》诸书。遍询予四人年龄，自谓今年六十，在此不能称老大哥。予问其所作诗词，谦谓新旧杂糅，时时在改乙中。因纵谈最近在日内瓦作卢骚湖各诗；笑法国代表不读书；谓在日内瓦、巴黎买卢骚全集不得；谓卢骚回归自然之语，由闻法国传教士咏陶潜后得返自然之诗而来；谓郭沫若近自选其诗却留许多不好之诗，无艺术意味；谓政治由业务表现，学校必须重视业务，每日必有六小时学业务；引学钢琴者与飞行员为喻，谓从前学校批判之错误；反右派本在打击章罗同盟诸人，结果每一单位必指出几右派；询及编文论工作，谓此项工作甚重要；谓选诗文词选只重政治而忽视艺术，亦违反毛主席思想。纵谈至十二时去，谓昨陪巴西古拉特副总统来沪。在京时于北京晚报所载消息知予等四人在此，百忙中抽暇来访，明日即离沪，将来有新著新诗幸相示云云。

此次会晤，是陈毅副总理的秘书先行通知夏师的，而由夏师转告"郭老"和"钱马诸君"，不同的称呼与四人合影的或坐或立，各自的身份是一致的。夏师在一年前参加全国文代会期间见过陈毅（《日记》1960年7月29日），所以方有"风采依旧"之语。此次会面，因陈毅副总理于离别之际，"有新著新诗幸相示"之语，钱先生乃将自己著作寄去，陈毅副总理也的确有复信。此信钱先生十分珍视，特别是在20世纪60年代初期，颇可改善钱先生的处境，钱先生将其压在写字台的玻璃板下，有客人来必说其事，笔者也曾亲见，但只见显示陈毅落款的半页，钱先生未曾取出全信，自然不便要求，所以信之内容也就不甚了了，不敢妄加猜测。

近两个小时的谈话，内容很丰富，是不会有时间来"唱和"的。在《梦苕庵诗存》、《梦苕庵词存》中均未见有"唱和"之作，倒是在"诗存"中有作于"辛丑"（1961）的七绝四首，题为《上海国际饭店十三楼与郭绍虞夏瞿禅及马生茂元共晨夕者数月……得七绝四首》。在夏师《天风阁词集》、《天风阁诗集》中同样没有此次"唱和"之作，倒是在《夏承焘词集》中有一首《玉楼春·陈毅同志枉顾京寓谈词》，但此词作于1963年，又是在京而非沪，可见"与陈毅元帅诗词唱和"之事似不存在。

三

范文所记，在一些情节上，笔者亦有类似经历或感受，读来饶有兴味，但亦可稍作补记。例如朱季海讲课事，确实发生过。而朱季海何以能来师院讲课，则范文未曾提及。原来是钱仲联先生于1958年夏调来苏州后，感到不如在南京有一些饱学之士如唐圭璋、段熙仲等先生可以切磋，友人乃建议他找朱季海先生。经联系后，朱先生不愿主动来拜访钱先生，同时也不愿在家中接待钱先生，而提出在一个星期日于怡园见面。钱先生对我说，两个从未见过面的人如何在公共场所见面。我说我见过朱季海先生，那还是1956年暑假，应大学同学之邀来游姑苏，在同学的友人家中，与朱季海先生有一日之聚。为此，便由我陪同，钱仲联先生与朱季海先生见了面。此后拟邀朱季海先生来任教，他提出三个条件：一、有教授职称；二、要有教授薪水；三、不参加政治学习。前二条，领导表示只要教授职称开评，即可解决；第三条，则不能同意，此事遂告罢。之后，便有请他来为青年教师上课之举，此事，笔者未参与，也未听其讲课，但从当年的青年教师如唐文（此君1959年毕业于南京大学，惜英年早逝）的谈话中得知一些情况。

范文还记钱仲联先生坚决不肯在钱谦益墓前拍照，并说："不照，如照了，照片传出去，人家还以为我是他的后代或亲属呢，我和他没关系。"这倒是钱先生一贯的态度。1958年重建中文系时，学院任命钱先生与笔者为古代文学教研组正、副组长（后教研组升级为教研室，则为正、副主任），同时还让笔者兼任系资料室主任。一次与钱先生同去常熟购书，在王四酒家午餐，又去兴福寺游览，听钱先生用地地道道的常熟话介绍常熟的饮食文化、旅游景点，便脱口而出："钱先生回故乡啦。"钱先生立即有些激动地说："我虽生在常熟，但祖籍却是浙江湖州，我的书室叫梦苕庵，苕就是吴兴的苕溪。"在了解到钱仲联先生在抗战时期的经历后，方知他何以有此忌讳。钱先生曾于1979年、1984年和1994年分别赠我三帧墨宝，细玩其款识颇有意味，分别为"美林同志两正"，"虞山钱梦苕"（1979）、"美林道兄两正"，"钱仲联"（1984）和"美林方家两正"，"八十七叟钱仲联"（1994）。后两帧均落"钱仲联"本名，唯独70年代一帧则作"虞山钱梦苕"。此际日本爱知县大学一个青年学人在南京师院访学，写了一本《金陵学记》，说钱仲联"与钱牧斋有远亲关系"，这显然是以讹传讹。而我当时正在南师工作，钱先生给我的墨宝如此落款，不会是全无用意的。当然，这一体味是在事后才悟出的。

范文还说"别的老师都是站着讲课，唯有他，在上课前，办公室的一个工友恭恭敬敬地，搬来一张椅子，放到讲台前，享受着坐着讲课的特权"。我相信范文所云必有其事，但此事应该在1979年恢复教授职称之后，至少在范培松同志考入苏师（1961年9月）之前未曾见有。苏师重建中文系时，钱先生五十一岁，笔者虽然已是讲师，但还是二十六岁的"小青年"。1958年首届招收四年制两个班，有百来人，六年制一个班，五十来人。当时上课在阶梯教室，又没有扩音器，坐着讲课，后边的学生根本听不到，五十岁左右的钱先生当然也只能站着讲课。而且，约在1958年、1959年之交，全系师生还去常熟莫城公社参加劳动，以贯彻教育必须与生产劳动相结合的方针。从常熟归来后不久，即开展教育革命，拔白旗、插红旗，进行大批判，钱先生则首当其冲，而批判"火力"之猛，连我这个青年教师也胆战心惊。1958年入学的同学至今仍有与我有来往者，今年4月曾有几位邀请我在豁蒙楼一聚，他们如今也年逾古稀，谈及当年"批钱"之事，依然历历如在目前。其实，正如陈毅副总理在晤见夏、钱诸先生时所言，反右有扩大化，而拔白旗、插红旗又何尝不是。当年挨批判的"臭老九"不一定就是他们自身有什么大问题，即如钱仲联先生讲课时言及"花木兰是大脚还是小脚"成为批判他的主要内容之一，如今看来真有些不可理喻。但当时将钱先生定为批判的重点一事，正说明钱先生当时的处境，不可能独自享受坐着讲课的优待。

四

范文之后有一"链接"文字《钱钟联简介》，云钱于"1926

年毕业于无锡国学专修馆，先后任教于大夏大学、无锡国学专修馆、南京中央大学、南京师范学院、江苏师范学院（苏州大学前身）"。黄山书社出版之《梦苕庵诗文集》勒口介绍文字亦云："1926 年毕业于无锡国学专修学校，历任上海大夏大学、无锡国学专修学校及南京中央大学教授。1949 年后先后执教于南京师范学院、江苏师范学院及苏州大学。"

此二段简介，不知出自何人手笔。有两点须予说明，一是"南京中央大学"，应是汪伪政权下之中央大学；二是"1949 年后先后执教于南京师范学院"云云，应是 1957 年。两份介绍均略去钱仲联先生历史上不光彩的一段。周秦所著之《钱仲联先生学术年表》对此作了比较好的处理，在"一九四二年"条云："太平洋战争爆发，日寇占领上海租界。国专分校处境益趋艰难，部分师生离校返乡。应陈柱先生之召，兼任南京中央大学课务。不久聘为专任教授，与龙榆生先生等同事。"在"一九四五年"条云："上半年在南京中央大学任教，并任文学院长。八月，日寇投降，抗战胜利。遂办理交接，息影还乡。"在"一九四七年"条云："兹后十年，先后任教于常熟……等乡间中学。"在"一九五七年"条云："秋，奉调南京师范学院。"作为弟子，不便直斥老师"落水"，但行文之间也隐约有所显示，未若上文二段文字全然抹去钱仲联"落水"的史实。

对于 1940 年至 1942 年间沪上文人"落水"投汪之情况，是时也在上海之江大学、无锡国专等校任教，且与钱仲联共事的先师夏瞿禅先生在《日记》中颇有记载。如对投敌之龙榆生（沐勋）、丁宁（怀枫）等人多次劝诫，除有信函外，还写有多首词如《玲珑四犯·过旧友寓庐》、《水龙吟·皂泡》、《菩萨蛮·百年作计归来早》等等婉讽变节者。有已投伪之友人还算计先师，《日记》

1941 年 12 月 17 日记"白门（南京）人物，颇有询近况者，为之诧然。前日寄怀枫函，已隐示介然之操"，并且在词作《虞美人·自杭州避寇过钓台》中写道："故人出处幸相忘，容我五更伸脚过桐江。"表明人各有志，别打他人主意。为此，我曾写有《"我亦有孤剑，植发望燕云"——夏承焘先生的爱国情操》一文，发表在《人民日报·海外版》（1991 年 2 月 28 日）上。对于钱仲联的投敌，夏师再也未曾料到，因为钱之"弟又为日人所戕"（见夏师《日记》1940.1.2）。在 1941 年末，钱仲联还与夏师约定各返家乡常熟、温州以避。1941 年 12 月 28 日，夏师曾应钱仲联之请写有《鹧鸪天·题梦苕庵图送钱仲联翁归常熟》一词云：

> 莫叹埋头屈壮图，只应携手就归途。鸥波照眼吟逾好，牛角听歌兴未孤。　　三亩竹，五车书，前身四水一潜夫。龙湫雁荡君休问，各有家山画不如。

先师于题图后不久，便于 1942 年 4 月 30 日离沪返乡。岂料钱仲联却忘了家仇国恨去了南京。抗战胜利，夏师曾托人寻访钱仲联下落；新中国成立后更劝他报考东北来杭州招聘之中学教师；1955 年 8 月 23 日有长信给钱仲联"劝其站稳人民立场，努力以学术研究为人民服务"；1956 年 8 月赴京参加教育部召开的中国文学史教学大纲会议期间，还找柳湜部长，"说钱仲联事"（见《日记》有关各条）。钱仲联先生调去苏州工作，也立即写信告诉夏师（《日记》1958 年 9 月 7 日）。而钱先生赴沪参与郭绍虞、夏师等之文论选工作，于"十九年不见"后与夏师重逢，夏师在《日记》（1961 年 5 月 26 日）中特地记有此事。此前不久，中华书局上海编辑所总编李俊民向夏师约稿，夏师还推荐钱先生担任部分工作（《日记》1961 年 1 月 28 及 30 日，2 月 2 日）。夏师对友人之"落水"，予以婉讽、劝诫，而当其受过处理后，则予以关心、帮助，确为净友。

重建中文系时任江苏师院副院长的杨巩同志，于 70 年代先后调任扬州师院、南京师院任书记兼院长，1984 年离休后，不时与笔者闲聊，也曾谈及钱仲联、柴德赓、纪庸等人。杨巩同志喜作诗，每有新作都蒙见示，他的诗集中有一首《纪念钱仲联先生》：

> 诗林词苑变无常，曾说江南钱子香。
>
> 一念附擅涉鲍肆，卅年洗炼再登堂。
>
> 探骊学海珠光灿，点将文坛阵势皇。
>
> 爬抉明清赓唐宋，薪传有继赖弘扬。

诗之"后记"云："或谓论死人短，有伤忠厚；或不屑褒扬曾有历史污点者。我谓是是非非，皆应本实事求是精神，一失足固成千古恨，回首是岸，仍可成佛。仲联先生皓首穷年，不忮不求，培养后进，著作等身，毕竟升入了天堂成了佛，怎不令人敬佩！"笔者以为夏师作为钱先生的友人，杨巩同志作为钱先生的领导，周秦作为钱先生弟子，他们的文字正表现了各自"眼中"的钱仲联，因为符合实际，所以可以传世。对于周秦同志还要说几句，笔者与周秦始识于 1994 年，彼时王钟陵等几位教授的研究生论文答辩，邀笔者去主持，而周秦同志任答辩委员会秘书。周秦极擅昆曲，曾多次主持中国昆曲论坛，也几度邀约笔者赴会；渠所指导之研究生也曾前来舍间访学。特别是在钱先生逝世前夕，受命编辑《梦苕庵诗文集》后，"无日敢忘"，"春秋五度"方始出书。承其见赠，手捧钱先生遗著，既缅怀当年与钱先生相处的情景，又感念周秦报答师恩之难得。如今从学者，能如此作为者亦不多见。

（2012 年 9 月 18 日）

与吴调公先生相处的岁月

　　吴调公（1914—2000）先生是著名的文艺理论家，笔者有幸与之共事三十年。如今调公先生已逝世十余载，但往昔交往的情景依然令人难忘。调公先生曾在给我的一封信中说"凤仰硕学，兼以交亲"（1987年4月），我在为一位弟子的博士论文作的序

左起顾易生、徐中玉、吴调公、陈美林

中则说："调公先生为学界前辈，我经常登门向他请教，他亦不时光临舍间谈学，相处甚洽。"（2000 年 7 月）调公先生说在下"硕学"显为过誉，"交亲"倒是真切，而"亲"则为不断交往所聚成。

一

虽久仰调公先生大名，但直到 1969 年末笔者调入南师，方得相识。在一次偶然相遇的交谈中，我说到 1958 年曾被调去苏州参加江苏师院重办中文系的工作，他便说及自己则是 20 世纪 50 年代中期从江苏师院中文系调来。有此一段错时的"因缘"，似乎有了共同的话题。但正值"文革"高潮期间，彼此均不能深谈，直到 70 年代初，高校逐步恢复招生之后，方可交谈业务、切磋学问。

我虽是南京人，但却在杭州读大学，在苏州教大学，在新环境中纯粹是个"外来户"，处境十分艰难。除却做好领导分配的工作外，只是埋首牖下，读书作文而已。当然，不合"潮流"的学术文章是无法发表的。从 1976 年下半年起，每年都有文章在各种报刊上刊出，少则四、五篇，如 1977 年 4 篇，1979 年 6 篇；多则十余篇，如 1981 年 10 篇，1984 年 14 篇，逐年不断。因此得到系中老辈学者如唐圭璋、段熙仲先生的称许，而调公先生也十分关注，每次见到都予首肯，并根据他早年的经历，告诉我只有努力做出成绩才能改善处境。

从此，每当他闻知有关笔者的讯息，便及时告我。如 1977 年我所发表的《吴敬梓身世三考》、《略论吴敬梓"治经"问题》等文章，被上海人民出版社负责人李俊民先生见到，便交代古籍编辑室（后分立为上海古籍出版社）给我发出"沪版 77 古字 252 号"约稿信，约我撰写《吴敬梓研究》书稿，"读者对象为大学文科师生"。此事我并未声张,岂料不久后,调公先生特来舍间,说上海有两位编辑来,谈此前约他撰写的《李商隐研究》书稿事,谈话中还提及曾约我写《吴敬梓研究》,我乃将约稿信出示,他颇为我高兴。后来编辑室主任陈邦炎先生来舍间谈书稿事,他说及该社很重视书稿质量,一般以"研究"题名的书不多,即令老先生的书稿,尽管为其印出,也不轻易称为"研究"。他还提及如吴调公先生的书,我们就冠以"研究";又说像我这样年龄的人,该社当时尚未约过冠以"研究"的专著,但又表示读过我的文章,相信能写好,希望我要抓紧,又要认真。我则表示,一定认真写,并汲取如调公先生专著的经验,但表示不拟写成分章分节传记型(此际已初步有写作《吴敬梓评传》的计划)的,而以"专题"的形式,就热点、难点、疑点等问题,分别成文。陈邦炎先生表示,这由作者自己抉择,他们不做规定。事后,我将此事告知调公先生,并表示今后要向他请教,调公先生则很谦虚地表示对吴敬梓素无研究,彼此可切磋讨论。

香港《大公报》约稿事,调公先生也及时告诉我,说副总编辑陈凡先生来南京向他约稿,并请他转告我,因要拜访几位老先生,时间紧迫,不及来看我了,希望我也写稿,并请调公先生将该报在宝安(现深圳)的一个邮箱号码告我,稿件可直接寄该箱,他们每天有人来取。几天后,遇到段熙仲先生,他也说了同样的事。不久,收到夏承焘老师从北京来信(1978年1月18日),说"香港《大公报》副总编陈凡前不久来京组稿,拙作(指论词绝句——陈注)遂为取去。彼离京后,曾到南京、上海、杭州各大学组稿,想你已晤及",方知陈凡先生约稿事,乃由养病北京的瞿禅师推介,但吴、段两位先生热情而及时告知,也是令人感谢不已的。由此,我在该报发表了几篇文字,后该报《艺林》副刊责编马国权先生来函，希望我能为他们主持一个专栏，每月提供二篇文稿。因当时除教学工作外，正抓紧时间撰写已约定的专著，便婉言谢绝。

其他的社会工作、学术活动等等，时常也得到调公先生的告知。如1987年秋，调公先生特来舍间，说省高教系统高级职称评审工作，他曾继徐复先生之后被聘为评审组成员，今年则由我继任。此际我一无所知，但不久果然收到聘书。此后，八九十年代，曾多次被聘参加此项工作。调公先生属于文艺理论教研室，笔者则归于古代文学教研室，但有些活动，却同时被邀请。如1987年4月，《南京日报》社、《南京史志》等单位主办"南京文化"讨论会，南京大学有叶子铭等先生与会，南师则有调公先生与笔者应邀，《南京日报》5月8日、6月4日及11日，以及《南京史志》87年4期均有报道。1988年1月，省、市作家协会和《南京日报》社联合主办"南京味"文学讨论会，作协有艾煊、海笑以及《钟山》主编刘坪等参加，南师则有调公先生、吴奔星先生以及笔者参加，记得刘坪在会上说，说起"南京味"，清代的代表作有两部小说一部戏：《儒林外史》、《红楼梦》以及《桃花扇》。此言引起我的共鸣，会后并向调公先生说及。因为此际，对于《儒林外史》的研究，我已出版了一些专著、发表了许多论文，而《红楼梦》、《桃花扇》也在我的研究计划之内，但虽有零星论文发表，尚无专著问世，此后则出版了校注《红楼梦》（中州古籍社刊印三次，前二次用笔名，第三次出版社自行改用真名）；至于《桃花扇》则在台北出了校注本（合作），又在北京出版改写本（中英文对照），还出版了用西洋歌剧形式整理本（汉英对照，纳入大中华文库，在海外发行）等，更发表了一些论文。至于"南京味"的文学，除刘坪先生所说的三种之外，亦尚有多种。仅以传奇而言，清初有《秣陵春》、清末有《秣陵秋》，不一一具论。至于这次会议，《南京日报》1988年1月17日及2月11日也有报道。因与调公先生共同参加这些活动,会前、会后都会交流、探讨,自然交往更"亲"了。

二

与调公先生相处三十年中,有过多次合作,诸如被邀请参加论文答辩,又如接待国外学者等,都留下愉快的记忆,令人难忘。

我校中国文学专业,分别于1978、1981年先后建立硕士点和博士点,均由词学大师唐圭璋先生领衔。唐老曾于1978年招收词学硕士生二名,段熙仲先生于1979年招收汉魏六朝文学硕士生六名,继而为吴调公先生于1981年、1984年分别招收两届中国文学批评史硕士生二名和三名;再下一轮即为笔者招收元明清文学硕士生三名。除段老邀请北京曹道衡先生主持答辩外,也邀请笔者任答辩委员;吴调公先生则邀请上海徐中玉先生任答辩主席,两次也都邀请我为委员。第一次邀请,吴调公先生事先来舍间相约,在我同意后,乃由系里发出聘书。三年后(当年招收研究生,必须教完一届后才能招收下一届)调公先生指导的第二届硕士生,同样邀请笔者参与答辩。此次邀请,则是调公先生事先发来信函,说:

美林同志:

调所带87届研究生答辩会将于6月上旬举行,凤仰硕学,兼以交亲,拟再次奉烦俯就答辩会评委,经系办安排如下:

1. 陈书录 6月8日上午8时 明七子方面

2. 高小康 6月8日下午2时半 金圣叹方面

3. 张节末 6月9日下午2时半 王夫之方面

知道您很忙,只请您略略惠阅高、张二人(陈论文篇幅特长）之文。聘书暨论文五月初一并送上。

　　琐渎　清神，感愧交并！

　　专颂

著祺！

吴调公上

4.27

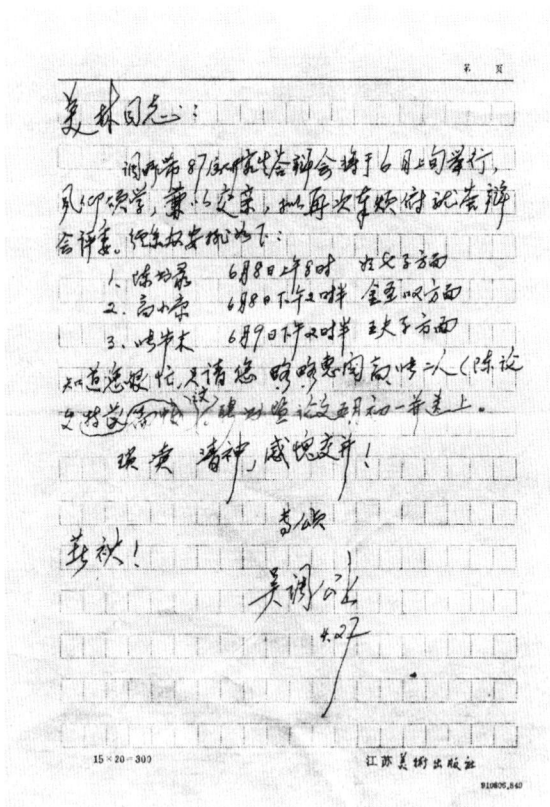

吴调公先生致作者书札

从此信可知，调公先生工作之认真负责，同时又表示对他人的尊重，尽管他年长我近二十岁，可是一直以平辈待我。"略略惠阅"只是客气话，我则表示要认真学习。调公先生便介绍了三篇论文的有关情况。在仔细审读两遍之后方写出评审意见。如今重读此信，也可知当年对答辩工作之重视，每半天只能进行一位研究生的答辩，而论文则要提早一个月送到答辩委员手中，以便有充分时间审读。

正如段老所指导的硕士生中有一位后来随我攻博，调公先生所指导的硕士生中也有一位随我攻博，两位早已学有所成，成为著名的专家学者了。调公先生指导的这位硕士生，他的博士论文《中国近古社会文化与叙事》出版时，约请笔者写序，在序中我写道，高君"此书即将出版，嘱我为序。我答之曰如调公先生健在，此序当请调公先生撰写为宜"。高君则"答曰：'调公老师在，当请两位老师写，如今调公老师已归道山，只能请美林老师写了。'言之不胜怆然"。此文开首所引之言，即此序中之语。重提此言，也令我"怆然"。

至于与调公先生共同接待国外学者事，那还是 1986 年初，学校领导找了调公先生与笔者去，交代我们一个任务：罗马大学终身教授焦里阿诺·拜尔突乔里是研究我国明、清文学的专家，重点研究张岱，因为他曾任过意大利驻国民政府大使馆的官员，所以去了浙江，便要来南京访问。要我们认真准备，做好交流工作。调公先生乃推我主谈，再三推辞不掉，只能接受。过去只读过张岱的小品、散文，如《西湖梦寻》、《陶庵梦忆》等，张岱著述极丰，当时只能就重要的几种如《石匮书》及后集、《琅嬛文集》等以及有关志书、史料，粗粗检读，对他的家世生平、思想气节、著作特色等方面进行初步探讨，列出提纲、交谈要点。交流如期举行，从交谈中得知拜尔突乔里教授曾将我国一些著作译成意大利文，如《陶庵梦忆》等，可见其研究有一定深度。他曾再三询问我在浙江读大学以及何以名"美林"的情况，慢慢谈出，原来他的夫人是杭州人，名"朱美琳"，说到此处，交谈更为轻松愉快。分别后大半年，他曾令几位女博士在南京汽车厂（生产依维柯车）工作之余找到我补习中国文学课程。接待工作后，调公先生建议我将准备的材料组织成文。乃检索中华书局《中国古典文学论文索引》（1949—1979）和江苏人民出版社《中国近八十年明史论著目录》（1900—1978），有关张岱的论文并不多，包括港、台在内，不过三数篇而已；80 年代初国内有几篇，多为考据其字号、籍贯、卒年，或鉴赏其几篇散文如《西湖七月半》、《湖心亭看雪》等，少有全面研究的论文。便按调公先生的建议，写成《晚明爱国学者张岱》，刊于学报 1986 年 4 期。从此，或有单位将研究这一课题的申报材料送来评审，或有人请为其著作写序。如现任闽南师范大学教授的张则桐，因早年随我攻硕，后来一直与笔者有联系。他的研究成果《张岱探稿》，在成书过程中一再请我作序，"不能不勉力为之"。成文后先在文学院学报发表（2009 年 2 期），又值湘潭大学再三邀请笔者参加他们主办的明代文学讨论会，乃将此文提交会议，收入大会论文集。后又收入拙作《三读集》（商务印书馆 2013.12）一书。则桐在"后记"中说："感谢陈老师为本书撰写序言，为我今后继续深入研究张岱指明了方向。"2015年 10 月 7 日收到则桐来信，并寄来上海 2012 年 6 月出版的张海新同志所著的《水萍山鸟——张岱及其诗文研究》一书的几页复印件，因该书言及拙序，说"虽是序言，但对张岱的研究也不无参考价值"，认为拙序指出的张岱文艺思想的演变和创作的师承，以及将张岱的史学和文学"联系起来"一并研究等等见解都是值得重视的。则桐则在信中说："我研究张岱的思想和方法主要是学习您研究吴敬梓和《儒林外史》的路线，虽然未得精华，但已获益良多。所以在感情上和学业上，我一直把您视为自己的授业老师，也一直以为能列入您的门下而自豪。"上述之事均在与调公先生共同接待海外学者之后所发生，但如不是调公先生坚持让我主谈，建议我写文章发表，那么也就不会有后来这些事了。

三

调公先生治学刻苦、著述勤奋，他的高足王长俊教授在《我的老师调公先生》（《烟云集》，四季出版社 2015.11）中就说："除了读书，就是写作，这就是他生活的全部。"

天道酬勤。由于调公先生全身心投入治学，成果丰硕，为人所重。他的《李商隐研究》1982 年由上海古籍出版社出版后，在1985 年江苏省哲学社会科学优秀成果著作评比中获一等奖；笔者追随其后，1984 年由上海古籍出版社出版的《吴敬梓研究》则在1988 年第二届评比中获二等奖，但拙作《吴敬梓评传》（1990 年南京大学出版社出版）则在 1994 年第四届评比中获一等奖。可以说，在 90 年代中期以前，南京师范大学古代文学研究著作在省哲学社会科学优秀成果评奖中获得一等奖者仅调公先生与在下的著作。而 1995 年国家教委主办的首届全国高校人文社会科学优秀成果评奖，自 70 年代末至 90 年代初长达十余年间的成果均可申报。其中国文学（包括古代、现代、当代文学研究，美学、少数民族文学等）一等奖 17 项，南京师范大学唐圭璋先生《词话丛编》获一等奖（排序 3）；二等奖 52 项中，有拙作《吴敬梓评传》（排序 1）和调公先生的《李商隐研究》（排序 37）。笔者还被邀请赴北京人民大会堂参加颁奖大会。匡亚明同志对拙作获奖十分高兴，要求"思想家研究中心"主编的《动态信息》（78期）及时发表《〈吴敬梓评传〉再次获奖》的报道，说："据国家教委社会科学研究司公布的'全国高校人文社会科学研究成果奖'评审结果，南京师范大学中文系陈美林教授撰著的《吴敬梓评传》荣获二等奖。据悉，举行这样大规模的评奖是新中国成立以来第一次，参评对象的时间跨度和数量均不同于以往一般的评奖。《吴敬梓评传》作为'中国思想家评传丛书'之一而名列其中，这对于扩大整套'丛书'的影响，提高'丛书'的声誉，起到了积极的作用。"调公先生见到这一报道，颇为笔者高兴，但也分外感触。

调公先生取得的成绩，对提高学校的声誉也是有贡献的。不仅《李商隐研究》获奖一事，另有一事也可说明。《文学遗产》是国内研究古代文学的重要刊物，素为全国学者所肯定。在它创刊四十周年、复刊十五周年之际，中国社会科学院文学研究所于1995年秋在京举办隆重的纪念会，邀请全国有影响的学者与会。笔者虽被邀请，但因课务繁忙，未能与会，仅发去贺电。会后收到《纪念文集》（文化艺术出版社1998.8）。集中有《〈文学遗产〉复刊以来论文和作者队伍的统计分析》一文，据云该刊复刊十五年（1980—1995）以来，共发表研究论文1005篇，发文较多的单位26家，中国社会科学院排名第一，发文139篇；北京大学第二，发文35篇；北京师大第四，发文30篇；苏州大学第五，发文28篇；华东师大与南京师大并列第七，各自发文26篇。该文还统计了在刊物上发表三篇以上的作者（称之为活跃作者）名单，列出其发文篇数和所属单位，活跃作者有84人，发文330篇，有16个单位活跃作者人数较多，第一位仍为文学所，18人71篇；第二为南京大学4人12篇；北京大学与南京师大并列第五，各为

3人11篇；复旦大学第七，2人10篇。南京师大三人为段熙仲先生3篇，调公先生及笔者各4篇。当年段老经常说起"文革"前，南师古代文学专业在全国排名一直靠前。而1995年《文学遗产》的排名，虽仅从论文一个方面考虑，但由于该刊的学术地位，也能在一定程度上反映出高校古代文学专业的实况，而调公先生的贡献则是有目共睹的。虽然他并不隶属于古代文学教研室，但对古代文学的研究成绩则不是可以忽略的，应予充分肯定。

调公先生一生勤奋，教学、科研贡献良多，然而晚景十分凄凉。据长俊教授文中说，他曾去"临终关怀医院去看他"，只见他"双眼紧闭，直挺挺躺在床上一动也不动"，不禁感叹道："唉，一位著名的学者，我的老师调公先生，他的'最后的日子'，竟然是如此的凄凉！"行文至此，笔者不禁要补叙一事：多年以来，每逢春节，总有校领导和院领导分别来看望，每次来都携有一袋食品以示慰问。有一次院长带了一纸箱来，说是橘子。隔了几天打开纸箱，却是满满一箱书，竟然全是调公先生藏书：大部分是作者送他的，也有少数他自己的书。当即请人送回院长。调公先生曾题赠《李商隐研究》、《古代文论今探》、《神韵论》等著作，如今人虽去，书仍在架上；我也曾将自己的几本论著如《吴敬梓研究》、《吴敬梓评传》、《新批〈儒林外史〉》等题请调公先生指正，不知是否也在此一"劫"中。人去书散，更令人神伤！

——原载《钟山风雨》2016年第6期

鼓楼名人文化漫谈

——与著名画家杨建侯为邻

政协鼓楼区文史委张国防主任一再邀约笔者撰文弘扬鼓楼文化，因素无研究，只能以漫话应之。

一

笔者以为不能仅就鼓楼地区来讨论鼓楼文化。2008年有关部门主办"清凉山文化与南京"主题首届论坛，笔者应邀在发言中就曾说，无论是清凉山文化、钟山文化、秦淮文化等等，均不能离开南京乃至全国的文化背景来孤立地讨论某一地区或某一景点的文化。因为所谓文化者乃是人类社会发展中所生产、积累的物质财富和精神财富的总和。仅就精神财富而言，是指社会的意识形态以及与之相适应的制度、机构，是一定的社会政治、经济的反映，又反过来予政治、经济巨大的影响。鼓楼地区的精神财富或说精神文明自然离不开南京这一整体；当然，鼓楼地区也有不同于其他地区之处，我们讨论鼓楼文化正是要从这一基点出发。

杨建侯先生赠作者画作

而由于创造物质或非物质财富的成员又具有流动性，这就必然导致不同地区文化的交融性，相互渗透，彼此补益。文化的发展有一个历史过程，因而又具有连续性和继承性，今日的鼓楼文化与既往的鼓楼文化是割舍不开的；当然，时代在发展，社会在进步，为满足新的需求，今日的鼓楼文化也必然具有其现实性。凡此都说明，需要全方位地来研究鼓楼文化，才能揭示今日鼓楼文化的丰富内涵。特别是就创造物质和非物质财富的社会成员来说，他们可能就是鼓楼地区内的原居民，也可能是外来户，他们的创造可能是在鼓楼地区完成的，也可能是在外区、外地形成的，但他们所创造的文化不仅是在鼓楼区内，而且在全市乃至全国甚至海外都产生巨大的影响。对此，我们应同样予以足够的重视。

二

南京最早的人类活动应该属于六千年前的新石器时代，在鼓楼岗附近的北阴阳营地区，就曾发现这一时代的遗迹。而最早的政区机构应是楚国所建置的金陵邑，三国吴时又予以修建为石头城，而其位置正在鼓楼区的清凉山附近。因此论及南京文化自不能不首先重视鼓楼地区，此后的发展不必一一缕述。仅以被誉为"世界航行第一人"的郑和，其"七下西洋"的船只，全都出自鼓楼区内中保村的宝船厂所建造；而放眼看世界的《海国图志》作者魏源也定居在鼓楼区内乌龙潭附近。虽然明初南雍建立在玄武区内，但明清时代鼓楼区也有不少著名的书院，如清凉山中的崇正书院、山下的惜阴书院，一时人才辈出。清末民初，南雍附近建立三江师范学堂而发展为东南大学、中央大学，但在鼓楼区内也建有金陵大学、金陵女子文理学院。新中国成立后，中央大学许多文理科系又与原在鼓楼区内的金陵大学、女子文理学院合并，组建成南京大学、南京师范大学、南京艺术学院等院校。早年建置的国学图书馆也在鼓楼区龙蟠里，后来并入南京图书馆，近年新馆落成于玄武区。在这些文教事业单位迁徙过程中，许多杰出的人才也有流进流出者，对鼓楼地区的文化必然产生、留存许多影响。如出入国学图书馆读书的名人有蔡元培、鲁迅、胡适、顾颉刚、陈寅恪、黄宾虹、徐悲鸿等等。而首任馆长柳诒徵原先在东南大学担任教授，馆员中也有不少学者，如柳诒徵和吴梅的弟子王焕镳（驾吾）在馆七年，曾编著有《首都志》，后应浙江大学校长竺可桢之邀去浙大任教，吴梅在日记中，将其与词家唐圭璋、曲家卢冀野并列，认为唐之词、卢之曲、王之文"皆可传行后世"（《吴梅日记》卷十二）。笔者50年代初曾一度受业于王驾吾、夏瞿禅老师，1981年应邀前往杭州大学讲学，曾去拜访驾吾师，当时驾吾师担任杭州大学中文系名誉主任，次年任浙江文史馆馆长，年底去世。而在中央大学任教的许多名师也从玄武区前来鼓楼区，如艺术大师徐悲鸿、傅抱石等，他们的纪念馆就设置在鼓楼区内。总之，鼓楼区人文之盛、名家之多，在南京应占前列，论说鼓楼文化，怎能忽略这些名家大师！

三

以汉口路南京大学、宁海路南京师范大学为中心点，周围有河海大学、艺术学院、教育学院、医科大学、中医大学、药科大学、南京工业大学、江苏社会科学院、金陵神学院等等一批高校和科研单位，集聚了大批文化科技精英，仅以文学艺术类而言，在汉口路、宁海路之间先后就有陈中凡、段熙仲、唐圭璋、孙望、程千帆、吴奔星、吴调公、许汝祉等等著名教授。虽然他们先后逝去，但他们的弟子以及弟子的弟子仍然活跃在鼓楼文化舞台上；同时这些名家所创造的业绩仍然长照人间。

再缩小范围至笔者所居住的这一幢楼的四单元而言，就曾住有古文字学家徐复和著名美术家杨建侯。这一幢楼建成于1985年，其中四单元可以入住十二户，是属于南京师大的，这十二户除去拆迁户外，均由校长指定，所谓校长指定房。除几户离休老干部外，文科、理科各有几户。犹记1990年初冬，匡亚明在南大斗鸡闸会议室召开座谈会，研究次年召开的国际学术会议的准备工作，会后匡老要用车送我回来，坚辞不得，便对驾驶员说先送匡老再送我，匡老坚持先送我，并说要看看我的住处。后来江苏电视台制作专题片《九十老人的追求》采访笔者，我谈起这一往事，该片中就出现了这幢楼的外景。

徐老与笔者均在1985年初夏入住，杨老则于该年初冬入住，1993年去世，与之为邻八年；而徐老去世于2006年，与之为邻二十年以上。徐老出生于1912年，今年为百年祭，原想撰写一文以为纪念，徐老不仅与我同系，虽然他专攻语言文字，笔者则学习文学，但语言、文学原不可分，每有疑难常向徐老请教，他总是诲人不倦、助人为乐。同时，他的女婿景教授是卞孝萱教授弟子，其博士学位论文则由笔者主持答辩，可追忆之事甚多。但因今年两次入院抢救，错过大祭之礼，纪念文字也就未能写出，只有待诸来日了。而杨老出生于1910年，早于徐老两年，但也早于徐老去世十余年，因此，借鼓楼区政协约稿之机会，先行写作追忆杨老的文字。

四

题目是"为邻"，此乃写实，我与杨老同住二楼，他在东首，我在西边，门对门，距离不足二米，开门即见。原先并不相识，虽然早闻其名，但他在美术系，笔者在中文系，活动不在一起；原先杨老住在妙耳山（这也是后来熟悉了，杨老对我说的，至今笔者也不知其确切位置，仅知道在三牌楼附近），1985年初冬方迁来此处，因此而"为邻"。

"为邻"尚有另一层含意，杨老擅治丹青，属于"艺术"学科，笔者在中文系"混饭"，属于"文学"，但两者关系迩密。在院校从艺术学科攻读学位者，取得的是文学学位；在群众团体中有"文学艺术联合会"即简称"文联"的机构，统领艺术、文学等各种协会；在公开发行的刊物中有各自的专刊如《文学评论》、《艺术百家》之类，亦有兼顾两类的《文艺研究》。近期学科重新分类，"艺术学"已提升成与文学、哲学等等同等的类别，不再隶属于文学，这是学术研究，学科教育细化、发展的必然趋向，也说明文学与艺术虽有紧密联系，但毕竟是两种不同的学科，有各自领域。但画家、书家必须要有文学修养，有的画家、书家充分意识到这一点，所以早年一位美术系的教授，一定要报考我的博士生，我一再表示不能接受，无从指导，他则表示此举是为了加深古典文学的根底，如今已成为部属重点大学的著名教授、博士生导师了。学古典文学的人，不可避免地要涉及古代戏曲（传奇、杂剧等），当然，中文系出身研究戏曲者，大多数人只涉及戏剧文学，而少有研究戏曲音乐、戏曲美术等等，但毕竟跨进"艺术"行当，不过仅仅是作为综合艺术的一部分而已。即如笔者，虽然为不少高校中国戏曲史专业的博士生主持过论文答辩；虽然除在文学刊物《文学评论》、《文学遗产》发表论文外，也在艺术刊物《艺术百家》发表过论文，兼顾文学、艺术两类的刊物《文艺研究》也发表过对笔者的长篇访谈，但笔者也仍然是研究文学的而不是研究艺术的，涉及艺术的仅限于戏曲文学而已。

说了这么些"常识"的话，目的在于说明笔者与杨老的相识、相处，因为两者学科"为邻"，所以有共同的话题，但也仅限于"邻"而未"入室"，尽管杨老对古典文学修养有素，而笔者于美术学则连皮毛也谈不上。杨老曾主动画了两帧梅花赠我，我只能说"美极了"，至于如何做出细致、中肯的评说，则非我力所能及了。

杨老赠我的画，我则回赠以书，真正的是"秀才人情"。不才的拙作常得到杨老的好评，尤其是对《吴敬梓评传》称道再三，我也未曾在意，直到有一次杨老对我说，他有位友人要为他写传，要了不少材料去，写出来片段给杨老审阅，杨老在笔者面前虽未多有贬辞，却一再说若能写成如《吴敬梓评传》的水平，他将十分满意。如此，我方明白杨老之意，我只能表明非不为也，乃不能也。没有美术理论、画法技巧、美术史、现代画坛等等方面的修养，是无法为著名的美术家杨建侯教授写传的。落笔即可能出错，成为笑谈，反有损于杨老形象。对此，杨老也能理解，未再要求。尽管如此，杨老与笔者的友谊并未受到影响。也正因为此，一直觉得有欠于杨老，如今杨老逝去近二十载，乃写此短文以为追念，略补歉疚之情。

五

从与杨老的多次闲谈中，得知杨老的艺术道路是很不平坦的。

他出生于太湖之滨无锡北部一个以造船为业的木工之家，乃父虽是一个造船能手，却并无什么文化，一心希望乃子能子承父业，也成为一个木匠。所以杨老小学一毕业，尽管成绩优异，仍被送到造船工场做木工。但杨老生性聪颖，喜爱美术，他从大人吸烟丢弃的烟盒上，见到做宣传用的各种人物画像，不由就临摹起来，得到造船工人的称赞，让他为新建造的木船画一些以图吉利的画图，也受到欢迎。乃父终于同意让他考进无锡美专。毕业后便来到南京，他的一幅素描，得到中央大学美术系主任徐悲鸿教授的赏识，同意他先行旁听，次年通过考试，被正式录取成为徐悲鸿的弟子。

由于执着于美术，终于从一个造船木工进入艺术殿堂。但是进入殿堂，并非一定能成为一个有造诣、有成就的著名画家。在杨老的艺术人生中也屡经磨难，颇多挫折，但杨老以他对艺术的热爱与执着，终于逐个克服一个个的障碍，取得了辉煌的成绩。杨老对我讲了他的一些经历，当年没有笔录下来，岁月匆匆，二十年前的闲谈难以准确地复述出来，但有一件事却记忆犹新，那就是杨老画梅的故事。"文革"期间，和许多知识分子的遭遇相似，杨老也受到冲击，他的画被造反派用黑笔打上粗粗的"×"，一律被视作黑画，人也受到批判。杨老气愤之极，一度表示从此不再作画！

正当杨老消沉之际，部队的一位友人来看他，杨老乃向之倾诉心中积愤，这位友人当时未说什么，隔了几天再来看望杨老，说他回去后仔细考虑过，不能放下画笔，一天不作画尚可，长久不作画万万不可。他建议杨老画梅，他说毛主席在诗词中咏梅，你画梅怎么不可？造反派不敢随便在梅画上打"×"。杨老颇认可这位友人的话，乃开始画起梅花来。岂料杨"梅"一出即广受人们喜爱。"四人帮"倒台之后，杨老更以空前的激情创作了巨幅梅画《春满人间》，不但在南京、也在北京展出过，受到好评。一时将杨"梅"与广东之关（山月）"梅"并称，极享盛誉。由此可见，杨老以他坚韧不拔的毅力，执着于艺术追求，方取得如此巨大的成绩。

六

杨老之所以取得艺术上的辉煌成就，不仅仅在于毅力、执着，同时也由于他善于学习，不拘一格地取人之长。从造船工场做木工起，就临摹烟盒上的各类人物画像；及至投入徐悲鸿大师门下，更得名师指点，有了长足的进步。徐悲鸿一向主张要弘扬中国传统艺术之长而弃其短，就绘画而言，主张"古法之佳者守之，垂绝者继之，不佳者改之，未足者增之。西方画之可以采入者融之"，主张兼采中西绘画之长，使之相互补益。杨老终身实践这一主张，国画《群雁归来》就融进西画之技巧，从而将百只鸿雁井然有序地呈现在画面上，有主有次、有先有后、有上有下，前后穿插，繁而不乱，是在国画中融进西画技巧的花鸟画之杰作。

同时，中国传统艺术思想十分讲究作者与现实、与自然的关系，明人袁宏道就说："善画者，师物不师人；善学者，师心不师道；善为诗者，师森罗万象，不师先辈。"吟诗如此，作画亦如此。杨老也一直实践"外师造化，中得心源"。据杨老告诉我，为了画好梅花，他曾多次去东郊梅花山欣赏、观察不同时期、不同姿色的梅花，以之人眼、入胸从而入画。为了接受中央军委的委托，画好《南京解放》这幅大型油画，杨老构思多日，决定以总统府的门楼为主景，为了更真切、形象地将其纳入画面，杨老也多次去总统府观察，从不同角度予以审视，不如此身临其境地观察，如何能创作出精品呢？

此外，杨老一生足迹遍及祖国各地，西北的敦煌、新疆，西南的桂林、昆明以及海南等地，或独自去，或率学生去，亲近自然，进行写生创作，宋代大诗人陆游就曾对其子说："汝果欲学诗，工夫在诗外。"陆游所说的"诗外"，在他为另一秀才诗作的题记中说："君诗妙处吾能说，正在山程水驿中。"这就是说他的好诗，全由于亲近"山程水驿"也即是社会、自然而创作出来的。

从杨老的言谈身教中，可以明白这是一个"老生常谈"的道理，即得到名师指点后要身体力行，要善学习，首先要深入现实社会、体味人生，观察宇宙自然的本色及其变化，也就是说只有对"画外"的万事万物，有切身体验才能创作出杰作来。

七

昔人有云：无论画品、诗品均是人品，汉人扬雄认为："故言，心声也，书，心画也。"好诗好画，必待好人品，明人屠隆说："夫草木之华，必归之本根；文章之极，必要诸人品。"近人刘熙载更直截了当地说："诗品出于人品。"诗如此，画又何尝不如此。艺术大师徐悲鸿认为："人不可有傲气，但不可无傲骨。"杨老一生遵从师教，为人正直、耿介，不媚俗，不迎合。

杨老曾说及，他在新中国成立前一度失业，只得靠卖画为生，但时间不长，一旦有了职业，即不再卖画，不以画作为谋利之具。杨老还说，他从不随便送画予人，尤其不以画作讨好权势者。省里某部门一负责人曾代其上级机构（北京）某领导求画，杨老说："我不认识这位领导，我不能画。"虽求之再三，杨老终于未画。

但有关公益事件，则勇于承担。我们所住的这幢楼建于1985年，当年十二户人家共用一只电表，到90年代初，家家要装空调，需要扩容方能实现。而扩容申请后要排队等待，酷暑即将来临，户户都盼望早日扩容，杨老乃主动找到电力公司的朋友（曾向杨老索过画的人），提出此事可否提前安排。经协商后终于在夏季来临前扩容，可惜杨老于该年7月仙逝，自己并未享受到空调带来的清凉。原先住户的主人已经过世，他们的后人虽然居住原屋，但也未见得知道"清凉"之来历，更无论新迁入之住户了。

杨老虽为著名的画家，资深教授，在美术界、教育界都很有声誉，然而日常生活十分俭朴，尤其是涉及公家款项，更是节约开支。在率领学生外出写生时，不坐头等车厢，白天不乘卧铺；住宿与学生同等待遇，有时为他安排较好的房间（价格自然要高），他即时退掉；就餐与学生一样，不另加菜，真正做到与学生同吃同住，令学生敬重。在教学、作画之余，有时也做一些力所能及的家务，尽管家中也请了钟点工，因为其妻身体也不佳，子女又另住，杨老还是尽其所能地承担一些事务。例如他经常穿一袭蓝布工作服去附近菜场买菜，菜场的人都熟悉这"老头"，从不计较，付了钱即走人；有时构思某一画作，或考虑某一问题，付了钱忘了取菜，走回去后又想起来，再返回菜场，卖菜人都笑着说："您老又忘了！"大家都认识他，毫不留难。与这些市井平民，杨老都能和谐相处，平等待人，所以也赢得了大家的尊敬。

杨老出生于1910年，去世于1993年，享年八十三岁。前些时候《扬子晚报》报道，总统府门楼建成至今已八十三年，近期要大修。笔者即刻想到：民国建筑作为物质遗产已然得到重视，而以总统府门楼为主景的《南京解放》大型油画显然是杰出的非物质文化遗产，也必然更长久、更广泛地为世人所欣赏。长久生活、工作乃至病逝在鼓楼区的艺术大家杨建侯教授的画作不仅是鼓楼文化史上光辉的一页，而且在南京乃至全国的文化史上也占有重要的地位，他的影响必将长久地留在人间！杨老永垂不朽！

——原载《鼓楼文史》总第十五辑，中国文联出版社 2012.12

陈鸣钟和《清代南京学术人物传》

一

《清代南京学术人物传》于 2001 年 11 月由华星出版社出版，经校订后纳入《南京文化研究丛书》中重版。这套"丛书"还收入《明代南京学术人物传》、《民国南京学术人物传》和《南京文献综合目录》，全由南京大学出版社先后出版。书前冠有《南京文化研究丛书》编委会名单，主任为周直，副主任为笔者和张宪文，编委十一人，执行编委为朱未易。笔者虽为副主任，但并未参与"丛书"全部工作，仅就笔者所经历的《清代南京学术人物传》和《明代南京学术人物传》的编纂工作的若干情节略予回顾。

这项工作是由陈鸣钟先生于 20 世纪 80 年代末发起的，他并亲任"清代卷"的主编。

陈鸣钟先生于 20 世纪 80 年代离休之后，便向中共南京市委宣传部及南京市社科联提出请求，欲以有生之年全力弘扬南京文化事业，将千百年来南京有影响的学术人物系统编排，为每一位学者撰写一篇传记。通过这一篇篇的传记，将南京的学术发展史勾勒出来，为继承历史传统并发展南京的文化学术事业提供有益的借鉴。他的要求自然得到南京市领导的大力支持。

鸣钟先生从事这项工作是有着得天独厚的条件的，不但他本人长期在中国历史第二档案馆任研究员，可以接触大量的文献资料，而且他的先辈都曾为南京的学术文化事业做出辉煌成绩，有着深厚的家族文化传统。尤其是他的曾祖陈作霖对于乡邦文献的整理贡献巨大。陈作霖生于清道光十七年（1837），卒于民国九年（1920），字雨生，号伯雨，晚号可园老人。一生著述极丰，特别是在有关南京史志的搜辑、整理、编纂方面做出的贡献尤为宏巨。他曾先后任过《上（元）江（宁）两县志》、《续纂江宁府志》的分纂，县志的大事纪、府志的人物类均出自他的手笔。尔后又在江苏通志馆从分纂直做到总纂，所编纂的地方文献更多。陈三立对之极为推崇，说"凡省府县志局、书院、学堂、官书局、官报局、图书馆之属，先生皆互董其役，终其身，亦因以著书百数十卷，跻为通儒"（《碑传集补》卷五十三《江宁陈先生墓志铭》）。卢前也极为赞颂其贡献，说"江宁自六朝以来，千五六百年。文物之盛甲东南，既屡更丧乱，荡焉无存。先生旁搜博采，悉为著录，于乡邦文献，厥功伟焉"（《冶城话旧》卷一《可园乡谥》）。

在参与官修史志之余，可园老人又以个人之工力，三十余年不间断地执笔撰成《金陵通纪》、《金陵通传》两部巨著，无论内容之广博还是体例之创新，"二通"均可谓不朽之作。特别是《金陵通传》之作，不但利用了其父陈葆常多年所搜集的丰富文献（见《金陵通传叙传》），本人还广采府县名志、大家谱牒乃至稗官小说（见《金陵通传凡例》），极富学术价值。"二通"之外，尚著有《金陵琐志》五种等等。

可园老人之子陈诒绂即鸣钟先生祖父，也能承继父业，于《金陵琐志》五种之外又有补作。乃父可园先生在为其所作《石城山志》所写的序中说："小子诒绂，学步邯郸，《淮北钟南》，斐然有作。"对其所作《淮北钟南区域志》颇为赞喜。完成此志之后，诒绂又拟续作《石城山志》，可园老人乃"树石城以为的，定其界址，授简诒绂，旬月乃成"，并谓"父作子述，仍为一家之言"。由此可见可园老人及其子诒绂长年累月着力于乡土文献之搜集、辑录、整理、编纂，乐此不疲。鸣钟先生继承先人事业，于新时代重新审视南京历史上的文化学术人物，选择有巨大成绩者，予以编写传记，从而理清南京千百年来学术文化的发展轨迹。这显然是一项极有现实意义的工作。

二

20世纪90年代初，南京市社联何开庸与邬醒倩两位同志找上门来，他们知道南京市有关文化建设的活动经常邀我参加，如建设秦淮风光带的座谈会，南京文化、南京文学的研讨会等等。南京城市科学研究会于80年代创办的《南京城市研究》约我撰写有关如何保护和弘扬南京文化传统的文章，刊载于创刊号。因此，社联同志来访并不意外，只是在他们谈起编纂有关南京文化丛书时，说陈鸣钟先生特别邀请我参与这项工作。我与鸣钟先生素不相识，也无来往，他之所以特别提出邀请笔者参加，大约是他看到笔者自20世纪70年代以来发表的有关吴敬梓和《儒林外史》的研究论文中，曾大量引用地方文献，诸如朱绪曾的《金陵诗征》、张熙亭的《金陵文征小传汇刊》、金鳌的《金陵待征录》以及鸣钟先生曾祖陈作霖的《金陵通传》等。特别是早在1977年发表的《吴敬梓身世三考》一文，引用了《金陵通传》卷三十三《吴烺传》，再参照其他大量文献，辨明吴敬梓生父为吴雯延，吴霖起乃其嗣父。拙说一经发表，广为学术著作采用。如《大百科全书·中国文学卷》等等。朱绪曾《金陵诗征》有关吴敬梓父亲的记载，何泽翰先生曾在其《儒林外史人物本事考略》书中引用过，唯对原文做了欠当的"纠误"。而陈可园的记载则为笔者首次披露。拙说虽为许多学人首肯，但也有个别研究人员持不同见解，为否定拙说连带否定朱绪曾、陈作霖二氏著述的文献价值。我又撰文说明朱、陈二氏著述不可轻易否定。熟悉南京文献的南京籍的著名词学专家唐圭璋先生当年也对我说，某人没有根据地否认《金陵诗征》、《金陵通传》的态度是轻率的。大约是我所发表的几篇文章都称引了鸣钟先生先辈的著述，从而引起了他的注意，方有盛情邀请之举。

在何、邬两同志来访不久，邬醒倩同志于 1991 年 3 月 20 日又有信来，说"上次在府上所谈编写《清代南京学术人物传》一事，已与陈鸣老谈好，在本星期天（24 日）下午二时在他府上商谈"。可见这项工作在 1991 年春季即着手进行。

鸣钟先生住在淮海路 31 号，我按时去他的府上。这是第一次见到鸣钟先生，他的健康似乎不佳，但待人礼貌周到，言谈朴实诚恳。除陈老外，也就是何、邬与笔者，很快就进入主题。他先谈了这项工作的大体设想，初步商定编委会成员，包括市委宣传部的领导以及南大、江苏社科院的教授、研究员和陈老及笔者八九人，当年我记有名单。但此后并未正式成立，此处也就不列出了。

不久，又在陈老府上开了一次会，参会人员多了几位，也就是拟请为编委的几位先生，商谈的主要内容就是拟定清代卷的传主名单，初步确定了二十九人，其中丁雄飞与黄虞稷、甘福与甘熙为合传。至于确定传主的原则也明确为南京籍（江宁一府及所属七县）的学人，非南京籍而在南京地区从事学术活动并有影响者也予列入。此外，对于写作要求也初步做了讨论，要求充分占有材料，认真核对史实，评述要力求客观。对于引文的规范、书写的格式等等，也有所规定。

南京市社联根据这次座谈会讨论的意见，整理出《清代南京学术人物传》的传主名单以及撰稿要求两份材料，分寄有关人员征求意见，要求在 5 月 25 日以前反馈回去。征求意见稿的传主名单增至 79 人（正式出版时为 43 篇 45 人）。收到社联寄来的征求意见稿后不久，鸣钟先生又于 5 月 30 日来信说："美林兄：日前市社联对《清代南京学术人物传》入传名单又作了增补，想已察及。"并要求笔者"务请多认写几篇，至少十篇"，而且说"兄在南师久，门弟子多"，可以发动弟子写，"多多益善"。当时教学、科研任务很重，笔者只能为之承担二篇；另外找了两位已取得学位、留在南京工作的研究生，请他们各写二篇，一位如期完成，一位另请两位同学各写一篇。我乃将六篇文稿集齐交给鸣钟先生，后来全都刊入书中。该书于 2001 年 11 月由华星出版社出版。

交稿之后，未再过问此事。2002 年初，邹醒倩同志来舍间送来样书及稿酬。邹同志告诉我，陈鸣老于 1992 年去世，他们请了徐复先生为顾问，并由徐复老写了序言。她说如果没有徐复老先生的协助，这本书是出不来的。的确，徐老对此书的出版贡献极大。同样，邹同志对这项工作也付出了辛勤的劳动，做了大量的工作。

三

鸣钟先生归道山之后，其未竟事业仍有后来者继续进行。

2002 年 4 月 5 日，南京市社科联和南京市社会科学院邀请了南京高校和研究机构的专家学者二十余人座谈，会议由南京社科院周直院长、朱未易处长主持，商谈如何继续编纂这套丛书，重点讨论"明代卷"的编纂问题。会后，周直院长一再邀约我来主编，考虑到年届古稀即将退休，身边尚有几位博士生和博士后要指导，工作较忙，同时个人的研究工作也较繁重，未予首肯，周直院长建议我找一助手来做具体工作。我便推荐了沈君新林。沈君虽系他人指导的研究生，但 80 年代曾与我的研究生一同听过我的课。将此意对沈君说明，他欣然同意，考虑到沈君当年也已五十余岁，且已晋升教授，便写信给周院长推荐他任主编。沈君持此信去面呈周院长，归来后告诉我，周院长同意他参加明代卷的编纂工作。

沈君得此任务，颇为兴奋，但又担心能否胜任，请我务必多加指导，我则表示当尽绵薄，一同做好这项工作。

不久，沈君来舍间商谈此项工作，我谈了两点意见：选好传主，约好作者。关于第一点选传主问题，我着重说明朱明王朝与南京的关系甚为紧密，此前建都于南京的王朝均为偏安一隅的政权，朱元璋建立的王朝定鼎于南京则是大一统的政权，尽管数十年后朱棣迁都北京，但南京依然为留都。在近三百年中，有明一代出现了许许多多有影响的人物，仅《明史》所收，除后妃、诸王、公主、土司及西域诸传外，也有四千余人。当然，其中南京籍者仅占少数，但南来北往的学人极多。南京学术人物传，自然以收南京籍的学人为主，但非南京籍的学人如果长期在南京生活，他们的主要成绩是在南京做出的，对南京的文化学术事业做出很大贡献的人，也可以入传，但不宜将短暂来南京活动的士人（或应试或旅游等）列入。同时，要特别注意表幽发微，一些正史未收的南京学人应予入选，如顾起元等。此外，还要考虑在元明之交、明清之交，哪些人断上，哪些人属下，要从他们的主要学术活动、重大的学术业绩是在何时进行和产生的来考虑。

关于第二点即约请作者问题，建议沈君不必过多地考虑职称，要多注意其研究方向及业绩。如能约到研究方向与拟约写的传主相关的作者，就能取得事半功倍的效果；如果作者对拟写的传主素无研究，只为有课题、能发表而新起炉灶，那就会事倍功半，难以保证质量。

沈君对笔者的意见颇以为是。就此，沈君即着手展开工作，未再"问"，我也未再"顾"了。书稿排出清样后，沈君来舍间传达周院长意见，由我挂主编，沈君副之。我以未曾有任何贡献，坚辞挂名；周直院长退而请我作序，不便再辞，乃成一序先交《东南大学学报》于2003年6月期刊出，并冠于2004年3月由南京大学出版社出版的该书卷首。

在编纂《明代南京学术人物传》过程中，得知《清代南京学术人物传》也将重版，我乃建议在重版前寻找一位先生认真校阅一遍，以改正初版中一些小疵。例如该书第一页第一行说"阉党阮大铖作《东林点将录》"，显然有误。作《东林点将录》者为陕西咸宁人王绍徽。其他误记者也有一些，而开卷即误，影响不好。朱处长接受我的建议，便请人"对全书作了通校，第一版中的错讹得到了细致的校正"（《再版补记》）。

往事已矣。离陈鸣老发动此次工作至今已二十年，第一本《清代南京学术人物传》出版也近十年。这套丛书对于弘扬南京的学术文化还是有作用的。可惜上限止于明代，当年陈鸣钟先生的愿望是能编写"上下几千年"的南京学术人物传记，以"详其始末"、"通其源流"。如能继续编纂明以上的南京学术人物传，当更有意义。

——原载《炎黄文化》2010年第4期

附：《明代南京学术人物传》序

继《清代南京学术人物传》出版之后，《明代南京学术人物传》即将出版。南京社会科学院常务副院长周直教授嘱余为序，事涉桑梓，敢不命笔。

一

在我国历代封建王朝中，朱元璋所建立之政权，颇得史家称道，孟森即云："中国自三代以后，得国最正者，唯汉与明。匹夫起事，无凭藉威柄之嫌；为民除害，无预窥神器之意。"[①]朱元璋于元顺帝至正十六年（1356）攻占江宁，改称应天府。1368 年朱元璋政权建立，国号大明，年号洪武，以应天为南京，洪武十一年（1378）称京师。这是历史名城南京首次作为大一统政权之京城，前此建都南京的三国吴、东晋、宋、齐、梁、陈、南唐均为偏安一隅之政权。明成祖朱棣于永乐十八年（1420）诏示天下，迁都

---

① 《明清史讲义》，中华书局 1981 年版。

北京，但南京作为明王朝首都也有数十年之久。其后，又复称南京，作为明王朝留都，中央机构仍保留不动，唯官员人数略有减少，如六部缺左侍郎等，而国子监和科道官员齐备。直至明亡清兴，南京改称江宁府。由此可见，明朝与南京的关系极为重要。

朱明王朝自洪武元年（1368）至崇祯十七年（1644）甲申之变，有国二百七十六年，其后南明四帝又延续十八年之久。明王朝开国皇帝朱元璋起自草莽，深知社会弊端、小民困苦，建国之初，采取宽松政策，以恢复生产、稳定社会为政要，采取和实施发展生产、兴隆文教、有利于国计民生的种种措施，无论物质文明建设还是精神文明建设，都取得了很大成绩。仅以南京地区而言，朱元璋建都之初，即征调二十万户工匠，以二十一年工期构筑了举世闻名的南京城垣。明初，南京人口多达四十七万三千余，手工业者近二十万，匠户有四万五千户，占全国二十三万户五分之一。商业、手工业有了相当发展，三山门等城外濒水之处还设立塌坊——贮存商品的仓库，以利贸易。城内百货有专卖街市，如弓箭在弓箭坊、木器在木匠营、颜料在颜料坊、锦绣在锦绣坊，等等。这些街市名称，至今未变。当时东起大中桥，中经镇淮桥，西至三山门，秦淮河两岸商铺林立，百货纷陈。明人所绘《南都繁会图卷》画面上，有一百零九种店铺招牌。市面如此繁荣，是与生产发展分不开的。江、浙两省的漕粮占全国四分之三，粮食产量极丰；仅缎机即多达三万张，可见南京纺织业之兴盛。

明统治者于发展生产同时，又大力兴办文教。据《南雍志》所记，洪武十四年（1381），开始在鸡鸣山阳建国子监，有正堂一座及支堂六座，每座支堂有屋十五间；学生所住号舍多至一千余间；尚有日本、高丽、琉球、暹罗等国留学生专用宿舍；最多时学生有九千余人，官师四十余人（祭酒、司业、五经博士、助教、学正、学录、典簿、典籍等）；教授内容除四书五经、律令、书数、大诰以外，还有少数生员专习外国语；并设有历事之法，类似今日之实习。规模之宏大、制度之完备，堪称当时世界一流。除国子监外，南京还有府、县学以及私人讲授之书院，最著者有崇正书院、新泉书院等。同时，永乐迁都前，乡、会试均在南京举行；迁都后则为江苏、安徽士人参加乡试之所在。三年一次的乡试，东南俊杰之士云集南京，参加考试。在参加乡试之余，彼此以文会友，切磋学问。还有国外学者也来南京讲学，如德国数学大师克拉维斯（1537—1612）弟子、传教士利玛窦曾于万历十一年（1583）来我国传教，与徐光启合译《几何原本》前六卷；又与李之藻合作，根据克拉维斯《实用算术概论》和程大位《算法统宗》编译成《同文算指》。利玛窦曾于万历二十七年（1599）来南京与福建泉州人、进步思想家李贽相晤，交流学术。由于来往文士极多，南京文风极盛，并且带动了印刷业的繁荣，国子监中存有宋元以来江南各地板刻，多次刷印，称为"南监本"。三山街一带书坊极多，如世德堂、富春堂、继志斋等所刻图书行销全国。总之，建国之初为京师、尔后为留都的南京，无论是物质文明还是精神文明都呈现一派繁荣景象。

二

往昔之事实即为今日之历史。有明三百年间的现实，即成为后人所修明代史书之重要内容。史离不开事，事离不开人。所以恩格斯在《自然辩证法》中说："有了人，我们就开始有了历史。"[1]

---

[1] 《马克思恩格斯选集》卷三，人民出版社 1973 年版。

我国历代王朝都重视修史，所谓"盛世修史"。因为一切史书，均从不同视角描述了各民族发展历程，总结了他们前进步武，可以以史为鉴，所谓"述往事"，是为了"思来者"[①]。

历代史官在长期修史过程中，累积了丰富的经验，创造出史籍的多种体例。唐人刘知几在《史通》中将历代史籍概括为以纪事为主的编年体和以传人为主的纪传体，所谓"二体"。其后又有纲目体、纪事本末体、典志体、会要体，更有学术史、科技史、方域史等体例出现。而司马迁《史记》所开创的纪传体在史学著作中始终占有重要地位，唐人皇甫湜在指出编年体不足之余，盛赞纪传体之《史记》能"革旧典，开新程，为纪为传，为表为志，首尾具叙述，表里相发明，庶为得中，将以垂不朽"[②]。宋人郑樵认为《史记》之五体，"史官不能易其法，学者不能舍其书。"[③]自此而后，历朝修史，无不采取《史记》体例，虽有兴革，但整体格局不变，究其深层原因，乃在于纪传体史书中实孕涵着以人为本的历史哲学思想。

《明史》修于易代之后的清朝，顺治二年（1645）始修，康熙十八年（1679）续修，雍正元年（1723）再修，至乾隆四年（1739）修成，又于乾隆四十二年（1777）订正，历时近百年。顺、康两朝纂修《明史》，实有笼络汉族高级士人之用意，与事者有著名学者如顾炎武等，黄宗羲虽未应聘，但却同意其子黄百家和弟子万斯同参与。顾、黄等学者曾为《明史》商订义例；同时，撰修时取材又十分广泛，如实录、典志、传记、杂史等公、私佳构，莫不采纳，因而在官修史书中，《明史》虽有可诟病之处，但也

---

① 《史记·太史公自序》，中华书局1959年版。
② 《皇甫持正集》卷二《编年纪传论》。
③ 《通志·总序》，商务印书馆1936年"十通"本。

有一定声誉。

《明史》承《史记》所创之纪传体，但亦有所创新。全书三百三十二卷，有本纪、志、表、传。其中列传二百二十卷，后妃、诸王、公主、文武大臣传，皆为以前史书所有；专门传记有十七项，如循吏、儒林等十四项前史已具，而前史所无者则有阉党、流贼、土司三项，是根据明朝社会实际状况而增立。根据笔者粗略统计，文武大臣入传者约二千六百人，循吏立传者三十余人，儒林立传者约一百一十余人，文苑有一百七十余人，忠义则多达三百余人，孝义八十余人，隐逸有十余人，方伎二十余人，外戚三十余人，列女近三百人，宦官五十余人，佞倖二十余人，奸臣二十余人，阉党四十余人，流贼七人，以上各专传合计在千人以上，与文武大臣传总计当在四千人左右，尚未计及后妃、诸王、公主以及土司、西域、外国诸传。《明史》即通过这数千余篇人物传记，与纪、志、表相配合，从各个层面反映出明朝现实社会，也可说明朝的繁复纷纭的社会现实，为这些史传提供了丰富的内容。

《明史》中立传者亦有南京人，仅以文苑传而言，弘治九年（1496）进士，上元人顾璘，官至南京刑部尚书，与同里陈沂、王韦号"金陵三俊"，顾璘不但自己能诗，而且在成为南京"词坛"盟主后，"士大夫希风附尘"，一时"许穀、陈凤、（谢）璀子少南、金大车、大舆、金銮、盛时泰、陈芹之属，并从之游。穀等皆里人，銮侨居客也"，也就是说除金銮外，其余均为南京文士，也都是一时俊秀。万历十七年（1589）状元焦竑"博极群书，自经史至稗官、杂记，无不淹贯。善为古文，典正驯雅，卓然名家"。当然，《明史》入传者为全国各类人物，不可能尽收南京名人，如《客座赘语》《尔雅堂诗说》《中庸外传》《金陵古金石考》《说略》等书作者顾起元为万历二十六年（1598）会试第一人，累官吏部左侍郎，亦为南京人，但为《明史》所未收。因此，为了阐幽表微，弘扬南京文化传统，尚须从其他学者所著明人传记中发掘。

其实有关明代人物的传记甚多，谢锋、黄全、徐纮、杨豫孙、徐咸、汪庭奎、雷礼、项笃寿、焦竑、童时明、凌迪知、过庭训、江盈科、冯复京、薛应旂、徐开任、龚立本、万道吉、陈贞慧、黄宗羲等人均有著述，总计逾千卷。美国学者 L. G. Goodrich 著有《明代名人传》，收有自洪武元年（1368）至崇祯十七年（1644）的名人传记六百五十篇。当然，这些著作中立传的人物散处全国各地。但也有不少专收某一地区人物的传记，如东莞、潮州、滇南、畿辅、真定、松陵、吴门、嘉禾、诸暨等地各种先民传、贤达传、耆旧传、人物志、献征录等等。而以南京人物入传者，则有陈镐、路鸿休等人所著。此外，据《明史·地理志》，明代应天府辖有上元、江宁、句容、溧阳、溧水、高淳、江浦、六合等县。这些府、县的志书以及地方文献中也收有不少名人（包括明代人）事迹，如出生于明万历十八年（1590）的高淳布衣诗人邢昉，极擅诗作，有《石臼集》传世，一些方志、文献乃至私人著述如王渔洋《带经堂诗话》中均可寻到有关他的事迹。总之，南京历朝历代都产生不少学人，否则何以能被称为文化古都？但由于种种原因，有不少学者的生平事迹、言论著作鲜为人知。发掘他们的事迹、著作，并表而出之，这既是对南京先贤的最好纪念，也是对当前继承并发扬南京历史文化传统的重大贡献。

三

有关明代、有关南京的史传著作极为丰富，可以帮助我们发掘至今湮没不彰的南京学者，搜集他们的生平事迹和思想著作。

而且，史传作者各自不同的史识和史德，对我们也具有启示意义。

例如，如何选择传主又如何评价他们，是撰写史传的要着。试以《明史》为例，作为一个朝代的全史，凡产生过影响并有一定地位者，均可入传。但纳入何项传中，却表现出修史者的评判标准。如贵阳人马士英为同乡杨文聪内兄，怀宁人阮大铖为杨文聪盟兄，在拥立福王活动中三人关系密切、态度一致，但阮、马先后降清，而杨殉国。因此，在《明史》中，杨文聪入文武大臣传，而阮、马则列名奸臣传。当然，对于历史人物的评价会随着历史的推移、社会的发展而有不同的标尺，但道德、文章并重的传统，也就是当今政治、业务统一的观点，似乎不宜偏废。自然，中外古今均有文品、人品不一致的人物，对他们的研究、评价也绝对是必要的，但那是学术专著的任务。而《明代南京学术人物传》（也包括《清代南京学术人物传》）是负担着如丛书总序中所说，"继承和借鉴传统文化"，是肩负着"提高公民文化素质"重任的。它并非如《明史》那样是一朝"全史"，正反人物都可入传，而必须有所选择（其实，如上文所述，《明史》也是有选择的）。有选择，就要有标准。而这一标准除考虑学术成就外，还应考虑道德气节。尤其是元明清三朝的更迭均涉及不同民族，当然，蒙、满与汉，均为中华民族的成员。但民族问题，有它的历史内涵。因此，对于易代之际的一些人物入传，尤须审慎。

又如，如何为学术人物作传，历史上也有佳构可资借鉴，如《明儒学案》，作者黄宗羲是浙东学派的首领，著述极丰。六十二卷的《明儒学案》是我国历史上产生最早，又最为完备的一部学术史著作。在这部著作中，作者将明代二百零八名学者以时代先后为序、以思想见解为纽，分别组成崇仁、白沙、河东、姚江、江右王门、南中王门、楚中王门、北方王门、粤闽王门、止修、泰州、甘泉、诸儒（上、中、下）、东林、蕺山等十九个学派，从而全面地反映有明三百年间学术思想发展演变全貌。《明儒学案》的编撰极有特色，诸如书中凡立一学派，必先以小序做概括说明，然后分别论述所属学者；虽分学派，但无宗派；不以爱憎去取，没有门户之见；每立一传，必客观描述传主生平事迹、评说其思想见解；凡所摘录，必取自原书，不作展转相引，等等。凡此，于我们编撰《明代南京学术人物传》也不无借鉴意义，仅以分派叙论而言，我们所言之"学术"，包括自然科学、社会科学和人文科学，门类极繁，分支也多，在确定入传人选时，既要有重点，如黄氏对于王学的分支那样，又要考虑全面，包涵各个学派，也即是各门学科，力求反映出明代学术发展的实际状况，避免偏颇，等等。

再如，如何为地方人物立传，也有前人著述可资借鉴。如路鸿休之《帝里明代人文略》二十四卷。路氏有感于金陵人文甲天下，而郡乘所载不过百中一二。乃据友人汪道邻所藏，誓绝闲文四年，撰成此书，上起帝胄，下迄隐沦，各为之传。凡有明三百年之江南一代人物，咸集于此。路氏生于明天启三年（1623），书成于清康熙四十二年（1703），又经一百余年，直到道光三十年（1850）方有活字本行世。清代南京学者陈作霖又仿此书体例于光绪四年（1878）开始编撰《金陵通传》四十五卷。路氏之作仅收明人，而陈氏通传，则从春秋以迄清末，立传三千余人。陈作霖纂修志传的一贯主张是氏族宜穷源流，籍贯宜严去取[①]。因此，《金陵通传》继承《史记》以及《帝里明代人文略》体例，合一家族先后诸贤为一传。同时，《通传》只载本籍人士，外地迁入者必居一世后方可入选。这正体现了表彰乡邦先贤、发扬本土文化的旨意。

---

① 参见《可园文存》卷四《与汪梅翁先生论府志体例书》。

我们编撰《清代南京学术人物传》《明代南京学术人物传》，也同样是发掘并弘扬南京文化传统，书名既然冠以"南京"，自应以籍贯本土者入传为宜。当然，明代初期，南京作为帝都，后又成为留都，各地学者来南京者甚众，或读书讲学，或应试仕宦，或会友游览，他们在南京或留下诗文，或传有著述，对南京的文化建设也作出很大贡献，功不可没。但他们的生平事迹、思想著述，宜列入"历史名人与南京"、"著名学者在南京"一类丛书中，不宜纳入"南京学术人物传"中，其理自明，毋庸多言。

　　《明代南京学术人物传》一书，是在南京社会科学院领导直接组织和领导下，编者和作者共同努力完成的，他们的辛劳是应予充分肯定的。去春初议此项课题时，周直院长一再建议笔者主持，当时因教学和科研工作十分繁重，无余力从事此项工作，便转荐沈君主持。前不久，周直院长再次请不佞担任主编。因无任何贡献，难以允诺，以免掠人之美。又嘱我为序，则不便固辞。但此前未曾见过书稿，只能就编撰此书有关问题略抒私见以为序。

2003 年盛夏

清凉山畔

——刊于该书卷首（南京大学出版社 2004 年 3 月出版）

从事研究生教育工作的回顾与思考

新中国研究生教育制度确立于 20 世纪 70 年代末，1977 年 10 月，国务院批转教育部《关于高等学校招收研究生工作意见》下达后，有条件的学校报请上级批准，先后建点招生。继而《中华人民共和国学位条例》颁布，规定"自 1981 年 1 月 1 日起实施"；国务院又于 1981 年 5 月 20 日批准《中华人民共和国学位条例实施办法》，研究生工作乃有章可循。经过三十余年的发展，目前全国在读研究生已有四十余万，博士生也逾六万。而且，根据国家建设需要，仍将继续扩招。笔者自 1953 年大学毕业后，从事教育工作五十年。20 世纪 50 年代曾执教于江苏师范学院（今苏州大学）中文系，与钱仲联先生分任古代文学教研室正副主任。60年代末，在南京师范学院（今南京师范大学）中文系任教，长期担任本科生教学。80 年代初，开始应邀参加研究生论文评审和答辩工作，80 年代中期起，自行招收硕士生和博士生，继而又接受博士后，从事研究生教育工作也有二十余年。据近日报载，教育部关于教育体制改革的意见中有"改革学位授权审核制度"的内容。因此，无论是教育部门的领导还是具体执教者做一些回顾与反思，也许并非全无意义。

一、参加论文评审和答辩

我所在学校的中国古典文学专业于 1978 年建硕士点，1981 年建博士点。两点的建立，均由词学大师唐圭璋（1901—1990）先生领衔。唐老于 1978 年 10 月招收词学硕士生二名；1985 年招收第一届词学博士生二名，1987 年招收第二届词学博士生三名。唐老此际高龄八十有余。继唐老之后，古典文学专家年逾八旬的段熙仲（1897—1987）先生于 1979 年招收六名魏晋南北朝文学硕士生。接着，文艺理论专家吴调公（1914—2000）先生分别于 1981 年和 1984 年招了两届中国文学批评史硕士生，吴先生高龄也在七旬上下。段老和调公先生都曾来舍间邀约为他们的硕士生论文进行评议，参加答辩。从此开始，不断收到聘书，约请笔者做论文评阅人或答辩委员，如南京大学程千帆先生请我担任他所指导的硕士生张君（1984）和博士生巩君（1990）的论文评阅人。杭州大学徐朔方先生请我为其硕士生鲁君（1988）主持答辩，为他的第一位博士生廖君（1989）做论文评阅人。南京大学、杭州大学之外，扬州大学、武汉大学、苏州大学、厦门大学、南开大学、东南大学、华东师大、上海师大、山东大学、东北师大、安徽师大等校均有约请，为他们的硕士生和博士生做论文评阅人、答辩委员、乃至主持答辩。直到今年 4 月间，南开大学陶慕宁教授还约请为他指导的博士生作论文评阅人，因正在看一部书稿的校样乃婉言辞谢。总之，我从事研究生教育工作是从评议论文和论文答辩开始的。因此，也从这项工作中开始我的回顾。

学位论文是否合格，答辩能否通过，是取得学位的先决条件，也是检验研究生培养工作的重要标准。因此，无论是研究生还是导师，对此都十分重视。

研究生的学位论文被导师认可后，便要提交答辩。此际就要考虑评阅人和答辩委员人选。当年的导师大多是名家，在提名人选时都要考虑被提名者的学识、声望，而研究生也希望由著名学者任评阅人和答辩委员。导师在向学位委员会提名获准后，先行向当事人口头或书面征求意见，以示尊重，同时协商时间安排，然后才以学校名义发出正式聘书，有的学校还有校长签名。到80年代末，有些单位发出的聘书却降格由研究生院、学位办、乃至文学院、中文系等名义具名，但基本内容不变。至于导师给受聘人的信函则各呈异彩，不妨略举数例，以见大家风范。

例一：程千帆先生1984年函

美林先生：

　　承允审查张××同学硕士论文，极为铭感。

　　今将论文及意见书送呈，请在十一月中旬评就赐还，不胜铭感。

　　敬请

著安

弟程千帆

十月二十五日

千帆先生先是来电话，然后派人送论文及此信来；意见寄回后，程先生还来电话表示感谢。

例二：吴调公先生1987年函

美林同志：

　　调所带87届研究生答辩将于6月上旬举行，凤仰硕学，兼以交深，拟再次奉请，烦俯就答辩会评委，烦渎清神，感愧交并。

　　专颂

著祺

　　　　　　　　　　　　　　　　　　吴调公

　　　　　　　　　　　　　　　　　　　4.27

　　"再次"云云，是指吴先生所指导的第二届硕士生答辩；第一届答辩则是吴先生来舍间相约。

　　例三：卞孝萱先生1998年函

　　美林先生：您好。

　　　请您评阅邹××同志博士论文，并担任答辩主席，务请俯允，费神心感。

　　　此致

敬礼

　　　　　　　　　　　　　　　　　　卞孝萱

　　　　　　　　　　　　　　　　　　　5.31

　　卞教授指导的博士程君（1994）和景君（1997）亦由笔者主持答辩。

　　从信函中可以看出他们对此项工作的重视，对同行的尊重。当老辈学者不再指导研究生后，接替者已少有前辈学人的风范。不过，该做的事还是做的。再后的导师，颇有不知"礼"者，事先不征求同意，径直将论文及聘书寄来，似乎是让你参加答辩就是抬举你了。若拒绝，时间紧迫，可能影响其工作，似不宜；若接受，也不堪重负，因为同一时期可能收到的论文很多，还有自己的研究生要答辩。有时请求评审的论文送来很迟，与答辩日期相距不远，极为紧迫，若草草阅过，不负责任，若仔细审读，则日夜交困。

　　硕士论文答辩委员会一般由五名专家组成，博士则需要七名。主席由校外著名专家担任，如段熙仲先生聘请中国社会科学院文学研究所曹道衡研究员为他的硕士生答辩主持人；吴调公先生则请华东师大徐中玉教授任主席；我所指导的研究生答辩，曾请杭州大学徐朔方教授、华东师大郭豫适教授，南京大学卞孝萱教授任过主席。我曾被徐朔方教授、山东大学马瑞芳教授、厦门大学蔡景康教授、苏州大学王钟陵教授、杭州大学平慧善、邵海清教授，以及安徽师范大学赵庆元教授等导师聘为他们的研究生（硕、博）答辩委员会主席。至于南京大学与我校同在南京，相互支持，邀请的次数最多，除为卞孝萱教授主持过三届博士生答辩外，吴新雷教授、俞为民教授指导的博士生答辩，由我主持者不下十余次；偶尔也为周勋初、高国藩教授合作指导以及周勋初和莫砺锋教授合作指导的博士生主持过答辩；还主持过不少韩国博士生的论文答辩，如文盛哉、金金南、权容浩、金英淑、蔡守民、洪董植等不下十余人。

　　早期的答辩工作比较认真，严格按照程序办事，开始时由学位办、或研究生院、或院系领导宣布答辩委员会组成，然后便由答辩委员会主席主持答辩，相关领导退场。答辩开始时由秘书或导师介绍研究生的学习情况，答辩人报告论文要点和创新之处，继而各委员提问，研究生回答。每位委员提问完毕后（如是举行公开答辩，旁听者取得主席同意后亦可提问），暂时休会，研究生退场。答辩委员会进行讨论，写出简要评语，然后就是否通过论文、是否建议授予学位两项内容进行无记名投票。复会后由主席宣读评语，并报告投票结果，答辩结束。大约每半天时间进行一、二名博士生的论文答辩。80年代初，答辩不仅要文字记录，还要录音，答辩完毕，记录与录音同时上交学位办。

90年代中期以后，尤其是世纪之交（我最后一次主持答辩是2003年），由于研究生大增，组织答辩工作趋难，同一系科可能同时有几场答辩，领导无法分身，答辩委员会的组成，就由指导老师甚至秘书宣布，虽然事非得已，但总给人以不够重视的印象。论文有时在答辩前数天才送到，审读时间更为紧迫；再加上答辩安排人数过多，一个下午要完成三、五人的答辩，讨论就不能深入。据说近年的硕士生答辩，一天能完成十几人甚至二十几人；博士生答辩一天也要安排七、八人甚至超过十人，如此只能匆匆了事，走走过场。论文的评审和答辩，是掌握合格研究生的"出口"，越是扩招越不能放松，否则何以向社会提供高质量的研究生？

除了参加正常的博士生论文评审和答辩外，我还应邀作为名誉博士的推荐人。1996年5月，南京大学欲授予著名作家韩素英女士为名誉博士，按规定要有两位专家推荐，一位是校内的，另一位是校外的。南大学位办便找到我。鉴于韩女士是一位蜚声文坛的作家，早年就读于燕京大学，后去比利时、伦敦求学，曾任职于南洋大学。她的《生死恋》、《待到黎明到来时》都是有影响的作品，完全符合名誉博士的条件，于是便应南大请求写了一封推荐信。下半年得知，已经国务院学位委员会批准授予韩女士以名誉博士。

世纪之交，我还应邀主持过"论文博士"的答辩。所谓"论文博士"，并未经过三年的博士生学习，主要是提供一篇论文经过一定的审查来申请博士学位。虽说要严格审查，但毕竟未在导师的指导下经过三年的学习与研究实践，存在着这种那种不足与缺失。目前博士人数甚多，且仍在继续扩招，此种"论文博士"似乎并无必要再授予，若果确有成绩且享有盛名，可径直授予"名誉博士"。

二、增补导师自行招生

80年代前期，老辈学者渐渐退出，亟需增补导师。1984年秋，在全校教师大会上，学校领导宣布了经上级批准的硕士生导师十余人。笔者因故未参加会议，后有同事告我，宣布的第一人便是笔者。此前则毫不知情，于是从1985年起，开始招收硕士生三名，当年是一届毕业方可招第二届。1988年招收第二届二名，1991年第三届二名，1994年第四届八名，此后未再招收硕士生。四届总计十五名。

1991年开始招收博士生，但我的导师资格却是国务院学位委员会1993年批准的，这是因增补工作工作中发生的变故所致。1989年初，在学校工作通报会议上，蒋副书记（兼副校长）宣布，经校、系领导与唐圭璋先生研究，决定申报本人增补导师。会后即有人活动以郁某某顶替本人。党委冯书记听我汇报了唐老提出的疑问后，经过了解确有其事（当时是校长责任制），但既成事实，也无可奈何。岂知1990年秋，分管系主任来舍间说："唐老病重，上报的郁教授提供的著作不合要求，挂在哪里；现在要上报明年招博计划，谈校长很焦急，感到责任重大。经过研究，还是由您来指导元明清文学博士生，用唐老名义上报"云云。开始我并未允诺，在离休多年的党委老书记杨巩同志劝我以保点大局为重后，系副主任第三次来舍间时方始同意。1991年入学的博士生李君（现已为教授）在2009年10月12日写的材料中说："1990年9月，准备报考博士生，当时通过中文系和研究生部了解到，学校准备从1991年起，以唐圭璋先生的名义，招收元明清文学方向的博士研究生，由陈美林教授指导。"（这份材料现存文学院分党委）。如此，我便在1991年开始指导博士生。

1992年下半年第五批增补导师工作启动，谈校长与我研究方向一致，不通过基层以及学位委员会，先行做好申报工作。这种"不合程序"的做法引起了群众"强烈反响"（见当年校党委副书记于2009年11月5日写的说明，现存文学院分党委），虽然此时谈由副职扶正，但领导体制已改为党委领导下的校长责任制。党委决定召开校学位委员会和学术委员会全体委员联席会议，所有申报者都要与会述职，由全体委员审核后无记名投票决定。在1993年3月4日召开的述职会上，我展示了已出版的十部著作，发表的一百五十余篇论文，以及《人民日报·海外版》发表的对我的学术专访和工作照片（1991.5.7）。经审核后全票通过上报。此际，分管副系主任通知我，今年仍要招收元明清文学博士生，由我指导，但其间又生变故，招生未果，直到1994年起方始正常招生，一共招收七届十七人，接受博士后二届三人。这二十人中已有十七人为教授（其中八人为博士生导师），其余三人已任副教授多年。

在历届招生中，我一直坚持不动员、不承诺，当然也不能拒绝。1991年第一次招生时，唐老已经病逝，系领导决定唐宋方向由郁贤皓、元明清方向由本人负责，各自命题、阅卷、面试、录取，互不相干。当年报考元明清方向者有十余人，除本校段熙仲、金启华等先生指导的硕士生外，尚有杭州大学等校毕业的硕士生；而报考唐宋方向的考生仅有一同等学力者。主事人乃将原先报考本人的程君，在未与我通气又未征求程君意愿的情况下划到郁贤皓名下。既成事实，程君也无可奈何，乃于6月11日给我写信，说明情况，并表示："如先生不弃，门户无限，也把我当一受业弟子看待"。这次招生，元明清方向合格者三人，但只有二个名额，所以录取二人；而唐宋方向即程君一人，若不硬性将程君划去，那么唐宋方向这次就无考生录取。程君毕业后仍留校工作，由于自己努力，颇有成绩，已晋升教授。这两名元明清文学的博士生入学后，"教学计划、培养方案，均是由陈美林教授亲自完成，相关专业课程均由陈美林教授讲授"（上述李君所写的材料）。三年的学习全由本人负责，论文答辩工作也由本人组织，聘请华东师大郭豫适教授任答辩委员会主席。这两位博士生虽以唐老名义招收，但在他们攻博期间，我的博士生导师资格已被批准，所以也可算是我的第一届博士生。这两位也各有成绩，都已晋升教授。

在我第一次招博时，程君前来报考，全是他自行选择，本人事先毫不知情，当然不会做任何动员。同样，在1993年春通知我招生时，有杭州罗君、武汉张君与覃君、烟台傅君等与我联系。我与这几位考生素昧平生，自然更无从动员，都是他们主动来电话或来信联系的。如傅承洲君于4月6日用烟台大学中文系的稿纸、信封写来的信说："陈老师：您好。非常冒昧地给您写信，我是烟台大学中文系教师，今年报考您的博士生，曾委托同学刘尊明君将几篇稿子专呈您，请您指教"，接着询问有关考试科目及要求等问题（此信及信封存文学院分党委）。5月间，他们来校面试，还去访问过我的第一届博士生，上述李君所写的材料中就说："1993年春，南京师范大学文学院招收第二届元明清方向的博士生，当时报名之人甚多。由于我当时是博士生二年级，所以报考者曾到宿舍了解1991年的元明清专业课考试情况，以及陈美林教授面试要求，其中包括傅承洲君。"而当他们去招生办办理相关手续时，被告知指导教师改为谈凤梁，大感意外，向我询问，我也不知情。有的考生就去党委问个究竟，上述王副书记写的材料也说："1993

年春季，曾有一素昧平生的外地青年到我办公室，谓他原欲报考陈美林教授的研究生，而我校却要他改报谈凤梁研究生。"谈校长此次申报增补导师，学位委员会和学术委员会联席会上并未见讨论，但却在他曾支持过的郁教授的帮助下，要招收博士生。有关职能部门正属谈校长领导，颇感为难。几天后，总支丁书记来舍间，向我传达他们研究过的措施：由我与谈校长组成指导小组。我本着不动员的做法，不愿强为人师，当即表示谈校长要招就由他招，我不参加。第二天即与省政协视察组去南通视察。归来后听说考生应试者不多，有的转走了材料另投他校。秋季开学，几位校领导先后告诉我，我的增补在通讯评议中全票通过；凡全票通过者，学科组也无异议，只待批文下达了。10月8日晚，傅承洲君在一位同学陪同下突来舍间相访，他谈及上半年曾给我写信要随我攻博的经过，表示今后仍希望得到我的指导云云。我未说什么，只是要他好好随谈校长学习。此后他在南师攻博期间，偶或在校园内或办公室楼上遇到，再未与我交谈一句。直到2004年秋，我参加在北京香山召开的学术会议时，他也与会，主动前来招呼，彼此就会议情况随便说了几分钟，而对往事并未提及一句。

在这两次及此后的招生过程中，我都坚持不动员，任由考生自行选择导师。但同时也不能拒绝考生报考，曾有两位即将晋升正教授的老师和一位已任教授多年的老师要报考，我都婉言辞谢。有的导师乃趁机表示愿意接受，但三位老师都未予以理睬。系和校领导听到他们的要求后，几次劝我说："他们既然选定您为导师，您就为学科建设多做贡献，收下他们吧。"考虑到我无权拒绝他人报考，也就同意他们一起参加考试。考试成绩优秀，自然都被录取。取得学位后通过自己的努力，他们都作出更大成绩，成为知名学者，其中两位分别为中山大学和中国人民大学做为高端人才引进，二君远在外地，平素来往不多，但偶有见面机会，仍执弟子之礼不衰。但诚如亡友、学长、著名教授徐朔方在他的最后一部著作《明代文学史》的后记中所说："士别三日，尚当刮目相看，人家毕业十年二十年了，我还把他们看做我的学生，我庆幸自己还不至于老悖到这等地步"。我亦有同感。因此面对往日弟子，便效法梁启超为"吾徒"蔡锷所写的《祭蔡松坡文》中自称"友生梁启超"那样，也以"友生"自处。

在历次招生过程中，常有相识不相识的学者推荐自己的弟子前来报考，也不妨略举数例，以见当年招生情况。

例一：陕西师大霍松林先生来函

美林兄：

近好，前承惠寄大著，读之颇获教益。事冗未及复函致谢，乞谅。河北师大李延年君，去年已晋升副教授，以前从我攻硕士学位，87年答辩通过。现报考您的博士生，特推荐。延年为人诚朴笃实，好学不外鹜，颇难得。若考试成绩合格，望能优先录取，以期深造。顺颂

撰祺

霍松林

1994.5.11

我与霍松林先生在1981年滁州举行的纪念吴敬梓诞辰280周年学术会议上相识，此后偶有书信往还。霍先生曾赐我以墨宝，我则将《吴敬梓研究》一书寄呈请正。延年在取得博士学位后，去河北师大工作，近年增补为博导。当年为延年写推荐信者尚有王利器、朱一玄两位先生。

例二：重庆师院刘知渐先生来函

美林先生：

虽未谋面，而久已闻名。弟年八十有三，也已退休。硕士生秦×，在我处下过不少功夫，希望再得名师指导，攻读博士研究生。闻先生96年续招博士生，建议她来报考。该生品质优良，深知尊师重道，特恳俯赐录取，俾得"立雪程门"为感。

即颂
道安

弟刘知渐再拜

一九九五年十二月十九日

老先生此信写得极其郑重，还加盖名章。当年报考者众，只有两个名额。秦君未能录取。后在上海攻读博士，取得学位后欲来我处做博士后，但因秦君来时，笔者年已七旬，难以接受，秦君愿望终未能实现。

例三：浙江大学徐朔方教授来函

美林兄：

兹介绍应届博士生晏××同志，他好学深思，刻苦用功，拟在您门下专攻诗文，若得足下同意接受，他日学习有成，岂仅老朽感戴，肃此顺颂

大安

弟朔方

2002.1

朔方兄于1943年考入浙江大学龙泉分校师范学院中文系，笔者则于1950年考入杭州浙江大学文学院中文系。朔方兄与笔者都曾受业于夏承焘师，所以彼此往还较多。此信是朔方兄给我的二十余封信中最后一封，由晏君来舍间交我，因不足二年我将退休，

317

此事乃罢。

　　首先感谢这些先生对我的信任，其次也慎重对待这些推荐，但同样不做任何承诺，一切以考试成绩、录取名额和学校有关规定办理，这些先生都能理解。值得一提的是这些推荐信不仅说及被推荐者的为学，还涉及他们的为人，如"为人诚朴笃实"、"品质优良"、"好学深思"云云，正体现了我国优秀的文化传统精神。《周易·乾文》云："君子进德修业，忠信所以进德也；修辞立其诚，所以居业也。"在《晋书·贺循传》、《新唐书·裴行俭传》中都提到士人要先器识而后文艺。论及人品与文品关系的言论，历代都有，如明人屠隆在《梁伯龙鹿城集序》中就说："草木之华，必归之根本；文章之极，必要诸人品"（《白榆集》卷二）。但历来也不乏品节不修的文人，《颜氏家训·文章》中就列举了屈原、宋玉以下，东方曼倩、司马长卿、王褒、杨雄等辈，说"自古文人，多陷轻薄"。英国著名作家保罗·约翰逊在其专著《知识分子》一书中，也揭示了一批学术名人如卢梭、雪莱、易卜生、托尔斯泰、海明威、罗素、萨特等辈可恶可耻的言行。在招生时，我也十分注意考生的品行，曾经有一个青年教师前来报考，他的推荐人向我保证其为人正派，但在成绩出来后，不知他从何处找来一张试卷要求补改；又有几个干部先后来我处为他说项，希望我能录取。我未予同意，因此开罪了这个考生及其背后的人，但我不惧不悔，任由它去。在东南大学艺术学院院长王廷信教授接受《文艺研究》编辑部的委托，对我进行访谈时，我曾说："我们读书学习，不仅仅在于掌握先贤所创造的知识，以之在服务社会和修养自我的过程中加以发挥和创造，使之代代相传"，而且还要"以之去培养和教育下一代"；"我总以为读书人要像颜元（清代思想家）说的那样，'要为转世之人，不要为世转之人'"，也就是说要改变不良的风气，而不要被不良的风气所改变。（见《文艺研究》2006 年 10 期；韩国《中国小说研究会报》78 号全文转载）。

既要重视为文，更要重视为人。不但在录取考生过程中注意，而且在学三年内也要求从学者讲究。一再对从学者说，"颂其诗，读其书，不知其人可乎？"（《孟子·万章下》）。我们研究古代文学，不能单纯地探析作品，而且还要研究作者，不了解作者又何以评价其所作？清人章实斋在《文史通义·文德》中曾言："不知古人之世，不可妄论古人之文辞也。知其世矣，不知古人之身处，亦不可遽论其文也。"鲁迅在《且介亭杂文二集·题未定草》中更说："我以为倘要论文，最好是顾及全篇，而且顾及作者全人，以及他们所处的社会状态，这才较为确凿。"这就是将文、人、社会统一起来考察、评述。

在指导弟子们选择学位论文题目时，即提出既论文又论人的要求。如胡金望教授的论文题目为《阮大铖研究》，对阮氏的曲、诗的艺术成就从张岱起以至陈散原等，都予以高度评价；但其为人却为历来正派士人所鄙视，夏完淳更直斥其为"小人中之小人。"为此，要求金望在分论人品、文品之余，更要探索何以二者相悖的缘故。我以为对这一问题的讨论既有理论价值又有现实意义。金望着力做去，他的论文于 2004 年 6 月由中国社会科学出版社出版，我为其所做的长序，先行在《长江学术》总第 6 辑发表。吴波教授的博士论文《〈阅微草堂笔记〉研究》，在其着手之初，即要求他注意"知人论世"，认真发掘新资料，他终于在南京图书馆中寻出纪昀高祖纪坤的《花王阁剩稿》，这对探寻纪昀的思想渊源大有裨益。他的论文由上海古籍于 2005 年 8 月出版，我也为之写有长序，先在《中国文学研究》2005 年 3 期刊出。

在为弟子著作写序时，不仅说其论文，也谈其为人。如李延年教授的论文《〈歧路灯〉研究》由中州古籍出版社于 2002 年 7 月出版，我在为他所写的序言之末，有云："延年学习刻苦，治学扎实，讨论问题，虽偶有迂执，但为人诚挚，弃其迂而扬其诚，必将有益于为人为文。裴行俭云'士先器识而后文艺'，袁宗道亦云'器识文艺，表里相须'。信哉此言，切盼延年勉之。"

有的弟子工作后来舍间探望，也不时论及这一话题，如乔光辉教授在东南大学执教，他的学位论文《明代剪灯小说系列研究》由中国社会科学出版社于 2006 年 12 月出版。我为其写有长序，先行在《东南大学学报》2006 年 5 期刊出。序文中就说光辉工作后"经常来舍间问难，颇得切磋之乐"，"也经常与之谈及为人与作文之关系，鼓励他严于律己，宽以待人，砥节砺行，多闻治学；力求大才槃槃，勿为小器易盈"。其实，这不是对光辉一人的要求，也是对所有弟子的期望。当然，人类持续发展，社会不断进步，学养需提高，操守要坚持。教育不是万能，导师更非完人，进德修业全在于自我。王廷信教授在另一篇对我的访谈录（见《艺术学》4 卷 2 辑，上海学林出版社 2009 年 6 月，韩国《中国小说研究会报》79 号全文转载）中问我"先生教了半个世纪的书，对做教师是否有什么新的想法"，我则说："有朋友或以罗隐诗'采得百花成蜜后，为谁辛苦为谁甜'，或以秦韬玉诗'苦恨年年压金线，为他人做嫁衣裳'自况，而我更欣赏李商隐诗作'春蚕到死丝方尽，蜡炬成灰泪始干'的精神"。当廷信问及对于师生相处有的"渐行渐远"有的"感情久而弥笃"的现象，"先生又如何作想"时，我则云"能成为师生是一种缘分。无论现实生活中有这样那样的变化，师生关系总是一种历史存在。做老师的应当自尊自重，尽其在我；至于做学生的，我相信他们也会正确对待这段历史"——这也可算是从教半个世纪的小结吧。

三、参加博导和博士点增列的评审工作

国务院学位委员会在批准第五批博士生导师以后，只审批博士点，导师增补的审批权限下放。我曾多次接受外校邀请参加增补导师的评审工作。

手边最早的关于增补导师的文件，是 1993 年北京师大学位办的来函。信中说"经国务院学位委员会批准，我校为首批自行审批增列博士生导师的试点单位"，并附来他们所设计的两份评审表格，特别说明"（表一）不签名，不留笔迹，作为评议组讨论是否同意申请人为博士生导师的重要依据"；"（表二）不公布"而是"密封保存"，并且提醒评审者"如觉得没有必要，（表二）也可以不填"。表一是"学术评估"，表二是"学术评语"。评语由评议人写，未有具体限定。评估则设计了十项内容，诸如研究课题和研究方法，学术基础，主要研究方向特色、优势、理论意义（或实际应用价值），1986 年以来特别是近三年来科研成绩，在本学科领域中的地位，研究领域，所培养的硕士生总体水平，最后还要表示是否同意增列。在每项内容中又细分几个等级，由评议人在同意的等级前画"○"。看了这两张表格，深感画"○"很简单，但在哪一等级前划，却需要再三斟酌。

国务院学位委员会于 1994 年发出了 23 号文件《关于批准自行审定博士生指导教师试点工作的通知》后，我收到南开大学于 1995 年 3 月 2 日寄来的聘书，聘请为通讯评议专家；同时寄来申请增列者的简况表、通讯评议指标体系以及通讯评审意见表。简况表其实不"简"，要填写主要经历（包括专业职务和行政职务）；主要研究方向的成果、特色、水平、学术地位、对当前与长远的社会、经济、科学及文化发展的作用和意义；代表著作的出版、发表、鉴定及获奖情况；主要成果介绍（限五项）；梯队情况；指导硕士生情况及优秀硕士生的研究成果等。要求评议人就科学研究、培养研究生、协助力量三方面进行评议，给出分数，表明是否同意。

1995 年国务院发出 20 号文件《关于改革博士生指导教师审核办法的通知》后，我收到南京大学、陕西师范大学等校的聘书以及他们制定的有关条例，如南京大学研究生院在当年 10 月 18 日"经校学位评定委员会讨论决定"的"实施细则"，包括导师岗位制，增列导师的学科、专业，上岗条件，增列工作程序，应注意的问题，以及约束机制和退休年龄的规定等项，并附来两位申请增列人的材料。陕西师大则送来三位申请人的材料。这些申报材料及评审要求要比 1994 年 23 号文件规定的要简化许多。此后还陆续收到一些评审材料，直到世纪之初，还收到武汉大学寄来的评审函，不一一叙说。

有些高校虽有博士点，但尚不具备自行增列的条件，便由上级学位委员会组织专家评议组进行评审。1997 年 8 月，我收到江苏省学位委员会的聘书，邀我参加南京艺术学院美术学（美术史论）专业博士生导师资格评审组，成员除该校两位博导外，尚有东南大学的张教授和南京大学的吴教授以及笔者三人。8 月 29 日召开评审会议，对一位申请增列人的材料进行审核，经讨论后投票通过。

回顾笔者参与这项工作的经历，觉得有几点做法是值得肯定的。一是为评审人保密。如此方可保证评审人充分表达意见。当然，时间长了，慢慢也会为人所知，但在一定时间内可以"平安无事"，免受干扰。二是强调科研能力。博士研究生导师，"研究"自然重要，如果导师自己不具备"研究"能力，不出"研究"成果，又何以指导？三是考察硕士生培养情况。这也是一项重要指标。虽然是"博士"，但毕竟还是"生",还需要教、需要培养。申报博导者需要培养过 2—3 届硕士生,而且需要考察培养的硕士生的水平和能力,不能仅看有几部著作(甚至是自费出版者)便一步到位地晋升博导。如此,方能保证增补为博士生导师的质量。

评审增补博士生导师,审核的对象是个体,相对简单;而评审增列博士点的对象则是群体,十分复杂。我曾应邀参加 1997 年博士点和硕士点的通讯评议工作。在接受此项工作之前,毫不知情,因为评议组成员大都是部属重点大学的知名专家,省属学校被邀请参加者则很少见,至少我所在的学科专业此前尚未见有。当文件和材料送至舍间时(1997 年 12 月 8 日下午),感到非常意外。

拆开文件袋后,首先看到的是国务院学位委员会于"一九九七年十一月十日"发出的〔1997〕58 号文件,即《关于对一九九七年申请博士点和硕士点进行通讯评议的通知》,其中说"经研究,国务院学位委员会聘请您为 1997 年博士点和硕士点通讯评议专家组成员",并且说明"专家组成员不代表所在单位,以专家个人身份参加通讯评审工作,对国务院学位委员会负责",要求每位专家必须"坚持标准,保证质量,公正合理"地进行评审。文件中还特地指出通讯评审工作的重要和繁重,说这次审核要"加大通讯评议的份量和权重","评议的结果将送交国务院学位委员会学科评议组,作为复审的重要依据","因此通讯评议工作是学位授权审核中的一个重要环节,其政策性、学术性都很强,同时又是一项繁重的工作。"最后还要求若发现弄虚假、严重失实、用不正当手段进行"公关"活动等情节,要向国务院学位委员会办公室直接反映。

除国务院学位委员会文件外,还有"高等学校与科研院所学位与研究生教育评估所"的通知,即〔1997〕15 号文件《关于对申请博士点和硕士点通讯评议的通知》，说明此次评议办法，就"评分"、"投票"两项要求作了具体说明。文件袋中尚有申请博士授权专业材料十一份、硕士授权专业材料三份。要求在12月20日前寄回评议结果，留给评审人的时间不足半月，即每日要评审完一份材料即一个单位的申请表，任务的确繁重。

十一所申请博士授予专业的的高校，既有部属高校又有省属高校，既有首都高校，又有西北、东北、中南、华南等区域的地方高校。每校的材料多达二十余页到三十余页，内容包括五个部分：学术队伍、科学研究、研究生培养、物质条件和相关学科条件。在每一部分又分若干细目，如学术队伍这一部分中有专业点组成人员、学术带头人及主要学术骨干，每个学术带头人还有专页，等等。又如科学研究部分中又分主要研究方向及其特色和意义、已取得的成果（包括获奖情况以及评价）、目前承担的科研项目，等等。表格最后则是院、校级学位委员会的审核，部属高校再由国家教委学位委员会审核，省属高校则由省教委或省学位委员会审核后方始上报。

评议工作是按照寄来的《通讯评议指标体系》要求进行，从每份表格所填写的五个部分着手，按照"体系"规定给出分数，学术队伍项占30分，科学研究项占25分，研究生培养项占20分，物资条件项占15分，相关学科项占10分，总计100分。给出分数后，还要表示或同意或不同意或弃权，三者选一。

由于每一学校的申报材料都很多，看完一校再看另一校，记忆难免模糊，比较高下就不易准确。我便自行设计一种表格，将五项内容分开，每项内容均摘要录入十一所学校的情况，按一项项内容比较、给分，然后再合成每一学校的总分，尽量避免误差。在此基础上，根据文件精神，考虑社会需求量大，又无博士点或博士点少的不同情况排出次序，最后投票。

此次申报硕士点的单位有三个，分别为华东、华北、西北地区三所省属高校。申报简况表较博士点的简况表为简，但也有二十页上下。评审内容与博士点略有不同，但也有五项：学术队伍，占 25 分；科学研究，占 25 分；硕士研究生课程，占 15 分；物资条件，占 15 分；本科生培养及教学质量，占 20 分。我也按照评审博士点的办法，将各项内容分解，予以比较、给分。然后考虑实际需要，兼顾地区和行业发展，再予投票。

就这次评审工作的所见所感，我还专门提出一些建议。主要有以下几点：一、有些学校申报的研究方向，如满族文学、辽金元文学、岭南文学等，具有民族性、地区性的特点，极有意义和价值，而在当时学术界研究较少、成果也不多，应该予以扶持；而对于传统的诗文、小说、戏曲研究，已有的博士点中大都包括这些内容，可略予从严。二、对主要的学术带头人晋升正高的年限、指导硕士生的经历，做了数量分析，建议凡增列博士生导师者，必须担任过若干年的本科教学、培养过 2—3 届硕士生，换句话说要有教学经历，只有积累一定的培养本科生、硕士生的教学经验，才能更好地指导博士生。三、对主要学术带头人的代表著作的出版年限，在统计和分析的基础上提出建议，不仅要注意近三年的学术成果，也要重视三年前的成果，因为人文社会科学研究，对其价值的评价要有一个过程。近一、二年出版的成果，其中也有由学校出赀与出版社"合作"出版者，目的在于应付报点的需要，难免质量高下不一。四、申报的学术论著中，有不少是通俗、普及读物，应该明白地区分开来。获奖等级有攀高填报的现象，如厅、局级奖报省、部级。还有填报不实者，将合作成果报成独立完成。由于每一申报单位填报的学术成果少则数十项，多则上百项。限于时间，评议人无法一一核实，仅能就已知者指出。建议加重申报单位审核人的责任，必须审核清楚，否则要负连带责任。五、关于联合申报建点者，要注意是否有过合作历史，是否具备合作条件，避免"拉郎配"的现象，临时借用几位名家来助阵，实际上不起作用。总之，这些意见都是当年笔者从申报的材料中所见，并结合现实中的一些现象，经思考后提出的。当然是一己之见，无非是献芹之意。

——原载《教育文化论坛》2010 年第 4 期

参加《中国思想家评传丛书》撰作工作的回顾

——兼怀匡老

匡亚明教授主持编撰的《中国思想家评传丛书》以几近 20 年的时间，出齐 200 部，被誉为当代规模最大的"中国传统思想文化研究工程"。笔者承担一部评传的撰写并被邀请参加有关活动，从 1988 年起以迄 2006 年止，也可说是始终参与其事。

一

最早参加这项活动是在 1988 年 5 月。当年 4 月中旬收到由中国孔子基金会学术委员会和南京大学中国思想家研究中心（下称"中心"）联名发出的邀请，邀我参加于 5 月 4 日至 6 日召开的"丛书"工作会议。

工作会议是在南大图书馆召开的，参加的人有 59 位，江苏省领导孙家正、南大校长曲钦岳和党委书记陆渝蓉都出席了会议。当然，匡老自始至终在负责一切活动，余敦康教授和阎韬副教授（当时职称）受匡老委托主持会议。

陈美林与卞孝萱（右）

三天的会议除宣布"中心"正式成立外，主要内容是讨论编撰"丛书"的目的和意义，以及撰写评传的许多学术性问题。首先是讨论指导思想，明确"思想家"的概念，不仅仅如传统所说的是"哲学家"。在取得共识的基础上，对1987年6月制订的"丛书"规划中所列出的200部评传传主名单进行研究，并适当做了调整。例如这一规划的名单中没有李白、杜甫，经过会议讨论后修改的目录就补列了进去，等等。同时，会议上又印发了一份有作者姓氏的目录，让与会代表讨论确认。匡老提出传主是历史上一流的"思想家"，作者则要求是当代一流的研究者。这份目录上列出的作者或是自己申报或是他人推荐的，因此一部评传常有几名作者，如《老子评传》有三人申报撰写，《董仲舒评传》有四人同时申报。会议要求与会者根据匡老的要求，对申报者逐一过堂确认。经过大家认真讨论，在200部评传中确认了101部评传的作者，会后印出了这份目录。

其次，为加强对编撰工作的组织、领导，群策群力，成立编委会；同时为工作方便，又依传主时代先后划分为三大段，即先秦两汉魏晋南北朝段（1 至 51 卷）、隋唐宋元明段（52 至 143 卷）和清近代段（144 至 200 卷），分段设立段编委会，在总编委员会领导下主持各段的编撰工作。会后确定了编委名单，我被通知既参加总编委会，又参加第三段编委会。但未及开展工作，又改为主编制，由匡老亲任主编。

再次，会议上也讨论了丛书的出版工作，匡老要求出版也要一流的。当时决定由三家出版社即山东齐鲁书社、江苏人民出版社和南京大学出版社分担 200 部评传的出版工作。三家出版社均有代表与会，他们就出版问题向主编单位和评传作者提出了希望和建议。但会后，却由南京大学出版社一家承担，并于 1988 年 10 月 10 日由"中心"和出版社签订了出版协议，匡老及校长曲钦岳出席了签字仪式。

工作会议之间、之后，我感受最深的是匡老的严谨、审慎的态度。特别是在确定评传作者方面，让与会代表充分讨论后确定，不由一二人说了算。据"中心"主任潘群后来告诉我，在会议确定了作者名单以后，匡老又征求了几位老专家的意见，并举出《苏轼评传》的作者为例，一位老专家说，在全国研究苏轼的学人中，前十名都数不到这位作者，后来果然换了人。潘群主任还告诉我一件事，说当初一部书稿已通过副主编审定，但最后却被匡老否定，决定不拟采用。匡老不考虑各种关系，坚持"质量第一"的态度，是值得我们充分肯定和学习的。这种严谨审慎的态度，被其后的主持人承继了下来。就我知道的就有两件事，一件是《黄宗羲评传》的作者问题，1988 年工作会议讨论时有两位作者申报，后来不知为什么换了人。"中心"负责人与我联系说，有一位我的博士弟子申请撰写这一课题，征求我的意见。在我做了肯定的表态后，他们方同意接受，如今书已经出版。还有一件事，一个以研究李白专家自诩的教授，在一段时间内不断声称"南大约我写《李白评传》"，后来等《李白评传》见书后才知作者并不是这位"专家"。由此可见"中心"在确定作者时是十分慎重的。

二

后来虽然编委会撤销，但由于我承担了《吴敬梓评传》（下称《吴传》）的写作任务，"中心"与我的联系依然密切。会议结束不久，1988 年 10 月 4 日出版的第 9 期《动态信息》（下称《信息》）约我写了《南师大陈美林教授谈传统文化的批判继承》，就会议纪要中提出的"实事求是的严谨学风"，发表了一己之见。10 月 15 日出版的第 10 期，刊发了南京部分作者座谈会纪要，也记述了我所提出的要写好一部评传，除要有学、识、才之外，还要有德。1989 年 1 月 13 日出版的第 16 期，又发表了《陈美林教授谈有关提高"丛书"质量的一些体会》一文，说"既要勇于否定，也要敢于肯定"。这些意见，都是我在接受撰写《吴传》任务后所思考的问题。

《吴传》被确定为第一批出版，1989 年初基本完成初稿。后因江苏古籍出版社催我的《新批儒林外史》交稿，乃集中精力做《新批》，1989 年 12 月出版后，方着手修订《吴传》。1990 年 2 月，我在石家庄参加海峡两岸元曲会，家人打来长途，说匡老已派人来催稿。返宁后，我于是便集中精力从事《吴传》的修订工作。

匡老在提出限期完成要求的同时，又为每位作者提供完成任

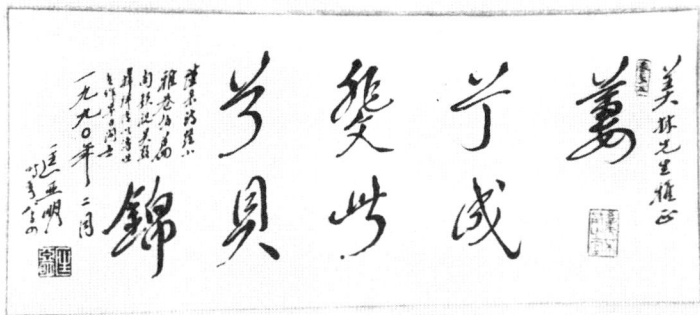

匡亚明先生赠作者手迹

务的条件。此前，就曾请求中宣部和国家教委的支持，发出"中宣办〔1989〕12号"文件，即"关于协助做好编著《中国思想家评传丛书》的通知"，要求"有关单位对参加这项工作的同志提供方便和支持"。当然，我个人也收到了这份通知。1990年2月催稿之后不数日，匡老为我写了一帧横幅：

美林先生雅正

菶兮斐兮　成此贝锦

谨录诗经小雅巷伯篇句，预祝吴敬梓评传以传世之作早日问世

一九九〇年二月

匡亚明　时年八十又四

在匡老的关怀、督促下，《吴传》终于在1990年上半年交稿。《信息》第34期报道了匡老主持的主编会议决定，"会议一致认为四部书稿，经作者、审稿人、分管副主编的同心协力，确定做到了质量第一的要求，经主编审定"交出版社出版。1990年12月，《吴传》第一次印刷，1992年12月第二次印刷，1998年12月第三次印刷。2001年2月，香港公开大学图书馆藏书又将其制成光盘版。

　　《吴传》获得 1994 年江苏省第四届哲学社会科学优秀成果一等奖。次年又获得国家教委奖项。《信息》第 76 期发表了《〈吴敬梓评传〉再次获奖》的报道，称："据国家教委社会科学研究司公布的'全国高校人文社会科学研究成果奖'评审结果，南京师范大学中文系陈美林教授撰著的《吴敬梓评传》荣获二等奖。据悉，举行这样大规模的评奖是新中国成立以来的第一次，……《吴敬梓评传》作为《中国思想家评传丛书》之一而名列其中，这对于扩大整套《丛书》的影响，提高《丛书》的声誉，起到了积极的作用。"国家教委于 1995 年 12 月 20 日在北京人民大会堂召开颁奖大会，由李岚清副总理颁奖，笔者作为获奖代表应邀与会。

　　《吴传》出版以后，"中心"一直注意外界的反响，《信息》曾多次作了报道。如第 49 期首篇文章即说："《丛书》去年首批推出《孔子评传》、《吴敬梓评传》、《李时珍评传》和《宋应星评传》后，即在海内外文化界、学术界产生反响。"62 期报道了我国台湾地区学者蔡世明来信，认为"评传"的作者"都是极一时之选，而且在他们的专业里，已有精深的著述发表"，举出潘吉星、陈桥驿及笔者三人为例，表示"十分钦服"。

<h1 style="text-align:center">三</h1>

　　"中心"除负责《丛书评传》的编辑工作外，还多次举办学术会议，既有小型的作者座谈会，也有全国乃至国际性的研讨会。这些会议，也大都邀请笔者参加。

　　1990 年 11 月 16 日下午在南京大学斗鸡闸会议室召开国际学术研讨会论文作者座谈会，交流论文的撰作情况，商讨有关会议的学术性问题。匡老亲自出席了这次会议，由时任副校长的董健教授主持，与会者 20 余人，发言踊跃，讨论热烈，气氛和谐，目的在于为开好次年"中国传统典型文化与二十一世纪国际学术研讨会"预作准备。

座谈会开到 6 时左右才散会，匡老让我上他的小车送我回家，我推辞再三，可匡老坚持，并吩咐驾驶员先开到宁海路，他要看看我的住处。1996 年 10 月，江苏电视台拍摄专题片《九十老人的追求》，反映匡老发起并主持《丛书评传》的经过，其中也安排有采访作者的活动。"中心"与我联系时，我正在北京师大讲学，待返宁接受访谈时，我谈及了匡老送我回宿舍一节，表明他对作者的尊重。于是该片中就出现了我所住的大楼外景。

国际学术会议经过紧张的筹备，于 1991 年 6 月 28 日在南京大学中美文化研究中心召开，7 月 1 日闭幕。匡老任主席，出席会议的代表近 70 人，其中海外 9 人，港台 6 人，学术委员会顾问有苏步青、周谷城、赵朴初、安子介、丁光训，著名人士有李慎之、王沪宁、冯天瑜、冯其庸、成中英、任继愈、吴泽、张岱年、汪荣祖、汪德迈、金景芳、费德林、唐明邦、潘吉星等。笔者也为正式代表参加了会议，并提交了论文。会议着重讨论了中国传统思想文化与 21 世纪，中国传统思想文化中的"人学"思想体系、"人学"特色，以及在科学技术、文学、史学等领域中的具体表现，大多学者认为中国的传统思想文化既有积极因素，又有消极因素，对之既不能全盘肯定，又不能全盘否定，而要坚持批判继承的原则。与会代表都畅所欲言，表述一己之见，气氛极为活跃热烈。

1994 年 4 月 7 日至 8 日召开"《丛书》撰著工作会议"，主要内容是相关作者交流撰著的经验体会。7 日上午开幕，由时任南大副校长兼"中心"主任的张永桃教授致开幕词，然后由"中心"副主任，以及南大出版社社长报告编辑、出版进展情况。接下来是由笔者和莫砺锋教授分别介绍撰著《吴敬梓评传》和《杜甫评传》的体会；下午续有 6 位代表发言。8 日全天分组讨论、交流。

"《评传丛书》与传统思想文化研究学术研讨会"于 1999 年 1 月 11 日至 14 日召开，此次会议出席代表 80 余人，其中南大代表 30 余人，共分 4 组进行。会议在南大南苑宾馆召开。最后一天是组织代表去宜兴瞻仰匡老墓地。会议收到论文 50 余篇。全部论文提要在《信息》第 102 期刊出。

2002 年 5 月在南京双门楼宾馆召开"中国思想史国际学术研讨会"。17 日开幕，19 日结束。外地与会代表近 40 人，本地代表 25 人（其中南大代表 20 人）。开幕式上有江苏省人大常委会副主任王霞林等人讲话。为让代表都有机会发言，将与会代表分为两组进行，并指定了评议人。

四

"中心"为《丛书》的出版召开了 4 次新闻发布会，向海内外介绍，取得了良好的效果。

第一次新闻发布会是 1996 年召开的。事后得知，到 1996 年 3 月，《评传》已出版了 50 部，有必要向外界做些宣传。

4 月初，我收到"中心"通知，说"经新闻出版署批准，由国家古籍整理出版规划小组、中共江苏省委宣传部、南京大学发起，拟于 1996 年 5 月 15 日上午在北京人民大会堂江苏厅举行《中国思想家评传丛书》新闻发布会，届时将邀请党和国家及省有关部门的领导人、名誉顾问、部分学术顾问、有关学术界人士、作者代表及新华社等 30 余家新闻单位参加，人数初定为 60 至 80 人"。不久又收到正式请柬，会议场所由江苏厅改为云南厅。

会议准时举行，全国人大常委会副委员长吴阶平、全国政协副主席钱伟长以及有关部门负责人谷牧、孙家正、柳斌、滕藤等出席了会议。出席会议的著名学者有邓广铭、张岱年、周一良、任继愈等，笔者作为作者代表也参加了会议。在开幕式上，李铁映作了书面发言，吴阶平、钱伟长、匡老发表讲话，张永桃作了工作报告。会后还在《光明日报》社五楼召开了学术研讨会。当晚，中央台"新闻联播"报道了此次会议，还放映出首批出版的4部《评传》的画面。中央及江苏有关新闻媒体也都报道了这次新闻发布会，影响很大。

当《评传》出版100部之际，虽然匡老已归道山，但"中心"仍秉承遗愿，由江苏省对外文化交流协会与南京大学主办、香港大学等单位协办，于1999年5月24日至29日，在香港举行了百部评传首发式。其先，香港大学校长郑跃宗于1999年3月17日代表香港大学奉函邀请"《中》书工作小组及有关成员于本年五月二十四日至二十九日来港访问，出席《中》书首发式及有关学术研讨会，并访问本校，切磋交流"，所列名单有相关领导陈万年、洪银兴，以及匡老夫人丁莹如、学者茅家琦和笔者等共计13人。

5月23日我与"中心"负责人冯致光等同机赴港。25日下午5时活动在会议展览广场办公大楼45楼钟山展览厅举办。剪彩嘉宾有教育部部长助理陈文博、江苏省对外文化交流协会会长王霞林、南京大学校长蒋树声、香港大学副校长张佑启，以及著名学者饶宗颐等。香港《大公报》、《文汇报》都于次日报道了首发式的盛况。

郑跃宗校长邀请函中所说的"学术研讨会"，即是26日在香港大学明华综合大楼八楼会议厅举行的"中国传统文化与现代社会"论坛。由香港大学中文系主任单周尧教授主持，王霞林、郑跃宗、蒋树声致辞后，开始进行学术演讲，依次为饶宗颐、陈美林、吴宏一、

王水照、李家树、赵令扬、傅璇琮、蒋广学 8 位教授。上午 5 场
演讲完毕后，香港大学在太平洋酒店招待午膳。我因提早赴机场，
未及与宴。之所以提早离会，是应韩国启明大学之邀，该校建校
45 周年、中语中文学科设置 20 周年，为此举办"二十世纪人文
科学展望著名学者学术讲演大会"，邀请笔者及复旦大学王水照、
台湾师大王更生、余培林 4 位教授演讲，讲演次序是他们安排的，
依次为王更生、陈美林、余培林、王水照；讲题也是他们指定的，
由我讲《物质文明与人文科学》。为不误机，只得提前离港，取
道上海赴韩。这两次讲演稿，归来后整理成《物质文明、人文科
学与中国古代人文精神》一文，应武汉大学之约，收入他们主编
的《名家演讲集》，于 2001 年 9 月出版。

《评传》出到 150 部时，又举行了第三次新闻发布会。"中心"
于 2002 年 5 月 16 日至 20 日，在南京双门楼宾馆召开"中国思想
史国际学术研讨会"。会议情况前文已述，不赘。会议期间于 19
日上午在南大科技馆二楼报告厅举行 150 部出版新闻发布会暨匡
老塑像揭幕仪式。会议开得简朴而隆重。

2006 年 8 月，200 部《评传》出齐，南京大学和中共江苏省委
宣传部于 9 月 2 日上午在南京金陵饭店召开座谈会。陈至立、李源
潮等领导同志与会。出席人数 140 余。南京大学校长陈骏主持会议，
党委书记洪银兴报告《丛书》200 部已全部出齐。会议结束后，于
9 月 23 日至 24 日在南大中美文化中心新楼召开学术讨论会。

自 1988 年参加"中心"成立和《丛书》工作会议起，以迄
2006 年全部出齐，也算有幸始终参与了这一活动。回顾往事，如
果没有高龄的匡老辛勤策划与努力，就难以有这样的硕果面世。
匡老的业绩当与《丛书》共存！

——原载《世纪风采》2009 年第 8 期

30 年前汪海粟主持的一次学术盛会

　　我国文学史上杰出的作家吴敬梓出生于清康熙四十年（1701），逝世于乾隆十九年（1754），今年为其逝世 260 周年。他在南京写成的《儒林外史》享誉世界，美国学者亨利·韦尔斯（Henry W. Wells）在其《论〈儒林外史〉》文中说这部作品"足堪跻身世界文学杰作之林"，"可与意大利卜迦丘、西班牙塞万提斯、法国巴尔扎克或英国狄更斯等人的作品相抗衡"。俄文本译者沃斯克列辛斯基在译本"前言"中说："这部小说是作家卓越天才的里程碑，直到今天，它仍是中国古典文学的典范作品之一。"正因为他的杰出成就，中国作协于 1954 年在北京召开了"吴敬梓逝世 200 周年纪念会"，由作协主席茅盾主持，除国内著名学者、作家如翦伯赞、吴组缃、何其芳、曹禺、冯雪峰等出席外，还邀请各国驻华使节与会。从此，在安徽、江苏有关县市召开过六次纪念会，其中有两次在江苏举行，一次是 1984 年在南京召开的纪念吴敬梓逝世 230 周年学术讨论会，一次是 1996 年在扬州召开的《儒林外史》国际学术研讨会，这两次会议颇有可记可叙之特色，仅先行追忆由汪海粟主持的 1984 年南京之会，以纪念吴敬梓逝世

260 周年。

一

1984 年在南京召开的纪念吴敬梓逝世 230 周年学术讨论会，上距 1954 年的北京之会正好 30 年。这 30 年中，历经批判胡适、批判胡风、反右派、反右倾、拔白旗、插红旗、四清、"文化大革命"等政治运动，对学术研究（包括对吴敬梓和《儒林外史》研究）都产生了不同程度的负影响。直到 1976 年粉碎"四人帮"、1978 年十一届三中全会以后，政治、经济各方面的秩序逐步恢复正常，特别是在全国教育工作会议、全国科学大会召开之后，高校恢复招生、停顿多年的职称评定重新进行，科研机构恢复和重组，教学、科研队伍不断扩大，十二届三中全会更提出"尊重知识、尊重人才"的口号，各项教学、科研活动得以正常展开、健康发展，科研成果也得以日渐增多。即以吴敬梓和《儒林外史》的研究而言，从 1954 年首次会议召开之后，停顿了 27 年之久，到 1981 年才在滁州召开了纪念吴敬梓诞辰 280 周年学术讨论会；以成果言，1954 年全年发表研究吴敬梓和《儒林外史》的论文有 29 篇；1955 年 1 月至 1976 年 12 月，在长达 21 年间仅有 76 篇，其中还有数篇为"四人帮"鼓吹评法批儒的所谓"论文"；而从 1977 年 1 月到 1981 年 12 月，仅仅四五年间则有 103 篇，这就为滁州之会的召开提供了先决条件。

滁州之会，纪念委员会成员 27 名，全系安徽的干部和学人。应邀出席代表 70 余人中，外地学人 30 余人，其余均为安徽的干部、学人约 40 余人。会议于 1981 年 10 月 12 日上午举行开幕式，由安徽省文化局长戴岳致开幕词，安徽省委副书记、宣传部长兰干亭讲话，滁州地委书记王郁昭也讲了话，江苏省委常委、副省长、宣传部长汪海粟和上海市委宣传部第一副部长陈其五作为来宾先后在开幕式上致贺词。

汪海粟的贺词充分吸收了最新的研究成果，体现了实事求是的科学态度。他说吴敬梓"一生中有很长一个时期是生活在江苏的。在他 14 岁到 22 岁的这段时间里，他的嗣父吴霖起在江苏赣榆县做官，他曾随同他父亲到赣榆，先是在全椒和赣榆两地往返，以后就在赣榆居住下来。33 岁后，……带领全家来到南京，一住将近 20 年。……最后在扬州去世，葬在南京……《儒林外史》也是在南京和扬州，用了 10 年时间写成的。"确实，吴敬梓青少年时代不仅在江苏赣榆住过，也多次来游南京，"昔年游冶，淮水钟山朝复夜"，这是吴敬梓 30 岁时所作《减字木兰花》的词句，回忆青年时代来游南京的往事，其从兄吴檠为其"三十初度"所作亦云"汝时十八随父宦，往来江淮北复南"可证。汪海粟的贺词还明确指出《儒林外史》是在南京写成的，吴敬梓病逝于扬州却葬于南京的史实。至于吴霖起为吴敬梓之父，是胡适当年考证的结论，但胡适的考证有所欠缺，他没有搞清吴敬梓生父为吴雯延，吴霖起只是他的嗣父，而这一成果却是笔者在 1977 年发表的《吴敬梓身世三考》文中提出的，并得到学术界的认可，所以汪海粟在贺词中说明此节。其次，汪海粟在贺词中还指出："吴敬梓毕竟是受正统儒家影响的知识分子，他不能不存在阶级和时代的局限"，"他的这种世界观中的消极因素，也不可能不在他的作品中表现出来，但这并不能掩盖他作品的思想光辉"。既指出其不足，又充分肯定其成就，充分体现了如何继承民族优秀遗产的科学态度，这就显示了汪海粟的贺词非同内容泛泛的颂词。他的发言全文辑入安徽纪念吴敬梓诞辰 280 周年委员会所编纪念专刊《吴敬梓研究》中。

鉴于吴敬梓和《儒林外史》与南京的紧密关系，与会代表一致希望并要求江苏方面承办一次学术活动，经多方沟通，汪海粟代表江苏表示在 1984 年吴敬梓逝世 230 周年之际，在南京举行一次学术讨论会。

二

在南京，召开一次纪念吴敬梓逝世 230 周年学术讨论会殊有意义。

首先，吴敬梓从全椒移家南京，不是一般迁徙，而是在故乡"郁伊既久，薪緤成疾"，与"乡人""游处"，"似以冰而致蝇，若以狸而致鼠"，在这种势利环境中，不得不"见几而作，逝将去汝"。一旦"达于白下"，便"买宅秦淮岸，殊觉胜于乡里"，不禁在《移家赋》中大加赞叹："金陵佳丽，黄旗紫气，虎踞龙盘，川流山崎，桂桨兰舟，药栏花砌，歌吹沸天，绮罗扑地，实历代之帝都，多昔人之旅寄。爰买数椽而居，遂有终焉之志。"确实，吴敬梓自此归属金陵，即使病卒扬州，也叶落归根于白下，金兆燕诗云："生平爱秦淮，吟魂应恋兹。"葬于秦淮而非全椒。朱绪曾《金陵诗征》录其诗作数首，并有小传，云："敬梓，字敏轩，上元人。"上元，即江宁府属县，现为南京市区。陈作霖《金陵通传》虽无吴敬梓传，但有其长子吴烺传，云："吴烺，字荀叔，号杉亭，上元人，始祖自六合迁全椒，祖雯延，始居金陵。"这乃是因为"金陵山水之乡，名贤多爱而居之"，陈作霖在编纂《通传》时便确定"是卷不载寓贤，必定居再世生长斯土者，始为甄入"。传中所记雯延，即吴敬梓生父，曾侨寓在清凉山下丛霄道院中，而非定居，吴敬梓则不同，已"诛茅江令之宅"，在秦淮、青溪汇合处购置秦淮水亭定居白下，其子吴烺乃得以入《金陵通传》，可见吴敬梓不仅仅是移家南京，而已入籍上元。

其次，《儒林外史》不仅仅是创作于南京，所谓"闲居日对钟山坐，赢得《儒林外史》详"，而且是南京深厚的文化积淀孕育了这位作家，而作家又形象地描绘了文化大邦南京的方方面面。在吴敬梓移家秦淮之后，结交了众多的学人，有科技专家、思想家、诗人、画家等，过着"论文乐友朋"的生活，这对促进其思想中的进步成分的增长起着良好的作用；同时，又由于生活日渐贫困，在他的交往中也多了伶人、道士等城市大众，体验了下层社会的生活，感受了市井平民的情操，促使其从缙绅子弟逐渐向平民百姓转变，这为他创作《儒林外史》这部杰出的小说创造了极为有利的条件。仅以体现作者社会理想的相关情节而言，小说中先有祭泰伯祠之举，后有"四客"的出现，均与南京有关。泰伯祠位于南京雨花台山麓，发起并操持这一活动的士人大都为江苏、南京籍，虽有个别外地知识分子，但也长期侨寓南京。此举的目的在于"借此大家习学礼乐，成就出些人才，也可以助一助政教"，然而这种礼乐兵农的理想也过于迂腐，并不能挽救封建社会的种种弊端，未有几年，泰伯祠也无人问津、已渐颓圮。当年主持这一活动的"南京的名士已渐渐销磨尽了"，这显然表明这一社会理想已成泡影。一个时代已经结束，但吴敬梓移家南京后，就一直自奉"一事差堪喜，侯门未曳裾"，在礼乐兵农理想破灭之后，继而发现"市井中间，又出了几个奇人"，即季遐年、王太、盖宽、荆元"四客"，他们都是南京土著，活动在清凉山、乌龙潭一带，也都凭一技之长，自食其力，不事权贵。这是在"学而优则仕"的士人传统的出路之外，另寻新路。这种探寻出现在 300 年前的作家身上，不是值得我们珍视的么！吴敬梓这种在南京士人和平民中寻求理想的努力，不是值得我们江苏、南京特别纪念的么！

再次，《儒林外史》的传播，也以江苏贡献为最。最早的刻本为金兆燕在乾隆年间任扬州府学教授时所为，但此刻本未见流传。金和在《儒林外史·跋》中说"发逆乱后，扬州诸版散佚无存"，可见当年刻本非止一种。此后"吴中诸君子将复命手民，甚盛意也"，则说明扬州各版虽已无存，但苏州又有刻本如群玉斋等刊本出现，而且还有潘氏抄本。新中国成立后，50年代人民文学出版社出版有张慧剑校注本，而张氏却长期生活在南京。总之，由于作家吴敬梓和作品《儒林外史》与江苏、南京的关系如此紧密，在江苏南京召开相关的学术活动特有意义，汪海粟在滁州会上的表态，正反映这一特殊意义。

三

1984年学术讨论会交由南京师范大学承办，这与人民文学出版社于20世纪70年代初约请该校整理《儒林外史》有关。当时校方很重视，成立老中青三结合小组，成员四人，笔者是成员之一。为此，除一老先生外，其余三人持省革委会介绍信，前往芜湖、合肥、滁州、全椒等地访书寻人。全椒县接待我们的是时任县革委会负责人王郁昭、宣传组副组长韦邦杰等同志。此举触动了全椒县，引起他们对这一课题的重视，先后多次派人来南京访谈。不久，他们成立了安徽大学、滁州地区、全椒县三结合的研究小组，并来南师取经。此际，我在完成前言第一稿，经出版社广泛征求意见认可后，即被调出前言小组，从此便从职务研究转入个人业余研究，与安徽小组的座谈会便未参加。安徽大学李汉秋同志仍欲与我交流，便请我系一位教师陪同来宿舍晤谈。虽然南师起步早，但安徽动作快，他们返回不久，"一九七五年五月八日"便"根据安徽省委批转的关于《注释法家著作、评法批儒编写出版规划》"而拟出《反儒的讽刺小说〈儒林外史〉》的写作提纲征求意见，不久，便将他们的成果《儒林群丑的讽刺画卷——评吴敬梓的〈儒林外史〉》小册子（有 1976 年 6 月内部印行本和 1977 年 1 月安徽人民出版社正式刊本）先后寄给我。粉碎"四人帮"以后，虽然江苏的成果多于安徽，但安徽也同样动作快，在 1981 年便召开纪念吴敬梓学术讨论会。

江苏在《儒林外史》研究方面的成绩是有目共睹的。"据不完全统计，1976 年以来，全国共发表了吴敬梓研究的论文 150 多篇，其中三分之一出自江苏作者之手"（《南京日报》1984 年 11 月 2 日报道）；而江苏论文又以南师作者所写为多，仅以笔者而言，自 1976 年到滁州会的 1981 年，发表 17 篇，而到 1984 年的南京会更达 31 篇。南师整理本《儒林外史》的前言又重新写过，删去他们原先所写的反儒评法内容后重印。由于印数多，影响也大。国内一些同道也肯定南师在这方面的成绩，如南开大学朱一玄教授当年就说："南师是研究《儒林》的重镇。"

南京师大不负所托，在与省社联、省社科院、省文化厅、省作协、省出版社以及南京大学等单位协商后，联合发起举办纪念吴敬梓逝世 230 周年学术讨论会，给省委宣传部写了报告，经批准后，首先组织纪念吴敬梓逝世 230 周年委员会，由原副省长、时任江苏省社科院名誉院长汪海粟为主任委员，委员 23 人，有省内相关部门的负责同志参加，如盛思明(省社科院副院长)、王建邦(新闻)、顾明道(文化厅)、杨巩(南师党委书记)以及学人程千帆(南大)、陈美林(南师)等，同时也邀请各地学者代表参加，如章培恒（复旦大学）、何满子（上海古籍出版社）、宁宗一（南开大学）、袁世硕（山东大学）、李汉秋（安徽大学）、刘世德（中国社科院）等。至于出席会议的代表，根据当年的名册，外省学者有 57 人与会，本省干部、学人共有 35 人，充分体现全国性的特色。

南京还特地邀请了时任安徽省长的王郁昭。20 世纪 70 年代去安徽访书时，他以全椒县革委会副主任的身份接待过我们；20 世纪 80 年代初滁州之会时，他以纪念委员会副主任、滁县地委书记的身份在开幕式上发表讲话，迨至南京之会时已升任安徽省长，对于南京的邀请，他于 1984 年 6 月 16 日复信云"承蒙邀请参加纪念吴敬梓学术讨论会，深为感谢。但因公务繁忙，难以到会，谨致歉意"，"衷心祝愿这次讨论会圆满成功"（信载《南京师大》特刊，1984.11.1）。

四

1984 年 11 月 2 日纪念吴敬梓逝世 230 周年学术讨论会在南京举行。据《新华日报》11 月 3 日报道：会议在南京师范大学举行，"开幕式由南京师范大学副校长、副教授谈凤梁主持。纪念吴敬梓逝世 230 周年委员会主任委员、省社科院名誉院长汪海粟致开幕词。省委副书记孙颔、南京市顾问委员会副主任刘平分别在会上讲了话。上海古籍出版社编审何满子、中国社会科学院文研所副研究员刘世德也发了言。来自全国各地的有关专家学者何泽翰、宁宗一、朱泽吉、李汉秋、孟醒仁、陈美林、吴敬梓后裔吴炽棨、文化部政策研究室顾问朱平康，以及南京师范大学古代文学研究专家、教授唐圭璋、孙望等 120 多人出席了开幕式"。

开幕式前，几位老先生还填词、吟诗，以为祝贺。如词学大家唐圭璋先生有《减字木兰花·纪念吴敬梓逝世二百三十周年》，词云：

> 奇才卓荦，坐对钟山详稗说。泼墨研朱，描绘人间丑恶图。
> 飘香盈袂，千里嘉宾参盛会。邃密同商，祖国文明更发扬。

唐圭璋　一九八四年十一月

会后，唐老还书写此词赠我，词句稍有不同。

老辈段熙仲先生有《敬为六绝句颂文木先生》，录其"移居"一首：

> 故家池馆今何许？十丈红尘买一廛。
> 谁信寻春几狂客，秦淮水畔拥寒毡！

孙望先生亦有诗：

> 一派名场逐竞狂，谁怜痼疾入膏肓。
> 时人若问医心术，敢荐儒林作处方。

——纪念吴敬梓逝世二百三十年

11 月 2 日清晨，我接获通知，让我提早一刻钟到会场，省委副书记孙颔要在开幕式前与我晤见，乃奉命前往，在会场周边的小会议室中等候。不一会孙书记由大会人员陪同进来，交谈几分钟，会议开始，孙颔乃去主席台就座，我则在最后一排空位处坐下。

汪海粟在开幕词中首先对来自全国各地学者表示欢迎，强调此次会议是全国性的盛会。继而说明吴敬梓与江苏南京的关系，再次说明其早年随嗣父来到江苏赣榆，《儒林外史》是在南京写成的。汪海粟还对这部小说的内容作了精辟阐说，认为它"以科举时代的知识分子生活为主要题材……塑造了各种各样知识分子的艺术形象，从而解剖了整个科举社会，接触到比较广泛的社会现实问题"。汪海粟还引用十二届三中全会《决定》中所提出的"尊重知识、尊重人才"的号召，说"此时此刻，我们再来回顾吴敬梓时代知识分子的不幸和苦难，感受自会不同"（全文见《南京师大》1984.11.7）。汪海粟的开幕词予与会代表以深刻启发。省委副书记孙颔代表江苏省委、省政府向大会表示热烈的祝贺；市顾问委员会刘平副主任代表南京市委、市政府向大会表示热烈祝贺。

此后是五天的学术讨论，围绕作品的题材、主题，表现形式等问题充分展开交流，各抒己见。在提交的论文中，有学者对吴敬梓的家世、交游等方面也提供了新的材料。这些论文代表了近年来研究吴敬梓和《儒林外史》的新成绩。大会圆满地结束了预定的议题，于 11 月 6 日下午闭幕。在闭幕式上，江苏省委宣传部副部长陈超讲了话。会议期间，代表们还欣赏了省昆剧院的精彩演出，观看了由笔者任文学顾问、南京电视台摄制的《吴敬梓和〈儒林外史〉》专题片，游览了吴敬梓笔下所描写的部分南京景点。在会议结束前，大会还将南京师大整理的《儒林外史》（1981 年人民文学出版社）、李汉秋所编《儒林外史研究资料》（1984 年上海古籍出版社）、陈美林所著的《吴敬梓》（1982 年江苏人民出版社）和《吴敬梓研究》（1984 年上海古籍出版社）四本书分送与会代表。与会代表何泽翰先生于返回湖南后特地寄来墨宝，诗云：

> 阳狂玩世秦淮客，薄俗纷纷过眼新。
> 著述九流甘末等，风标百代慕高人。
>
> 徽音愧我才难企，遗躅欣君地与邻。
> 更有金陵图咏在，赓歌好作盛时民。

美林先生于吴文木外史最为专精，赋赠即正

一九八四年十二月　弟何泽翰

同时，又寄来刊有此诗的《湖湘诗萃》第 2 期（岳麓书社出版）。这四本书均为滁州之会后的新成果，有三种出自江苏学人之手，由此可见，江苏承办此次会议也是有条件的。

五

学术讨论虽已结束，但代表并未离去。据《新华日报》1984 年 11 月 7 日报道《中国〈儒林外史〉学会在宁成立》云："今日，《儒林外史》研究领域的专家、学者将通过《中国〈儒林外史〉学会章程》（草案），并成立中国《儒林外史》学会。"笔者未参加这一活动，具体情况并不知悉。据说，在滁州会时就已经酝酿过，但无人对我说及，此后更一无所知。直到 1984 年夏，有人通知我去参加在我校宾馆召开的一个座谈会，讨论成立学会事，我以未受校方委托，不便参加。此后便来了一位副校长通知我，在问清我校另有同志参加后，便允只去坐坐。岂知这一坐，就坐出"事"来，安徽大学孟醒仁带着几位青年同志找到舍间，表示他们反对该校一位先生出任副会长；我再三声明未参加具体筹备，不知此事，因此成立学会活动的 7 日清晨便离开学校避会。次日返校有人交给我一份打印的名单，乃是中国《儒林外史》学会组成人员，名誉会长：吴组缃（北京大学）；会长：章培恒（复旦大学），副会长除笔者外，尚有宁宗一（南开大学）、李汉秋（安徽大学）；理事有刘世德、陈毓罴（均为中国社科院）、赵齐平（北大）、聂石樵（北师大）、郭豫适（华东师大）、黄霖（复旦大学）、李厚基（天津师大）、孟醒仁（安大）、黄岩柏（辽大）、何泽翰（湖南师大）、袁世硕（山大）、吴志达（武大）、蔡景康（厦大）、张文潜（福建师大）等 40 人。学会成立后，活动不多，我也是被推进会去，所以从不主动揽事。岂知事隔多年，有人据《扬子晚报》2011 年 8 月 25 日报道，前来问我，说全椒正准备重组"中国《儒林外史》学会"，1984 年《新华日报》不是报道过学会成立的消息？怎么又重组呢？我一无所知，无从回答。直到 11 月 1 日全椒旅游局田胜林局长来访，并将李汉秋 10 月 29 日给我的信给我，信上说"全椒筹备纪念吴敬梓诞辰 310 周年，并筹组中国《儒林外史》学会，鉴于吾兄的卓越的学术成就，拟推兄台为名誉会长，祈请俯允，以光学界"云云。据田局长说，一切准备就绪，届时派车来接，并请我题词祝贺。此后便一无消息，会后托人捎来一纸名誉会长证书，未见组成人员名单，仅知会长为李汉秋，此后便处于"失联"状态。

在 1984 年的学术讨论会上，笔者提议建一座吴敬梓纪念亭，《南京日报》1984 年 11 月 3 日有报道；后又在省政协六届三次会议及七届二次会议上，两度写提案，建议在修建秦淮风光带中复建吴敬梓"秦淮水亭"，得到市委、市政府的重视；于 1997 年底完成重建任务，对外开放，《新华日报》1998 年 1 月 14 日有专题报道，笔者并应邀撰写《秦淮水亭重建记》，勒石为碑，嵌于园内。此际，全椒县人大副主任李忠烈来舍间，将景德镇烧制的吴敬梓坐像送我一座，以表示全椒人民对我长期以来对他们的帮助表示感谢。我乃建议他再送一座给"秦淮水亭"，他也欣然同意。"秦淮水亭"建成不久，省政协约我撰文记其事，刊于《江苏政协》2004 年第 9 期，全国政协所编《人民政协纪事》也全文辑入，提案也收入《江苏省志·政协志》，此事也算载入史册了。可惜前数年已有媒体报道，"水亭"已变为茶馆，又有报道，大门紧闭，一片荒芜；还有作者在其所著中向笔者问道："不知当年花费十年工夫，多方呼吁，才复建了吴敬梓秦淮水亭的陈美林教授，近年可故地重游？假若见到此情此景，他又有何感慨？"同道们乃力促笔者向有关方面反映，得到市、区的重视，并邀请笔者参加 2014 年 5 月 15 日下午召开的座谈会，听取有关部门的修葺方案。方案中拟在园内辟一块菜地，笔者认为甚好，因为吴敬梓晚年所居之水亭已是梁空墙坏，人稀草合（见严东有《过顾氏息园和敏轩丈韵》），可供"闭门种菜"（《盋山志》卷三），这是符合一个平民作家的生活实况的，没有必要花费巨资去修建高墙深院的豪宅，参观游览者乃是出自对其著作的崇敬，受其感召，而非为其未曾住过的豪宅所吸引。何况在南京，不但吴敬梓无力购置豪宅，其从兄吴檠来南京，更是租房居住，"也向秦淮僦舍居"是也。因之，恢复南京秦淮水亭不宜花巨资大兴土木，借以招揽游客，而应着重介绍其从缙绅子弟向平民百姓的转变，分析其著作中对南京的热爱与赞美，展示其作的思想意义与艺术价值，为弘扬祖国的优秀文化遗产鼓与呼，为建设精神文明做出贡献。

——原载《世纪风采》2014 年第 7 期

追记开创"研究新局面"的人和事

　　收到《明清小说研究》"百期纪念专号"，乃觉岁月不居，四分之一世纪悄然逝去，但前尘往事，依然历历在目。该刊创刊号（1985 年 8 月）编后记中说，该刊的出版"以开创明清小说研究新局面为宗旨"。但对为开创"新局面"作出贡献的人和事，则鲜有文提及，未若《文史知识》在创办之初，即在该局《业务情况》第 25 号上刊有《对创办〈文史知识〉月刊的方案》，同时还在京召开有金申熊、袁行霈、余冠英、侯敏泽、启功、郑天挺等学者参加的座谈会征求意见。对于外地学人诸如周谷城、王季思、罗宗强以及笔者等人则书面征求意见。因此《文史知识》筹办情况颇为学人所知，当它出版二十周年之际，笔者还写有《相"知"二十年——我与〈文史知识〉》一文（刊于 2001 年第 1 期）予以回顾。而当年开创江苏古代小说研究新局面的人，有的已经谢世，有的离退多年，又未留下文字文献，若再不表而出之，这段史实或将湮灭无闻，乃勉力为文追记。

一

　　自 1978 年中央召开全国科学大会以后，各地高校、研究机构先后恢复重视科学研究的传统，江苏也不例外。原先设置的江苏省哲学社会科学研究所，经省政府于 1980 年 6 月批准，扩建为江苏省社会科学院。江苏古代小说研究的"新局面"正是在这样的背景下形成的，而"催生者"则有老干部许符实同志和杨巩同志。

　　首先要叙说的是许符实同志。1980 年上半年，一天在校园中遇到久别的符实同志，彼此都很高兴，他说正要找我，让我去他的下榻处西康路 33 号省委招待所一叙。我乃如约前往，他告诉我他已从苏州调来南京筹建省社会科学院，当前正在招聘助理研究员，同时代中国社会科学院招聘副研究员，想就文学研究人员选聘方面的问题听听我的意见。说罢，他便拿起放在写字台上的两份材料对我说："一位是报副研的，一位是报助研的。"符实同志在"文革"前一度与我同事，又住在同一幢楼，当时彼此眷属都不在南京，常在工作之余彼此相约或散步或聊天。符实同志阅历既深，读书又多，与之谈文说史，颇为投契。日常生活我们也互相照应，他去苏北"四清"时，每月工资托我代领汇去苏州其夫人处。如今既然征求我的意见，便也直言不讳。我说这两位同志我并不认识，但考副研的某君前不久有一部《李商隐传》书稿拟在江苏人民出版社出版，当年我曾发表过一些研究唐代文史的文章，江苏人民出版社又约我作《杜甫诗选析》（与人合作），责编张惠荣同志便一定要我代为审读，因而对其著作有所了解，便向符实同志如实介绍。至于报考助研的某君，我见过他写的有关《水浒》的文章，文笔尚好，也可选用。符实同志说此人尚有一些不足，例如没有大学本科学历等等，省社科院第一次招聘，总希望能录用一些有学历、有成绩的人。我便就学历问题谈了自己的看法，我说有学历不一定有学问，无学历不一定就无学问，此君现在苏北中学任教而能写文章，如调入省社科院，图书资料、研究时间等等客观条件会大大改善，定能做出成绩来。同时，高校恢复招生后，师资也出现断层现象，正从各方罗致人才，省社科院刚筹建，条件远逊于高校，不大可能有高校教师前来应聘，既然急需人才，不妨将此君选拔上来。符实同志听我所言，认为也有道理，乃将这两份材料放在另一边。不久，我便知道此君已调入省社科院，成为文学所初期几名主力之一，如今已退休，如何评价其人其作，则是见仁见智问题，但总有客观标准，自有公论。不过当年许符实同志敢于不拘一格选用人才的胆识自应肯定。

其次要提及的是时任南京师范大学领导的杨巩同志，他在促进文学所与高校之间的合作方面起了重要作用。文学所最初负责人刘冬同志虽对施耐庵有所研究，但与学术界、教育界的联系不多。文学所刚成立时人员很少，而且大多并非从研究机构或高等院校调入，因此除个别同志有高级职称外，其余成员大多为中级职称、甚或尚未评定职称，研究力量远逊于当时省内任何一所高校的中文系。为了开展学术研究活动，不能不依赖与高校合作，但刘冬同志对我省的研究队伍又不了解，不得不求助其战友杨巩同志。杨巩同志从20世纪50年代起，先后在江苏师范学院（今之苏州大学）、扬州师范学院（今属扬州大学）和南京师范学院（今之南京师范大学）担任领导工作，对高校教师的研究、教学情况十分熟悉。杨巩同志首先向刘冬同志介绍南京师范大学中文系教师的情况。50年代我曾在江苏师范学院工作，当时虽是青年教师，但已有讲师职称，在当年讲师已属高级知识分子，因而被任命为古典文学教研室副主任（钱仲联先生任主任），按规定，教研室正副主任要由学院任命（刘开荣先生任中文系副主任是由省人民政府任命的，刘烈人同志任院长则是国务院任命的）。作为院长的杨巩同志自然知道我的名字。同时，我编写的元明清文学教材，曾由系推荐到院办的优秀教材展览会上陈列，《光明日报》（1961年3月22日）在《江苏师院积极培养红专师资队伍》的报道中，还举出笔者所编写的部分教材为例，说明这也是"青年教师掌握科学知识和资料的重要途径"。此外，当年钱仲联先生曾在一个月内两次写信给中华书局推荐笔者撰写书稿，此举也为系院领导所知（此事在《文艺研究》2006年第10期发表的对我的访谈录中有所回顾）。因此，虽与杨巩同志分别近二十年未通音问，但在他于1977年调来南师任职之初、到中文系办公室看望教师时，便一眼认出我来，随口报出我的名字和研究方向。不过，当时他处在领导岗位，工作十分繁忙，我与之很少有接触。及至他退居二线时，往来始多。杨巩同志极擅旧诗创作，每有所得，常与我一起欣赏。当其作品结集为《果青室诗稿》后，还送我一本，而"续集"在其身后方始出版，但老干部处根据杨老家属嘱托还为我留有一本。当刘冬同志向他提出如何进行所、校合作开展研究时，他便向刘冬同志介绍了我，刘冬同志表示他也从有关同志处了解了我的一些情况（据欧阳健同志多次说起当年他奉刘冬之命，向南京大学一位教授询问江苏研究古代小说的人员时，那位教授写了几个名字，第一个就是在下），便请杨巩同志为我们牵合。杨巩同志特来舍间转述了刘冬同志的愿望，并力促合作成功。为更好地开展工作，我建议扩大范围，最好有教研室有关同志参加，杨巩同志极表赞同。我便向教研室负责人之一李灵年同志通报了此事经过，灵年同志也表赞同，乃偕同灵年同志同去灵隐路6号杨巩同志府上,由杨巩同志再次转述刘冬同志的意愿。

刘冬同志经过多方联系后,在1984年5月邀请了南大、南师、苏师、扬师、徐师以及南京博物院和南京图书馆的有关教师和研究人员开了一次联席会议。与会者大都相识,都是担任古代文学教学的同行,也都是研究元、明、清文学的主干力量,有人以戏曲研究为主,有人以小说研究为主,也有专攻诗文者,但由于教学需要,这几方面都要兼顾;而文学所的同志没有教学任务,可以根据他们自身的条件选定古代小说课题进行专门研究,这是所、校不同之处,而这种差异正可在合作过程中互补。

这次联席会议可说是所、校合作进行研究的开始。会议议题有三项:筹建江苏古代小说研究会,出版研究古代小说的专门刊物,研究合作课题。由于刘冬同志事先做了充分准备,多方协调,三项议题很快达成共识,并推定负责人:筹建江苏古代小说研究会与出版小说研究刊物二项,以刘冬同志为主,笔者副之;合作课题,以笔者为主,郑云波同志副之。但由于高校教师教学任务繁重,三项议题的初期工作便由文学所的同志全力以赴。现据我涉入三项议题程度的深浅,略作追述。

二

关于学会。筹建工作由刘冬同志负责,我并未过问。在该年11月中旬,省社科院副院长盛思明同志先后派了两位同志来舍间,说12月初在扬州成立江苏省明清小说研究会,由刘冬同志任会长,笔者为唯一的副会长。我并未应允,因为11月初要在南京召开纪念吴敬梓逝世二百三十周年学术讨论会。

这次纪念会由江苏省社会科学院名誉院长汪海粟任委员会主

任，委员二十余人，有本省相关领导，如杨巩、徐福基、王建邦、范恭俭等人，全国学者有程千帆、何满子、章培恒、袁世硕等，笔者也列名其中，秘书长为中文系王臻中主任。开幕式前一天，王臻中同志通知我早一点到会场，省委副书记孙颔同志要见见我，这大概是因为刚由上海古籍出版社出版的拙著《吴敬梓研究》作为此次会议赠书所致。开幕式前半小时，我到达会场，在一间小接待室中孙颔同志与我交谈了十来分钟，然后他走上主席台，我则在最后一排找了一个座位坐下。我虽列名委员，但未负责任何事务，此次见面后，便也自在。岂知会议最后一天要成立"中国《儒林外史》学会"，据后来了解，早在1981年在滁州召开的《儒林外史》讨论会和1984年在洛阳召开的《三国演义》讨论会时，就有筹备"《儒林外史》学会"的活动，但我毫不知情。以致在南京召开的学术讨论会前夕，有外省一所高校的几位老师找到我，反映他们对该校一位老师出任学会副会长的不同意见，我感到十分惊讶。他们见我不了解，便转向其他同志去反映了。而在学会成立的前一天，有人来舍间对我说："明日要成立学会了，你要在会上表态不做副会长，推×副校长做。"我感到很突然，不知道他以什么身份向我下指示，因为从未有人告诉我要推我做副会长，我也从未表示过要做副会长，在会上说那样的话不适合。我就对来人说："我从未表示过要做副会长，你们也不必选我，直接推×校长做不就得了。"有鉴于此，在"《儒林外史》学会"成立的那一天清晨（《新华日报》1984年11月7日有报道：《"中国〈儒林外史〉学会"在宁成立》），我便不去会场，并且避走城南老家。但即使我未出席，也被推选为副会长，从而引起此人及个别有权势者的不满。为了不再被卷进这种无谓的纠纷，一切学会我均不参加，但举办的学术活动，有关学会有邀请，而我也愿去，两相情愿便去走一遭，但只限于参加学术活动而不参加学会组织（但既然被推为副会长，"《儒林外史》学会"有关活动，则有限度地参加，如《安徽日报》1986年6月26日报道："纪念吴敬梓诞生二百八十五周年，《儒林外史》学术讨论会在全椒举行"，"中国《儒林外史》学会副会长陈美林、李汉秋、宁宗一主持了会议"）。1996年7月15日—18日，由江苏明清小说研究会（其时我已被推为会长）和扬州大学联合主办国际《儒林外史》学术讨论会，应扬州大学的要求，加上我任副会长的中国《儒林外史》学会，为三家合办，《明清小说研究》1997年第1期辟有专辑，选发此次会议论文九篇，包括美国、韩国、瑞士及国内学者所作。

盛思明同志并不知道此人与我有过这番"交道"，当然也不知道此人是如何向我"传达"的。隔了几天，他又派欧阳健同志来动员劝说，我只是表明不去扬州参加成立大会，也不当副会长。最后，为表示支持学会，我只同意做一名理事。及至1988年冬，第二届代表会议在南京召开，我因膝关节扭伤未曾与会，有几批同志于会议前夕及会议期间来舍间，再三动员我参加学会的领导工作。我仍然坚持原先的想法，同时考虑到刘冬同志虽因中风而健康不佳（由人用轮椅推去会场，因口齿不清，发言需要身边人"翻译"，他人方能听懂），但热心学会工作精神不减，仍以刘冬同志继任为宜。经过再三协商，承大家理解，只任一挂名副会长，不过问具体事务。第三届换届时，由于刘冬同志健康恶化，不能胜任，大家推举笔者继任。考虑到学会的建立，是我参加的联席会议决定的，如今刘冬同志病重，不能不勉力为之，但仍推刘冬同志为名誉会长，其余副会长、秘书长一律继任，仅补充几位年轻同志参加常务理事会。第四届我仍被推连任，依然按照第三届办法成立常务理事会。但在此后的活动中我发现学会领导人员中退休者渐多，而且退休年限更长，又多年没有成果，展开活动多有不便，乃提出老同志可逐步退居二线，让年轻同志承担一线工作，并率先向省社联及学会的常务理事会提出辞去会长一职，一切工作由副会长处置，从而卸去学会的全部工作，一年后的第五届换届活动我也不再参加。

关于课题。1978年全国科学大会以后，学校号召大家要重视科研工作。我曾向教研室两位负责人分别提出两个课题：一是编写一部中国文学史的发展史，一是编写中国古代小说总目提要，这两项课题都需要多人合作。我曾就前一课题发表《重视文学史著作的研究工作》（《南京师范学院学报》1980年第3期）一文；后一课题，教研室的一位负责人曾在校外某一会议上说及，因而被刘冬同志所注意，便在联席会议上提出。有此缘故，会上便推定我为主、郑云波同志副之。既然为主，便责无旁贷。会后不久即拟出工作设想，在文学所会议室召开了一次座谈会，由我作了说明，诸如《提要》收目原则，以白话撰写的中、长篇为主；每篇字数，中篇三到五千，长篇五到八千，个别名著可放宽至一万到一万二千；内容以介绍情节为主，不做烦琐考证，也不做详细评论；《提要》以孙楷第、柳存仁、阿英等人的书目为基础，也要参考鲁迅、郑振铎、胡士莹等人的著作，同时要寻访各省图书馆所藏，有条件时亦可访问海外藏书。由于该项课题工作量大，我建议成立五到七人的编纂委员会主持；进度安排为1984年底以前拟出目录并初步完成约稿，1985年下半年开始收稿、统稿，1986年底完成书稿；会上并推定由文学所联系出版单位。参加会议者有十余人，各自提出意见，如刘冬同志提出《郁离子》一类的寓言收不收；欧阳健同志主张短篇也可收，郑云波同志则提出要考虑；王永健同志提出要收"全"，但有的同志则认为《红楼梦》续书太多，是否要全收，等等。

会后，编纂委员会一时未能组成，因为担任课题工作的同志大都在高校工作，有繁重的教学、科研任务。文学所欧阳健同志来舍间说，他们要以此项课题为主，想先做起来，我便表示同意。1985年2月4日，文学所副所长周钧韬同志来舍间，先问我何以不出任副会长，我表示事已过去不必再谈。接着钧韬同志着重谈了《提要》问题，说此项课题主要要依靠高校老师去做，根据联席会议决定，他们认为仍要以我为主（据欧阳健同志于2011年7月15日来电话告知，当年×副校长表示要主持这一课题）。但不久，欧阳健同志寄来若干条书目，又来舍间谈过几次，当时我的教学、科研任务很多，实无精力，也不善于去做大量的组织工作，既然欧阳健同志已经上手，我便也乐观其成，任由他们去做。此后虽常有往来，但很少谈及这一课题，只是在他们要求我撰稿时，勉力写成二篇以为支持。

关于刊物。三项议题中此项工作我完全未曾涉及，只是在1984年11月收到文学所发给的聘书：

兹聘请

陈美林同志为我刊编辑委员会委员

明清小说研究丛刊

1984年11月

（加盖"江苏省社会科学院文学研究所"公章）

兄弟院校一位同志也同时收到，前来舍间相问。他也参加过联席会议，知道会上决定此项工作以刘冬同志和我负责，他与刘冬同志不熟悉，便以为是我提名的，而我也不知所以。此后也从未开过编委会，当然不知道正、副主编为谁何、编委有几人。高校教师各有任务，兄弟院校那位同志与我都未再过问此事。此后，明清小说研究中心成立时，也给我发了聘请书：

兹聘请

　　陈美林同志为本中心特约研究员

　　此聘

1987 年 9 月 1 日

（加盖"江苏省社会科学院明清小说研究中心"公章）

同样，也未有过任何活动。但这两份聘书却成为所、校曾经有过合作意愿的文献，有其历史价值。关于"课题"与"刊物"二项，史平同志（《明清小说研究》早期编辑部主任、文学所研究人员）在《江苏明清小说研究十题》第三题"硕果累累的江苏明清小说研究会"中说，研究会的成立"取得了丰硕的研究成果"，"特别是协助编辑出版了《明清小说研究》共十三辑，主持编写了大型学术性工具书《中国通俗小说总目提要》"（见《文教资料》1989 年第 6 期，南京师范大学），在一定程度上反映了当时的实况。

《明清小说研究》创刊号于 1985 年 8 月出版，直到 1987 年第五辑均作"文学所编"，1987 年 12 月出版的第六辑则标明"文学所主办、《明清小说研究》编辑部编"，三年出版六辑。第六辑上登有启事，说自 1988 年起改出定期季刊，一年四期。1988年 1 月出版的第一期刊出主编盛思明、副主编吴圣昔、顾问刘冬姓名。二十余年来，主编人员几度更变，不一一列举。虽然笔者从未参与刊物工作，但承文学所同志的热情约稿，也尽力支持。特别在创办的前三年即 1985 年到 1987 年间，我在《文学评论》、《文学遗产》、《文献》、《社会科学战线》、《曲苑》、台湾《复

359

兴戏剧学刊》等刊物上发表文章二十五篇，其中每年有一篇由《明清小说研究》刊发。在百期《研究》中，笔者发文十二篇，另有合作一篇、增刊一篇。这至少也可表明笔者对《研究》的支持，也表明《研究》对笔者的支持。纵观百期《研究》，从不定期到定期，越办越好，能长期坚持"文不论家门"、"兼容各种观点"的办刊方针，发表了很多优秀论文，培养了不少青年学人，壮大了研究队伍，其影响遍及海内外同行。其发表的一些论文常被学人引用，甚至被海外刊物全文刊载。如2010年第2期刊出的《吴敬梓生平文献资料的引用、解读和考辨》一文，即被同年第3期的韩国《中国小说研究会报》刊载。

同《研究》一样，江苏明清小说研究会能将我省研究小说的同志团结起来开展学术活动，主办或参办多次学术会议，如1990年海峡两岸小说讨论会，以及1996年《儒林外史》国际学术研讨会等等，不仅开展了与我国台湾地区学者，而且也扩大及与美国、韩国、瑞典等国学者的学术交流。1995年出版的韩国《中国小说研究会报》，还专门介绍了"中国江苏省明清小说研究会"；在国际《儒林外史》学术会议期间，还有几位国外学者申请入会，因上级意见不宜跨国吸收会员而作罢。由此可见，如同《明清小说研究》刊物一样，作为学术团体的明清小说研究会也有广泛的影响。关于《中国通俗小说总目提要》这一汇集了全国学人著述的课题，当其出版时，即引起小说界的注目，虽然后来又出版了几种类似著述，但江苏所主编的一种却是问世较早的，自有其历史意义。

总之，1984年召开的联席会议上的三项议题，经过众多学人的长期努力，都取得了瞩目的成绩。这三项议题都是江苏省古代小说研究出现"新局面"的标志，乃写此小文，既追记当年为开创江苏小说研究"新局面"做出贡献的人和事，又以之祝愿江苏古代小说研究的"新局面"能更上一个台阶。

去岁，笔者曾发表了追忆夏师承焘、唐老圭璋和一己指导研究生经历的文章，友人邓绍基先生认为这属于回忆录文字，希望笔者"多写，因有传世价值也"。如今再捉笔为文，不敢言"传世"，仅是为了留存一些历史资料而已。

——原载《文史知识》2011 年第 12 期

破冰之旅

——1990 年海峡两岸小说、戏曲交流盛会的回顾

1990 年台湾学者组团前来南京和石家庄分别参加首届海峡两岸明清小说研讨会和元曲研讨，规模空前，影响深远。岁月虽已流逝，但当年盛况犹历历在目。

一

江苏自来就是人文荟萃之地，不但作家辈出，而且研究人员也多。1984 年，以几所高校教师为核心，成立了江苏省明清小说研究会。在 1988 年第二届会员大会上，不少会员倡议举办"海峡两岸明清小说金陵研讨会"，以进一步繁荣小说研究、扩大交流范围。据《江苏省明清小说研究会成立十周年（1984—1994）纪念册》（下称《纪念册》）所记，"1989 年 10 月 11 日，我会召集在宁理事会议，通报海峡两岸明清小说金陵研讨会筹备情况。至此，会议准备工作基本就绪"。《纪念册》又记载了会议日期及主办单位，"1990 年 2 月 1 日—5 日，由我会及江苏省社科院文学所、

省社科院明清小说研究中心、南京大学、南京师范大学等八家单位主办，在南京举行海峡两岸明清小说金陵研讨会"。

　　会议虽然是江苏省明清小说研究会倡议、由八家单位主办，但实际操作者却是江苏省社会科学院，而会议的后勤工作全部由南京师范大学承担。会议组委会由江苏社科院副院长盛思明任主任，副主任二人为陈辽研究员及陈美林教授。会议定于1990年2月1日至5日在南京师大南山宾馆举行。代表报到日期为1月31日，台北代表团一行二十余人，经由香港乘包机于1月30日1时左右降落在南京机场。

　　次日，我随同组委会负责人看望台北代表团成员，并与代表团团长魏子云教授、副团长龚鹏程教授、郑向恒教授、林锋雄教

左起郑志明（台北）、卢兴基（北京）、陈美林（南京）、魏子云（台北）、康来新（台北）、陈翔华（北京）会议期间同游石象路（1990年2月4日）

授交谈。魏子云教授并给我们每人一份印制好的"台北古典小说戏曲访问团"名单,封面写明"1990 年 2 月 1 日—12 日",活动内容为:"一、出席明清小说金陵研讨会;二、出席关王马白戏曲研讨会。"内页为团员名单,包括所在学校、学衔(职称),正式成员有王三庆教授等 24 人,分别是来自台湾大学、台湾师范大学、台湾清华大学、台湾政治大学、中国文化大学、淡江大学、台湾艺术学院、台湾艺术专科学校等十余所高校,具有广泛的代表性,也都是高层次的专家学者,他们结团前来,拓宽了学术交流渠道,可谓是两岸学术交流的破冰之旅。

2 月 1 日举行小说研讨会开幕式,省有关领导人孙家正等到会讲话。大会组委会主任、江苏社科院副院长盛思明致开幕词。台北代表团魏子云团长向大会敬献"以文会友、以友辅仁"的锦旗,表达他们此行的心愿和目的,上台受旗的有盛思明、南师大陈美林教授、江苏社科院文学所陈辽研究员、苏州大学王永健教授以及河海大学查一民等人。开幕式后为大会发言,主持人为陈美林教授和谈凤梁教授,主要发言者有陈辽、龚鹏程、魏子云等。2 月 2 日上午继续大会发言,主持人为南京大学王立兴副教授和苏州大学王永健教授;下午分组讨论。2 月 3 日上午继续大会发言,主持人为南京师大李灵年副教授和徐州文化局局长吴敢;下午小组讨论。2 月 4 日游览中山陵、夫子庙。2 月 5 日上午大会发言,主持人为陈美林、周钧韬;下午闭幕式,陈美林致闭幕词。当晚,南京师范大学举行招待会,邀请台北代表团全体成员,出席招待会的校领导有冯世昌、归鸿、屠国华、王球、谈凤梁、张伯荣,陈美林应邀作陪。至此,明清小说研讨会落幕。

2 月 7 日晚,在河北师院有关人员陪同下,台北代表团与江苏参加元曲会议的代表陈美林教授和南京大学吴新雷教授一同乘车前往石家庄，2月8日凌晨抵达，河北师范学院党委书记欧阳方润副教授以及其他领导人接站，顺利抵达会议地点——国际大厦。

河北是元曲故乡，河北师院设有元曲研究室，1987年就在承德举办过"关汉卿元曲学术讨论会"。1988年10月开始筹备关（汉卿）、王（实甫）、马（致远）、白（朴）元曲讨论会，即"首届海峡两岸元曲讨论会"。会议前夕，曾派出河北师院副院长王立辰副教授、学报主编刘宪章副教授等人来南京了解两岸小说研讨会召开情况，并与我联系，一则再次邀请我务必与会（1987年承德元曲会邀请我，因故未赴会，仅发去贺电），一则请我陪同台北代表团赴石，连同软席卧铺票也由他们代为购好。

2月8日上午举行开幕式。此次会议由河北师院、河北省文化厅、河北社科院、天津社科院等十单位主办，由河北师院具体负责。该校党、政领导亲自操办此次会议，各项工作落实到位，有专人负责。会前还请中央领导李瑞环题词"综论元曲源流，弘扬华夏文明。祝首届海峡两岸元曲研讨会开幕"。开幕式由王立辰主持，河北省有关领导李文珊、王祖武等到会讲话，河北师院院长刘太馨、王学奇教授以及魏子云团长在开幕式上讲话。下午举行第一场大会报告，由中央戏剧学院祝肇年教授、湘潭师院羊春秋教授、台北郑向恒教授主持。2月9日分三组讨论，王实甫小组由山东大学袁世硕教授、台北朱昆槐教授、浙江艺术所洛地研究员主持；关汉卿小组由国际关系学院李汉秋教授、台北杨振良副教授、河南社科院胡世厚研究员主持；白朴、马致远小组由北京师院张燕瑾教授、台北剧作家贡敏、美国夏威夷大学助理教授任友梅主持。2月10日参观关汉卿墓、赵州桥等景点。2月11日上午进行第二场大会报告，由上海艺术研究所蒋星煜研究员、

365

台北陈芳英教授、天津社科院王辉院长主持。2 月 11 日下午第三场大会报告由河北师院常林炎教授、台北朱传誉社长和南京师大陈美林教授主持，并由常林炎致闭幕词。当晚，河北师院举行告别茶会，讨论会结束。

二

小说、戏曲两会是成功的，取得了预期的效果。在学术交流中结识了朋友，而朋友的交往则增进了两岸凝聚的友谊。龚鹏程与赖桥本教授分别介绍了台湾古代小说和戏曲的研究现状，而大陆的代表则以各自的论著显示了自己的研究特色。在彼此了解的基础上共同探讨，相互切磋，例如关于《金瓶梅》的作者和成书年代问题，在会上有多种意见发表，各抒己见，相互尊重，并未有文人相轻的陋习出现。而会风的良好，正体现了"以文会友，以友辅仁"的精神。

两岸隔绝数十年，通过两次会议，不但交流学术，而且也培植并增进了两岸学者的感情。魏子云教授在石家庄元曲讨论会上回忆了他们刚刚抵达南京时的感受："我们是 30 日这天下午近 1 点的时候，飞机降在南京。当时天飘着雪花"，"一到南山宾馆，鹅毛大雪纷纷飘下。我陪着几个女同学、女同事，从未见过这么大的雪。我们跑到院里去照相"，"虽然天气很冷，2 月 1 日这天，南京达到零下十度，我们所有的人不相信，没有感觉是零下"，"为什么？情，情字可以熔化一切，雪虽厚，外面气温虽低，但是我们台北来的每一位朋友内心都是温暖的"（见《河北师院报》1990 年 2 月 21 日）。会议结束返台之后，到了这年除夕，魏子云教授与夫人冯元娥女士给我和内子寄来了贺卡，有诗三首，第三首还追念此情此景："石家庄是雪飞天，五日会文留史篇；难忘骊歌惜别夜，声声无奈期明年。"接着又来信说："金陵之行，收获至丰，载不动者，众多友情也。尤其兄嫂情谊之笃切，烙印至深。"

　　两次盛会，还增强了台北学人"寻根"的情结。剧作家贡敏在南京师大举行的茶话会上说："我们台湾的昆曲是枝，昆曲的根本在大陆。唱昆曲，演昆剧，研究昆曲，都要到大陆来。"果然，1994 年 9 月 16 日，贡敏又来到南京，邀请昆曲专家胡忌、剧作家宋词以及南大吴新雷教授及笔者，还有省昆著名演员黄小午夫妇在夫子庙奇光阁茶楼小聚。今年 7 月在南京召开"中国戏剧：从传统到现代国际学术研讨会"，贡敏再次来南京参加；与会的代表中还有台湾清华大学汪诗珮，台湾大学胡跃恒，文化大学王士仪、黄美序，政治大学古嘉龄、司徒芝萍。同是 7 月在苏州召开的国际昆曲论坛的会议代表中，有台湾中正大学江宝钗、中研院文哲所华玮等。这种"寻根"情节，不仅表现在学术上，而且表现在乡情中。贡敏是南京人，原居住在城东边营，故居已荡然无存，但仍多次来南京。魏子云是徐州人，在 1999 年 4 月 27 日"虚岁八十二"时，他给我的信中写道："实在想家。尽管家中全无老样可寻，还是想念那地方。""总是怀念儿时那个大村子，那个大池塘。""到南京，看看老朋友，也是念念不已的。南京几乎在心情上是我的故乡，南京的朋友，个个对我都亲如家人。"次年，即 2000 年冬季，在山东五莲举行的第四届国际《金瓶梅》学术讨论会上，再次与魏老相聚，但他已无复早年的行动自如了。如今又已五年，放笔至此，遥望彼岸云天，真是令人思念不已。

　　两次盛会的影响是深远的，河北在举行两岸研讨会的基础上，紧接着在 1993 年又主办了元曲国际学术讨论会，会议从保定开到承德，参加过两岸会议的郑向恒教授、台北的李殿魁教授、王保珍教授以及罗秋昭副教授也参加了这次研讨会。江苏方面由南京大学和台北"中央"大学于1993年合办了海峡两岸文学创作和研究会议，江苏与会者有作家陆文夫、高晓声，研究者有南京大学董健教授、叶子铭教授，南京师大吴奔星教授、陈美林教授等；台北代表则有鲍国顺、王邦雄、颜昆阳教授，李瑞腾、萧振邦、何春蕤副教授以及中华两岸文化统合研究会理事长周志文先生等。不仅如此，自20世纪90代年初两次会议后，彼此在对方书局、出版社、学术刊物出版发表的论著渐渐多起来，并相互赠送。有的学者在大陆出书后委托出版社径直寄给大陆各地学友，笔者也在台北发表和出版了论著多种。总之，学术交流日趋频繁而直接，大大有利于两岸学人共同研究学术，有利于弘扬和继承古代文化的优良传统。

综观这两次讨论会，出席代表在百人以上，台北代表二十余人，先后参加小说、戏曲两会。而大陆代表构成的情况则有不同。小说会大陆代表一百一十余人，分别来自北京、上海、广东、福建、湖北、浙江、江西、四川、山东、河北、辽宁、吉林和江苏，但江苏代表过半数，仅江苏明清小说研究会会员即有六十余人。江苏以外的大陆代表有何满子、黄霖、孙逊、喻蘅、刘辉、侯忠义、陈翔华、卢兴基、徐放、段启明、沈伯俊、苗壮、林辰、苏兴、王汝梅、黄岩柏、孙一珍、徐朔方、萧欣桥、钟婴、王枝忠、齐裕焜、黄祖良、王林书、邓瑞琼、陈年希、陈东有、洪兆年、张炳森、盛伟、袁健、刘广定等人。

参加元曲会代表有一百二十余人，据所印名册统计，除台北代表外，大陆代表北京有祝肇年、李修生、张云生、张燕瑾、李汉秋教授，刘荫柏、吕薇芬、王丽娜副研究员、季寿荣副编审，编辑李伊白，助教张文澍；天津有刘维俊、张礼钦教授，傅希尧、傅正谷、李振清、崔志远副教授，助研门岜，院长王辉；上海蒋星煜教授，叶长海副教授，讲师谭帆；江苏陈美林、吴新雷、谢伯阳教授，讲师李昌集；浙江研究员洛地；四川王文才教授，熊笃副教授，讲师田守真、刘益国、赵义山；湖北张国光教授，范钦庸副教授，讲师周小痴、叶松林、胡绪伟、虞江芙；广东洪柏昭教授，王小雷；新疆郝浚副教授，助教李宇；山西窦楷副编审；山东袁世硕、朱德才教授，副研刘依群，讲师武润婷，编辑王岫，助研荣斌，主任乔力；湖南黄钧副教授，助教李灿朝；宁夏郑于骥编审；河南胡世厚研究员，张建业、张秀东副教授，讲师王纲、刘世杰、胡述范，研究实习员孙晨耕；陕西申士尧副教授；贵州朱光荣副教授等。河北本省代表则有教授雷石榆、王学奇、常林炎等近二十人，其余为有关领导及工作人员。参加元曲会的，各地代表占大多数，未若小说会议代表，江苏本省代表过半数。同时，从会议安排来看，小说会基本由本省学人主持讨论；而元曲会大会、小会的主持人，不仅安排了台北代表参与主持，而且也安排各地代表参加主持，河北本省学人仅王学奇、常林炎二位教授参与。两相比较，则元曲会更能发挥各地学人参与的积极性，使这次学术讨论会具有更为广泛的代表性，而成为真正意义上的全国性学术讨论会。

此外，从与会的代表来看，台北代表团先后参加小说、元曲两个会议；而大陆学人同时参加两会者则很少。以江苏学人为例，参加小说会的代表有六十余人，其中参加元曲者仅二人（江苏尚有二人参加元曲会，但未参加小说会），而在两个会议上都提交论文的仅一人。同时，参加戏曲会的河北学人，也少有参加小说会者。其他各地代表情况也类似。小说、戏曲二者并无界限，无论从文学史发展来考虑，它们的产生、演变实为孪生兄弟；还是从当前高校中国古代文学课程的教学实践来看，二者也不能割离。而两个会议的参加者实际上也大都兼治小说、戏曲，因此在学术活动中应该加强沟通，彼此参与，扩大交流。

说明：

（1）本文涉及代表的学衔(职称)以及所在单位，均以当时有关记载为据，未见当时记载者则付之阙如。此后也多有变化，但无法准确地代为改正，只能维持当年状况，谨致歉意。

（2）两会讨论的具体内容，当年有综述文章发表，本文不予重复。小说会的综述文章有何睸《明清小说金陵研讨会述评》，见《海峡两岸明清小说论文集》，河海大学出版社 1991 年 8 月；元曲会的综述文章有常林炎《首届海峡两岸元曲研讨会论文选刊前记》，见《河北师院学报》1990 年《元曲研究专号》。

——原载《古典文学知识》2006 年第 1 期

十五年前海峡两岸学术交流的两次盛会

　　江苏省海峡两岸关系研究会与台湾一些高校等单位联合主办的海峡两岸明清小说研讨会今年 11 月在南京召开，不禁想起 1990 年 2 月 1 日—12 日在南京与石家庄先后召开的首届海峡两岸明清小说研讨会和元曲研讨会。那两个会议规模空前，影响深远，

洪惟助（台北）与陈美林

虽已过去十五个年头，但悠悠往事，并未付之红尘，抚今思昔，也不无意义。

阵容强大层次高级

参加会议的台北古典小说戏曲访问团有正式团员 24 人，团长为魏子云教授（台湾艺专）、副团长为龚鹏程教授（淡江大学）、郑向恒教授（中国文化大学）和林锋雄教授（中国文化大学）；团员为王三庆、洪顺隆、金荣华（均为中国文化大学教授），朱传誉（天一出版社社长），陈锦钊教授、朱昆槐副教授（均为台北商专），李丰柳、尉天聪（均为台湾政法大学教授），李寿菊（德明商专讲师），周何、赖桥本（均为台湾师范大学教授），周纯一（电台制作人），洪惟助、康来新（均为"中央"大学教授），贡敏（剧作家、导演），陈万益（台湾清华大学教授），陈芳英（艺术学院教授），曾永义（台湾大学教授），杨振良（逢甲大学副教授），郑志明（台湾师范学院副教授）。尚有博士生、硕士生数名随团活动。如此规模的学术代表团，从彼岸前来大陆参加学术活动，确为前所未有，而其成员学术层次高，大都是教授、副教授，分别来自台湾十余所高等学校，有着广泛的代表性。

参加"两会"的大陆代表，小说会有 110 多人，元曲会有 120 多人。以小说会而论，有来自北京、上海、山东、广东、湖北、浙江、吉林、辽宁、四川的何满子、黄霖、孙逊、卢兴基、刘辉、陈翔华、张俊、段启明、徐朔方、萧欣桥、苏兴、王先霈、沈伯俊、侯忠义、苗壮等，以及江苏陈美林、王永健、陈辽等。以元曲会而论，有来自北京、上海、山东、江苏、浙江、广东、湖南、四川、山西等地学者如祝肇年、袁世硕、李修生、张燕瑾、刘荫柏、蒋星煜、叶长海、洛地、洪柏昭、陈美林、吴新雷、谢伯阳、王文才、窦楷、谭帆、门岿，以及河北雷石榆、王学奇、常林炎等人。两会代表均为一时俊彦，也大都是在小说、戏曲研究方面均有着不同成就的教授、副教授。

由此看来，1990 年初所召开的首届海峡两岸小说会和元曲会，确实是两岸小说、戏曲研究领域中具有代表性的学人聚会，是高层次的古代小说和古代戏曲的学术论坛。

同心协力共同办会

小说会和元曲会均是 20 世纪 80 年代末期分别开始筹备的。小说会是由江苏明清小说研究会倡议，由江苏省社科院文学所、南京大学和南京师范大学等八个单位联合主办，江苏省社科院具体负责操作，但会议的后勤工作则由南京师大全部承担。参加研讨会的代表中的江苏学人则多达 60 余人（大都为高校教师，且大都是江苏明清小说研究会会员）。大会的筹委会（会议召开前夕改名组委会）主要负责人由江苏省社科院人员充当。主任为该院副院长盛思明副研究员，副主任为该院文学所所长陈辽研究员，另一位副主任则为笔者，秘书长是文学所副所长周钧韬副研。笔者之所以被安排为副主任，一则，当时我为江苏明清小说研究会副会长（会长为老干部刘冬副研），二则，当时专门从事古代文学特别是古代小说、戏曲研究的正高职称的人员不多（江苏省社科院当年也无这方面专业的正高职称人员）。但笔者虽为副主任，却不须过问实事。开幕辞由盛副院长作，安排我致闭幕辞。组委会办公地点设在文学所，而会议地点则在南京师大南山宾馆。会议最后一天,南京师范大学举行茶话会,招待台北代表团全体成员,学校主要领导冯世昌、归鸿等人出席,笔者应邀作陪。

元曲会由河北师院、河北省社科院、河北省文化厅、天津社科院等十家联合举办,而由河北师院具体操办。为了开好这一会议,河北师院党政领导多次开会研究布置,工作细致周密。为了提高会议规格,还改变了会议地点,决定在当时石家庄市比较高档的国际大厦举行。会议期间,学报出特辑,校报出特刊,又印制了精美的与会代表名单。会前还请国家领导题词,如李瑞环的题词为"综论元曲源流,弘扬华夏文明。祝首届海峡两岸元曲讨论会开幕 李瑞环 一九八九年十月"。元曲会召开前夕,河北师院前院长王立辰副教授、学报主编刘宪章副教授,专程来南京与小说会组委会有关人员交流情况,还与我联系几次,邀我务必与会,并请我陪同台北代表团一同前往,软卧车票也由他们代购,并派来年青同志一路陪同照拂。

由于同心协力,共同办会,两会都取得了预期成果,圆满结束。

彼此交流相互切磋

小说会2月1日开幕,5日结束;元曲会2月8日开幕,11日结束。小说会安排一天游览中山陵、夫子庙;元曲会安排一天参观关汉卿墓、赵州桥。其余时间均为大会报告、小组讨论。小说会上发言涉及古代小说作品有《三国演义》、《三遂平妖传》、《金瓶梅》、"三言"、《百家公案》、《孟姜女宝卷》、《燕子笺》、《聊斋志异》、《儒林外史》、《红楼梦》、《官场现形记》、《老残游记》等等,以及明清小说与新闻、与戏曲、与敦煌民间文学等关系问题,各自发表意见。尤其是对于《金瓶梅》

的作者和成书年代，有多种意见争鸣，各抒己见，但并不影响友谊。会后出版了《海峡两岸明清小说论文集》（河海大学出版社1991年8月），辑录会议论文31篇。笔者于1989年12月出版《新批儒林外史》，作为会议赠书之一。同时又因为在1984年被推选为中国《儒林外史》学会副会长，因此会议组织者希望我提交有关《儒林外史》的研究论文，我乃撰写了《〈儒林外史〉卧评略论》。

　　元曲会集中讨论了关（汉卿）、王（实甫）、马（致远）、白（朴）元曲"四大家"的作品，具体的有《玉镜台》、《谢天香》、《鲁斋郎》、《单刀会》、《董西厢》、《王西厢》、《汉宫秋》、《梧桐雨》以及元杂剧的上下场艺术和元代散曲等问题。《河北师院学报》出版了《元曲研究专号》（1990年6月）辑录会议论文34篇。本人提交的论文为《"太平多暇"与董王〈西厢〉的产生》，拙作围绕董《西厢》中一句唱词"喜遇太平多暇"生发议论，并引用朱权在《太和正音谱》中所说："盖杂剧者，太平之盛事，非太平则无以作。"又引用王骥德在《曲律》中所说："唐之绝句，唐之曲也，而其法宋人不传。宋之词，宋之曲也，而其法元人不传。以至金、元人之北词也，而其法今复不能悉传。是何以故哉？国家经一番变迁，则兵燹流离，性命之不保，遑习此太平娱乐事哉。"笔者这一见解，在上世纪70年代末一个座谈会上曾经提出过，深得王季思先生赞同，会后专门约我在孙望教授府上交谈半日。时代"太平"，文人"多暇"（生活稳定，心情舒畅），方能从事文艺创作。而学术交流也同样需要"太平"，需要"多暇"。笔者撰作此文不仅为了重新探讨两部《西厢》产生的社会背景，也有着以之印证当年两岸学术交流的现实涵意，不是改革开放政策的实施，不是经济繁荣、社会稳定的局面，如此规模的学术交流怕也难以出现。

影响深远情谊绵长

1990年"两会"之后，河北又于1993年主办了国际元曲研讨会，会议从保定开到承德，我在会上又遇到台北学人数位，其中就有参加过1990年两会的郑向恒教授。江苏方面也于同年主办了两岸文学创作和研究讨论会，江苏与会的代表有著名的作家陆文夫、高晓声等；学者则有南京大学叶子铭、董健教授，南京师大吴奔星、陈美林教授等。台北代表则有鲍国顺、王邦雄、颜昆阳教授，以及李瑞腾、萧振邦、何春蕤副教授等。笔者今年7月先后参加的"国际昆曲论坛"（苏州）和"国际戏剧研讨会"（南京），均有台北学者与会，而参加过1990年两会的台北剧作家贡敏也在后一个会中相见。

台北学者个别来访者也日渐众多，仅以参加过1990年两会的代表而言，来过南京、到过舍间的就有魏子云、洪惟助、贡敏、杨振良等。在1990年南京师大举行的招待会上，贡敏曾说："台湾的昆曲是枝叶，昆曲的根本在大陆，唱昆曲、演昆剧、研究昆曲都要到大陆来。"他是来寻根——寻学术之根的。1994年9月，他又来南京，邀请戏曲史家胡忌、剧作家宋词、南京大学吴新雷教授、著名昆曲演员黄小午夫妇及笔者，在夫子庙奇芳阁一聚。洪惟助教授邀请南京一些学人与之共编昆曲辞典。魏子云教授1990年来南京参加小说会时，已是73岁高龄，到达久久思念的南京时，遇上少有的严寒，下机时，天上飘着雪花，抵达南山宾馆时，鹅毛大雪纷纷飘下，但"我们所有的人不相信，没有感觉是零下"，纷纷跑到院子里拍照。在石家庄元曲会的开幕式上，魏老说："一点也不冷，为什么？情！情字可熔化一切。雪虽厚，外面气温虽低，但是我们台北来的每一位朋友内心都是温暖的。"返台之后，到这年除夕，魏老给我寄来自制的贺卡，有诗三首，第三首还回忆了当时的情景："石家庄是雪飞天，五日会文留史篇；难忘骊歌惜别夜，声声无奈期明年。"不久又来信说："金陵之别，收获至丰，载不动者，众多友情也。尤其兄嫂情谊之笃切，烙印至深。"直到 1999 年他"虚岁八十二"时的来信，对故乡留恋之情更是有增无已，"实在想家，尽管家乡全无老样可寻，还是想念那地方"，"到南京，看看老友，也是念念不已的，南京在心情上是我的故乡"。次年即 2000 年 11 月，在山东五莲召开的第四届国际《金瓶梅》研讨会上，见到实岁 82 的魏老，行动已不如当年自由了。而今又已五年过去，放笔至此，遥望对岸云天，真是思念不已。

——原载《钟山风雨》2005 年第 6 期

以文会友　以友辅仁

——第七届全国古代戏曲学术研讨会总结发言

编者按： 由中国古代戏曲学会与集美大学主办的第七届全国古代戏曲学术研讨会于 2007 年 10 月 27—29 日在厦门召开，南京师大陈美林先生作会议总结。为介绍会议盛况，特刊发陈先生的总结发言。

一

这是一次"以文会友、以友辅仁"的学术盛会。与会者来自全国各地高校和学术团体，有中国戏曲学院、中央戏剧学院、中国艺术研究院、中国传媒大学、上海戏剧学院、复旦大学、华东师大、上海师大、同济大学、中山大学、华南师大、深圳大学、东莞理工学院、澳门大学、岭南大学、武汉大学、四川大学、山西大学、山西师大、黑龙江大学、吉林大学、东南大学、南京师大、苏州大学、徐州师大、扬州大学、南通大学、河南大学、广西师大、江西师大、陕西师大、内蒙古大学、南昌大学以及厦门大学、福建师大、漳州师院、泉州师院、集美大学等 60 余所高校的 150 余位专家，其中教授 67 人（博导 21 人）、副教授 39 人。大多提交了论文，仅装订成册者即达 69 篇，尚有在会上散发者也近 10 篇。在大会宣读论文者有来自 33 所院校的 40 余位专家，可以说是一次"以文会友"的学术盛会。

　　会上自始至终洋溢着各抒己见、相互切磋的和谐气氛，可说是一场"以友辅仁"的学术活动。《说文》释"仁"说："仁，亲也。从人从二。"这就说明两个人以上就会发生"仁"的关系。又如何体现"仁"呢？孔子对弟子颜渊说："一日克己复礼，天下归仁焉。为仁由己，而由人哉？"这就是说只有每人严格要求自己，将自己的位置放正，按规矩办事也就是服膺"真理"，如此就能维持人与人之间的和谐相处。这场大规模的学术讨论，各

作者在中国古代戏曲第十一届年会上

位专家的发言既能畅所欲言地表述自己的见解，也能充分尊重他人的观点，表现了各自的学术道德的素养，真正实现了"以文会友、以友辅仁"的目的。

二

这又是一场展示近年来戏曲研究的成绩并为今后持续研究提供新的平台的盛会。与会专家提交的论文和在会上的发言，涉及古代戏曲研究的方方面面，讨论的问题不但广泛而且深入，充分显示了近年来戏曲研究的新发展。

就论文涉及的历史时代而言，从宋代的请戏习俗到南曲戏文、明清传奇，从元杂剧到明清杂剧，以及花部等等，均有文论及，诸如李跃忠的《宋代请戏习俗浅探》，徐宏图的《南戏研究的三大历程》，许建中的《"戏文三种"中的集曲考察》，石麟的《金批〈西厢〉三题》，徐子方的《20世纪以来明杂剧研究的回顾与点评》，杜桂萍的《杨潮观生平创作若干问题考论》，陈维昭的《汤沈之争与晚明曲学形态》，田兴国的《明代文人传奇伦理型豪侠论》，王人恩的《蒋士铨〈冬青树〉三题议》，刘新文的《京剧〈陈州粜米〉与元杂剧原剧本的比较》等。就地域空间而论，则涉及山西、扬州、广西、陕西、江西、海州、海盐乃至新加坡、马来西亚诸地区，如黄竹三的《从山西仪式剧的演出形态看中国戏剧的特质》，赵兴勤的《花部的兴盛与扬州地域文化》，阙真的《论广西采调剧的平民化特征》，费伟的《粤剧的源实在陕西》，徐国华的《蒋士铨戏曲与江右民俗文化》，许卫全与朱秋华的《海州童子戏的源流、形式及其他考索》，黄振林的《论海盐腔的起源及在南戏发展中的地位》乃至康海玲的《新加坡、马来西亚华语戏剧研究》等等。就社会层面而言，有论及宫廷戏者如赵山林的《清代前期宫廷与戏曲》，也有论及民间艺人者如杨慧玲的《民间剧作家林少鹏的情感世界及其爱的哲学》等。就多民族文化而言，则有李成的《民族文化融合：元杂剧女性形象性格新旧素质交融的审美特征》，高益荣的《"曲始于胡元"文化论》，田同旭的《元曲家石君宝为盖州女真人考论》等等。其他尚有论及"戏剧学史"、戏曲评点、杂剧校勘、声腔曲腔、戏曲保护以及考古新发现等等，不一而足。总之，用萧善因教授的话来说，这次会议是"总结过去、畅说未来"的会议，讨论的问题十分广泛，而且论析深入，提供了新的资料、新的观点和新的思维，为今后的持续研究提供了新的、更高的起点。

三

戏曲是综合艺术，涉及音乐、美术、表演及文学等学科，提交会议的论文也有少数论及声腔、角色、宾白等问题，如丁淑梅的《明代禁断剧类声腔与曲腔的雅俗分野》，元鹏飞的《论戏曲角色的演化》，刘小梅的《重拾对"杂剧宾白出处"的争议》等，但更多的论文则是对戏曲文学的研究。

不过，对戏曲文学的研究，又以从文化学的角度切入者为多，如吴光正的《全真教与元明戏剧》，司徒秀英的《〈昙花记〉"万缘皆假"与佛土常净之辨》，张祝平的《水饰与道教图谶》，夏敏的《傀儡戏与辟邪巫术》等，而从文学诸样式的综合考察来研究戏曲文学的论文并不多。

张正学的《关于〈中山狼传〉小说与〈中山狼〉杂剧的三个问题》，王正兵的《〈姑妄言〉中的戏曲表现简说》，马宇辉的《从

"一笑姻缘"看冯梦龙小说、戏曲观念之差异》等论文，是为数不多的将戏曲与小说这两种叙事文学联系起来考察的论文。

至于将戏曲文学与诗、文联系起来研究的论文则未见有。其实它们仍有着可以探讨的共性。如八股文的起承转合与戏曲的开端、发展、高潮、结局是否有类似？ 20 世纪 80 年代有兄弟院校的研究生前来我处访学时就曾与之研究过这一问题，后来这位研究生（目前已是教授了）经过他自己的努力做出了可喜的成绩。古代叙事诗与戏曲文学之间应该也同样存在着共性，我曾对一位博士后谈起吴梅村叙事诗中有许多"移步换景"的手法，其实也具备了戏剧因素，因为文学是社会生活的反映，而社会生活中多样性和单一性、特殊性和普遍性、个性和共性并存，作为反映这种纷纭繁复的社会生活的诸多的文学样式，同样也存在个性和共性。对文学进行分体研究有利于深入专精，而将诸样式深入进行综合研究则有利于宏观把握。总之，对于文学创作的特性和规律，需要不断分体、不断综合的交替研究方能取得更大的成绩。当然，从文化学的背景来研究文学是需要的，但也应更多注意就文学的本身来研究文学。

四

自昆曲"申遗"成功之后，戏曲研究出现了繁荣的局面。但是整个戏剧事业的兴盛才是戏曲研究能够持续繁荣的坚实基础。这次会议上有的专家在论文或发言中已注意到这一问题，这是很可喜的。一些地方戏演出的上座率不高，民间艺人的权益得不到充分重视等问题，都纳入到学者的思考范围。至于如何理解和贯彻振兴昆曲的"保护、继承、创新、发展"的八字方针，有的专家在论文中也表述了自己的见解。这些言论都表明与会者对戏剧事业的现实关注。

尤其值得一提的是,有的专家针对目前缺少优秀剧本的现象,表示在研究之余也意图创作剧本。的确,如今上演红火的剧目仍然是对传统戏曲中优秀作品的改编,如《牡丹亭》就有青春版、精华版,其他如《桃花扇》、《长生殿》等等也依然是现代舞台主要剧目。除了这些优秀的传统剧目外,新作很少。在专业剧作家之外,戏曲研究者从事戏曲创作,应该受到重视。其实明清以来不少学者也曾从事戏曲创作,例如清初文人程廷祚为经学名家,著有《易通》、《大易择言》、《尚书通议》、《春秋识小录》、《礼说》、《青溪诗说》等,袁枚在为其所写的《程绵庄先生墓志铭》中说他的经学著作“的的然言其所言,非先儒所言”,也就是说全是程廷祚自己的见解。程廷祚不仅有学术著作,又擅长赋诗作文,有《青溪文集》、《岫云阁诗钞》,更有戏曲创作《莲花岛传奇》,正因为程廷祚兼擅学术文章,袁枚的铭文说:“儒林文苑本无界,谁欤划开成两戒。”如今,不是有教授创作小说吗?南京大学、上海师大都有教授在教学、研究之余从事小说创作,一时还出现“教授作家”的称呼。我们从事戏曲研究和教学的人,在研究教学之余创作戏曲剧本,既丰富了文坛,也充实了讲坛,更体现了古代戏曲研究者对戏剧事业的现实关注,何乐而不为呢?

——原载《古典文学知识》2008 年第 2 期

对文学研究工作的几点思考

一

应该进一步强调从文学本身来研究文学。改革开放以来，思想大解放，学术视野大扩展，这自然有利于文学研究的发展，出现了不少很有见地的优秀论著，它们从哲学、史学、文化学等学科来审视文学，这一趋势无疑是应该肯定的。但近年读了一些著作，参加了一些学术活动，发现偏离文学自身的特点来研讨文学问题的论著时有出现，特别是所谓运用"文史互证"的方法来评论文学作品，其结论难免失真。文学是形象思维的产物，史学等社会科学是逻辑思维的成果，艺术的真实与历史的真实也是有所区别的。文史可以互证，但不能彼此替代。尤其是校勘古代文学作品时，运用文史互证的方法要慎之又慎。例如一位年逾花甲的博导，校勘几种刊本的《儒林外史》，认为目今可以见及的最早的刊本卧闲草堂本四十一回李老四送了两个妇女到仪征丰家巷妓院时，对妓院老板王义安说，南京的"生意"不好做，"所以来投奔老爷"。

这位博导根据科举制度规定，举人才能称"老爷"，秀才只能称"相公"，认为卧本所云"老爷"是错的，因为几个通行本都将"老爷"改为"老爹"，改得对。殊不知，通行本是改错了，在四十九回中，高翰林的家人就称武正字、迟衡山二人为"老爷"，而这二人并没有举人资格；再说在二十二回中，这个王义安戴着秀才方能戴的"方巾"，公然招摇于市井，大观楼上下人众熟视无睹，若不是两个穷极了的秀才要诈他银两去追究，并无任何人干预。作为文学作品的《儒林外史》形象地描写了当时社会中称呼之乱、服饰之乱，恰恰反映出彼时的真实的社会图景，怎能以朝廷的诏令、制度等等去苛求呢？说回来，在今日，副教授、副厅长，被一般人称呼时常去掉"副"字；人大代表、政协委员也被一些宾馆服务人员称为"首长"；不开公司、不经商的研究生导师不是被研究生称为"老板"？不是执法人员却弄一套制服穿穿，等等，这不是常见的社会现象么？用这种文史互证方法硬套的结果则是对文学的消融。以这种方法校勘古典文学作品也是对作品的误读。段玉裁在《重刊明道二年国语序》中说："校订之学，识不到则指瑜为瑕，而疵类更甚。转不若多存其未校定之本，使学者随其学之浅深以定其瑕瑜之真固在。古书之坏于不校者固多，坏于校者尤多。坏于不校者，以校治之；坏于校者，久且不可治。"

过去的作家虽然不具有现代的文艺理论知识，但他们从创作实践中也悟出文学与史学的区别，如明人谢肇淛在《五杂俎》中说："凡为小说及杂剧、戏文，须是虚实相半，方为游戏三昧之笔。"清人孔尚任创作的传奇《桃花扇》，一向被誉为信史，作者在《凡例》中说："朝政得失，文人聚散，皆确考时地，全无假借。"果然如此么？作者同时也承认"稍有点染"；在〔孤吟〕出中又借老赞礼之口说"世事含糊八九件，人情遮盖两三分"。可见《桃花扇》

中仍有"点染","含糊"、"遮盖"之处，例如史可法也曾参加迎立福王的活动，但却被孔尚任有意忽略，这是为了突出马士英、阮大铖一辈的责任；又如左良玉是在九江病死的，但在《桃花扇》中却是被其子气死的，并有斥责其子之语，说"做出此事，陷我为反叛之臣"，作者如此"点染"，意在表现左良玉虽然有罪，但并非存心反叛，等等。这些改动，如按文史互证之法求之，则《桃花扇》必被否定。但孔尚任如此处理，即在当时一些当事人也能接受。在《小引》中，作者说："《桃花扇》一剧，皆南朝新事，父老犹有存者，场上歌舞，局外指点，知三百年之基业隳于何人，败于何事，消于何年，歇于何地。不独令观者感激涕零，亦可惩创人心，为末世之一救矣。"因为孔尚任不是客观地叙写历史，而是要通过他的艺术表现，总结南明王朝覆灭的原因，正如〔拜坛〕一出眉批云："私君、私臣、私恩、私仇，南明无一非私，焉得不亡！"正因为此，孔尚任的艺术审视感染了当事人以及后代无数观众。总之，文史互证不可否定，但不能以此法作为研究文学的不二法宝，还要更多地从文学本身的特点来研究文学。类似上述的例子尚有，限于时间不多举。

二

从文学本身来研究文学，要进一步扩展研究领域，注意文学诸多样式的沟通，审视民间文学与作家创作的嬗变。社会生活错综繁复、丰富多彩，存在着多样性和单一性、特殊性和普遍性、个性和共性，作为社会生活反映的文学，也就有多种样式存在。叙事的有小说、戏剧等，抒情的有诗词、散文等，这多种多样的形式之间同样也存在着个性和共性，对它们进行分体研究，有利于专精；加以综合探讨，则有利于宏观把握。总之，对于文学的诸多样式的产生、演变，需要不断地进行分体、综合交替研究，如此方能更符合实际地审视文学的发展演变，更全面深刻地总结它们的艺术经验。刘勰在《文心雕龙·通变》中说："斯斟酌乎质文之间，而櫽括乎雅俗之际，可与言通变矣。"早几年在东南大学举办的戏曲名家学术研讨会上，我应邀作了《"通变"中的〈牡丹亭〉》的发言，以汤显祖的《牡丹亭》为例，说明民间传说与文人创作、话本与传奇的交替演变。汤显祖在《题词》中明言，取材于陶潜《搜神后记》中的李仲文事、刘敬叔《异苑》中之冯孝将事和干宝《搜神记》中的谈生事。按照鲁迅的说法"中国本信巫，秦汉以来，神仙之说盛行，汉末又大倡巫风，而鬼道愈炽；会小乘佛教亦人中土"，因而此类志怪作品不断出现，其中有"出于文人者，有出于教徒者"。而出自"释道二家"者，"意在自神其教"；而"文人之作"，也并"非有意为小说"，不过"叙述异事而已"。但这些志怪故事常为后人摘取，予以改造、铺叙，作为话本，演为戏曲，而赋予不同的时代内涵。即以汤显祖提及的这些故事，在他创作为传奇《牡丹亭》前，已有《杜丽娘牡丹亭还魂记》的话本出现，但它们的思想内涵均无汤显祖之作的丰厚，艺术表现也逊于传奇《牡丹亭》之成熟。《牡丹亭》传奇面世四百余年来仍在"通变"之中，江苏近几年以来就有精华版、青春版之作演出。仅以此例就可说明文学多种样式（小说、戏曲等）之间以及民间文学与文人创作之间交织极其密切，为了阐释清楚，必须兼顾。2007 年在厦门召开第七届全国古代戏曲会，笔者被主办方指定为学术讨论作总结发言，因此会议期间将数十篇论文浏览一过，在七十余篇的论文中涉及古代戏曲研究的方方面面，讨论的问题不但广泛而且深入，充分体现了近几年来戏曲研究的新发展，将戏曲与小说交叉研究的论文虽不多，但终于有了几篇，而将戏曲与诗、文联系起来研究者仍未见有。其实，八股文与戏曲也有相通之处，20世纪80年曾对外校几位来访学者谈及，其中一位后来写了不少这方面的论著，已成为知名教授了。而我的弟子中一直到20世纪末才有一位以八股文作为博士学位论文题目，当然现在也成为博导了。在世纪之初，曾对一位博士后谈及钱谦益在《致梅村书》中称赞吴伟业叙事诗中有"移步换形"的特点，而这种艺术手法在戏曲文学中常见。梅村不仅擅诗词，其所作《秣陵春》传奇亦是佳作，该剧场景多变，人物众多，线索纷纭，梅村却能缩成一体，毫不凌乱，的确为叙事高手。而且在《秣陵春》中又融进南唐李后主的词作不少，如〔赏音〕出中"别时容易见时难，莫凭阑"、"一晌贪欢，叹罗衾正寒"、"现隔那无限江山，叹落花流水天上人间"等，显然是从李后主《浪淘沙令·帘外雨潺潺》一词化来，全不着痕迹。可喜的是这种交叉研究、综合考虑的论著逐渐多了起来，上月末，朱恒夫教授将他的近年论文汇集成的《走进中国传说与小说的世界》书稿寄来，嘱我为序。其中不少论文就是沟通文学诸样式、联系民间传说与文人创作之作。近日又收到《东南大学学报》（2012年6期），见到刘祯研究员的《略论中国戏曲雅俗审美思潮之变迁》，以及博士生刘芳的《略论昆曲对词体四声规律的继承与发展》，都能拓展研究领域，不限于一体，不局于一端，这是值得肯定和鼓励的。

三

加强文学创作与文学研究的沟通。在第七届全国古代戏曲学术讨论会的总结发言中，针对许多学人认为优秀的剧本不多，舞台上演出的古代戏曲无非是《桃花扇》、《牡丹亭》等等几部名著，我曾提出大家都是研究戏曲文学的，何妨也"下海"动手写写剧本，并举清代诗人袁枚为康、乾时代的南京学者程廷祚写的《墓志铭》（《小仓山房文集》卷四），称赞其人说"《儒林》、《文苑》古无界"，"先生先兼后割爱"；又云"黄河千年清可待，恐此人如未必再"，推崇备至。古代史籍"儒林传"收学者，"文苑传"则收文人，袁枚称赞程廷祚既是学者又是文人。从学者而言，廷祚治经极有成绩，戴望《颜氏学记》卷九中有评述其学术渊源的文字，说其继承颜元、李塨之学，批判程朱理学，不遗余力，有学术著作多种，如《易通》、《尚书通议》、《春秋识小录》等；又能文擅诗，有《青溪文集》、《岫云阁诗钞》，还有《青溪诗说》，特别是他还创作有《莲花岛》传奇，这就更值得称道。到了近代，特别是五四运动以后，许多大学教授既是作家，又是研究员，如闻一多、朱自清等等，不一而足。笔者业师，被胡乔木称为"词学宗师"的夏承焘先生，以治词名世，但早年也曾写过小说，惜未出版，《天风阁学词日记》中有记。可是新中国成立后，文学创作与文学研究渐渐分为二途，了不相涉。改革开放以后，不少大学办了作家班，但执教于高校的教授、研究员动手创作的仍不多见。1950 年笔者考入浙江大学中文系时，原先是想当作家的，曾在浙江文联负责人女作家陈学昭组织下，与另外两个同学去余姚庵东盐区体验生活，可是因语言不通，无功而返。毕业后又被分配当教师，由于教学任务重，没有足够时间去体验生活，作家梦由此中断。但以另一种"创作"替代。早在 1958 年江苏师院重办中文系时，笔者与钱仲联先生分任古代文学教研组正、副组长，钱先生表示不搞小说、戏曲，让我去教。当年古代戏曲作品尚未大量刊印，学生见不到剧本，教学便有困难，我便想起莎士比亚的许多剧作被散文作家兰姆姊弟改写为短篇小说（故事），风行一时，也成为名作；法国作家莫里哀的许多剧作也同样被改写为小说，便不自量力地效法动手改写起来，80年代初被江苏人民出版社王远鸿先生发现，携去刊发出版。这其实也是一种"创作"，为避免与自己的学术著作混淆，乃署笔名。岂料被北京外文出版社文教室主任周奎杰在图书馆读到，认为可以译成外文出版，便通过王远鸿先生找到我，先后出版了英、法、德文本，以及中英文对照本。当然，这是另一种的"创作"。近年已有少数大学教授创作小说，被称为教授作家，笔者以为此乃好事。近日又见《扬子晚报》报道，南京大学的研究生演出了自己创作的《蒋公的面子》，很成功。切盼今后能加强创作与教学、与研究的沟通。其实作家中也有从事古代文学研究的人，1993年及1995年两次被省作协聘为高级作家职称评委，前一次由陆文夫任主任，在无锡进行；后一次由高晓声任主任，在南京开评。高晓声先生谈到我于1989年在江苏古籍出版社出版的《新批儒林外史》，便要了一本去，后来他为漓江出版社评点《三言精华》，也送了我一部。他的一些小说、散文如《陈奂生上城出国记》、《寻觅清白》等，也都送给我，在他生前偶或相聚一叙，彼此获益。所以建议社联与作协可加强联系，为教授、研究人员、作家的彼此交流创造条件。具体说来，尚有一事可办，有人问我南京图书馆与作协合办了江苏文学馆，陈列了我省作家的作品，不知有否陈列我省文学研究者的著作。之所以问我，因为2004年曾被南京图书馆聘为特聘学术顾问，颁证者为省文化厅一位王姓女厅长，仪式在南博举行，同时被聘者尚有东南大学齐康教授、南京大学卞孝萱教授、复旦大学葛剑雄教授、同济大学阮仪三教授等九人，笔者作为被聘代表在会上致答辞。这位同志并不知道发过聘书以后，便再无联系，所以回答不出。不过，笔者以为要展示江苏的文学成就，不仅要有作家的创作，也要有研究人员的研究著作。江苏作家队伍固然很强，但研究人员队伍也不逊色。如能将这两支队伍同时组合，当会更显示江苏文学界的成就。

四

关于文学的社会功能问题，在我国传统思想中一贯主张文以载道，虽然在不同的时代，"道"的具体内涵有所不同，但都主张以当时被认为先进的思想去教化人民，古籍中有关这方面的论述颇多，也为大家熟知，就不称引了。当前的大多数文学创作者和研究者都明白自己的任务，是以先进的思想去提高人民大众的文化素质和道德修养，促进社会的稳定和繁荣，这也毋需多说。如今强调发展文化产业，各地也就将属地内的自然景点、人文胜迹推介出来，以图发展旅游事业。这就不时要借助于文学，为这一任务做出贡献也是义不容辞的。在古代有山水诗，却无旅游诗的名目，但诗词散文中也常有涉及"旅游"字眼者，如南朝诗人沈约《悲哉行》中有云："旅游媚年春，年春媚游人。"唐人王勃在《涧底寒松赋》中亦云："岁八月壬子旅游于蜀，寻茅溪之涧。"均说明山水诗也可称是旅游文学。既然有这样的传统，为当前的自然景观、人文胜迹的建设，在文学方面提供一些助力，也是顺理成章的事。记得省社联在1996年曾召开过一次座谈会，内容是如何利用南京的文化资源，与会者有卞孝萱、梁白泉、茅家琦以及笔者十余人。其实早在80年代，南京有关部门就召开过南京文化、南京文学的座谈会，记得当年《钟山》主编刘坪同志说过，有关南京的古代文学作品有两部小说一部戏，即《儒林外史》、

《红楼梦》、《桃花扇》。的确，这三部作品均与南京有密切关系，尤其是《儒林外史》，作者是吴敬梓，虽然是安徽全椒人，却对故乡的上层社会极为厌恶，终于移家南京。无论在代言体的小说还是直言体的诗赋中，吴敬梓对故乡、对南京两种截然相反的感情表露无遗，从移家开始便逐渐融入南京社会，小说《儒林外史》也是在南京写成的，最后病死扬州，却叶落归根于南京而不是全椒。《金陵通传》已收入其子吴烺的传记，这部传记所收人物，如为外来者必居一世以后方可入传，极其严格。因此，可以确认吴敬梓已为南京人，笔者经过十年努力，呼吁建成的其寓所秦淮水亭，立碑时邀请笔者撰文，首句即点明"皖人也"，这是肯定其出生于安徽，以免引起纠纷。因每见各地为争名家、甚至争名著中之人物，闹得不可分解，殊为无谓。各地都可纪念，只要史有记载，有迹可寻。这些名家不是属于一县一市，而是属于全国乃至全世界。凡有类似争执，文学工作者最好不介入。在有关活动中，我一再强调，不能仅靠宣传一两部名著就能构成城市名片，显示自己的软实力。一个城市的文化，不能仅仅依靠几部文学名著就能弘扬，它还涉及其他学科，除了文学、史学、哲学而外，还需要城市设计和建筑科学、城市美学、社会学、经济学、人口学、民俗学、宗教学等等。总之，增强城市的文化强度是需要不断提高自身的物质文明和精神文明方能奏效的。依靠一两部作品，生拉硬扯地往自家地区贴金，甚至不惜违背事实，压制不同意见等等作法，都不可取。有个县旅游局长亲自撰写考证文章，以证明某一作家的显赫家史，结果事与愿违，反揭示出这位作家家史中并不光彩的一页。但这不光彩的家史与作家不知相隔多少代，与作品的伟大意义并无关联。由此我想到，对于这些做法，我们从事文学研究的人最好不附和。当然，对于确实与某城市有关的作家作品，也应该实事求是地宣传。关于吴敬梓秦淮水亭修复的情况，曾应省政协之约撰写《十年动议，政协促成》一文，发表在《江苏政协》2004 年 9 期，全国政协编写的《人民政协纪事》也全文收录。去年应黄强同志之约为其《中国文人置业志》书稿作序，该书中提及秦淮水亭如今已衰败不堪、闭门谢客，问我对此有什么感想，而我又能说什么？秦淮水亭的问题只能有待于权力部门去处理，这就需要有识见的领导做出决定。黄强同志建议我再呼吁，便借此大会机会申说几句，但愿不要成为"不说白不说，说了也白说"的笑谈。

（本文为 2012 年 12 月江苏省哲学社会科学界第六届学术大会文学、历史学与艺术学专场主题讲演）

　　　　——原载《南京师范大学文学院学报》2013 年第 2 期

相"知"二十年

——我与《文史知识》

去秋为编选论文自选集《清凉文集》，翻箱倒箧选录文稿，居然发现两份夹在旧稿中的有关《文史知识》的材料，一份是1980年9月印发的《关于创办〈文史知识〉月刊的方案》，一份是1980年10月22日印发的刊有《对创办〈文史知识〉月刊的初步反映》的《业务情况》第25号。当时就联想到曾因一本旧杂志而写就一篇纪念文章的往事。那还是20世纪50年代初我在浙江教书时发生的。当年在杭州书摊上购得一本1946年上海出版的一本旧杂志《文艺春秋》，其中设有"要是鲁迅先生还活着……"专栏，为鲁迅逝世十周年发表了施蛰存、萧乾、周而复、熊佛西等人的纪念文章，因而虽是零册，也购了下来。转眼到了1956年鲁迅逝世廿周年之际，我也以"东阜"笔名写了一篇同题小文《要是鲁迅先生还活着……》，发表在1956年10月21日的《浙江日报》上。余生也晚，鲁迅逝世之1936年，我方四岁，年龄相差很远。但出于对鲁迅先生的景仰，居然也写文纪念。所以，我与《文史知识》一直有所往还，当其出刊二十年之际，怎能不写文以为纪念并祝贺呢?

从手边这两份材料来看,中华书局的编辑先生们本着他们一贯严谨务实的作风,为《文史知识》的创办做了充分的准备工作。大约是 1980 年秋季,黄克先生来舍间相访,给我一份《方案》,嘱我看过后将意见寄给他。这个方案首先明确刊物的读者对象,继而提出刊物的主要内容和基本要求,以及刊期、开本、字数、定价等。方案的重点是关于内容和栏目的设想,主要内容为中国古典文学和中国历史知识的介绍与今人研究文史的经验体会以及青年自学的心得。栏目则有文学百题、历史百题、名著介绍、古代作家故事、历史故事、名篇欣赏、文史书目、工具书介绍、文史研究动态、古典名著在国外、治学之道、青年园地等等。从二十年来出版的刊物看,当年的设想至今未曾变更,可见当初计划的缜密、考虑的周详、划定读者对象的切合实际。总之,设置的栏目和刊物的内容是符合客观需要的。之所以能取得如此成绩,除了中华书局诸位先生办刊尽心尽力之外,也与他们能广泛征询意见有关。从《业务情况》第 25 号可知他们除召开有关人员的座谈会以外,还走访了北京一些学者如金申熊、袁行霈、费振刚、余冠英、蒋和森、刘世德、侯敏泽、白寿彝、启功、郑天挺、周振甫、吴小如等先生;还收到京内外一些学人如梅益、周谷城、王季思、罗宗强等先生以及笔者的书面意见。这些学人都"殷切希望《文史知识》在传播知识的准确、生动、有用上做扎扎实实的努力,一定要搞出自己的特色来"。验之以廿年来的《文史知识》,它没有让广大学人的这一希望落空。

其后,黄克先生又偕同程毅中先生来过舍间,无非是约稿、催稿,感其盛情,便按照他们出的题目《怎样阅读〈儒林外史〉》写文寄去,被刊于总第 4 期(也即 1981 年第 4 期),从此便开始与《文史知识》有了实质性的交往。二十年的交往大约可分三个段落：1989年以前，1992年以前，1992年以后。1981年第4期刊出第一篇文章后，直到1987年第2期才又在"怎样读"专栏中发表了一篇《李玉和他的〈清忠谱〉》文章。因为这一阶段我忙于几部专著的写作（《吴敬梓研究》，1984年上海古籍出版社出版；《新批儒林外史》，1989年江苏古籍出版社出版）。《文史知识》虽然是普及刊物，但它所发表的文章要求是有学术性的通俗文章。这种文章并不好写，不仅要有学术性，还要有可读性。80年代初我为香港《大公报·艺林》写过几篇古代文史的小文，当时的编辑先生见到我与他人合作于1981年出版的《杜甫诗选析》，拟辟一专栏，约我每期写一篇千字以内的短文，我也婉谢了。因为写这种文字并不省时省力，很影响专著的写作。同样的原因，这期间为《文史知识》撰文，自然也不多。1989年冬，胡友鸣先生偕同余喆先生来南京约稿。记得那天南京满天飞雪，两位先生冒着严寒，踏雪来到寒舍。胡先生开头一句话就说："你是《文史知识》的老作者了，怎么好久没有为我们写文章？"听了此言，真是惭愧，便答允为他们写稿。彼此在舍间约定，刊物专辟一"《儒林外史》人物论"的专栏，每月交稿一篇，但第一次要一起交出三篇。因为当时匡亚明先生约我撰写《吴敬梓评传》，要求提前交稿，作为迎接"中国传统思想文化与21世纪国际学术研讨会"召开的第一批出版的中国思想家评传丛书四种之一，为此，我希望这一栏目略略推迟。友鸣先生便提出先给他一篇谈治学的文章，希望在元旦前后交他；如另有其他文章也可给他们。这样便有了1990年第3期"治学之道"栏目的《学林寻步》和1991年第4期"人物春秋"栏目的《正直不阿的学者程廷祚》两篇文章。而"《儒林外史》人物论"专栏也从1991年第7期开始，连续刊载十五篇。

后按照原先的约定增加几篇出版了《儒林外史人物论》一书。这一专栏由胡友鸣先生约稿，而后责任编辑是马欣来女士，其后又是柴剑虹先生、厚艳芬女士。如果说，没有胡友鸣先生的热情约稿，就不会有《儒林外史》人物论专栏；如果没有柴剑虹先生的细心工作，原先约定的专栏主持者就会莫名其妙地发生变更；而没有厚艳芬女士的精心细心，也就难以保证此书编辑出版的高质量。90年代起始，我所招收的研究生逐渐多了起来，最多时有八名硕士生和八名博士生同时在学。90年代中期起我不再招收硕士生了，但目前仍有博士生五人，博士后三人同时在学，指导任务繁重，又要忙于整理自己文稿。这期间为《文史知识》也只写了几篇文章，如1996年我们在扬州举办《儒林外史》国际研讨会，厚艳芬女士在参加会议后，又来南京约稿，便有了《〈儒林外史〉研究的历史与现状》（1996年第11、12两期刊完）。总计二十年中撰稿不过二十余篇，涉及的栏目有"治学之道"、"怎样读"、"文学史百题"、"人物春秋"、"文史研究动态"等。胡友鸣先生说我是《文史知识》的老作者，不免令我汗颜，但从创刊伊始，即与我有联系、交往，可说是一个老读者了。

回忆我与《文史知识》整整二十年的交往，《文史知识》的编者虽然换了不少，但办刊认真、约稿热情、工作细致、尊重作者、坚守承诺等等优良的作风则一仍旧贯。有了这样的编辑队伍，就能组织一支优秀的作者队伍，就能时时考虑读者所需，就能保持刊物的特色，刊物的前途当然是无可限量的。

——原载《文史知识》2001年第1期

我与《古典文学知识》

——为 200 期特刊贺

近日收到《古典文学知识》200 期特刊约稿信后，颇感惭愧，多年未曾给刊物写稿，赶紧推开正在涂鸦的文稿，先行写此文寄奉请正，既表示对刊物的祝贺，也略表一己的歉疚。

一

20 世纪 80 年代，北京出版了《文史知识》，稍后南京出版了《古典文学知识》。两份刊物性质近似，北京兼顾文、史，而南京着力于文。两刊创办之前，都曾征求不佞鄙见。笔者认为这两份刊物都是雅俗共赏、老少咸宜的极佳读物，初学者可以从中汲取知识，而专家也可从中补充、拓展自己的知识，知识不断充实就是学问，如果一个学人认为自己已经掌握某一领域的全部知识，毋需不断拓展，那是学术妄人，不必去说他。

因此，当《文史知识》创办人之一黄克先生于 1980 年南下至舍间征求意见，并给我一份《关于创办〈文史知识〉月刊的初步意见》

文件，我即表示支持。黄克先生返京后不久，又寄来一份《业务情况》
（25号），刊有《对创办〈文史知识〉月刊的初步反映》，从文
中得知他们在京走访了余冠英、白寿彝、启功、郑天挺、周振甫
等先生；还摘发了京外学人梅益、周谷城、王季思以及笔者等人
的意见。不久，黄克又与程毅中两位先生南下组稿，也曾到舍间
相约。80年代末，又有胡克鸣、余喆两位先生来舍间约写"治学
之道"栏目文章（刊于1990年3期），并推定笔者为之主持一个
专栏（《儒林外史》人物论）。90年代末，笔者为编辑《清凉文
集》遍寻文稿之际，忽然发现夹在稿件中的上述两份文件。二十
年前的往事一时又呈现，不禁写了一篇短文《相"知"二十年——
我与〈文史知识〉》寄去，刊于2001年1期。

　　《古典文学知识》创办之初，常有编辑同志来舍间访谈，可
惜无文字记录可查，只能从当年与出版社的交往略作回忆。1979
年笔者曾发表几篇论杜甫的文章，如《从对一首杜诗的评价谈起》
（《光明日报》1979年9月12日）、《论杜甫诗的形象思维》（《社
会科学战线·形象思维论丛》，1979年10月）等，江苏人民出
版社的王远鸿同志便约我做《杜甫诗选析》（后应同一教研室的
一位专事研究杜甫的同志要求合作），于1981年4月出版，次年
重印。而张惠荣同志也以笔者曾发表过几篇涉及唐代文、史的文
章，要求笔者审读《李商隐传》，力辞不得，只能勉力为之。同时，
出版社还将出版一套《中国历代名人传记丛书》，从"出版说明"
中得知，此套丛书聘请了南大韩儒林、王栻、刘毓璜、程千帆教
授以及茅家琦、洪焕椿副教授，南师的孙望教授、苏师的钱仲联
教授审定，可见其重视程度。编辑王士君同志找到笔者，要我承
担《吴敬梓》一册的写作，于1982年出版，第二次印刷于1984年，
已由江苏人民出版社换成江苏古籍出版社，由此推断江苏人民出

版社当于 1984 年分拆成人民、科技、美术、文艺、古籍等几家。因为 1983 年 1 月 2 日，江苏人民出版社还举行成立三十周年图书展览会，邀笔者出席。

分社后，与笔者联系较多的为人民、古籍两家。如 1984 年，人民社在常熟举办小说创作讲习班，王远鸿同志邀笔者前去讲两次。古籍社在出版《金元明清词鉴赏辞典》之前，陆国斌先生还来舍间征求意见，并约稿；他们所出版的"话本大系"，欲由主编制改为编委会制，也是陆国斌来舍间，秉承高总编的意思要在下提出编委建议名单，供他们参考决定。1990 年 1 月 3 日，趁"海峡两岸明清小说研讨会"召开之际，出版社来车，接了徐朔方、陈翔华以及笔者等人去座谈，社方出席者有高纪言、陆国斌、黄希坚、吴小平等。社方宣布由"徐朔方、陈美林、陈翔华、陆国斌、程毅中、刘世德组成"编委会。因在宁编委除陆国斌代表出版社以外，仅笔者一人，乃推定笔者多负责任。当时朔方先生来信总是写"美林兄转高总"，但笔者实无从负责，不久即推辞这一身份，仅负责应完成的书稿任务。

在如此频繁的合作中，出版社创办《古典文学知识》刊物，征求在下意见，不佞自然积极表示支持。

二

自创刊迄今，笔者为《古典文学知识》撰稿不多，但并非不重视该刊。兹举几篇文章为例，说说其"背景"便不难明白。

进入 21 世纪，学术刊物上每多回顾、总结上一世纪研究状况的文章。同道们也力促笔者做些回忆，尤以研究吴敬梓和《儒林外史》的反思文章要求笔者。笔者乃就拙作《新批儒林外史》、《吴敬梓研究》和《吴敬梓评传》三部著作进行反思并撰写成文,均交《古典文学知识》发表,虽然《吴敬梓研究》于 1984 年由上海古籍出版社出版,早于 1989 年江苏古籍出版社出版的《新批儒林外史》数年,但笔者首先反思的是《新批》,因为早在 1982 年江苏人民出版社已出版了拙作《吴敬梓》,此作虽是小册子,但却是笔者最早撰写的有关此一专题的作品。同时,用传统的批评形式整理古代小说,近百年来已鲜见,而江苏古籍出版社却能以此相约,显示了过人的识见。《新批》于 1989 年 12 月出版后即引起学界的注目,香港《大公报·艺林》(1990 年 6 月 4 日)、《人民日报·海外版》(1990 年 6 月 13 日)率先发表书评,继而各地报刊均有书评发表,不下二三十篇。而出版社也屡屡在召开学术会议时以此书相赠与会者,仅笔者就接触过两次:一次是江苏古籍出版社所召开的《中华大典》的工作会议,上海章培恒同志与会,他要找我谈"话本大系"事,便由周勋初同志陪同来访,此际我正在参加省政协会议(1990 年 2 月 19 日),被安排住在玄武饭店,卞孝萱先生也随同而来。谈完正事后,卞先生出示《新批》让笔者签名,说是会议发的,培恒兄则接着说,他拿到的一本有倒页,正好手头有一本,便以之赠培恒兄。一次是在该年初夏,全国出版家会议在南京 307 招待所(现钟山宾馆)召开,百花文艺出版社老总徐柏容先生突然来舍间相访,并出示《新批》,说是会议赠书,让笔者签名,并询问撰作经过,大加赞赏,后来他在黑龙江人民出版社出版了《书评学》专著(1993 年 12 月),在第五章第三节中说"评点这种方式也渐渐被人弃而不用了",但这其实是"一种好的、有特色的书评方式","江苏出版了陈美林的《新批儒林外史》,但愿这是评点式书评重新繁荣的一个好的开始"。由于受到欢迎,至 1998 年 2 月已印行七次。

但《新批》在发排前夕，总编突然撤下全部注释，原先计划的前言、夹批、回评、注释四部分组合而成，撤下注释，以致残缺。后来北京新世界出版社负责人周奎杰来南京组稿，得悉此节，便表示可由他们重新出版。于是笔者便做了第二次批评，将全部注释补上，又将"前言"（相当于"读法"）重新写过，于2002年1月出版了《清凉布褐批评儒林外史》，见书后海内外亦有不少书评，何满子先生在《中华读书报》（2000年3月27日）发表《伟大也要人懂》的长篇书评，对"清批"的批、评作了全面的评价，特别指出"这个评本注释的精善，在近几十年来出版的几部长篇小说经典新版本中，也是很见功力的"。

笔者所作的反思，以《"通作者之意，开览者之心"——以传统形式研究〈儒林外史〉的回顾》为题，交由《古典文学知识》于2004年第3、4两期刊出。所作的回顾即限于第一、第二两次批评。2009年新世界出版社又出版了修订本，即第三次批本；2014年商务印书馆则将第四次批本《陈批儒林外史》以套红版印出，该馆百年前曾出版过天目山樵评本，张文虎虽然多次批评过《儒林外史》，但并未能全部刻出，而笔者四次批评本均能出版，确是幸事。在第四次批本出版之后，及时检读，并撰写了《评点〈儒林外史〉的再回顾与再思考——作于〈儒林外史〉第四次批本面世之际》（《明清小说研究》2015年第1期），自行揭示不足之处，表示这绝不可做为"定本"。当今人才辈出，社会进步，学术发展，虽屡获好评，亦不能自以为是，在此文之最后，并表示"特别要感谢支持过我的几家出版社的责编及老总，还有校对人员"。而将第一篇回顾研究此一专题的文字（即"新批"）交给江苏古籍出版社所办的《古典文学知识》发表，继而又将同一专题的另外两部著作即《吴敬梓研究》和《吴敬梓评传》的反思文章，也交由该刊分别于 2004 年第 6 期、2005 年第 5 期发表，以示不敢忘本之意。

三

同样是"反思"文章，但回顾的内容却是"戏曲"，而非"小说"。2007 年第 5 期《古典文学知识》，发表了《戏曲改写漫话》，而同年第 12 期《文史知识》则发表了《戏曲研究的回顾》。之所以分在两个刊物发表，因为中华书局接受了钱仲联先生两次书信（1960 年 1 月 16 日；1960 年 2 月 8 日）推荐，约请笔者撰写《李玉和〈清忠谱〉》，1963 年发排，但直到 1979 年底方将 1963 年排样寄来校对，于 1980 年见书。在这二十年间，笔者也发表了不少有关戏曲文章著作，但李玉之作却是最早的戏曲研究文章。这一过程，在《追忆钱仲联先生》文中（《钟山风雨》2008 年第 3 期）有所回忆，此不赘叙。而戏曲改写的回顾，则是由江苏人民出版社王远鸿先生力促成书的。早在 1958 年笔者与钱仲联先生从南京不同单位调至江苏师范学院（今之苏州大学）重办中文系，钱先生与笔者被任命为古代文学教研组组长、副组长，当年钱先生 51 岁，是老教师，笔者则为 26 岁的青年讲师，钱先生声明不搞小说、戏曲，这部分的教学工作要由我承担。当年古代戏曲作品重印的很少，甚至连《曲海总目提要》也不易求得。学生无作品可读，课堂讲授便受到影响。于是想到孔尚任、李渔等人的戏曲作品，在历史上就有被改编成小说的；即连英国莎士比亚的剧作，也被著名的散文作家兰姆与其姊玛丽合作改写成小说，风行一时，既扩大了莎翁剧作的影响，改写本又成为文学名著。当时年轻妄为，心想何不一试？就连续改写了若干本杂剧、传奇，这些改写本，讲完课后就束之高阁。及至 20 世纪 80 年代初，王远鸿同志常来舍间交流，索要稿件。当他得知笔者有此文稿，便要了几篇回去，不及一周，便来舍间说，这些文字可以发表、出书，便于1983年10月先行出版了《元杂剧故事集》，因不是学术著作，便随意署了个"凌嘉霭"的笔名。未曾料到外文出版社文教室主任周奎杰先生在北京图书馆见到，认为此作在同类读物中为上乘，便欲将其译成外文向海外弘扬中国文化。但又不知"凌"某为何人，便通过责编王远鸿同志与我联系，在信中说，"承王远鸿同志热情帮助，我们终于找到了你"，"在拜读大作后，我们拟将本书翻译出版法、德、斯、泰四种文本，想来你会支持的"。不久，外文社先后出版了法、英、德文本。江苏人民出版社受此鼓舞，又出版了明代、清代两本改写本，同时又选了若干篇杂剧改写本，配合几种传奇改写本另行出版《中国戏曲故事集》。

此际，周奎杰同志从外文社调往新组建的新世界出版社主持工作，特来南京组稿，并告诉我该社既可出外文书，亦可出中文书，约定笔者将《桃花扇》《牡丹亭》《长生殿》改写成中篇小说，由他们分别出版了汉英对照版。纽约一家出版公司还将这三种英文版合成一册出版。同时，周奎杰同志见到《新批儒林外史》也感兴趣，而我也欲修改并将原先所作的全部注释补入，她全然同意应允出版，乃于2002年出版了第二次批本。后来我去香山参加学术会议，周奎杰陪同接班的新总编来香山找到笔者，因为该社参加"大中华文库"的编辑工作，承担的任务中有一项为《桃花扇》重新整理。周奎杰同志知道笔者不但为该社改写过《桃花扇》，还应台北之约，出版了《桃花扇》校注本，便约我承担"大中华文库"本的任务，考虑到"文库"主要是向海外发行，都是出汉、英对照版，便采取西洋歌剧的形式予以整理，并撰写"前言"。在此书约稿时，也讲定对《清凉布褐批评儒林外史》再为我出版第三次批评本。

由于笔者改写本已在海内外发行，也引起读者的注意。当《文艺研究》编辑部委托王廷信教授对笔者进行访谈时，由于内容事先拟定为整个古代文学研究，重点为古代小说研究，访谈内容已十分繁多，2006年第10期刊出时已占12页（16开）。访谈中也涉及戏曲，但未能多谈，廷信教授乃决定再次访谈，专门交谈戏曲的教学、研究和创作（改写）三个方面，在《艺术学》4卷2辑发表时也有22页（32开）。这两篇访谈也引起海外同道的注意，如韩国的《中国小说研究会报》，便在总78号、79号两期全文转载。而笔者自己撰写的《戏曲改写回顾》，可自主投稿，乃交由最先促成此类作品出版社的《古典文学知识》发表。至于2008年第2期发表的《以文会友、以友辅仁——第七届全国戏曲学术研讨会总结发言》，则是参加2007年在集美大学召开的讨论会、受会议组织者委托而为。与会同道认为这一发言也有一定参考价值，建议公开发表。

总之，笔者虽然在《古典文学知识》发文很少，但涉及个人两项课题的回顾，而这两项课题的最早成果，又是由江苏人民、江苏古籍两家出版社出版的。因之相应的回顾、反思，由该刊发表，以示对该社、该刊的尊重，同时也表达 己不敢忘本之意。如今，编者、作者队伍不断更新，一代有一代新人，长江后浪推前浪，笔者所做的一些微不足道的工作已属过去，而且没有前人的支持和提携也不能有此微薄的成绩。近年来我撰写了系列文章，回忆老师夏承焘、王驾吾、孙席珍、王西彦、任铭善、陆维钊、沙孟海，还有学界前辈唐圭璋、钱仲联等老辈学者对我的帮助，汇成《学林忆往》一书（见书后，又继续撰写了回忆霍松林、冯其庸、程千帆、段熙仲、徐复等先生的文字，于今年先后发表），以表达我的感恩之情；而应贵刊之约，撰此小文，也是对贵刊的一种感谢。

——《古典文学知识》2018 年 5 期

《清凉文集》跋

为了学科建设的需要，有关领导建议我将已发表的论文选编一册出版。在几位研究生协助下，我将20世纪70年代中期以来发表的文章——寻出，计有二百余万言，从中选出三分之一，约八十万言，汇成一集，题名《清凉文集》交出版社，即将见书，乃为此跋。

有客问："文集何以题名'清凉'？"答曰："此无深意，因我住在清凉山畔，常在这座城市山林中漫步，在漫步中构思，许多文字都在这座山中酝酿而成。"我曾在《光明日报·东风》（1990年9月2日）发表《散步成散心》一文，此文虽是应当时《东风》编者邀约为配合亚运会召开而辟的"我与体育"专栏所写，但确为纪实之作。文中述及我经常在清凉山散步，在散步中漫思。此后又在1999年第1期《雨花》发表散文《清凉山，不了缘》，更详述了幼时初次游清凉、中年以后傍清凉而居的经历。因此近年出版的论著常在跋尾点明著于清凉山畔，如由中华书局出版的《儒林外史人物论》，文末就写明"1994年5月于南京清凉山下"。

客又问曰："尊寓更近随园，何不以'随园'署名？"其实，袁子才诗文《小仓山房诗文集》，我常诵读；《随园诗话》《续同人集》亦常征引，但却不愿以"随园"题名自己的文集。因为随园毕竟是私家园林，不是一般平民百姓所可随意流连的。原先属于隋赫德，后袁枚以"月俸""三百金"购得此园，大加修葺，"为置高楼""为置溪亭""为之桥""为之舟""缀风岫""设宦窦"（《随园记》），并且自言"二十年来，朝斯夕斯"（《随园五记》），甚至于园中葬其"先君子"，并"为己生圹"（《随园六记》），以为终老计。但他在园中住得并不安逸，经常外出。刘声木在《苌楚斋随笔》卷七"论袁枚出游"中说，袁子才"坐享山林之福者四十年后，后人羡慕之者众矣。实则随园当日广通声气，肆意逢迎高位，以为己用。下材又奔走其门，以为间接之光荣。随园遂借此为渔猎之资，收为点缀山林、放浪形骸之用，其用心亦良苦矣。观其后半生，大半出门遨游，在家时少，实为避难而起。不知者，以为真好山水也，殊为所愚"。当刘墉出任江宁府时，曾欲"案治驱逐"，因"有人为之关说，未能实行，然随园知不容于众议，是以终年出游，以避他人指摘，且恐又有人实行案治者，终难漏网"。在《苌楚斋四笔》卷九"二女弟子诗"中，刘声木又云："随园生平，在我朝最不理于人口。"从《惜抱轩尺牍》中还可窥知，姚鼐为其写作墓志铭时，就有人加以规劝，责备姚不应为袁子才这等人作铭。其实，由于袁枚倡言情欲，广收女弟子，高价卖文，收受馈赠，在《秋夜杂诗》中公然说自己"解爱长卿色，亦营陶朱财"，颇为时人所轻，有责其佻薄无行者。如与其同时而稍后的章学诚在《文史通义》"诗话""妇学"等篇中就颇有讥刺之词。虽然，我也曾写过散文《五台山，半世缘》（《雨花》1998年第6期），记叙了我与弟子漫步在随园遗址中的情景；虽然，我并不否定袁枚的成就和影响，也不主张苛责子才为"无耻妄人"，在这短短的跋文中，也不可能对他做全面的评价，但不愿效法姚鼐为这位才子所写的《墓志铭》中的那些"四方士"的行径，他们每到江南，"必造随园投诗文"以求其逢人说项。

清凉山则不同，虽然历史上有不少文人雅士或来游览或来寄寓，但它不是私家园林，而是公众可以涉足的场所。早在杨吴时，山中有兴教寺，南唐时有清凉道场，赵宋时为清凉广惠寺，明初改广惠寺为清凉寺。山抱中及其四周，颇有胜景可寻。最享盛名者当为明末遗民龚贤（半千）隐居之半亩园。半千为著名画家，尝画一僧持帚扫叶，其楼因而得名为"扫叶楼"。春之晨、秋之夕、夏之风、冬之雪，一年四季，士农工商均可随时来游此山。每逢中元之节，僧俗男女，乃至引车卖浆者流，无不蜂拥而来，比肩接踵，聚会于此，或烧香礼佛，或赏节购物。但在平时，却是一片静寂，可以听松涛，可以闻杜鹃，可以步月林下，可以赏雪楼上，此实足以发人文思、启人心智，诚如《文心雕龙·物色》所云"若乃山林皋壤，实文思之奥府"，而"屈平所以能洞鉴风骚之情者，抑亦江山之助乎"！更何况，《儒林外史》中人物或曾游览此山（杜少卿夫妇），或于此山种菜为生（于老者），也有传说吴敬梓死后葬于此山。而《清凉文集》之上编又系研究吴敬梓之论文（下编为论其他小说、戏曲、诗文等文字），以"清凉"题署，不亦宜乎？

何况清凉山旧时楹联不少，其中颇有足以发人深思者，如"大地何须热，名山自清凉"。这一联语尝使我联想：读书作文，只能"凉"作，不宜"热"炒，劣文不必请人炒作，佳作自可传世也。又有一联对，上联云"扫叶意何为？满地烟尘，高僧妙谛谁参得"，下联作"清凉山自在，一楼风月，热客烦襟自洒然"。可见"清凉"与"烦热"两两相对，但并非截然对立，在一定心理态势、客观环境下也可互相转换。《新五代史·郭崇韬传》有云：庄宗曾问崇韬："昔吾与梁对垒于河上，虽祁寒盛暑，被甲跨马，不以为劳。今居深宫，荫广厦，不胜其热，何也？"崇韬对曰："愿陛下无忘创业之难，常如河上，则可使繁暑坐变清凉。"犹记集中一些文字，为70年代中期所作，彼时教师可凭票配购一台学校"五七"工厂组装的电扇，酷暑之夜，与内子相对而坐，借着这台电扇之热风，彼此各自为文，虽是汗水淋漓，竟不觉烦热难当，盖已沉浸于书海中矣。近时屋有空调，四季恒温，作文读书，不致汗湿书角、臂黏稿纸，条件优于从前，反不如当年"战高温"之猛进多产。每念及此，怎不令人悚然惊惧！

昔贤称及"清凉"者，代不乏人。《楚辞·远游》即曾云："风伯为文图先驱兮，氛埃辟而清凉。"唐代雍陶《秋居病中》（《全唐诗》卷五一八）云："幽居悄悄何人到，落日清凉满树梢。"宋季诗人梅尧臣《留题景德寺吉祥讲僧》（《全宋诗》卷二五七）云："世人日扰扰，来慕清凉居。"可见企慕"清凉"之士颇众。如何求得"清凉"，宋代诗人苏轼或云"读我壁间诗，清凉洗烦煎"（《怀西湖寄晁美叔同年》，《全宋诗》卷七九六），又云"乐哉无一事，何处不清凉"（《乘舟过贾收水阁，收不在见其子二首》），或以读诗或以无为以求取"清凉"。一旦获得"清凉"，便爱惜有加，唯恐受到"异物"破坏。宋季词人张孝祥《水调歌头·桂林集句》（《全宋词》张孝祥卷）即云"自是清凉国，莫遣瘴烟侵"，便是此种心态之表露。自然，如果追求维护不当，"清凉"境界自不能求到，即使求得也会失去，正如《百喻经·煮黑石蜜浆喻》所言："而望清凉寂静之道，终无是处。"清凉山一副楹联的下联说得好："有凉之凉时，有不凉时，有不凉之凉时，是故曰清凉。"

　　四十余年苜蓿生涯，清清凉凉，埋首牖下，仰屋著书，乃有如此无关宏旨的文字。正如清凉山有一副楹联下联所云："三万六千场，回头是梦，问善男信女，可知此地最清凉。"人之一生，唯有常处"清凉"，方能著书立说。此编中的文字当然不是华星秋月之章，但也确实是从"清凉"中得来，如果目迷五色，心有旁骛，怕连如此不经之文字，亦无从写就。以此而言，署名"清凉"，亦实有自戒之意。是为跋。

　　（后记：2019年8月，在南京召开全国《儒林外史》学术讨论会，被邀在开幕式上发言。因会场地近清凉山，乃借山中早年之楹联，针对当时学风略作发挥，颇得听众好评，乃有同志建议将此跋文重新发表，以供今日之青年才子一读。笔者以为文集已于1999年出版，此跋披露多年，暂不相宜。友朋说道跋虽旧，现实意义仍未减弱，何妨再次公之于众。乃寄《寻根》"序与跋"专栏）

　　　　——见《寻根》2021年3期，原刊《清凉文集》书末，

　　　　　　　南京师范大学出版社1999年11月出版

附　录

萋兮斐兮　成此贝锦[①]
——陈美林教授访谈录

　　编者按: 陈美林先生是南京师范大学资深教授、博士生导师，1932年出生于南京，回族。1950年考入浙江大学文学院中国文学系。1953年毕业，从事教育工作，整整半个世纪。在20世纪，陈先生曾先后被武汉大学、河北师范大学、北京师范大学等校聘请为兼职教授、客座教授；近年又任南京图书馆首批特聘学术顾问。陈美林先生研究领域涉及古代文史，重点为古代小说、戏曲，尤以吴敬梓和《儒林外史》研究著称。代表著作有《吴敬梓研究》(1984)、《新批儒林外史》(1989，增补后更名《清凉布褐批评〈儒林外史〉》(2002)、《吴敬梓评传》(1990)、《儒林外史人物论》(1998)、《西湖二集校注》(1998)、《清凉文集》(1999)、三卷本《吴敬梓研究》(2006)等。本刊特委托东南大学王廷信

---

① ＊此题采自匡亚明先生题赠陈美林先生之横幅。参本书第250页。

教授,就有关中国古代文学的教学和研究问题求教于陈美林先生,并整理出这篇访谈录,以飨读者。

王廷信: 陈先生,您是中国古代文学教学和研究方面的资深专家,我有幸受《文艺研究》编辑部的委托对您进行专访,希望借此机会能够让读者对您的教学和研究工作有一个全面的了解。不知方便与否?

陈美林: 可以。"专家"谈不上;"资深"不知道您是否指我所在学校的评聘? 我校在 21 世纪初搞过一次,学校直接聘请了十二名所谓"资深"教授,聘书说明聘期直至退休,毋须像一般教授那样,每一年评聘一次。十二人中退休年龄则按不同规定办理,六十、六十五、七十各不相同,国务院学位委员会评定的博士生导师是七十岁退休。这种聘评以后也未搞过。不过,从教学年限看,我也勉强可说是"资深"。我是 1950 年考入浙江大学文学院中文系的,当时校长为马寅初,院长为孟宪承,系主任为郑奠。根据政务院命令,1950 年入学的本科生提早至 1953 年毕业,以适应第一个五年计划期间建设需要。于是我从 1953 年 9 月起任教,而将最后一名博士后送出站已是 2003 年 6 月,整整教了五十年书。谈到研究。毕业之初首先是要在教学上站住脚,研究工作滞后几年才进行,但从 2003 年结束教学工作后,研究工作并未中止。所以无论从教学还是从研究的年限来看,勉强也可称得上"资深"了。只是五十年来,作为很少,贡献不多。从教学来看,从本科生到研究生到博士生,都教过、指导过;博士后和国外访问学者,也都联系过、指导过。从研究来看,截至目前,我的著述有 37 部(其中 8 部为合作),论文 270 余篇。

一 博通与专精

王廷信：您的研究领域涉及面极广，在戏曲、诗文、文学史乃至文化史方面都有论著，但使您在学术界享有盛誉的，则是有关吴敬梓和《儒林外史》的研究成果。早在20世纪90年代初，我就见到《人民日报》海外版对您的专访《陈美林和〈儒林外史〉研究》，大约是1991年5月7日吧？您能全面地介绍一下么？

陈美林：这实际上涉及职务研究和自主研究、博通和专精两方面的问题。我曾应中华书局编辑之约写了一篇谈治学之道的文章，刊发在1990年第3期《文史知识》上，文中谈到我的研究工作大都是为教学工作服务的，而教学内容比较广泛，因此必须作比较全面的涉猎，才能适应。20世纪50年代在江苏师院（今苏州大学）工作时，钱仲联先生与我分任教研组正、副组长，他申明自己不搞小说、戏曲，让我教。但我大学只读到三年级，而元明清文学一般是安排在第四学年讲授，因此读书时也未曾认真学过元明清文学；而且当时浙大的老师如夏承焘、徐震堮等古代文学教授中又没有专攻小说、戏曲的，因此，要完成教学任务只能依靠自学。而自学的方式主要是编写讲稿和教材。当时我的确编写了很多教材和讲稿，字数超过百万。1961年3月22日《光明日报》头版头条的报道《江苏师院积极培养红专师资队伍》中说："参加科学研究和编写教材等活动，也是青年教师系统掌握科学知识和资料的重要途径。"并举出我所编写的教材为例。这些讲稿和教材就成为我进行戏曲和小说研究的起点。20世纪60年代初，钱仲联先生去上海参加《中国历代文论选》的编选工作，他留下来的前半段古代文学教学工作（从先秦到唐宋），又由我与另一位老师负责代为讲授，这使我的研究成果中也有少量涉及前段的论著。至于吴敬梓和《儒林外史》的研究，同样是出于工作需要，因为1971年人民文学出版社约请我校（其时我已在南京师院工作）整理《儒林外史》并重新撰写"前言"。当时成立了老、中、青三结合的四人小组分头撰写，最后由我执笔写出初稿，这是属于职务研究。在我交出初稿并经人民文学出版社认可之后不久，由于政治形势发生变化，"前言"为他人取去重写（详细过程请参见拙作《〈儒林外史〉前言有四稿》，载《文史知识》2001年第11期），但我并未放弃对它的研究，当然这已属于个人自主研究了。在长期经营下，这一课题也就成为我的重点课题。总之，由于教学内容广泛，需要多方面的备课、探索，因而研究工作也就不能局限于一章一节、一人一题。

博通与专精的相互配合，则是问题的另一方面，如果不处理好二者的关系，无论是教学还是研究也难取得成绩。我在为弟子吴波教授的博士论文《〈阅微草堂笔记〉研究》写的序言中说，非专一家无以致精，而非兼采众家也无以名一家，讲的就是要在博通的基础上力求专精，而惟有专精才能取得优异成绩。这道理很明白，就不多说了。

王廷信：我读过您的《清凉文集》，上编全是研究吴敬梓的论文，下编则是涉及其他小说、戏曲、诗文、文学史方面的论文。这正体现了您的专与博的结合，能分别介绍一下这几个方面的研究情况吗？

作者与王进驹（左）、王廷信（右）

陈美林：当然可以。

王廷信：您对吴敬梓和他的《儒林外史》的研究下的功夫最多。据有人统计，从1976到2005年，在全国发表的这方面的论文中，您占有七分之一，在出版的专著中占四分之一，成果确实算多的了，就请从对吴敬梓及其《儒林外史》的研究谈起吧。

陈美林：成果多，不等于质量高。的确，在我的著述中有三分之一、论文中有近二分之一是研究吴敬梓及其《儒林外史》的。

王廷信：您能否谈谈这一课题的研究过程？

陈美林：好的。就过程而言，先是研究作者，再是研究作品，继而是"研究的研究"，即研究史的研究。次序大略如此，但在实际研究过程中，有时是同步的，有时是先后交错的。现在就按这一次序介绍，你以为如何？

王廷信：最好不过。

陈美林：先谈作家研究。虽然胡适曾编写过《吴敬梓年谱》，对吴氏家族状况做了勾勒，为后来的研究者提供了很大方便，有很高的价值，但在我以此谱对读吴敬梓的《文木山房集》以及吴敬梓友人撰写的有关篇什，发现胡《谱》仍然有一些问题未曾探索清楚，甚至有明显的牴牾之处。而不弄清这些问题，是无法评论其思想、著述的。章学诚在《文史通议·文德》中说："不知古人之世，不可妄论古人文辞也。知其世矣，不知古人之身处，亦不可遽论其文也。"鲁迅在《且介亭杂文二集·"题未定"草》中更说得透彻，他说："我以为倘要论文，最好是顾及全篇，并且顾及作者全人，以及他所处的社会状态，这才较为确凿。要不然，是很容易近乎说梦的。"因此，我在广泛搜集资料的基础上，认真地加以排比考索，撰写了系列论文如《吴敬梓身世三考》、《吴敬梓家世杂考》、《关于吴敬梓的家世问题》以及《康熙〈全椒志〉中有关吴敬梓的先世资料》等论文，考证出吴敬梓生父是吴雯延，吴霖起只是他的嗣父，纠正了胡适以来一些学人的讹误；并在此基础上考订了吴敬梓进学的年龄、家难的实情等问题，为深入理解吴敬梓的生平经历、思想变化奠定了坚实的基础。直到新世纪，何满子先生在《伟大也要有人懂》（见 2002 年 3 月 27 日《中华读书报》）的书评中仍然这样肯定我的研究："从基础性的研究着手，花力气探究作家吴敬梓的家世和生平，考证出吴敬梓是生父吴雯延出嗣给长房吴霖起的。这一出嗣关系加上上代的嫡庶和功名显晦等复杂的原因所导致的遗产纠纷，严重地影响了吴敬梓的人生选择，使之由缙绅子弟变成宗法制度的叛逆。因此，他的考证与'红学'界考证曹雪芹直追到'将军魏武之子孙'的烦琐考据有别，对作家研究有其必要性。"进入 80 年代，我又利用这些考据资料和结论，并结合中外一些小说作品，撰写了《吴敬梓的家世和创作》一文（见《文学遗产》1985 年第 1 期），有的评论文章认为此文"将《儒林外史》与吴敬梓生平家世关系的研究向前推进了一步"。

在考证吴敬梓家世生平的同时，我又从许多稀见的典籍中钩稽出大量资料，考证吴敬梓的交游。对前人已经提及的，则进一步深入拓展，有所补益；而对前人未曾涉及的，则提供自己考索所得，初步完善了吴敬梓的交游体系，撰写了如《陈毅及其〈所知集〉中所涉及的有关吴敬梓交游资料》、《吴敬梓与甘凤池》等文，后来又陆续有所发现，大都引入《吴敬梓评传》中。

至于对吴敬梓思想的考察，则结合传统文化和现实思潮及其家族传统和本人经历，作了全面的探讨。我分别从四个方面加以具体剖析：儒家传统思想，魏晋六朝文化，颜元、李塨学说，重视科学技术的学风。传统儒家思想影响，前辈时贤已多有论述，我则另选视角加以补证，这就是《南京先贤祠的兴废及其与吴敬梓的关系》、《吴敬梓和释道异端》等文。前者选择他参加修理祭祀先贤祠的活动加以考索，从而说明他的儒家思想；后者则从他对释、道的厌恶态度以反证他的儒家思想。至于魏晋六朝文化的影响，除正面阐述的《魏晋六朝风尚和文学对吴敬梓的影响》一文外，还写有《吴敬梓"秦淮水亭"考》，从地域文化的角度探索这一影响。此外，《颜李学说对吴敬梓的影响》、《吴敬梓和科学技术》等文，也都从不同的角度探索吴敬梓思想的组成。后来还不断深入，如又撰写了三论、四论魏晋风尚和文学对他的影响等文章。同时，对吴敬梓的学术思想和文艺思想，也进行了一些探索，如《略论吴敬梓的"治经"问题》、《吴敬梓和戏剧艺术》等。这些问题，均是前贤未曾讨论研析过的。前文发表于1977 年，二十几年后，《诗说》在上海被发现，吴敬梓治诗的问题方引起一些学人的重视，但拙作所论涉及《诗》、《书》二经，对于吴敬梓的《书经》见解，自拙作发表以后尚未见有人论及。而拙作论《诗经》部分，仅根据当年可以见及的资料立论，以之对照新发现的《诗说》，所论也可称允当。《吴敬梓和戏剧艺术》一文发表于1979年，此后见少数论文也涉及这一论题。

当然，在考察作者的同时，也不能不涉及作品以及前人的研究。因此，在《吴敬梓研究》一书中就有了关于《儒林外史》版本的文章《关于〈儒林外史〉"幽榜"的作者及其评价问题》；有了论讽刺艺术、结构艺术以及小说中盐典商人和文士关系的论文；也有了对"五四"时期《儒林外史》研究成绩卓著的两位大家鲁迅与胡适的评论，这自然是对研究的研究，是《儒林外史研究史》中最早写成的两章。总之，我的这一本有关吴敬梓研究的著作，选录了我在1982年前撰写的21篇论文，是以作家研究为主，也涉及作品和前人的研究。很多文章提出的问题均为前人所未曾注意，自然也就没有沦著发表；有些问题虽有个别学者在文章中提及一二句，但也没有展开详论。

王廷信：的确，这部专著中一些考证结论和评论观点颇为学界所重视和采用。

陈美林：研究作家是为论析作品服务的。研究作家可以了解作家的思想（社会思想、哲学思想乃至文艺思想等等）是如何影响乃至支配他的创作的；同样，从作品研究中可反映作家的思想，从艺术形象的研析中可以探寻作家的思想是如何折射到作品的艺术构思和形象塑造中去的。作家研究与作品研究从两个不同起点合成一个圆，彼此不可替代，又彼此不能分割。因此，我在作家研究的同时注意到作品研究；而在弄清作家的家世、生平、际遇和思想等情况后便着力研究作品。

王廷信：我注意到您对《儒林外史》的研究涉及这部作品的方方面面，就作品的思想内容而言，您发表了《〈儒林外史〉是我国文学史上第一部反映知识分子生活的长篇小说》、《试论吴敬梓对科举制度的批判及其对知识分子出路的探索》、《试论〈儒林外史〉对封建道德的暴露和批判》，以及盐典商人与文士、师生关系、社会势利等等论文。从艺术特色而言，除了讽刺艺术、结构艺术等文章已收入《吴敬梓研究》之外，又在《文学遗产》等刊物上发表过《论〈儒林外史〉中人物的进退场》、《论〈儒林外史〉中的人物性格》、《论〈儒林外史〉的景物描写》等文章。除了您于80年代发表的论述这部小说的民族特色的文章之外，近年更见论述《儒林外史》地域特色的文章。您不仅在有关讽刺、结构等论文中以外国的文学作品为例作比较研究，还专门撰写了论及《金瓶梅》对《儒林外史》的影响以及《儒林外史》与《歧路灯》的比较研究文章。您在探讨艺术特色的文章中并未孤立地去研究《儒林外史》的艺术表现，而常常将它与作家的人生态度和作品的思想内容结合起来讨论。

陈美林：我总以为文学作品的表现形式和艺术手段的择定，实实在在离不开作家对他所欲表现的内容的把握，离不开作家对他所生活的社会现实的艺术认识。例如作品中人物的进退场，就与作家对当时社会的发展趋向的认识与探寻分不开；作品结构也如此。又如作品中人物的性格就与作家对他们的或美或刺以及美刺程度息息相关。因此，我在评论《儒林外史》的成就和缺失时，经常注意将作家与作品，作家的生活和思想、作品的内容与形式等等综合考虑。

王廷信：陈先生，在作品研究方面，您的《新批〈儒林外史〉》印刷了七次后，又加以增订增补为《清凉布褐批评〈儒林外史〉》

出版，同样受到读者欢迎。可否谈谈为何采用这一形式进行作品研究，在评点过程中又有哪些体会？

陈美林：袁无涯在《忠义水浒传全书发凡》中曾说："书尚评点，以能通作者之意，开览者之心也。"这种形式有它的优点，特别是对于发扬"伟大也要有人懂"的深意而言，这种形式特别适合，对于作品中人物和情节的叙写中所潜伏的深意，用这种形式予以揭示，对读者读"懂"这部小说是十分有利的。它的作用不是综合性的理论文章所能替代，也不是一般"套式"赏析文章所可望其项背。徐柏容先生在1993年出版的《书评学》中就指出这一形式百年来少有成书面世。倘若以新的思想观点、新的审美意识来运用这一方式，也不失为一种有特色的方式。徐柏容先生还指出"文革"前也有出版社想出版《水浒》新评点本，印过几回试稿，但始终未见蒇事；因此希望拙作《新批〈儒林外史〉》是新的评点重新繁荣的开始。至于我如何进行评点的，细读原著当然是第一要着；其次就是选择前言、夹批、回评、注解四种方式来解读这部一般读者难以接受的小说。可是交稿时，总编未曾提出任何理由就决定不要注解，前言又限定为五千字。这一缺憾，直到修订本《清凉布褐批评〈儒林外史〉》出版才得以弥补。

二　批评与研究

王廷信：陈先生，对于您的批评本，包括《人民日报》海外版、香港《大公报》、《中国图书评论》等报刊发表书评不下数十篇，我认为何满子先生发表在《中华读书报》上的《伟大也要有人懂》书评要言不烦地说出您的批评特点，例如他说："每回后有就文起义的'回评'，相当于一篇紧凑的论文；正文中有点击文句的夹批，作较细微的导读；同时每页有词语名物的注解，都点明其出处并引用载籍的简要例证。"我想听听您自己的体会。

陈美林：首先，我在写每回评语时总是就这一整回进行综合研究，并联系上下回出场人物表现和情节发展以简明的文字作扼要的评论，有意将它写成一回一回的"情节论"，以与此后单独成篇的"人物论"相匹配，从而组成以情节论和人物论构成的《儒林外史研究》。其次，尽量避免旧时评点中经常见的感触式的随意加评的毛病，力求客观地揭示出文章每一回的思想内涵和艺术特点。再次，时时考虑作者和读者，力求通作者之意，启览者之心；力戒将自己的理解强加给读者和作者，避免主观妄断。对某一人物和情节的评论，有时提出几种不同理解，启发读者自己去体味、择定，如鲍廷玺因继母之虐待和王太太之哭闹而"苦不堪言"，作者如此描写，其意何在？我作批道："抑或因其父丧未满即行婚娶，故以此报应之焉？抑或借此写其出嗣后种种遭遇之需焉，抑或二者兼而有之焉？"明确地表示读者可自己择定，不必为我的识见所拘束，尽量避免作出论者以为然、作者未必然、读者更不以为然的论断。这种考虑，在对全书叙述时序的交代方面也有体现。新加坡国立大学中文系辜美高博士在 1997 年 5 月 11 日《联合早报》发表的评论中说："陈氏的回后评对于全书的布局也不时点到，尤其对于作品中的时间设计，在回后评中有多处论及。这方面过去很多研究者注意得很不够。"但我仅仅指出这一特点，并不强行论定是吴敬梓所"精心"设计的。作者用意究竟如何，是无法起他于九原而问之的。当然，一部研究论著，自不能不带有研究者的主观认识，但不宜强加于人（作者和读者）。

王廷信："清批"增加了"新批"所没有的大量注释，我见到《中国图书评论》（2002 年第 10 期）上有一篇文章，题目就是《用详尽的今注诠释明清文化》，是专门评论"清批"注释的。文中说人民文学出版社张慧剑本、南师大本以及中华书局精校精注三种本子的注释，分别为 942、1098、824 条，而您的"清批"本则有 1987 条，增加了近一倍。该文认为"清批"注释于"详尽"之外，还注意"准确"。您对此必然是下了一番功夫的，能否谈谈您所做的工作吗？

陈美林：很为难，我不能总是自我标榜。好在还有评论的文字在。何满子先生《伟大也要有人懂》的书评中，认为《清批》本功力"主要显示于词语注释"中，他说："小说中的成语、方言、俗谚、廋词，旧时的制度、名物、掌故等等，都做了精当的诠释，引经据典出语源，示例证。这是很费心力，前人称之为'水磨工夫'……因此，这个评本注释的精善，在近几十年来出版的几部长篇小说经典新版中，也是很见功力的。"

王廷信：您的《儒林外史》人物论是 20 世纪 90 年代初在《文史知识》上连载，后来才汇集成书的。请问您对人物形象的研究是否从此时开始的？又是如何进行的？

陈美林：是，也不是。因为早在 20 世纪 70、80 年代就发表了有关论范进和严贡生、严监生的文章；1985 年人民文学出版社出版的《中国古典文学论丛》第二辑中也收有我的《论〈儒林外史〉人物性格》的文章，因为研究文学作品是不可能不注意艺术形象的研究的。但系统考虑人物形象的研究则是在 20 世纪 80 年代末，首先是中华书局胡友鸣先生和另一位同志来舍间约定的。当时我正忙于《吴敬梓评传》的写作，在接受胡友鸣先生约稿时就讲明，要迟一些交稿，他们同意了，但要我先写一篇"治学之道"的文章，于是我在年底寄去《学林寻步》一文，刊发于 1990 年第 3 期。《吴敬梓评传》定稿后，我乃将先前零星写就的已发未发的有关人物论的文章寻出来，再结合我做"新批"时的札记，进行深入分析和整合思考，拟出一份拟写的人物名单来，并且列出每个人物拟写的主要性格特征，斟酌每个人物之间的联系，区别其异同，寻求其影响等等。计划拟定后寄送《文史知识》编辑部征询意见，他们完全尊重作者意见，只是要求我第一次交稿至少三篇，然后每月不少于一篇，以便连续刊载。于是第一篇《"隐括全文"的"名流"王冕》便在 1991 年 7 月号刊出，在刊物连发十余篇后，编辑部建议再增写几篇汇集成书出版。于是 1993 年交稿，1994 年写了"后记"，1998 年见书。

我在"后记"中曾谈到自己在研究工作中，"比较重视主体与客体的关系"，认为对既往的文学作品，"每个时代的读者和研究者总是根据自己时代的文化思潮和审美要求去欣赏它、评价它，此乃从研究者和被研究者来看主客体关系"；另外，在作者和作品之间，同样存在着主客体关系，"文学作品不仅融会了被反映者的思想感情，也必然蕴藏着反映者的思想感情"。我认为"研究作者，可以了解作家的思想对作品的影响，而分析作品，则又可以审视形象大于思维的作用"。因此无论在撰写研究专论抑或作人物分析，我都考虑这两个方面的交叉，互补互证。

王廷信：其实，对您的这种体会，已有人评说，季羡林先生任名誉主编、段启明等先生主编的《清代文学研究》（北京出版社 2001 年 12 月）中就认为在人物形象的研究论文中："陈美林的研究成果尤为引人注目。他从 1991 年以来，撰写了近 20 篇关于人物形象分析的文章，从而构成了《儒林外史》人物论的完整体系。值得注意的是，这些论文力求从文化背景、作者际遇、时代特色、作品内涵等方面分析人物性格及其形成的内外因素和主客观条件，从而颇为准确地把握了人物思想性格和艺术特征。"这样的评说颇为符合先生撰写此书的意图。

陈美林：段启明先生的评论对我的设想做了正确的揭示。

王廷信：您的《吴敬梓评传》以丰富的资料、翔实的考证、允当的评价而著称，出版十五年来已印刷三次，并且为香港大学馆藏图书印刷制成光盘，以便学子阅读。希望您能介绍一下是如何撰写这部书稿的。

陈美林：这是匡亚明教授主编的《中国思想家评传丛书》第一批出版的四种之一。既然是评传，当然以作家为主，但也要涉及作品。既然是思想家评传，也就必须在叙述其经历过程中从其作品中发掘出其思想（社会的、学术的、文艺的）来予以深入探讨和客观评价。如此为其定位之后，就是如何组织内容，我设计了时代、家世、生平、思想和创作五章。但这五章并非平行叙述，而是纵横交错。在纵向叙述中，将他一生行实、重要交游、生活变迁、感情起伏、思想发展结合其不同时代创作的直言体诗词赋进行详尽描述，尤其是将其诗词赋创作中使典用事中隐藏的思想感情予以诠释、揭示，让读者熟悉和认知他的一生；而横向评论中，则结合社会思潮、学术发展、文学历史，分别研讨其思想渊源、学术见解以及文艺创作的长短得失，力求让广大读者既知其家世状况和生平经历，又了解其学术和创作成就。总之，该书以传人为主，评文为辅，是一部将作家研究和作品研究结合起来的著作。

王廷信：我读过《吴敬梓评传》，从几个章节标题看，与一般传记也类似，但读过每章内容之后，则感到有您自己的特点，例如"时代"一章就与一般研究著作的时代背景介绍有所不同，不少著作对于某一作家所生活的历史社会，仅仅作一般性描述，与史学著作区别不大，但您的"时代"却写得更符合这位作家、这部作品的具体情况。能谈谈您是如何组织这一章写作的么？

陈美林：吴敬梓生活在所谓的清朝"康雍乾盛世"，我一直在考虑如何描述这一历史时代、反映这一时代的社会真相，并进而说明这一历史社会的现实是如何作用于作家吴敬梓，而吴敬梓又是如何以他的审美意识判断并评价这一时代社会的。吴敬梓所生活的"盛世"，其现实状况究竟如何？这样的"盛世"又如何造就出这样一位伟大的讽刺作家？鲁迅曾说"非写实决不能成为所谓'讽刺'"，透彻地说明了"讽刺"与"现实"之间的相互关系。在深入研究清史的基础上，便发现"盛世"背景下的阴影，现实社会实际上存在着种种不协调的矛盾现象，而正是这些矛盾现象的存在，才能为吴敬梓创作公心讽世的巨作《儒林外史》提供无比丰富的题材，没有这样的现实土壤，任何天才也难以凭空创造。于是，对"康雍乾盛世"的政治、经济、文化、士子几方面的状况细加梳理，分别以"新政权的逐步巩固和内部矛盾的日趋突出"、"经济的发展和劳动群众的穷困"、"文化学术的繁荣和凋敝"、"怀柔和镇压并用的知识分子政策"为四节小标题，对产生《儒林外史》杰作的时代进行描述。而在描述这种状况时，又有针对性地选择与吴敬梓时代相近、地域相邻的资料，可以更为贴切说明。同时，还要考虑选择一些他人未用或很少使用过的资料，如从刘子壮《屺思堂文集》中寻出有关满汉官员相互牵制的生动描写，以说明民族隔阂等等。

王廷信：由您谈到资料的引用，我又想起一个问题：在您的论著中，每一见解都建立在翔实的资料基础上，征引的文献也十分繁富，其中有您自己发掘出的很多资料，但却未见您有资料汇编一类的著述。这是何故？

陈美林：的确如此。我一向认为资料的发掘、整理、辨析是研究工作的基础。任何见解和结论都必须建立在扎实的文献资料的基础之上。因此，我也十分重视搜集资料的工作。在开始从事这一课题研究时，除在南京搜集资料外，还去合肥、滁州、全椒等地广泛搜集资料，访问吴敬梓族人的后裔，也曾整理发表过一些文章，如《康熙〈全椒志〉中有关吴敬梓先世资料》，这部志书为先前研究吴敬梓课题者所未曾征引过；又如《陈毅及其〈所知集〉中涉及的有关吴敬梓交游资料》，这部诗人选集，虽有人涉及，但其中所蕴藏的材料极多，我在仔细披阅之后根据其中某些线索又扩大搜寻范围，收获颇多。至于我所发掘的材料陆续引入我所研究的论著中，此处不能一一罗列。20世纪70年代中期，有学人知道我掌握一些资料，便通过我系当时任资料室主任的赵国璋先生与我联系，希望合编一本吴敬梓研究资料汇编。我以为搜集吴敬梓资料，新中国成立前以胡适贡献最大，新中国成立后以何泽翰成果最多。而我自己所掌握的一些未曾为胡、何所征引的资料尚不足以单独汇编成册，如勉强做去，必然要纳入胡、何二氏辛勤搜集所得，未必妥当，便婉言辞去。及至1990年夏，《评传》付印前夕，一位看过书稿的同道说书中新发现资料极多，应在"后记"中说明自己所发掘的资料。当时因出书时间紧迫，又要撰写"人物论"，未遑做此工作。此后陆续见到一些论著所引资料，是在我征引以前未曾见有人征引过的，而引文与我所引完全一样，甚至连省略号也完全相同，但又未注明。在这种情况下，正好浙江古籍出版社建社二十周年文集约稿，便写了《吴敬梓研究资料的发掘和利用》，接着又发表了"再论"。短短两文并不能尽述我所发掘的资料，但也总算做了一点亡羊补牢的工作。

　　王廷信： 您在出版了《吴敬梓研究》、《新批〈儒林外史〉》、《吴敬梓评传》、《〈儒林外史〉人物论》等极有价值的著作后，并未停笔，仍继续笔耕不辍，就我所知您除了修订"新批"为《清凉布褐批评〈儒林外史〉》之外，近几年又出版《清凉文集》和三卷本《吴敬梓研究》，能否介绍一下近年的著作呢？

陈美林：好的。《清凉文集》有80万字，分上下两卷，上卷为吴敬梓研究论文，下卷则为其他小说、戏曲、诗文和文学史等方面的研究论文。在上卷中，除选录了1982年以前的一些论文外，1982年以后的一些论文也选录不少。主要是回顾二百余年来《儒林外史》研究的文章，以及分别评论清代四种重要评本的文字，即关于卧闲草堂评本、齐省堂评本、张文虎评本、黄小田评本的研究文章。上述的《清代文学研究》中在论及《儒林外史》研究之研究时说"这方面，陈美林用力尤勤"，并举出这几篇文章说"不但分论四家评本的特色，而且还比较了四种评本的得失"。至于三卷本的《吴敬梓研究》选辑了20世纪70年代以来的论文93篇和《评传》，其中有不少近年来发表的论文，而对既往研究的研究的文章也近30万字，全书总计134万字。

王廷信：我知道您正从事《儒林外史研究史》的著述，能否介绍一下这方面的情况。

陈美林：好的。我对前辈时贤研究成果的研究是与对吴敬梓研究同步进行的。这些研究的研究论文是三十余年来陆续写成的，可见我对《儒林外史》研究史的关注一直未曾停歇。当作家研究、作品研究取得一定成果后，便全力投入研究史的研究，因此申报了江苏"九五"社科项目。此时随我"攻博"的吴波君要求参加这一课题，我便同意了。在与其充分讨论之后，由他利用我的成果执笔撰写。于2000年暑期完成30万字的初稿，并通过结项鉴定。但我认为作为一部学术著作，当力求精美，便与在身边工作的弟子李忠明反复研讨，征得已回湖南工作的吴波的同意，再由忠明进行磨合。在从事这一项目的过程中，吴、李二君先后晋升教授，他们有各自的研究领域，但同样对《儒林外史》有兴趣，并有研究成果发表。在二君执笔之前，我都与他们反复讨论，提出自己的意见。当然我的意见只供他们参考，我的成果也供他们采用。至于接收哪些意见，采用哪些成果，则由他们二人自行执择。我未涉及的内容则由他们补写了许多。书稿近40万字，已交出版社，年内可以出版。

王廷信： 您认为撰写好这部研究史最重要的条件是什么？

陈美林： 两条。一条是必须对吴敬梓和《儒林外史》有全面深入的研究，否则你如何去评价他人的成果？一条是必须出以公心，就是要讲史德，《文史通义·史德》中说："能具史识者，必知史德。德者何？谓著书者之心术也。"正派学人不会以自己好恶或关系亲疏去扬抑褒贬，炒一己或同好之作，而冷落贬斥异己之文。如果这样做，既有亏史德，又不能反映学术研究之真相，作出的评价必然失据、失误、失之公正，当然也就没有任何学术价值，徒见笑于识者。

王廷信： 能否再具体地谈谈您对这一课题的构思与设计呢？

陈美林： 已经谈了很多，如想详细了解，可参见我为该书写的序言《辨章学术，述往思来》，该文定稿虽尚未发表，但已附于该书卷首，年内大约可以出版。三卷本《吴敬梓研究》中也收有几篇相关文字，可以参看，此刻就不多谈了。抱歉。

王廷信： 好的。吴敬梓研究仅仅是您的研究课题之一。我们还想请您介绍一下其他课题的研究情况，比如戏曲、诗文、文学史等等。

陈美林： 先说戏曲吧。也是从20世纪50年代与小说同时进行研究的。大约是1960年春，钱仲联先生对我说中华书局有约稿，他自己写也请我写。让我写的是《李玉和〈清忠谱〉》。因为收有李玉作品的《古本戏曲丛刊》三集，江苏师院原有的收藏已并入南京师院，便约了南京朋友合作。当时有关李玉的研究文字还不多见，一切得自己摸索，从头开始。直到撰写的过程中才见到为数不多的文章。1961 年 6 月交稿，1962 年 9 月修改，1963 年发排。但由于众所周知的原因一直未曾开印，直到 1979 年编辑部来信说此书要印，并将 1963 年排好的校样寄来，经个别挖改后，在 1980 年印了出来。因为是合作的，就用了"苏宁"笔名。在此基础上，对这一课题在深入研究后，个人也有文章发表，如《论李玉剧作题材的现实性》、《关于李玉生平》等等。我以李玉研究为研究戏曲的起点，逐步延伸，进而对董《西厢》、王《西厢》、《牡丹亭》、《玉簪记》、《桃花扇》、《息宰河》、《秣陵秋》以及元明清三代的杂剧都做了一番探索，发表和出版了一些论著。

三 考证与理论

王廷信：在您的小说研究中既有考证文章也有理论文章，而在李玉研究中也同样如此。您是如何看待这两类文章的？

陈美林：我认为这两类文章同样重要，无高下之分。考证自然也是一种研究，但毕竟要为理论研究服务。所谓研究应是发现问题、分析问题和解决问题。从文学研究来看，如果对一些问题，如作家的生平、作品的年代等等外围问题不先行梳理清楚，就无法正确诠释内容，做出准确评价。例如《秣陵秋》传奇，20 世纪60 年代和 80 年代的论著中都说该剧作者为庄伯鸿，书前有乾隆四十五年序。但在仔细研读传奇后，发现其中有发生在道光十九年间的事，由此而生疑，如果不能确定作者和创作时代，是无法评论其内容的。因此在大量检阅资料、进行考辨研究后，便写成了《稿本〈秣陵秋〉传奇作者和创作时代考辨》的考证文章，发表在《文献》1988 年第 1 期。而对《秣陵秋》思想与艺术的评论文章，一直到新世纪初才动笔，这就是发表在 2004 年第 1 期《艺术百家》上的《清代三部以南京为主要场景的传奇》，此文探讨了产生于清初的《秣陵春》、盛期的《桃花扇》和末期的《秣陵秋》三部传奇之间的递衍承传的影响，并评析了这三部传奇中所流露的兴亡之感的深浅和地域特色的浓淡。

王廷信：先生的文章，不但追求新的理念，而且在研究方法上也多样化，但又并不让人感到生硬，例如您发表在《文学遗产》1986 年第 1 期上的《试论杂剧〈女贞观〉和传奇〈玉簪记〉》，说《玉簪记》在当时享有盛名的原因之一是观众趣味的改变。文中说："何良俊虽然不懂得近代外国流行的'接受美学'原理，然而他却正确地提出了戏曲观众（读者）的欣赏趣味和艺术水平，也影响着戏曲作品的生成过程。"虽然文中引用的是何良俊的言论，但我觉得其中也透露了先生是在运用接受美学的理念去审视古代文学，但又不露痕迹。

陈美林：你的分析很中肯。我选择什么样的方法，运用什么样的理论主要取决于研究对象。什么样的理论和方法能更好地说明（评价）研究对象的实质，我就采取什么样的理论和方法，这是一条原则。还有一条原则是从文本出发，从对作家作品的探析中归纳出结论，自然这两条是相互关联的。我总以为不能先行主观决定用什么方法，以什么理念去范围作品，将文本作为例证，以证明什么方法什么理论。我曾经以"知人论世"、"见由己出"和"法不前定"三句话概括我对吴敬梓这一课题的研究，其实这也可用来概括我的整个研究。

王廷信："知人论世"、"见由己出"，您在前面已经谈得很多。是否对"法不前定"再稍做说明？

陈美林：好的。"法不前定"是谭元春在《诗归序》中所说，即"法不前定，以笔所至为法"，我的理解不是不要"法"，而是要根据"笔所至"择法，也就是根据创作（研究）的需要选择"法"。对于各种理论，我们还是要重视的，要注意学习，以之为借鉴，但却忌生搬硬套，尤其不可标榜惟有什么理论或方法才是研究文学的惟一正确途径。我想借用贝弗里奇《科学研究与艺术》中一句话："进行科学研究并无一定之规可循。研究人员应发挥自己的聪明才智、创造精神和判断能力，并利用一切有用的方法。"以此再次说明我的研究确实是"法不前定"。

王廷信：除了小说、戏曲之外，您的研究还涉及诗文、文学史乃至文化史方面，能为我们简略的介绍一下么？

陈美林：那也大都是为了应付工作需要而为。我前面讲过，一度讲授过唐宋文学课程，这就有了一些论杜诗的文章如《论杜诗的形象思维》（《社会科学战线·形象思维论丛》，1979年出版）、《从一首杜诗的评论谈起》（见1979年9月12日《光明日报》）；又应出版社之约，与人合作出版《杜甫诗选析》（江苏人民出版社1981年出版）。1985年，因接待意大利罗马大学教授、研究张岱的专家焦里阿诺·拜尔突乔里先生，撰写了《晚明爱国学者张岱》一文，当时研究张岱的论文尚不多见。因为多次参加文学史的编写工作，所以发表了《重视对文学史著作的研究著作》（《南京师范学院学报》1980年第3期），又在1980年10月15日的《光明日报》上发表关于比较文学的短文。

王廷信：您这两篇文章发表时，重写文学史的讨论以及比较文学的研究，尚未在全国学术界开展或引起重视。

陈美林：是的。此后不久，卢兴基先生主编《建国以来古代文学问题讨论举要》（齐鲁书社1987年4月），又约我撰写了关于文学史分期问题和主流问题两篇回顾文章。

关于意识形态在政权更迭和社会生活中的作用问题，早在1977年第1期《南京师范学院学报》我就发表了《武则天以周代唐与儒道释之争的关系》，直到20世纪80年代，尚有一位治唐史的先生托人前来索要此文。为了参加1994年的国际儒学讨论会，我发表了《论儒学对文学的影响》（见韩国《中国学研究》第10辑）。

对于文学史与学术史所收人物的选择，我曾发表了《"恐此人如未必再"——清初学者文人程廷祚》（见《中国典籍与文化论丛》二辑），认为学术史上的人物而能进入文学史者，在清代有顾炎武、王夫之、黄宗羲等人，但其实还有不少学者亦能文，但却未能进入文学史，并举程廷祚能诗能曲为例，说明文学史的编写应对此种现象有所考虑等等。

还有少数论文所涉及的内容已越出文学范围，但也都是适应某种需要而为的。如韩国启明大学于1999年就中国文学与21世纪人文科学发展的展望举办"著名学者招请学术讲演大会"，聘请四名学者发表演说，论题由他们确定，我们按题演讲。据他们排定的讲演题目和次序是，台湾师大王更生先生讲《人文科学的价值》、我讲《物质文明与人文科学》、台湾师大余培林先生讲《二十一世纪人文科学的使命》、复旦大学王水照先生讲《中国文学对二十一世纪的意义》。正当赴韩国之际，在香港大学举办的"中国传统文化与现代社会"论坛，我也应邀与会，据会议排定的演讲次序为饶宗颐、陈美林、吴宏一、王水照、李家树、赵令杨、傅璇琮、蒋广学等八人，我与王水照先生所讲的题目，正是预备去韩国所讲的。事后，武汉大学要出版《名家演讲集》（武汉大学出版社2001年出版），因我曾被武汉大学聘请为兼职教授，向我约稿，便以此次演讲稿寄去。总之，这些论文涉及的问题都是因为工作要求而撰写，并非长期研究的产物，谈不上什么学术价值。

王廷信：您也太谦虚了，没有广博的知识，即使要应付工作，也不一定能写出这些论文来。我还想进一步请教，撰写这些论文，对您进行小说、戏曲研究是否有影响？

陈美林：这对我的研究工作还是起着良好作用的。因为，元明清文学是承继前代文学发展而来的，如果不了解这一承继发展过程，对前代文学一无所知，那对元明清文学的教学和研究也自然会造成重重困难。例如吴敬梓的《移家赋》，其中就运用了大量的魏晋南北朝的典故，如王粲、阮籍、陆机、任昉、泛腾、潘尼、左思、江淹、王志、孙绰、侯景、王源、嵇康、沈约等等，他们的事迹大都见于《晋书》、《宋书》、《齐书》以及《南史》。此外，《世说新语》中所记叙的人物事迹，《移家赋》中也大量引用。这一历史阶段的文学名篇如陆机《文赋》、庾信《哀江南赋》、丘迟《与陈伯之书》、左思《咏史》、陶潜《归去来辞》、鲍照《尺蠖赋》、曹植《与吴季重书》等等或直接引入或略作变化引用，又并不注明作者和篇名，这就需要对这一阶段的文史有一定程度的熟悉。再说用白话写成的《儒林外史》，其中也引用于许多诗句如"天下谁人不识君"、"无人知道外边寒"，前者为高适《别董大》一诗，后者是吴融《华清宫》一诗，但人民文学出版社出版的两个校注本和中华书局出版的精校精注本都未曾出注。这对于一般读者读"懂"这部"伟大"的小说是不利的。

王廷信：听您的谈话很受启发。还想问最后一个问题，那就是金两铭在吴敬梓三十岁时曾有诗相赠，诗中说吴敬梓"文章大好人大怪"，您是怎么理解这句诗的？

陈美林："文章大好"是肯定吴敬梓的文才的；"人大怪"不是"人大坏"，而是说吴敬梓的为人"怪"，也就是说他的性格不能见容于当地士绅。但吴敬梓并非生来就"怪"，而是恶浊的社会风气使他不得不"激愤"而"怪"……啊，对了，你提这个问题是不是项庄舞剑，意在本人……

王廷信：陈先生，您别生气，的确有这么一点意思。因为我听到一些传言，说您的学问很好，只是脾气很大。但据我了解，您是很好相处的，为人率真，待人诚恳，表里如一，是非分明，但确有这种传言，有的人似乎还言之凿凿，但只要与您真诚相处过的人就知道这些传言有诸多舛讹。为此，我也在思考何以出现这种情况。在您的书房中见到程千帆先生于1985年赠您的一副对联"遗世独立，与天为徒"，我想这正是为先生的画像。在先生《清凉文集》的跋语中知道先生多年过着"菖蒲生涯，清清凉凉"，只是"埋首牖下，仰屋著书"。既然常处"清凉"境界的先生，又何以有"脾气很大"之名呢？我读先生论及程廷祚的文章，称赞廷祚父亲程京萼"鲠直少容，不惮面斥人过"，肯定京萼所言"吾生平不解作伪"，乃恍然有悟。目今有些人的一些作为也确令人厌恶，让人不齿，但有些人对此却缄口不语，甚至装出"宽容"姿态，而实实在在是个"乡愿"。时下不少人身为知识分子，却甘愿放弃知识分子应守之准则，不能不让人遗憾。先生却不同，对于别人的不当之处常常当面指出，这本应是一件好事，但却容易得罪人。不知道我的认识符合不符合先生实情？

陈美林：我首先声明的是我的"文章"不是"大好"，"人"也不是"大怪"，但也的确有点脾气。你的分析是符合实情的。我想，我们读书学习，不仅仅在于掌握先贤所创造的知识，以之在服务社会和修养自我的过程中加以发挥和创造，使之代代相传，并以之去培养和教育下一代。因为我们的工作是教师呀！教育者必须先受教育，正人先正己嘛！要用正确的言行教育别人。我也知道，有人说我不懂得"游戏规则"，不随和从众，这就得罪人了。再加上我的涵养不够，见到一些令人难以容忍的现象，便忍不住要说两句，这就更遭非难了。但是我总以为读书人要像颜元说的那样"要为转世之人，不要为世转之人"。近年我的生活经验告诉我，要转变不良的世风，个人的力量是有限的，也曾出现这种情况，他们自知在某一事上理亏，便不再声辩，却在其他方面找你的"毛病"，甚至不惜编造"莫须有"的"罪名"。但我对这些人的言行仍然不趋同，不认可，努力保持头脑的清醒和人格的尊严，只要所作所为对得起天理良心，任这些人去搬弄，我努力做自己的事。当然，做到这点很不容易。同时，也应加强自我修养，尽量不发脾气，冷静对待。

——今天的谈话，不知有否火气太大？如有，我只得在此表示歉意了。

王廷信：没关系，我很欣赏您的为人原则。我觉得，一个知识分子总还是要保持知识分子的基本良知，您是一位能够保持良知的知识分子。我相信，绝大多数人都会赞同您的看法。感谢您接受我的采访，祝您身体健康。

陈美林：我也感谢你和《文艺研究》编辑部。

——原载《文艺研究》2006年第10期
韩国《中国小说研究会报》第78号（2009年12月）全文转载

戏曲教学、创作与研究

——陈美林教授访谈录

王廷信

王：去年六月，我有幸接受《文艺研究》编辑部的委托，对您进行访谈，访谈录已刊于去年第 10 期。但上次访谈中，由于时间限制，未能深入讨论下去，例如先生对古代戏曲的研究谈得不多。其实，先生也发表了不少戏曲的论著，我想就这一领域继续向先生请教，不知可否？

陈：既然是上次访谈的继续，当然可以。

古代戏曲的改写

王：我首先想问的是我最感兴趣的问题，就是先生对古代戏曲的改写。从 20 世纪 80 年代初起，您出版了《元杂剧故事集》、《明杂剧故事集》和《清杂剧故事集》；《元杂剧故事集》还出版了法、英、德文版，直至去年德文版还在重印；世纪之交又出版了《桃花扇》、《长生殿》、《牡丹亭》的中英文对照本。据我所知，这三种改写本近期还将在美国出版。我想先生经久不衰地将古代戏曲重新"创作"为故事、为小说，是否与先生早年想当作家有关？

陈：是，也不是。我在《学林寻步》（刊于《文史知识》1990年3期）中谈到"从中学时代起就想当作家"，进入大学后"一心想搞创作"，却未能如愿。其实，也有过这种机遇，但并无结果。那是在读大学时——大约是1951年暑期，浙江文联负责人、著名作家陈学昭去杭州龙井体验茶农生活，后来出版了小说《春茶》；文联同时也组织浙大中文系三个学生——我是其中之一，去余姚庵东盐特区体验盐民生活。但住了一个暑假却无功而返，因为语言不通。不过，这并不影响我练习创作的激情，读书时偶尔也在报刊上发表些诗歌、散文。但毕业后却分配去任教师，繁重的教学工作已无暇让我再去体验生活、从事创作，而要为配合教学进行一些学术研究。不过，对创作有兴趣，显然也在无形中对我的改写起了些作用。

王：那么促使先生做这一工作的最大动机又是什么呢？

陈：为教学服务。其实这项工作早在60年代初就进行了。当年在江苏师院（今苏州大学）讲授元明清文学时，特别是讲到戏曲时，无法找到作品让学生阅读，即连《曲海总目提要》也难以寻到复本供学生阅读；至于《古本戏曲丛刊》前三集，在1955年院系调整时又调入南京师院（今南京师大）。学生不在课前阅读作品，教师在课堂上就难以进行分析。为了解决这一矛盾，我就想到将一些优秀的戏曲作品重新改写成故事、小说。为此，便陆陆续续地进行这项工作了。

王：先生怎么想到"改写"这一方式的呢？

陈：这种改写工作前人也曾做过，例如孔尚任所创作的《桃花扇》传奇就曾被改写成小说，在乾隆年间有六卷十六回本的小说《桃花扇》刊本出现。情节大体与孔氏《桃花扇》相类，唯结局又似顾天石的《南桃花扇》传奇，男女主角当场团圆，识见远逊于孔氏。李渔的"十种曲"中也有三种被改写成小说，《比目鱼》、《意中缘》和《风筝误》。不过，《风筝误》改写成小说后题名为《风筝配》。可见这种改写，在我国小说史上也并非鲜见。外国文学史上也同样存在这种改写作品，例如英国散文作家查尔斯·兰姆（Cherles lamb）与其姊玛丽·兰姆（Mary lamb）合作，将莎士比亚的剧本改写成小说，风行一时，不但扩大了莎翁剧作的影响，而且改写本同样成为文学名著。为了满足教学需要，当时年轻气盛，便大胆地效法前人进行这项改写工作，并未考虑成败。

王： 陈先生，听您这么一讲，我倒联想起您研究《儒林外史》的成果也是以多种样式呈现的，有理论文章，又有考证文章，还有少数赏析文章，甚至将我国文学研究的传统形式评点也用上。这一文学批评形式，由于它的本身局限和客观条件变化，"五四"运动以来，尤其是新中国成立以后，很少有人再运用这一形式去研究小说了。但先生于20世纪80年代末出版的《新批儒林外史》却成功地运用了这一形式，并取得很大成功，短短数年印行七次；后来增补为《清凉布褐批评儒林外史》，同样受到欢迎。先生的戏曲研究也采用了多种样式，改写就是其中之一。记得20世纪80年代初、中期也有一些学人做这项工作，出现过好几种改写的本子，但渐渐也就消寂了。而先生起始于20世纪60年的工作，在80年代出书，90年代开始出外文版，直到21世纪之初仍有作品面世，可谓坚持不懈了。不知先生可否介绍一下从事这一工作的经历？

陈： 好的。这些改写的作品初稿写成于60年代初。60年代中期至70年代中期，那"十年"中，任何创作、研究都无从谈起。

到 70 年代末 80 年代初，江苏人民出版社多位编辑与我有联系，既约我撰稿，又请我审稿。如张惠荣先生请我审读《李商隐传》，王士君先生约我撰写《吴敬梓》，王远鸿先生约我作《杜诗选析》（后与人合作），来往颇多。一次闲谈中，王远鸿同志发现我曾做过改写工作，认为此类作品可以发表出书。在他的策划之下，1983 年先行出版了《元杂剧故事集》，是用笔名出版的。

王：何以要用笔名出版？

陈：因为我在高校工作，高校看重的是学术研究，评职称均要提交学术研究著作。我的学术研究论著也不少，远远超过这些改写作品的数量，不需要以这类作品充数，所以研究著作署真名，而带有创作性的这类改写作品就用笔名。

王：那么这些作品译成外文时何以又用真名出版？

陈：那是出版社的意见。《元杂剧故事集》中文出版以后，引起外文出版社时任文教编辑室主任的周奎杰同志的注意。外文社为了弘扬祖国文化，经常将古典文学名著或原书或改编后译成外文介绍到国外去。他们曾经请著名女作家赵清阁改写过民间故事译成外文出版。赵清阁年事已高（现已过世），他们也不断寻找新的作者。当周奎杰同志在北京图书馆中见到拙作时，认为是同类书中比较优秀的，便欲与我联系，但因署名是"凌嘉霭"，她不知凌某为谁何，就通过中文版责编王远鸿同志与我联系。她在给我的信中说，"承王远鸿同志热情帮助，我们终于找到了您——《元杂剧故事集》的作者，十分高兴"，"在拜读大作后，我们拟将本书翻译出版法、德、斯、泰四种文版，想来您是会支持的"。在外文社欲出多种文本的推动下，江苏人民出版社又连续将我改写的《明杂剧故事集》和《清杂剧故事集》先后出版；接着又精选元明清三代杂剧，同时增加四大传奇的改写本合辑成《中国戏曲故事集》出版。这几本书仍然署的是笔名，明代是"凌嘉昕"、清代是"凌嘉弘"，当年徐朔方先生来舍间见到这三本书时笑着说："作者是三兄弟。"《戏曲故事集》署的是"凌昕"。90年代中期，周奎杰同志调入新世界出版社任负责人，我在《中国戏曲故事集》中所改写的四大传奇又为她选定，拟出版中英文对照本。四大传奇中的《琵琶记》，出版社已先行约请他人撰稿，其余三种均约我执笔改写，先后出版了《桃花扇》、《牡丹亭》、《长生殿》三种，前二种已经再次印刷。无论是外文出版社还是新世界出版社，他们出版这些著作的目的都是为了"让华文文化飘扬过海，落地生根"，通过介绍我国的传统文化，广结五湖四海的朋友，从而扩大我国在世界各国中的影响。因此无论是外文版还是中英文对照本都要求署真名以扩大影响。正如我为《中国戏曲故事集》所写的前言《中国传统戏曲简述》一样，魏子云先生认为可在台湾刊出，但为扩大影响，要求我将原先的署名"凌昕"改为真名，遵从子云先生意见改变署名，发表于《复兴剧艺学刊》第17辑。

王：陈先生在教学、研究之余还改写了许多古代戏曲作品，这肯定是一种有意义的工作，能否请您为我们介绍一下这种改写的意义。

陈：我一向认为文学史上多种文体之间是有相通之处的，尤其是在小说、戏曲这两种叙事体裁之间，很多戏曲本事源自小说，一些小说名著也同样向戏曲作品汲取养料，如小说《三国演义》之于"三国戏"，小说《水浒传》之于"水浒戏"等等。费里德里奇·赫尔在《日记摘录》中说过："一个剧本的命运最后总归是一样的：仅供阅读。那么，为什么不在动手之初，就按照它必然遭际的命运把它写成仅供阅读的剧本呢？"特别是明清以来文人创作的案头剧，实际上只能供阅读而不能披之管弦的。吴梅就说清代一些剧作家"多不能歌，如桂馥、梁廷柟、许鸿磐、裘琏等，时有舛律"，他们只是"以作文之法作曲"（《清人杂剧二集序》）而已。就连能搬演的作品，由于舞台演出所必须具备的时、空条件的限制，以及戏曲本身的局限（如情节进展缓慢等等）并不能广为生活在快节奏的现代社会中的观众所普遍接受。为了便于现代人接受传统戏曲佳作中的有益营养，继承先民崇高美德，培养时代的高尚节操，陶冶情趣、提高审美品位，将它们改写成便于携带、随时可供阅读的小说（故事），便成为一种可以广为实施的选择。

王：陈先生，听了您的介绍，知道了这种改写的必要和可能。能否请您进一步谈谈是如何改写的？

陈：好的。写小说是创作，将戏曲改写成小说其实也是创作，只不过是有"框子"的创作。这"框子"就是原作，改写者不可违背原作的精神实质，因而改写者可以驰骋的天地是有限的。创作小说，要深入社会，体验生活，况味人生，观察百态；改写戏曲，则要研究原著，探究原著所反映的社会生活和时代风貌，追踪原著作者在作品中所蕴涵的人生态度及其对社会的审美认识，只有如此才能把握原作精神。这就要求在创作性的改写之前先进行学术性的研究。

王：陈先生是如何进行研究的呢？

陈：这种为了改写而进行的研究与通常意义上的学术研究是有所不同的。这种研究首先要对原作所反映的时代历史有所知晓，有所了解。例如戏曲盛行的元、明、清三朝的政治制度、社会风貌、生活习俗等等各不相同，元、清两朝虽同样是少数民族入主中原，但元朝为蒙古族丽清朝则为满族，明朝又是历来占统治地位的汉族。这三个时代从朝廷官制到百姓生活以至服饰、饮食、起居习俗等虽有所承袭，相互渗透，但也有着种种的差异。而产生于这三个不同朝代的文学作品（包括传奇、杂剧），自然会呈现出各自特色。其次，对戏曲这一体裁的发展变化也要有所了解，由南戏演变成传奇，由元杂剧发展为明清杂剧，对它们在体制、唱腔、角色等方面的继承与演变应有所了解，在改写以北曲为主、基本上是一本四折的杂剧和改写以南曲为主、一般有二、三十出的传奇时，自然也必须有全面的考虑和不同的设计。再次，对同一题材不同体裁的作品也要熟悉，可以了解不同作者在运用某一体裁创作时如何向另一种体裁的同样题材作品借鉴；不同体裁同一题材的作品又各自有哪些特点，等等，这对改写也是很有益处的。如明代马中锡所写《中山狼传》一文，叙写东郭先生好心救狼、反险为狼害的故事，此后即有康海、王九思、陈与郊和汪廷讷等人以此题材创作成戏曲作品。马中锡为弘治年间进士，官至都御史。康海与李梦阳都师事于他，据说李梦阳曾有负于康海。康海有读《中山狼传》诗"平生爱物未筹量，那记当年救此狼"，这可帮助我们了解他创作杂剧时的心态。《远山堂剧品》中是这样评说的："借中山狼唾骂世人，说得透快，当为醒世一篇，勿复作词曲观也。"而了解了诗、文中的同题材作品后，对于改写戏曲为小说显然是大有助益的。又如李玉所作传奇《清忠谱》，在其前就有张溥所作《五人墓碑记》以及姚希孟《开读本末》、吴肃公《五人传》等文记载此事；而在《清忠谱》之前以此题材创作的剧作也很多，如陈开泰《冰山记》、穆成章《请剑记》、盛于斯《鸣冤记》、高汝拭《不丈夫》、王应遴《清凉扇》、范世彦《磨忠记》、白凤词人《秦宫镜》、三吴居士《广爱书》、鹏鹨居士《过眼浮云》和无名氏《孤忠记》等等。《清忠谱》最晚出，在创作过程中曾"古调新词字句研"，显然是对此前的作品有所借鉴的。此外，就是对所要改写的剧作本身进行深入的研析，就其思想内涵、艺术特色的方方面面都要有自己的判识，特别是要把握作者在作品中所流露的爱憎感情，歌颂什么、赞同什么，批判什么、否定什么，任何一部作品不可能不反映作者的思想倾向和感情色彩。不能细致地把握这些，就不能充分体现出原作的精神实质。

王： 听了先生的介绍，知道改写一部剧作也不是轻而易举的事，不能率尔操觚，随意为之的。在具体写作过程中，陈先生还有哪些方面需要考虑的呢？

陈： 首先要忠实于原作，不可以自己的意愿强加于原作，不可随意添加原作所无的情节，改写的《西厢记》要与《西厢记》原作的故事情节相同、人物性格一致，思想倾向不能偏离，阅读改写本与阅读原著的效果应该相同。但其次，对原作也要进行一些必要的"改造"。因为所有的传奇、杂剧都是既往时代的产物，不能不留有时代的烙印，而且原作者对现实的审美意识也与今日的读者、作者有很大差异。这种种因素导致了古典戏曲（其实包括整个古代文学）中的精华与糟粕并存的现象。因此，我们以今日的审美意识去改写往日的戏曲作品，自不能不有所抉择，这可谓之"改造"。但这种"改造"不能伤筋动骨，只是作些强化与弱比的工作，对于精华即对于今天读者仍然有益的部分做突出的叙写；而对于糟粕即对于今天读者或许可能产生消极影响的内容则予压缩，以极简略的文字稍稍交待，淡化处理，如果仍不能全然抹去，则在每篇之后的说明文字中点及，因为毕竟是既往时代的作品，存在这样那样的不足也是很自然的事，不能将古代作品现代化。再次就是要考虑谋篇布局、人物刻画和语言洗练等等问题，也都要着意经营不可草草。例如我原先改写的四大传奇，因为与改写的元明清杂剧合辑入一本《中国戏曲故事选》中，每种传奇只有三、五万字。新世界出版社约我改写其中三种即《牡丹亭》、《桃花扇》和《长生殿》，准备以中英文对照本分别出版时，要求每种中文在八万字左右。我并未将原先的三、五万字的本子做些简单增写去应付，在中英文对照本的序言中就说："篇幅的增加并不意味着简单地增加一些文字，这牵涉到全书的结构布局、故事情节的演变、人物性格的发展，甚至人物活动的场所与时序的变化等等，都需要重新做全盘的考虑与安排。"因此，对这三本传奇进行了新的改写。早先周奎杰先生读过我的杂剧的改写本后就说："您著作本身和著作情况已经说明了您是我们的理想的合作者。"陈有升先生在审读我改写的《桃花扇》后也说："您改写的《桃花扇》十分成功，既能忠于原著，又突出了故事性的可读的趣味。您是把研究古典文学的治学的严谨作风全放在改写上面。改写的文字处处溶入原著的精华，每字每句几乎均有出处。"也许正由于认真对待，《桃花扇》、《牡丹亭》的中英文对照本初次印出不久就行重印——改写戏曲的工作是不是就谈到这里？

王：好的，关于改写戏曲为小说的问题，我还想请教最后一个问题。那就是这项有创作意味的改写工作与戏曲的学术研究工作孰轻孰重？您是如何看待的？

陈：改写、研究，甚至包括舞台演出等等，其实没有轻重之分，只有做得优劣之别。创作改写也好，学术研究也好，舞台演出也好，其目的都是为了继承为了发展，让优秀的文化遗产有益于今日的文明建设。就个人而言，如能集学术研究、创作剧本甚至粉墨登场于一身岂不是更好？但这种多面手的学者实际上并不多见，于是就有了分工。我认为创作改写者与学术研究者不必彼此相轻，正如作家与教授（研究员）之间的关系一样，要相互尊重。至于个别学人因学术研究成果欠缺，用创作改写的作品充当申报教授、研究员的学术著作，因而遭到教授、研究员的轻视，那并不是戏曲改写成小说这项工作本身要承担的责任；同样，如果以学术著作代替文学创作去申报一、二级作家也会遭致专业作家的轻视，这也不该由学术研究工作本身来承担责任，只是申报者使用的申报材料与申报的职称不当的问题。20世纪八九十年代，我曾多次被聘为省高校高级职称评审组成员，也有两次被省作协聘为高级职称评审组成员。类似这种情况尚未见有，即使有怕也是极个别的。——正因为此，我的学术著作署真名，带有创作性的改写则用笔名，这是为了避免无谓的议论，而并非对这项工作的轻视。

古代戏曲的研究

王：是的。先生不但改写了许多古代戏曲作品，而且对古代戏曲的研究也取得很大成绩，我想请您再谈谈研究古代戏曲的体会。

陈：那也是为教学服务、从编写教材作起的，也谈不上有什么成绩。上次曾谈到光明日报1961年3月22日的报道《江苏师院积极培养红专师资队伍》中说："参加科学研究和编写教材等活动，也是青年教师掌握科学知识和资料的重要途径"。在这几句话之后还有几句话，上次访谈时未曾提及，即："中文系古典文学教研组青年教师陈美林，通过'宋元南戏'一章的编写，对南戏的名称、体制、产生的原因（社会原因和文学原因）、现存的作品等等方面，都有了较多的了解"。确如报道所说，我是通过"编写教材"的方式掌握了中国古代戏曲的基本知识并为教学工作以及此后的深入研究打下基础的。

王：先生能否具体介绍一下由编写戏曲教材入手进行戏曲研究的经过呢？

陈：好的。江苏师院曾举办过一次自编教材展览会，我提供了"宋元南戏"这一章的教材。其实我编写的教材仅就戏曲而言就超过百万字。从宋元南戏到明清传奇，从元杂剧到明清杂剧，顺着我国戏曲的发展史，从源到流，逐章编写。在编写过程中除了研究文本和原始文献外，对于前辈时贤的研究成果自然也要认真学习、消化。应该说，当年编写的教材不过是汇集多家之说，即使偶有己见，在教材中也是星星点点，不成系统的。但从逐章逐节编写教材的过程中，对于中国古代戏曲的发展过程有了初步的认识和掌握，这对于后来的研究是极有帮助的。大约是 20 世纪 50 年代末 60 年代初，郭绍虞先生主编《中国历代文论选》，参加该项工作的有刘大杰、夏承焘、马茂元等先生，钱仲联先生也去上海参加编写，他经常由沪返苏。有一次将我找去，交待我将几篇清代有关曲论的文章作注释和说明。我遵从他的吩咐认真做了，他大概比较满意。因此，在中华书局向他约稿时，他便推荐了我。当时，我并不知道他的推荐过程，直到去年暑假，网上拍卖名家书信，我的一个博士弟子见到有一封钱仲联先生的信，其中提到我，便下载送来。原来是钱仲联先生应中华书局之约提出几个自己拟写的题目，请编辑确定，信末还推荐我承担选题，信上说："我院讲师陈美林同志，擅长古典戏曲，文笔生动流利，马列主义文艺理论的修养较深，可以参加编写一些这方面的读物，特为介绍"云云，信是 1960 年 1 月 16 日写的。编辑部于同年 2 月 12 日复信建议钱仲联先生本人"先写《黄遵宪》"；同时问钱仲联先生"你所介绍的陈美林同志，不知他擅长哪一方面，适宜于做哪一类题目，请告"。——中华书局的复信，是用"发文稿纸"拟稿的，有编号、事由、主送、地址等项目，还有拟稿人、打字、校对、封发、签发等人员签字，是十分认真负责的。——不久，钱先生便告诉我说中华书局有约稿，他写也叫我写，叫我写的选题是《李玉和〈清忠谱〉》，大约因为作家李玉是吴县人，而《清忠谱》的本事又是发生在苏州的，所以这一选题便落在我的名下。

可是当时研究李玉的文章很少，只有邓绍基的《李玉和他的传奇》（光明日报1958.11.2）、北京师大晚明戏曲研究小组的《李玉的〈清忠谱〉及其他》（北京师大学报1959.4）、辛旭的《关于李玉生平及其他材料的几点认识》（光明日报1960.5.8）。那时在苏州也找不到李玉的作品。吴县虽然是李玉的故乡，可是苏州为他保存的资料极少。我曾去锦帆路太炎先生府上查阅有关书籍，承汤国梨先生的热情接待，但也未能找到直接有关李玉的资料。在这种资料匮乏的情况下，不能不依赖南京图书馆，乃与友人合作，共同完成这项课题。当然，执笔撰写时有分工，写完后则相互交换审阅、修改、补充，讨论后定稿，全稿凝集了彼此的努力和智慧，因此都将它视作共同的成果。该稿于1961年6月交付中华书局。根据编辑部意见，1962年9月做了些修改，1963年发排。期间，又见到允建、徐扶明、凌竞亚、吴新雷、吴晓铃等人发表在一些报刊上的有关李玉的文章。彼时中国科学院文学所主编的三卷本《中国文学史》的征求意见本已经印出，并在有关城市召开座谈会。南京的座谈会由江苏省文化局局长周邨主持，余冠英等先生与会，参加会议的有南京大学、南京师院等校部分老教师，江苏师院则有钱仲联、刘开荣及笔者三人。1961年5月22日文学所还给与会者发来感谢信，可见此会于5月前举行。1995年与邓绍基先生同住杭州六通宾馆，谈起往事，他还记得我在会上发表的意见就是关于李玉的。当然，那是我个人的见解，并不代表合作者。这本小册子由于众所周知的原因，一直未曾印出，直到1979年11月26日编辑部寄来1963年排印校样，说"《李玉和〈清忠谱〉》是您的旧作，文革前我社已有排样，现拟重排付印，将原来排样寄上请复阅"。这本小册子终于在 1980 年 12 月印了出来。因为是合作的就用了"苏宁"的笔名。不久，与同事合作的《杜甫诗选析》也于 1981 年 4 月出版。我便将二书给钱仲联先生寄去，钱先生复信云："美林同志：惠赐杜诗选析、李玉和清忠谱二册拜领，谢谢！先翻杜诗第一首，解释的十分好，其余容当循次细读，以益多闻。"（下略）也许是我在 20 世纪 70 年代中后期即在《光明日报》、《社会科学战线》等报刊上发表过几篇有关杜甫的论文，予钱先生以一定印象；也许是钱先生的研究领域不涉及戏曲、小说、所以复信只提杜诗选析，而于他所推荐的《清忠谱》一稿则不著一字。同时，我又将这二本小书寄给颇有往还的徐朔方先生，徐先生回信说："美林兄：手书奉悉，并得赠书，喜不可言。李玉的是明清间一大家。此文参订甚见功力。论与曲选相合，可说是新创造，必受读者欢迎。李氏作品其多，全而不漏，又得其要领，颇以为难。顷为拙编《沈璟集》作前言，此公作品之多与李氏相类，欲全则嫌罗列而不深入，欲举其要则又无一公认的代表作，进退踟蹰。"这也许是徐公只提《清忠谱》而不提《杜甫诗选析》的缘故，两位先生来信各有注意点，也很有意味。

王：听说徐先生病了，您与他交往多年，有什么新的消息？

陈：今年 8 月，我去了浙大，知道徐先生仍无知觉，深为惋惜。我与朔方先生相识与 20 世纪 70 年代末，近日整理信函，发现他给我的信也多达二十余封，最后两封信大约是 2002 年写的——信上只注明月、日而未注明年份。一封是他要参加在南京召开的明代文学会，让我为他与筹备者联系有关事宜，结果他未能与会，我也未参加。一封信是推荐他的博士晏选军来我处做博士后，因我即将退休，也未办理。想不到徐先生此后不久就病倒，而且一病经年，十分难过。

王：我知道陈先生对于朋友、学生都有深厚的感情，生老病死是无法避免的，先生也不要太难过。

陈：谢谢您的劝慰。

王：我们是否再继续进行？

陈：可以。

王：据我所知，在《李玉和〈清忠谱〉》出版以后在20世纪80年代，您又连续发表了几篇有关李玉的文章，如1983年5月25日、26日江苏广播电台连续播出了先生所写的《杰出的戏曲家李玉》；还有《凌厉的抨击和壮阔的斗争——谈李玉〈清忠谱〉的［骂像］和［义愤］》（《名作欣赏》1984年3月）、《反映现实的作家、反映时事的剧作——李玉和他的〈清忠谱〉》（《文史知识》1987.2），以及《论李玉剧作题材的现实性》（南京师大学报1984.2）和《关于李玉生年》（《曲苑》二期.1986年9月）等等，既有赏析文章，又有理论研究，还有考证文字。也如同先生研究吴敬梓一样，多种体裁并用，不知我的理解是否符合实际？

陈：您的理解是对的。我以为，作为一个学者，各种体裁的写作都应该试试，当然每种样式都要运用得很娴熟也是不容易的，但至少要掌握一、二种重要形式的写作本领。一般说来，我写的理论文章和考证文字较多，赏析文章写得并不多，而且大都是应约而写。

王：我曾见到上海辞书出版社出版的一种元曲鉴赏辞典，其中有先生写的《　梅香》和《桃花女》两种杂剧的赏析文章。那是出版社约稿的吧？

陈：那是蒋星煜先生约写的。我与蒋先生相识于1986年。那时福建师大办了个助教进修班，中文系主任郑松生先生聘请我去讲小说，蒋星煜先生讲戏曲，同住该校的招待所，可谓比邻而居，一日三餐则与蒋氏夫妇共进，相聚十余日。1987 年 7 月 30 日蒋先生来信说"别来凡八阅月，怀念殊殷。我和齐森华、叶长海诸同志应上海辞书出版社之约，在编《元曲鉴赏辞典》，凡王季思、隋树森、马少波等当代名家咸已承允条目……阁下为行家，拟请共襄此盛举，写一条好否？如能写两条当然更欢迎。"如此，便应约写了两条。

王：是的。我也发现先生发表的论文中，赏析文字最少。希望先生以李玉的著作为例谈谈理论文章与普及作品的区别。

陈：二者的区别是显然的，其实毋庸多说。《李玉和〈清忠谱〉》当然是普及性读物，尽管前此尚无对李玉作品作全面介绍的论著面世。《李玉和〈清忠谱〉》一稿是根据当时可能搜集到的资料对其人其作做了一些介绍，虽然不乏我们自己的研究心得，但毕竟限于该书体例，未做深入探讨。同时，此书又完稿于 60 年代初，而个人撰写的几篇论文则发表于 80 年代。经过一、二十年的教学和研究，认识自然有所提高，但这本小册子是合作产物，不能以个人之见去改动它，于是便自行撰写文章深化对它的研究。例如《李玉的生年问题》一文，是读到《文学遗产》1982 年 1 期上欧阳代发《李玉生卒年考辨》一文而撰写的。欧阳一文针对吴新雷在《李玉生年、交游、作品考》（江海学刊 1961 年 12 期）一文中所考订的李玉生卒年提出不同看法，并且说吴说一出"即为世所承认，至今无人提出异议，但实际尚值得商榷"云云。我在文章中首先指出在《李玉和〈清忠谱〉》一书中就有与吴新雷文章不尽相同的推算，继而又申说一己的见解，既不与吴新雷一文相同，又与苏宁一书所论略有差距。当然，几种不同的说法都是推断，因此我在文末着重表明："本文所提李玉的生年（万历二十四年到三十年）也还只是一种推断。在没有直接可以说明问题的材料出现之前，有几种推断并存，于学术研究的深入和发展亦不无裨益。"这显然属于研讨性质的论文。

王：我很赞成先生的治学态度：既能勇于提出不同意见又不以一己之见为定论；能做结论就下结论，一时尚无以做定论的则不妨作些合理的推论，便于问题展开深入的讨论，确如先生所说，这对于"学术研究的深入和发展亦不无裨益"，陈先生，虽然您从不以研究戏曲的专家自居，但不能时见到您的研究戏曲成果。自20世纪60年代您研究李玉起始，70年代您发表过有关《西厢记》、《牡丹亭》的论文，80年代有论《倩女离魂》、《女贞观》和《玉簪记》、《息宰河》、《秣陵秋》、《董西厢》的论文，90年代除发表了论述元杂剧对明清杂剧的影响文章外还有论丁耀亢的戏曲以及中国传统戏曲简述等论文；21世纪之初又发表了再论《桃花扇》、《牡丹亭》以及《清代三部以南京为主要场景的传奇》等论文，表明先生在研治小说的同时，也并未中断对戏曲的研究。这也是我要再次向您访谈的原因。

陈：谢谢您对我的情况做了如此全面的了解。

王：我还是比较认真地读过先生的论文的。先生的文章常常能提出一些前人没有或很少考虑过的问题，对前人研究过的问题也能提出一些新的见解。例如20世纪90年代初以河北师院（今为河北师大）为主体于1990年和1993年召开的海峡两岸元曲研讨会和国际元曲讨论会您所提交的两篇论文，即分别发表于河北师院学报1990年2期和1993年4期的《"太平多暇"与董、王西厢的产生》、《试论元杂剧对明清杂剧的影响》就提出了一些新的看法。如前文就提出了要区别"大环境"与"小环境"的见解，认为金元时期固然由于战争频仍、生产停滞、矛盾激化、民生困苦、学术凋敝、士子沉沦等等因素影响了文艺创作的繁荣，但产生董、王两部《西厢》的金章宗朝和元成宗朝的"小环境"却是政局趋向稳定、生产逐渐发展的时代，当时宇内小康、文教复兴，同时又比较重视汉民族的文化。由于时代"太平"、文人"多暇"，董、王《西厢》方得以产生。而在后文中则对当时元杂剧研究中被冷落的一角予以揭示，认为当时对元杂剧的研究已出现蓬勃发展之势，但论述元杂剧对后代文学的影响在此前出版的一些著作中大都局限于有关水浒剧、三国剧、公案剧与小说《水浒传》、《三国演义》以及公案小说的关系，至于元杂剧对后代戏曲的影响则大多局限于元杂剧与明清传奇的承传，而对于元杂剧影响及明清两朝数量众多的杂剧的研究则很少，先生的论文从题材、体制以及作者等方面比较了元杂剧与明清杂剧的承传，认为"理清杂剧在元代成熟之后的发展流变脉络，这对于中国杂剧史、中国戏曲史、中国文学史乃至中国文化史的撰著有着十分重要的意义"。在20世纪90年代初，这两篇文章提出的见解应该说是新颖的，自然经过十几年的发展，对这些问题的研究已有不少成果面世，但在当时就能提出这些思考，也是应该肯定的。

陈：其实前一篇文章的写作主旨在于强调少数民族的积极作用不容忽视。因为我是少数民族（回族），我经常思考少数民族对于中华文化的建设究竟有没有产生过积极作用，我在读史料时，自然要注意有关记载。当然，无论哪个民族发动侵略战争，都会带来物质文明和精神文明的浩劫，但这只是问题的一个方面；另一个方面，当某一民族成为统治者后，也必然要重视物质文明和精神文明的建设，只有这样才能稳定政局、巩固政权。就这一问题，我先从金元时代的戏曲名著入手做了些探索，写出前文。而后文的考虑，也非90年代初，早在改写元、明、清杂剧为小说时，每本要写万字左右的前言，分别介绍三个时代的杂剧概况；又于每篇作品之后要写有一、二千字的说明文字，介绍作者、简析作品。在这一过程中，对于三个朝代的杂剧发展有所了解，当然伴之而来的是比较、是思考。当首届国际元曲会召开时，便以多年的思考写成此文。

王：河北主办的这两次元曲会，先生都去参加了，而且发表了让人耳目一新的文章。我在 2004 年 10 月 27 日《中华读书报》上看到您又去石家庄参加《宋金元明清曲词通释》的学术研讨会，并报道了您的发言。您对王学奇先生的这部著作予以很高评价。90 年代那两次会议是否由王学奇先生主持？您与王先生的交往是否从那时开始的？

陈：王学奇先生是位学者，而组织一次会议却不是一个学者力所能及的。两次会议是由王学奇先生所在的学校筹办的，不过，以王学奇先生为主的河北几位研究戏曲的先生确是会议的学术支柱。没有他们的研究，海峡两岸会也好，国际会也好，就不可能在河北召开。至于我与王学奇先生的结识当更早，1985 年他曾来南京拜访唐圭璋先生，顺便与我见面。此后，便有书信往还，他见到我写的有关《息宰河》、《秣陵秋》的文章，还来信说我专事研究稀见传奇，我告知并非如此。80 年代末期，他们曾在保定、承德等地举办元曲四大家的会议，都曾邀请我去，但都未去成。记得承德之会我发了贺电，后来收到他们寄来的会议简报。总之，1985 年在南京是初次见面，1990 年与 1993 年的海峡会、国际会，又重聚首。至于您提到的研讨会，那次会议是小型的，外地学者不过十来人，大家对王先生于退休后着手《宋元明清曲词通释》编撰的老当益壮的精神，钦佩不已。祝他长寿、健康！还有一事值得一提。在 1990 年海峡两岸元曲会上，学奇先生的女弟子吴秀华硕士作为会议工作人员与我相识，后来随我攻博，获得学位后回母校任教，前数年已晋升教授，并校注了汤显祖的《邯郸梦记》出版。

王：陈先生，谈到元曲会，我想到您所写的《破冰之旅》一文，是回顾了 1990 年在南京和石家庄分别举行的海峡两岸明清小说研讨会和元曲研讨会的。那次小说会，您是筹办者之一，元曲会您也做了些协助工作。对两个会议的情况比较了解。您在文章最后说，台北代表团 24 人先后参加了小说、戏曲两会，而大陆代表，参加小说会者很少有参加戏曲会的，同样参加戏曲会者也很少有参加小说会的。针对这一情况，您在文中说"小说、戏曲二者并无界限，无论从文学发展来考虑，它们的产生、演变实为孪生兄弟；还是从当前高校中国古代文学课程的教学实践来看，二者也不能隔离。而两个会议的参加者实际上也都兼治小说、戏曲，因此在学术活动中应该加强沟通，彼此参与、扩大交流"。您这段话说得很好，由这段话我联想到先生的治学，就经常将小说、戏曲二者贯穿起来论述，这也许是先生所主张的"彼此参与"的一种体现吧？

陈：是的。确如您所说，我力图打破文体界限，首先是小说与戏剧这两种叙事文体，并进而则涉及抒情的诗文。

王：先生将小说、戏曲揉合起来研究的论文大约以《吴敬梓和戏剧艺术》为最早吧？那篇论文中，一方面从吴敬梓的交游、著述中考述并研究其戏剧主张，另一方面则就其创作中所反映的南京梨园的情况，尤其是小说中所塑造的演员形象和运用一些剧目以表现人物性格、发展故事情节的艺术手段做了深入探析。在当年研究吴敬梓及其《儒林外史》的众多论著中，尚未见有这方面的内容。

陈：其实那篇文章在 20 世纪 70 年代中期已写成，直到 1979

年才发表。

王：先生发表在《文学遗产》1986 年 1 期上的《试论杂剧〈女贞观〉和传奇〈玉簪记〉》一文，更充分体现了先生将小说、戏曲揉合起来研究的特点，这篇文章涉及的载籍有《古今女史》、《词林纪事》、《词苑丛谈》、《渔玑漫钞》、《碧声吟馆词麈》、《于湖词》、《西阁偶记》、《情史类略》、《剧说》、《剧话》、《今乐考证》，以及《国色天香》中的《张于湖传》、《万锦情林》中的《张于湖记》、《燕居笔记》中的《张于湖宿女贞观》和《宝文堂书目》著录的《张于湖误宿女贞观》；还有《脉望馆钞校本古今杂剧》中的《女贞观》、高濂的《玉簪记》、高宗元的《增改玉簪》和弹词《潘必正寻姑》等。举凡涉及潘、陈故事的笔记、话本、词作、杂剧、传奇和弹词等等，无不囊括，予以纵贯探索源流、横向比较影响，而又重点论述杂剧《女贞观》和传奇《玉簪记》各自的长短。充分体现了先生研究文学的整体观念——不知先生是如何想到这一题目的？

陈：这也是一种机遇、一种需要吧。1985 年，杭州大学办了一个古代文学进修班，学员有来自全国百余名青年教师，邀请了一些学者去讲学。我也被邀请，除了指名讲授《儒林外史》以外，还让我自选一题作报告。因为潘、陈故事的女主角陈妙常为"金陵建康府人氏"，男主角潘必正是"和州历阳县人"，故事又发生在潘法成任"观主"的"金陵建康府女贞观"中——这是据《国色天香》中《张于湖宿女贞观》所叙写，而杂剧《女贞观》中，陈妙常更是"建康府升平桥下陈头巾的女儿"，也就是南京白下路、太平路附近升平桥下开头巾店的商家之女，传奇《玉簪记》中被改写成为"开封府丞"之女，这一改动其实不好，不去说它。这一故事又被杭州作家高濂写成传奇《玉簪记》。我是南京人，去杭州讲学，于是便选定这一题目。在开讲之前，我先说"我从南京来杭州，讲一个发生在南京，而由杭州人写成作品的故事"。

王：陈先生这篇论文确实有一定的影响。

陈：也谈不上有什么影响，不过关于这篇文章倒有两件事值得一提。一是 20 世纪 90 年代，张燕瑾先生主编《中国历代爱情文学系列赏析辞典》向我约稿，不便推却，便转荐一位研究生撰写。书出版后送了我一本，翻看一看，我的一位同事也写了一篇《陈妙常谐玉簪缘》，见面时谈起，他说当时读过我发表在《文学遗产》上的那篇论文，印象很深，参考之后写了这篇赏析文章。还有一件事是离开杭大那次讲演二十年之后的 2005 年，南京大学与上海戏剧学院联合主办《中国戏剧：从传统到现代》的国际学术研讨会，我被邀请赴会，会上一位来自广州的教授对我说，在 1985 年杭大讲习班上听我讲过潘、陈故事，当时情景，至今记忆犹新。二十年前事，有幸被当年的学员记住，也令人欣慰，往事并未全然付诸红尘。

王：将小说与戏曲揉和起来研究，是由于这两种体裁确是有相近相似之处，如明人谢肇淛在《五杂俎》中就说"凡为小说及杂剧、戏文，须是虚实相半，方为游戏三昧之笔"，就说明这两种文体艺术方法的相同。而先生将这两种体裁贯通起来研究是很有识见的。不仅如此，先生的论文还经常联系诗、文来讨论和研究小说、戏曲。我读到先生所写的《"通变"中的〈牡丹亭〉》一文，引用汤显祖《玉茗堂评花间集序》一文，"自三百篇降而骚赋；骚赋不便入乐，降而为乐府；乐府不入俗，降而以绝句为乐府；绝句少宛转，则又降而为词"，说明汤氏也具有文学"通变"的观念，进而论证《牡丹亭》既是在"通变"中定型，更是在"通变"中发展的事实。不知道我的理解是否如先生的研究思路？

陈：对的。我认为多种文体之间是有相通的一面。我也的确试图朝这个方向去做，可是做得很不够。如《试论董解元〈西厢记〉的艺术个性》一文，就是先行辨析它的体裁，从而在此基础上进行评论。文中称引王国维在《宋元戏曲考》中所断言的"以余考之，确为诸宫调无疑"，并力斥陶宗仪、沈德符之说；郑振铎充分肯定王国维之说；但80年代也有人撰文认为王氏误解陶、沈所言。王国维在《宋元戏曲考》中又说"诸宫调者，小说之支流，而被之以乐曲者也"。对它体裁的判识的不一致，也正在某种程度上反映了《董两厢》文体的多种特征。撇开众说纷纭的概念不论，就具体作品而言，我以为《董西厢》应该是具有戏剧因素的说唱文艺，而其中有些叙写也具有叙事诗与抒情诗的特点。我曾举出其中一段，即张生在月光下步行至莺莺居屋附近，一边吟"小诗一绝"，一边"绕庭徐步"，作者于此有一段极力精彩的描写：

对碧天晴，清夜月，如悬镜。张生徐步，渐至莺庭。僧院悄，回廊静；花阴乱，东风冷。对景伤怀，微吟步月，淘写深情。诗罢踌躇，不胜情，添悲哽。一天月色，满地花阴。心绪恶，说不定。疑惑际，俄然听；听得哑地门开，袭袭香至，瞥见莺莺。

从这曲中描写来看，碧天、夜月、院悄、廊静、花乱、风冷，是一幅极富诗情画意的深夜月色图；而其中有人在焉，张生徐步、微吟、伤怀、悲哽，一会凝神而听，一会瞥然而视，终于与思念不已的莺莺相见。自然景色在人物活动中不断转换，故事情节在景色转换中逐渐发展，景色、人物、情节有机地交织在一起。这是诗？是说唱？是戏剧？可说是三者合一，从看戏剧、听说唱中可以领会到诗的意境。所以我以为不论欣赏、研究、评论任何体裁的文学作品，都不能局限于某一种体裁去理解。不知您是否同意我这种见解？

王: 我完全同意,先生这一看法对我启发很大。前年我看到《艺术百家》上发表的先生的论文《清代三部以南京为场景的传奇》,第一部论及的就是清初吴伟业《秣陵春》,而吴梅村又是极富诗名的大家,先生是否发现吴氏所创作的诗与曲之间的联系?

陈: 这一课题需要专门进行研究,我并未曾着力于此。不过,在读吴梅村所写的一些叙事诗时,分明会感觉到和前人的叙事诗有些不同,那就是叙述的事件较为复杂,叙写的手法极为多样。钱谦益在《致梅村书》中称赞他的诗作有"移步换形"的特点,我前面提到的《董西厢》中张生会见莺莺之前的那段描写同样有着这样的特点。我们不能说吴梅村的诗作是受到《董西厢》的影响,但他所创作的《秣陵春》传奇,虽然以南京为主要场景,但不限于南京;所写故事又既有现实人物,又有天神地鬼,真可谓上天入地,情节复杂,线索纷纭,但能缩成一整体,并无凌乱之迹,可见吴梅村的是叙事高手,这在他的诗与曲中均有表现。如您对这一课题有兴趣可以继续深入研究。

古代戏曲的教学

王: 谢谢先生的鼓励——我还想提最后一个问题,那就是先生前面说过的改写戏曲、研究戏曲都是为了教学的需要。我想请先生就戏曲教学问题谈谈自己的经历和体会。

陈: 好的。我所任教的学校仅有古代文学博士点,而没有单设中国戏曲史博士点。即使为硕士生、博士生开设的中国戏曲史、中国小说史等等课程,也都是属于中国古代文学学科的教学内容的一个部分。

王: 先生讲清这一点,我想是十分重要的。

陈: 是的。因为中国戏曲史博士点突出了"戏曲",在培养戏曲史人才方面可以更为专业化。但这并不妨碍古代文学博士点培养戏曲史人才（自然也包括小说、诗文等方面的人才），而且将这些分支的人才纳入整个古代文学专业中来培养，也有利于各个分支相互渗透、彼此支撑，更有利于宏观地研究多个分支的内容。您说呢？

王：先生的看法，我十分同意。教学工作有两个重要的方面：编写教材、课堂讲授，我们不妨先谈教材编写。60年代先生自编的教材、讲稿就包含戏曲、小说两部分，当然除部分改写的作品公开出版外，其余的未见发表。70年代高校恢复招生以后，一些院校先后合编了中国文学史和中国古代文学作品选的教材，先生都参加了，这两部教材后来都公开出版了。先生编写的内容既有小说、戏曲、也有诗文，如杜甫等章节。而80年代先生就很少参加这一工作，我想这怕是先生此际已经以学术研究为主了。

陈：是的。60年代自编教材、讲稿，完全是为应付教学需要，从未想到要发表和出版。至于改写的戏曲作品之所以发表、出版并译成数种外语文本，全然是王远鸿、周奎杰两位先生的鼓励与抉择才得以实现的。70年代高校恢复招生后，在当时政治形势和学术思潮的影响下，60年代出版的几种文学史是不能选用的，江苏几所高校就发起联合编写教材，即所谓的四所院校教材，后来又发展到十三所院校联合编写。这两种教材在工农兵学员上学期间也曾在一些院校使用过。但在粉碎"四人帮"后，它的种种不足使得它无法适应新形势下的教学需要，自然也就无人再提起它们了。20世纪80年代，由中国社会科学院文学所主持编写《中国文学史通史》，"宋代卷"委托南京师范大学主编，最初由古代文学研究室主任唐圭璋先生主编，具体编务由金启华先生操持。研究室的所有成员和教研室的部分先生也参与此项工作。笔者做为研究室的成员之一，也参加了早期的几次会议。在落实编写任务的过程中，有人主张由潘君昭（已过世）与笔者做为专职编写人员，负责其他先生未曾承担的章节，例如分给我的章节有北宋（前、后期）、南宋（前、后期）和辽、金文学的概述等等。鉴于既往参加四所、十三所院校合编教材的教训，我坚决请辞。幸得唐圭璋先生的支持，同意我不参加此项工作，但要我负责撰写董解元《西厢记》一章。不久，我便完成了唐先生交代的任务，此时圭璋先生已不任主编。此后，我将此章部分内容重新改写成一篇论文即《试论董解元〈西厢记〉的艺术个性》投寄《文学评论》，在 1989 年 3 月出刊的第三十一辑古典文学专号丛刊上刊出。而起始于 80 年代的宋代卷的编写工作，历经十余年之久才于 1996 年 9 月正式出版。见书后方知主事者和编写人员多有改变。有一位当年参与其事者将自行出版的诗文选送我一册，其中有三封写给一位关心此项工作的著名学者的书信，从中了解到此书在出版前夕还发生"纠纷"，究竟实情如何，也不得而知，不必去说它。

王：我读过《宋代文学史》，自然也读过先生写的《董解元〈西厢记〉》一章，它所论述写的内容与先生发表在《文学评论》丛刊上的论文有较大不同，这大约便是教材与论文的差异所在，对么？

陈：是的。作为教材，必须对董《西厢》作一全面介绍，因此便从崔、张故事的演变谈起，进而论说产生董《西厢》的社会政治背景、文学艺术本身的发展以及董解元个人的艺术实践等等，在此基础上，再行深入探讨董《西厢》的思想内涵和艺术特色。这是一般教材都要涉及的几个方面的内容。当然由于编写者的识见不同，在述说这些必要的内容时也会掺进个人的研究心得，但这几个方面不可或缺。而作为学术论文，既可进行全面论述，也可任选一个方面作深入的专门研究。这就要求研究者要有独特见解，不可与人雷同或重复。

王：是的。先生这篇论文是专就董《西厢》的艺术表现而言的。从题目"艺术个性"来看，就表述了先生对董《西厢》艺术特性的判识。先生在文中首先对它的体裁特征做了深入探讨，认为它是具有戏剧因素的说唱文艺，既不将它归之于完完全全的戏剧，也不将它划之为单纯的说唱文艺，而是考虑到这两种体裁特征的结合。在这一判识的基础上，再进而探析它在情节安排、叙述手法、主角的行动和内心活动乃至景色描写等等方面的表现特色，突出地说明它的艺术个性。这也正表明先生对董《西厢》艺术特色的独特认识。

陈：这其实也是一家之言，是否能成立、是否符合作品的实际，也还将经受大家的检验。当然，这样的研究对自己编写教材还是有所助益的。教材编写前面已谈了不少，是不是就谈到这里？

王：好的。先生从20世纪80年代起就以指导研究生为主，特别想请先生谈谈指导研究生的工作。我知道先生虽以研究古代小说著称，但所指导的博士生的研究方向则是元明清文学，而非古代小说或古代戏曲或元明清诗文。这是不是为了研究生的出路考虑所致？

陈：当然有这方面的考虑。因为一般高校讲授古代文学虽可分段进行，但也要求教师能从先秦贯通到元明清；既能教小说，也能讲戏曲，还要教诗文、讲文论。为了让研究生今后能适应所承当的工作需要，在学期间兼治小说、戏曲、诗文等内容是很必要的。不仅如此，从研究工作的需求来说，多种文体之间有着相互渗透的关系，尤其是小说、戏曲这两种叙事文学之间。为了对它们进行深入的研究，更必须有宏观的眼识，同时兼治则可扩大自己的视野，有利于自己的研究。

　　王：陈先生自己的研究就有这种特色。先生是否要求指导的研究生也如此做？

　　陈：个人的意愿如此，但也不能强行要求。每人均有权选择自己的研究对象和研究方法，并形成自己的独特的研究思路。不过，一些研究生还是愿意朝这个方向努力的。例如博士胡金望（现为漳州师院教授）在攻博之前，已曾与人合作点校过《石巢四种》，在择定学位论文题目时，他曾提出几种考虑。我则根据他的考虑和条件建议他以阮大铖为研究对象。因为他长期在安庆工作，与怀宁同属一地区，可得地利之便，便于资料搜集；同时又有前期成果作基础，他欣然同意。经过努力，果然寻访出《阮氏宗谱》，从而理清阮氏上代先人情况。在具体研究过程中，要求金望不能仅仅满足于研究阮氏的戏曲，而且还要论及其诗作，更要将人品与文品问题统一起来论述。阮氏虽以戏曲称世，但其诗作被马士英赞为"明兴以来一人而已"，近代学人王伯沆、陈散原、胡先骕、柳诒徵、章太炎等辈对之均赞赏有加。陈散原径将其"标为五百年间作者"。但阮氏诗作却不被《四库全书》收录，《明诗综》亦不录，这是因为他被视作"小人中之小人"——这是夏完淳在《续幸存录》中对他的评语——之故，由于鄙薄其人而贬斥其文。金望根据这一要求，在《阮大铖研究》一书中除了论其曲外，也论其诗，并且专就人品与文品的关系做了深入的论述。又如徐定宝教授选定凌蒙初研究为题撰写学位论文后，则要求他不仅论其小说创作及理论，还要论其戏曲创作和理论，他的《凌蒙初研究》一书，便兼论凌氏之小说、戏曲。再如吴秀华教授的博士论文《明末清初小说戏曲中的女性形象研究》，即从明万历三十年（1602）到清康熙四十年（1701）间百年以来的小说、戏曲创作中，选择具有代表意义的女性形象从多角度予以探析，也是兼及小说和戏曲两种体裁。

王：据我所知，先生所指导的博士生中，研究小说的较多，如《剪灯新话》、《型世言》、《阅微草堂笔记》、《野叟曝言》、《歧路灯》等等，均有研究生进行研究；当然也有研究台阁体、八股文以及近古叙事文学、晚清报刊文学等等。倒是先生所联系的博士后，一人专攻戏曲、一人专研小说、一人探讨小说与戏曲互动，可谓三分天下。这与先生兼治小说、戏曲的研究路子倒不谋而合。

陈：这或许是一种巧合吧。对于博士生研究方向是要由他们自己选定的，导师只能引导而不能强求。我一向认为导师的作用在于发现研究生的长处和局限，引导他们扬长补短——不是避短，而是补短。导师不能以自己主观意愿去强求、更不能替代他们的个人努力。当然，研究小说的弟子确实也较专攻戏曲的弟子多。

王：不过我知道不少专攻戏曲的博士生都知道先生。这怕与先生长期主持或参与兄弟院校的博士生论文答辩有关。我就有友人曾在南京大学攻读中国戏曲史博士学位，他的论文就是先生主持答辩的。

陈：是的。南京大学有研治戏曲的传统，前辈学者如吴梅、钱南扬等曾长期执教于此，也是国内有中国戏曲史博士点的少数学校之一。在 2003 年以前，几乎每年被该校聘请为答辩委员会主席，长达十几年，每年总有数名研究生进行答辩；还有其他一些高校，或请去主持答辩，或寄来论文评审，为数也很多，其中也不乏研究戏曲的。

王：我也接触过几位，他们对先生也是很景仰的。打个不恰当的比喻，先生可算是他们的"座师"了。

陈：其实，这不过是"例行公事"，说得好听些，也只是"职务行为"。但在"例行"这一"公事"时，却不敢"敷衍""公事"，审读论文时力求仔细，不要误读；主持答辩时力求客观，与人为善。至于他们所取得的成绩更是他们的导师认真指导、他们自己努力学习的结果，让我审读、答辩，其实是给我提供学习的机会，倒是我应该感谢他们的，岂敢以"座师"自居。

王：先生也太谦虚了。老师毕竟是老师。对了，我读了先生为《明代民歌研究》一书所作序言，曾引用程千帆先生为吴志达《中国文言小说史》所作序言中的一段话，程先生说"每诵张芸叟'今日江湖从学者，人人讳道是门生'及'传语风光好流转，莫将桃李等闲栽'诗句，辄为陨涕"云云；先生序言中还引用了程先生序中未曾提及的"人人却道是门生"，这一故事被前辈程千帆和先生先后称引，想必有一定的意义吧，能否请先生详细讲解一下？

陈：芸叟就是北宋文人张舜民，在他的《画墁集》卷四中有《哀王荆公》诗四首。程先生所引即此，唯"传语风光好流转"句一本又作"若使风光解流转"。至于我在序言中提及而未为程先生称引的"人人却道是门生"句，则见于宋人王辟之的《渑水燕谈录》，在该书卷十中记载了此事，说王安石"多闻博学，为世宗师"，当时不少学人均以"得出其门者"为荣，一旦被王安石称赞，便能"名重天下"。王安石"治经，尤尚解字"，但其"末流"未免"穿凿"，朝廷乃诏用旧传注，并"禁援引字解"。在朝廷诏令下，一些"学者皆变所学，至于著书以诋公之学者，且讳称公门人"。这便引发芸叟的慨叹，写了《哀王荆公》诗四首，一时"传诵士林"。不久，朝廷又下诏令王荆公"配享神庙，赠官并谥碑，学者复治新经，用字解。"在这种形势下，"昔从学者，稍稍复称公门人"。这又引发"无名子"者，改芸叟诗"人人讳道是门生"为"人人却道是门生"。诗作的背景大略如此。

王：这种浇薄的风气可谓自古已然，至今犹存。先生教书半个世纪，我在先生三卷本《吴敬梓研究》中还见到先生有文论及《儒林外史》中的师生关系，也有文论及《儒林外史》中的势利描写。想来先生对此也甚有体会。不知可否请先生谈谈。

陈：那两篇文字是学术论文，不是杂文随笔，只是就《儒林外史》作品本身而论，不涉及现实生活中类似现象。因为《儒林外史》中所叙写的情节毕竟是三百年前的现实，时代发展了，不能以古论今，简单比附。

王：对的。不能简单比附。我记得先生在一篇文章中说过，大学毕业时想当作家却未做成而去做了教师，但也不后悔。先生已教了半个世纪书，对做教师是否有什么新的想法呢？

陈：没有。仍不后悔。有朋友或以罗隐诗"采得百花成蜜后，为谁辛苦为谁甜"，或以秦韬玉诗"苦恨年年压金线，为他人作嫁衣裳"自况，而我更欣赏李商隐的诗作"春蚕到死丝方尽，蜡炬成灰泪始干"的精神。

王：先生在那篇序文中还谈到有的师生关系渐行渐远，有的师生感情久而弥笃。对这种现象，先生又如何作想？

陈：能成为师生是一种缘份。无论现实生活中有这样那样的变化，师生关系总是一种历史存在。做教师的应当自尊自重，尽其在我；至于做学生的，我相信他们也会正确对待这段历史——不谈了。只想借此机会向昔日的每一位弟子表示我的良好祝愿。

王：我相信弟子们也会给先生良好的祝愿。望先生多加保重！

陈：今日谈了很多很久，是否可告一段落？

王：好的。谢谢先生接谈。

陈：也谢谢您不辞辛苦地再次访谈。

2007 年 11 月 15 日

——原刊于《艺术学》第 4 卷第 2 辑，上海学林出版社 2009 年 6 月。韩国《中国小说研究会报》第 79 号（2010 年 3 月出版）全文转载。

补叙

访谈录中提及的元、明、清三本杂剧故事集，是 20 世纪 50 年代末 60 年初撰作的，80 年代以三个不同笔名由江苏人民出版社出版；90 年代，北京外文出版社先后出版了英、法、德文版，虽应出版社要求，署了真名，但在海外发行，因此不佞有此作，鲜为人知。未曾想到，在"寂寞"一个甲子后，又为江苏人民出版社以真名出版，责编周晓阳女士，以美妙的文笔，撰写了《"元明清杂剧故事集"：世界文化遗产，美哉中国情节》一文，于 2021 年 8 月 23 日刊发于新华社客户端，至今（2022 年 4 月 17 日）浏览量已达 140.1 万次。《光明日报》2021 年 12 月 2 日"光明悦读"版发表了苗怀明教授《古老的杂剧——陈美林与〈元明清杂剧故事集〉》和周晓阳责编的《大学者改写的小故事》二文，《光明》的编者在按语中说这三部杂剧故事集，"不仅极具可读性，亦不乏学术含量"，"阅读欣赏这些杂剧故事有着多方面的收获，这些具有浓缩民族特色的中国故事，不仅给人美的享受，也有助于增长历史文化知识，开阔眼界。"《光明日报》所发二文，为不少报刊网络载载，不一一罗列。

跋涉"儒林"有续篇

　　《跋涉"儒林"卅载》一文（见新世界出版社 2002 年出版之第二次批评本《清凉布褐批评儒林外史》一书附录），回顾了笔者自 1971 年以来研究吴敬梓和《儒林外史》的历程。此文作于2001 年 9 月，至今又有七载，对这七年间的研究，也应略作回顾。

一

　　自 2001 年以迄 2007 年底，笔者出版论著八种，有四种是关于吴敬梓和《儒林外史》研究的著作；发表的论文有五十五篇，有关这一课题的论文也过半数。因此补写这一段跋涉"儒林"的经历也并非全无意义。

　　在近三十篇的论文中，大约有如下两类：一是对此前已经有研究论文发表的课题进行深化与拓展研析，如在《文学遗产》2003 年 4 期发表《隆礼与崇孝——四论魏晋风尚对吴敬梓的影响》，这一课题从 1981 年以来，已先后发表过相关论文三篇。又如，在《江苏社会科学》2004 年 6 期发表《吴敬梓的生活环境与〈儒林外史〉

曹明、陈美林、何满子（左起）

的地域特色》，这一课题自 1981 年以来已发表过四篇论文。再如，关于知识分子与《儒林外史》这一课题，自 1977 年以来从不同的角度审视这一内涵的论文已发表十余篇，甚至有的文章题目就直截点及，如《〈儒林外史〉是我国古代第一部以知识分子为题材的长篇小说》等等。也许正由于这些论文引起何满子先生的注意，他在评论拙作《清凉布褐批评儒林外史》的《伟大也要有人懂》（见《中华读书报》2002 年 3 月 27 日）文中说："《儒林外史》迄今还有烛照世相、特别是知识分子各色心态的巨大生命力。"他认为对此"需要作专门的理论阐述"，并对笔者寄以期望，满子先生说："卅年辛苦跋涉于《儒林外史》的本书评者陈美林是有对此做出贡献的合宜人选，笔者期待其新的成果。"为不负满子先生期望，近几年继续就这一课题发表了一些论文，如《试论〈儒林外史〉中的势利描写》、《"兄友弟恭"的理想与"兄弟参商"的现实——〈儒林外史〉兄弟群像所体现的士人性格与命运》、《论〈儒林外史〉中的师生关系》等等。

为数更多的是另一类论文，即有关《〈儒林外史〉研究史》（下称"儒研史"）的文章，不下二十篇。因为进入21世纪以来，在2000年完成的"儒研史"初稿进入"磨合"期，为配合"儒研史"的修订，集中精力从事这一课题的原始研究，发表了诸如《二十世纪〈儒林外史〉主题探讨之回顾》、《吴敬梓思想研究述评》、《试论"思想家小说"作者吴敬梓的思想》、《吴敬梓思想面貌寻踪纪略》、《"世故人情，毕现尺幅"——〈儒林外史〉人物形象研究回顾》，以及《吴敬梓研究资料的发掘与利用》及其续篇《再检讨》，还有就如何撰写"儒研史"的文章《撰写学术史的思考——〈儒林外史〉研究史漫说》和续篇《再思考》、《〈儒林外史〉研究与〈儒林外史〉研究的研究》、《〈儒林外史〉前言有四稿》、《〈儒林外史〉研究三题》；此外还有回顾个人研究著作的文章，如《"知人论世"、"见由己出"和"法不前定"——〈吴敬梓研究〉出版二十周年回顾》、《"通作者之意，开览者之心"——运用传统形式整理〈儒林外史〉的回顾》、《"设情以位体"——〈吴敬梓评传〉出版十五周年回顾》等等。20世纪所写的论文，已被吴波君纳入"儒研史"初稿，21世纪所发表的论文则由李忠明君采辑入"磨合"本，个人的著作已完全被融入"儒研史"一书，不过在笔者三卷本《吴敬梓研究》中，仍以论文原貌存在。

二

四部书稿中有三部基本上是 20 世纪完稿而于近几年出版的
著作。

百花文艺出版社于 2002 年 10 月出版笔者校注的《儒林外史》。
20 世纪 80 年代初，该社邱思达、文秉勋两位先生来约写《吴敬
梓小传》，与他们已出版的周汝昌的《曹雪芹小传》配套。当时
我正忙于《吴敬梓研究》的定稿工作，此稿于 1982 年交给上海古
籍出版社后，方着手撰写百花社所约书稿，并于 1985 年完稿。可
是该社领导更迭，计划改变，迟迟未能出版，最后连书稿也遗失。
该社对笔者颇有歉意，因此 1992 年秋，他们计划出版"中国古典
小说名著珍本丛书"，其中有校注《儒林外史》一题，一再约我
承担。该社并已发出"紧急征订单"（津百发字 [92] 1 号），
预告 1993 年 5 月出书。岂料开印前夕，又因市场变化而被搁置，
笔者一再请退，责编任少东先生认为此稿有出版价值，不愿退回，
并表示要尽量争取出书。2002 年夏，来电告我准备开印。我乃告
他笔者原先所作《新批儒林外史》并无注释，现已增加大量注释
更名《清凉布褐批评儒林外史》，由新世界出版社出版，再出此
本，恐非所宜。他认为《清》本为详注详批本，该社所出为简注本，
适应不同读者需求，两不相妨。在函告新世界出版社负责人周奎
杰女士后，方允所请。从 1992 年约稿，延宕十年之久终于见书。
对任君的辛劳负责，当志之不忘。百花前老总徐柏容先生也关注
此稿，笔者于 20 世纪 80 年代初与徐老相识于学术会议上，20 世
纪 90 年代初他来南京参加出版家会议期间，还来舍间探望。2007
年 6 月，笔者赴津门开会，在任君陪同下去看望了徐老。

《清凉布褐批评儒林外史》完成于 20 世纪，而于 2002 年 1 月由新世界出版社出版，其过程在《跋涉“儒林”卅载》文中已有记叙。当见书后，不断翻阅，偶有体会，随手札记。所谓“读书百遍，其义自见”。在新世界出版社老领导周奎杰、新领导张海鸥两位女士关注下，出版社于 2007 年冬通知我再版，并允我加以修改，于今春交稿，现由罗平峰君负责编辑。与周奎杰女士交往已有二十余年；而与张海鸥女士仅有一面之缘，那还是 2004 年 9 月，我去北京参加学术会议，在周奎杰、陈有昇先生陪同下，张海鸥女士驱车来香山饭店相访，并约定将我校注的《桃花扇》纳入“大中华文库”，出中英文对照版。与罗平峰君未曾谋面，但从来电中知其工作认真、细致，相信经她编辑出版的《清凉布褐批评儒林外史》，定会以崭新的面貌问世。

《吴敬梓研究》三卷本由南京师大出版社于 2006 年 1 月出版。此前，资深编辑王欲祥君曾负责编辑出版笔者八十余万字的论文自选集《清凉文集》，其中选录了笔者有关古代小说、戏曲、诗文乃至文学史、文化史的论文七十余篇。他认为笔者的文章“耐读”，乃建议将笔者研究吴敬梓的论文专门编辑出版。他的建议得到有关领导首肯，于是便有三卷本《吴敬梓研究》的面世。该书虽与笔者于 1984 年由上海古籍出版社出版的《吴敬梓研究》同名，但上海所出一卷本全为 1982 年前所作论文，仅二十一篇、二十三万字；三卷本则辑录了论著九十四篇、一百三十四万余字，大多写于 20 世纪，但也包含了 2000 年至 2005 年底以前所作，论述的范围更广，探讨也更为深入。

总之，这三部著作虽是 21 世纪出版的，但大都成稿于 20 世纪。

三

惟一一部完成于 21 世纪的著作是《〈儒林外史〉研究史》。其实就其主要内容而言，它是笔者三十余研究成果的汇集，而且初稿也完成于 21 世纪最后两年，只是修改成书于 2005 年底，出版于 2006 年底而已。

"儒研史"原是笔者申报的江苏省哲社"九五"个人项目，和笔者的《吴敬梓研究》、《吴敬梓评传》、《新批儒林外史》、《〈儒林外史〉人物论》等等著作一样，原先也拟独自完成，因为笔者为此书的撰作，已做了三十余年的学术准备。正当批文下达不久，吴波君考取我的博士生。他先是亡友李厚基的弟子，1990 年夏，厚基携其来宁，由笔者主持其硕士论文答辩，获全票通过，授予硕士学位。1998 年又考来南京，他希望做点《儒林外史》研究，恰逢出版社向我约写有关《儒林外史》读物，便力荐由吴波君和其同时攻博的孙旭君二人合作，出版了《儒林探微》一书。其后，吴波君希望参加这一项目，出自薪火相传的考虑，乃允其所请，并将自己的研究成果和搜集的文献资料供他采撷编写，经过两年的努力完成三十万字左右的初稿。对于这一历程，他在博士论文《〈阅微草堂笔记〉研究》(上海古籍出版社，2005 年 8 月)的"后记"（作于 2004 年 12 月 12 日）中还有所回忆："我有幸考入南京师大文学院，师从陈美林教授攻读中国古代文学博士学位。入学之初，协助美林师写作《〈儒林外史〉研究史》。"初稿经我审阅后上报，于 2000 年 9 月 1 日由项目鉴定小组写出评审意见如下：

　　陈美林、吴波同志合作的这部《〈儒林外史〉研究史》，对清代中叶《儒林外史》面世直至二十世纪末的研究状况作了一个总体回顾，总结了不同历史时期《儒林外史》研究的特点，勾勒出了研究的演进的轨迹，选题新、文献资料丰实、论证周密。它的面世，对于指导我国的文学研究、拓展我国古代文学的研究领域，均具有重要意义。评审小组一致认为这是一部具有开拓性、具有很高学术品位的著作，同意通过鉴定。

初稿通过后，有出版社愿意出版，但考虑到作为一部学术专史，要力求出精品，拟再作磨合。吴波君也同意，但他即将毕业赴湘工作。经与其研究，便由我主动找李忠明君来商量，请其接手此项工作。

忠明君自1988年随我攻硕、攻博，1994年获得博士学位后留校工作。20世纪末，他曾与我商量关于他本人如何申报项目、争取评奖。2000年11月29日来舍间，说拟以古代戏曲演员研究为题申报科研项目，征求我的意见。我说这一课题资料较少，且曾被多人所掌握运用，难以做出突破成绩。2001年2月20日，又告我拟申报青年教学奖，我则予以鼓励。这两件事的结果如何，不得而知，自此以后，忠明未再与我讨论过任何申报项目和申报奖项事。不过，由此我也了解忠明的心情及要求，便予更多的关注。

2001年3月1日，卞孝萱先生来舍间约稿，他受省领导委托主编《中华传统道德文化丛书》，拟申报"五个一工程奖"。丛书分八册，由八位博导领衔撰写，其中《小说与道德理想》一册约请我承担，并说明可找弟子帮助，其他各册也如此。我便于次日告知忠明，并说尽力争取让其单独署名，如实在不行，则在"后记"中说明，忠明立即同意。该书出版后，因我一再陈请只署忠明一人姓名，未曾获可，便在"后记"中说明"是忠明执笔"的，在通知领取稿酬时，我也说明此稿为忠明所写，乃请忠明直接去取。

至于科研项目，我在"儒研史"立项后，未再申请新项目，只有从已获立项的项目中设法，也就是从"儒研史"项目中考虑。2001年4月4日，约忠明君来舍间，对他说，如能承担修订"儒研史"任务，便参加了课题组，有了项目。忠明君经过十余天考虑后同意承担。于是便将笔者与吴波合作的初稿全部交给他，原定半年至一年完成，但迟迟未能如约交稿，经多方催促，直到接受稿件四年后的2005年5月方将稿件交我审读。这期间我集中精力又撰写和发表有关"儒研史"的论文二十余篇，供其在"磨合"时采编入书。

四

"儒研史"的具体撰作过程大略如下。在与吴波君合作初稿伊始，力求文字风格的统一，也为培养其撰作分量较大的学术著作的能力，说明由他一人执笔。在其执笔之前，如同"后记"中所言，"从研究思路到整体框架，从材料择取到成果评价"，"都与吴波细细斟酌"。先立章节，我建议吸取传统史学几种主要体例即编年体、纪传体、纪事本末体的长处，参酌学术史如《畴人传》、《明儒学案》等著作的优点，以编年为经，以人物、事件为纬，纵横交错，以求立体、全面地反映出二百余年来的《儒林外史》研究实况。根据我的意见，吴波列出章节，在我大体认可后，便着手撰作。我则毫无保留地提供自己长期的研究成果和尚未及使用的文献资料，让其尽意采撷、编写入书。当然，其中也有我未曾撰写成文的内容，在与吴波君讨论后，并提供有关资料，由吴君执笔写成，这就是晚清学人对《儒林外史》的本事考证和评论，以及对当代学人的评论等。

在交给忠明君"磨合"之前，我说明鉴定小组的意见是全面肯定，我们应视为鼓励，作为作者对书稿仍应严格审视。在分章分节方面，初稿所定，大体可取，但可"磨合"得细致、合理些；从内容来看，有些问题应纳入书中，但我此前未及写出专论来，吴君无所依据，初稿中也就付诸阙如，"磨合"时应该补写，等等。"后记"中说，"在美林师的指导下，结合自己的研究心得，李忠明调整体例，充实材料"。

但调整后的体例与初稿大相径庭，三种体例分为上、中、下三编，各自独立，互不相涉。仅以上编编年史而论，全编分为七章，每章标题均为年份，如第一章"1701—1802"，第六章"1984—1996"；而每章第一节全是论著索引，其后方是评述文字，一般读者甚至包括一些研究者，都无法从这年份数字中了解这段时期的研究特色；同时，每阅一章，先见到的是罗列的论著目录，然后方是评述文字，如第五章，目录占五页，评述不过八页；第六章，目录列出专著十二种、论文三〇八篇，占十页之多，不符合读者的阅读习惯；同时，如此安排又将全部索引分割为数段，不便检索。我反复说明运用三种体例写单篇文章是一回事，让三种体例之长融合在一部书中又是一回事，不能机械搬用。在我坚持下，方始放弃这种体例。由吴波执笔、二人共同署名、作于 2005 年 4 月 18 日的"后记"（此后记未刊用）中，对这一经过作了符合实情的反映，说修改稿试图按照史家修史通常采用的编年体、纪传体、纪事本末体来调整原稿的整体结构，"后来因为其中有些问题难以兼顾而依然采用原稿以编年的方式结撰全书的体例"。不过，要说明的是，根据我的要求经过"磨合"过的现用体例，较之初稿的体例更为周全、妥帖。

这篇弃而未用的"后记"中还说，在忠明"磨合"期间，"美林师依然笔耕不辍，发表了一系列相关论文（题目略）等，忠明充分吸纳了美林师的成果"。但"磨合"稿中亦有由李君执笔所写的文字，如近十年的研究综述，还根据我的要求，编制了两种索引等。

《儒林外史》研究史

陈美林 主编
陈美林 李忠明 吴波 著

《〈儒林外史〉研究史》封面

已刊在书后而由二人署名的"后记"中说："此书虽由我俩执笔完成，但是其中许多观点都是采自美林师的研究成果（甚至有的章节略加改写即原文阑入，直接融入书中，据书中所注统计约占全书章节之半数，至于参阅、引证陈先生著作处，在文中明言或出注说明者为数也甚多）。这本《〈儒林外史〉研究史》，是在美林师的研究基础上，大量使用美林师的研究成果，并在美林师的具体指导下完成的。"吴、李二君对此书的完稿和出版也做了很多工作，在此书的"前言"中我已提及，不再引述。在海峡文艺出版社以此申报国家"十一五"出版项目时，著作责任者仅列笔者一人，而未及李、吴二君。我是在被批准并公布很久以后方才得知，便向该社负责人提出如此做法不妥，但他的回答是：我们为此专门做了研究，由于书的内容大都是您的研究成果，而且也考虑到知名度。在此特作说明，不能忽略二君所作工作。此后，在正式的出版合同中，如此明确表明："甲方（著作权人）主编：陈美林（国家'十一五重点图书著作责任者'）；作者：陈美林、李忠明、吴波。"清华同方于2011年出版电子版，即以此合同为据。

五

《〈儒林外史〉研究史》自1997年批准立项到2007年8月（版权页为2006年12月）见书，整整十年。见书后，我如释重负。这一历程是我自20世纪70年代初以吴敬梓系列研究为重点课题以来，跋涉得最为艰难的一段经历。在我独自撰写出版的有关吴敬梓研究系列的十几部著作中，尚未见有哪一部书的撰写"旅途"如此艰难。即以先后获得江苏省政府第四届哲学社会科学优秀成果一等奖、国家教委首届人文社科优秀成果二等奖的《吴敬梓评传》而言，从1988年接受匡亚明先生约稿，到1990年6月即完成，其间还因其他书稿而中断写作一段时间，同时还负担着繁重的指导研究生的工作。当然，在撰写《吴敬梓评传》之前，有了近二十年的研究积累。但同样，在"儒研史"申请立项之前，更有近三十年的研究准备。同时，从1997年以迄"儒研史"完稿的2005年底，笔者又出版著作十六种（其中有六种为合作项目）、发表论文七十篇（其中有三篇为合作）。既然如此，又何以感到艰难？这乃因为如同吴波执笔、二人署名、前文已引述过的"后记"中所言是"出于提携、培养后学的考虑"。但经过这艰难的跋涉，书稿终于出版，李、吴二君在这跋涉途中终于攀登上最高一级职称，而我也完成了从研究作家吴敬梓到研究作品《儒林外史》再到研究《儒林外史》研究的系列。吴波君在这篇未刊用的"后记"中说笔者"为此倾注了大量心血"，还回顾了当年的情景：

> 吴波每完成一章，他都会仔细审阅，指导修改。多少个日日夜夜，在清凉山的小径上，在美林师的斗室里，师生晤对，

其乐融融。

忠明则在独自署名的、未曾刊用的三份"后记"（分别写于2004年1月7日、2004年8月26日和2005年4月18日，三份"后记"中这段文字均同）中同样写道："美林师为此书付出了巨大的心血。"他还回溯到当年从学的经过：

> 1988年9月，我考入南师，拜陈美林先生为师，先后攻读硕士、博士学位，迄今已十六年。美林师为人正直，治学严谨，于诸弟子宽厚仁慈、爱护有加。我在美林身边时间较长，感受尤深。1980年代末，正是美林师《儒林外史》研究佳作迭出、成果丰收之时，美林师毫不吝啬地将其《新批儒林外史》、《吴敬梓评传》等大作的手稿，供我与师兄陈欣反复阅读，并就具体问题详加解释，说明其思路演变、结论形成之过程，让我们从中揣摩治学之道。在此基础上，美林师开始手把手地教我们写作学术性的文字。当初浙江古籍出版社出版的《明清小说鉴赏辞典》之《儒林外史》"情节鉴赏"部分由美林师承担，美林师本有现成之材料，却将机会留给我与陈欣学兄。我们利用美林师已经完成的《新批儒林外史》回评，组织成文。每数日完成一篇，美林师亲自到宿舍来取，并将他细细修改好的前一篇给我，分析得失。寒假之中，六楼仅我一人，师每登六楼，便大声呼叫弟子。虽时属隆冬，滴水成冰，但每闻师之呼唤，则如沐春风。师生合作，其乐融融。此情此景，至今思之，犹在眼前。正是在这样的精心培养之下，我逐渐走上了治学之路。

确实，每读吴、李二君这些文字，恍惚又回到十年前、二十年前。往事虽并未如烟如云般逝去，但毕竟成为不可重现的历史，只不过留下些温馨的回忆而已，这或许能冲淡一些跋涉途中的苦涩。就此说来，则如"后记"中所言，这本书"是我们师生情谊的见证"。

从研究历程而言，"儒研史"既已出版，也就成为历史。学术的发展是无限的，学人的生涯是有限的，我们只能在有限的生涯中力求做出最大的贡献。何满子先生收到我的赠书后复信云："兄真是为吴敬梓拼搏大半生，成绩卓荦可观，中国研究《儒林》第一家也。""第一家"云云，实不敢当；"拼搏大半生"却是事实，但笔者也只是尽其在我而已。

戊子年夏至（2008 年 6 月 21 日）

［附见《清凉布褐批评儒林外史》（修订本即第三次批评本），

新世界出版社 2009 年 2 月版］

跋涉"儒林"四十载

　　20世纪70年代，人民文学出版社邀请我所在的学校撰写《儒林外史》前言。学校决定成立老中青三结合的小组承当，我被指定为四名成员之一，并被推为执笔人。完稿后，经系领导审核后寄出版社；出版社则排印若干份广为征求意见，被认可后，通知我们稍作润色即可定稿。此际由于形势变化，我被调出"前言"小组，从此乃由职务行为改为个人研究，迄今已逾四十载。漫长的跋涉，可忆可叙之事颇多，非一篇文字所可尽述，乃略说大概，以供有兴趣的读考参考。

一

　　笔者的研究从作家起步，进而探讨其作品，再进而评述前人的研究，作家吴敬梓和作品《儒林外史》是不因研究者的不同而变化的客观存在，可谓是第一性的存在；而不同研究者对它的研究成果则因人而异，可谓是第二性的存在。二者都纳入我的研究领域，或有先有后，或同步进行。一般说来先行研究作家，举凡

家世、生平、交游、思想、学养等等，均有所考察、评述。为了
尽多地掌握作家的情况，除了查阅公私藏书中有关文献资料外，
还去他的故乡全椒及滁州、合肥等地访人寻书。

当年去外省办事，须持本省革委会介绍信方可。我们乃向江
苏省革委会申请，开具去安徽省革委会的介绍信，由他们转滁州
地区再转全椒县二级革委会。手续虽烦，但接待认真。由全椒县
委副书记王郁昭、县革委会宣传组副组长韦邦杰两同志接谈，又
找来文化馆武漪波等同志介绍情况。我们先问吴敬梓是否有后人，
他们说有吴炽榮，还有旁支吴坪，但二人不和；他们又说程十发
画吴敬梓像，曾索去吴炽榮照片一张。后来见到吴炽榮，据其自
称为吴敬梓十二世孙；问其是否有家谱一类文献，他说以前有过
一本草谱，是根据胡适、张慧剑等人著作编制的，"文革"中毁
去；问及吴敬梓的子女，他或说二人或说三人，前后不一。除此
以外，也谈不出什么有用的情况来。1981 年在滁州召开"纪念吴
敬梓诞生 280 周年学术讨论会"时，有报道其为"第八代孙吴炽榮"
（《滁州报》1981.10.13），也有报道为"第九世孙"（《文学报》
1981.10.29）；1984 年在南京召开"纪念吴敬梓逝世 230 周年学
术讨论会"时，则称其为"吴敬梓后裔吴炽榮"（《新华日报》
1984.11.3）。其人于 1989 年病逝，全椒有关部门曾给我发来讣告，
我则复了唁电。

至于吴坪，吴炽榮一直不予承认。80 年代南京电视台拍摄《吴
敬梓和〈儒林外史〉》专题片，请我任文学顾问。编导蒋广森同
志去全椒拍摄归来后告诉我，吴炽榮根本不允许吴坪进门，我乃
建议蒋广森同志不要卷入。在南京纪念会召开期间，有关媒体多
有报道，我收到一位住在南京秣陵路 20 号的吴增佩来信，自称是
吴敬梓后人。我十分重视，因为吴敬梓死在扬州却葬于南京，其

子吴烺已入《金陵通传》，此人或真为吴氏后裔也未可知。乃前往寻访，交谈之后知其在公交公司工作，对吴氏先人情况一无所知。因为吴坪曾任小学教师，有一定文化素养，笔者乃写信向其询问，收到他于1986年7月10日的复信，说此人乃其继母唐氏抱养之子，与之并"无血缘关系，但相处甚好，常来往，不是亲人，胜似亲人"等等。吴坪在此信中还说"我对远祖吴敬梓及其著作学习甚少，知者甚微，因而颇感愧甚，很多地方，敬祈指教，对您在这方面所付辛劳，深表感谢和敬意"。同样，在1981年滁州会上，吴炽棪也特地向我表示，他读过我的一些考证文章，感谢我帮助他们理清了家世。吴炽棪病逝后，在2001年12月滁州召开"纪念吴敬梓诞辰三百周年学术讨论会"上，吴坪则以吴敬梓后裔身份出席会议，并散发其于2000年8月编纂的《全椒西墅草堂吴氏家世概述》，除《全椒志》外，并未提供其他文献资料。数年后，《南京晨报》（2005.6.9）报道《吴敬梓后人欲来宁寻祖坟》，说全椒退休教师吴其华来宁，对记者说："吴敬梓生有四个儿子，他是长子吴烺的后人"，"吴敬梓生父名雯延，吴敬梓是他三个儿子中最小的一个，自幼便被过继给长房吴霖起为嗣"。吴其华自述与笔者的考证吻合，但笔者与其从无联系。吴其华还对记者说："原来家族曾经有族谱的，但是在'文革'期间，由于红卫兵抄家，因此族谱被大火焚毁，遗憾的是并没有留下抄本及记录。"其所言与吴炽棪于20世纪70年代初所说倒是一致的。笔者是以吴敬梓及其作品为研究对象，不是研究吴氏后裔的传承，那是谱牒学者的任务。无论后裔如何，并不影响对吴敬梓本人及其作品的评价，所以其后裔问题不在笔者所探讨的范围，只不过将笔者几十年来所接触到的人和事于此约略一说，以供有意于此者参考。

安徽之行，"访人"之结果大体如此，于笔者的研究并无助益，倒是"寻书"却大有收获。当年胡适做《吴敬梓年谱》时，根据的是民国九年张其浚修纂的《全椒志》，而张其浚在修志时遍求康熙年间蓝学鉴、吴国对主纂的《全椒志》而未能得见。笔者安徽之行居然得见此志。虽然蓝学鉴修志时，吴敬梓尚未出生，但吴国对为其亲曾祖，编辑、校阅人员中颇多国对子、侄即吴敬梓祖辈，所记吴氏族人事迹甚多甚详，还录有吴氏族人艺文，对于了解吴敬梓前数代先人事迹颇为有用。可以说是笔者首先将此志引入对吴敬梓的研究领域中来的。此后我写有专文《康熙〈全椒志〉中有关吴敬梓先世资料》发表。

之后，更用力于公私藏书中发掘吴敬梓有关资料，颇有所得，也在撰写论文时有所称引，从而渐为外界所知。曾经有人通过我系资料室负责人赵国璋先生转告，希望与我合作编辑一本资料。我考虑再三，自己发掘资料是为研究而为，成果尚未全然发表便先行披露，并非明智之举；更重要的是一己所掌握的资料尚不足以单独成册，按照对方主意去做，采用胡适、何泽翰等人著作入册，更不妥恰，乃予婉拒。后来有人出版了一本资料汇编，将何泽翰《儒林外史人物本事考略》全部囊括进去，又不说明。何泽翰在给一位友人的信中述及此事，极为不满，同时在何先生任教的湖南师范大学出版的《中国文学研究》（1993年3期）上有专文披露此事。

拙作《吴敬梓身世三考》等文章发表后，其中引用的一些材料引起一些同道的兴趣，如陈汝衡先生来信说："大作《吴敬梓身世三考》一文，繁征博引，足令读者心悦诚服，功在艺林。不佞近正边抄边校拙作《吴传》，获此殊觉喜出望外。"（1977.8.4）此后不断来信，希望与我交流资料，如1978年1月17日来信说"听魏绍昌兄谈，南师有三篇敬梓史料：一为'年谱'，二为'移家赋注'，三是大作'生父嗣父'考"，希望我能提供。原先是准备做"年谱"的，但当时搜集的资料尚不足以谱写，如以大量的他人资料架起谱主吴敬梓，则并无意义，乃改作吴敬梓年表，至80年代后期乃完成《吴敬梓评传》。至于《移家赋注》，的确也在进行，不仅此赋，对其余的诗、词也有选择地进行注释，因常向唐圭璋、段熙仲、徐复等老先生请教，因而为人所知。但彼时注释词赋的目的在于考察吴敬梓的家世、生平、思想、交游以为做评传之用，至于将其汇编为诗词笺注的专书一时尚不及去做，计划在研究性著作完成后再为之。这些词赋的诠释，不但在自己的研究著作中不时称引，也供有关同志参考，如在我所主编的110万字的《儒林外史辞典》中第二编"诗词赋"，邀请王步高教授撰稿，他也说明曾参考拙作《吴敬梓评传》等著作。当年一位审读《吴敬梓评传》的同道对我言及，"书中颇多新资料，也有大量注释，此前未见他人为之，可说明一下"。此言极是，但因拙作已经付印，同时在一篇短短的"后记"中也不能尽言。进入21世纪后，乃先后发表《吴敬梓研究资料的发掘和利用》及其续篇《再论》二文，稍稍做些追述。

二

虽然我被调出"前言"小组，但并未放弃个人的业余研究，在一定范围内也有人知道"前言"第一稿乃由我执笔。在我们于20世纪70年代初去安徽访人寻书以后，安徽也跟进对吴敬梓的研究，70年代中期，安徽大学、滁州地区、全椒县成立三结合研究小组，曾来我校"取经"学习，系里为了接待他们，召开了座谈会，当然不会通知我参加，时在安徽大学任教的李汉秋同志很想与笔者晤面交流，便请我系顾复生同志陪同来舍间，应他之请，乃将第一稿撰作经过及主要内容讲述一遍，并对他所问及的问题诸如有关资料以及自己的设想、见解等作了回答。此次相见，乃成为与李汉秋同志结交之始。他们返回安徽后不久，便寄来了一份"一九七五年五月八日""根据安徽省委批转的关于《注释法家著作、评法批儒编写出版规则》"拟出的《反儒的讽刺小说〈儒林外史〉》的写作提纲，征求意见。他们按照这份提纲写出《儒林群丑的讽刺画卷——评吴敬梓的〈儒林外史〉》的小册子先于1976年6月由安徽大学印成学报增刊，1977年1月由安徽人民出版社正式出版，全书约七万字，李汉秋同志都曾先后寄给我。

我所执笔的"前言"第一稿由工农兵学员接手后写成第二稿，再转入新的"前言"小组成员手中写成第三稿，在1977年1月人民文学出版社出版的《儒林外史》卷首刊出。这篇"前言"与安徽的小册子一样，都将《儒林外史》说成是"反儒"的作品，而且在"前言"中断言吴敬梓是"用经学新解等曲折、隐蔽的方式进行反理学斗争"的。这一论断其实是毫无学术根据的，为了廓清此说，我在撰写一些考证吴敬梓身世的文章之外，还对其思想渊源有所探索，并先后写成文章陆续发表，其中有一篇《略论吴敬梓"治经"问题》，就是为辨清"反儒说"的根据所谓"治经"的内涵。拙文于1977年刊出后，很快收到河南任访秋、上海陈汝衡等先生来信表示赞同。我校段熙仲、徐复两位老先生对经学研究有素，也表赞赏，特别是段老对我说新中国成立后大学里已停开"经学"课程，问我从何处学来，是否任铭善先生所传授。我告知段老，笔者于1950年考入浙江大学，当时任先生只开语言课，并不讲授"经学"，但课余时间闲谈时却提示我们要重视"经学"。我不过是为了写文章查找有关著作自学而已，其实并无研究。此后，段老在1979年招收的汉魏六朝研究生的进行论文答辩时邀我参与；我告知素无研究，他便以此文为例，坚邀笔者审阅两位研究生的论文并参加答辩，后来他的一位硕士生还成为我的博士生。

当然，从70年代中期开始撰写的这些论文，要到"四人帮"粉碎之后方能陆续发表。上海人民出版社负责人李俊民先生从王西彦师处读到过一些，特别是最早发表的《吴敬梓身世三考》后，便让古籍组（即后来的上海古籍出版社）寄来"沪版77古字252号"约稿信，约我撰写《吴敬梓研究》书稿，"读者对象为大学文科师生"。我复函同意后，便由责任编辑邓韶玉同志与我联系，编辑室主任陈邦炎先生过宁时还来舍间相访，交谈关于书稿的有关问题。1982年交稿后，方知由何满子先生负责审稿，所以他对我的研究状况十分了解，后来他在《中华读书报》（2002年3月27日）发表的题为《伟人也要有人懂》的长篇书评，评论拙作《清凉布褐批评儒林外史》时，还提及笔者的早期研究，文章说笔者是"从基础性研究着手，花力气探究吴敬梓的家世生平，考证出吴敬梓是生父吴雯延出嗣给长房吴霖起的，这一出嗣关系加上上代的嫡庶和功名显晦等复杂的原因所导致的遗产纠纷，严重地影响了吴敬梓的人生选择，使之由缙绅子弟变成宗法制度的叛徒。因此，他的考证与'红学'界考证曹雪芹直追到将军魏武之子孙的繁琐考据有别，对研究作家有其必要性。这些研究收集在1984年出版的《吴敬梓研究》一书中"。何先生接着说，"此后他转入作品研究，主要作品有《新批儒林外史》和《儒林外史人物论》"。的确，笔者的研究是从作家起步，进而进入作品研究，但在作家研究时，不忘其作品；在作品研究时，又处处联系其作者，只是不同阶段有所侧重而已。

在《吴敬梓研究》出版前后，已开始重点研究作品，80年代中后期的成果是《新批儒林外史》，而《儒林外史人物论》则是90年代的著作；同时80年代继《吴敬梓研究》之后，对作家的研究仍在继续，其成果则是《吴敬梓评传》。

80年代初期，因研究作品《儒林外史》，从而对清代几家研究该书的评点本有所探索，除对评点这一形式本身进行考察外，又对卧闲草堂评本、齐省堂评本、张文虎评本以及黄小田评本都在深入研析的基础上撰写了评论文字。以此，便产生不妨操刀一试的念头。江苏古籍出版社的同志得知笔者这一设想，便以此相约，终于在1989年12月出书。因评点形式的作品不见于市场久矣，所以拙作一出，颇有新耳目之效，至1998年2月已印行七次，累计六万册。而且，据《儒林外史》法译本译者张馥蕊研究员在寄赠其所译时有信说，"大作《吴敬梓研究》及《新批儒林外史》均在法购到，并已拜读，深佩用力之勤，极富参考价值"云云，可见《新批》等书也传至海外。

《新批儒林外史》出版前夕，匡亚明同志邀请我参加他所主持的《中国思想家评传丛书》的活动，由于他已读过笔者的《吴敬梓研究》，决定请我承担《吴敬梓评传》的写作任务，并决定此稿与他的《孔子评传》，还有其他两部共计四部，作为1991年举行的"中国传统思想文化与21世纪国际学术研讨会"的赠书。如同《吴敬梓研究》作为1984年召开的"纪念吴敬梓逝世230周年学术讨论会"的赠书一样，受到与会者的认可。何泽翰先生在得到《吴敬梓研究》一书后，乃寄赠墨宝题诗一首：

> 阳狂玩世秦淮客，薄俗纷纷过眼新。
>
> 著述九流甘末等，风标百代慕高人。
>
> 徽音愧我才难企，遗躅欣君地与邻。
>
> 更有金陵图咏在，赓歌好作盛时民。

美林先生于吴文木外史最为专精，特赋赠即正

一九八四年十二月
弟何泽翰

此诗又刊于岳麓书社出版之《湖湘诗萃》第二期。

《吴敬梓评传》出书前，匡亚明同志特书赠横幅：

美林先生雅正：

萋兮斐兮，成此贝锦

谨录诗经小雅巷伯篇句，预祝《吴敬梓评传》以传世之作早日面世。

一九九〇年二月　匡亚明，时年八十四

《吴敬梓评传》于1990年12月出版。九十年初，常有海外学者来访，他们提及在北京大学访问吴组缃先生时，吴先生告诉他们，要研究《儒林外史》可去南京访问笔者，感其盛情推介，乃托友人捎去《评传》一部，吴先生及时复信云：

美林先生：

承赐大著《吴敬梓评传》，日前已由友人带到。大作观点平正，取材翔实，诚为有分量的著作，读后得益不浅，不胜欣感，耑此致谢。顺问

撰安！

吴组缃顿
一九九三年五月十日

这几部书稿都是20世纪80年代中后期完成的。后来写了几篇文章，回顾这几部书稿的撰作过程，有《"知人论世"、"见由己出"和"法不前定"——〈吴敬梓研究〉出版二十年回顾》、《"通作者之意，开览者之心"——运用传统形式整理〈儒林外史〉的回顾》和《"设情以位体"——〈吴敬梓评传〉出版十五周年回顾》等，

489

此不再多做引述。

<h1 style="text-align:center">三</h1>

从 20 世纪 70 年代初到 90 年代初前二十年间的"跋涉"经历及主要成果已如上述。90 年代以至近日后二十年间的"跋涉"，仍延续前二十年的途径继续向前、深化。

《〈儒林外史〉人物论》。1989 年下半年中华书局胡友鸣先生和另一位同志来舍间约稿，约我为《文史知识》"治学之道"栏目写一篇文章，同时在刊物上开辟一个专栏，我允其所请；友鸣同志还提出专栏最好以《儒林外史》为题，我便表示可写《儒林外史》"人物论"，但专栏文章要迟一些交稿，因当时《吴敬梓评传》催稿正急。友鸣同志同意，但要我先行拟订全面计划，首次交稿要三篇，以便连载；并让我先将"治学之道"栏目的文章写就寄去。由此，便先写成《学林寻步》一文，于 1990 年 3 期刊出。《吴敬梓评传》交稿后，便在过去做《新批儒林外史》的基础上，将作品中的人物逐个挑选、排比，并列出他们之间的种种关系，拟出写作意向，征得编辑部同意认可后，便于 1990 年年底动笔，先行写好几篇寄去，从 1991 年 7 期开始刊出。发表了十几篇后，编辑部建议再写几篇，作为"文库"之一出书，不再在刊物上发表，于是 1993 年 4 月签订合同、1994 年交稿、1998 年出书。《20 世纪中国文学研究·清代文学研究卷》中有对拙作的评论，说这二十几篇人物形象分析的文章"构成了《儒林外史》人物论的完整体系，值得注意的是，这些论文力求从文化背景、作者际遇、时代特色、作品内涵等方面分析人物性格及其形成的内外因素和主客观条件，从而颇为准确地把握了人物思想和艺术特征"。

而拙作之所以能做到这一要求，得感谢刊物的一位编辑同志。"人物论"专栏虽系胡友鸣先生约定，在编发过程中先后经过几位编辑之手。在连续刊发几篇之后，我收到一位编辑（如今已是很有成就的学者了）于1991年10月14日来信，告诉一位研究吴敬梓的同道找到他们，说与我很熟悉，他携去几篇稿子，表示要与我共同主持这一专栏。这位编辑同志在信中说，想来此位先生已给你信，建议我们适当分工。这位先生原在邻省一所高校任教，70年代中期的确为研究吴敬梓曾来舍间访问过，后来调离学校去北京从政。至于与其共同主持专栏一事，我却一无所知。我乃复信表示原先约稿并无此议，而且书中人物虽是逐个写来，但却要全盘考虑，哪些情节在写何人时交代，哪些故事又安排在何人身上，人物之间的种种关系如何评价等问题，只能一人考虑，如由两人合作，又不能随时商量，怕难以处理妥恰。因此建议编辑部，这位先生也是名家，可由他主持，我可退出。编辑同志则复信说，原先以为我知情，既然如此，仍依前约，请我继续主持，并希望不要因此而影响与这位先生的关系。其实，此事的确没有影响我们的相处。如今已过去二十余年，彼此老矣，更不会心存芥蒂。之所以提及此事，不过是借以说明一己研究作品的思路，以反证《清代文学研究卷》的评述符合实情而已。

深化作品的研究，还有一成果就是对《新批儒林外史》所做的修订工作。虽然该书一再印刷，但其间一些印刷错误未能改正，发稿前夕总编却临时决定不要注释，前言又限于五千字。见书后，一有空闲即对之修补，但直到新世界出版社负责人周奎杰女士来宁，方有机会重新出版。周女士原为外文出版社文教编辑室主任，因在北京图书馆见到我用笔名出版的对古代戏剧的改写本，便通过中文版编辑找到我，将我的改写本出版了英、法、德文本。此际她已调入新世界出版社，知道我有意将《新批》重新修订，便表示可由他们出版，乃更名《清凉布褐批评儒林外史》交给新世界。至于增修之处，在《"通作者之意，开览者之心"——运用传统形式整理〈儒林外史〉的回顾》文中有所叙述。见书后，为精益求精起见，仍不断修改。2004 年秋，我赴京参加在香山召开的一次学术会议期间，周奎杰同志与外文社原编审陈有昇同志，陪同新世界出版社新的负责人张海鸥女士来访，约请笔者整理《桃花扇》并撰写前言，纳入大中华文库出版汉英对照版。其时又谈到对《清凉布褐批评〈儒林外史〉》的修订问题，张女士表示理解，所以又出版了《清批》的修订版。

这些，均是对《儒林外史》做深化研究的成果，至于单篇论文，就不一一列举了。

对作家吴敬梓的深化研究，《吴敬梓评传》虽已印行几次，也未有机会予已修改。直到 2009 年底接到南京大学出版社通知，拟出版典藏版，乃借此机会做些小的修改。所谓典藏版于 2011 年 11 月出版，其实，除了开本变大外，纸质、装帧均不如前，特别书前所附照片（包括匡亚明先生墨宝在内）一律去除。不过，内容虽是"小改"，毕竟做了一些增饰。据出版社告知，这本评传累计印数达一万六千册，在二百部评传中印数过万者仅十余部，2001 年还曾被香港公开大学馆藏图书制成光盘版。至于深化作家研究的论文颇多，如《试论"思想家小说"作者吴敬梓的思想》、《吴敬梓生平文献资料的引用、解读和考辨》、《为吴敬梓"让袭"说"寻根"小议》等等，不一一罗列。

至于作家与作品综合研究的成果也有一些，如 1994 年南京大学出版社出版了我所主编的一百一十万字的《儒林外史辞典》，共分作者、诗词、思想、艺术、资料、辞条六编，清华同方还为之出版了光盘版。这方面的论文也有《吴敬梓的生活环境与〈儒林外史〉的地域特色》等，可参见笔者的论著目录，此不详列。

后二十年"跋涉"的一项重要成果则是《〈儒林外史〉研究史》。为了做这一课题，笔者早在 20 世纪 70 年末就撰写了《略评胡适对〈儒林外史〉的研究》、《鲁迅与吴敬梓》二文。80 年代起，对清代四家重要的批评本发表了五篇论文，其中论卧评有二篇，齐评、张评、黄评各一篇。进入 90 年代，则写有《〈儒林外史〉研究的历史和现状》、《二百余年来〈儒林外史〉研究之回顾》、《二十世纪〈儒林外史〉研究概况》等专文；此外，还就历来研究吴敬梓思想、《儒林外史》主题、人物形象等的专题成果分别做了回顾，这些，都是为了撰写《〈儒林外史〉研究史》作的铺垫。做好充分的准备工作，乃申报江苏省哲学社会科学"九五"项目，被获准立项（编号为［1995］09—023）。正当其时，新入学的博士生吴波君希望参加这一项目，出自薪火相传的考虑，乃允其所请，后来他在博士论文《〈阅微草堂笔记〉研究》的"后记"中还说："我有幸考入南京师大文学院，师从陈美林教授攻读中国古代文学博士学位。入学之初，协助美林师写作《〈儒林外史〉研究史》。"其所做的"协助"，即根据笔者长期积累的资料、发表的大量论著，按照我们拟订的章节，剪辑或稍作改写纳入书稿中。在这过程中，我还先后发表了《撰写学术史的思考》、《撰写〈儒林外史〉研究史的再思考》、《〈儒林外史〉研究与〈儒林外史〉研究的研究》等文，供其思考汲取。有些文章虽然发表在后，但其中见解却提前与之详谈过。他每完成一章，我便审读一章，提出意见，供他修改，经过吴波君两年多的努力，终于完成一部三十几万字的书稿。先行上报结项。鉴定小组于 2000 年 9 月 1 日做出评审意见：

　　陈美林、吴波同志合作的这部《〈儒林外史〉研究史》，对清代中叶《儒林外史》面世直至二十世纪末的研究状况作了一个总体回顾，总结了不同历史时期《儒林外史》研究的特点，勾勒出了研究的演进的轨迹，选题新、文献资料丰实、论证周密。它的面世，对于指导我国的文学研究、拓展我国古代文学的研究领域，均具有重要意义。评审小组一致认为这是一部具有开拓性、具有很高学术品位的著作，同意通过鉴定。

初稿通过后，有出版社愿意出版，但考虑到作为一部学术专史，要力求出精品，拟再作磨合。吴波君也同意，但他即将毕业赴湘工作。经与其研究，便由我主动找李忠明君来商量，请其接手此项工作。忠明早于吴波十年来随我学，对我的研究情况更为了解。只是由于本身工作十分繁忙，修订数年之久，其间我又补写了不少有关研究史的论文供其采纳，最后完成一部五十万字的书稿。海峡文艺出版社以之申报国家"十一·五"重点出版项目，获准后很久，我才知道著作责任人仅列笔者一人，我便向出版社提出不可忽视吴、李二君的贡献。出版社答复是，他们做过专门研究，认为该书内容大都是笔者的研究成果，又考虑到知名度，便如此申报。既成事实，也无可奈何。但令人不解的是正式出版时作者栏中却漏列笔者，虽来函道歉并补寄来重新制作的版权页，但书已印出，也只能随它去了。清华同方于2011年出版光盘版时，根据当年与海峡社签订的正式合同做了改正。

"儒林"跋涉四十年的主要成果大体如此，而且已成为历史的产物。学术的发展是无限的，学人的生涯则是有限的，我们只能在有限的生涯中力求做出最大的贡献。何满子先生在收到我赠送的《〈儒林外史〉研究史》时，于2006年11月8日来信说："兄真是为吴敬梓拼搏大半生，成绩卓荦可观，中国研究《儒林》第一家也。""拼搏大半生"是事实,"第一家"云云,却不敢当,学术在发展,新人在成长也。

笔者自1953年大学毕业以来,整整度过一个甲子的菑蓿生涯。除此专题以外,在其他小说、戏曲、诗文等领域的研究也稍有成果,就数量而言也不亚于这一专题。但此文只叙"儒林",别的就不说它了。

四

菑蓿生涯六十年,跋涉"儒林"四十载,无非是讲堂之上,讲授诗文,或是埋首牖下,仰屋著书而已。偶或应邀参加一些社会、学术活动,此文则仅就有关"儒林"者,略作回顾。

1984年春,南京电视台先后摄制专题片《吴敬梓和〈儒林外史〉》以及系列片《儒林外史》,应他们邀请担任文学顾问。1996年5月,中央电视台拍摄《中华文明之光》中的《吴敬梓和〈儒林外史〉》专题,专程来南京采访,除了接受他们的采访外,还让弟子陪同他们去全椒。笔者以为将古典文学名著搬上电视屏幕,是向广大群众宣扬民族优秀文化的极好措施,自应支持。

参与全椒吴敬梓纪念馆的复建工作。1983年冬,全椒县委文书记(忘其大名)派车来宁接我去全椒,讨论纪念馆的重建工程。终于1984年10月8日开工,1985年底竣工,全椒方面还制成纪念馆画册,送来几十本,让我代为赠送海内外学者。此后历届县领导如阚家衡、殷守余、龚金龙、李忠烈等同志常来舍间或接去全椒,海外学人来访,或陪同去全椒,或介绍他们自行前往,为弘扬吴敬梓的成就做些力所能及的工作。该县领导李忠烈同志还于1997年11月21日来到舍间,将他们在景德镇烧制的吴敬梓座像赠我，以表示全椒人民对我的感谢。可是，进入 21 世纪以来，也许我的一些研究文字不符合某些人炒作之需，几乎与我断绝一切往来。笔者研究吴敬梓就是为了肯定他的成就和贡献，但也从不讳言其不足；至于吴氏家族史上的种种矛盾，也根据可信的文献资料予以考证，做实事求是的叙述，绝不作迎合、媚俗之文。

从 20 世纪 80 年代起，笔者曾多次建议在南京修复秦淮水亭，媒体多有报道，在笔者担任省政协六、七两届委员时，两度写有得案，终于在 1997 年 10 月建成，并应邀撰写《秦淮水亭重建记》碑文。2004 年应约撰《十年动议，政协促成——吴敬梓秦淮水亭修复记》，刊于《江苏政协》9 期，全国政协所编《人民政协纪事》也收入此文。可是建成不数年，已经荒败，《金陵晚报》（2011.9.28）大字标题报道《夫子庙"吴敬梓故居"如今成了茶馆》；黄强在《文人置业那些事》一书中间作者："不知当年花费十年工夫，多方

2004 年秋作者在秦淮水亭

呼吁才复建了吴敬梓秦淮水亭的陈美林教授，近年可故地重游？假若见到此情此景，他又有何感慨。"又有人手持《扬子晚报》（2011.11.30）的报道，问我吴敬梓移家南京前，全椒的"田庐尽卖"，怎么当今全椒要花巨资修建探花第和吴氏宗祠呢？如果吴敬梓仍然住在高墙深院的探花第中，仍然是一个缙绅子弟，能写出《儒林外史》来么？这些问题，我回答不出。假若吴敬梓还活着，他本人能回答出么，我也不知。

有关《儒林外史》学术讨论会，据统计新中国成立后共举行七次，第一次是1954年在北京召开的吴敬梓逝世200周年纪念会。与会者皆一时学界名流，如茅盾、曹禺、翦伯赞、吴组缃等。彼时笔者刚参加工作一年，也未研究过《儒林外史》，自然沾不上边。

1981年秋，在安徽滁州召开纪念吴敬梓诞生280周年学术讨论会。从1954年初至1981年底，发表有关吴敬梓研究论文者，据《〈儒林外史〉研究史》所附索引统计，四篇以上者有陈美林（17篇）、孟醒仁（6）、桂秉权（5）、李汉秋（5）、范宁（4）、张慧剑（4），三篇者有何泽翰等四人，二篇者有冯至、陈汝衡、吴组缃等十余人，发表一篇者有邓绍基、何满子、霍松林、任访秋、汪蔚林等百人左右。如此，笔者自然被邀请与会。《滁州报》1981年10月13日报道，会议由省委宣传部长戴岳主持，省委副书记兰干亭讲话，出席会议者尚有各地"教授、研究员、副教授、副研究员范宁、章培恒、霍松林、赵齐平、陈美林、李厚基、高明阁、宁宗一等七十余人"。

1984年11月，在南京召开纪念吴敬梓逝世230周年学术讨论会，由时任江苏社会科学院名誉院长的汪海粟同志任主任委员，委员22人，除本省有关领导和学者外，外地尚有何满子、章培恒、袁世硕、刘世德、宁宗一等。因拙作《吴敬梓研究》刚出版，作为会议赠书之一，同时任文学顾问的《吴敬梓和〈儒林外史〉》专题片也要在会上放映，所以也安排为委员之一，但未参预任何工作，只是接获通知，开幕式必须参加，因省委领导要见见作者。最后一天成立"中国《儒林外史》学会"，本人未到会场。《新华日报》1984年11月3日、7日均有报道。出席此次会议者有全国各地学者一百二十余人。

1986年6月，在全椒召开纪念吴敬梓诞生285周年学术讨论会，《安徽日报》（1986.8.26）报道"中国《儒林外史》学会副会长陈美林、李汉秋、宁宗一主持了会议"，与会者五十余人。

1996年7月在扬州召开了迄今为止唯一一次的《儒林外史》国际学术研讨会。起因在于国外一些同道来访时多次提起希望一同讨论，乃由笔者时任会长的江苏明清小说研究会与扬州大学联合举办。扬州大学建议要加上"中国《儒林外史》学会"的名义合办，但此际学会尚未登记，恐有不便，扬大同志说只开一次讨论会，也无大碍。彼此明确只讨论学术、不涉及学会的原则，在征得会长章培恒的同意并表示与会后便加上这一名义。岂料开幕式前收到章培恒同志来信，不知谁人对他说学会要换届，他表示既然如此，要辞去会长职务，并不来与会。紧急去电说明，也赶不及参加开幕式，只得罢了。此会与会学者有来自美国、瑞士、韩国的学者多人。《扬州晚报》（1996.7.15）、《扬子晚报》（1996.7.20）均有报道。

2001年为吴敬梓诞辰300周年，原先安徽大学与南京师大拟联合办会，双方负责人已经具体会商过，岂知安大于10月26日单方召开。为团结起见，笔者也应邀赴会。同年12月5日滁州又召开纪念会，因性质相同，不拟赴会，但滁州方面考虑会长章培恒不能到，便再三邀请并派车来接，乃去参加，但提前离会。11月，中国社会科学院文学所也举办学术讨论会，发来邀请函，原拟赴会并写好发言稿，但同时在政协礼堂举行的纪念会，未发邀请函，所以文学所的讨论会也就未去参加，发言稿乃委托在北京的一位弟子张平仁教授在会上代读。

2011 年 11 月全椒主办纪念吴敬梓诞辰 310 周年讨论会，《扬子晚报》在 8 月 25 日已有报道，并且要成立学会。有人问我，学会不是早在 1984 年已成立，《新华日报》不是报道过吗？怎么又成立学会？对此，我一无所知，自然无从回答。11 月 1 日全椒旅游局长田胜林同志来访，并持汉秋兄 10 月 29 日一函说，"全椒筹备纪念吴敬梓诞辰 310 周年并筹组中国《儒林外史》学会（筹）。鉴于吾兄的卓越的学术成就，拟推兄台为名誉会长，祈请俯允，以光学界"云云。据田局长说，一切就绪，届时派车来接。既成事实，不便拒绝，以免误解为反对，只允参加开幕式。但此后一无消息，既无正式邀请，也未派车。会后托人捎来一纸名誉会长证书及会议文集。行文至此，也有必要将 1984 年成立的"中国《儒林外史》学会"的前后，据笔者所知略作回顾。1984 年暑假前夕，"前言"小组负责人前来舍间通知我，说要成立学会，外地同志已到校，要我下午去参加会议。我说没有接到校或系领导委托，我也早调出"前言"小组，不便与会。中午，谈副校长（后扶正）屈尊来舍间通知我与会，在问清我校尚另有人参加，便允去坐坐。后来读到汉秋写的文章，才知道 1981 年滁州会期间及 1984 年春洛阳《三国演义》会期间，已经商谈过成立学会一事。滁州会，我参加的，但无人与我谈及此事；洛阳会，收到邀请，但未与会，所以此前并不知有此事。只因在南师的会上坐了半天，外界便以为我是筹备人员，安徽大学孟醒仁先生便带领几位青年同志找到我，反对该校一位同志出任副会长。我再三说明未参与筹备，他又去找了别人。我明白这种事会引起种种矛盾，所以在成立学会的 11 月 7 日晨，即离开学校避会。第二天方知道依然被推为副会长。后来见到名单，名誉会长为吴组缃，会长是章培恒，副会长除笔者外，尚有李汉秋、宁宗一，理事有刘世德、聂石樵、陈毓罴、鲁德才、李厚基、何满子、郭豫适、何泽翰、袁世硕、孟醒仁、谈凤梁、李灵年、吴圣昔、杨子坚等四十人。关于 2011 年新成立的学会，仅知道会长为李汉秋，至于副会长、理事等，未见名单，一无所知。1984 年被选为副会长，2011 年被推为名誉会长，两次笔者均不在会场，历史的重复竟然如此相似；但也有不同之处，被选为副会长，事先不知；被推为名誉会长，则事先见到汉秋信，这也是同中之异。历史毕竟不会完完全全地重演。总之，副会长也好，名誉会长也好，均与笔者在"儒林"中跋涉无关。多年来从不提及，甚至政府有关部门请我撰写《秦淮水亭修复记》碑文时，也拒绝写上这一头衔（当然也有他人在某种场合径行加上，则无法一一避免），本文之所以涉及，绝非以此炫耀（其实这种事又有何炫耀价值），只是回顾往昔，不得不写出这一史实罢了。

　　"儒林"跋涉四十载，可忆可叙之事尚多，如天假以年，或再为文追述。

（2013 年 3 月 20 日）

——原载《雅集》第七辑，2013 年 10 月

"儒林"之旅的回顾与反思

　　2018 年金秋十月，商务印书馆文史室主任陈洁同志来电，告知拙作《陈批〈儒林外史〉》（套红本，下称"陈批"）近将重印。该书于 2014 年 8 月第一次印行，此次重印，乃将书后所附笔者的著作目录补充至 2018 年，计有著作 47 种、论文 341 篇，涉及古代文史多方面；但吴敬梓和《儒林外史》课题所占比重最大，书 20 种，文 161 篇。有友人、弟子得知，一再建言，"陈批"已是第四次批本，又将重印，可见受到读者欢迎，不妨谈些体会，既可为一己小结，也可供他人参考。其实，这一要求既往亦有。如 2006 年春，王廷信教授从北京开会归来，找到笔者说《文艺研究》每期刊发一篇对学界名人的访谈，编辑部同志在会场寻找认识笔者的人，廷信应声而出，编辑部乃委托他采访在下。廷信说，他早先在《人民日报·海外版》（1991 年 5 月 7 日）读过《陈美林和〈儒林外史〉研究》的"专访"，至今已十余年，其间又出版了许多成果，应可再次谈谈感想体会。为此，不便拒绝，乃应命接受访谈。廷信先说及"先生研究领域涉及面极广，在戏曲、诗文、文学史、乃至文化史方面都有论著，但使您在学术界享有盛誉的，则是有关吴敬梓和《儒林外史》的研究成果。”因而这篇题为《萋兮斐兮，成此贝锦》的长篇访谈，乃以谈此专题为主，发表在该刊2006年10期，后又被韩国《中国小说研究会报》78号（2009年12月）全文转载。又经十年，《凤凰江苏》名记韦晓东于2016年10月27日前来采访，在“金陵学人访谈”栏目发出专访文章。次年，《博览群书》（2017年第10期）又发表了《〈儒林外史〉研究的陈美林现象——文学经典与“创造性阐释”的述评》。如今“陈批”重印，又有同志提出同样要求，自然也不能坚拒。

笔者研究这一课题始于1971年。虽然早在20世纪50年代后期担任元明清文学教学时也曾讲授过《儒林外史》，但其时的研究偏重于古代戏曲方面。那时做出的一些成果，于1978年全国科学大会之后方始由中华书局印出，外文出版社还将带有创作性质的古代名剧改写本出版了英、法、德文本。这在《戏曲教学、创作与研究——陈美林教授访谈录》[1]一文中有所报道，此不赘述。而吴敬梓和《儒林外史》的研究虽迟于戏曲、诗文，但2003年退休以后仍在继续，就这一课题而言进行了半个世纪，的确有必要做些检讨，乃不揣谫陋，做些不足为训的回顾与反思。

一

回顾近半个世纪研究吴敬梓和《儒林外史》的历程，大体上是先行考索作家的家世生平，探讨其思想面貌；然后再据此对其创作进行深入论析；最后则是对历来有关的资料和研究成果进行

① 陈美林：《戏曲教学、创作与研究——陈美林教授访谈录》，《艺术学》第四卷第三辑，2009年；韩国《中国小说研究会报》第79号2010年3月全文转载。

评述。当然，这三段并非截然划开，而是交错进行，只是每一阶段有所侧重而已。此文不拟一一介绍自己的论著，而是就每个阶段的思考、探索略作回顾，偶或引述有关讨论和评述。

清人章学诚说："不知古人之世，不可妄论古人之文辞也。知其世矣，不知古人之身处，亦不可以遽论其文也。"[①]鲁迅亦有言："我总以为倘要论文，最好是顾及全篇，并且顾及作者的全人，以及他所处的社会状态，这才较为确凿。"[②]这都表明要研究作品，必先研究作者，要了解其家世、生平、交游、际遇、思想以及生活时代的政治、文化背景、学术思潮乃至社会习俗等等，然后方能切合实际地论述其著作产生的背景、文学价值、社会意义和历史地位。

笔者最早研读的著作，除吴敬梓所作《儒林外史》和《文木山房集》以外，就是胡适、鲁迅等人的有关论述。《文木山房集》中有一篇《移家赋》，从赋中知道吴氏一族"五十年中，家门鼎盛"，但"君子之泽，斩于五世"，于是"兄弟参商，宗族诟谇"；家族情况如此，而乡人邻里又如何呢？"似以冰而致蝇，若以狸而致鼠"，总是格格不入。于是"见机而作，逝将去汝"，举家迁往金陵，"爰买数椽而居，遂有终焉之志"，从此成为南京人。对家族如此状况，笔者反复考索，乃是由遗产之争而引起，又由于吴敬梓的特殊身份便处在矛盾的中心。吴敬梓为吴国对这一支中长房长孙，即所谓"宗子"，在祭祀活动中有主祭权，在遗产分配中可多得一份，因而常为同一支中的族人嫉恨，特别是吴敬

---

① 章学诚著，叶瑛校注：《文史通义校注》卷三，中华书局1985年，第278—279页。
② 鲁迅：《且介亭杂文二集·"题未定"草（七）》，载《鲁迅全集》第六卷，人民文学出版社2005年，第444页。

梓这一"宗子"身份又是由出嗣而获得，更招致族人的不满。吴国对有三子：旦、勖、昇。长子吴旦只有独子霖起，而霖起无子嗣，旦乃从其弟吴勖第三子雯延众子女中择吴敬梓给霖起为嗣子。因此吴敬梓这一"宗子"身份倍遭嫉妒。胡适当年只从《移家赋》的夹注中找到其父为"赣榆教谕"的叙说，便在民国《全椒志》里"寻出"一个"做过江苏赣榆县的教谕"吴霖起，简单地断言其父为吴霖起，而于其过继一节则未曾虑及。后来者便一直沿袭"胡"说。笔者从有关诗文中发现记载吴敬梓之父死亡年月有两个不同记载，便以此为切入口，广寻资料，深入探析，得知其生父为雯延，霖起只是其嗣父。正因为此，在其生父、嗣父故去后，遗产之争便爆发，《移家赋》中所云"嗟早年之集蓼，托毁室于冤禽"即指此，虽然他丧失了大部分遗产，但终于认识到"若敖之鬼馁而广平之风衰矣"（《移家赋》）的诗礼传家的真面目，这对于他的思想转进和《儒林外史》的创作倒也产生了积极作用。

对于这一身世的考辨而撰写的《吴敬梓身世三考》一文于1977年第3期《南京师院学报》发表。其实，这篇文章是笔者数年考索的结果，直到粉碎"四人帮"后才得以刊出。当年学术刊物不多，一年四期的南师学报，在当时还是有一定影响的。我很感谢主编冯世昌同志的支持，在1977年4期中有3期发了我的论文，除此而外，尚有《略论吴敬梓的"治经"问题》①，这两篇都是研究吴敬梓的论文；其余一篇是《武则天以周代唐与儒道释之争的关系》②，20世纪80年代我校历史系一位老师参加唐史讨论

① 陈美林：《略论吴敬梓的"治经"问题》，《南京师院学报》（社会科学版）1977年第4期。
② 陈美林：《武则天以周代唐与儒道释之争的关系》，《南京师院学报》（社会科学版）1977年第1期。

会，在会上听到对此文颇有好评，返校后特地请人介绍至舍间索要此文。20 世纪 90 年代，此文曾被韩国《东方汉文学》（1996.12）全文转载，这且不去说它。《三考》一文首先为徐复先生见到，而"治经"文章则为段熙仲先生最早读到，均得到他们的好评。徐老受人之托曾向我借阅有关文章（包括已发表和尚未发表的），而此人逾期未归还。徐老为此于 1980 年 8 月 10 日写了一纸证明，开首即云："我系陈美林老师精研《儒林外史》，蜚声学坛，其《吴敬梓身世三考》尤脍炙人口"①云云。十年文革，文风以大批判为主，鲜有考证文字能见诸报刊。一位文革前省委宣传部的领导此际下放在扬州师院图书馆工作，见此文后便对周围老师说："十几年未见到这样的学术文章了。"上海戏剧学院陈汝衡先生正在修改己作《吴敬梓传》，见到拙作后便通过我系资料室主任赵国璋先生索要此文，后又不断直接向我索要新作。上海人民出版社负责人李俊民先生从王西彦老师处见到此文，便由该社于 1977 年 8 月 1 日发来"沪版古字 252 号"约稿信，约我撰写《吴敬梓研究》，读者对象为大学文科师生。此书于 1984 年 8 月由上海人民社分立的上海古籍出版社正式出版。其中除《三考》外，尚有《吴敬梓家世杂考》《关于吴敬梓应征辟问题》《南京先贤祠的兴废及其与吴敬梓的关系》《陈毅及其〈所知集〉中所涉及的有关吴敬梓交游资料》《康熙〈全椒志〉中有关吴敬梓先世资料》等等考索其家世、生平的文章，得到广泛认同。江苏省前副省长、省委常委、宣传部长汪海粟同志应安徽省之邀，参加了 1981 年在滁州召开的纪念吴敬梓诞辰 280 周年学术讨论会，在开幕式上致辞中便说及

---

① 陈美林：《追忆今古文经学者段、徐二老》，《钟山风雨》2018 年 4 期。

"他的嗣父吴霖起在江苏赣榆县做官,他曾随同他父亲到赣榆"①。
此后,汪海粟又在1984年于南京举行的纪念吴敬梓逝世230周年
学术讨论会上致开幕词,再次如此叙说。②安徽当地的新闻媒体也
如此报道,如《滁州报》(1981年10月13日)文中说"吴敬梓
的生父叫吴雯延,继父叫吴霖起";《安徽文化报》(1981年10
月12日)介绍文章中说"吴旦的独生子吴霖起是吴敬梓的养父,
吴勖的儿子吴雯延是吴敬梓的生父。"可见安徽省、地媒体均采
用拙说。而参加280周年诞辰学术会的正式代表、吴敬梓的后人
吴炽榮也亲自感谢笔者为他弄清家史。数年后病逝,全椒有关部
门给我发来讣告,我则回了唁电。吴坪也曾在1986年7月10日
有信给我,表示"我对远祖吴敬梓及其著作学习甚少,知者甚微。
不久,方在这方面开始注意,因而颇感愧甚,很多地方,敬祈指教。
对您在这方面所付辛劳深表感谢和敬意。"其实,吴炽榮生前一
直不承认吴坪为吴敬梓后人,在1981年滁州会上和1984年南京
会上,均未见有吴坪参加。20世纪80年代初,南京电视台拍摄《吴
敬梓和〈儒林外史〉》专题片去全椒采访时,吴坪闯进吴炽榮家
要求上镜头,被吴炽榮赶走。可是一旦吴炽榮病逝后,他即以吴
敬梓后裔身份参加了滁州地区于2001年召开的吴敬梓诞辰300周
年纪念会,并散发他于2000年8月"编纂"、自行印刷的《吴敬
梓家世概述》,一反既往所承认的史实。但随后亦有吴氏族人发
表公开讲话,如全椒退休教师吴其华先生曾来南京寻祖坟,并对
《南京晨报》记者说:吴敬梓有四个儿子,他是吴敬梓长子吴烺

---

① 汪海粟发言见安徽省纪念吴敬梓诞生280周年委员会编《吴敬梓研究》
特刊,1982年。
② 汪海粟:"吴敬梓逝世230周年学术讨论会"开幕式致辞,《南京师大》
校刊第80期。

的后人。吴敬梓生父名雯延，吴敬梓是他三个儿子中最小的一个，自幼便过继给长房吴霖起为嗣。[①]笔者与吴其华先生未曾谋面，也从无联系，仅从报端见其发言。至于学术界同道则大都赞同拙说，1984年4月24日《光明日报》发表了《近年〈儒林外史〉研究综述》一文，其中述及"吴敬梓的生父究竟是谁"的问题，文中说胡适的"吴霖起说"，"被沿袭了五十多年，有同志对此作详尽的考证，证明吴霖起是吴敬梓的嗣父，其生父是吴雯延，这个结论得到了学术界的赞同"。这篇文章为正在承办纪念吴敬梓逝世230周年学术会议的南京师大的校刊特刊第79期（1984年11月1日）全文转载。《清代文学研究》一书中也评述说"发掘吴敬梓生平资料并及时做出考辨，这方面成就超卓者当推陈美林。还在1981年滁州会议之前，陈氏……便撰写、发表了近20篇论文……这些论文不仅披露了一些前人所未曾见的资料，而且从多角度研讨了作家和作品，对许多学界陈说均有颇为翔实的考述"，并举吴敬梓父亲问题为例，说经陈氏考证，证明"吴敬梓的父亲是吴雯延"，吴霖起"是他的嗣父"，"这一结论得到学界的普遍认同。如陈汝衡《吴敬梓传》、孟醒仁《吴敬梓年谱》等，均对陈美林的看法表示支持。"[②]

尽管如此，我校整理小组两次所执笔的前言（刊于1977年和1981年书前），均坚持"胡"说，笔者并不去理会，因为他们如何撰写与笔者的研究是两回事，各走各的路，只是让"旁观者"感到惊讶而已。之所以如此，李灵年同志在《〈儒林外史〉新校

① 《吴敬梓后人欲来南京寻祖坟》，《南京晨报》2005年6月9日。
② 季美林、张燕瑾、吕薇芬：《清代文学研究》，北京出版社2001年，第634—635页。

注本工作追记》^①（下称"追记"）文中道出缘故，说"对学界的最新成就，例如吴敬梓的生父问题，未能坦然汲取，不免有'妒道真'之嫌"，并自注引自《汉书·刘歆传》颜师古注："妒道艺之真也"，也就是对真理的嫉妒使然。

参加吴敬梓逝世 230 周年学术研讨会的学者大都赞同拙说，唯有刘世德同志不以为然，特别见到我校领导执笔的"前言"中仍坚持"胡"说，更积极活动，还找了两位何先生推销他的高见，因为两位何先生早在 20 世纪 50 年代就有关于《儒林外史》的专著出版。在会议结束何满子先生返沪后于 11 月 25 日来信说，关于"嗣子嫡子一事"，刘世德同志曾向"向弟论及，言之似凿凿，但未见所据文字，只得姑且存疑。"何泽翰先生在会议间隙即向我谈及，对刘之所言不以为然。返湘以后，于 1984 年 12 月寄赠一首七律，云：

> 阳狂玩世秦淮客，薄俗纷纷过眼新。
>
> 著述九流甘末等，风标百代慕高人。
>
> 徽音愧我才难企，遗躅欣君地与邻。
>
> 更有金陵图咏在，赓歌好作盛时民。
>
> 美林先生于吴文木《外史》最为专精，赋赠即正。
>
> 一九八四年十二月弟何泽翰

何先生墨宝已刊于 1990 年出版之拙作《吴敬梓评传》之首。我校教授、著名词学家唐圭璋为南京籍学者，前曾在南京通志馆工作过，对乡邦文献非常熟悉、重视，当他听说刘世德同志说《金陵诗征》《金陵通传》的作者朱绪曾、陈作霖"所知不多"，颇

---

① 李灵年：《〈儒林外史〉新校注本工作追记》，《南京师范大学文学院学报》2018 年第 3 期。

不以为然。为祝贺此次盛会，唐老特作《减字木兰花》一词刊于校刊特刊。会后，唐老将其写成条幅以赠表示对我的支持，词云：

减字木兰花

奇才沦落。坐对钟山心自乐。拨墨研朱，描绘人间丑恶图。

飘香盈袂，千里有朋来相会。邃密同商，祖国文明更发扬。

　　　纪念吴敬梓诞辰

　美林同志教正

　　　　　　　　　唐圭璋　一九八五年三月

原件影印刊于拙作《仿佛音容，如在昨日——纪念唐圭璋先生逝世 20 周年》[①]一文中。不久，刘世德同志终于发表了《吴敬梓的父亲是谁》[②]。即便在此文中，刘世德也不得不承认拙说"为学术界多数人接受，在有关的论文和著作中几乎成为趋向一致的固定的说法"。但他独持异见，举出所谓的"证明"七条以表述一己观点，但仔细研究，没有一条可以成立，便在《吴敬梓的父亲究竟是谁》[③]一文中，逐条予以驳答。此后，何满子先生在为 1988 年版《中国大百科全书·中国文学》卷中"儒林外史"条撰写说明时依然采取拙说。石昌渝同志在《中国古代小说百科全书》"吴敬梓"条中也采用拙说。当拙作《清凉布褐批评〈儒林外史〉》出版后，何满子先生在《中华读书报》发表《伟大也要有人懂》的书评，再次明确肯定拙说。长期沉默的刘世德同志突然发声，于 2007 年 5 月 27 日演讲《吴敬梓和〈儒林外史〉》，基本观点与 1985 年文一致，而错误更多、更荒谬。如在《金陵通传》中他

---

① 陈美林：《仿佛音容，如在昨日——纪念唐圭璋先生逝世 20 周年》，《世纪风采》2011 年第 11 期；又收入《学林忆往》，南京师范大学出版社 2017 年。

② 刘世德：《吴敬梓的父亲是谁》，《中华文史论丛》1985 年第 3 辑。

③ 陈美林：《吴敬梓的父亲究竟是谁》，《明清小说研究》1987 年第 6 辑。

居然发现《吴敬梓传》（其实，只有其子吴烺小传）；又如将吴
敬梓祖父吴旦的《月潭集》与其曾祖吴国对的《赐书楼集》相互
调换；更荒谬的是将"孟冬晦前夕"之"晦"释为月半，"晦前
夕"解释为"十五的前一天"。将农历每月最后一天，释为月半，
进而为自己的错误判断下结论，真令人感受到他的知识面究竟达
到何种程度。更恶劣的是在学术上驳不倒对方，居然欲从政治上
来说事，这种"文革"遗风不能容忍，乃于 2010 年 2 期发表《吴
敬梓生平文献资料的引用、解读和考辨》①一文，从学理上对收入
2008 年 1 月线装书局公开出版的《刘世德学术演讲录——大学者
刘世德解析明清小说》一书中的原文予以解剖。拙作旋即被韩国《中
国小说研究会报》第 81 号（2010 年 9 月）全文转载，直至今日
未见其再有任何答复。友人论及此事，认为拙论所举各例均是"硬
伤"，又何以解释！学术讨论应该相互尊重，不应从所谓的政治
上做影射之辞！而严谨的学者不会理会这些非学术性的信口开河，
自会择善而从，2016 年 12 月 18 日陈文新教授在《儒林外史·前言》
中依然采用拙说，"生父吴雯延""嗣父吴霖起"。②

二

在考索吴敬梓家世、生平的同时，也对吴敬梓的思想面貌进
行探索。而最早发表的论文则是《略论吴敬梓的"治经"问题》。
其实此文已酝酿两三年，当工农兵学员撰写的《前言》中已有肯

---

① 陈美林：《吴敬梓生平文献资料的引用、解读和考辨》，《明清小说研究》
2010 年第 2 期；又收入《独断与考索》，商务印书馆 2013 年。
② 陈文新：《儒林外史·前言》，"《儒林外史》与中国传统文化学
术研讨会"论文集，湖南怀化，2017 年 7 月，第 9 页。

定《儒林外史》是"比较鲜明的反儒倾向"小说的评价，颇不以
为然，这在笔者执笔的第一稿《前言》中是没有此种议论的。但
当时（1974 年 5 月）正是批孔反儒之风甚嚣尘上之际，岂能多言。
而且在有些人看来，工农兵学员撰写的第二稿《前言》对《儒林
外史》的反儒倾向似肯定不足，便由教师组成新的前言小组，于
"一九七六年六月"撰写了第三稿《前言》[1]，肯定这部小说"具
有鲜明的反儒倾向"，"对我们今天反修、防修，彻底批判反动
的孔孟之道并肃清其流毒的现实斗争，是有借鉴作用的"，并且
指出吴敬梓是"用经学新解等曲折、隐蔽的方式进行反理学斗争"
的。同时，安徽人民出版社也不甘落后，几乎同时（1977 年 1 月）
推出安徽大学、滁州地区、全椒县三结合小组撰写的《儒林群丑
的讽刺画卷——评吴敬梓的〈儒林外史〉》，在书中说："我们
认为《儒林外史》是一部具有鲜明的反儒倾向的政治历史小说"，
读读它"可以帮助我们加深理解、普及、深化、持久地开展批林
批孔"，"可以从中吸取阶级斗争的经验，把历史的斗争和现实
的斗争结合起来"。——此作曾在安徽人民出版社正式出版前，
于 1976 年 6 月以安徽大学学报增刊的形式发表。李汉秋同志先后
将两种寄赠，题请"美林同志教正"。面对同事、同道如此议论，
是默然不语以示同意呢还是表示不同见解，一时颇为踌躇。而《南
京师院学报》在 1977 年第三期发表了三篇有关吴敬梓的文章，一
篇即拙作《吴敬梓身世三考》，不涉及尊儒、反儒的问题。另两
篇论文则针锋相对，一篇是外单位作者自投稿《〈儒林外史〉"反
儒说"质疑》，针对《前言》第三稿中所说《儒林外史》是一部"反
孔批儒"的小说，表示了不同意见；一篇则是新的"前言"小组

---

[1]　本《前言》刊于人民文学出版社 1977 年出版的《儒林外史》卷首。

执笔人所写的《"秉持公心，指摘时弊"的讽刺小说——学习鲁迅对〈儒林外史〉的论述》，在引述鲁迅的一些言论后加以自己的理解，断言"鲁迅认为《儒林外史》是一部具有反儒倾向的小说，结合吴敬梓和《儒林外史》的实际情况来看，鲁迅的判断是十分正确的。"此期学报一出，一些同事、同道便建议笔者就"尊儒""反儒"问题发表一点看法。斟酌再三，以其"前言"中所言用经学反理学的命题入手，撰写了《略论吴敬梓"治经"问题》一文，学报乃于第四期刊出。在文中，笔者略述经学的发展，涉及今古文之争、理学与心学的分歧，以至清初顾、黄、王的见解，再联系吴敬梓友朋如沈大成、金兆燕、王又曾、程廷祚、程晋芳、江宾谷等人的论说，以之比照当时可以见及的吴敬梓说"诗"的见解进行分析，认为吴敬梓说"诗"，既采汉、也不废宋，在汉学中，主治古文学毛诗，但郑笺已间采今文，吴敬梓也不摒弃，"无论吴敬梓主治毛、郑，兼采三家，还是调和汉宋，但总归结为'醇正'，也就是在基本观点上并没有违背传统的'圣贤'之道"，"在论'诗'时有些不同于朱熹的地方，并不等于具有反对理学的进步意义"。同时，也详细地研讨了吴敬梓对"书"的见解，认为也不具有反儒倾向。

文章刊出后，首先受到校内段熙仲、徐复两位老辈学者的赞扬。因为从1950秋季起，高校所有经学课程停开，几近30年没有教师开设，学生自然茫然。所以段老一再称道，并推断作者何以能写出此类文字，说笔者是浙大毕业的，任铭善的弟子。马叙伦赞扬任先生为"经学江南第一"，段老对任先生也十分钦敬，所以方有此语。我乃如实告知，笔者于1950年秋入学，任先生已停开经学课程改教语言学课程，此乃课余闲谈时，任师提醒我们不可忽视传统学术。几乎与拙作刊发的同时，《开封师院学报》

第 6 期也发表了任访秋先生的《反儒欤？尊儒欤？——就〈儒林外史〉思想主流问题谈一点看法》，也不赞成"反儒说"。以此，彼此有了交流。任先生于 1978 年 3 月 2 日信中说："关于吴敬梓的'治经'问题，我过去没有很好考虑。大作读后，觉用力勤劬，颇多发明，个人深受启发。"当时一些同道也纷纷向笔者索要此文。1999 年复旦大学周兴陆同志在上海图书馆发现《诗说》，消息公布后，当年曾向我索取文章的同道纷纷作文，似乎他们早已对这一问题有所认识。复旦学报的张兵同志知道我早年写过此文，约我撰稿，我以已写过，暂无新见辞谢。倒是周兴陆同志后来出版的《吴敬梓〈诗说〉研究》[①]的自序中提及拙作，说："陈美林先生鸿文《略论吴敬梓的'治经'问题》中曾就当时所能见到的材料给予详细的考述。"表现了实事求是的良好学风。周兴陆同志是从拙作《吴敬梓研究》书中读到此文的，该书在 1984 年 8 月方由上海古籍出版社出版。而论"治经"一文，早在 1977 年即发表于学报，也可以说，拙作倒是"五四"以后论及吴敬梓"治经"问题的第一篇文字。

为了进一步阐明吴敬梓的思想基本上未曾超越儒家范畴，先后又发表了《南京先贤祠的兴废及其与吴敬梓的关系》[②]《吴敬梓和释道异端》[③]，从正、反两面进行探讨论证。

但笔者并未局限于仅仅从"儒家"一端研析吴敬梓的思想面貌及其发展变化，而是随着他的生活环境、时代、地域、交往、学养的变动，从多角度地探索其思想内涵，并以之去研讨被认为

---

① 周兴陆：《吴敬梓〈诗说〉研究》，上海古籍出版社 2003 年，第 5 页。
② 陈美林：《南京先贤祠的兴废及其与吴敬梓的关系》，《南京师院学报》（社会科学版）1978 年第 4 期。
③ 陈美林：《吴敬梓和释道异端》，《文史哲》1981 年第 5 期。

是"思想家的小说"《儒林外史》的丰富内容。如发表了《略论吴敬梓应征辟问题》[①]，以说明渠是否具有反清的民族思想；又如《颜、李学说对吴敬梓思想的影响》[②]《吴敬梓和戏剧艺术》[③]《吴敬梓和科学技术》[④]等等。有些视角，还反复探求，如他的学养"六代情"，1981 年 8 月 9 日在香港《大公报·艺林》发表《"秦淮水亭"史地考索》一文，就吴敬梓南京居所附近六朝文人故居和遗迹有所探考，以说明吴敬梓之"六代情"渊源。又在该年 9 月发表了《魏晋六朝风尚和文学对吴敬梓的影响》[⑤]。稍后，李汉秋同志于 10 月在《江淮论坛》5 期发表了《吴敬梓和竹林名士》。但笔者仍不断从这一视角继续探讨。直到 2003 年仍在第 4 期《文学遗产》发表《隆礼与崇孝——四论魏晋风尚对吴敬梓的影响》。总之，随着研究的深入，认识的提高，不断有新作发表。直到进入 21 世纪，仍在回顾对其思想面貌的探索，在《长江学术》第三辑发表了《吴敬梓思想面貌寻踪纪略——吴敬梓思想构成研究之回顾》[⑥]。但从不简单为其贴标签，诸如儒家、儒道互补、道墨相浸等等。对他的思想局限，也进行具体分析，曾发表《吴敬梓的门阀意识》[⑦]，着重讨论在移家之前和移家之初其思想面貌中的落

---

① 陈美林：《略论吴敬梓应征辟问题》，《社会科学战线》1984 年第 2 期。
② 陈美林：《颜、李学说对吴敬梓思想的影响》，《南京师院学报》（社会科学版）1979 年第 2 期。
③ 陈美林：《吴敬梓和戏剧艺术》，《南京大学学报》（哲学社会科学版）1979 年第 4 期。
④ 陈美林：《吴敬梓和科学技术》，《教学与进修》1983 年第 4 期—1984 年第 1 期。
⑤ 陈美林：《魏晋六朝风尚和文学对吴敬梓的影响》，《江海学刊》1981 年 5 期，曾一度改名《群众论丛》。
⑥ 陈美林：《吴敬梓思想面貌寻踪纪略——吴敬梓思想构成研究之回顾》，《长江学术》2002 年 11 月。
⑦ 陈美林：《吴敬梓的门阀意识》，《明清小说研究》1986 年第 4 期。

后一面，不为之掩饰。当然，也指出其后的逐渐淡化，在新的环境中滋生出的平民意识。

无论是考索生平还是分析思想，均是为研究其作品服务的。1984年纪念吴敬梓逝世230周年学术讨论会，笔者提交的论文即为《吴敬梓的家世对其创作的影响》，为《文学遗产》编辑索去，刊于1985年第1期。20年后的2004年，仍在《江苏社会科学》第6期发表《试论吴敬梓的生活环境与〈儒林外史〉的地域特色》。这一类论文历年尚有，不一一例举。

正因为匡亚明同志读到笔者的一些论著，便将他所主编的《中国思想家评传丛书》中之《吴敬梓评传》的写作任务交给笔者。为了希望笔者早日交稿，1990年，匡老还为笔者写了横幅，请其秘书送来：

美林先生　雅正

萋兮斐兮　成此贝锦

谨录《诗经·小雅·巷伯》篇句，预祝《吴敬梓评传》以传世之作早日面世。

一九九〇年二月

匡亚明时年八十又四

在匡老的督促下，《吴敬梓评传》终于作为第一批出版的四种评传之一，于1990年12月见书。匡老决定，将《吴敬梓评传》与其《孔子评传》等四部作为1991年召开的"中国传统文化与21世纪国际学术讨论会"的赠书。这次会议与会者近七十人，有海内外的著名学者，如周谷城、赵朴初、苏步青、李慎之、任继愈、张岱年等与会，笔者也被作为正式代表邀请与会。由于拙作作为会议赠书之一，因而也引起与会者的注目，产生一定影响。1994年江苏省第四届哲学社会科学优秀成果评奖中，获得一等奖；

又于次年（1995）在国家教委首届全国高校人文社会科学研究成果奖评比中，获得二等奖（排序第一），并应邀赴北京人民大会堂参加由李岚清副总理颁奖的大会。匡老闻知，特别高兴，让《信息动态》76 期发布消息《〈吴敬梓评传〉再次获奖》，说"据悉，举行这种大规模的评奖是建国以来的第一次，……《吴敬梓评传》作为《中国思想家评传丛书》之一而名列其中，这对于扩大整套《丛书》的影响、提高《丛书》的声誉，起到了积极作用。"据"思想家中心"有关同志告知，从 1990 年 12 月出版以来，到 2011 年已印刷五次，并送来印数稿酬，香港公开大学馆藏图书还制成"光盘版"。

匡亚明同志为了弘扬传统文化，为推介"丛书"做了许多工作。例如在 1996 年 5 月 15 日在北京人民大会堂举行了"丛书"新闻发布会，邀请了全国人大副委员长吴阶平、全国政协副主席钱伟长，以及有关部门负责人谷牧、孙家正、柳斌、滕藤等出席。著名学者有邓广铭、张岱年、周一良、任继愈等与会，笔者作为作者代表被邀与会，还有新闻媒体三十余家参加，计八十余人。李铁映作了书面发言，吴阶平、钱伟长、匡亚明等都发表了讲话。当晚"新闻联播"作了报道，并播映出《孔子评传》《吴敬梓评传》等四部书的封面。这一活动在学术界的影响很大，中央台和许多地方台都做了报道。

大约十余天后，中央广播电视台陈泽人、苏德福两位同志于 5 月 28 日到宁，找到笔者，说为了发展国际文化交流，中央台国际频道正在组织播映"中华文明之光"大型节目，计有 150 集，从炎帝、黄帝一直拍到孙中山。李岚清十分支持，组织了一百多位学者撰稿，有季羡林、张岱年、邓广铭、周一良、侯仁之等，每集还采访有关研究专家，第 133 集为《儒林外史》，"学术界对先生在这方面的研究十分推崇,经研究拟在6月下旬前来采访"。果然,6月19日至21日,他们携带了摄影器材,向我校借用一部面包车使用。我还找了两位研究生陪同接受采访。在电视片放映时,看到片头下方有"南京师范大学协助拍摄"字样。如此就再次将吴敬梓及其杰作《儒林外史》推向国际,这也正是匡亚明先生的宿愿。在北京召开过新闻发布会后,匡老一直筹备在香港举行一次,但出齐一百部后,匡老已逝世,不过其遗愿也得到实施。1999年5月24日至29日,终于在香港会议展览广场办公大楼45楼钟山展览厅举办。与会者有教育部部长助理陈文博、南大校长蒋树声、香港大学副校长张佑启以及著名学者饶宗颐等。次日,港大校长还邀请部分学者参加在港大明华楼举行的"中国传统文化与现代社会论坛",有八位学者被邀请依次发言,即饶宗颐、陈美林、吴宏一、王水照、李家树、赵令杨、傅璇琮、蒋广学。笔者发言后,未及参加午宴,便取道上海转赴首尔。韩国启明大学为建校45周年,举办20世纪人文科学展望著名学者讲演大会,邀请大陆及台湾两地学者四人发表演讲。会后,首尔大学与韩国中国小说研究会又举办一场讲演会,邀请笔者做二百余年来《儒林外史》研究概况的报告。与会者有首尔地区一些高校担任中国文学课程的老师。会后有晚餐会,自由交流。

三

无论是考索家世生平,还是探析思想面貌,而后写成评传,但目的仍在于研究作品。何满子先生在《中华读书报》2002年3月27日发表对拙作的书评《伟大也要有人懂》一文中,说及笔者的研究历程有云,在《吴敬梓研究》于1984年出版后,便"转入作品研究，主要作品有《新批〈儒林外史〉》和《〈儒林外史〉人物论》。"的确，20世纪80年代前，笔者将主要精力放在作家研究上，而从20世纪80年代起，则主要研究作品。当然，二者不能截然分开，如《吴敬梓评传》就是在《新批〈儒林外史〉》（下称"新批"）大体完成之后方全力以赴的。

《儒林外史》这部传世之作，正如胡适所言"不是普通一般人能了解的，因此，第一流小说之中，《儒林外史》的流传最不广"。[①]鲁迅也说过"伟大也要有人懂"[②]。如何使这部"伟大"的作品能让人读懂呢？当时流行的"赏析"类文字以及大块理论文章，均不能圆满地完成这一任务。笔者曾对清代的几家批点本即卧闲草堂本、齐省堂本、天目山樵本和黄小田本反复研读，并写有札记（后来陆续写成专文，先后发表），认为这一传统形式如果加以改造，或可一试。在得到出版社同志的支持下，便着力为之。

要做一部新的批点本，便得从头做起，即以目前可见及的最早刊本卧闲本为底本，认真阅读，并不能如同新的整理本仅仅从"人民文学出版社一九五八年出版的张慧剑先生校注本基础上进行的"（见写于1981年1月的《儒林外史》"前言"）。为从头做起，便从认真研读卧本开始，边读边校点，全以一己的理解去做；点校一遍后再去参阅多本，再反顾一己所做的工作，凡有不同者必再三斟酌、反复修改。其后，便考虑批、评、注等问题。旧时批评形式多样，如序、读法、述语、缘起、弁言、小引、发凡、回前评、回后评、夹批、眉批、旁批等等。为避免烦琐，便利读

---

① 胡适：《五十年来中国之文学》，载《胡适文集3·胡适文存二集》卷二，北京大学出版社1998年，第242页。
② 鲁迅：《且介亭杂文二集·叶紫作〈丰收〉序》，载《鲁迅全集》第六卷，第228页。

者，决定采用前言（相当于导读）、夹批、回评、注释四种形式。至于夹批、回评的内容，必须摒弃"头巾气"，尽量避免迂腐，运用新的美学理论也要通过自己的语言表达，不可有学究气。而批评的语言风格，则努力做到与原作一致，过俗的语言不入评语，让原作与批评浑然一体。"新批"于1989年12月出版后，1990年6月4日和13日香港《大公报》和《人民日报·海外版》即有书评发表。《大公报》在《评陈美林〈新批儒林外史〉》一文中，肯定"新批"的夹批回评"采用了我国传统文论的合理内涵，也借鉴了西方文论的诸多精华，因而整个评点点出了新见解，造成了出人意外、耐人寻味的客观效果，进一步引发了读者深入思考的兴趣。"该文作者还注意到"新批"的标点，"不仅分出句逗，而且考虑到文学作品的特性，充分发挥不同标点符号在文学描写方面的辅助功能"，并举例说明，如"第九回第十一自然节，'请三老爷出来给他们认一认'一句，各本均作作者叙述语言，陈本则点为船家所言，此方与下文四公子所说'船家，你究竟也不该说出我家三老爷在船上，又请出与他看……云云相吻合'。"文章还认为陈批"这方面的例子比比皆是"。这正说明笔者在做"新批"时全从一己理解去阅读、研究、评点，而不蹈袭他人。《人民日报·海外版》发表的《喜读〈新批儒林外史〉》首先说"新批""是地地道道的评点"，是传统批评形式的新运用；其次认为批评的"笔墨凝炼，富有色彩"，"遣词用句，精扼准确，片言支语，观点鲜明，不故弄玄虚，又了无枝蔓，理论见解往往渗透在富有感情意味的分析之中"，同时又"留有余地，启人思索"；最后认为"新批""堪称《儒林外史》现存各家评点中的佼佼者。"而江苏古籍出版社在有关会议中亦以此书作为会议赠书，从而也扩大了拙作的影响。据笔者所知即有两起：一起是在1990年2月，章培恒同志来宁参加"中华大典"会议，曾来玄武饭店看我（时正在参加省政协会议，住在该店），卞孝萱等先生随同前来，谈完正事后，卞先生取出"新批"，说是会议发的，让我题签；培恒兄则说他拿到的一本有倒页，正好手边有一部，随即送培恒兄。一起是该年的初夏，全国出版家会议在南京307招待所（今钟山宾馆）召开，百花老总徐柏容先生突然来舍间探访，取出"新批"一本，说是会议赠书，除让我题签外，还询问在下做此书的过程，连连称赞。后来他在《书评学》①中颇有赞扬之语。此后，报刊颇多书评，如《中国图书评论》1993年第6期题为《传统形式的新收获》文中说："陈美林是研究《儒林外史》卓有成就的学者。这部《新批》十万言的评点，处处表现批评者的审美目光以及对这部小说的系统认识。"总之，不断有批评"新批"的文章见诸报刊，直到2001年出版的《清代文学研究》书中还说："陈美林在研究古人评本的同时，还借鉴这一传统形式，对《儒林外史》进行了独具特色的'新批'。该书于1989年由江苏古籍出版社出版，一连再版六次，至今仍畅销不衰，可说是利用传统形式研究《儒林外史》的新尝试和新收获。"②

这些评论都未涉及"注释"，何以故？乃是原先的注释和长篇序言，在发稿前夕，注释全部撤下、序言压缩，总编认为份量太重，怕影响销路。但出版四个月后第一次印刷5000册已销完，1990年4月即第二次印刷7000册，至1998年2月第七次印刷，前后达六万册。其间，曾多次表达了补上注释的意愿，均未获解决，乃下决心通知他们停止再印。

---

① 徐柏容：《书评学》，黑龙江教育出版社1993年，第69—70页。
② 季美林、张燕瑾、吕薇芬：《清代文学研究》，第652页。

其时，新世界出版社总编周奎杰同志来宁约稿。她先前曾任外文出版社文教编辑室主任，将笔者改写的一些古代名剧译成英、法、德文本以及汉英对照本去海外发行。而如今主持新世界出版社，不但可以出版外文书籍，也可出版中文书籍。她在京时已得知"新批"其书，颇有出版意愿，乃决定改写前言，增加原先被撤下的二千条左右注释，对夹批、回评亦作必要修改。他们于2002年1月出版了《清凉布褐批评〈儒林外史〉》，这可谓是第二次批本。改名是出版社的意见，改何名则由笔者定夺。考虑到历史上几个批本或曰"卧闲草堂"或曰"天目山樵"。笔者住在南京清凉山侧多年，乃题作"清凉布褐"，即清凉山下一布衣。清凉山虽处市区，但颇有山林之趣，为笔者与友人散步、与弟子谈学时所常至者，并曾将论文自选集题作《清凉文集》；而明清之际的著名书画家龚贤也常住山中之扫叶楼，其词作《西江月》中有"山中布褐"之语，乃借用过来；同时《儒林外史》中之于老者也曾于山中种菜为生，杜少卿夫妇更同游此山。凡此种种，乃决定将它定名为《清凉布褐批评〈儒林外史〉》（下称"清批"）。"清批"出版后，如同"新批"出版时的情况类似，颇多书评。2002年9月出版的韩国《中国小说研究会报》第51号有简讯云："《清凉布褐批评〈儒林外史〉》出版，京城十大媒体发文评介。"如《光明日报》《中华读书报》《北京日报》《北京晚报》《中国图书评论》《对外大传播》《世界》《中国网》《光明书评网》等等。《中华读书报》（2002年3月27日）发表的何满子《伟大也要有人懂》的长篇书评中，认为"清批"运用回评、夹批、注释三种形式组合是很适宜的，说："每回后有就文起义的'回评'，相当于一篇紧凑的论文；正文中有点击文句的夹批，作较细致的导读；同时每页更有语词名物的注释，都点明其出处并引用载籍的例证。

三者相互补足，对读者理解小说进行全面辅导，较旧时的小说评点更为绵密周到。"何评还对"清批"的"前言"和"代跋"也作了充分的肯定，认为"评本是撰者研治《儒林外史》的成绩的综合体现，也是他治学道路和他对小说所关注方面的生动反映。"要强调的是对"清批"的评论有一点与对"新批"的评论不同，那就是"清批"中增加了"新批"中被撤下的所有注释，所以评论"新批"的文章自然就没有对注释的评论。而对"清批"的许多评论，其中则大多涉及注释，如何满子先生就有评论拙作"注释"的文字，并且与某些小说的注本进行了比较，说这一"评本的功力，笔者以为充分显示于词语注释"，"这个评本注释的精善，在近几十年来出版的几部长篇小说经典新版本中，也是很见功力的。"

还有专就"清批"注释的评论文字，如《中国图书评论》2002年第10期发表《用详尽的今注诠释明清文化——评〈清凉布褐批评儒林外史〉》，在比较新中国成立后出版的几种《儒林外史》注释后，该文认为"陈美林先生不满足于仅仅从语言学的角度为小说作注，还力图通过注释小说来诠释明清文化"，以使"《儒林外史》这部百科全书式的小说名著涵容的文化信息更为丰盛、更为密集。"为了说明"清批"注释的"详尽"，该文分别统计了几个整理本注释条目的数量，说"张（慧剑）注本为942条，南师本为1098条，精校精注《儒林外史》为824条"，"清批本的注释共有1987条，比其他注本增加一倍左右。"其实，在某些本子中有些该注而未加注，这就不仅仅是整理工作的粗疏所致，如第六回"律设大法，理顺人情"、第七回"羡尔功名夏后"等等都应该注而未注的；还有些诗句如第二十五回的"天下何人不识君"，第五十三回的"无人知道外边寒"，前者为高适《别董大》、后者为吴融《华清官》诗句，一般整理本均未出注，而笔者则努力为之。何满子先生在书评文中乃有如下评价："小说中的成语、方言、俗谚、廋词，旧时的制度、名物、掌故等，都作了精当的诠释，引经据典出语源、示例证。这些都很费心力，前人称之为'水磨工夫'。"《中国图书评论》的书评还统计了"清批"有关科举方面的注释"多达176条，将这些条目与小说原著合而观之，俨然是一部中国科举文化的百科全书。"的确，笔者十分注意科举制度的各个环节在《儒林外史》中的呈现，但同时也时时提醒自己《儒林外史》是小说，是"文"而不是"史"，要注意二者的联系与区别，这无论在校、注、批中都有体现，不妨各举一例说明：如四十一回写李老四称王义安为"老爷"，有的本子认为只有举人身份才能称"老爷"，一个开妓院的人只能称"老爹"，所以将"爷"改成"爹"。其实就是这个王义安，早在二十二回里就戴着秀才的方巾公然出现在大观楼酒店中，人们也熟视无睹，如果不是两个存心敲他竹杠的秀才"把乌龟打了个臭死"，在"店里人做好做歹"叫他掏出三两七钱银子"做好看钱"才罢手。可见服饰的紊乱、称呼的混乱，正是现实社会礼崩乐坏的真实描写，如果非要以科举制度的规定去改动文学作品，岂不是混淆了二者的区别与不同的功能！除校以外，在注文中也注意及此，如第二回有"点了一本戏，是梁灏八十中状元的故事"，在注文中据《宋史》本传说明，梁灏于42岁时已卒，"八十岁中状元"乃笔记所记，前人已有辨正。而一些戏曲作品是以笔记所记为之。批语亦然，如第一回所写王冕，即在夹批中指出宋濂、朱彝尊曾先后为王写传，不可以之推求《儒林外史》中作为文学形象的王冕。文史不分的研究方法，直到进入21世纪仍有文章如此，笔者为此专门发表了

《古籍校刊与文学作品解读》①，以表述一己之见。

总之，从 20 世纪 80 年代改革开放之初，笔者曾拾起"五四"以来即少有人为之的批点方法研究《儒林外史》，前后批了四次，均得以出版。这也是出版家的垂青，自然离不开读者的欢迎。一些研究专家也颇重视。如 1991 年在匡亚明主持的"中国传统思想文化与 21 世纪国际学术讨论会"上，得与冯其庸先生相遇，冯先生曾问我说："《新批》已印行三次，是否准备修订？"我告之正在进行中，同时反问冯先生是否有意有意批评《红楼梦》，他也说正有此意。对于这种形式的发展前景，2006 年 8 月 3 日《社会科学报》发表了周兴陆同志的文章《应该加强文学评点研究》，文中说："20 世纪 80 年代以来，一些学者也在努力沿用评点这种传统文学批评形式而灌注以现代精神，如陈美林评点过《儒林外史》，王蒙、冯其庸、张曼菱等都评点过《红楼梦》。相信通过有识之士的共同努力，评点这种切合国人审美心理和阅读习惯的批评方式，一定会在文化活动中获得新生。"

至于何满子先生文章中提及的《儒林外史人物论》一书，此文不拟详述。众所周知，文学作品是以塑造文学形象来反映现实生活的。而《儒林外史》的人物形象塑造有其特点，它很少有贯穿全书的人物，笔者曾经在《文学遗产》1984 年第 1 期发表《〈儒林外史〉人物进退场》文章，以及在《中国古典文学论丛》第 2 辑（1985 年 8 月）发表《论〈儒林外史〉人物性格》等文。1989 年冬中华书局胡友鸣、余喆先生来舍间约稿，即商定为《文史知识》设一专栏，但因手头另有约稿，请予稍缓时日。胡先生乃请笔者

---

① 陈美林：《古籍校刊与文学作品解读》，《南京师范大学文学院学报》2008 年第 2 期。

先写一篇"治学之道"栏目的文章，于是便有 1990 年第 3 期《学林寻步》一文。直到 1991 年第 7 期人物论才开始发表。第一篇为《"隐括全文"的名流"王冕"》①，连载了十余篇后又陆续加写几篇，于 1998 年 8 月出版了《〈儒林外史〉人物论》。当时亦有一些评论发表，仅录《清代文学研究》的评述，该书认为在研究《儒林外史》人物形象的论文中，"陈美林的研究成果尤为引人注目。他从 1991 年以来，陆续撰写了近 20 篇关于人物形象分析的文章，从而构成了《儒林外史》人物论的完整体系。值得注意的是，这些论文力求从文化背景、作者际遇、时代特色、作品内涵等方面分析人物性格及其形成的内外因素和主客观条件，从而颇为准确地把握了人物思想性格和艺术特征。"② 亦有友人索取此书，说是正在撰写某部小说的人物论，拟取法拙作。此位友人也是名家，书送了，但建议自作主张，拙作不足为法。

关于作品研究的其他论著，就不一一提及了。

四

在研究某一作家作品之前，必然要考虑前贤对这部作品、这位作家有过哪些研究，留下哪些资料、著作，并以之为一己研究的出发点。笔者研究吴敬梓的《儒林外史》自也不能例外。首先研究的是胡适和鲁迅两位的有关论述。特别是胡适，颇以与吴敬梓为安徽同乡而自豪，在其所写《吴敬梓传》中认为"我们安徽的第一大文豪……是全椒县的吴敬梓"；在《再寄陈独秀答钱玄

---

① 此文后被韩国《中国小说研究会报》26 号转载。
② 季羡林、张燕瑾、吕薇芬：《清代文学研究》，第 648 页。

同》中说"吾国第一流小说古惟《水浒》《西游》《儒林外史》《红楼梦》四部",因而他对"第一个大文豪""第一流小说"颇多论述,其研究成果多为后人引述。笔者也是先行研究他的有关考述着手这一课题研究的。全面研读他的有关论述,对吴敬梓的家世、生平有所考证,也提供了不少资料;对《儒林外史》的思想内涵、艺术特色也有一些分析评论,应该说对这位作家、这部作品的研究,胡适是有相当的成绩和贡献的。当然,由于文献的发掘尚未深入、研究方法亦时有偏颇和审美意识的时代局限,他的考证有得有失,其评论亦有可取和欠当之处。笔者曾先后发表了《吴敬梓身世三考》(1977年)和《略评胡适对〈儒林外史〉的研究》(1981年)二文。同时,对鲁迅的有关论述,也深入学习探讨,也在1981年发表了《鲁迅与吴敬梓》一文。这几篇文字收入1984年上海古籍出版社出版的拙作《吴敬梓研究》一书中,可说是笔者最早发表的对研究论著的研究文字。

与研读前贤著作的同时,也在探寻前人的著作,20世纪70年初曾赴安徽寻书访人。在赴皖之前,笔者曾略作准备,在寻书方面重点在寻访胡适未曾见到过的康熙《全椒志》,以及金和出藏本与薛时雨集资为之笺注印行的《儒林外史》。笔者曾找到薛时雨后人薛健驰,但对先人事迹茫然无知。而康熙《全椒志》却在全椒档案馆中发现合肥古旧书店翻印的油印本,后又在合肥见到原刻本,笔者为之笔录不少内容,在不佞一些考证文字中也曾有所引用。并专门写了一篇《略述康熙〈全椒志〉中有关吴敬梓先世资料》,发表在《文献》第15辑(1983年),这才稍稍引起有关人士的注意。十年后的1993年10月,全椒有关部门方据合肥古旧书店油印本整理排印,并赠送在下一部。当时的县领导还对笔者表示感谢。在南京,更是遍寻有关志书载籍,多方搜寻有关资料，如朱绪曾的《金陵诗征》、陈作霖的《金陵通传》、陈古渔的《所知集》等等，每有发现，则摘录下来，在有关文章中引述。不仅如此，也偶有专文介绍，如《陈毅及其〈所知集〉中所涉及的有关吴敬梓交游资料》①。在收集资料的同时，对清人的几个评本也深入研讨，早在 1984 年就发表《试就卧评略论〈儒林外史〉的民族特色》②，其后又撰写全面研究卧评的《〈儒林外史〉卧评略论》③；对其它三个评本也先后发表了《新近发现的〈儒林外史〉黄小田评本略议》④《〈儒林外史〉张评略议》⑤《略论〈儒林外史〉齐省堂评》⑥。对此，《清代文学研究》有所评议，说笔者这几篇文章"不但分论四家评本的特色，还比较了四种评本的得失"。⑦自然，研究这几家的批评，对于笔者作"新批"是必需的准备，但同样对研究史的撰作也是一种前期工作。

此外，还应约为韩国《中国小说论丛》第 6 辑撰写了《二百余年来〈儒林外史〉研究之回顾》长文，从吴敬梓亲友如程晋芳、吴檠、金兆燕等人的诗、文、笔记中所记，直到 20 世纪 90 年代中期的研究成果一一加以评述。后又在《中国小说研究会报》第 39 号发表《二十世纪〈儒林外史〉研究概况》。同时，又对吴敬

① 陈美林：《陈毅及其〈所知集〉中有关吴敬梓交游资料》，《江海学刊》1982 年第 6 期。
② 陈美林：《试就卧评略论〈儒林外史〉的民族特色》，《社会科学研究》1984 年第 4 期。
③ 陈美林：《〈儒林外史〉卧评略论》，《河北师院学报》（哲学社会科学版）1991 年第 2 期。
④ 陈美林：《新近发现的〈儒林外史〉黄小田评本略议》，《文献》1990 年第 3 期。
⑤ 陈美林：《〈儒林外史〉张评略议》，《文学遗产》1994 年第 3 期。
⑥ 陈美林：《略论〈儒林外史〉齐省堂评》，韩国《中国小说研究会报》第 16 号，1993 年 11 月。
⑦ 季美林、张燕瑾、吕薇芬：《清代文学研究》，第 651 页。

梓思想的研究状况发表了《吴敬梓思想研究述评》[①]《试论"思想家小说"作者吴敬梓的思想》[②]《吴敬梓思想面貌寻踪纪略》[③] 等文章；至于《儒林外史》的思想主题、人物形象的塑造、兄弟形象的刻画等都有专文评述。有关吴敬梓研究资料的搜集，也先后发表了《吴敬梓研究资料的发掘与利用》[④] 以及《再议》[⑤] 二文。而对于一己的几部重要著作如《吴敬梓研究》《新批〈儒林外史〉》和《吴敬梓评传》也分别有专文进行反思。这些论文在有关刊物上发表后，被分别辑入《吴敬梓研究》(1984)、《清凉文集》(1999)、《吴敬梓研究》(2006，三卷本) 和《独断与考索——〈儒林外史〉研究》(2013) 等著作中。

　　凡此种种，均是为撰作《〈儒林外史〉研究史》(下称"儒研史") 所作的前期工作。如同《吴敬梓研究》《吴敬梓评传》《新批〈儒林外史〉》《〈儒林外史〉人物论》等著作一样，"儒研史"原先也拟独自完成，因自从被《儒林外史》"前言"小组剔出后，便在"儒林之路"上踽踽独行；也如同上述拙作一样，虽然获得省哲学社会科学优秀成果一、二等奖，第一届全国高校人文社科优秀成果二等奖等，但均未申报过什么项目。恰逢此际，江苏省哲社"九五"项目已开始申报，学校科研处有关负责同志一再动员在下申报，以为学校多获取项目做贡献。在这道理说服

---

① 陈美林：《吴敬梓思想研究述评》，《中华文化论坛》2002 年第 3 期。
② 陈美林：《试论"思想家小说"作者吴敬梓的思想》，韩国《中国小说研究会报》第 50 号，2002 年 6 月。
③ 陈美林：《吴敬梓思想面貌寻踪纪略》，《长江学术》第 3 辑，2002 年 11 月。
④ 陈美林：《吴敬梓研究资料的发掘与利用》，《文史新澜》，浙江大学出版社 2003 年。
⑤ 陈美林：《再议吴敬梓研究资料的发掘与利用》，《南京师范大学文学院学报》2005 年第 1 期。

下，便填了一张申报表，作为个人项目申请。不久，居然被批准。正当批文下达之际，吴波君考取不佞的博士生。他原先是亡友李厚基的弟子，1990年夏，厚基携其弟子二人来宁，由笔者主持他们的硕士论文答辩，全票通过，授予硕士学位，各自赴工作岗位而去。未料1998年吴波君又考来南京，投入门下，入学之初，向我表示希望做些《儒林外史》的研究工作。其时，正有东北一家出版社约我撰写有关《儒林外史》的读物，便转荐吴波及与其同时攻博的孙旭二人承担，他们合作撰写出版了《儒林探微》一书，在该书"后记"中说"我们自始至终得到了导师陈美林教授的悉心指导，……书中还采用了他的许多观点，本来，由他来领衔才是恰如其分的，但他以激励后学的高风亮节，坚不挂名，这种淡泊名利、奖掖后学的精神令我们十分感动。"由于此书的出版，吴波君希望能进一步研究《儒林外史》，要求参加"儒研史"项目。出自薪火相传的考虑，乃允其所请。为了更好的培养他的研究能力，毫无保留地将自己多年搜集的文献资料和研究成果全都交给他，并与之讨论如何撰写，先行拟定章节目录，反复研讨，然后由他动笔将笔者的论文逐一改编成一章一节。在与吴波君交谈中所表述的意见，后来整理成文，先后发表，如《撰写学术史的思考——〈儒林外史研究史〉漫说》[①]《撰写〈儒林外史研究史〉的再思考》[②]《〈儒林外史〉研究与〈儒林外史〉研究的研究》[③]《〈儒林外史

[①] 陈美林：《撰写学术史的思考——〈儒林外史研究史〉漫说》，《明清小说研究》2004年第1期。

[②] 陈美林：《撰写〈儒林外史研究史〉的再思考》，《河北师大学报》（哲学社会科学版）2005年第3期。

[③] 陈美林：《〈儒林外史〉研究与〈儒林外史〉研究的研究》，《江苏社会科学》2006年第2期。

研究史〉：辨章学术，述往思来》^①等文。对于这一过程，吴波君在他的博士论文《〈阅微草堂笔记〉研究》后记中有所回忆，说："我有幸考入南师大文学院，师从陈美林教授攻读中国古代文学博士学位。入学之初，协助美林师写作《〈儒林外史〉研究史》（上海古籍出版社 2005.8）。"经过我们两年的共同努力，完成了卅余万字的初稿，最后又由我再审读一过并予修改，决定先行上报结项。鉴定小组于 2000 年 9 月 1 日作出评审意见：

> 陈美林、吴波同志合作的这部《〈儒林外史〉研究史》，对清代中叶《儒林外史》面世直至二十世纪末的研究状况作了个总结回顾，总结了不同历史时期《儒林外史》研究的特点，勾勒出了研究的演进轨迹，选题新，文献资料丰实，论证周密。它的面世，对于指导我国的文学研究、拓展我国古代文学的研究领域，均有重要意义。评审小组一致认为这是一部具有开拓性、具有很高学术品位的著作，同意通过鉴定。

初稿通过后，有出版社愿意出版。但考虑到作为学术专著，又是前人未曾涉及过的课题，要力求出精品。特别是有些问题，笔者虽曾有过考虑，但未成文发表，吴波君便无可根据，书中也就付之阙如。此际，吴波君已取得学位，即将返湘工作，便与之商量，决定找忠明君来承担"磨合"任务。忠明接受任务时原定一年内完成，但由于工作繁重，直至四年后的 2005 年 5 月方将稿件交我再次审读。在忠明"磨合"的五年内，我又陆续撰写发表了涉及这一课题的论文二十余篇，供其采编入书。忠明也自行撰写了少量文章，如近十年研究综述；还根据本人要求编制了两种

---

① 陈美林：《〈儒林外史研究史〉：辨章学术，述往思来》，《文化学刊》2007 年第 1 期。

索引。完稿后，便由忠明与海峡文艺出版社负责人朱欣欣同志联系。朱君原先在安徽教育出版社工作，后被海峡社引进为负责人。忠明与之往还颇多，笔者便交由忠明负责，而未再过问具体事务。海峡社乐于接受，并以此书申报"十一五"（2006—2010）国家重点图书。经新闻出版总署批准，在"新出图（2006）358号"文件中"中国文学"类28号：《〈儒林外史〉研究史》，著作责任者陈美林。此事，李、吴二君早已知悉，不佞于很久以后方见到此批件，便向该社提出，不能仅列笔者一人而忽略李、吴二君。他们的回答是：我们为此事专门做了研究，由于该书大都是您的研究成果汇集而成，同时考虑到知名度。他们也提到李、吴二君共同署名的"后记"中，也说明该书"是在美林师的研究基础上，大量使用美林师的研究成果，并在美林师的具体指导下完成的。"事已如此，也不便再行追问。正式出版合同亦作："甲方（著作权人）主编：陈美林（国家"十一五"重点图书著作责任人）；作者：陈美林、李忠明、吴波"。令人诧异的是见书后，封面及版权页笔者仅被列为主编，而作者中已无本人姓名，乃电询该社，接电话者闪烁其辞，后由该社编务室来函，说"因我社工作疏忽"所致，表示歉意，并将重新制作的版权页寄来。海峡社的致歉信于2008年9月8日在"中国古代小说网"刊出；同年10月25日，"中国文学网"也刊出并加按语："本网按：据悉该课题为江苏省哲学社会科学'九·五'项目。陈美林教授为项目负责人。海峡社以此书申报国家'十一·五'工程，并获批准。陈美林教授为唯一负责人。"清华同方于2011年出版该书电子版，即根据海峡社的正式合同，重新制作封面，作："陈美林主编，陈美林、李忠明、吴波著"。2017年怀化会议论文集中，吴波在《承上启下，继往开来》文中提及拙作多种，而于《〈儒林外史〉研究史》一书，再次标明"陈美林、李忠明、吴波著。"至于少数作者不明底里，沿袭海峡社之误，可以理解。但亦有少数论著将错就错，甚至连海峡封面所列"主编陈美林"也删去，仅存"李忠明、吴波著"。其手法令人可笑，岂能改变客观事实！徒劳而已。

当笔者将此书寄给何满子先生，很快收到他的复信：

美林兄：

蒙惠赐新撰《〈儒林外史〉研究史》，敬谨拜领，感谢无既。

兄真是为吴敬梓拼搏大半生，成绩卓荦可观，中国研究《儒林》第一家也。……

专此申谢赐书，并祝

大安

弟何满子　十一月八日[①]

"第一家"之誉不敢当，但"拼搏大半生"却是记实。从《吴敬梓研究》到《吴敬梓评传》、再到《陈批〈儒林外史〉》，后又归结于《〈儒林外史〉研究史》，可说是对吴敬梓及其《儒林外史》做了一个全面的研讨，虽然难以说深入到何种地步，但毕竟尽力为之了。

五

《儒林外史》这一课题其实也是在改革开放前就着手的，但很快被迫中断一年后，方由职务研究改为个人项目独自进行，而获得的一些成果之所以能公诸于世，也得益于改革开放的大好形

---

① 满子先生来信原件，在《追悼何满子先生》文中影印刊出，《钟山风雨》2015 年第 6 期；后又辑入拙作《学林忆往》一书。

势。为了回顾政治运动如何干扰学术研究的这段历史，在 21 世纪之初，曾发表了《人文版〈儒林外史〉前言有四稿》①（下称"四稿"），既未点任何人的名，又未追究个人责任，只是反映史实、总结教训而已。发表近二十年，未曾见有人指责这篇短文。可是"追记"一文开篇即指出此文"与事实颇有出入的地方，作为当事人"，"有必要写文章予以补正"，但继而笔锋一转，在近二万字的长文中主要是表述自己如何"抓总"之事，未有一字指出拙作有何"失实"之处。该文作者意图是将整理《儒林外史》一事视作"盛事"，当作系史上"光辉的一页"而"追记"的，可见其重视程度。既然如此，乃再三反思一己之作，又反复研读"追记"，笔者也一度为"当事人"，发觉拙作并无"失实"之处，倒是"追记"一文颇有可疵议之处，不妨略作追记。

1971 年 9 月中旬，在一次全系教师会上，领导宣布一件事，即人民文学出版社约请我系重新整理《儒林外史》撰写前言，决定由羊达之、陈美林、李灵年、钟陵四人组成"前言"小组，李灵年任组长。但尚未及正式进行，又随全校师生于 10 月下旬赴句容农场参加秋收秋种，归来时已是 11 月底。休整数日后，小组便开展活动，无非是寻找有关图书、资料，先行阅读起来。转眼已是 1972 年，在将从校图书馆、系资料室寻出的关于这一课题的有限资料读过一遍后，颇感不足，乃有外出寻书访人之举。除羊老留守外，李、钟二位先去芜湖，笔者则于次日直接去滁州与二位会合，同在滁州、全椒、合肥三地活动。我们曾找到吴敬梓后人吴炽荣，但未能谈出有价值的材料，也找到薛时雨后人薛健驰，

---

① 陈美林：《人文版〈儒林外史〉前言有四稿》，《文史知识》2001 年第 11 期。

更是茫茫然。只在档案馆中寻到康熙《全椒志》。不过，此行倒对滁州、全椒有所触动，他们开始对吴敬梓这一历史名人重视起来，不断有地区和县的同志持介绍信指名来访，如地区的吴腾凰、余凤斌，县的武漪波、曹治泉等。为搜集有关吴敬梓资料，武漪波同志还有感谢信，说曾去了北京、扬州等地，广泛寻求，但"都没有超越您给我们介绍的范畴"。该县的领导前后来过舍间的有阚家衡、殷守余、龚金龙、李宗烈等。为表示对我的感谢，李宗烈同志还于 1997 年 11 月 21 日将他们专门在景德镇烧制的吴敬梓像送来舍间，当然这都属既往之事，不必再提。

安徽归来后，又经过一段时日的研读、整理，便着手撰写。经过研究，按时代、作者、思想内容和艺术特色四部分各领一节撰写，笔者分领的是艺术特色。经过一个多月的撰写，全都交给组长李灵年同志，由他统稿——此处要说明的是，他却在"追记"中说"交由陈美林先生统稿"，此言不确。当年，他是教研组长之一，又是"前言"组长，党员，北大研究生，专攻小说，谁人能与之争？他也当仁不让。如今却将"统稿"一节移至在下头上，实不敢当。当年他的"统稿"被打印后，由系里组织古代文学教研组、文艺理论教研组部分教师座谈，大都认为四个部分分开看尚可，但合在一起不类一篇一气呵成的完整文章，"拼盘"痕迹太显，基本否定。这份打印稿，笔者尚有一份，题目下方有括号注明"供讨论用"。"追记"文中说，陈新回忆"他似乎听说这个初稿被否定了，但他没有看到这个稿子。"的确，陈新同志不可能看到，因为讨论后即被搁置，根本未拿出系。因此，拙作"四稿"文中也摒弃此稿，未将它列入"四稿"之中。而作为第一稿者，则为笔者所执笔。座谈会后约十来天，李灵年同志找我说，经系里研究，"前言"由你一人执笔，一个月完成。如期交稿后十余天，给了我一份打印稿，题目下方括号内注明"征求意见稿"，未再有"供讨论用"字样。此后又有几个月未有任何信息，仅告诉我已寄去人文社，等待他们复信再说。

大约在1973年春夏之交，忽然通知我参加一个座谈会，在会上方第一次见到人文社的杜维沫和陈新两位同志。他们首先说明，"收到《前言》后编辑室及时阅读，大体认可。为慎重起见，根据打印稿排印了几十份，分寄有关高校和研究所征求意见，各单位反馈有早有晚，前不久才收齐，经过综合，也大都持肯定意见，便再次来宁，你们可稍作进一步润饰即可定稿。"说着取出几份排印稿交给系负责人之一曹济平同志。会后，曹济平同志给了我一份。因陈新同志说排印稿完全按照打印稿排的，未有改动，我便将二者对读一番，确如陈新同志所言。如今这次的打印稿、排印稿，手边尚有保存，在"四稿"短文中，便将它列为第一稿。

两位编辑走后，一段时间未见有任何布置，不久便传出"批孔"的消息。8月7日《人民日报》发表了杨荣国的《孔子——顽固维护奴隶制度的思想家》，《北京日报》接着又发表了梁效的《儒家和儒家的反动思想》。其间，新闻联播又播发了上海某大学工农兵学员文章《〈儒林外史〉是反儒尊法的作品》，虽未播发全文，只报了题目，但也足以使一些人闻风而动。第一稿"前言"中并无这类言论，自然被搁置，重新组织工农兵学员另行撰写，安排金启华先生与笔者为"顾问"（"追记"中亦有此语）。但实际上另有人在"问"，笔者便不"问"不"顾"了。但因有此名义，工农兵学员所写《前言》的打印稿，也给了我一份，同样保存至今。"追记"中却说工农兵学员"始终未拿出新稿"，而"不了了之"。现稿尚在，显系"追记"作者失记。在拙作"四稿"文中称之为第二稿，题目下方括号中也注明"征求意见稿"。

　　无论是灵年同志的"统稿"还是笔者的第一稿，均未注明时间。而工农兵学员撰写的第二稿，则在文前有一说明，并署明时日，云："此稿系南师中文系二年级工农兵学员就批林批孔前部分教师所写的《前言》，在系党总支领导下，和教师共同讨论修改完成的。现在印发出来，广泛征求意见，希同志们给我们更大的支持和帮助，搞好这一工作。一九七四年五月二十九日。"这正纠正了"追记"文中所说，人民文学出版社负责人"在1973年的夏天"来南师约稿的谬误。因为1973年夏天已开始批林批孔，而安徽寻书、访人，四人分写一人统稿，然后又一人完成，北京排印征求意见，等等活动，均在工农兵学员接手之前。显然，约稿之举必在1971年无疑。

　　"追记"文中失实之处，笔者仅举以上数端。因为工农兵学员完稿之后，笔者已被完全调出"前言"小组，所有有关活动均不让本人过问、参与，笔者也自觉回避。甚至李汉秋同志与安徽、滁州、全椒三结合研究小组前来南师取经，在座谈会上，汉秋同志未见到在下，便于会后请我系顾复生同志带领来舍间。他们方起步，承汉秋同志不耻下问，详细问询，便尽我所知所想，一一回答。

　　汉秋同志来访后，笔者方知道整理小组已改组，具体人员并不知晓，也不过问；今读"追记"方知共有十人，由灵年同志"抓总"，下分三个小组：校点、注释、前言。灵年同志还任后两个小组的召集人。原先四人小组，除组长李灵年同志留任依旧负责外，羊、钟二位或有其它任务（钟）或因年老（羊），"追记"文中说，"唯独未让陈美林先生参加，为何如此安排，不得而知。"其实，如此安排，当时同事都知道，目前在职同志当年都年青，或尚未来校工作，自然不知道。往事已矣，既然说"不得而知"，也就不必再去追问了。从此，便由职务研究转为个人研究，而工农兵学员第二稿如何转入教师手中成为第三稿（刊于1977年1月版《儒林外史》卷首，所署年月为 1976 年 6 月），笔者不知，不可妄测；但此稿在粉碎"四人帮"后即遭到批判，乃由原执笔人重新改过为第四稿（刊于 1984 年版卷首，署明年月为 1981 年 1 月）。整理小组是有组织、有领导，人多势众，便轰轰烈烈、大张旗鼓地做起来，终于经过数年、多人的努力，"在张慧剑先生校注本的基础上重新校订、标点和注释的，并新撰了前言"（"追记"）。而笔者则踽踽独行，与整理小组从无来往。如同笔者在《清凉文集·跋》中所言，"苜蓿生涯，清清凉凉"，只是"埋首牖下，仰屋著书"而已。但是一己的研究成果，直到粉碎"四人帮"特别是改革开放后方能陆续面世。据有关统计，自 1976 年以来到 1984 年，全国发表的研究吴敬梓论文有 150 篇左右，有"三分之一出自江苏作者之手"。① 而笔者一人就有 31 篇，并出版了《吴敬梓》和《吴敬梓研究》二书。如今想来，得感谢当年不让我继续留在"前言"小组的同志，是他们促成了一己的努力。至于"追记"文中所云："如果没有《儒林外史》新校本的整理出版，并由此产生的以陈美林先生为代表的吴敬梓及其著作的研究成果，南京师大就不会逢此盛会，中文系的历史上也不会有如此光辉的一页"云云，但"追记"文中前已说过前言小组"未让陈美林先生参加"，因之，笔者何能"代表"？所谓"盛会"，乃是指 1984 年 11 月我校承办的纪念吴敬梓逝世 230 周年学术讨论会（"追记"文中误为诞辰 230 周年），笔者只是作为我校一名教师参加，并不是"前言"小组的成员，更不是"代表"。"前言"小组的"光辉"，笔者绝不敢分享，特此郑重说明。关于这次会议，笔者亦有文记

---

① 《南京日报》1984 年 11 月 2 日。

其事，即《30年前汪海粟主持的一次学术盛会》①。

往事已矣。《凤凰江苏》韦晓东同志问及在下在"旅途"中的甘苦以及如何能取得这些成绩时，笔者乃引用前贤说过的：第一做你应该做的事；第二做你想要做的事；第三做好每一件事。如此而已。

补叙

此文于2019年秋刊出后，"儒林"之旅并未结束，有二事可以于此补叙。江苏文脉研究院姜建来舍间，说经研究，拙作《吴敬梓评传》拟纳入"文脉"工程。此作先前曾由南京大学出版社印过六次，在江苏省第四届（1994年）哲学社会科学优秀成果评奖中获一等奖；又于次年在全国高校人文社会科学首届（1995年）评奖中获二等奖（排序第一），并赴北京参加在人民大会堂举行的授奖大会。如今要纳入"文脉"工程，乃做了一些必要的修补，由江苏人民出版社于2019年12月出版。《现代快报》记者来舍间访谈，于2020年12月13日，以两个版面作了题为《南京赋予〈信村外史〉伟大人格》的报道。商务印书馆出版的《现代传记研究》（2021年春季版）刊物又发表了题为《当代"儒林"研究的新路标》的长篇评论。接着，2021年3月，国家新闻出版署公布了经全国古籍整理出版规划小组评选出来的首批向全国推荐的四十种经典古籍的179个优秀整理本，其中包括古典小说六种及其整理本25个。在这25个版本中，有四个版本运用了传统的批评形式，即明、清学人毛宗岗批评的《三国演义》、金圣叹批评的《水浒传》，李卓吾批评的《西游记》，当代学人运用这一形式批评而入选的仅拙作《陈批儒林外史》一种。北京《中华说书报》于2021年10月13日发表了胡鹏博士的《古典小说评点的现代接

---

① 陈美林：《30年前汪海粟主持的一次学术盛会》，《世纪风采》2014年第7期；又收入《学林忆往》。

榫》，认为是传统小说评点形式的现代赓续，是建设具有中国特色、中国风格、中国气派古典小说研究体系的典范之作。上海《社会科学报》2021年12月9日发表了高小康教授的《走进活的"儒林"》，也对陈批做了充分的肯定。近年还有一些论及不佞研究"儒林"的报道及评论，不一一赘叙。

陈美林论著目录

著作要目

1. 李玉和《清忠谱》（合作），中华书局1980年10月。

2. 杜甫诗选析（合作）江苏人民出版社1981年4月第一次印；
   1982年12月第二次印。

*3. 吴敬梓，江苏人民出版社1982年11月第一次印；
   江苏古籍出版社1984年7月第二次印；

*4. 吴敬梓研究，上海古籍出版社1984年8月。

5. 元杂剧故事集（署名凌嘉霭），江苏人民出版社1983年10月。

6. 明杂剧故事集（凌嘉昕），江苏人民出版社1987年12月。

7. 清杂剧故事集（凌嘉弘），江苏人民出版社1988年9月。

*8. 新批《儒林外史》，江苏古籍出版社1989年12月第一次印
   5000册；
   1990年4月第二次印7000册；
   1991年3月第三次印8000册；

1992年4月第四次印8000册；

1993年4月第五次印10000册；

1995年1月第六次印12000册；

1998年2月第七次印10000册。

*9. 吴敬梓评传，南京大学出版社1990年12月第一次印3000册；

1992年12月第二次印3000册；

1999年12月第三次印5000册；

2006年6月第四次印2000册；

2011年11月典藏版第一次印3000册；

2001.2香港公开大学馆藏图书（光盘版，中国图书进出口公司广州分公司制作）。

*10. 吴敬梓和《儒林外史》辽宁教育出版社1992年10月第一次印10607册；

2000年12月第三次印25607册。

*11. 校点本《儒林外史》，浙江古籍出版社1993年2第一次印10000册；

1994年4月第二次印20000册。

*12. 吴敬梓，新蕾出版社（天津）1993年6月。

13. 《西湖二集》校点，江苏古籍出版社1994年7月。

14. 《施公案》校点（合作），江苏古籍出版社1994年7月。

*15. 《儒林外史辞典》（主编、作者之一）南京大学出版社1994年10月。

又收入《中国工具书集锦在线》，由中国学术期刊（光盘版）电子杂志社、清华同方知网技术有限公司互联网工具书出版中心出版2007年8月。

16. 《红楼梦》校点中州古籍出版社1994年12月第一次印（署名

凌嘉霭）；

　　1996年7月第二次印（署名凌嘉霭）；

　　1998年9月第三次印（署名陈美林）。

17.　中国戏曲故事集（凌昕），江苏人民出版社1996年7月。

18.　《宋代文学史》（其中《董西厢》一章）人民文学出版社
　　　1996年9月。

*19.　名家导读小说经典《儒林外史》（撰写"导读"）文化艺术
　　　出版社1997年1月。

20.　Overwall-TalesFromAncientChinesePlays（英文）外文出版社
　　　1997年12月。

21.　《西湖二集》校注，三民书局1998年7月。

*22.　《儒林外史》人物论，中华书局1998年8月。

23.　中国章回小说史（合作），浙江古籍出版社1998年12月。

24.　《桃花扇》校注（合作），三民书局1999年6月。

25.　《桃花扇》中英文对照新世界出版社1999年3月第一次印；
　　　2001年1月第二次印。

26.　《牡丹亭》中英文对照新世界出版社1999年12月第一次印；
　　　2001年5月第二次印。

27.　《长生殿》中英文对照，新世界出版社2002年1月。

28.　《西湖佳话》校注（合作），三民书局1999年9月。

*29.　清凉文集（上册为吴敬梓研究论文，共38篇650页）南京师
　　　范大学出版社1999年11月。

30.　Lecavalieretlademoisellederri è relemur——Histoirestir é esduth é
　　　tredelaChineantigue（法文），外文出版社2000年

*31.　清凉布褐批评《儒林外史》北京新世界出版社2002年1月。

32.　ErzhlungennachOpernderYuan-Dynastie（德文）外文出版社

2002年第一次印；

2006年第二次印。

33．小说与道德理想（合作），江苏古籍出版社2002年5月。

34．中国古代小说的主题与叙事结构（合作）安徽文艺出版社2002年8月。

*35．《儒林外史》校注，百花文艺出版社2002年10月。

36．新译明传奇小说选（合作），三民书局2004年8月。

*37．吴敬梓研究（三卷本），南京师范大学出版社2006年1月。

*38．《儒林外史》研究史（主编、作者之一）海峡文艺出版社2006年12月。

清华同方出版中心2011年10月出版光盘版。

39．ThePalaceOfEternalYouth

ThePeonyPavilion

ThePeachBlossomFan

BetterLinkPress（NewYork,N10016）2008年出版。

*40．清凉布褐批评《儒林外史》（修订本）新世界出版社2009年2月。

41．大中华文库·汉英对照《桃花扇》（点校全文、撰写前言）新世界出版社2009年1月。

*42．解读《儒林外史》（"名家解读古典名著"之一种）辽宁教育出版社2013年1月。

*43．独断与考索——《儒林外史》研究商务印书馆2013年12月。

44．三读集——读稗读曲读诗文，商务印书馆2013年12月。

*45．陈批《儒林外史》，商务印书馆2014年8月。

2019年1月第二次印；

2022年8月第三次印。

*46. 《儒林外史》名师导读，时代文艺出版社2017年5月。

47. 学林忆往，南京师范大学出版社2017年10月。

*48. 吴敬梓传（江苏文库本），江苏人民出版社2019年12月。

*49. 《儒林外史》人物论（增补本）浙江古籍出版社2020年4月。

50. 《元杂剧故事集》（新刊本），江苏人民出版社2021年5月。

51. 《明杂剧故事集》（新刊本），江苏人民出版社2021年5月。

52. 《清杂剧故事集》（新刊本），江苏人民出版社2021年5月。

文章要目

1956

1. 要是鲁迅先生还活着（署名东阜）《浙江日报》1956年10月21日。

1976

2. 明嘉靖朝都察院和武定侯郭勋为什么要刊刻《水浒》《文史哲》1976年第1期。

*3. "范进中举"的前前后后，《语文战线》1976年第3期。

1977

4. 武则天以周代唐与儒道释之争的关系《南京师院学报》1977年第1期。

*5. 吴敬梓身世三考，《南京师院学报》1977年第3期。

*6. 略论吴敬梓的"治经"问题《南京师院学报》1977年第4期。

7. 评梁效的《杜甫的再评论》（合作）先刊《南京师院学报》
1976年第4期；

又刊《光明日报》1977年6月11日。

1978

8. 《西厢记》的题材、人物及其它《南京师院学报》1978年第
3期。

*9. 吴敬梓修先贤祠考，《南京师院学报》1978年第4期。

1979

10. 汤显祖和《牡丹亭》《沈阳师院学报》1979年第1—2期。

*11. 颜李学说对吴敬梓的影响《南京师院学报》1979年第2期。

*12. 吴敬梓和戏剧艺术，《南京大学学报》1979年第4期。

*13. 略论"幽榜"的作者及其评价问题《西北大学学报》1979年
第4期。

14. 从对一首杜诗的评论谈起，《光明日报》1979年9月12日。

15. 论杜诗的形象思维《社会科学战线》"形象思维问题论
丛"1979年10月。

1980

*16. 吴敬梓家世杂考，《安徽师大学报》1980年第2期。

17. 重视对文学史著作的研究工作《南京师院学报》1980年第
3期。

*18. 略谈《儒林外史》的讽刺手法，《光明日报》1980年8月
27日。

19. 也谈比较文学史，《光明日报》1980年10月15日。

1981

20. 辛弃疾与《奠枕楼》（署名李昕），《滁州报》1981年1月17日。

21. 韦应物与滁州（署名陈白），《滁州报》1981年3月28日。

*22. 关于吴敬梓的身世问题，《艺谭》1981年第3期。

*23. 吴敬梓在南京，《随笔》15期，1981年4月。

*24. 怎样阅读《儒林外史》，《文史知识》1981年第4期。

*25. 略评胡适对《儒林外史》的研究《南京师院学报》1981年第4期。

*26. 吴敬梓和释道异端，《文史哲》1981年第5期。

27. 浅谈《倩女离魂》和《牡丹亭》的情节提炼《江苏戏剧》1981年第7期。

*28. 魏晋六朝风尚和文学对吴敬梓的影响《群众论坛》（即《江海学刊》）1981年第5期。

*29. 秦淮水亭的史地考索，《香港大公报》1981年8月9日；《南京史志》1984年第1期刊载全文。

*30. 关于深入研究吴敬梓问题的几点意见《吴敬梓研究专刊》1981年11月。

*31. 《范进中举》琐谈，《教学通讯》1981年第12期。

1982

*32. 七泖湖、西子湖及其它，《美育》1982年第3期。

33. 《〈宋元春秋〉序》略评《水浒争鸣》1辑长江文艺出版社1982年9月。

*34. 陈古渔《所知集》中有关吴敬梓交游资料《江海学刊》1982

年第6期。

*35. 吴敬梓的家世和创作《香港大公报·艺林》1982年11月
21日。

*36. 鲁迅与吴敬梓《儒林外史研究论文集》安徽人民出版社1982
年9月。

1983

*37. 《歧路灯》不能与《儒林外史》等量齐观《江淮论坛》1983
年第2期

*38. 吴敬梓亲友的科研活动及其对《儒林外史》的影响（上）
《教学与进修》1983第4期。

39. 杰出的戏曲家李玉，江苏电台1983年5月25、26日播讲。

*40. 略述康熙《全椒志》中有关吴敬梓先世资料《文献》15辑
1983年8月。

41. 《倩女离魂》的题材、情节和语言《元杂剧鉴赏集》人民文
学出版社1983年10月。

1984

*42. 吴敬梓和甘凤池，《香港大公报·艺林》1984年1月1日。

*43. 吴敬梓亲友的科研活动及其对《儒林外史》的影响（下）
《教学与进修》1984年第1期。

*44. 第《儒林外史》中人物的进退场《文学遗产》1984年第
1期。

*45. 关于吴敬梓应征辟问题，《社会科学战线》1984年第2期。
又收入美国《海内外》1985年4月。

46. 宁国之会，《艺谭》1984年第2期。

47. 论李玉剧作题材的现实性《南京师大学报》1984年第2期。

48. 清代诗人陈毅，江苏电台1984年3月8、9日播出。

*49. 谈谈《儒林外史》中的二严与二王，南京电台1984年3月
14、18日播出。

50. 凌厉的抨击和壮阔的斗争——读李玉《清忠谱》的"骂像"
和"义愤"，《名作欣赏》1984年第3期。

*51. 《儒林外史》和《歧路灯》，《歧路灯论丛》2辑，中州古
籍出版社1984年3月。

*52. 吴敬梓笔下的盐典商人及其与文士的关系《吴敬梓研究》，
上海古籍出版社1984年8月。

*53. 论《儒林外史》的结构艺术《吴敬梓研究》，上海古籍出版
社1984年8月。

*54. 试就卧评略论《儒林外史》的民族特色，《社会科学研究》
1984年第4期。

修改稿收入《中国古代小说理论研究》，华中工学院出版社
1985年6月。

55. 布衣诗人陈古渔，《香港大公报·艺林》1984年10月7日。

1985

*56. 试论《儒林外史》对科举制度的揭露和批判，《南京师大学
报》1985年第1期。

*57. 吴敬梓的家世对其创作的影响，《文学遗产》1985年第
1期。

58. 《后西游》的思想、艺术及其它，《文学评论》1985年第
5期。

*59. 试论对《儒林外史》的思想主题的评论，《语文导报》1985

年第7期。

*60. 论《儒林外史》人物性格，《中国古典文学论丛》2辑，人民文学出版社1985年8月。

*61. 试论《儒林外史》对封建礼教的揭露和批判，《明清小说研究》创刊号1985年8月。

1986

62. 试论杂剧《女贞观》和传奇《玉簪记》，《文学遗产》1986年第1期。

台湾《复兴戏剧学刊》第9期，1994年7月。

63. 恢复和发展南京历史文化名城的特色，《南京城市研究》1986年第1期；

又见《文化与城市性格》，南京出版社2005年1月。

64. 艺谭创刊五周年笔谈，《艺谭》1986年第2期。

*65. 移家南京后的吴敬梓，《古典文学知识》1986年第5期。

66. 治学经验，江苏电台文苑漫步86、87期1986年8月。

67. 关于李玉生年，《曲苑》2辑，1986年9月。

*68. 《儒林外史》是我国古代第一部以知识分子为题材的长篇小说，《社会科学战线》、《古典文学论丛》第5辑齐鲁书社1986年9月。

*69. 吴敬梓的门阀意识，《明清小说研究》1986年第4期。

70. 晚明爱国学者张岱，《南京师大学报》1986年第4期。

1987

*71. 怎样读《儒林外史》，《古典文学知识》1987年第1期。

*72. 喜从荧屏看《儒林》，《南京日报》1987年1月9日。

73. 反映现实的作家，反映时事的剧作——李玉和他的《清忠谱》，《文史知识》1987年第2期。

74. 陶宗仪《辍耕录》（合作），《中国古代文学理论名著题解》，黄山书社1987年2月。

75. 钟嗣成《录鬼簿》（合作），《中国古代文学理论名著题解》，黄山书社1987年2月

76. 沈嵊和他的《息宰河》传奇，《文献》1987年第3期。

77. 略述中国文学史分期问题的几种意见，《建国以来古代文学问题讨论举要》齐鲁书社1987年4月。

78. 关于文学史主流问题讨论的回顾，《建国以来古代文学问题讨论举要》，齐鲁书社1987年4月。

*79. 分合包孕传中传，嬉笑怒骂现魍魉——《儒林外史》中的二严与二王

《古典文学知识》1987年第5期。

*80. 吴敬梓的父亲究竟是谁，《明清小说研究》第6辑，1987年12月。

1988

81. 稿本《秣陵秋传奇》作者和创作时代考辨，《文献》1988年第1期。

82. 张养浩《双调·雁儿落带得胜令》赏析《元曲鉴赏辞典》中国妇女出版社1988年5月。

83. 张养浩《双调·得胜令》赏析《元曲鉴赏辞典》，中国妇女出版社1988年5月。

84. 张养浩《南吕·一枝花》赏析《元曲鉴赏辞典》，中国妇女出版社1988年5月。

*85. 《儒林外史》的讽刺艺术，《中国古典小说六大名著鉴赏辞典》，华岳出版社1988年12月。

*86. 严贡生和严监生《历代名篇赏析集成》，文联出版公司1988年12月。

1989

87. 别具一格的"杭州景"——关汉卿《南吕·一枝花》，《元明散曲鉴赏集》，人民文学出版1989年1月。

88. 论董解元《西厢记》，《镇江师专学报》1989年第2期。

89. 论《董西厢》的艺术个性，《文学评论丛刊》第31辑，1989年3月。

90. 陈子龙：浣溪纱（百尺章台撩乱飞）。

91. 陈子龙：诉衷情（小桃枝下试罗裳）。

92. 陈子龙：画堂春（轻阴池馆水平桥）。

93. 陈子龙：少年游（满庭清露浸花明）。

94. 宋征舆：蝶恋花（重枕轻风秋梦薄）。

95. 柳如是：金明池（有恨寒潮）。

（90—95均为合作）《金元明清词鉴赏辞典》，江苏古籍出版社1989年5月

1990

*96. 《儒林外史》提要，《中国通俗小说总目提要》，中国文联出版公司1990年2月。

97. 《后西游》提要，《中国通俗小说总目提要》，中国文联出版公司1990年2月。

98. 学林寻步，《文史知识》"治学之道"1990.3期。

*99．新近发现的《儒林外史》黄小田评本略议，《文献》1990年第3期。

*100．我与《儒林外史》研究，《古典文学知识》1990年第5期。

101．"太平多暇"与董、王西厢的产生，《海峡两岸元曲论文专辑》，1990年6月。

102．郑光祖《伲梅香》，《元曲鉴赏辞典》，上海辞书出版社1990年7月。

103．无名氏《桃花女》，《元曲鉴赏辞典》，上海辞书出版社1990年7月；

又见《古典剧曲鉴赏辞典》，湖北辞书出版社2004。

104．散步与散心，《光明日报》1990年9月23日。

　　*《儒林外史》文学人物形象分析：

105．杜少卿。

106．范进。

107．马二。

108．沈琼枝。

109．严监生。

110．严贡生。

111．牛浦郎。

112．权勿用。

113．匡二。

114．季苇萧。

115．杜慎卿。

116．王冕。

（105—116均为合作）《文学人物鉴赏辞典》，复旦大学出版社1990年9月。

1991

117. 词坛巨星的陨落，《人民日报》海外版1991年1月15日。

118. "我亦有孤剑，植发望燕云"——夏承焘先生的爱国情操，《人民日报》海外版1991年2月28日。

*119. 《儒林外史》卧评略论，《河北师范学院学报》1991年第2期；

又见《海峡两岸明清小说论文集》，河海大学出版社1991年8月。

120. 石巢园、湘园和陶湘，《南京史志》1991年第3期。

121. 辉映词坛的两颗巨星，《南京文化》1991年第3期。

122. 正直不阿的学者程廷祚，《文史知识》1991年第4期。

123. 论《董西厢》的思想和艺术，《南京师大学报·唐诗宋词国际讨论会专辑》，1991年5月。

*124. 竟以稗说传的伟大作家，《南京文化》1991年第5期。

125. 寓居如意桥的程廷祚，《南京史志》1991年第6期。

*126. "隐括全文"的"名流"王冕《文史知识》1991年第7期；

又见韩国《中国小说研究会报》第26号，1996年6月。

*127. "暮年登上第"的周进，《文史知识》1991年第8期。

*128. 中举前后的范进，《文史知识》1991年第9期。

*129. 由"能员"而"钦犯"的王惠《文史知识》1991年第10期。

*130. "忝列衣冠"的严贡生，《文史知识》1991年第11期。

*131. "胆小有钱"的严监生，《文史知识》1991年第12期。

132. 冤冤相报活姻缘（合作），《中国历代爱情文学系列赏析辞典》，哈尔滨出版社1991年12月。

133. 我的这一行——学林寻步，《江苏政协》1991年第12期。

*134. 试论吴敬梓对科举制度的批判和对知识分子出路的探寻 《明清小说研究》1991年第4期。

又收入《中国传统思想文化与21世纪国际学术研讨会论文选集》，南京大学出版社1992年1月。

1992

*135. "铮铮有名"的廪生王德、王仁，《文史知识》1992年第1期。

*136. 汤奉与汤奏、文治和武功，《文史知识》1992年第2期。

*137. "科名蹭蹬"的豪门公子娄瓒、娄瓒《文史知识》1992年第3期。

*138. 《儒林外史》与南京，《南京文化》1992年第3期。

*139. 名士杨执中和高人权勿用，《文史知识》1992年第4期。

*140. "穷翰林"鲁氏父女，《文史知识》1992年第5期。

141. 《忧西夷篇》赏析，《爱国诗词鉴赏辞典》，南京大学出版社1992年5月。

*142. 庸中佼佼的制义选家马静，《文史知识》1992年第6期。

*143. 试论《金瓶梅》对《儒林外史》和《歧路灯》的影响，《金瓶梅研究》第3辑，江苏古籍出版社1992年6月。

144. 李玉，《江苏历代文学家》，江苏古籍出版社1992年6月。

145. 陈毅，《江苏历代文学家》，江苏古籍出版社1992年6月。

*146. 蘧府四代人，望族陵替史，《文史知识》1992年第7期。

*《儒林外史》情节赏析

147. 七泖湖王冕学画。

148. 周童生暮年登第。

149. 范秀才中举发疯。

150. 严乡绅难兄难弟。

151. 王进士风波宦海。

152. 莺脰湖名士高会。

153. 马纯上西湖助友。

154. 牛浦郎冒名行骗。

155. 鲍文卿古道热肠。

156. 杜少卿夫妇游山。

157. 诸名贤议礼祭祠。

158. 沈琼枝抗婚出走。

159. 王氏女惨然殉夫。

160. 四奇客述往思来。

（147—160均为合作）《明清小说鉴赏辞典》，浙江古籍出版社1992年9月。

*161. 从拆字少年到内廷教习的匡超人，《文史知识》1992年第10期。

*162. 牛布衣、牛浦郎和牛玉圃，《文史知识》1992年第11期。

1993

163. 陪瞿禅师访汤国梨，《江苏统战》1993年第1期。

164. 中国古代小说的教化意识（合作）《明清小说研究》1993年第3期。

165. 中国古代小说中的情感宣泄（合作）《南京师大学报》1993年第4期。

166. 试论元杂剧对明清杂剧的影响《河北师范学院学报》1993年第4期。

167. 论中国古代小说的历史地位和社会价值《明清小说研究》1993年第4期。

*168. 儒林外史，《中国通俗小说鉴赏辞典》，南京大学出版社1993年5月。

169. 一部具有开拓意义的专著，《社会科学辑刊》1993年第6期。

*170. 吴敬梓传，《中国通俗小说家评传》，中州古籍出版社1993年9月。

*171. 《儒林外史》齐评略议，（韩国）《中国小说研究会报》第16号，1993年11月；

又见《河北师范学院学报》，1994年第3期。

1994

*172. 《儒林外史》张评略议，《文学遗产》1994年第3期。

173. "鹿胎山副刊"与"域外沙龙"——情系浙江（凌昕），《嵊县经济报》1994年7月23日。

*174. 杜慎卿论，《明清小说研究》1994年第3期。

*175. 庄尚志论，《南京师大学报》1994年第4期。

*176. 杜少卿论，《扬州师院学报》1994年第4期。

*177. 终老南京的吴敬梓，《南京大观》。

*178. 知识分子人生道路的探寻，《江淮论坛》1994年第5期。

179. 浓缩的明代文学批评史，《文汇读书周报》1994年8月27日。

*180. 《儒林外史》的思想、艺术及版本略说，《南京社会科学》1994.10年第期。

*181. "竟以稗说传"的作家，探索士人出路的作品《文史知

识》1994年第11期。

*182. 清末知识人の《儒林外史》批评（日文），（日本）《中国人文学会会报》1994年号

1995

183. 《辜鸿铭传》序，《淮海文汇》1995年第1期；
又见该书卷首百花洲文艺出版社1996年12月。

*184. 虞育德论，《明清小说研究》1995年第1期。

*185. 吴敬梓小说二篇分析，《中华文学鉴赏宝库》，陕西人民教育出版社1995年1月。

186. 当代词宗风范长存，《江海诗词》1995年第1期。

187. "恐此人如未必再"——清初的学者文人程廷祚，《中国典籍与文化论丛》（二），中华书局1995年2月。

188. 儒学的核心"人学"与作为"人学"的文学，《苏州大学学报》1995年第4期。

189. 沉痛悼念稗坛前辈吴组缃先生，《吴组缃先生纪念集》，北京大学出版社1995年5月。

190. 论儒学对文学的影响，《饕餮》（日本中国人文学会会报）第3辑，1995年3月；
又见韩国《中国学研究》第10辑，1995年6月。

1996

191. "屡觐不一觌"与"君子之约不爽"，《雨花》1996年第1期。

*192. 迟衡山论，虞华轩论，《明清小说研究》1996年第2期。

*193. 倪霜峰论，《南京师大学报》1996年第3期。

*194. 《儒林外史》人物论二题（王玉辉论，余特、余持论）
《淮海文汇》1996年第4—5合期。

195. 中国传统戏曲简述台湾，《复兴剧艺学刊》第17期，1996年
7月；
又见《淮海文汇》1996年第11期（上）、第12期（下）。

*196. 《儒林外史》研究的历史与现状（凌昕），《文史知识》
1996年第11期（上）、1997年第1期（下）。
《稗海新航》（摘要）春风文艺出版社1996年7月。

197. 栖灵寺塔，盛世重现，《江苏政协》1996年第11期；
又见（新加坡）《源》1997年第3期；
又见《新华周末》1997年10月24日。

198. 武则天以周代唐与儒道释之争（修改稿），（韩国）《东方
汉文学》1996年12月。

*199. 凤鸣岐论，《社会科学论丛》（东南大学）第1辑，1996年
12月。

1997

200. 周唐政权的更迭与儒道释的兴衰，《河北师范学院学报》
1997年3月。

*201. 论“四客”，《明清小说研究》1997年第3期。

202. 古代文学研究要在现代意识观照下不断拓展和深化，《江苏
社科信息》1997年10月。

*203. 二百余年来《儒林外史》研究之回顾，韩国中国小说学会
编《中国小说论丛》第6辑，1997年。

204. 青春长在，《新华日报》1997年12月26日。

205. 《日人禹域旅游诗注》序，《淮海文汇》1997年第12期；

又见《日人禹域旅游诗注》首页，武汉出版社1996年11月。

206．回首往事，继续寻步，《江苏学人随笔》，南大出版社1997
年12月。

1998

207．从"少不读《水浒》"谈起，《社科信息》1998年1月5日。

208．我怎样过年，《社科信息》1998年1月19日。

209．论丁耀亢戏曲（合作），《长沙水电学院学报》1998年第1
期

210．淡泊自守，《新华周末》1998年2月13日。

*211．秦淮水亭重建记，《社科信息》1998年2月16日。

212．为学者必有师，《社科信息》1998年4月27日。

213．五台山、半世缘，《雨花》1998年第6期。

214．拟话本《西湖二集》浅探，《江海学刊》1998年第6期。

215．重视小说评点的研究、促进小说评点的繁荣，（韩国）《中
国小说研究会报》第35号，1998年9月。

216．试论《西湖二集》的作者、刊本、内容和形式，（韩国）
《中国小说研究会报》第36号，1998年11月。

1999

217．清凉山，不了缘，《雨花》1999年第1期。

218．序徐定宝《凌蒙初研究》，《凌蒙初研究》，黄山书社1999
年1月。

219．墨浪子及其《西湖佳话》，《东南大学学报》1999年第2
期。

*220．二十世纪《儒林外史》研究概况，（韩国）《中国小说研

究会报》第39号，1999年3月。

221. 李汝珍和《镜花缘》，（韩国）《中国小说研究会报》第39号1999年3月。

*222. 二十世纪《儒林外史》研究之回顾，《东南大学学报》1999年第4期。

223. 祝贺与期望，韩国《中国小说研究会报》第40号1999年11月。

2000

224. 中国古代小说批评简论，《阴山学刊》2000年第1期。

225. 说《清凉》，《书与人》2002年2月；
又见《散文》2000年6月。

226. 序方晓红《晚清报刊与晚清小说发展关系研究》，《晚清报刊与晚清小说发展关系研究》，南京师范大学出版社2000年9月11日。

227. 序顾晓宇《花影月梦》，《花影月梦》，中国文联出版社2000年9月；
又见《姑苏晚报》2000年10月13日。

228. 序黄俶成《施耐庵与水浒》，《施耐庵与水浒》，上海人民出版社2000年12月。

229. 《明清小说与江苏》序，《明清小说研究》2000年增刊。

2001

230. 相"知"二十年——我与《文史知识》，《文史知识》2001年第1期。

*231. 清人对《儒林外史》人物原型及情节本事的考据（合

作），《苏州大学学报》2001年1月。

*232. 晚清学人对《儒林外史》的评论（合作），《东南大学学报》2001年第1期。

233. 高小康著《市民、士人与故事——中国近古社会文化中的叙事》序，（见该书卷首），《市民、士人与故事——中国近古社会文化中的叙事》，人民出版社2001年2月。

*234. 吴敬梓与江苏——纪念吴敬梓诞辰三百周年，《南京农业大学学报》（社科版）2001年第2期。

235. 孔尚任及其《桃花扇》——《桃花扇》校注序，《艺术百家》2001年第3期。

*236. 二十世纪《儒林外史》主题探讨之回顾——纪念吴敬梓诞辰三百周年，

《中华文化论坛》2001年第3期。

237. 物质文明、人文科学和中国古代人文精神，《名家演讲集》，武汉大学出版社2001年9月。

*238. 《儒林外史》前言有四稿，《文史知识》2001年第11期。

239. "恐此人如未必再"——记程廷祚，《清代南京学术人物传》，华星出版社2001年11月；

南京大学出版社2003年10月。

*240. "著书寿千秋，岂在骨与肌"——记吴敬梓，《清代南京学术人物传》，华星出版社2001年11月；

南京大学出版社2003年10月。

*241. 吴波、孙旭作《儒林探微》序，《儒林探微》，吉林人民出版社2001年12月。

2002

*242. 《儒林外史》研究三题（让"伟大"使"人懂"、关于民族思想问题、关于"反儒尊法"问题），《明清小说研究》2002年第1期。

*243. 吴敬梓思想研究述评，《中华文化论坛》2002年第3期。

*244. 试论"思想家小说"作者吴敬梓的思想，（韩国）《中国小说研究会报》第50号2002年6月；

修订稿又见《东南大学学报》2002年第6期。

245. 李延年《歧路灯研究》序，《歧路灯研究》，中州古籍出版社2002年7月。

246. 吴秀华《明末清初小说戏曲中女性形象研究》序，《明末清初小说戏曲中女性形象研究》，江苏古籍出版社2002年9月；

又见《河北师范大学学报》2005年第1期。

*247. 吴敬梓思想面貌寻踪纪略，《长江学术》第3辑，长江文艺出版社2002年11月。

*248. 跋涉"儒林"三十载，《清凉布褐批评〈儒林外史〉》附录，新世界出版社2002年1月。

2003

*249. 纪念吴敬梓来赣榆290周年促进文化旅游事业的新发展，《连云港论坛》2003年第2期。

*250. 隆礼与崇孝——四论魏晋风尚对吴敬梓的影响《文学遗产》2003年第4期。

251. 文化旅游新资源，《连云港日报》2003年11月14日。

*252. 吴敬梓研究资料的发掘与利用，《文史新澜》，浙江古籍
　　　出版社2003年11月。

2004

253. 清代三部以南京为主要场景的传奇，《艺术百家》，2004年
　　　第1期。

*254. 撰写学术史的思考——《儒林外史研究史》漫说《明清小
　　　说研究》2004年第1期。

*255. 试论《儒林外史》中的势利描写《中华文化论坛》2004年
　　　第2期。

*256. "兄友弟恭"的理想与"兄弟参商"的现实——《儒林外
　　　史》兄弟群像所体现的士人性格和命运。《南京师范大学
　　　文学院学报》，2004年第2期。

257. 《明代南京学术人物传》序，《明代南京学术人物传》，南
　　　京大学出版社2004年3月；
　　　又见《东南大学学报》2003年第6期。

*258. "世故人情，毕现尺幅"——《儒林外史》人物形象研究
　　　回顾，（韩国）《中国小说论丛》第19辑，2004年3月。

*259. "通作者之意开览者之心"——运用传统形式整理《儒林
　　　外史》的回顾，《古典文学知识》2004年第3—4期

260. 《阮大铖研究》序，《长江学术》第6辑，长江文艺出版社
　　　2004年5月；
　　　又见《阮大铖研究》卷首，中国社会科学出版社2004年6月。

*261. "铸鼎像物遗貌取神"——《儒林外史》研究回顾系列之
　　　一，《东南大学学报》2004年第5期。

*262. "知人论世"、"见由己出"和"法不前定"——《吴敬

梓研究》出版二十周年回顾，《古典文学知识》2004年第
6期。

*263. 论《儒林外史》中的师生关系，《南京师范大学学报》
2004年第6期。

*264. 吴敬梓的生活环境与《儒林外史》的地域特色，《江苏社
会科学》2004年第6期。

*265. 十年动议政协促成——吴敬梓秦淮水亭修复记，《江苏政
协》2004年第9期；

又见全国政协编《人民政协纪事》，中国文史出版社2004年
9月。

*266. 儒林外史五十六回，《中国古代小说总目》，山西教育出
版社2004年9月。

267. 古代文学中的"势利"，《文史知识》2004年第10期。

2005

*268. 吴敬梓研究资料的发掘与利用再议，《南京师范大学文学
院学报》2005年第1期。

*269. 撰写《儒林外史研究史》的再思考，《河北师范大学学
报》2005年第3期。

270. 吴波《〈阅微草堂笔记〉研究》序，《中国文学研究》2005
年第3期；

又见《〈阅微草堂笔记〉研究》卷首，上海古籍出版社2005
年8月。

271. 青山不老，友谊长存，《对外大传播》2005年第4期，外文
出版社。

*272. 设情以位体——《吴敬梓评传》出版15周年回顾，《古典

文学知识》2005年第5期。

273. 周玉波《明代民歌研究》序，《南京师范大学文学院学报》2006年第1期；

又见《明代民歌研究》卷首，江苏凤凰出版社2005年8月。

274. 十五年前海峡两岸学术交流的两次盛会，《钟山风雨》2005年第6期。

2006

275. 破冰之旅，《古典文学知识》2006年第1期。

276. "通变"中的《牡丹亭》，《东南大学学报》2006年第1期。

277. 中国传统戏曲的继承和发展，《中国戏曲论坛2005年》，苏州大学出版社2006年6月。

*278. 《儒林外史》研究与《儒林外史》研究的研究，《江苏社会科学》2006年第2期。

279. 南京图书馆建馆百年感言，《钟山风雨》2006年第4期。

280. 重视对瞿佑小说的研究——《"剪灯"系列小说研究》序，《东南大学学报》2006年第5期；

又见《"剪灯"系列小说研究》卷首，中国社会科学出版社2006年11月

2007

*281. 《儒林外史》研究史：辨章学术，述往思来《文化学刊》2007年第1期。

282. 中国古代的选士制度，《人文通识讲演录》（历史卷），文化艺术出版社2007年6月。

283. 读书当惜阴，研究重严谨，《南京图书馆记忆》，南京大学出版社2007年6月。

284. 论《桃花扇》——中英文对照版《桃花扇》前言，《中华艺术论丛》第7辑，同济大学出版社2007年8月；

又见"大中华文库"汉英对照本《桃花扇》卷首，新世界出版社2009年9月。

285. 戏曲改写漫话，《古典文学知识》2007年第5期。

286. 教学与研究约稿与著述——戏曲研究的回顾，《文史知识》2007年12月。

2008

287. 以文会友以友辅仁——第七届全国戏曲学术研讨会总结发言，《古典文学知识》2008年第2期。

288. 戏曲研究与戏曲改写的回顾与思考，《东南大学学报》2008年第3期。

*289. 古籍校勘与文学作品解读——从"做官"与"做馆"谈起，《南京师范大学文学院学报》2008年第2期。

290. 追忆钱仲联先生，《钟山风雨》2008年第3期。

291. 和夏承焘老师同在运动中，《历史学家茶座》2008年第3辑；

又《扬子晚报》2008年11月24日摘。

292. 《钱仲联先生信札、诗词》说明，《南京师范大学文学院学报》2008年第3期。

293. "一代词宗"夏承焘四游江苏，《钟山风雨》2008年第6期。

2009

294. 南京清凉山文化蕴含的感受与思考，《南京师范大学文学院学报》2009年第1期。

*295. 跋涉"儒林"有续篇，《清凉布褐批评〈儒林外史〉》修订版，新世界出版社2009年2月。

296. 沙孟海先生与建国初期的土改，《世纪风采》2009年4月。

297. 记夏承焘老师一次讲学活动的前前后后，《文史知识》2009年第5期。

298. 《张岱探稿》序，《南京师范大学文学院学报》2009年第2期。

*299. 《儒林外史》评点研究与实践的回顾与思考，《重读经典——中国传统小说与戏曲的多重渗透》，牛津出版社2009年7月；

又见修订版《清凉布褐批评儒林外史》附录。

*300. 参加《中国思想家评传丛书》撰写活动的回顾——兼怀匡老，《世纪风采》2009年第8期。

301. 《天风阁学词日记中的章太炎、汤国梨》，《钟山风雨》2009年第4期。

302. 韩希明著《〈阅微草堂笔记〉与传统文化散论》序，《〈阅微草堂笔记〉与传统文化散论》，广西师范大学出版社2009年10月。

2010

*303. 吴敬梓生平文献资料的引用、解读和考辨——读刘世德同志的"演讲"，《明清小说研究》2010年第2期。

（韩国）《中国小说研究会报》第81号（2010年9月）全文转载

附记：以上目录韩国《中国小说研究会报》80号（2010年6月）刊载

304. 苏克勤《南京清凉山》序，（《南京清凉山》，南京大学出版社2010年6月。

305. 从事研究生教育工作的回顾与思考，《教育文化论坛》2010年第4期。

*306. 我与《儒林外史》研究，《文史知识》2010年第9期。

307. 陈鸣钟和《清代南京学术人物传》《炎黄文化》2010年第4期，2010年11月。

308. "彷佛音容，如在昨日"——纪念唐圭璋先生逝世20周年，《世纪风采》2010年第11期。

309. "生荣死哀，身没名显"——"一代词宗"夏承焘的晚年，《世纪风采》2010年第12期。

　　以上二文又见《宋代文学研究年鉴》，武汉出版社2011年9月。

2011

310. 中国传统思想与古代文学——兼论和平环境对繁荣文艺的作用，《江苏社会科学》2011年第3期。

311. 《歧路灯》散论，《东南大学学报》2011年第3期。

312. 追记开创研究"新局面"的人和事，《文史知识》2011年第12期。

313. 黄强著《中国古代文人置业志》序，《中国古代文人置业志》，暨南大学出版社2011年12月。（出版后书名改为《文人置业那点事》，序文依旧）

2012

*314. 为吴敬梓"让袭"说"寻根"小议，《寻根》2012年第5期。

315. 与美术家杨建侯为邻——鼓楼文化漫谈，《鼓楼文化》总第15辑。

316. 《走进中国经典传说与小说的世界》序，《艺术学界》第8辑，2012年12月；

又见《走进中国经典传说与小说的世界》卷首，上海大学出版社2013年1月。

2013

317. 对文学研究的几点思考——在省哲学社会科学界第六届学术大会文学、史学与艺术学专场的主题发言，《南京师范大学文学院学报》2013年第2期。

318. 《三读集》作者附语，《艺术世界》第九辑，江苏美术出版社2013年6月。

*319. 跋涉"儒林"四十载，《雅集》第七辑，2013年11月；

又见《陈批〈儒林外史〉》附录

2014

*320. 30年前汪海粟主持的一次学术盛会，《世纪风采》2014年第7期。

*321. 吴敬梓和《儒林外史》——为秦淮水亭修葺而作，《钟山风雨》2014年第4期。

2015

*322. 评点《儒林外史》的再回顾与再思考——作于《儒林外史》第四次批本面世之际,《明清小说研究》2015年第1期。

323. 关于新中国成立以来学位和职称制度的一些回忆——从夏承焘老师一首诗谈起,《世纪风采》2015年第6期。

324. "忠言直行"的任铭善先生,《世纪风采》2015年第11期。

325. 追忆何满子先生,《钟山风雨》2015年第6期。

2016

*326. 关于"律设大法,理顺人情"——《儒林外史》注释琐谈,《明清小说研究》2006年第1期。

327. 追忆与何泽翰先生的交往,《文献与人物》2016年第2期。

328. "诗孩"孙席珍教授,《世纪风采》2016年第4期。

329. 《首都志》编纂者王焕镳先生,《钟山风雨》2016年第3期。

330. 卅年前相识于榕城——悼念蒋星煜先生,《艺术学界》第十五辑,2016年6月;
又见《汤显祖研究》2020年第2期(增加附记)

331. 追念三十年代老作家王西彦教授,《钟山》2016年第4期。

332. 率先建立书法专业的陆维钊先生,《世纪风采》2016年第10期。
《陆维钊研究》47期(2018年7月)转载

333. 与文艺理论家吴调公先生相处的岁月,《钟山风雨》2016年第6期。

2017

334. 在汤国梨先生府上读书，《一品阅读》2017年第2期；
      又见《炎黄文化》2017年第5期。

2018

335. 追忆著名学者冯其庸和霍松林教授，《世纪风采》2018年第
      1期。

336. 程千帆先生《闲堂文薮》忆语，《世纪风采》2018年第
      6期。

337. 中州名宿任访秋，《一品阅读》2018年第2期。

338. 追忆今古文经学者段、徐二老，《钟山风雨》2018年第
      4期。

339. 我与《古典文学知识》——为200期特刊贺，《古典文学知
      识》2018年9月。

340. 《〈型世言〉研究》序该书卷首，《寻根》2018年第6期。

2019

*341. "儒林"之旅的回顾与反思，《南京师大学报》2019年第3期

342. 由"遗世独立，与天为徒"引起的追忆，《掌故》第五集，
      中华书局2019年10月。

2020

*343. 吴敬梓的"秦淮"情结与《儒林外史》的南京元素，《科
      举文化》2020第2—3期。

2021

344. 《清凉文集跋》（旧跋新刊），《寻根》2021年第3期。

注：序号前有 * 者，为研究吴敬梓及《儒林外史》的论著。

后　记

　　夏承焘、唐圭璋两位词学大师于 1986 年、1990 年先后病逝，夏老为笔者业师，唐老则为笔者领导（曾在唐老主持的古代文学研究室工作）。对于二老的逝世，笔者写有《词坛巨星的陨落——缅怀瞿禅师哀悼圭璋老》、《"我亦有孤剑，植发望燕云"——夏承焘先生的爱国情操》（刊于人民日报·海外版 1991 年 1 月 15 日及同年 2 月 8 日）二文，以寄托哀思。自此，乃常有回忆沙孟海、王焕镳、陆维钊、任铭善、孙席珍、王西彦诸师当年对我的教诲文字发表。在长达六十余年的教学、研究工作中，也结识了许多年长于我的前辈学者，或师或友，如唐圭璋、钱仲联、杨建侯、吴调公、何满子、何泽翰、蒋星煜等先生，他们也先后去世，但笔者仍保存有他们的墨宝、画作、信函、照片，不时展视，往昔相识相处的情景又浮现在眼前，乃付之于笔端。笔者结识的老辈学者不仅以上诸位，如天假以年，健康允许，当细细写来。

　　在漫长的教学岁月中，也经常参加一些学术活动，如匡亚明同志主持的"中国思想家评传丛书"的活动，汪海粟同志主持的纪念吴敬梓逝世 230 周年的学术会议，海峡两岸首次召开的古代小说研讨会（南京）和古代戏曲研讨会（石家庄），还有一些相关的学术活动，或应邀出席或参预筹办，对这些活动也写了一些回顾文字，在叙事的同时自然也涉及相关的学人。个人的研究经历，也做了一些回顾，如《儒林外史》研究，自20世纪70年代初起始，至今未曾全然辍笔，在个人四十余年研究历程的回视中，也多少折射出学界对这一课题的研究状况。当然，这些点点滴滴的回忆，只是广袤深邃学林中之一瞥，但如不予记录，或将湮灭在人们的记忆中。

在笔者所出版的四十余种著述中，有三种是南京师大出版社所出，即《清凉文集》、《吴敬梓研究》（三卷本）和这本小册子《学林忆往》，对出版社前后领导的错爱，在此表示谢意。三书均由资深编审王欲祥先生任责编，对他为拙著付出的辛劳，铭感不已。蒋兵同志正随忠明教授攻读学位，在紧张的学习之余仍不时为拙稿做输入、看校样，也当志之不忘。

2017 年 4 月 26 日

增订本后记

　　《学林忆往》于 2017 年出版后，又发表了回忆段熙仲、徐复、程千帆、任访秋、霍松林、冯其庸等几位已先后逝世的学者文章，有人建议可将它们纳入《忆往》出一增订本。此意甚好，近日却由宋健同志促成。我与宋健同志原无来往，两年前他请孔庆茂同志陪同来访方始相识。当年他任职于商务印书馆南京分馆，为编辑出版老辈学者汪辟疆先生文集，奉该馆负责人之命前来征询在下意见。庆茂虽已获得博士学位二十余年，早已晋升为教授，且为南京艺术学院博士生导师，但仍不时前来探视，畅叙一切，而宋健同志也谈吐爽快，因此三人相聚甚为融洽。此后，他曾独自来访或与他人一同来访，亦有多次聚谈。一次谈及《忆往》及后续发表的几篇文章，他也认为合为一册更相宜，并表示可以为此做点工作。今年二月，浙江出版集团拟于三月召开《夏承焘日记全编》新书发布会，邀请在下与会，因年老病衰而辞谢，他们便请宋健同志来舍间作一视频发去。在拍摄之余，宋健同志告诉我，浙江大学出版社一位编辑对出版《忆往》增订本颇有兴趣，并以此题申报。我便及时电告原版责编王欲祥同志，他连声说"好事，好事"。不久，选题获批，宋健同志及时相告，并将责编王荣鑫同志给我介绍。在通话中，荣鑫同志表示增补内容全由作者决定，他作为责编当尽力推进，力求早日见书。可知拙作之所以能顺利出版，全赖宋、王两同志的支持。此外，在南京师范大学攻博的徐明翔为增补的文章复印，在浙江大学攻博的胡鹏则校读全部书稿，二君的工作也当志之，在此，一并表示深深谢意。

陈美林

2022 年 4 月 25 日